旧春归

JIU CHUN GUI

上

尤四姐 著

中国出版集团
现代出版社

卷三 迎春归去，冷暖豪门

目录

卷四 飞星传信，明月暗渡

卷一　雪地梨花，宿命姻缘

〇〇一　雪上添祸事

天刚有些转暖，明日便是寒食节。毋望早早起身，打开门，外头尚且雾霭沉沉，日头升了一尺来高，看着却像个和了玉米面的饼子。

灶房里传来劈柴的声音，一会儿婶子提了水桶出来，看见毋望道，“今日起得早，可是想着明日踏青的事？”

毋望拂了拂衣袖，低声道，“我赶早起来替婶子做之推燕，还要到渠边掐些柳条，我已经十四了，岂能整日只想着玩的。”

张氏了悟，面上笑得和煦了些，“想是婶子说岔了，春君原是一片孝心。”再看向女孩，见她目光盈盈，眉眼间尚有贵气，张氏也甚欣慰，这些年的磨难没苦着孩子，也算对得起她的爹妈。

毋望洗了手，陶盆里已有婶子发好的面团，摘了指甲盖大小一块，便拿着细细地捏，不多时就成了燕子，各个活灵活现，竟还有细长的眼睛和羽毛，叫人看了极是爱怜，待拳头大的面团捏完，数来也有十七八个。此时堂弟德沛也进来了，嘻嘻笑道，“燕子都做好了，摘柳条就交给我吧，我爬上树去，挑最好的摘。”说完欢呼而去，毋望与婶子把剩下的面团和了枣泥做成饼子，现下只等着叔叔从柜上回来。叔叔在布行替人做账房，离家几十里，平日不常回家，逢年过节方才向东家告假，毋望瞧张氏颊上薄染芙蕖之色，心下也十分喜欢。

不多时听见德沛在院外大喊，“妈，出大事了！”语调甚是凄厉。

两人吓了一跳，齐奔出门槛。只见德沛光着一只脚，脸上涕泪纵横，一手指着村口急道，“我爹摔断了腿，被人抬回来了！”张氏闻言，一个趔趄险些栽倒，被毋望扶住，面上已然没了人色。

刘宏被人用门板抬了回来，血肉满身不停地哆嗦，两条腿拧着，姿势怪异，想是骨头已经断了。毋望见张氏只顾哭嚎没了主意，只得引了人将叔叔抬到炕上，一面吩咐德沛请郎中，一面绞了帕子给他擦汗。

原来刘宏回家过节到柜上支了工钱，不想被歹人盯上，一路尾随至明渠，抢了钱，又被推下坝子，在泥水里昏死了半日，可巧被同村的李开复看见，方招呼人将他救了上来，算白捡了半条命。张氏千恩万谢打发了李开复等人，迎了郎中进来，刘宏哀嚎不止，渐渐有些不支，只剩出气没有进气了。

郎中忙拿参片让他含住，一面用剪子铰开裤腿，毋望顾不得回避，趴在叔叔床头，只见刘宏双腿断了两三节，一片血肉模糊，白惨惨的骨头从皮肉里戳出来，甚是瘆人。毋望这时方觉得天塌地陷，将躲在墙角的德沛抱在怀里，并张氏三人失声痛哭。

郎中摇摇头道，“只怕凶险！你们切要留神，定是要发高烧的，等熬过了七日方转出了鬼门关，腿是保不住了，保得了性命就是造化了。我先将碎骨挑出来，再上药包扎，若要活得长久恐怕要将腿锯掉，我是无能为力的，还是上郡里找名医吧。”转身将毋望和德沛赶出去，自去医治刘宏了。

毋望失魂落魄跌坐在门外，想想刘家这些年的境遇，靠山山倒，靠海海干，才刚过上安稳的日子，叔叔竟出了这样的事，一日三炷香供奉神佛有什么用。

接下来的数天刘宏果然高烧不退，迷迷瞪瞪连人都不认得了，张氏哭死过去几次，以为他挺不过了，所幸五日后烧退了，只是人憔悴得脱了相，腿肿得倒比身子还粗。刘家愁云惨雾，刘宏的工钱被人抢了，家里剩下的半两银子又都抓了药，度日艰难，一日不如一日。刘宏上工的布庄只遣了小厮来送了一吊钱，转天就听说雇了新账房，把刘家后路掘了个干干净净。

没钱再赎药，更别提上郡里，现下快连饭都吃不上了，一时半会熬得，三月五月是万万不能的。人都说大难临头各自飞，近来张氏待她不如从前了，三句话没说便拉脸子。这原是人之常情，亲生的父母过不下去了还卖女儿呢，何况她一个外人。

“春君啊，”一日张氏唤她，脸上带着三分犹豫，“你瞧婶子当真是没法子了，你叔叔如今瘫在床上，半点动弹不得，害他的仇人跑得没了踪迹，他心里烦闷，每日里只顾骂我，我的苦处没处说去……”

毋望惶惶退后几步，靠着凉棚下的柱子不免失神。婶子要说什么她早已知道，前日齐家婶子找张氏，她无意间听了她们闲谈，原来是要替她保媒，说来没脸，当初也是大户家的小姐，如今竟沦落得要去作妾，真真三十年河东，三十年河西。

见毋望没有言语，那张氏知她为难，只悻悻道：“其实那裴相公也不辱没了你，虽不是正房，却也吃穿不愁，还有丫鬟婆子伺候。他家大太太是编修家的小姐，为人最是和气，裴相公家里只太太一个，再没小的，也无外宅，清清白白的人，你进了府断不会受委屈。这亲事，退一万步，已是最好的归宿，如今不同往日了，心气高作不得饭吃，婶子再坏也不能坑你，总是你叔叔的亲侄女，日后我下去了还要见你惨死的爹妈，只要你日子过得好，也不枉我背个卖侄女儿的骂名。”说到动情处竟哭了出来，“我与你妈是闺中的手帕交，只因有你妈，我才嫁与你叔叔的，岂知过门不满三年，便满门获罪，发配到这苦寒之地，靠着你叔叔的旧友方脱了奴籍，往日的富贵荣华皆如烟云，连梦中也不得见了……好孩子，你婶子原不是这样的，无奈一文钱逼死英雄汉，对不住你了！”

张氏满脸颓败，毋望眼中也渐渐发酸，看看这满手的茧子，看看这满头的华发，她才二十八岁，竟被磨难摧残成了这样，早已不是描着细眉坐在绣墩上哄她入睡的婶子了。毋望毋望，毋要奢望，万般皆是命，半点不由人。

“叔叔可知道？”她无奈地问道。

张氏抹抹泪，点头道，“他知道，你齐婶子半年前就来要过你的庚帖，那会子他还到裴家附近打听过，终是做小，没好同你说，不是遭了难，这件事断不会再提的。”

毋望叹口气，朝她福了福道：“现下没法子应你，容我再想想。”

说罢转身回了房里，插上门栓，蒙头大睡，直睡到天黑方才起身，净了脸，跪在父母牌位前拿铜钱占卜。只因平素不懂这些，到最后也未卜出吉凶来，索性磕了头祷告，“爹妈，叔叔婶婶叫我去作妾，女儿原是不肯的，可如今叔叔被人撞下坝子摔断了腿，又无钱医治，日夜疼得打滚，女儿实是不忍，六年来靠着叔叔养活，无以为报，这回且当尽孝吧。若爹妈答应女儿就叫这纸钱上的青烟卷起来，我明日便好回了婶子，如若不然，那便收拾衣裳连夜逃出去，不管天涯海角，女儿定能活下去，望二老给我指条明路。”

复又磕了头，烧了纸钱，巴巴地望着铜盆里，待纸钱烧尽了，忽地见一缕青烟打着圈的往上，梁上贴的红纸下翻飞起来，想是爹妈地下有知，也要叫她报恩了。罢罢罢，山穷水尽了还挑什么，走一步看一步也就是了。想那裴相公与夫人倒是蝴蝶情深，成亲五年尚未纳妾甚是稀罕，如今不是夫人无所出，怕也不会让别的女子再入园子了，可惜她竟要去抢别人的夫君，也不知那两人之中可有她的位子，若没有，想来晚景也甚凄凉。

正胡乱想着，外头有笃笃的敲门声，毋望起身开门，不防一个小小的人撞进了怀里。

“春君姐姐，”德沛哭得抽抽搭搭，“你要嫁人了吗？还是与人做小老婆？那怎么成！村头阮秋的姐姐前日回门，脸上鸽蛋大的一个瘀青，听说是叫正房打的，你也要这样了？”

毋望挑了挑眉，作势道：“谁说的？做妾也有许多门道，阮秋的姐姐挨打是因为她笨，讨不得主子的欢心，你春君姐姐岂是这样的人，没见我给你扎的蝈蝈笼子多好看吗，日后定然叫主母喜欢。”

听了这话，那孩子擦擦眼泪，闷闷坐到桌边半晌无话。毋望心下戚然，唬得了孩子唬不得自己，若不是没计奈何，谁愿走这步呢。

德沛突然抬头道，“你是做姨娘，又不是作丫鬟，手巧有什么用！”

这下毋望愣在那里，只得戳了戳他的头，“小孩子懂什么，我嫁了人，好有钱给你读书，给你爹瞧病，你想看着他落下病根吗？”

德沛猛站起来，讷讷道，“我不读书了，去找李先生，央他来替爹看病，明儿上野地里拣了番薯，卖了钱还他。”

这样小的人竟有这样大的气概，毋望心疼地将他抱在膝头，“你这么想着我，我心里极受用，几个番薯值什么，你在野地里跑，万一遇上人伢子可了不得，还是乖乖在家里，好叫我放心。”

一大一小又说了一会子话，隔着墙听见哀哀的哭声，想是叔叔婶子也在为这事发愁，毋望虽有些恼那张氏，可想起她素日对她的疼爱，当下也不好发作，只问德沛道，“你爹爹好些没？”

德沛道，“用帕子绞了接骨草熬的汤敷腿，想是好了一些。”

毋望想明日还是要去镇上一趟的，请个好些的大夫瞧瞧，当年朝廷来抄家前，母亲将一颗东珠藏到她的发髻里，拿了带子绑紧，嘱咐她小心看管，日后好换些银钱吃饭，所幸官差押解他们入牢时只扒去了身上的衣服，这颗东珠一直好好放着，叔叔婶子都不知道，要不是急着用钱，毋望是不想拿去当的，留着是个念想，进了当铺还不知被说成什么，能当八分银子已是万幸了。

打开衣箱的盖子，从角里拉出个布袋子，毋望小心将东珠倒在手心里，托到德沛眼前，道，“你且瞧瞧这是什么？”

德沛接过来把玩，只见那珠子晶莹透彻，华彩四溢，竟然足有板栗般大小，当下愕然道：“是夜明珠吗？灭了灯会亮吗？”就要爬上凳子吹油灯。

毋望忙拦住，笑道，“不是夜明珠，这个是东珠，极稀罕的，皇宫里头才有，寻常人家不得见的。明日你陪我去镇里，找个识货的当铺当了，拿了银子好请大夫给你爹治腿。”

德沛歪着头嘀咕，“这样的小镇哪里会有识货的人，都是卖菜的农户，想必当铺里平素只收些破褂子烂棉袄，何尝见过这样的好东西！不如去城里，定能卖个好价，这样你便不用嫁到裴家去了。”德沛欣喜不已，拉起她的手道，“快去告诉我爹妈，好叫他们欢喜欢喜。”

两人走到刘宏夫妇房前，掀了门帘子进得屋来，尚未开口，中药并着皮肉腐坏的味道扑面而来，直冲上脑门，呛得险些一口气上不来。刘宏见了毋望挣扎着要支起身子，张氏擦了眼泪上前扶他，被他一把推开去，想是用力太大，牵扯到了伤处，一时冷汗淋漓，抚着胸口喘了半天，方喝道，“不用你扶！你只当我死了，家里一应事宜俱瞒我。”

原来叔叔并不知情，只是张氏一人的主意，毋望心中大感宽慰，忙拿了被子塞到他腰后，倒了水与他喝。

刘宏又气又急，颤着手指指着张氏道，“你、你、你……亏你当年还是翰林家的小姐，诗书都念到狗肚子里去了不成！我刘家是连累了你，可你断不能将我哥哥唯一的骨血卖与人作妾，我情愿疼死烂死，也不用这造孽的钱！”

张氏站在墙角掩面而哭，泪水顺着指缝落到地上，模样极其可怜，半晌嗫嚅道，“我何尝想这样！春君是我看着长大的，我把她当亲生的，有好的先紧着她，从不叫她委屈，如今不是没法了吗……你若死了，我们孤儿寡母怎么办？”

刘宏瘦得只剩骨头，眼下乌青一片，听了张氏的话更是脸色灰败，怒道，“此事不许再提！否则我……便休了你！”

张氏霎时如闻晴天霹雳，跌坐在地上几乎背过气去，毋望扶她到春凳上，好言劝了一会方才好些。转身到叔叔跟前，刘宏面有愧色，叹道，“你婶子眼皮子浅，我真真臊也臊死了。”

毋望柔声道，“我不怪婶子，婶子也是疼我。”

刘宏却不依，叱道，“混说！刘家女儿做姑子也不做姨娘，这条要记在心上！”

刘氏一门原是官宦世家，家规极严，其中一条便是不得自毁身份与人为妾，所以刘家的女子不论嫡出庶出，出嫁便做正室，从无例外。

毋望敛衽行礼道，“是，春君记下了。”

又将东珠递给刘宏，刘宏接过只一眼，问道，“哪里来的东珠？”

这时张氏也起身来看，一旁的德沛蹲下去，将他母亲裙上的泥灰拍尽了。

毋望道，“是我妈趁乱藏在我髻里的，叔叔莫要怪我这些年没拿出来，实在是……心中难舍。”

刘宏怔在那里，想起了哥哥嫂子，顿时流下泪来，哽咽道，“一恍已经六年了，昨日总总尚在眼前。”

毋望道，“叔叔莫要悲伤了，我明日就同德沛进城，将它换了银子再说。”

刘宏连连摇头，“这是你母亲留给你的，怎好因我卖了！你收着吧，也是个念想。”

毋望把泪憋回了肚子里，浅笑道，“本就是我妈给我换饭吃的，身外之物没了便没了，还是活着要紧，家里无钱无粮，德沛如今长身子，饿不得的。”

张氏看看刘宏，又看看毋望，凄惨惨道，“卖了容易，再赎回来难，还是留着防身罢。”

毋望铰着裙带，咬牙道，“还是卖了罢，先过了眼下的难关，日后有钱再赎不迟。若叔叔还是不允，那春君只好嫁给裴相公，换些聘金以报养育之恩了。”

刘宏无话可说，左右权衡只得答应，复又道，“你去城中的广聚德当铺，找个叫郑连生的人，我与他尚有些交情，不至于坑你。”

毋望应了，收好珠子，福了福退了出来。

〇〇二 进城当东珠

第二日，毋望寅时便早早起来，换了叔叔以前的袍子，绾了头发拿木簪别住，梳洗完毕，将东珠贴身藏好，看看天还未亮，进厨房烙了几个饼子，待饼烙好，德沛已穿戴妥贴来找她，小腿上的裤子用麻绳绑住，一副要出远门的老道样子。毋望不禁失笑，嗤道，“又不是上山，你弄成这样做什么？”

德沛眼睛黑亮，清俊的小脸上笑意盈盈，边将饼包进包袱，边道，“我昨日看见月亮外头有一圈晕，恐怕会下雨呢。”活脱脱就是叔叔未雨绸缪的性子。毕竟还是个孩子，平常只在家附近，少有机会赶集，毋望只比他大了六岁，平辈之间不似在父母跟前拘谨，跟她出门管不得是去做什么，竟跟玩似的。毋望心里也高兴，不痛快的事暂且搁下，与德沛手牵手蹦跳着出门而去。

现下清明才过没几天，路边草木都已发芽，他们沿着田边小路走，一眼望去绿油油与天连成一片。这时天才蒙蒙亮，早晨田径里尚有露水，没走多久两人的鞋都已湿了，却并不十分在意，反觉得欢畅淋漓。毋望用力嗅嗅，泥土里和着青草的芬芳，先前的郁郁寡欢如大梦方醒，渐渐回到四五六岁时的光景，那时家还没被抄，刘家正是春风得意，父亲官拜大仆寺卿，掌管军马事宜，端坐在衙门里，头戴展角襆头，腰间束着玉带，一时风光无限。每逢春暖花开便举家出游，去的最多的是洛阳花会，各色牡丹争奇斗艳，开得很是热闹，父亲为她取得小字叫春君，大概也是盼她一生如春光明媚罢，现在想来，那是毋望十几年来顶顶快活的时候，无忧无虑逍遥自在，只可惜好景不长，一夜之间祸及满门，爹爹问了斩，母亲一根白绫随他而去，只剩下孤女随叔婶发配到了极北之地，如今苟延残喘艰难度日。所幸毋望不是个死脑筋的，有时烦闷倒懂得排遣绝不自苦，现在虽无花，却有草，另有一番清雅意境。就如人生一样，繁花似锦未必就好，山穷水尽未尝就坏，全看各人手段。

毋望低头看德沛，突道，“沛哥儿，我且来考考你……‘日日惜春残，春去更无明日。拟把醉同春住，又醒来沉寂。’下一句是什么？”

德沛摇头晃脑对道，“明年不怕不逢春，娇春怕无力。待向灯前休睡，与留连今夕。”

毋望抿嘴一笑，道，“甚好。你未进学堂就能记得这些，总算叔叔没白教你，若今日能卖个好价钱，便求你妈送你进学堂吧，进了学堂才好考生员，将来考了秋闱复再考春闱，进得国子监便光耀门楣了，只是不知我们这样的戴罪之家可还能入仕，若不能便白糟蹋了你。”

德沛一个孩子家自然不问这些，他摘了一根草叼在嘴里，直跑到几丈开外追雀儿去了。毋望快步赶上去，两人嬉闹在一处，在这春光里，与陌上桑林，小河流水相映成趣。

日头升得高了些，路上已有行人，德沛走得乏了，拉毋望在河边坐下歇息自己又去折了柳条，编了两个环戴在各自头上。毋望探身在河水里照了照，只见一个少年头戴柳环，言笑晏晏，说不尽的风流倜傥，复拂了耳边细小碎发，心下甚是得意。

约又走了一个时辰，行人渐渐多起来，走路的，骑马的，坐轿的，千人千态，好不热闹。毋望拦下一位挎着菜篮的农妇，做了揖道，“大娘，我要进城，走了半日了不见城门，不知多早晚方能到？”

那妇人打量了毋望和德沛，温声道，“你们兄弟进城是走亲还是访友？约再走一炷香就能看见城墙头了。”

毋望道了谢，摸摸怀里的布袋子，领着德沛急急赶路而去。因这几年只跟叔叔来过一次郡里，先前的记忆都已模糊，站在城中两眼一抹黑，只得再靠嘴皮子，又问了人，才打听到广聚德当铺，德沛刚想迈腿，被毋望拦下了，不解道，“怎么了？到了却不进去？”

毋望指指斜对面的珠宝铺，眼中似有了计较，低声道，“咱们先去那家问问，打听了大概值多少再进当铺不迟，人心隔肚皮，提防些总是好的。”

进了珠宝铺子也不说要卖，只说是家里人从北边带回来的，想问个市价再作定夺。那掌柜倒是实在人，反复看了半日才叹道，“是颗上好的珠子，成色好，个头也大，若送进宫里怕也能镶到皇上的冕旒上！客官是想做首饰呢还是想卖？若肯卖，我出二十两银子，再多了，我店小利薄承受不起，这东珠本是御用的贡品，做了首饰也无人敢戴，我买来只为了传家不为赚钱的。”

毋望和德沛互看一眼，德沛扭过身去暗暗吐舌——二十两啊，这颗珠子竟值二十两！爹做账房，天天拨算盘珠子，一刻不闲一年拢共才五两银子，这颗东珠顶得过一家人四年的进项！

毋望笑了笑道，“今日原是打算卖的，掌柜既出得高价，那我回家禀明父兄，过会子再来回话。”

那掌柜将东珠交还给她，眼中却有十二万分的不舍，又道，“不论卖与不卖，公子好歹差人传话于我，我在这里候着的。”

毋望将东珠收在囊中，拱手道，“一定一定！”领着德沛扬长而去。两人在街角猫了一盏茶工夫，见那掌柜退回店内方才走进当铺大门。

进得店来，瞧那柜台竟有一人多高，里头的人只露出一个头顶，一时不知怎么开口。这时来了个伙计上前招呼，引着他们坐下，才道，“公子是来续当还是来赎当？”毋望道，“请问有没有一位叫郑连生先生？我找他，请小哥通报一声罢。”

小二应了，倒了茶放在桌上便进了里间，这时德沛拉拉她的衣袖道，“不知是个什么样的人。”

毋望略一思忖道，“先打听清楚再说罢。”

不多会儿从里间出来个人，约摸三十岁上下，面皮白净，看上去甚是和气，他冲毋望作了揖，毋望和德沛忙还礼，道，“郑先生，我们是刘宏的儿子与侄儿，今日有事要劳烦先生。”

郑连生见那少年肤白赛雪，一双眸子澄净透亮生得极好，亭亭玉立地站着，气若芝兰，当下便明白了七八分，这哪里是侄子，分明就是侄女儿！暗暗感叹，这女孩儿好大的主意，竟带着个半大小子跑了这许多路，真真叫人捏把汗！忙又请他们坐下，只道，“我与你叔叔私交甚好，哪里谈得上劳烦！我知道他被歹人所害摔断了腿，本来备了些药材和吃食要去看他的，可巧这些天忙得抽不出空，你们既来了正好带回去。”

毋望道，“侄儿代叔叔谢过先生！我这里有样东西要卖，请先生过目。”又掏出东珠双手奉上，只道，“这是我家从前留下的，如今叔叔无钱医治，需卖了它好救命，望先生替我们做主。”

不想郑连生面上有些迟疑，压低了嗓子道，“我且替你上柜上问问吧，我是这里的账房，本不管典当的事，或许典当师傅看在我的薄面上出价高些，只是进了当铺，再好的东西都成了破烂，怕是不中用了！”

毋望心道，那也无妨，既有珠宝铺子里的老板许的二十两，即使这里不成还有那里，于是点头称是，又拱手道，“先生受累了！”

郑连生进了柜内，只听得一阵悉唆之声并啧啧之声，郑连生问道，“能当多少？”

另一个声音答道，“至多八两，再不能多了。”

德沛看向毋望，目光甚至有些惊恐，比了个十二，苦笑道，“还是春君姐姐有远见，以后我便叫你作女诸葛罢。”

毋望嘿嘿一笑，啐道，“莫要胡说，我年岁比你大，想得自然也比你多。”尤其是经过了滔天大祸的，世态炎凉，人情冷暖，远比普通百姓想得更透彻。至于这东珠的事，想来也会是这样的结果，当铺本就是走投无路的人才去的去处，越是走投无路越是落井下石，恨不得把人的经骨抽出来，哪里管你的死活！出来的客人莫不是一脸绝望痛不欲生，捶着胸口凄惨呼一声“皇天菩萨坑死人”，可又能怎么样呢，当了就是当了，“当”自然不如“卖”，只是未料到珠宝店的掌柜肯出二十两，与她当时料想的八分相距何止十倍，令她亦是欣喜不已。

郑连生出来，面有菜色，摇头道，“我当年在鸭绿江见过进供的东珠，个头远不及这个大，已是宝中至宝稀世奇珍，若按着市价，百两千两也不在话下，如今却只值区区八两，你若想卖我便再与他周旋，多要一两半两也不难。”

毋望道，“那便不卖了，还是另想法子吧。”收了东珠便要告退，郑连生拦道，“且等一等，给你叔叔的东西在后头，我去去便来。”说完匆匆奔进后院，留下他们姐弟在外候着。

这时高柜后头咳了一声，两个俱抬头看，却见那不曾露过脸的典当师傅探出大半个头来，眉窄眼细，像个耗子。他阴阳怪气道，“八两还嫌少？人不大，心不小！瞧你们也可怜，既是郑先生的熟人，那便再加半两如何？卖就卖，不卖可别后悔，别处更不如我这里呢。”

毋望听这话甚是厌恶，转身不与他答话，那师傅呲的一声缩了回去。此时郑连生气喘吁吁地跑来，将一个包袱交予毋望，又拿了一吊钱塞在德沛怀里，拍拍他的肩道，“沛哥儿，回家给你爹传个话，就说我得了空就去看他，叫他好生将养着，差使的事莫去想他，养好了身子要紧。”

德沛躬身满满行了个礼，道，“侄儿记下了，多谢世伯。”

辞了郑连生再转到那首饰店，掌柜早已望眼欲穿了，见了毋望和德沛比见着自己的亲爹还高兴，火速拿出银票交与毋望，唯恐再生变化，又捧着东珠细细地看，着实的爱不释手。

德沛恹恹地跟着毋望走在大街上，拉拉毋望衣袖道，“你不可惜吗？”

“可惜什么？”毋望明知故问。

“自然是可惜了那珠子！白糟蹋了，落到那市侩手里！”德沛愤愤道。

毋望知道弟弟替她心疼，便做出一副云淡风轻的样子来，安慰他道，“卖市侩也比卖禽兽好！至少我知道那市侩买了我的宝贝是传家用的，不似当铺，今日卖的，明日说不定就给人磨成了粉吃了！”

德沛想想觉得有理，复又高兴起来，神采飞扬道，“等我长大定要把更好的给你，你且等着看吧！”

〇〇三 初见裴公子

毋望与德沛是驾着牛车回馒头村的，车上摆着米面，两只母鸡和两个大包袱，德沛左手捏个糖人，右手甩着鞭子，一派悠然自得。毋望抱膝在车上坐着，不时翻出绣线瞧，满心的欢喜。适才路过绣花铺子买了各色花线和两个绷子，说起来她的刺绣手艺还是婶子带出来的，张氏原是女红的好手，飞禽走兽，花鸟鱼虫，高山流水，皆无一不通，只因这几年的颠沛流离才丢了手，如今重拾起来，绣了东西能卖钱的。毋望都打听好了，那家绣坊还收客人的刺绣，若绣得好，签了契约，下回的绣料不要银子只管拿去，只要绣活送来，折了价再扣工本，便是无本的买卖了，岂不比毫无进项强百倍！

至于这牛，毋望想来便觉有些肉疼，花了白花花的五两，郡里的大夫都很拿乔，只坐堂不出诊，听说要跑几十里路，头更是摇得似拨浪鼓一般，没计奈何，毋望开始为买牛还是买骡子纠结不已，骡子便宜牛贵，骡子跑得快牛跑得慢，骡子能拉磨牛能耕田……骡子肉贱牛肉更值钱些，又想起屋子后头那块荒地，毋望咬牙切齿一跺脚把牛买下了，还是一头刚满两岁的新牛，倒也不算太亏。

德沛有了牛可高兴坏了，摸摸牛头，拍拍牛臀，抚掌笑道，“可算有了自己的牛，这下不知要省下多少气力呢！”又打了保票把放牛割草的差使俱揽下了，这才套了车将毋望扶上去，在落日余晖中急急往家赶。

远远已能看见村子，炊烟袅袅，犬吠声声，一派舒心惬意的田园诗意。

张氏在屋外等了许久，见姐弟二人驾着牛车回来，大大舒了口气，一面又奇道，“哪里来的牛？”

德沛大声道，“自然是买的！”兴冲冲将车上东西卸下，将牛拉到凉棚下牵好，又张罗拿芦苇扎的蔴子把两只鸡圈起来，喂了食，还抽了干草做了只窝，只等着明早好捡蛋。

毋望将剩下的十四两七钱银子给了张氏，提了郑连生给的包袱到叔叔跟前回话，把当珠子的经过种种说了一遍，听得张氏只顾抽气儿，“还是春姐儿有见识，亏得到别处问了价，若一气儿找了郑连生，岂不白扔了十二两！”

毋望福身道，“婶子说得极是，只是也怪不得郑先生，他又不是掌柜，做不得主，可恶的是那典当师傅。”

张氏应道，“竟要坑那许多，真真黑了心肝！”

刘宏道，“可曾替我谢过郑先生？他家里也不宽裕，竟还想着接济我。”又长叹一声，“当年富贵时宾朋满天下，殊不知贫贱之交才是真心待你的！”

毋望点头称是，瞧着刘宏精神头仍是不济，心中十分担忧，轻声道，“叔叔明日便去城里罢，早些治好了腿才是正经，总这样拖着多早晚才是头！”

刘宏闷声道，“看不看还有什么，不如拿了斧子来自己砍，还省些诊金。”

毋望看他烦闷，忙宽慰道，“我今日打听到一位大夫，卸甲之前在太医院供职，医术甚高，或者他有别的法子治叔叔的，不论如何总要试试的。”

刘宏还是摇头，张氏对毋望无奈道，“这一日劳心劳力也该乏了，你且回去休息吧，我再同他说说。”

毋望道是便退出来，却见德沛拿草席摊在凉棚前，坐在上头眼巴巴地看着那头牛。毋望道，“又出什么幺蛾子？”

德沛抬眼嘻嘻笑道，“我今晚就睡这里，怕有人偷牛！明日我找章家哥哥替我搭个好好的牛棚，要有门有锁的，这样才能放心。”

这孩子心思甚是缜密，她竟没想到要防贼，于是赞道，“我家沛哥儿真是长大了！只一条，外头可凉，仔细冻着。”

德沛道，“我省得。对了，前日文家哥哥问你可是许了人家，后一日便听见文妈妈和齐妈妈大吵起来，只因齐家的狗咬了文家的鸡仔，文妈妈便夹枪带棍地骂，后来我隐隐听得齐妈妈说什么傻哥儿癞蛤蟆想吃天鹅肉……”

毋望吃了一惊，猛想起了文俊那张憨实又不太憨实，斯文又不太斯文的脸，顿时脑中嗡嗡作响。她抚了抚胸斥道，“你一个男孩儿家的说什么家长里短！看好你的牛罢，过两日买对鹅回来，若有生人便会叫的！”

德沛面上一红，闷声应是。

毋望回到房里倒在床上，看着石青色的帐顶愣愣出神，她八岁那年与叔叔一家发配到此地时，头一个认识的就是文俊，文俊的爹是当地的里正，要落户必然得找他，那时文俊十一岁，下了学坐在院子里吟诗，什么“闲来无妄想，静里多情况”，又是什么“乱纷纷世事不欲听，倒大来耳根清净”，一双眼睛却总往门外瞅，突地看到毋望，立时扔了圣贤书跑来只顾与她搭讪，那时毋望刚没了爹妈没了家，哪里有心思听他胡扯，只觉得耳边聒噪，便不客气道，“你可知与人方便，救人危患，休趋富汉欺穷汉？你自去读书，我们不是来找你的，莫要盘根问底！”谁知就这一句，那文俊便整纠缠了她四年，每日学堂里归来只顾追在她后头跑，究其根底大概是文俊认识的女孩儿大抵不识字，毋望的出口成章令他大大的刮目相看，更要紧的是她说的那句他竟不知出处，着实比他还高明些。他爹爹和老师平日教导他要多多结交良师益友，于是乎，他更是巴巴的送上门讨嫌，直到他考童试未过，他爹一怒将他禁了足，毋望的世界才清净了一二年。方才猛不丁听德沛提起他，真是唬了她一大跳，这阎王怎又打听起她来，莫不是不安什么好心？……苦闷了一会子，眼皮子开始打架，翻个身抱着被子沉沉睡去。

第二日醒来已是日上三竿了，毋望忙起身梳洗，收拾停当出门，德沛已将牛牵出去放了，婶子笑容满面地捧了碗蛋羹，看见她便道，“那两只鸡很是争气，今早果然捡了两个蛋，我给你叔叔蒸了一个，还有一个在灶上，你去吃了吧。”

毋望忙道，“我不吃，留给沛哥儿吃。”

张氏笑笑，掀了帘子进屋去了。

毋望乘着风清气爽，把昨日买的绷架子搬到院子里的树荫底下，绷紧了缎子的绣底，调匀了呼吸，着手给绣品描底。

齐氏领了裴家公子来时，恰见那春姐儿在画梅花报春图。齐氏回头轻声道，“那便是春君。”

裴公子颔首，再细看，只见她穿着淡绿的交颈长袖短衣，低着头，露出粉藕似的脖子，月华裙上挂一宫绦长长垂在地上，素手纤纤，笔下红梅点点，在这大好春光里，美得似一幅画，裴臻不禁有些看痴了。这样姿容的妙人儿哪里得见过，若真有姻缘，岂不是几辈子修来的福气么！当下喜不自胜。

齐氏见他那样，心里明白了七八分，抬腿进了院子，高声道，“春姐儿在绣花呐！”

毋望闻言忙起身一福，道，“齐婶子来了！”却见她身后跟着两个人，一个小厮打扮，肩上背着药箱，另一个风度翩翩，眉目清朗，只道是齐氏请来的郎中，谁知齐氏扔来的一句话把她震得天旋地转——“这位是裴家相公，叫裴臻，先前同你婶子提起过的。裴公子是大夫，听说你叔叔伤不轻特来替他诊治，快快喊你婶子出来吧。”

毋望又羞又恼，面上又不好发作，应了声便进屋寻张氏。刘宏听了狠狠瞪张氏一眼，低斥道，“看你做的好事！如今别人寻上门来了！快打发了他，说我不用他瞧！”

张氏也急出了一脑门子汗，直说道，“原也没有这样的理，才说了媒就巴巴地跑来，我倒要问问齐氏，她这是作践我们家呢，安的什么心！”就要出去哄人。

那齐氏素来是个大嘴巴，得罪了怕要生事端，毋望思忖了道，“不如请他瞧瞧罢，诊金照给，叔叔的腿总要治的，齐婶子那里也好交代，待人走了婶子就同她说，咱们小门小户高攀不上，叫他另寻佳偶。”

刘宏权衡后允了，张氏出去引人，毋望亦步亦趋地跟着，出了门槛便转回自己房里，再不露面了。

裴臻见了刘宏先是深深一揖，只道，“先生恕晚辈冒昧了，此番前来不为别的，有个同年病了，去那里探望，路过这里给我舅母送些东西，听舅母说先生伤得甚重，晚辈恰巧略通医理，便想尽尽绵薄之力，一来是精进医术，二来医者父母心，便是不相识的也要帮上一把的。”言之凿凿，形容不卑不亢。刘宏张氏听了，面上方有些笑意，遂只将他当寻常的大夫，这般那般将这月余的症状俱同他讲了。裴臻把了脉，又掀开被子细瞧，刘宏的病腿肿胀如桶，破损之处的皮肉有些溃烂，其状真真惨不忍睹，齐氏瞧了吓得倒退几步，直呼造孽造孽！

裴臻面色如常，问道，“先生可怕疼？”

刘宏苦笑道，“如今都疼惯了，还怕什么。”

裴臻示意小厮将药箱打开，又吩咐张氏点了油灯，取出一根银针在火上烤着，边道，“今日先医一条腿罢，怕先生疼得受不住。我先以三棱针直刺血肿处达骨膜为度，因日久了，需加拔火罐，待瘀血流出后再行手法整复，以夹板固定，静观几日，若得好转再治另一条腿。”

张氏喜道，“不用锯腿了吗？”

裴臻微微一笑，露出一排齐整的牙齿，笃定道，“截肢是下策，我以前曾遇过同样的病况，是靠的这个法子。”

那厢毋望在房里坐着，担心叔叔的伤，又因治病的人身份特别，不好在跟前候着，正心烦意乱，突听得刘宏一声痛呼，直唬得她魂飞天外，像只没头苍蝇在屋内团团乱转。刘宏喊了约摸有一炷香的时间，后来再听不见什么了，毋望才瘫坐下来，摸摸脸，竟是满头大汗。

裴臻取了纸笔，写了张接骨汤的方子，又说了这几日需注意的事项，便拱手告辞，张氏送到院外要付诊金，那裴臻推辞了一番，叫小厮收下了，复骑上了马，绝尘而去。

张氏原以为他要纳毋望，诊金断然不会收，没曾想他这般爽利，暗暗长出了一口气，顿觉轻松。转念又想，莫不是没瞧上？怎的无半分留恋之意？自家侄女长得如此相貌，那小子竟这般有眼无珠，气煞她也！

一旁的齐氏拿肘顶顶张氏，笑道，“我那夫家的外甥如何？相貌人品都没得挑吧？”

张氏敷衍道，“果然翩翩浊世佳公子，我家春姐儿是乡下的野丫头，怕是配不上这门贵婿的。”

齐氏笑道，“你莫要自谦，春姐儿的样貌做派，恐怕大户人家的千金都赶不上，你没见那外甥看得眼睛都直了！”见张氏不哼不哈，又道，“你可是为那诊金不痛快？裴臻是个水晶心肝玻璃人，不想拿恩惠压你一头，却教你想岔了，你还以为人家图你那三钱银子不成！”

这么一说，霎时把张氏刚刚的气愤变成了惶恐，如今当真是两头为难了，只得嗫嚅道，“怕是不成，我当家的不肯。”

齐氏倒也不急，推说道，“来日方长，又不是今天就要定亲，等治好了腿再说。”施施然去了。

裴臻的小厮看主子满面春风，又想起适才在刘家见着的姑娘，推想着公子爷好事将近了，奉承道，“刘姑娘当真天人之姿啊，竟比我们奶奶还强出三分去。”

裴臻笑道，“你如今不怕你奶奶撕你的嘴了？”

那小厮缩缩脖子不敢言语了，却听得裴臻低低吟道：“开时似雪，谢时似雪。花中奇绝。香非在蕊，香非在萼，骨中香彻……”

〇〇四　竹马伴青梅

章家哥哥是好人，敦厚老实，虽不识字，却谦恭守礼，待人极是和气，毋望初来此地时与他并无往来，只是每日清早见他背着背篓从她家门前过，日子久了便会点头微笑，慢慢熟识起来了。在毋望看来，这世上似乎没有章家哥哥不会的事，他会修屋顶，会砌灶台，会打鱼，会种地，如今到了德沛这里竟还会搭牛棚，真真上天入地无所不能。

章家哥哥的爹给他取了个与他甚配的名字，叫章程。章程今年十七岁，前几年父母相继病死了，如今同她一样，是无父无母的可怜人，只是她尚有叔婶，章程却是孤苦伶仃一人，每日地里回来清锅冷灶，甚是可怜！也只因此，毋望待他分外亲近，越看他越喜欢，反观文俊，不事生产，只顾傻笑，十足的像个大倭瓜！每每此时文俊便嚷，“你如今才几岁，便想着找女婿！我都替你臊得慌！你是贪他那张脸还是什么？若真要找女婿也不能找他这样的，无亲无眷，连个帮称的人都没有，只这一股子傻劲便能当饭吃了吗？”

听了这话，毋望直想拿扁担上去招呼，怒道，“我何尝要找章家哥哥做女婿了？你满脑子男盗女娼，书都读到狗肚子里去了！”文俊说话素来刻薄，一个连秀才都考不上的文人说的酸话，其实也不用太过理会，直接哄出去便得了。毋望想好了要这样做的，只可惜后来文俊被他爹禁了足，再没来过。

眼看着章程给牛棚子盖了顶，又拿桩子将四个角拉住，装上厚厚的门板，落了锁，德沛前前后后转了几圈，夸道，“章家哥哥果然好手段，竟比河边铁生家花银子请工匠搭的还好！我妈说了，今晚定要留哥哥在家吃饭，好生谢谢哥哥！”

章程腼腆一笑，擦了擦汗道，“这值什么，还要谢！”

毋望端了茶来与他喝，笑道，“我婶子到王屠户家割肉去了，还请章家哥哥赏脸。”

章程见她脸颊晒得微红，皱皱眉道，“你站在日头底下作什么，仔细晒伤了。”

毋望闻言心头一暖，面上更是发热，低头应了声，提着茶壶进屋去，坐在灶后愣愣发呆。

其实嫁给章程也不错，他老实会疼人，家里有屋又有几亩薄田，上不用服侍公婆，下不用谦让小姑，只要两口子好，那日子不似蜜里调油么，不知谁家姑娘有这样好福气……她不由又有些烦闷，章程没了爹妈，亲事自然也无人过问，不如自己同婶子说，就说她要嫁章程为妻？……

猛回过神来，毋望吓得直拍胸，复又吃吃笑起来，这样岂不真叫文俊说中了！自己贪章程的男色？

“这丫头，拾着宝贝了不成！”张氏提了一刀肉放在砧板上，见她一人傻笑，便也跟着笑起来。

毋望正正神色道，“没什么。婶子可曾看了我们的新牛棚？这下沛哥儿不必睡在外头了。”

张氏也道，“可不是！他人还小，身子也弱，没的再受寒。”

毋望想了想，昨晚像是没听见叔叔喊疼，便问张氏，“叔叔的腿好些了没？”

张氏道，“那条正过骨的腿退了肿，想是没大碍了，阿弥陀佛，可算叫我睡了个囫囵觉！只是另一条腿可怎么办呢，难不成还要去求裴公子吗？”

毋望缓缓道，“若他真不来了，到底还是要去求的，留一条瘸腿算怎么个事！顶多多出些诊金，他若还不依，我便给他跪下，只是这样的人，果然不是能够依附终身的良人。”

张氏道，“你莫说，那裴公子医术真真是高，相貌长的也甚好，若非已有了妻室，倒真是一门良配呐。”说完颇觉可惜地摇摇头，转身自去切肉了。

那位裴公子么……那日只打了个照面，话都不曾说上半句，长得好是真的，医术好似乎也是真的，只是再好也是别人家的，况且又是不请自来，这般的举止草率，她恼还来不及，并不觉得他是什么良配。

日头渐渐落下去了，毋望将晾干的衣裳收进屋，又站在瓜棚底下仰头瞧，结出的黄瓜上竟生了蚜虫，这时章程净了脸正走来，毋望没了主意，问道，“可有什么法子灭了这些蚜虫？”

章程道，“明日我拿些烟丝来，泡了水，拿毛笔蘸着点就是了。”

落日的余晖照在毋望脸上，眉目如画，说不尽的婉转风流。章程怔了怔，忙调开头，面上赤红一片，半晌才道，“前日我的一个远房表叔来找我，说要过继我做他的儿子，他家有些产业，却后继无人，听说我爹妈皆不在了，便要接我过去替他养老……”

毋望不由有些失神，面色愈发苍白，咬着唇，人微微颤抖。章程见她如此心中急躁，没头没脑道，“你若能等得我，我过去了必定向二老禀明，请了媒人过礼下聘，风光将你娶进门，决不辱没了你官家小姐的出身……”说着躬身察言观色，犹疑问道，“你……可愿意？”

毋望暗暗思量，只怕到时他也身不由己了，既过了继就是人家的儿子，自古儿女婚配须得听从父母之命，那家自要替他寻个般配的好人家，哪里有他自己旋摸的道理。遂涩涩道，“章家哥哥你莫要多想，我看你日后有了祖荫为你高兴，咱们相识多年，情同兄妹，什么娶啊嫁的，没得叫人笑话！我叔婶俱全，自有他们给我做主，自己可不敢乱了规矩。”

章程听她如是说，隐隐有些失望，也觉得自己甚唐突，反倒觉得对她不住。顿了顿道，“我听说齐家妈妈给你保媒了？男家家世颇好，是世代行医的？”

毋望苦笑道，“什么保媒！那家是要纳妾，让我去作姨娘的。”

章程顿时大为恼火，疾声道，“齐家那婆娘也不怕风大闪了舌头！怎不叫她女儿去作妾！人家的女儿就不是爹生娘养的吗？”

毋望很是意外，只道章程平时像个锯了嘴的葫芦，今日竟也会发怒，果然人不可貌相！旋即笑道，“我婶子已经回了，你放心，我不予人做小。”

章程这才作罢，又道，“我同沛哥儿说好了，趁着我还在，把屋子后头那片荒地耕了，种些小麦高粱，屯些粮食总是好的。”

毋望登时又觉造化弄人，这样兢兢业业的好男人竟要走了，此生不知可还有机会见面着实是憾事！

章程和德沛说干就干，第二日一早便给牛套了犁头，往屋后的空地去了。毋望在家绣了一个时辰的花，抚抚发酸的脖子走到院子里，梧桐根下摆着个毛竹筒，拔了塞子，一股子呛人的水烟味，想是杀蚜虫用的。再看旁边地上，一根竹枝两头裹着棉花，斜斜靠在梧桐上，毋望不由得笑——章家哥哥果然聪明，没有毛笔自然寻得到别的替代！试了试，拿着也甚是称手，这才卷起袖子准备大干一场，却见张氏挎着篮子，里头放着几个番薯并四五个芋头，一路愁眉苦脸而来。

“上年雨水多，把菜窖给淹了，那许多的青菜萝卜，还有芦粟，都烂完了，如今只剩下这些，亏得今年的荠菜茼蒿都能吃了，不然必定顿顿吃腌酱瓜。”张氏懊恼说道，又招呼，“你去瞧瞧炉子上的药煎得如何了，这几个番薯塞到灰里唔着罢，过会子就能吃。”

毋望应了，端下药罐子，封了炉子，就着没烧完的柴，把番薯一股脑投进去，又拿火钳子捅了捅，登时火星子一通乱窜，张氏看了忙嘱咐道，“仔细烫着，拿锅接了水在上头摆着吧。”

张氏滤了药端给刘宏吃，毋望又举着竹枝点蚜虫，一面哼唱道：“天堂地狱由人造，古人不肯分明道，到头来善恶终须报，只争个早到和迟到……”

背后突地有人轻咳一声，回头一瞧，竟又是那裴臻！毋望心叹道真是巧啊，为何每次他来她都在院子里，想照面偏偏躲不开，定是八字犯冲的！无奈一福，道，“裴大夫来了！我叔叔婶婶在屋里，请随我来吧。”

裴臻听那少女嗓音娇嫩，面容端庄，似比上次还美上几分，当下整整衣冠躬身一揖，不敢有半分冒犯。

毋望侧身避开，敛衽还了礼，便要引他们进去，谁知那裴臻站在瓜棚下，并未打算挪动，只问道，“春君姑娘适才唱得是什么曲子？”

毋望道，“叫大夫见笑了！是邓玉宾的叨叨令。”

只见那裴臻笑道，“词甚有野趣！”毋望看了看他，见那公子长身玉立，儒雅温文，一双眉眼隐隐含春，恍惚间脑中便蹦出两个字“美人”来，转会又腹诽，男人竟长成这样，把一干女子都比下去了，怪道守不住那嫡妻，还想着要娶偏房，为人定是轻狂孟浪，白糟蹋了这如花的面皮！遂又道，“请随我来。”

裴臻见她面有不豫，也不好再说什么，带着小厮进了屋子。毋望将他引到门口并未进去，只听得张氏一声“皇天菩萨你可来了”转身出了院子，到地头去寻德沛与章程了。

那两人正忙得热火朝天，立了夏的日头，无风便热辣辣的，毋望拿手遮了额头远眺，地只耕了一小半，纵向却有百丈远，这么大片的地，将来要下种浇水、施肥除草，只怕不是等闲之事啊。

放下水罐瓷碗，摘了片荷叶戴在头上，毋望坐在田垄上等他们转回来。

德沛指着那半片地，神情颇为得意，“你瞧见没有？我们耕的！”

毋望老实点头，“瞧见了，是牛耕的，章家哥哥扶的犁。”

德沛噘了嘴，闷闷坐下喝茶去了。毋望倒了碗水递给章程，笑道，“真真辛苦章家哥哥了，临走还不得省心！”

章程低头道，“你叔叔病着，我没别的本事，只好出把子力气，耕出块地来好叫你们日后有粮吃罢，况且累的是那牛，我只扶犁罢了。”

毋望知道他说客套话，也不应，拿帕子蘸了水绞干，递与他擦脸。

章程似有些迟疑，吞吞吐吐道，“我昨夜想了大半夜，去做人养子没什么好，隔层肚皮便是隔着万水千山的，再孝顺恭敬怕也不中用，日日还要提着心过日子，哪里及眼下逍遥自在……”

毋望叹了口气，才刚想劝他，突听得马蹄声声，马上男子白衣翻飞，又是那裴家公子。不知是怎的，她霎时有几分惊慌失措，竟像是做了贼被拿住了，可转念一想，有媒无聘亲事作不得数，况且婶子也已回了，她这里还怕什么，同谁说话与他人无涉。遂远远一福，复又老神在在。

那厢的裴臻面色阴沉，吓得小厮不敢出声，心想这下怕是要出大事，这位爷动了怒可了不得，如今吃起了醋，更是酸气冲天。这春君姑娘真好手段，若将来迎进了门，必叫大爷做了宠妾灭妻的昏聩之人。

〇〇五 明月藏沟壑

“她这个……”裴臻咬牙切齿，拳头握了又松，松了又握。不愿嫁他为妾，原以为是她心高气傲，谁知是为了眼前这个傻小子，这口气万万咽不下！心火烧得正旺，只听女孩说道：“多谢大夫与我叔叔诊治，大夫好走，恕春君不远送了。”声音娇娇柔柔，直叫人心头滴出水来，裴臻火气先是消了大半，不消半刻又腾地毛躁起来。什么大夫大夫，竟真拿他当摇铃的游医吗？若不是为了她，他怎会一日骑马跑几个时辰，从县里路远迢迢到这荒僻的馒头村来！两次见面拢共说了一句话，果然是字字珠玑，想不到他裴臻也有如此不值钱的时候，奔波半日只为看她在田间地头与人谈笑！

小厮看了暗道不好，忙劝道，“大爷，我们走吧，找着了老舅奶奶再作计较。”

裴臻听了，冲毋望一拱手，调转马头便走，一路上心烦气闷，半声不吭。

那小厮叫助儿，是个极伶俐的，看主子如此，便道，“我的好大爷，气坏了身子不值当，那刘姑娘原就是个半大丫头，哪里来那样大的主意！定是她叔婶想多要些定礼聘金，这才推三阻四不答应，咱们找了齐大娘，叫她说去，千金难买爷喜欢，多给些也就是了。”

裴臻缓缓道，“你哪里知道！我看她举止言谈不似个乡下丫头，听舅母说她父亲本是从三品的官，后来不知哪里获了罪，问了斩，这样的女孩怕不是多出聘金就成的。”

助儿道，“一个罪官的女儿能精贵到哪里去，今时不同往日，只怕大户人家的庶女都不如，爷只管放心，只要家里的大奶奶答应，这事自然就好办。”

裴臻脸上露出不屑来，嗤笑道，“她素来就是个会拈酸吃醋的大醋缸子，要她答应是万万不能够的，只是如今肚子不争气，让她点头也不难，前儿在家闹了一通，讨了个没脸，老太太发了话，若她再蛮缠便要按七出休了她。”

助儿啧啧道，“按说我们作奴才的原不该说主子的不是，只这大奶奶从前也是极好的人，这会子竟成了这样，都是她身边的几个丫头婆子使的坏，成日调唆主子。”

裴臻拂了拂衣袖缓缓道，“才成亲那会子是新媳妇，总要顾些脸面，现如今家里一把抓，打量老太太不问事，胆子愈发大起来，还敢同我动手，若不是爷还念些往日的情分，早就窝心脚把她踹回娘家了。”

助儿一时嘴快，啐道，“泼妇！”

裴臻一眼横过来，斥道，“掌嘴！多早晚轮到你来啐她？”

助儿心道，我也是心疼你，果真一日夫妻百日恩，只许自己骂，旁的人半句说不得。一面腆着脸作势打自己嘴巴，念道，“叫你浑说！叫你浑说！”裴臻并不真罚，脸皮上刚沾了两下就叫停了手，主仆二人往齐家去了。

进门时齐家主母高氏正在骂小丫头，只因小丫头嘴笨，没在人前唤她太太，便扬言要拉她出去配人。助儿掩嘴偷笑，愈没落愈要撑门面！那齐老爹原是太太娘家兄弟，吃喝嫖赌五毒俱全，早年家里尚有些家产，后来迷上了个戏子，把祖屋都卖了，才搬到这馒头村来，身边就剩一个粗使丫头伺候着，还非要太太太太地唤，听着甚是矫情，如今打发了可靠谁伺候！

裴臻是个沉得住气的，听了这个只道，“我当什么样的大事，叫舅母生这样大的气。这丫头也实在不知事，赶出去也是应当。”说着坐下，悠哉哉喝茶品茗，倒叫高氏面上讪讪的，半晌才笑道，“明日我差周顺送两个省事的丫头来给舅母使，每月工钱从我体己里扣就是了。”

高氏这才缓过神来，嘴上客套道，“怎么好叫你破费，这丫头调教好也能使得。”

助儿插杠道，“求老舅奶奶给我们哥儿把亲事说成就是最大的恩惠了！您可不知道，我们哥儿这几日茶饭不思，可要了我们这些奴才的命了，您只当可怜我罢，待新姨奶奶迎进了门，助儿就给表舅奶奶立个长生牌位，日日烧香供奉，求菩萨保佑表舅奶奶长命百岁！”

高氏面上有些为难，慢慢坐下了，思量了会子才道，“如今我也不敢打保票了，连日来春姐儿的婶子都避我，提到你们爷的事也拿话搪塞我，现今把刘宏的腿治好了怕更是没了顾忌，也不知哪里来的银子，又买牛又吃肉的，要纳春姐儿啊……不易！”

“得了二十两银子，只出不进禁什么用，总有用完的时候，我等得。”裴臻淡淡道，扶了扶束发的累丝金冠，面上气定神闲。况刘宏的骨是正了，要走动还需打通经脉，若这就当是治完了，未免高兴得早了些。

高氏疑道，“穷得都要卖女孩儿了，哪里平白得了二十两银子？”

助儿得意道，“是颗东珠，龙眼那般大，定是往日私藏的。”

高氏叹道，“原来哥儿都打探好了，竟连卖的什么都知道！”

助儿脱口道，“这有什么，天下还有我们大爷打探不着的事吗？”才说完，叫裴臻一脚踹在腿肚子上，打着横地扑倒在地上，痛得直呻吟。裴臻沉着脸，眼里似有寒光，衬着如玉的面皮，活像个阎王，指着助儿道，“平日里由着你，愈发把你宠得没了边，满嘴的胡诌，这话是能混说的吗？下回再叫我听见，仔细你的皮！”

助儿趴在地上磕头不止，直把高氏唬得三魂吓跑了两魂半，忙拦住，劝道，“方才还说我，现在怎么样呢！什么了不得的大事，把这猴崽子吓得这样！他也是看主子出息面上有光，一时嘴上没了把门的，打也打了骂也骂了，这里又没外人，就饶了他吧。”

裴臻为何发这样大的火，内情自然不足为外人道，助儿是知道的，只恨自己嘴快，悔得肠子都青了，趴着瑟瑟发抖。

裴臻顺了半天的气，又看他着实吓得可怜，便哼了一声道，“若非看在老舅奶奶面上，今儿你回府就该去杂役房了。”

助儿慌忙爬到高氏脚边磕头，连声道谢。

裴臻又问高氏道，“今日刘家屋后在耕地，不知那个赶牛的是哪个？”

这时高氏的女儿淡玉从屏风后头走出来，对裴臻行个礼叫了声表哥，裴臻霎时只觉阴风阵阵……那位表妹皮肤黝黑，身形甚是高大，穿着朱红的短衣紫色的襦裙，鬓边还插朵半枯的芍药，就像个做坏了的梅瓶。裴臻费了极大的力才忍住没问她为何打扮成这样，名叫淡玉，当人淡如菊才对，却不知老天哪里弄岔了，这淡玉竟生成了如此模样，着实叫他心惊肉跳。

那淡玉道，“我知道，那个牵牛的叫章程，与刘毋望是青梅竹马。”

助儿恨不能扑上去撕了那张大嘴！只见自家大爷似哭似笑的作了一揖道，“多谢妹妹提点！今日时候不早了，裴臻先行告辞，改日接舅母和妹妹进园子里玩吧。”

高氏欲留他吃饭，被他温言婉拒了，跨上马扬鞭而去。

淡玉痴痴看他背影足看了半刻，回身对她妈抱怨道，“我不是你生的吗？”

高氏自然知道女儿心事，眼皮都没抬抬，问道，“你要作践自己吗？还想与人作妾！”

淡玉赌气道，“若是能嫁给表哥，我做妾也愿意。”

高氏怒得一把揪掉她头上的芍药，掼在地上猛踩几脚，斥道，“姑娘家没脸没皮！你适才说的什么！什么青梅竹马！等你爹回来我定要叫他打你！”

那淡玉是幺儿，平日半句都舍不得说，眼下被一训，掩着脸哭得上气接不着下气。高氏慌了神，忙叫丫鬟拿了水来，安慰道，“你莫要急，做什么非要嫁裴臻，你不知道他家那只母大虫会吃人吗，进了门还有你的活路？你现在还小，过两年叫你哥哥姐姐们给你相个好人家，一嫁过去便是主子奶奶，享不尽的富贵荣华，凭我们玉姐儿的品貌岂能做得姨娘！姨娘就是奴才，一辈子被嫡妻压着，将来自己的儿子都不能管你叫娘，这样你可还愿意？”

淡玉停了哭声，细细琢磨一番，不想做姨娘，却还是想嫁给裴臻，便道，“你同表哥说，我要做他的平妻，问他可答应。”

高氏见好言劝了半日皆是无用功，终究怒了，喝道，“他答应有什么用！我不答应！就是你立时哭死我也不答应！”说完甩手离去，留下齐淡玉立在那里目瞪口呆。

那个刘毋望究竟哪里好！淡玉一跺脚夺门而出，淌过一条小河，躲过三两只野狗，直直闯进毋望的房里。

此时毋望正在绣梅花，突见她一阵风似的卷进来，吓得手一抖，针尖扎进皮肉里，疼得直皱眉头。

“咦，你在绣海棠春睡图？”淡玉忘了自己来做什么，探头看她绷架上的花样子，叹道，“真是好看得紧！”

毋望接上线道，“是梅花，不是海棠。你今日怎的得闲到我这里来？”

淡玉看她面容温润，纵使有些火气也发不出来了，只悻悻道，“听说你许给了我表哥？”

毋望扯了扯嘴角，心想怎的如今的人听话只听半句！便道，“你听谁说的？”

“何必听别人说！”淡玉道，“我妈是媒人，我怎会不知道。”

毋望弹了弹绣面，拿剪子修了修线上簇起的细绒，淡淡道，“那你可曾听说我婶子已经回绝了这门亲？”

淡玉愕然，旋又疾声道，“你不嫁？裴臻这样的人物你不嫁？”

毋望冷哼一声道，“他是怎样的人物我是不知！我只知宁做穷人妻，不做富人妾！他对我叔叔的救命之恩我不敢忘，报恩也用不着以身相许，倒是你，”她眯眼瞧瞧淡玉，“你们何不亲上加亲？你们既是表亲，他定然不会亏待了你。”

淡玉叫她说中了心事，一时羞得面红耳赤，又不好多说什么，复又家长里短说了会子话，便告辞回去了。

〇〇六　德沛去从军

那日在明渠行凶的贼人已被官府扣押，究竟怎会落网倒不十分清楚，只听得前来传话的衙役说，似是到别家行窃时被抓了个正着，连带着供出了曾在明渠上强抢过一个布店账房的钱，并将他推下坝子，死活不知的经过原由，如今县丞来找了苦主，好为其申冤，传明日上堂，自有老爷做主，还刘宏一个公道。

刘氏一家听了喜不自胜，张氏忙在祖宗牌位前点了蜡烛香火，喃喃数道，“真是祖宗显灵，将那歹人捉了，咱们也出了口气，这多日的苦楚好歹也讨个说法，沛哥儿他爹自从摔下了明渠，夜夜疼得睡不着，人也瘦了好几圈，待明日我见了那强盗定要咬下他一块肉来，好解我心头之恨！”

毋望对县丞拜了拜道，“不知明日过堂我家叔叔可要到堂应讯？如今他的腿脚尚不能动，怕连车都坐不得，若路上颠簸又将骨头颠坏了，那可怎么好！”

县丞道，“不论如何皆要想法子才好，若苦主不到堂便治不了那贼人的罪，如此只得押在牢里，知县大人公务又多，案子一桩接一桩，这会子审不了便得压着，一圈轮下来，多早晚是头，怕要压到秋后去！”

毋望叹了叹，叔叔的腿才接上不宜搬动，上回同牛一道买回来的车拉拉油粮谷物尚可，若要躺人怕不成。又看看张氏，按理这样的事不必她一个未出阁的姑娘操心，可她这婶子素来遇着事便不知东西南北，这会子县丞大人还在，她不办正经事，却忙着给祖宗上香去了，当真是叫人哭笑不得。

毋望再三谢过才将公人们送出门去，坐在桌边直直发愣，为车马的事苦恼不已。

这馒头村方圆数十里皆是穷苦人家，有几家能有马车？除了齐家便只有里正家了，齐家她是万万不去的，见了齐婶子不知还要听些什么酸话呢！那里正倒是好人，只是他儿子文俊甚是难缠，这二年没见，定要拉着她家长里短一通胡诌，又该叫她脑仁儿疼半宿，思来想去还是叫婶子去吧，她一个姑娘家怎好抛头露面地借东西，没得叫人背后指点！

这些话同张氏一说，张氏立时擦擦手道，“我这就去，借不借的再说吧，万不得已便在牛车上铺了被子，好歹比叫人抬了去强些。”

张氏走后毋望将叔叔房里的窗帘子共门帘子一道卷了起来，屋里一下敞亮好些，一面道，“如今立了夏，叔叔也吹得风了，总要开开窗才好，省得闷出病来。”

刘宏道，“我原也这样说，谁知你婶子不让，怕招了虚邪之气。”

毋望笑道，“又不是寒冬腊月，哪里来的虚邪，只开一会儿没什么大碍的。”

刘宏见她面上清明一片，也不像有什么牵累的事，便探道，“那裴公子来了两回，可曾同你说起什么？”

毋望从容道，“不曾说什么，想来也是守礼之人。”

刘宏本想细问，又觉得不好出口，想想自家侄女儿一向知进退，叔婶的话也放在心上，便不再多言，只嘱咐道，“好皮囊无甚用，你可记住。”

毋望知道叔叔话外之音，点头道，“我省得。”

过了两炷香的时间张氏回来了，面上并无不豫，坐下喝了口茶道，“都说好了，文里正听说歹人捉住了也甚高兴，赶巧明日他家俊哥儿要考乡闱，便同我们一道走。”

毋望突觉乌云盖日，还真是巧啊，文俊又要考乡试了？都是第几回了？回回不中还考什么，真不是做官的料，还不如跟他大伯父学做买卖来得实惠！考就考吧，做什么还要一道走？这么爱凑热闹，难怪连试《四书》义三道都作不出来！

这时德沛抹着汗走进来，额头上蹭破了一块皮，正往外淌血。张氏吓了一跳，忙拿帕子给他捂住，嘴里喝道，“上哪儿野去了！又同阮秋打架了吗？”

德沛不以为意，走到刘宏跟前道，“爹，今儿村里来了个人，是林甫家的亲戚，听说是燕王府的家臣，功夫俊得很，和村里的几个孩子比划了几下，单同我说教我练武，还问我可愿意跟他走，要带我从军，我自己不敢拿主意，回来听爹的意思。”

刘宏面上青绿交错。燕王朱棣？他的为人倒不得知，只是刘家是帝王驾前犯过事的，过了这些年，虽日子清苦却活得长久，若再回到朝廷这个大染缸里，姑且不论燕王可容得下，万一有个行差踏错，那便是万丈深渊，性命都堪忧了，还不如在馒头村做个平头百姓。当下便道，“你年纪尚小，从军能做得什么？还是再等上几年吧，等身子长开了再说。”

德沛是个执拗的性子，听了他爹的话甚是不悦，闷声道，“我们是获罪之家，功名考不得，要出人头地便只有参军，他日立了军功才能光耀门楣，爹妈有了好日子，旁人也不敢来叫姐姐作姨娘了，有什么不好？”

毋望向来知道德沛与旁的孩子不同，要老成懂事许多，只是万万没有料到他小小年纪竟有这样的心思，这一番话说到了七寸上，再看叔叔，果然面露难色，愁肠百结。

德沛又道，“再过三个月我便满九岁了，那个人说，先叫我跟着他学些拳脚功夫，他再教我谋略计策，将来必然有一番大作为，岂不比在这馒头村种地强！”

张氏道，“有这样的事？莫不是个拐子罢！”

德沛小脸一本正经，笃定道，“他给我看了腰牌，是燕王府的。”

刘宏思量半晌才道，“你去同他说，就说爹想谢他，无奈腿脚不便，请他到家来吃酒，待我打探仔细再作计较。”

德沛欢天喜地地去了，毋望也不知叫德沛从军使不使得，当年爹犯的究竟是什么事，叔叔婶婶也不曾同她说过，如今还是要问一问的，当今的皇上动辄杀人，保不定不是甚么天大的罪过，若真如此，德沛进燕王府也未尝不可。当下问道，“我爹当年为的什么斩首？可是谋逆？”

刘宏摇了摇头道，“谋逆还有咱们的活路吗！你爹原是掌管边镇卫所营堡之马政的，只因一回吃醉了酒，误了调拨攻打元营的车马才被治的罪。”

毋望道，“既不是谋逆，叔叔不妨同那人直说，不成便不去。”

刘宏道，“我也这样打算，从前听说燕王朱棣知人善任，想来不是那种不通情理的人罢。”

德沛不一会儿便带了那人回来，只见那大汉虎背熊腰，留着满脸的络腮胡子，走起路来双腿生风。毋望忙退了出去，和婶子张罗酒肉去了。隔着墙头隐约听见他们说话，大抵就是德沛虽年幼却资质上佳，燕王殿下英雄不问出处云云，说定了明日就要带德沛走。张氏在灶台旁痛哭流涕，毋望心里也不舍，只得安慰她道好男儿志在四方，说到最后自己不禁泪水涟涟，德沛这样小的人离开父母姊妹，在军营里讨日子，日后不知要经受多少的磨难，如今藩王割据，万一有了战事可怎么好!

德沛倒欢喜不已，跑出来拉着毋望的手道，“春君姐姐你可听到了？纪二爷要带我走了，我曾同你说过的，将来要把比那东珠还好的东西送给你，绝不叫你和我爹妈再受半点苦，你信我吗？”

毋望凄凄然笑了笑，替他正正头上的巾子说道，“我自然是极信的，不过军中不比家里，最要紧是保住自己的小命，你可知道？”

德沛道，“你放心吧，我自然知道保命的。”

张氏对儿子万般不舍，哭得几乎噎过去，扯着德沛衣袖道，“明日定要走吗？哥儿，你同那位纪二爷说说吧，再延后两日成不成？”

德沛道，“既定了要走，索性走得痛快些，做什么婆婆妈妈像个娘们!”复又说道，“妈，你千万别把我春君姐姐许给别人做妾，等我功成归来再作打算。”

张氏一下子又笑了，“莫不是等你回来给她做媒？你便是十八功成也尚需十年光阴，十年后是什么光景？春君已经二十四了，岂不是成了老女！”

“那也不能做妾！”德沛噘嘴说道，转身回房里收拾换洗衣裳去了。

次日的卯时德沛便跟纪二爷走了，一家子柔肠寸断自不在话下。

卯时一刻里正家的马来了，就停在刘宏房门前，文俊从他那匹宝贝似的大宛马上跃下来，看见毋望便腼腆地笑了。毋望一度觉得自己是不是哭花了眼，以往要他臊是绝不能的，如今两年没见竟变了个人，个头长高了那许多，想是整日关在家里，面皮也变白了，称着天青色的衫子，倒有几分文人雅士的味道。

毋望道，“你同我们一道走不会耽误了科考吗？”

文俊道，“卯时三刻才进场，到乡里也只五六里地，不会误了的。”

毋望有些坏心地想，误了又怎样，不误也未见得考得上，文俊的考运真是差得很!

文俊凑过来，低声道，“你许了人家吗？”

毋望很是惊讶，这事已成了全村皆知的秘密了？可为何和真相相去甚远？她愤愤瞪着他，并不答话。

文俊自顾自说道，“那也比嫁给章程那厮强些。”脸色微微扭曲，见毋望还瞪他，忙低下头来。

“做妾还强？你觉得我是该做妾的命吗？”真想拿擀面杖敲他的头！这文俊说话向来不讨人欢喜，虽无恶意却也叫人不受用。

毋望撇下他自去招呼叔婶上车，文俊怔在那里懊恼不已，一忽儿又见毋望出来冲他福一福道，“我叔叔腿脚不便，上不得车，劳你搭把手吧。”

文俊忙招了小厮颠颠地跑了去，众人合力方才把刘宏搬上了车，一路向县衙去了。

因天热，车上的窗帘子掀着，文俊时不时躬身朝车内探望，车里的人因刚送走了德沛，各个耷拉着脸子，他也不便说什么，只得一路无话。等走了约摸五里地，毋望探头道，“前头就分手罢，你自去考场，我们还要往县里去。”

张氏也道，“俊哥儿这回可仔细了，定要中举。”

文俊诺诺道，“自当尽力，只是功名富贵皆天定，考不上也就罢了。”

毋望笑道，“莫如去捐个官做，倒还省力些。”

辞了文俊，又往南走了数十里方进得县里，马车停在衙门口，毋望下去击鼓，不多时昨日那县丞领了主簿出来，叫了衙役将刘宏抬进衙门里去了。

街边停了辆青油呢帐的马车，车上的人问道，“可曾进去了？”

外头的小厮答道，“才刚王定儒带人抬进去了。”

车内人又问，“女孩儿呢？”

小厮嬉笑道，“准姨奶奶也跟着进去了。真不知道刘姑娘生了多大的福气，竟叫我们爷费这么大的心思！”

车上的裴臻探身跳下来，摇着扇子，勾着嘴角，一派气定神闲，口中喃喃道，“那个刘德沛也该随了纪纲上路了吧…”

助儿不解道，“爷叫燕王身边的纪大人带这半大小子干什么使？”

裴臻侧着头，长长的丝绦在晨风中上下飞舞，高深一笑道，“多多历练便成器了，你未曾听说过爱屋及乌吗？”

〇〇七 微风吹兰杜

升了堂，县令老爷也判了，将那贼人收监，令他将抢来的二两银子归还刘宏，并赔付刘宏医腿的所有花销，本来想总算讨着些公道了，谁知那人竟穷得叮当响，半个铜钱都拿不出来，刘家人愤懑了一阵，终也无法，只得空手回去了。待刘家人走后，县丞道，“既捉着了这贼人，为何又不叫他赔钱，他家岂是真穷得这样！那裴公子打的什么算盘？”

县令扶着乌纱帽道，“左不过为了女人，那些有钱人家公子哥儿整日招猫逗狗，谁晓得要干什么？”说罢打着哈欠回后衙睡觉去了。

刘宏倒是有颗平常心，安慰张氏道，“逮着了便好，好歹也弄了个明白，没钱赔便多关他些时日，也算报了仇。”

毋望叹了口气，若早知如此便不来应什么训了，叔叔一路颠簸，好像牵扯到了右腿，适才又疼得冷汗直流，没什么才好，若又有个好歹，真要腆着脸去求裴公子了，只是这裴公子竟不是专替人瞧病的，祖上在太医院供职，到了他这辈却弃医从商了，可惜了他那么好的医术，没有医病的铺子，请也未必请得动，要瞧人家愿不愿意了。

那厢裴臻等“巧遇”已等了许久，好容易看他们从县衙出来了，忙丢了一锭银子从茶馆里跑出来，领了助儿装作从他们身旁过，只听那娇柔的声音唤道，“裴公子且留步！”

裴臻自然心中狂喜，一面又不动声色回头，举止神情恰到好处，看得助儿直咋舌，果然是办大事的人，就是藏得住啊！

裴臻顿住，见那女孩匆匆跑来，穿着水色的襕裙，脸上嫣红一片，一双美目顾盼生姿，当下只觉心头怦怦跳作一团，竟有些张口结舌。

毋望向他盈盈一拜，道，“今日可巧见着公子，不知公子去往何处？”

裴臻规规矩矩还了一礼，道，“我在这处有几间铺子，只因有些琐事要办，正要往店里去。春君姑娘近来可安好？”

毋望道，“多谢惦念，春君很好。”说着，神色却有些犹疑。

裴臻何等聪明人，又道，“不知刘先生的腿可好些了？待大安了就该施针打通血脉了，否则这一生虽无痛楚，却只能日日躺在床上了。”说完笑吟吟看着她，并且如愿在她眼中看见了惊讶。

毋望懊丧道，“害我叔叔的人捉住了，今日开衙审理，我叔叔婶婶皆来了，就在那辆车里，不知可是适才碰着了，这会子正钻心的疼，若……公子……”

裴臻见她脸红得几乎滴出血来，便也无心再逗她，急急撩了袍子跨上他们的马车，细细摸了骨才道，“不碍的，许是路上震着了，过会子便好了。”又问张氏道，“我上回开的方子可还在吃？”

张氏点头道，“一直在吃。”

裴臻摇着扇子笑道，“如今可该换了，前头有间药铺子，到那借了笔墨重写一张，劳春君姑娘随我走一遭吧。”说着便跳下车，向毋望拱手道，“请吧。”

那女孩儿脸上竟生出一股子英勇就义的表情来，抿着红唇，细白的皮肤在太阳光下几近透明，重重一颔首道，“公子先请。”

裴臻心情大好，缓缓走在前头，眼角瞥见毋望错后他半个身子，顺从地在后头跟着，心里渐渐生出柔软来，竟想着要是能长长久久的这样多好，无奈这女孩儿主意这般大，着实叫人又爱又恨。

进了药铺，掌柜忙从柜台后面跑出来，恭敬行了礼，叫了声臻大爷。裴臻抬手叫他免礼，提起笔来就写，旁边的助儿看得直打鼓，心道：好家伙！松贝，海马，新开河参，血竭，皆是名贵的药材，铁了心要把那二十两耗尽啊！

裴臻边写边道，“令叔如今骨是接上了，只差大补，气若虚则腿无力，要按方子给他抓药，连着吃上十副便该大安了。”

他每写一笔，毋望的心便寒一分，这些药她都知道，当年家没抄时库里的药柜子上都有，都是巴结爹爹的人从各处送来的，那时要用真是易如反掌，可如今这境况，莫说十副，便是五副也吃不起的，这裴臻是成心要她难堪吗？还未待他写完，毋望便道，“公子不必费心了，我们是穷苦人家，这样好的药当真用不起，今日劳烦公子了，春君先告辞了。”

裴臻笔未停，连头都没抬，只轻声道，“你叔叔的腿不治了？你做得这样的主？”见她果然犹豫，又慢慢道，“既如此，那我也用不着再去替他施针了，反正这几年没怎么治人，手生得很。”

到底是年轻女孩儿，哪经得住裴臻这样老谋深算的人算计，当下红了眼眶子，裴臻看了心里不是滋味，把方子给了药房掌柜，叫他合价抓药，自己站在毋望身边，左右不是，又不敢碰她，只好哄道。“你莫哭，我方才是同你闹着顽的，你叔叔的腿我一定治好。”

掌柜合完价，小心说道，“一共十七两二钱银子，十天的分量。”

裴臻点头道，“包好了给姑娘吧，算在我的账上，回头到府里结银子。”

掌柜诺诺称是，自去包药了。

毋望听了他的话，忙摆手道，“万万使不得，劳公子替我们治病，如今还叫公子出钱抓药，这样大的恩情何时才能还得上！药的事容我再想想法子，断不敢再劳烦公子。”

裴臻笑得极和煦，一面道，“姑娘多虑了，什么还不还的，令叔的腿是我从头治的，自然也盼他痊愈，这点子药于我不算什么，你放心拿回去，叫你叔叔早些好起来，也不枉我们相识一场。”

毋望还想推辞，那裴臻却拉了脸子，不悦道，“我这里上赶着求姑娘，姑娘还不应吗？真真是看不起我裴某人，裴臻虽不才，尚且不至于落井下石，姑娘且放心。”

听他这样说，毋望没法，只得将药收下，福了福道，“公子大恩春君记下了，若公子不嫌弃，春君愿到府上为婢，做个粗使的丫头，服侍太太奶奶。”

助儿忙看他主子，心里猜度，大爷这下子可捡了漏了，才花了十七八两银子刘姑娘便自愿进府了，虽说作丫头，将来扶上去，逃不了是个姨奶奶!

谁知裴臻笑道，“我府里不缺丫头伺候，也断不敢叫姑娘来服侍，姑娘是神仙样的人物，没的折辱了姑娘，那裴臻真是罪该万死了，只求姑娘下回见了裴某给个好脸子，也就是了。”

毋望立时窘得什么似的，再瞧裴臻，面上朗朗，不像是玩笑，又忙回头思量，自己对他不曾有过怠慢，他做什么这样说呢。嘴里应道，“公子言重了，春君莫不从命。”

裴臻复又道，“我小字兰杜，姑娘若当我是朋友，下回便直呼小字吧。”

毋望道，“是‘千里其如何？微风吹兰杜’的兰杜吗？”

裴臻甚感意外，想这女孩儿还知诗词歌赋，竟是捡着宝了，旋即道，“正是。”

毋望微微一叹，果然人如其名，那裴公子面上倒也似个兰草杜若般的君子，只是他对叔叔的恩情怎么才还得完，这些药材烫手得很，若拿了，恐怕真要去做他的小妾了。

裴臻接了助儿捧来的巾子擦手，望着她变化万千的表情，眼睛红红的似个兔儿爷，小嘴儿或嘬或咬，顿觉甚是可笑，便道，“这药要拿文火慢慢的，急了可不成，事倍功半而已，待熬出了精髓再喝，必能深达肌理。”

一旁的助儿听得频频点头，大爷就是大爷，说话都透着隐喻，刘家的小姑娘怕是要栽了，就是个孙猴子也逃不出如来佛的手掌心去，只可惜了他家主子，商场官场惯用的那一套竟拿来对付十几岁的女孩儿，难免有些不磊落啊。

毋望俯首道，“多谢裴公子，春君记下了。”

裴臻道，“待令叔腿脚有了知觉，你去齐家同齐婶说，叫她差人来回我，我得了空就来。”又吩咐助儿把药送到他们车上，毋望行了礼便告辞了，他站在门口直看她上了车才回身，这时掌柜带着伙计来给他磕头，齐齐跪了一地，他不耐道，“又不是里头，不必如此。北边可有什么消息？”

掌柜道，“乃儿不花率众不过一万，如今在漠上四处游牧，居无定所，若伐，需派骑哨先探。”

裴臻坐下，拿杯盖儿拨了茶沫子，缓缓道，“你飞鸽传书给上头，这些我都不管。”

掌柜领了命，又看裴臻心不在焉，便问道，“大人可为宁王的事烦恼？”

裴臻半晌无语，手下的人面面相觑，突听他问道，“你瞧刚才那女孩儿怎样？”

众人了悟，吃吃地笑起来，英雄难过美人关，这位大爷怕是动了凡心了。

只因屋里的人都是跟了他许久的，所以也并不避讳，直言道，“我本想收了她，谁知她死活不从，没法子才逼我下狠手。”

掌柜道，“什么样的女孩儿叫爷这样上心？”

裴臻笑了笑道，“她爹你也认识，太仆寺卿刘郁。”

掌柜道，“当年倒有一面之缘，如今女儿这般大了！大人要纳她作妾恐怕不易，终究宦官人家出身，性子可傲。”

裴臻眯了眼道，“无妨，还没有爷办不成的事，一个小丫头，值什么！”

〇〇八　离家从商贾

刘宏，张氏还有毋望，三人盯着桌上一堆药，一个个愁眉苦脸。刘宏道，“十七两二钱，如今当真还不清了。”

“怎的要这么多呢！”张氏哀叹，“家里剩下的全凑起来也不够，这裴公子莫不是坑咱们吧，春姐儿不肯进他府里，他就变着法子的折腾，这可怎么好！”

又是一通长叹。毋望劝慰道，“药都拿了，叔叔的腿能走动了就好了，银子咱们挣了就还他，好歹挣一点还一点，总有还清的时候。”

张氏面上凄惶，无奈道，“银子岂是那么好挣的！就靠绣的那点子绣品吗？一副三钱银子，起早贪黑大半个月才绣完，多早晚能还清那十七两？”

毋望绞着帕子，自己也没了主意，毕竟是那么多的银子，总不好不还的，拿人的手短，欠了人家不就是叫人捉着了把柄吗，那裴臻成了债主，若再叫齐婶子来说媒，不答应也不成了。

正苦无出路时，走了三天的章程回来了，左手提了两包果子，右手拎了一匝油撒子，风风火火得进了门来，高声喊沛哥儿，看了一圈没找着人，便问毋望，“沛哥儿哪里去了？”

毋望这时也在思念德沛，不知他在外头可曾饿着，可曾受了委屈，被章程一问，禁不住流了眼泪，哽咽道，“沛哥儿跟着燕王爷身边的人到军中去了，走了两天了。”

章程失魂落魄将吃食放在桌上，喃喃道，“我才走了几天，怎么就参军去了呢！”

刘宏心里也不熨帖，却也无法，只得道，“男儿家，到军中历练也是好的，兴许将来能成器。”

张氏问道，“程哥儿，你这几日去了哪里？怎么才回来？”

章程道，“我那远房的表叔好好的，前几日睡着午觉竟死了，他没儿女，老婆娘家人丁也单薄，都是女孩儿，没人扶灵，便找了我去，认了我做儿子，本来是戴着孝的，来找沛哥儿才换了衣裳的，没想到他竟走了，还想叫他吃果子的……”

毋望讶异道，“是那个上次就要过继你的表叔？”

章程道，“正是，我本想写信回绝他的，可巧偏死了，如今我那表婶子哭得眼睛都瞎了，我不去也不成了，这会子真是逼上梁山了。”顿了顿又道，“我适才听你们说还什么银子，出了什么事么？”

毋望将前日的事原原本本同他说了，章程也显得有些为难，想了想道，“不如做些买卖吧，单靠你们绣花怕是不成的。”

刘宏听了支起身子道，“做什么买卖好？我如今成了这副模样，她们两个妇道人家，没的被人欺负。”

毋望沉吟片刻，试探道，“我知道一个挣钱的法子，只是抓着了要砍头的。”

张氏听了立时肝胆俱裂，喝道，“那种法子不想也罢，你一个女孩儿家，莫要想那些不着调的！”

毋望道，“还是先听我说完再作定夺吧！”

章程和刘宏一脸惨白地看着她，刘宏颤声道，“你要说什么？”

毋望低了头，慢慢吁口气，复又道，“你们可听过茶马互市？这里离朵邑近，我听说有茶商在找人给他们运茶叶……”

听的那三人皆是冷汗淋漓，刘宏生了极大的气，抚着胸口喘道，“你是嫌命长了还是怎么的？竟想出这样的事来！荒唐！若为了我要犯杀头的罪，我情愿即刻就死！这话再提不得，听见没有！”

安庆公主的驸马欧阳伦才刚被赐死，就是为了私贩茶叶的事，毋望有这样的想法着实把他吓得不轻，心里纳闷，这孩子胆大心细究竟是随了哥哥还是嫂子，只怪投错了胎，要是男儿身，必定能有一番大作为。

章程怕毋望挨骂，忙岔开话题，赔笑道，“刘叔快别气，仔细气坏了身子，买卖的事我们再合计，不如开个糕饼铺子如何？春姐儿手极巧，刘婶子做点心又极好吃，若做别的，难免迎来送往，只这糕点铺子好，来的女客多，是非也少。”

毋望和张氏也甚觉有理，只是哪里去寻门面呢，镇里地方小，又无大户，老百姓一天三顿吃饱便知足了，哪里还会另花钱买零嘴吃！上城里么，路途太远，无亲无故，刘宏又腿脚不便，没人照顾怕连口水都喝不上。

正左右为难，章程道，“我今日就去我表叔家里落户了，他的府第在城东二里地，门面的事我去办，就到城里吧，离我近些也好有照应。”说完从腰间摘下个荷包，放到张氏手里，又道，“婶子，这是我攒下的二两银子，全当入股，我才过继给那家，本来他家倒有些产业，可我眼下也帮不上你们什么，多少双眼睛盯着，连一个铜板都动不得。”

张氏忙道，“我晓得你的难处，你替我们寻铺子已经是极麻烦的了，怎好叫你入股，还不知是亏是赚呢！”

章程道，“婶子这是嫌少吗？我的一片心意，千万要收下。屋后的那片地缴了地税就佃与别人种吧，一年也有一二两银子，再添一些，铺子的租金便有了，剩下的货架柜台，后厨里要用的材料，都要用银子，实在不成只好找我那继妈，先支了我的月例。”

毋望笑道，“难为你想得周全，竟似个天生的买卖人！你不用支月例，儿子还没做一天就伸手要钱，叫别人看了像什么！”

张氏应道，“是啊，我们家原还有些，算算也该足够了。”

事儿说定了，众人皆很高兴，毋望看叔叔面上有些乏了，便道，“我们都出去吧，叫叔叔睡一会子。”

刘宏叹道，“真是不中用了，才坐一会就乏了。”

张氏嗔道，“如今像个孩子，吃了便睡，脾气也大，倒像以前的宏二爷了。”说了拿药出去煎了。

毋望瞧瞧叔叔，脸上长了肉，气色也极好，心里甚觉安慰，将窗上竹帘放下也退了出去，章程站在树下，正笑意盈盈等着她。毋望见了他，虽隔了几步，也抿嘴而笑。

章程低低道，“叫你到城里开店子也是我的私心，离得近了我好常来看你。”

毋望面上一红，款款身姿竟像三月春风，直吹进章程心里。

何尝见过那副小女儿的娇态！才进了院子的文俊有些痴愣，再一看她对面立的人，一口酸气翻了上来，搅得他胸闷不已。信步踱过去，上上下下把章程看了个遍，慢悠悠道，“程哥儿，你如今攀了高枝儿了，户籍都牵了，往后见着你还得管你叫一声程大爷了！”

这俩人向来不对付，见了面就掐，章程也听惯了他的酸话，并不放在心上，只温吞问道，“你这回考得如何？又是三支蜡烛用尽了叫人给架出来的？”

文俊嗤道，“这回黄昏就交了卷，考得嘛，还真是不怎样，我原就不是读书的料，是我爹说万般皆下品，唯有读书高，我也是没计奈何，但凡我能自己做主，我就去开个养鸽场，又有得吃又有得玩。”

毋望和章程都笑起来，果然是烂泥糊不上墙，这才是文俊真本色！

文俊自己也吃吃地笑，又道，“你们可知道，朝廷里头的官每日一下朝就同过节似的，相互恭喜道贺？”

章程道，“为什么？”

文俊拿扇子敲着手心，卖弄道，“庆幸多活了一天啊。当今的皇上，那真真是，啧啧……还是不做官活得长久些。”又问章程道，“这回走了还回来吗？”

章程摇了摇头道，“这里什么都没了，地收了，房子抵了租子，还回来做什么。”

文俊道，“外头的两个小厮是你带来的？”

章程红了红脸道，“我不习惯他们跟着，便叫他们在外头候着。”

文俊挑了树荫下的凳子坐下，拍了拍鞋上的灰笑道，“真不像个当主子的！这有什么不习惯，奴才就是伺候主子的，没踩着他们的身子上马就算便宜的了。”

毋望道，“章家哥哥，叫他们进来吧，外头怪热的，在家吃了饭再走吧。”见文俊傻傻看着她，无奈道，“文俊你也在这儿吃吧。”

文俊眉头倒竖起来，怪叫道，“他是‘章家哥哥’我是‘文俊’！你的心怎么长的？偏得这样厉害！”

毋望腹诽，谁叫你不像做哥哥的样子！一面拱手作揖，“文家哥哥恕罪，原谅春君厚此薄彼。”

文俊哼了一声，揽了章程道，“家里什么好吃，三里外有个青海人新开了家羊肉馆子，咱们上那吃去，我做东，算给你践行。”

毋望不得不佩服文俊烂肚肠的功夫，明知她不吃羊肉，偏要带章程去羊肉馆子，这个人除了捣乱还会什么！

章程也不情愿，被他强拉着也没法，只好道，“你且等等，容我和春姐儿说句话。”

文俊别扭得很，闷闷又坐下，章程叹了口气对毋望道，“我先找门面，谈成了差人来同你说，看了黄道吉日再开张。”

毋望诺诺称是，仰头看着章程，他如今的打扮也如大家公子了，身上穿着上好的料子，头上束着玉带，虽然一旁的文俊也不差，可不知怎么，同章程一比，竟成了糟粕，啊呀呀，叫人齿冷！毋望复又掩嘴窃笑，章程不解道，“哪里不对吗？”

毋望忙不迭摇头，依依不舍道，“大户人家规矩多，你自己切要当心，银子账目不要单独经手，免得瓜田李下。”

章程道，“我省得，你自己也当心吧，若那裴公子再来，你切记避开一些，凡事让你婶子同他说。”

端的是情深意浓，难舍难分，文俊撇嘴道，“走是不走？再说下去日头都偏西了！你两个生离死别似的，日后当真不见了就容你们说个痛快！”

两人尴尬不已，章程忙辞了毋望跨马而去了。

〇〇九　无巧成怨偶

外头蛙声阵阵，转眼到了夏至，天热得叫人难耐，助儿端了摇椅摆在廊下，裴臻在旁边踢了一脚，喝道，“没眼力见儿的，半点风都没有，还怕我凉着了不成！搬到院子中间去！明儿叫人把花墙拆了，把风全挡住了！”

助儿甚委屈地把椅子搬到院子正中间，看看天上月亮又大又圆，他主子连着儿日气性大，想是算着刘宏那十剂药早吃完了，那春君姑娘还是没有动静，等得心焦了，难免拿下人撒气，伺候他的几个小厮见着他像见着鬼似的，吓得话都说不囫囵了，也只他，皮糙肉厚的，打得骂得，还敢在跟前待着。

臻穿着细纱衬的中衣，一手叉着腰一手摇着扇子，摇椅摆下了也不坐，胡乱在院里踱步，愈走愈热，又喝道，“去窖里敲碗子冰来，淋了玫瑰露和赤豆酱，爷要吃。”

助儿缩着脖子赶紧跑到院外，对守在门外的人道，“快快快！臻大爷要吃冰碗子，要加玫瑰露和赤豆酱，快去快去！晚了仔细你的皮！”

那人得了令，一路呼啸而去，老远了还能听见他喊：冰碗子……赤豆酱……

助儿回了院子，裴臻已经躺下了，皱着眉头，额上尽是汗。助儿忙拿帕子给他擦了，又给他打扇子，心下嘀咕，其实天也没有这么热，大爷心里有事，竟憋得这样！以往在燕王驾前老神在在的大谋士，为个才及笄的小姑娘乱了方寸，说出去谁信呐！现下到底谁栽了倒真说不好，瞧他们大爷这副模样，什么“明月君”！如今只是个为情所困的普通男子罢了。

助儿只顾胡思乱想，那厢裴臻半睁着眼看他，阴恻恻道，“你这奴才，看爷笑话不成！”

助儿唬得忙跪下，以头杵地，告饶道，“爷息怒，借奴才一万个胆奴才也不敢笑话主子！奴才只是想着，上月送到老舅奶奶那儿去的两个丫头不知用得称不称手，明儿奴才去馒头村瞧瞧。”

裴臻听了，面上露出不悦来，“你敢揣度爷的心思？”

这下子助儿再不敢言语了，外头端了冰碗子进来的，看见助儿跪在地上不住磕头，吓得双膝一软，也跪倒在地。裴臻看着心烦，挥手叫他下去，叫助儿起来回话。

助儿等了半晌也未听见裴臻发话，只好小心问道，“那奴才明儿去不去馒头村？”

裴臻咬着牙道，“不去！我竟还有算岔的时候，真叫我恨得牙根儿痒痒！且耗着，除了我这世上没人能叫刘宏下地走路，我倒要瞧瞧她能和我耗到几时！下回她要想请爷，别替她传话，叫她自个儿来求爷，我非要拿足了架子不可！”

助儿道，“费那么多周章做什么，直接拿了轿去抬也就是了。”

裴臻睨斜他一眼道，“你当我是恶霸吗？还做那种强抢民女的事？还是你盼着新姨奶奶趁爷睡着了给爷一刀？”

助儿像霜打的茄子，霎时就蔫了。

裴臻道，“传话给虞子期，叫他派个人去探探，得了信来回我。”

助儿彻底傻了眼，爷的暗哨不同锦衣卫比手段，如今派了去探个小姑娘吃些什么，说些什么话？虞大人听了不会晕死过去？

裴臻倒不以为意，手上的那些人本就是用来刺探消息的，但凡他有用的，不管是什么，探来就是了，现下他觉得探刘家那丫头比探北元大营，比探宁王朱权更重要得多，那么虞子期就得替他将事情办妥，探的对象不重要，结果才是顶顶要紧的。

助儿甚是不解，迟疑问道，“大爷什么样的女人找不着，只消一句话，成车的女孩儿上赶着爬过来，做什么非要春君姑娘，倒苦了自己。”

裴臻抬头看着月亮，又低头看看扇面，上头有李之仪题的词，其中有一句写道：不见又思量，见了还依旧，为问频想见，何似长相守……天不老，人未偶，这句写得真是好！

正神游太虚，见花墙下有个人在那探头探脑，呼助儿过去，裴臻斥道，“谁在那里？”

见裴臻动怒了，那小厮忙跑来回禀，“大奶奶正在房里闹呢，前朝的翠屏都碰倒了，玉碎了一地，老爷和太太都惊动了，阑二爷和二奶奶在跟前劝着也不顶事，只好叫奴才来请大爷。”

裴臻头痛欲裂，直直躺倒在摇椅里，瞌眼问到，“又出什么事儿了？”

小厮回道，“上回琅古斋送来的掐丝头面奶奶嫌成色不好，今儿要换，相上了一套翡翠的首饰，还要再添五百两，差了小丫头上公中取银子，账房的伍先生说要回了大爷才能领，奶奶不依，在那儿就闹了一通，回来想想委屈，这会子又闹上了。”

“这夜叉星，整日里除了头面，吃食还会什么！”裴臻恨声道，“她的嫁妆分毫未动，添个五六百银值什么，公中的钱岂是随意动得的，还砸了我的翠屏，几个五百两都够了！”

助儿道，“大爷还是去趟金钥馆吧，没得把西汉的田黄狮子也砸了。”

裴臻道，“叫她去砸，你去传个话，只要她不把祠堂里的祖宗牌位砸了，家里的玩意儿摆设爱砸哪样由她性子。送老爷和太太回去休息，就说叫二老受惊了，明儿我去赔罪。”

助儿领了命，才要退下，突见槛菊园外乎啦啦来了一大帮子人，忙退回到裴臻身边，心有戚戚焉地望着为首的臻大奶奶。

这臻大奶奶叫纪素卿，长得也是一副花容月貌，才满十九，正是青春年少的时候，脾气秉性原也端庄贤淑，自打得知爷要纳妾那日起却整个变了一个人，三句话不对，立起两个眼睛来就骂人，真真如同个母夜叉。

裴臻也不说话，直钩地瞪着她，那素姐儿面上一臊，梨花带雨地哭了起来，嘴里说道，“你如今不把我放在眼里头了，我才要五百两，你那账房竟拿话噎我，我在这个家还不如丫头嬷嬷呢。”

裴臻屏退了左右才道，“哪家的丫头嬷嬷动辄能使五百两银子？你财大气粗，我裴家供奉不起你！按理说你爹只是个小小的编修，七品的小官，月俸不过七石五斗，如今你出手三五百两不在话下，我可曾说过你？因你是个主子，怕你在一干奴才面前难做人，事事顺着你，你倒好，愈发的纵性起来了，搅得家无宁日，你可还知道上头有公婆，下头有小叔妯娌？亏你还是主子奶奶！”

素姐儿道，“打量我不知道，你如今迷上个破落人家的丫头，要娶新奶奶了，就叫下头的人给我没脸，三五百银子算得什么，就是三五万你臻大爷立时也拿得出来，偏我要用就没有了，你这不是存心叫我难堪是什么！”又哼哼冷笑道，“我爹是七品的小官是不假，拿捏不住旁的人，倒叫你这姑爷来笑话，口下留些德，日后兴许还有求着人的时候，到底刘郁早死了，就是正一品也不中用，燕王爷跟前也说不上话，你得意些什么！”

裴臻听了这话恨不得给她两个耳刮子，喝道，“仔细你的嘴！我若坏了事于你也没好处，且让你信口胡诌去，若出了岔子，我第一个不放过你！”

素姐儿也自觉说漏了嘴，面上悻悻的，两人各自平息了片刻，素姐儿想起他晚上未吃什么，便道，“我着人拿胭脂米熬了鸡丁金丝枣的粥，给你送一碗来吧。”

裴臻拉着脸子，胡乱往摇椅上一躺，冷冷道，“不用，你自去吃吧，要银子只管到账房支去，只一条，刘家那女孩儿的事你不许插手，你我与旁的夫妻不同，你心里也是知道的。”

素姐儿提了提裙摆子，歪头看着他，似笑非笑道，“你别忘了，我是嫡妻，燕王殿下做的媒，我要是不点头，任你通天的本事也进不了园子。你要养外宅我也不管，只盼你别失了大家子的体面。”

裴臻冷笑道，“既如此，那我只好按平妻的礼来娶她了，你可不要后悔。”

“你敢！”素姐叫道，“把我惹急了我可是什么都干得出来的，不信你且试试。”

裴臻原还对她有几分情义，如今一吵起来就成了死对头，直恨得要生吞了她，心道，我原就是被逼着娶了你，心里委屈不去计较也罢了，如今你竟打算爬到我的头顶上来了，愈想愈气，扬声喊道，“来个人，把我的文房拿来！”

素姐儿煞白了脸道，“怎么？你真要休我？”

裴臻淡淡道，“燕王驾前我自去领罪。”

素姐儿不怒反笑，问道，“我哪里错了，你要休我？”

裴臻道，“无子，善妒，口多言。”

素姐儿在树下的石凳子上坐定才道，“为何无子臻大爷可知道？还是到老爷太太跟前去理论理论？这无子的罪名我一人担着没趣得紧，倒不如说开了叫大家乐乐。”

院外才进来的几个小厮丫头听得一脑门子汗，助儿心下纳罕，这几年无所出想来还有内情，不管怎么先稳住了大奶奶再说，真有事，捅出来了爷面上总无光的。一面忙扑过去抱住素姐儿的腿，劝道，“我的好奶奶，大爷什么样的脾气你还不知道么，睡一晚，转天就忘了的，做什么当真了。”又去求裴臻，“大爷心里不痛快打奴才两下也就是了，何必同奶奶置气伤了感情，若细究起来也未必就得了好，大爷三思。”

裴臻转过身去粗喘了半晌，手心里捏出汗来，复又细细掂量了，最后颓然道，“我一时热昏了头，奶奶原谅我失言，莫要气伤了身子。”又吩咐素姐儿身边的大丫头道，“扶你们奶奶回去仔细伺候着，那五百两我明儿叫伍先生亲送了来，给奶奶赔罪，今儿我身上不爽利，且饶了我吧。”

说完了摆摆手，自闭上眼不再说话了。素姐儿见他脸色发青嘴唇发白，又自知要足了强也不好，回身叫小丫头去请了家里的郎中来与他诊脉，自己则出了槛菊园回金钥馆去了。

〇一〇 春冰雪初释

铺面已经找着了，在城中十字街南头上，对面是家酒楼，左边是爿豆腐作坊，卖现磨的豆浆豆腐脑，只右手这家不好，竟是个寡妇开的香烛店，好在房租便宜，也聊胜于无了。这城里原有一家糕饼店，开在城北，因得知有了同行心里不自在，一日来看了两回，什么生意难做，客源稀少，酸话气话说了一箩筐，见张氏和毋望并不理会，摸摸鼻子自回去了。

毋望正指派人搬货架子，嘴里恼道，“既没客关了门就是，到咱们这里来说什么，咱们新店还未开张，没的触了霉头！”

张氏宽慰道，“这没什么，同行是冤家，泼泼冷水也是有的，只当没听见罢。

闺中女子也明白知己知彼，百战不殆的道理，毋望私下打听过那家店，手艺平平，花色也不繁多，要比糕点正宗，自然不及她们的。当年刘府是官宦之家，什么样的新式东西未曾尝过，厨房里的老妈妈常往饼子里加牛奶羊奶，面上刷了猪油，放到火屉子里烤，过一分便翻一翻，翻了十翻再刷豆油，极讲究的，单这一样就够那唱擂台的饼店喝一壶的。北地不似南方，炊饼，锅魁居多，精致小巧的点心只在富户的厨房里，外头百姓不常见，什么细沙青糰，芙蓉糕，枣泥山药糕，阳春白玉饼，怕是闻所未闻，若都做了上了架，生计自是不用愁的。今日且把家伙什准备好，看了黄历，下月初六是大吉的日子，到了那日辰时一刻挂幡，就等着赚钱了。

眼下不如意的只有叔叔的腿，吃了药，慢慢也有了些知觉，要请裴臻来施针竟那般的不易，那齐婶子不知怎么，每回张氏去寻她她都避而不见，前日叫了丫头传话，把裴府的地址说清了，叫她自去请人，旁的一概不管。家里人合计了许久，若叫张氏去，恐怕到了裴府还是吃闭门羹，该来的终究躲不过，毋望思量了再三，看那裴公子也不似个穷凶极恶的人，那便去求上一求吧，眼看着叔叔能下地了，若差了这一步则前功尽弃，还是耽误不得的。

毋望洗了手净了脸，对张氏说道，“我这就去找裴公子吧，你好歹等我，我去去就来，再一同回村里。”

张氏担忧道，“不会出事吧！你千万小心，若求不来便作罢，大不了不治了。”

毋望笑道，“放心吧，不能出什么事的。”

那厢裴臻在书房核对近一月来各地买卖的出入项，助儿一阵风似的跑进来，喊道，“大爷，你猜猜谁来了？”

裴臻一喜，抬头问道，“可是她来了？”

助儿往砚台上加了水，一面研磨一面回道，“正是呢，在花厅候着，说要求见大爷。”

裴臻手忙脚乱地合上账簿，心下不免焦躁，问助儿道，“可曾好生款待着？”

助儿道，“奉了茶和点心，大爷这会子就过去吗？”

裴臻细想想，复又翻开账簿，算盘珠儿拨得啪啪响，低声说道，“且叫她等上一等。”

说是这样说，一盏茶工夫连着往沙漏上瞧了五六趟，好容易等满了一刻钟，忙整整衣冠往花厅了。

隔着玻璃雕花的围屏往里看，那女孩儿并膝，身子微微侧着，坐姿娟秀美好，因低着头，露出一截嫩藕似的脖颈并玲珑剔透的下颚，端的是动人心魄美不胜收。

裴臻轻咳一声步入花厅，毋站起来福了福，抬头望他，目光莹莹，竟叫他心头忍不住颤了颤。

“对不住，适才有些琐事绊住了脚，叫姑娘好等。”裴臻躬身还了礼，面上笑得欢畅淋漓，水银色的锦缎大襟袍，上头织着缠枝宝相花暗纹，愈发衬出美玉般白净无瑕的面孔。

毋望道，“今日前来是有求于公子，我叔叔的腿如今能动弹了，还乞公子迂贵替我叔叔医治。”

裴臻挑眉道，“我估摸着药已吃完许久了，怎的现在才来？”

毋望面上一红，懦懦道，“只应公子的大恩春君一家无以为报，当真是十二万分的没脸来，加之近来正筹备着开个小买卖，一拖便拖了这许久。”

裴臻假意吃惊道，“你竟开起买卖来了？经营的是什么？”

毋望腼腆道，“我婶子会些做吃食的手艺，所以就开了家糕点铺子。”

裴臻笑道，“何时开张，我得了空好去瞧瞧，可巧我在南城有家酒楼，最近也旋摸着要找点心师傅，若你们铺子做得好，那每日所需的糕点零嘴就由你们送来吧，你看如何？”

毋望面上波澜不惊，恩惠受得太多就像山一样压得你喘不过气来，虽是铺子接到的第一单买卖，却并不叫她十分开心，于是应道，“我们下月初六开张，到时候公子若有空就来坐坐吧，糕饼倘若能吃得，那我们便每日送到贵宝号去，先将公子上回垫的药钱退清了再说别的。”

裴臻在上座坐定，慢慢吹开茶叶喝起了茶，毋望有些忐忑，抬眼朝他望去，只见他低着头，长长的睫毛遮住了双眼，也不知在想什么，两人僵持了一会，裴臻道，“叫姑娘送点心来不是为了讨债的，本来姑娘新店才开张，烈火烹油总是好的，谁知叫你误会了，是裴臻的不是。那点银子莫要放在心上，只管放开手脚做买卖，等赚够了再还不迟？”

毋望甚觉有愧，又见那裴公子言之凿凿，也不好再推脱，微微一笑道，“那就依公子所言吧。”

裴臻这才笑道，“你也莫公子公子的叫，叫我兰杜就成了。你小字叫春君，那毋望二字作何解？”

毋望眼里有些许哀戚，缓缓道，“我母亲生我的时候我爹并不在身边，去外省巡查公务了，且一走就是三个月，那时连着下了半个月的雨，车马不通，书信也无法往来，只好托了军营中的信差送奏折的当口带了句话，说是一切尚好，毋要盼望，我这名字就由此得来的。”

裴臻叹道，“果真是伉俪情深，在军中也不忘报平安。”

毋望道，“我父母亲从小便认识的，两人感情甚笃。”

正说着话，突然天暗了下来，霎时间狂风大作，飞沙走石，毋望慌了神，忙道，“若公子得了空闲请千万来一遭，春君与叔叔婶婶在家候着。要变天了，今日便先告辞了，改日再来登门拜访。”说罢福一福，裴臻才想挽留，她已穿过花厅往廊子上去了。

“当真是个急性子！”裴臻心下暗道，忙不迭追赶上去。

那女孩儿在风中前行，长发漫天飞舞，衣裙也猎猎作响，称着那纤细的身子，一时间要羽化仙去了一般。又一阵狂风扫过，她一个趔趄险些摔倒，裴臻不由伸手去接，那女孩儿便整个落入他怀里，此时只觉一股奇香扑鼻，抱着那具软软的身子，心几乎要从嗓子眼里蹦出来了。

毋望低呼一声，忙挣扎起来，站在那里，懊恼得面红耳赤。裴臻此时也甚尴尬，低声道，“得罪得罪，望春君姑娘见谅。”

毋望行了礼道，“是我失礼了，适才多谢公子伸援手。”

裴臻道，“你别忙，我叫了人送你回去。”扬声呼道，“助儿！”话才出口，豆大的雨点倾盆而下，助儿匆匆跑来，裴臻看看天，对毋望无奈道，“你瞧说下就下了，这么大的雨路上怕不好走，阵头雨来得快去得也快。等雨小些了再走吧。”

这雨下起来竟似不要命了似的，伴着隆隆的雷声，天也黑得如同晚上了，毋望叹了口气，只得道，“那便再叨扰公子一会子吧，只是我婶子还在铺子里，定然要担心死了。”

“不妨事，我派个小厮过去通报一声也就是了。”裴臻心情愉悦地说道，引了毋望进屋来，又道，“看天色也不早了，不如在这里吃了饭再回去吧。”

毋望摇头道，“方才是吃过了才来的，公子不必张罗了。”不等裴臻说话，转身站在窗前直看着外头，心里焦急又无可奈何，只盼着雨快些停，一个姑娘家到个男人家里，大半日还不回，传了出去可怎么了得，不被人戳断了脊梁骨才怪呢。

那厢助儿笑得贼，指指天，翘起了大拇指，裴臻瞪他一眼，使了眼色叫他出来，走到厅外吩咐，“去同她婶子说，就说因雨大，春君姑娘被我留下了，待雨停了亲送她回去，叫她不必等她，自己家去吧。”

助儿领了命，一溜烟地跑了。裴臻拍拍手，叫丫头送了瓜果茶食进来，复又喊毋望坐下，谁知叫了几遍也无反应，只得抬高了嗓门喊道，“春君！”

毋望吓了一跳，见他站在身后脸上又红了红，问道，“公子叫我吗？”

裴臻笑道，“你正神游太虚呢，喊你竟听不见。这雨一时半会儿且停不了，你先吃些果子，过会子再传饭，你多早晚吃的饭？再消磨一会也该饿了。”

毋望道了谢，见他看着自己，甚感不自在，两厢里无话又甚别扭，便问道，“我叔叔的腿施了针后就能下地走动了吗？”

裴臻闲适道，“施过针，静养两日，第三天起便要扶着练习练习，等腿脚适应了，慢慢便可与平常人无异了，只是跑不得，毕竟是断过的腿，跑了怕要坏事。”

毋望听了十分欢喜，心想这裴臻真乃神人！便道，“公子的医术叫人敬佩，不做大夫真真可惜了。”

裴臻摇着扇子道，“我家世代行医，几辈子都在太医院供职，给皇室宗亲瞧病不易，稍有差池便要脑袋落地的，我这人怕死得很，还是做做买卖赚点小钱稳当些，姑娘可别笑话我胸无大志。”

连文俊那傻子都知道明哲保身，裴臻这样的聪明人更是深谙此道了。毋望道，“不在太医院供职自然也不能替百姓看病，若传到了京里便是死罪，是吗？”

裴臻脸上露出赞许来，同剔透的女子说话就是省力气，这女孩儿看着年轻，竟有这样的见识，果然叫人喜欢。

毋望又说道，“你原不该给咱们瞧病的，万一叫人检举了，那春君一家子就是死了也难报答了。”

裴臻低低一笑，狭长的眼眸愈发深沉，只道，“你们不同于旁人。”旋即坐下，端着茶杯细细品起茶来。

说起这茶……他又忍不住抬眼看她，据虞子期派去的探子来报，她竟还想过往朵邑那边贩卖茶叶，所幸未能成行，否则他还得准备着怎么把她从官府里劫出来。面上看着这样文静端庄的姑娘，私底下却如此大胆，细想来也着实可怜，好好的深闺女子哪个受过她那样的苦，父母双亡，儿时又颠沛流离，如今遇着他，又被他处心积虑地算计……咳咳，日后等她过了门，定要加百倍千倍地疼她才是。

毋望见他面上表情千变万化，又想起他才刚那句“你们不同于旁人”，心下不免呼呼跳得厉害。

〇一一 裴字梨雪斋

“你那铺子取名字没有？”裴臻问道。

毋望摇摇头，“小本买卖，原就没打算取名字，左不过刘家点心，刘家糕饼罢了。”才说着，自己吃吃地笑起来。

那一笑竟让裴臻痴愣在那里，此时方知那句“淡妆多态，更的的、频回眄睐”到底是何意！肃时如雪，笑时如梅，这刘毋望在他眼里已是绝色，世上再无女子能与她比肩了。裴臻不由得暗暗苦笑，活了这二十三年，才知道自己是个情种，如今只为她这一笑他已神魂颠倒，这女子不娶是断然不可能的了。

“裴公子？”毋望见他又发愣，不由有些担忧，这样精明的人怎会不时走神呢，莫不是身子不好吧。再看外头，还是一片昏天黑地，这时小丫头拿了火折子来掌灯，又将窗户关上，收拾停当后悄悄看她一眼，浅笑着退了出去。毋望心里霎时七上八下，这样黑的天，掌着灯，屋里只有她与裴臻……怎的连个丫鬟小厮也没有！她手足无措地看他，裴臻脸上矜持坦荡，倒显得她小家子气似的。

裴臻看出她不安，笑了笑道，“兰杜是君子，春君莫怕。”

那公子的脸在灯下愈发柔和俊朗，话说得一本正经，毋望大窘，却也不好说什么，只得低头摆弄宫绦。

裴臻暗笑不已，一面又正了正脸色道，“不若取个雅致些的名字，客人叫起来也好听些。”

毋望道，“那便请公子赐名。”

裴臻沉吟片刻道，“你觉得‘梨雪斋’如何？”

毋望道，“出处是哪里？可是周邦彦的《浪淘沙慢》？”

裴臻颇感意外，奇道，“你是个女夫子吗？有满腹的诗词歌赋！”

毋望谦道，“只不过素来爱读些闲书而已，公子见笑了。”

裴臻道，“这梨雪斋配你正好，赶明儿我叫伙计送匾来，有了匾才像个正经做买卖的。”

毋望推脱道，“多谢公子，再不敢叫你破费，初六那日来捧场便是给我们最大的恩惠了，我们这点子微薄的小生意哪里用得上匾额呢，公子莫要折煞我。”

“我的一点心意，你收下便是了。”裴臻说道，捋了捋衣袖上的褶皱，又走到窗前往外瞧，雨下得极大，院子里的几株兰花被打得东倒西歪，怕是活不成了。雨从窗缝里横扫进来，溅得窗下星星点点，他退后几步，心里生出一些寂寥来，又看那姑娘娴静坐着，便道，“春君，你若要谢我，就陪我吃顿饭吧。”

毋望不解，抬头看他，火光照着他的半边脸，忽明忽暗，他蹙着眉，心事重重的样子。毋望叹口气，果然是人总有不如意的，裴臻这样的人也不能免俗。

“我饿了。”裴臻道，也不等她说话，把候在外头的人叫了进来，吩咐了几样小菜，又问道，“我叫厨子给你做道甜汤可好？女孩儿家总是爱甜食的。”

毋望心中升起一丝说不出道不明的感觉，不由点了点头道，“劳公子费心了。”

裴臻似又有些不悦，背着手道，“你与我非要如此见外吗？我叫你春君，你叫我公子，旁人听来岂不好笑！”

毋望心道：莫非真要让我叫你兰杜吗？这恐怕不成，并未熟到那样地步，连章程我也只唤他章家哥哥，若直呼你的小字，于礼不合吧。

裴臻窥她神色，似乎甚是纠结，便笑道，“唤不出口吗？只在私底下叫便好了，人前还是公子姑娘的称呼吧。”

那语气好似已退了一万步了，再打不得商量，毋望不说话，勉强默认了。

此时丫鬟鱼贯而入，上足了菜，管事的婆子恭敬道，“请大爷和姑娘慢用，我们在外头候着。”说完倒退着出去了。

裴臻笑道，“别站着了，坐吧。”

引了毋望入席，替她杯里注满酒，那酒色泽鲜亮，倒不似一般的，毋望道，“我从不饮酒，怕醉。”

“这是梅子酿的清酒，是甜的，也没什么酒劲，正好解暑用，你放心吧，喝不醉的。”裴臻说着又为她布了菜，拿起杯子自斟自饮起来。

那厢助儿传话回来了，淋得落汤鸡似的，闷头就要往里闯，被门口的妈妈拦住了，那婆子说道，“没眼色的！大爷在和姑娘吃饭，你如今进去是腚上皮痒吗？”

助儿听得一愣，问道，“在吃饭？”

婆子道，“大爷一向是独个儿吃的，今天是怎么了？那姑娘长得甚齐全，是个什么来历？”

助儿贼笑道，“那是大爷心尖上的人，将来必定是主子，仔细伺候着吧，错不了的！”说罢哼着小曲自回房换衣裳去了。

裴臻见毋望吃饭竟如猫似的，才吃了半碗，面上已有饱足之色，不禁道，“你胃口这般小，难怪瘦得很，下月既来了城里，离我也近些，我差人每日给你送些汤来吧。”

毋望着实惊着了，若真如此，那成什么了！两人是见过几次面，像这样好好说话也是头一回，怎么叫人猛一听还当是老熟人了似的。这裴臻喜怒无常，心思也让人摸不透，毋望想了想，还是要将话说明白了，免得日后累赘。于是正色道，“你的好意我心领了，只是春君尚在闺中，过从甚密怕会招人闲话……”

裴臻挑了眉，戏谑地看着她，缓缓道，“莫非我上门提了亲，你才好喝我的汤？”

“不是不是！”毋望连连摆手，结巴道，“那个……我是说你不必待我太好，我当不起的。”

裴臻又笑道，“我已经待你很好了吗？我倒不自知，若说冒着砍头的风险替你叔叔治病也算的话，那我倒真算得上是对你叔叔很好。”

毋望张口结舌，总算知道，凭她敢和裴臻较量，那便是自寻死路！闷了半晌只好道，“春君已有了心仪的人，还是要与公子避嫌的好。”

裴臻听了这话，面上强笑着，肠子弯弯绕绕不知打了多少个结，直气得手心流汗，七窍生烟。匀了气息道，“莫非你那心仪之人度量狭小？既这么着，那汤便不送了，免得你难做人。”

毋望才松了口气，又听他淡淡说道，“我这几日不知怎么的，右手常发抖，怕是要吃几剂药方能好，姑娘容我些时日，待好了自当来替令叔施针。”

早知他不是这样简单的人物，竟拿这个来要挟她！毋望愤愤想着，只得道，“其实常喝些汤也不错，呵呵。”

这下子裴臻得意地大笑起来，举起右手给毋望看，只见那手细白修长，十指尖尖竟比女人还美，哪里有半分的颤动！裴臻道，“又好了。”

毋望心中唾弃一番，也呵呵陪着傻笑。

不多时雨渐渐停了，天也微亮了些，却也近日落时分，裴臻吩咐助儿套了马车，将她小心扶上车安顿好，隔着帘子道，“你婶子定然家去了，还用过铺子里瞧去吗？”

毋望道，“我走时同她说好的，她一定在店里等我的。”

裴臻道，“那便去瞧一瞧吧。”自己翻身上马，叫助儿赶了马车跟上，一路往十字街去了。

到了那里张氏果然未走，正站在外头张望，看见毋望大大的吐了口气，呼道，“神天菩萨，你好歹回来了？”

裴臻跃下马给她见礼，张氏还了礼客套道，“真真不好意思，又要麻烦裴公子了。”

裴臻使了助儿将她扶上车，一面道，“夫人不必客气，我与春君也算相识一场，应当的。”

张氏坐进车内，小声问毋望道，“他不曾为难你罢？”

毋望笑道，“婶子多想了，他没为难我，我不是好好的吗。”

张氏抚胸道，“可把我生生吓死了，你才去就下了那样大的雨，我还担心你路上淋着雨。在他府上这么许久，他可曾说什么？”

毋望道，“说叔叔的腿只要多练习就能与常人无异了，只是跑不得，终究是受过伤的。”

“是啊，”张氏道，“正骨那时你不在跟前，你叔叔腿里打进了两支银钉子，用了麻沸散才熬过来的，那时看着真是吓人。”

毋望又道，“裴公子说要每日从咱们店里订糕点，好用在他的酒楼里，婶子你说可好？”

张氏点头道，“也好，正好慢慢将你叔叔的药钱还了。”

毋望迟疑道，“他还给铺子取了名字，叫梨雪斋，过两日还要送匾额来。”

张氏的脸色渐渐变了，问道，“可还有别的？”

毋望思忖着要不要将裴臻说日日要给她送汤事告诉张氏，说了又怕唬着她，便摇头道，“没了。”

张氏抓着毋望的手道，“他还未死心，你可要仔细。”又叹道，“可惜他已有了妻室，若早些遇着，那定是你的福气。”

毋望道，“焉知我日后就遇不上这样的人？或者比他还要好些呢。”

张氏听了笑起来，刮了她的鼻子啐道，“不害臊！没见过比你脸皮更厚的姑娘家！比他还好，莫非你要找个仙人不成！不过我瞧程哥儿倒挺好，若你和他能成，福气倒也算是好的了，只是怕将来婆婆难伺候，苦着自己。”

毋望脸上热辣辣的，给婶婶说中了心事不免难为情，心里也隐隐期盼着，若章程来提亲，那她定是即刻就答应的，章程那样的脾气性子断不会纳妾，“相怜相念倍相亲，一生一代一双人”又是何等的安稳幸福呢！

〇一二 僮仆显衷心

下过了雨，回村里的路变得十分泥泞，毋望和张氏一路颠簸，到家时几乎骨头都散了架，裴臻倒是神清气爽，背了药箱便进屋与刘宏施针了。

毋望只觉身上黏腻，回房换了套衣裳，出来时见裴臻身边的小厮在屋檐下坐着，便唤道，“小哥，才下的雨，地上还未干，仔细坐湿了裤子，还是到屋里来吧。”

助儿受宠若惊，忙起来躬身道，“姑娘真是好人，奴才命贱就爱坐在地上，外头凉快些。”

看那小厮也就十一二岁光景，比德沛大不了多少，毋望眼睛有些发酸，也不知沛哥儿在军中怎么样了，是否也像这小厮一样不把自个儿当回事呢。

助儿看她脸上满是哀容，忍不住问道，“姑娘可是有什么难事吗？”

毋望叹口气道，“我有个弟弟，前阵子从军了，如今不知身在何处，连一封书信也没有，不知过得好不好。”

助儿了悟，差点忘了这茬儿，刘家的小子可不就是他家大爷托了纪大人带出去的吗，便假意问，“是参了哪家的军？”

毋望在梧桐下的石凳子上坐下，回道，“是燕王驾下的军队。”

助儿跑过来得意道，“我家大爷在燕军中原有些旧识，姑娘何不托他打探，必能寻访到令弟的下落。”

毋望惊讶道，“裴公子在军中有熟人吗？”

助儿忙不迭点头，心道，岂止是有熟人，简直熟得滚瓜烂熟！又给自家主子吹嘘道，“姑娘有所不知，我们臻大爷那可是神通广大的一位人物，这天下，你想要什么，想干什么，没我家大爷不能的，多少名门闺秀哭着喊着要跟他，我们爷都懒得瞧……”说着斜眼细看那姑娘的脸色，没见着不悦，又接道，“我们臻大爷，那真是要才有才，要貌有貌，脾气又和善……”说着自己恶寒一下。大爷对旁人不怎的，对她确是很和善的，这也不算诓骗女孩儿罢。

毋望附议道，“是很好。”

助儿喜道，“那姑娘不如就嫁给我家大爷吧，我是知道大爷心思的，你瞧他对什么事都不上心，唯独是姑娘你的事，那真是赴汤蹈火的！我家大爷也甚可怜，家里的大奶奶在外头名声好，在家里可不是那么回事，大爷和她早就不在一处了，如今一人孤零零的住在槛菊园里，我家老爷夫人看着心里不知多疼！”

毋望被他说得又是羞怯又是心酸，女孩家总是心软的，看裴臻在家吆五喝六的，没想到人后竟是这样的。往叔叔屋里看，那修长的身影还在忙碌着，便道，“你莫要浑说，裴公子每日春风满面的，哪里就有你说得这样惨了。”

助儿见有了可钻的空子，自顾自说得唾沫横飞，“你不知道，那是人前，总要顾着体面，人后又怎么样呢？今儿大爷同你一道吃饭了吧？唉，他这三年来一向是一人独自吃的，一来是躲着大奶奶，二来是觉得对不住二老，所以除了生意上罢不得，平常他是不出自己园子的。今儿可巧下了这么大的雨，把姑娘你给留下了，定是老天爷可怜我们大爷，送了姑娘来救我们大爷的，姑娘你是菩萨心肠，好歹别伤了我们爷，大爷的性命都在姑娘手上了。”

助儿一通巧舌如簧，直把那姑娘说得云山雾罩。所幸大爷这会子还没治完，要是叫他听见有人把他说得如此惨不忍睹，定要将他剁碎了扔进池子里喂鱼的。

毋望听了半晌总算听出些门道来，大抵就是说裴臻纳妾并非因为喜新厌旧，而是形势所迫，这小厮倒也算是忠心耿耿，只不过她这人不爱被人蒙蔽罢了，随即道，“你们大爷这样人物怎教你说得恁的不堪？他堂堂的爷们儿，竟连自己的内宅都管不好吗？先前说纳妾是为了大奶奶无所出，这会子倒因这无所出，把大奶奶也编排上了。”

助儿听了心口一紧，忙道，“我的好姑娘，你千万担待我，我说的都是实情，不在一处……哪里来的子嗣！况医者不能自医，这种事谁说得好？我只知道，我们大爷整颗心都在姑娘身上，你没见我们爷今儿吃过饭多欢实，听管厨房的妈妈说，这顿吃的够抵两天的了。”

毋望回想了一下，这话倒不假，她还记得裴臻站在窗前说要一起吃饭时候的神情，就好像石杵子猛敲在人心上，闷闷的要疼上一会子。

助儿见她不说话，急忙又道，“我们大爷才刚出门前吩咐了人到木材铺子里挑块紫檀做牌匾，上头要用最好的金箔题字，可见姑娘的事，我们大爷桩桩件件都放在心上的。”

毋望站起来冷冷道，“你是来做说客的？我也知道裴公子人品卖相没得挑，可在我这里却是不成的，春君不愿委屈别人，更不愿委屈自己，你替我传个话，就说我感念他的恩德，做朋友常来常往尚可，若要我做妾，以后这话断不要再提了，免得伤了和气。”

助儿顿时有天要塌下来的感觉，苦着脸求道，“姑娘你大人大量，把我当个屁给放了罢！适才这些话都是助儿自己想出来的，和我们大爷毫不相干，你要是为这记恨我家大爷，那助儿就万死不足以赎其罪了。”

毋望不再多言，微颔首，转身进屋瞧她叔叔治腿去了。

助儿摸着后脑勺心道：真真是个水火不进的主，不识抬举！费了这好半天的口舌，半点用不曾有，到最后还恼了，世上哪里有这样犟的女孩儿，果然吃不到嘴的肉是香的，且看大爷怎样对付罢。

裴臻那厢施治完毕，净了手问刘宏道，“可有知觉？”

刘宏道，“有些发热，小腿肚发胀。”

裴臻点头道，“想是经脉通了。这两日暂且静养，等脚能动弹了再下地不迟，千万不可操之过急。”

刘宏感激道，“不知如何谢公子才好，为我这两条腿来回奔波那许多趟，不收诊金便罢了，哪里还有大夫出钱给买药吃的，刘某心里着实过意不去。”

“这有什么！”裴臻眼角微一瞥毋望，笑道，“往后先生只当兰杜是自家侄儿罢，有什么难事只管说话，我一定尽力办妥。”

张氏与刘宏互看了一眼，有些无可奈何，张氏福了道，“我们哪里敢高攀，公子的大恩报都报不完，哪里还敢劳烦公子。”

裴臻复又笑笑，并不把话放在心上，拱了手道，“在下先告辞了，若有何不适再来找我。”

刘宏又连连道谢，叹了气道，“春君，送送公子吧。”

裴臻笑意更盛，恭敬作了揖便出门去了。

毋望送到院外，启唇想说什么，犹豫了片刻，终是未能说出口，裴臻弯腰打量她，问道，“你可是有话要同我说？”

毋望原想说叫他不要送匾来的，转念一想，他才刚替叔叔治好腿便推辞，倒像过河拆桥似的，只好道，“天黑了，道也不好走，你路上当心些。”

“我省得，多谢姑娘关心了。”裴臻低声道，“初六那日我再来瞧你。”

如同情人间的耳语，毋望心慌意乱，抬头看他，这样黑的夜里似乎也能看见他眼里温暖的光，心头便又被狠狠撞了一下。

裴臻好容易才忍住揽她入怀的念头，瞧她微张着嘴，一脸迷茫的样子，真真可爱到了极致。只这句话就吓着她了？胆子这样小，当时怎么还想要私运茶叶来着！又一琢磨，年轻的女孩儿许还未有人同她这样说过话，那个什么章程他也叫人查过，平常是个老实本分的，纵然对她有情有义，却也不敢逾矩，如此他便放心了，待她到了城里岂不更在他眼皮子底下了，有句话叫日久生情，反正他有的是时候，等得。

“你进去吧，我走了。”裴臻道，坐进了马车里，叫助儿将他先前骑的马拴在车后，看着她进了院里，才放下了门帘子，歪在褥子上小憩起来。

助儿甩了鞭子，车慢慢动起来，裴臻问道，“才刚你们在外头说了些什么？”

助儿咽了口唾沫道，“没说什么，姑娘说挂念兄弟得紧，我就说爷军中有熟人，能给她打听，如此这般，那刘姑娘岂不又欠了爷一份情吗。”

裴臻嗯一声，懒懒道，“我明日要动身去北平，到了那里再给那小子妥善安顿一番。你们只说了这些？还有呢？”

助儿自知瞒不过，只得老实道，“我探了探她的话，想看她对大爷有没有意思……”

裴臻支起身急道，“她怎么说？”

助儿怨道，“她是个雷打不动的性子，任我说破了天还是那样淡淡的，听话头儿，似是绝不肯做姨娘的。”

裴臻阖眼，半晌才道，“这事不打紧，等我回来了再说，眼下有件更棘手的事，京里老皇帝眼瞧着不成了，燕王殿下要作打算，宁王他们早进宫了，也不知皇太孙接不接得这皇位呢。”

助儿疑道，“莫不是藩王要造反？”

“怕是新皇登基要有什么变动，据探子来报，那个伴读东宫的黄子澄屡次唆使皇太孙削藩，看来一场恶战在所难免。”裴臻咕哝着，片刻后再没了声息。

助儿撩了帘子往后看，见他已经睡着了，想是累极了，尽量将马车驶得平稳些，一路往虞子期大人府上而去。

〇一三 人言可生畏

“到底卖是不卖？”文俊站在那头牛边上，脸上的表情很是别扭。

毋望也很苦恼，德沛待那牛宝贝似的，前脚才走了一个月，后脚他们就要把牛卖了，回来不是要作死吗！

文俊瞧她为难的样子，心里急得慌，大声道，“吴二等着呐，磨蹭什么！沛哥儿回来再给他买一头也就是了，偏就要这头吗？况且他在军中，不待个十年八年的哪里回得来，若有了出息还要牛做什么！你要给这头牛养老送终吗？”

毋望想想也是，他们一家子都进城张罗饼铺子了，剩下这牛怎么办，总不能放着饿死罢。

“想通了没？再不通人家可是要走了。”文俊又催道。

毋望皱着眉头道，“牵走了可是会杀了？”

文俊笑道，“卖都卖了，你还管这许多！我料想不会杀的，这牛尚未长足呢，又没病，杀了肉哪有耕地值钱，你若不放心，待会儿我替你问了牛贩子再说。”

毋望点点头道，“那你去吧，我等着。”

文俊着小厮牵了牛鼻子上的绳往村口去了。

毋望回到院里，在梧桐根边坐下，拿了篾萝放在膝上，一结一结剥起里头的花生来。张氏正忙着给各色豆子过重，称完了再一包包扎好，边忙着边问道，“牛牵走了吗？可怜没养几天又要卖了，也不知能卖几个钱，文俊这书呆子可会在价钱上计较？”

刘宏慢慢从屋里挪出来，扶着门框子道，“买来值钱，卖出去就不成了，定要短些的。”

毋望道，“我同文俊说了，若少了三两八钱银子就牵回来，咱们租牛，谁家要用了便拿钱来租，还要给牛喂饱了料，这样也是好的。”

张氏呵呵笑道，“咱们春姐儿若是个男孩儿，那定是个做买卖的好材料呢！”

刘宏道，“得亏还有个孩子在身边，沛哥儿走了一个多月了，音讯全无，也不知在外头受了多少罪。”

张氏听了开始抹眼泪，哽咽道，“那个没良心的，也不知道叫人捎个话报平安。”

毋望木木的，想起德沛若在家不晓得有多热闹，眼下冷冷清清，不由得黯然神伤。

刘宏道，“姐儿，果仁儿怎么同壳放到一处了？”

毋望回过神来，懊恼得忙蹲下，将花生一粒粒挑出来，一面忧郁道，“上回裴公子的小厮同我说，裴公子在燕军里头有旧识，等咱们进了城再去找找裴公子，请他帮着打听打听。”

张氏道，“也怪得很，如今什么事都离不了那裴公子了，若人情欠了太多可怎么还，总不好一趟趟打秋风似的吧。”

毋望也觉甚是，从前没遇着裴臻，日子不也好好的吗，现下没了他竟什么都不成了，又想不出更好的法子来，也没机会还他的情，倒弄得自己没脸，凭什么总叫人家帮忙，又无亲无故的，这算什么呢！

“我再让文俊问问他爹吧，这附近人家有儿子从军的都要到他爹那里记上的，我们得不着信儿，或者别人家有书信往来也未可知，总有办法找着沛哥儿的。”毋望道，“才刚文俊说，明儿用他家的马车给我们驮货，后儿就是初六了，糕点再不蒸上，怕赶不及了。”

张氏点头道，“正是呢，料都齐全了，只等上手做，我都想好了，先做上十几样，瞧哪样卖得好再多做些。”

正说着话，文俊带着小厮进来了，手里还拎了个钱袋子，看到毋望便说道，“那吴老二还算公道，给了六两。”

把钱给了张氏，那张氏惊道，“怎的还多卖了一两？有这样的好事吗？”

毋望看了文俊一眼，慢慢道，“有人凑份子，自然就多卖了。”

文俊呆了呆，嘿嘿傻笑起来，旁边的小厮嗤道，“可不，我们哥儿和那牛贩子争得脸红脖子粗的，好歹卖了四两，自个又掏了二两出来，这才卖了六两的。”

文俊讪讪道，“你才开铺子，必然落了些亏空，许章程入股就不许我入股？我如今不念书了，在我姑父手下谋了个差事，也算是有进项的，这点银子不算什么。”

毋望看看叔婶，张氏拿着银子也不太自在，推脱了一番，见文俊要拉脸子，只好收下了。

送走了文俊，张氏又清点了一遍食材，呼道，“差点忘了，我的绿豆粉还在村头的磨坊里，春姐儿同我一道去吧。”

毋望忙拿了布袋子跟上去，张氏立在门口道，“太阳大，你进去拿了帽子再来，我慢慢走，等着你。”

毋望应了，进屋里找了草编的凉帽戴上，沿着小河边走，虽过了小暑，但近了傍晚，又有微风吹来，河边也栽满了柳树，倒也不觉得热，一路走来很是惬意。

张氏道，“明儿就要忙呢，今晚可得好好睡。”

毋望皱皱鼻子道，“我是睡得着的，只怕老板娘睡不好吧。”

张氏笑着掐她一下，嗔道，“就知你嘴上不饶人，将来得个厉害的女婿，看他怎么治你！”

毋望摘了片桑叶当扇子扇着，笑道，“我何苦找个厉害女婿，每日被他治着，岂不自苦！我只想找个踏实会过日子的，也就够了。”

“那人不就是程哥儿吗！”张氏小声问道，“你两个可曾说好？他何时来提亲？”

毋望霎时很是尴尬，那章程倒是稳坐钓鱼台的，那次来搭牛棚之后再没提过，她这里剃头挑子一头热有什么用。忙道，“婶子混说什么，什么提亲不提亲的，我说的人非得是程哥儿吗？”

说着脸上嫣红一片，张氏道，“不是他你臊什么？此地无银罢了。”

毋望噘着嘴不再说话，张氏窃笑着，领着她往前走。对面来了两三个妇人，扛着锄头提着水桶，许是刚下地回来，脸膛子晒得黑红，见了她们娘俩，都停下来搭讪。毋望因平日不常出门，这几个女人也不熟悉，只知一个姓陈，一个姓朱，另一个大约姓阚。

那朱氏道，“听我家男人说你们进城里开铺子了？”

张氏笑着应了，陈氏道，“到底与我们这些乡下婆子不同，刘家嫂子真好本事，能进城赚大钱呢。”嗓子像个破铜锣，话里还有股子酸味，毋望不禁瞧她一眼，正巧她也看过来，毋望像做了贼似的，心里咯噔一下，果然，那陈氏话头子转了过来，怪声怪气道，“春姐儿真真是个美人，这皮肤，这身段……啧啧，怪道上回俊哥儿妈同齐家婶子吵起来了呢，听说春姐儿许给齐家外甥了？就是城里的吧？”

几个女人相视而笑，一直没说话的阚氏拉起毋望的手摩挲，一面笑道，“瞧瞧这肉皮儿，细得跟糯米团子似的，到底保养得好，我们下地都不戴帽子的。”

毋望不动声色地抽回手，强笑道，“婶子有所不知，我小时候病过，晒了太阳就出疹子，没法子才戴帽子的。”

阚氏道，“那可不就是命好吗，要是我们也病过，那地里的活谁干呢。”

张氏面上挂不住了，冷了脸道，“谁说我家春姐儿许给齐家外甥了？你们莫要混说，坏了女孩儿家的名声就不好了。”

陈氏道，“那个常来你家的后生不是齐家外甥吗？”

张氏蹙眉道，“他是来给沛哥儿他爹治腿的。”

“怪道呢，原来还是个郎中！”张氏假模假样地同另两个妇人道，“你们没见过那公子，神仙一样的人物，相貌周正，家里又有钱有势，听说县大老爷也要给他三分薄面，比起阮家那个姑爷，不知强出多少倍去。”

毋望不想再听她们胡诌，拉了拉张氏衣袖，张氏会意，径直道，“我们要到磨坊里去，今儿就不聊了，改日上我们家吃茶去。”也不等她们回话，拉着毋望便走了。隐隐听那三个婆娘嗤笑道，“到底是个做姨娘的命，长得那样，倒也中用，还未过门，铺子都开起来了。”

毋望的手被张氏捏得生疼，看她脸色发白，人也微微打战，想来给气得不轻，急忙柔声安慰道，“婶子莫气坏了身子，这些婆姨整日就是东家长西家短的，做什么把她们的话当真！只因咱们平素不下地，也不与她们一处，自然要生出些话来，她们的男人各个都是庄稼汉，怎知她们不是看着叔叔在城里做账房眼热？婶子这样想就没什么可气的了。”

张氏叹道，“我是听她们拿话作践你，心里不好受！都怪我猪油蒙了心，怎会答应齐婶子做那样的媒！你不会怨我吧？”

毋望安抚道，“婶子当日也是没法子，我都知道的，若要怨你，我就带着那颗东珠跑了，还留在这里做什么！”

张氏稍感安慰，又道，“方才她们说的阮家的姑爷是谁？”

毋望想了想道，“我听沛哥儿提起过，大约是阮秋的姐夫吧。”

张氏又跳起来，“那几个烂了舌头的，竟拿你同阮家丫头比！那丫头六岁就卖与人家做使唤丫头的，妖精一样的手段，不知后来怎么给主子看上了，收进房里做了妾，什么姑爷姐夫的，三朝回门都不曾来，人家压根不认这门亲。”

毋望闷闷地也不说话，心里暗暗思量，做了妾不都是如此的吗，枕边人不是丈夫，是主子，主子的原配也是主子，一个妾值什么，能比粗使丫头好多少。

张氏气愤一阵子，又替裴臻抱上了屈，说美玉样的人拿来同茅坑里的砖头比，白糟蹋了云云。毋望也不理会，进磨坊焯了现磨好的绿豆粉装进布袋子，给了那人两个铜板，便招呼张氏回去了。

〇一四 梨雪斋开张

转眼已是初六，前一日蒸的糕点都已上了柜，各色花形，各种口味，一个个小巧玲珑，惹人怜爱。毋望准备好了茶水精挑了几样吃食，摆放在门前的长桌上供客人先尝后买。看看日头，刚到辰时，再有三刻钟便要开门迎客了，心里不免忐忑不安，毋望道，“叔叔腿还未痊愈，过会子就在柜台后头坐着罢，上外头来万一磕着碰着了倒不好。”

刘宏点点头道，“我只管账，旁的都不问，你们做主就是了。”

张氏笑道，“钱财的主都叫你做了，剩下的只有干活跑腿，自然是归我们的了。”

刘宏因腿脚好得差不多了，又逢新店开张，心情大好，便调侃道，“若你能把账面做好，那便让你做账房，我和姐儿两个打杂也是使得的。”

张氏啐道，“在床上养了那些日子，笔头子可还顺当吗？别把算盘珠子拨错了。”

“哪里错得了，这可是正经自己的买卖，绝计错不了的。”刘宏拿手在算盘上噼啪打起来，嘴里说道，“几个月未打，手倒还没生，你们只管招呼买卖，这里有我，且放心罢。”

这时外头有人敲门，毋望想许是章程来了，便问，“是谁？”

门外人回道，“送匾额来的，东家看看吧，可还满意。”

张氏和毋望忙将关板按序一块一块拆开，齐整码在门边，出门看那匾额，上头用红绸子盖着，抬匾的伙计掀开给他们过目，木板是紫檀的，上面拿金箔龙飞凤舞地写了三个大字——梨雪斋。

三人面面相觑，这块匾至少也值五十两银子，都够他们再开三家这样的店了，这位裴公子真是大手笔！

伙计道，“这就给您挂上了。”

毋望木讷地点头，看见街上急急跑来一个人，小厮的打扮，跑到毋望跟前躬身行了个礼道，“恭贺姑娘开张大吉，我们臻大爷派小的先来问问这匾可好，我们大爷原是一早就要来的，无奈昨儿晚上子时过了才从京里回来的，早上一时起不来，请姑娘恕罪，这会子正洗漱呢，等给老爷太太请了安就过这边来。”

毋望又点头，心道，真真难为他了，半夜到家，今儿一大早又要赶这边来，岂不只睡两三个时辰！

一干人等小心翼翼将牌匾升到檐下，只因紫檀是硬木甚重，费了好大的气力才挂好，小厮招呼道，“姑娘快来看，这样好的匾，真气派。城里只爷和咱们的铺子用这种匾，旁的人只用软木，叫人一瞧就知道这铺子和臻大爷是关联的，不知要省去姑娘多少麻烦！”

毋望不解道，“什么麻烦？”

“姑娘你不知道吗？要开铺子岂是有了门面货物就成的，街上的流氓无赖要来讹钱，”小厮扳着指头数道，“同行要来使坏，还有官府要孝敬，乱七八糟多了去了，若没人撑腰，买卖断然做不下去的。”

毋望只当他送的仅是匾罢了，谁曾想里头竟还有这样的玄机，一面又叹，裴臻是个心思如此缜密的人，这桩桩件件的大恩小惠就像一张网，密密将她困住了，要逃出去怕也极难。

小厮忽喊道，“我们大爷来了！”

毋望抬头看，街边一排铺子的廊下走来一人，穿着月白的交领大袖长衫，左手摇扇，右手撑着浅绿色的油纸伞，头上扎的丝絛在晨风中飞舞，闲庭信步似的翩然而至。

“先生开张大吉了。”他拱手朝刘宏一揖，又对毋望露齿一笑，“好歹赶上了，我原还不知道，从北平到朵邑只需两日路程呢。”毋望不知怎么，鼻子突地酸了一下，瞧他黑了，人也清减许多，他们原从北平发配到这里，路上走了二十多天，他竟只用了两日，那样大热的天，一路快马加鞭，得遭多大的罪！

裴臻看她面无表情，心里沉了沉，又转身看上头的匾，问道，“你不喜欢么？字是我托县令题的，写得不好吗？”

毋望自觉失了礼，忙摇头请他进店内，张氏方回过神来，引了他坐下，又端了糕点与他吃，裴臻见那梅花状的吃食晶莹剔透，里面的馅都能清楚看见，尝了也觉香糯爽口，便笑道，“夫人果然好手艺，开了张擎等着收钱吧。”

张氏喜道，“承你吉言了，日后要请公子多多关照才是。”

裴臻拱手道，“一定一定。”

不多时小厮来报，“时辰快到了，炮仗也都备好了，请掌柜的示下，可是即刻便开张？”

毋望朝外头张望，脸上有些失落，裴臻摇着扇子睨了她一眼，心下微微着恼，面上却是一派闲散，对刘宏道，“误了吉时怕不好。”

刘宏道，“那就开张吧。”

小厮得了令颠颠跑出去，一时间鞭炮齐鸣，震耳欲聋。毋望捂住耳朵躲在张氏身后，吓得眼睛都不敢睁开，裴臻瞧她那样，甚觉好笑，前头的不痛快也烟消云散了。

炮仗放完了，毋望忙同小厮一道将满地的纸屑扫净，渐渐有客登门，毋望对裴臻福了福道，“我要招呼客人，怕是要怠慢了公子，公子或者到内堂坐坐罢，那里还清净些。”

裴臻道，“不碍的，你自去忙，我同你叔叔说会子话就走了。”

毋望吞吞吐吐道，“你这一路受累了，还要操持牌匾的事，我们着实过意不去，你且回去好生歇息吧，才刚我叔叔说，看哪日你得了空，要请你来吃顿便饭呢。”

裴臻调侃道，“是你叔叔的意思？我原以为是你意呢！”

毋望俏脸一红，低声道，“春君一家都感念公子的恩德。”

裴臻轻笑一声，见她臊得这样便不再逗弄她，转身与刘宏攀谈去了。毋望暗暗呼出一口气，这时张氏正忙得不亦乐乎，好几个女客点了东西，她一人分身乏术，毋望见了忙去帮忙，拿纸将糕点包成方正的一摞，上边覆了红纸，再拿细麻绳捆扎好，一一递与客人。照眼下卖出的几样看，枣泥佛手，玫瑰福禄寿喜，小桃酥，白萨其马卖得甚好，毋望心里记下了，看来这几样是要多做些的。

正忙着，章程从外头进来了，见了毋望道，“生意这样好，钱是赚着了，想来晚上要受累了，明日的货也得备足的。”

毋望生着闷气，只顾手上干活也不理他，章程瞧她那个模样猜着了几分，赔笑道，“我才从庄子上收租回来，没赶得及你开门，真是对不住，你莫气，气坏了身子可怎么好！我明日领你去庙会上玩可好？算是给你赔罪罢。”

毋望嘟囔道，“我都多大了还整日玩啊玩的，如今店里忙的这样，如何丢得开手。”

章程笑道，“你只说想不想去吧，若想去，我自然有法子叫人替你，走个一日半日也不碍的。”

那毋望究竟是个十四五岁的女孩儿，哪里有不爱玩的，心里计较了半晌，终抿嘴笑着答应了。又道，“你如今到那家也好几日了，可还好吗？”

章程眼里闪过一丝无奈，闷声道，“我那表婶子待我倒甚好，亲的一样，只下面的人不服管，才去那会儿，总在背地里编排我。”

毋望听了心里也很难过，只得劝慰道，“他们眼红罢了，那些难听的话何苦放在心上。”

章程涩涩道，“还有更可气的，太太娘家姐姐丈夫没了，家里又没落了，前两日拖着女儿也搬了来，整日嘀嘀咕咕说姐夫挣下了家产与他人做嫁衣裳，我倒像她家的奴才，今日要星星，明日又要月亮，弄得我不胜其烦。”

毋望反感道，“怎的这样，你表婶子也算主母太太，这些都不管吗？”

章程摇头道，“年轻时便是个现成奶奶，何尝管过这个！”

毋望恨道，“你既做了他家的继子，族谱上也定然有了名字的，那你便是正经主子，多早晚轮到外人来指指点点！你要拿出主子的样子来，姨母不顾及你的脸面你就该回太太，请她做主，依着我的性子，便直接将她们的东西扔出去，请她们自回家去。赖在别人家算怎么回事！”

章程呵呵笑起来，一面道，“我还不知你竟有这样的手段，日后定是个不吃亏的。”

毋望面上窘得很，低下头嗔道，“你浑说什么，我是替你打抱不平罢了。”

章程敛了笑容，避开店里的客人，低声对毋望道，“我过两日就回了太太，叫她请了媒人来提亲，只是我如今身份尴尬，若你跟了我，怕是会连累你一同受苦……这事我想了好几夜，一直没同你说是怕委屈了你，可若是不说，我自己又不甘心……春姐儿，你可愿意？”

毋望涨红了脸，几乎透不过气来，心里狂喜着，脑子也晕晕的，一时不知如何答复他，应了怕他笑话，不应又怕下回不作数，柔肠百结，没了主意。

章程是个黄鱼脑袋，看她不置可否，急得什么似的，结巴道，“莫……莫非你不愿意吗？我对你的心你是知道的。”

毋望急道，“你容我同叔叔婶子商量商量再回你。”

章程这才把心放回了肚子里，欢喜得直点头，两厢里相视而笑，含情脉脉。

先前在账台旁与刘宏闲谈的裴臻歪头摇着扇子，心里冷冷一哼道：好个郎情妾义！当我是死人不成！且看你们明日如何游庙会！

〇一五 世事皆人情

章程才转头，恰巧看见一位俊俏的公子正对他笑，不由怔愣一下，思量半晌未想起他是谁来，只得仓促抱了抱拳，低头问毋望道，“那位公子是何人？好似在哪里见过的。”

毋望面色一僵，心里突突地跳，没计奈何只得道，“你在田头上见过他，他是裴公子。”

章程微微讶异，暗道怎的是他！上回匆匆一面，并未看得太真切，只觉坐在马上飞扬跋扈，如今那裴公子缓缓走来，神情很是恬淡，看着是个无害的人，于是善良的庄稼汉子章程一眼有了主意，防虽说还是该防着，心里倒也不似从前那样深恶痛绝了。

事实证明，裴大公子也确是个会做表面文章的人，他见了章程并未像见着仇人似的打算手刃，面上一贯的温文尔雅，举止言行也谦恭得体。

“阁下是纪公子罢？久仰久仰！”浅浅一揖道，“我与贵庄以前有些生意上的往来，和令尊也算旧识了，如今令尊过世，庄上的事务必定由公子掌管了吧，日后还要请公子多多关照呢。”

原来章程过继之后就叫纪程了，毋望哀叹一番，纪程真是没有章程叫着顺口啊。

章程见他这样客气，忙还礼道，“我才接管生意，很多规矩都不甚懂，久闻裴公子善于经营，还要向公子讨教一二。”

裴臻道，“不敢不敢。”面上笑得和煦，心里极不屑，毛头小子不在乡下种地，跑到这里来搅和，既是自寻死路，那也不用客气了。又转身对毋望道，“我险些忘了，这次我去北平谈生意，特地去燕军中找了昔日的旧识，多番打听，总算找到了你那弟弟。”

毋望又惊又喜，一时忘情抓着他的衣袖急问道，“你见着沛哥了吗？他可好？”

裴臻任她拉着，不慌不忙道，“他现跟着纪校尉学拳脚功夫，未时以后有先生专门教他与另两个孩子学用兵与计谋，因他为人机灵，很得上司的喜欢，还带到燕王跟前去过，燕王殿下也极赏识他，想来日后必定前途无量。”

“还有呢？”毋望急道，“他可曾瘦了？”

裴臻道，“听纪校尉说，他还长了四五斤肉呢，你放心吧，我一切都打点好了，担保他在那里吃不了亏。”

毋望嗫嚅道，“这回又麻烦公子了，本来便有事在身，还要抽出时间来替我们寻访亲人，我告诉了叔叔婶子，他们也定然感激公子。”

裴臻温声道，“既到了北平，顺道去看一下也不是什么难事，我知道你们苦无他的消息，心内定是很挂念，裴某力所能及的事，便替你办了，也好叫你安下心来做买卖。”

一旁的章程心里有些酸涩，从前他只是个种田耕地的穷小子，与那些有钱人并无往来，也未曾听说过裴臻的名号，只当他是个一心眠花宿柳，手上又稍有几个铜子儿的土财主，可如今进了生意场，方知他竟是那样的人物，单他那家“得风楼”就已名满天下，更别提药铺钱庄了，各省各县均有分号，生意几乎做进应天府去。撇开这些不提，人品身家也是清清白白的，从不踏足风月场，也绝无失体面的行为，这样的人，若真同他争春君，要赢怕是极不易的，自己也只有凭着春君的偏爱和这些年的情义，方有五分的胜算罢了。

章程的惆怅一点不落全进了裴臻眼里，裴臻心中欢愉，脸上笑得更是高深，又对毋望说道，“我今早来得匆忙，沛哥儿的家书未曾带上，回头我使了人送来。”

毋望点头，眼里的泪盈盈欲滴，抽泣道，“他好便是最大的喜讯了。”

裴臻瞧她要哭，疼惜道，“你过后头去擦把脸吧，叫你叔叔婶子见了，还当我欺负你呢，这里的活我来做，你去吧。”说着接过她手里的点心，有模有样的捆扎起来。

毋望撂了手，转身回后院，章程又不得跟去，也不会包茶食，站在边上甚是无趣。

“你瞧我的手艺可还使得？”裴臻笑着叫章程看他包得歪瓜裂枣的点心，那等着取货的妇人自然认得裴臻，接过他递来的纸包，欢天喜地的去了。

章程也是个较真的性子，皱着眉道，“我适才看见一个角没包严实，点心屑子漏出来了。不过头回包，能这样已是不错了，若换了我怕更不中用呢。”

裴臻面上笑着，心里暗道，这傻小子也不算太傻，还知道打个巴掌再赏颗甜枣儿。顿了顿又道，“你们庄子上换了管事吗？如今管事不通得很，几家米面铺子的掌柜皆有怨言，怕是秋后要从别家拿粮了。”

章程懊丧道，“我也没法子，新来的管事和太太娘家沾着亲，换也换不得。”

裴臻转眼瞧他，那章程长了一张斯文老实的脸，眉尾微有些耷拉，想来性子也极温吞的，这样的人过继过去，又没些手段，岂不被人排挤死！想着，心下便有些可怜他，随口道，“我同那几个掌柜也算熟悉，待下回见了面同他们提一提，货还从你这里拿，买办事宜俱绕过那个管事，直接同你商量便是，这样你握了实权，再不会叫他们拿捏了。”

章程听了惊喜莫名，忙不迭作揖谢他，裴臻心道，一不小心又做了个好人，我裴某人何时成了大善人了！我对你们的恩德先欠着吧，到时一并还来也就是了。

正想再寒暄几句，突听得外头一阵锣鼓喧天，原以为谁家娶亲做寿，等了片刻，那仪仗倒好像停在门外不走了，张氏与毋望忙出门看，只见十几个穿着体面的男人走了进来，直走到裴臻面前，一个个拱手道，“臻大爷开业之喜，怎不知会我们大家伙，咱们也好来讨个彩头，怎么好一人闷声不吭的，要不是张老板的太太回娘家路过门前，咱们还蒙在鼓里，失了礼数呢。”

裴臻措手不及，忙迎了出来，连连作揖解释道，“各位老板误会了，梨雪斋的东家并非裴臻，是那位刘宏刘老板，裴臻今日是来帮忙而已，过会子便要走的。”

刘宏也站起来行礼，道，“各位老板驾临，小店蓬荜生辉。”

一干人等摸不着头脑，问裴臻道，“这位刘老板莫不是臻大爷的贵戚？”

裴臻但笑不语，这时人群里走出来一个人，原是刘宏往日的东家，见了刘宏羞愧道，“刘先生，原来你与裴老板有渊源，都怪我那时不察，若早知道，定然要将账房的空缺留给你的。”

刘宏谦道，“不怪老板，我这腿原没料到能治好，若拖个一年半载的，岂不耽误了老板的生意。”

毋望惊出了一身冷汗，生怕叔叔说出腿是裴臻治的，被有心之人听去了害了裴臻，便急急张罗了茶水请他们坐下。裴臻见她那样，知道她心中在想些什么，唇角一勾，面上不由多了几分柔情。

那帮人何等的精明乖觉，只消划上一眼，便知其中端倪，复又细细打量毋望，只见她这许多人面前毫无拘谨，形容端庄大方，生得又一副绝美的相貌，当下纷纷会意，笑道，“是不是臻大爷开的都一样，日后我们尽心拂照也就是了。”

毋望又惊出一脑门子汗来，再看叔婶，他们脸上也尴尬不已，章程更是面如菜色。

裴臻也知这些财阀的心思，也不辩解，如今恨不得叫全城的人都知道这女孩儿是他的人，哪里还想撇清什么，否则以她这等姿容，不消到明日，门槛必定被提亲的媒婆踩平，那样还得了吗！旋即笑道，“既这么着，裴臻便先谢过了。今日也劳各位跑了一趟，我这就传话下去，到我的得风楼摆上三五桌，一来与各位叙旧，二来嘛，也有些私事与几位老板商议。”

众人乱哄哄笑道，“那今日便不醉不归了。”

裴臻拱了手道，“各位先行一步，裴某稍后便到。”

打发了那群人，大伙才算松了口气，裴臻吩咐小厮着人抬轿子来，一面道，“刘先生也去罢，众人既是为了梨雪斋而来，主家不去未免失礼。”

刘宏面露难色，迟疑道，“又要叫公子破费，这怎么使得！”

裴臻不经意看了毋望一眼，低声道，“我说使得便使得。”看章程傻愣着，拍拍他的肩膀道，“纪公子也一同前往吧，趁这当口，正好将你的事提上一提。”

章程自是喜不自胜，口中直道，“多谢裴公子，待事成之后，定要到公子府上专程拜谢。”

裴臻颔了首，又对张氏说道，“你们女眷不便同往，我叫人送些饭菜过来，也省得再生火。”

张氏忙道，“不必麻烦了，你们爷们儿自去谈事，我们娘俩守着饼铺子岂会饿着！”

裴臻道，“糕饼怎好作饱，你不必推辞，我差人送来就是了。”又轻声在毋望耳旁问道，“春君可要喝汤吗？”

毋望颤了颤，生生忍住脸红。心下恼道，这斯文败类，当着一屋子的人同她咬耳朵，岂不叫人误会她与他有什么！忙看向章程，他低头看着自己的鞋尖，面上看不出喜怒来。

裴臻微一笑，也不管那几人脸色千变万化，潇洒转身，拉了章程，叫小厮将刘宏扶上了轿，撑起他那把油纸伞，翩翩然往得风楼去了。

卷二 惹相思疾，立三年约

〇一六 嫡妻来问罪

近晌午，客人少了些，娘俩也得了空好坐下歇一歇。张氏打量侄女儿粉嫩的脸，小心问道，“春姐儿，你同那裴公子可是暗生情愫了？”

毋望被婶子猛一问，顿时心跳如雷，慌道，“婶子哪里话，我怎会喜欢上他，纵然他千般万般的好，终究是有家室的人，祖宗的规矩春君断不敢忘，绝不敢有这样的心思。”

张氏迟疑道，“可我总觉着你们私底下是有情的，那裴公子对你如此体贴，凭他的身份地位，这样百般讨好你，真真难为他。”

毋望嘟嘴扭过身子，脑袋里头乱糟糟的，裴臻的脸总在眼前恍，他皱眉，浅笑，眼里的千山万水，竟像烙在她心头似的，挥之不去。想来也甚怪异，她自己也暗暗思忖，莫不是当真对他动了情吗？怎么会呢，她心中所好不是章程么，许是欠了裴臻太多情了，过意不去方才如此的吧。

张氏看她纠结的样子，叹了气道，“若没那条家规，你可是真的愿意跟着他了？其实咱们眼下这种境地，哪里还有本钱挑人家，若你当真有这个心思，我便同你叔叔说，我瞧着裴公子就甚好，纵然是给他做妾，他也绝不会亏待了你。”

“婶子，我不想同别人共事一夫。”毋望道，“你和叔叔两个就很好，甘苦与共，没有那些烦心的事。”

张氏摇头道，“小孩儿家果然不懂，我们如今相依为命那是因为遭了难，你叔叔原先可没这么老实，宏二爷，宏财神，整日里赫赫扬扬的，迷上过勾栏院里的姑娘，也私养过外宅。但凡有钱人家哪个不是如此，旁的不说，就说你爹妈，好得那样，你爹还不是照样有妾有通房。”

毋望低头摆弄手上的细麻绳，记忆里是有两个姨娘的，只是无所出，在自己院子里不常出来，她母亲是个平和的人，平日里也不过问她们，两下里倒也相安无事。现如今想来，母亲心胸宽广是笃定爹的心只在她一人身上，若宠妾灭妻，家宅必定不得安宁，反之，那两位姨娘心里定是比黄连还苦的，虽嫁了人却没有丈夫，没有孩子，这一生还有什么！转念又想起了章程，心里倒有些甜甜的，于是扭扭捏捏同婶子说道，“今日章家哥哥同我说，要回去回了养母，请人来提亲。”

张氏闻言，面上也淡淡的，只道，“先瞧着再说吧，程哥儿如今也甚不稳妥，不知将来怎样结局，现下便应了倒不好，况且我看他与以往不同了，若换了别的爷们，有人敢对自己要娶的姑娘这样，早就拉了脸子，他竟像没看见似的，也不知裴公子给了他什么好处，对人家千恩万谢的。”

毋望听了张氏这样说，心下虽不乐意，却又不好说什么，一个大姑娘家吵着要出嫁，旁人看着总不好，其实她倒不怕跟着章程受苦，从前他家两间茅草房的时候她就愿意跟他的，如今做了半个主子，反倒叫婶子生出嫌隙来。

张氏到柜台后头将一上午的进账细点了一遍，毛账竟有三两二钱银子，忙欢天喜地的招呼毋望来看，“到底还是做买卖赚钱，除去糕点的工本还有房钱，怎么也有五六钱银子的进项，若种地，佃户到年底还闹亏空，早知如此，真该早些来城里才对。”

毋望嘴上应着，心里暗道，早些来没遇着裴臻，城里岂是好立足的，没得连骨头渣子都不剩。

这时两个跑堂打扮的人搬了食盒进来，嘴里唱道，“得风楼臻大爷给刘家太太小姐加菜了！”

张氏将他们领到后堂，只听那两人边上菜边报菜名道，“红烧雪猪，干烧鱼，三鲜锅巴，五蛇羹，干煎大虾碌，奶汤菘菜，鱼喷鼻肉丝，还有给小姐的银耳莲子红枣汤，爷说这汤滋阴润肺，叫小姐务必要喝。”

毋望哭笑不得，待那两个跑堂的退出来，忙拿了碎银子要打赏，那两人揖手道，“小的不敢，爷说只要姑娘喝了汤，他那头自有赏赐，绝不许拿姑娘太太的钱。请姑娘进去吃饭吧，外头有小的们看着，待吃完了，小的们收了碗筷再走。”

毋望点头进了内堂，张氏正对着一桌饭菜发呆，口里喃喃道，“这许多，就咱们两个吃，怎么吃得完！愁也愁死了，那裴公子平常就这么吃的吗，一顿下来不要个三五两的！若吃不完定是要倒掉的，真是烧银子！”一面拿自家的海碗倒了三个菜放到碗柜里，又道，“留下些晚上吃，过会子拿桶装了吊在井里，怕到晚上就馊了。”

毋望苦笑道，“婶子真是！叫人看见多没脸，吃不完还兜着走！”

张氏笑道，“反正是给咱们吃的，你怕丢人就说我是海量，我又不要找婆家，不怕人说我是吃货。倒是那裴家大爷，见碗都空了只怕喜欢坏了呢！”

毋望告饶道，“好婶子，莫再拿我打趣了，快些吃吧，吃完了好做买卖去。”

这一顿吃得丰盛，那个奶汤菘菜甚好，毋望就着饭多吃了几筷，张氏道，“还是裴公子面子大！阿弥陀佛，竟叫我们姐儿多吃了半碗，可了不得！”

那两个小二估摸着她们吃完了便进来收拾，看着盅里一大半的银耳汤愁眉苦脸道，“我的姑娘，你不喝汤，咱们回去怎么交代啊！”

毋望歉疚道，“实在对不住，我当真喝不下，索性倒了吧，你们回去就说我喝了，可行？”

两个小二想了半日，小心倒出去一半，将盖子盖好，放进食盒里，复又作了揖，躬身退出去，才走到门口，见轿上下来一人，不由吓了一跳，恭敬见了礼，呼道，“给大奶奶请安。”

张氏与毋望心中咯噔一下，暗道不好，臻大奶奶找上门来了，且不管她因何而来，总之必定来者不善。张氏向毋望使了眼色，想叫她避上一避，毋望一脸坦然，并无半点要回避的意思，未做见不得人的事，若躲开了岂不理亏似的！

臻大奶奶真是个美人，十八九岁的模样，穿着直径纱缠枝锯莲平纹的续衽长衣，手里拿把绢扇，唇上点着胭脂，指尖染着蔻丹，盈盈站在门前，美艳不可方物。她抬头看了门框上的牌匾，脸上不喜不悲，只轻声细语道，“梨雪斋，果然好名字，配得上姑娘这样的妙人儿。”

毋望迎了她与两个丫头进来，奉了茶道，“不知臻大奶奶来，有失远迎了。”

那素姐儿瞧那女孩儿明眸皓齿，素衣纤纤，着实生了一副好相貌，心下便一沉。原是想来瞧瞧臻大爷心尖子上的人长得什么模样，无非艳若桃李罢了，自己也不会被比下去，谁知竟是个神仙样的人物，通体没有一件头面首饰，却乌发如云，肤质洁白，还有那嫣红的檀口，与她一比，倒觉得她嘴上的胭脂媚俗起来了。当下有些不自在，又不得不挤出三分笑容来，胡乱答道，“不碍的，我听臻大爷说姑娘在这附近开了个铺子，便想来认个门，找了半日未找着，得亏有这牌匾，好歹认出来了。”

毋望笑道，“这些小点心是我同婶婶做的，过会子给夫人挑些带回去尝尝吧，只希望夫人不嫌弃才好。”

张氏在一旁点头道，“承蒙裴公子多方照顾，今日夫人既来了，好歹赏脸带回去些个，给府上的姑娘们也尝尝。”

素姐儿也不接话，直直问道，“外头那块匾看着眼熟，可是我们大爷送的？”

毋望心道果然兴师问罪来了，面上仍是无波无澜，淡笑着点头。

“怪道呢。”素姐儿冷笑，“我们大爷这会子可用了心思，不知多早晚妹妹进园子里来？在外头总归不体面，况且开这么个铺子，旁人还不知怎么笑话呢，妹妹，你说是也不是？”

毋望咬牙忍了半日才道，“臻大奶奶的话春君听不懂，春君开这样的饼铺子不偷不抢，凭手艺过日子，哪里就叫人笑话了。”

素姐儿摇着绢扇，缓缓道，“我是知道的，妹妹莫要害臊，我今日来，就是要请妹妹跟我回去的，没个名分总不长久，我也不是善妒之人，眼里还是容得下的。”

毋望面色惨白，被臻大奶奶羞辱得不轻，一面心里恨裴臻，他那样由着性子胡来，如今叫他媳妇误会了，巴巴跑了来，无事也变得有事了。

一旁的张氏听不下去了，没好气道，“大奶奶可曾问清了就来说这话，我们姐儿是未出阁的姑娘，这样的脏水可泼不得，再说也没有这么个理，你一个奶奶抛头露面来给爷们儿请人，若叫人听了去才真是失了体面呢。”

素姐儿怒了！本想好声好气请她进园子，到了眼皮子底下非使了手段治死她，如今她反倒拿起乔来，还抱怨她的不是。

“别打量我们奶奶好性儿，一个姨娘还要三媒六聘的吗？哪家不是悄不声的从偏门抬进来就完事的，我们奶奶怕失了体统才迁贵来请的，别给脸不要脸！”素姐儿的大丫头喜儿口如利剪，见自己主子被人抢白，气不打一处来，对着张氏就吼回去。

张氏怒不可遏，冷笑道，“哪家的丫头这样缺管教，你主子在这儿说话，哪里来你插嘴的余地！”

毋望看门前渐渐有人围观，忙劝住张氏，对素姐儿道，“想是奶奶想岔了，我家并未答应齐婶子保的媒，谈不上姨娘这一说。”

素姐儿也不拿正眼看她，讥讽道，“面儿上没答应，私底下来往甚密，给你名分你不要，偏要偷的不成！”

〇一七 真情不相嫌

毋望一口气憋在喉咙里，吐也吐不出来，恨声道，“奶奶说话也请三思，我是正经人家的女儿，不愿遭受这样的不白之冤？裴公子帮衬咱们家，我们原就是感激万分的，将来也定是要报的，只是报恩也犯不上以身相许，春君家无钱无势，断然高攀不上，还请大奶奶放心。”

素姐儿拍了桌子立起来道，“真打量我不知道吗，那日下大雨，你二人在一间屋子里待了半日，那样的昏天黑地，足有半个时辰，什么事做不得！我们臻大爷可不是柳下惠，馋嘴猫似的，你两个没事儿，说出去谁信！”

毋望委屈得几乎哭出来，双眼含泪，更是我见犹怜。

张氏忙道，“这事我是知道的，我家男人摔断了腿，那日春姐儿是去请裴公子来给她叔叔医治的，偏巧赶上了急雨，待雨过了再回来也是有的。”

素姐嗤道，“那是幌子罢了，究竟做了什么谁也不知道，臻大爷把人都打发到外头去了，还能干什么好事！”

这下子张氏也愣在那里无话可说了，直勾勾盯着毋望，若不是素姐儿在场，只怕也要审上一审。

毋望反倒平静了，这女人真像助儿说得那样，贤名在外，骨子里拈酸吃醋，什么样的狠话都说得出口，怕也是个五毒俱全的人，那位裴公子当真是个可怜的。便道，“我行得端立得正，不怕人背后指点。奶奶有工夫操这份闲心倒不如把心思放在臻大爷身上，夫妻和睦不比旁的强上十分吗。”

素姐儿看那女孩儿挺直了脊背，面上冷冷的瞧不出异样，说出来的话就像尖刺似的扎在她心上，顿时脸色灰败下来。谁不想夫妻和睦来着，可那臻大爷见着她就像见着了仇人，连个好脸子也没有，如何能和睦！话虽如此，只是输人不输阵，又抖擞起精神道，“我们夫妻和睦与否不劳你费心，我今日已来过了，请了妹妹，臻大爷面上也有了交代，既然妹妹不肯同我回府，那日后再要进来可难，妹妹还是细细思量吧。”

毋望暗哼，说了一车的狠话还说是来请人的，是来给下马威的吧，还是早些打发了清净。便道，“春君不敢与大奶奶称姐妹，奶奶只消看住裴大爷，我这里绝计不会出乱子的。”

“好！”素姐儿沉声道，头上的累丝金凤微微颤动，“姑娘果然好气性，今日的话可作数？”

毋望道，“自然是作数的。”

素姐儿笑道，“那我便告辞了，春君姑娘请留步吧。”说完整整衣裙，领着两个丫鬟出门而去。

张氏吐了口浊气，抚胸喘了一阵子，突又忆起适才臻大奶奶的话，忙问道，“那日究竟怎么回事？什么将下人都支开了？裴公子可曾对你动手动脚？你要急死我吗？快说！”

毋望叹道，“婶子糊涂，哪里就有她说的那样不堪了！只在一处吃了饭，再没别的了。若真有什么她哪里还会来，左不过来探了口风，回家好安心罢了。”

张氏跺脚道，“最毒妇人心！这样难听的话来糟践你，叫旁人听见，还嫁不嫁人了！”

毋望勾勾嘴角闲散道，“她要是坏了我的名声，那我岂不只好嫁给裴臻了？她断然不会的，你没瞧见她才刚避开人多的时候说的吗。”

张氏跌椅子里，喃喃道，“亏得没答应那门亲事，这位奶奶哪是个醋坛子，分明就是个醋缸，若真进了园子，落到她手里，怕是凶险得很。”

毋望也颇庆幸，虽说嫁了裴臻富贵荣华是肯定的，只是每日里钩心斗角也是件劳心劳力的事，哪里及眼下逍遥快活。

隔了会子张氏又问道，“那裴公子下回来怎么办呢？总不好赶出去吧。”

毋望道，“是咱们家的恩人，断没有赶出去的道理，看不住爷们儿是她自己没本事，和别人什么相干，顶多每回裴公子来我避开也就是了。”

那厢裴臻还不知此事，正给章程牵线搭桥相谈甚欢。

“既这么的，那明日就将契约签了才好，免得夜长梦多，不知薛掌柜意下如何？”

那薛掌柜是城中最大的米面铺子的老板，原本看章程十七八的愣头青，没打算再与他合作，只是如今裴臻从中斡旋，又愿意作保，自不好驳了他的面子，只得连声道，“使得使得。”

章程此时对裴臻的敬仰当然是如滔滔江水连绵不绝的，一心只为谈成了买卖高兴，旁的什么早就抛到了九霄云外。裴臻笑得极欢畅，心道，如何？明日的庙会打了水漂了吧，看来刘毋望还是没有银子要紧，这个年纪正是立业的时候，成家么，还是让在下先来吧。

摇头晃脑之际，助儿弓着身子在他耳边嘀咕了几句，说的什么没听清，只好对桌上其他人拱手告了假，拉着助儿去了隔壁雅间。

“说吧。”喝了几口浓茶，又瞧助儿吞吞吐吐的样子，不由有些担忧起来，“可是老皇帝薨了？”

助儿摇头道，“比这还要紧的事。”

裴臻眉毛拧起来，目露凶光，喝道，“杀才，和爷打起哑谜来，莫非想到暗室领杖责吗！”

助儿很配合地抖作一团，呻吟似的回禀道，“我们大奶奶找春君姑娘去了，回来后脸上没有不痛快，小的想，大奶奶既没处下风，那春君姑娘定是吃了亏了，没准这会子在家哭呢。”

这样的消息于裴臻来说莫过于晴天霹雳，他呆坐在那里，一时摸不着北，只能斥道，“怎么才回，你早干什么去了！”

助儿小声道，“我才睡了起来，大奶奶已经回自己院子了，我得了信就来找爷的。”

裴臻立时气不打一处来，“爷辰时就起身了，你这杀才竟睡得那样晚，一路上怎么没把你的肠子颠出来！如今如何呢！你到梨雪斋瞧过没有？她当真在哭吗？”

助儿苦着脸道，“我一得信就来回禀大爷了，还没来得及到梨雪斋去呢。”

裴臻想了想问道，“大奶奶可带了人去？”

助儿道，“带了喜儿，还有一个二等丫头，我盘问了那丫头，颠颠倒倒也说不清楚，大概的就是奶奶要接姑娘入园子，姑娘不答应，奶奶又说爷和姑娘孤男寡女共处一室云云，闹到最后不欢而散了。”

裴臻沉吟片刻，眼里阴霾越来越浓，助儿吓得缩在一旁，直祷告道，神天菩萨，大爷要杀人谁拦得住！若要杀我，那我便朝梨雪斋跑，好歹求春君姑娘救我小命吧。

裴臻此刻正是怒海滔天，好容易才和她亲近些，那素卿跑来横插一脚，之前种种岂不成了无用功！她既已回绝了进园子，那往后定是要躲着他的，可怜他机关算尽，到头来要落个惨淡收场吗？

“纪素卿敢不拿爷的话当回事？不给她些利害瞧瞧，还只当爷怕了她。”裴臻咬牙切齿道，“今儿起禁她的足，打发人把她老子找来，爷我要重振夫纲。”

“大爷，亲家老爷在山阴县呢！”助儿嗫嚅道，心想大爷怕是气疯了吧，无甚大事要惊动老丈人。看裴臻脸色铁青，只好开解道，“大爷发火归发火，万万不能给自己找不自在，就是找了亲家老爷来理论也论不出个所以然来，大奶奶是去请春君姑娘的，又不是去兴师问罪，大爷这脾气发得没道理。”

裴臻深深吐纳几下，总算冷静了些，复又眯起眼仔细盘算，过了一会又阴阳怪气地笑起来，直笑得助儿倒抽冷气，背上寒毛根根都竖起来。

“既如此便将计就计，你派人放话出去，就说梨雪斋的春君姑娘和裴臻早已私订终生了，”裴臻微一笑道，“横竖我是要娶她的，孽只作这一回吧。”

助儿惊恐道，“那样岂不坏了姑娘的名声！”

裴臻漂亮的丹凤眼儿一飞，“我的名声也坏了，所以并不嫌弃她。”

助儿听了险些栽倒。这是什么道理？他们爷从来不按常理出牌的，只是这回有些过了，果然情能叫人痴狂啊，痴狂得连几辈子的老脸都不要了。

裴臻想了想又补充道，“章程那里尤其要传到，我且赌这一回，若章程听了并不介意，仍要娶她，那我便认输，放他们双宿双飞，若章程有半点犹豫，那就怪不得爷棒打鸳鸯了，就是追到奈何桥上，我也要将她弄到手。”说着狠戾地咬紧牙关。

助儿此时只觉毛骨悚然，无非是个女人，犯得上搏命吗？正经的大事不办，偏在儿女私情上浪费气力，真是不值当！助儿道，“大爷的意思可是：不为我所用，必为我所杀？”

裴臻嗤道，“什么杀不杀的！我是儒商，从不喊打喊杀。”

助儿又是一阵恶寒，谁见过一根金针连伤十一条性命的儒商？能在熟得不能再熟的人面前如此伪装自己，大抵也只有他做得到了吧。

裴臻晃了晃脑袋，抚额道，“我头疼，想是喝多了，你去给我到局上告个罪，就说我不成了，叫他们尽兴，下回我再作陪。”

助儿忙应了，关了雅间的门，跑到隔壁将裴臻的原话复述一遍，又着急回来照顾喝醉的主子，推开门，却已人去楼空了。

〇一八 假醉求真心

毋望正拨着算盘算账，突见门口跑来一匹马，马上挂着一个人，马一停下，那人便歪歪滑下来，再一看，臻大爷赫然就躺倒在了梨雪斋的大门外。毋望忙扔了账簿跑出来，见他脸色绯红，推了两下也不醒，无奈道，“怎的醉成了这样！”

想扶他起来，女孩家到底力道小，扯了好几下也没能搬动他一条胳膊，只得喊张氏来帮忙。

张氏正在后厨内加蒸一笼云片糕，听见毋望喊忙赶出来，两人合力才将他抬进房里。

张氏看着那张红得像熟虾的脸，为难地说道，“怎么办？还是到他府上叫人来吧，好歹将他弄回去，要叫他的大奶奶知道了还得了吗！”

毋望皱了皱眉道，“我当真不想到他府上再受那位主子奶奶奚落了，我瞧着他睡一会子就该好了，等酒醒了自己回去便是了。”

张氏搓着手道，“当真不好办啊，才出的这档事，一转脚他又醉到你跟前来了，想避都避不开。”

毋望道，“不打紧，他醉得人事不知的，照顾他一场也算尽了心了。”

张氏摇摇头道，“我给他煮碗醒酒汤吧，你喂他喝了就成了。”转身又回到厨房，翻出酸枣和葛花根一同熬治起来。

毋望看他出了好些汗，摸了额头又很烫，拿井水绞了帕子给他净了脸，又另拿一块沾湿了给他敷在额头，取了床头的团扇来给他仔细地打扇，见他安稳了些，便放心不少。

他的酒品倒也算好的，不闹也不吐，只皱眉静静躺着。毋望侧了头打量他，真真是俊俏！这样的男子定有很多姑娘对他倾心才是，怎的偏瞧上她呢？他若要娶妾，成堆家世好的女孩紧着他挑，其实哪家不是三妻四妾的，看开了也没什么，只她是个死心眼的，到最后怕是要辜负他的。这臻大爷在这上头栽了跟斗，心里必要委屈一番，若她狠了心忍住，过些时日自然就会好的。

想着这些，手里的扇子打得慢了些，裴臻又热得动起来，如今不好替他脱衣裳，只得加紧了扇风，直扇得手臂酸痛，那裴臻睫毛一动，张开了眼睛，迷糊了一会子，看着她，想了半日才道，“你是春君吗？”

毋望点头道，“是我。你喝醉了，现下可好些？”

裴臻眨着眼睛道，“我的手绢在哪儿？”

毋望忙给他找，又不好摸他的内袋，便拿了自己的给他，道，“你的不知在哪里，暂且用我的罢，你要手绢干什么使？”

裴臻将手绢往胸前一塞，道，“我要扎个耗子给春君玩。”

毋望的脸一阵红绿交加，看来酒还没醒，听着在说胡话似的，便温声安抚道，“睡一会子吧，起来再扎不迟。”

裴臻闭了眼睛长叹道，“你哪里知我的心！”

毋望不由也叹了叹，这人倒像是痴情得很，只是她一个流放的犯官之后，哪里值得他这样。

裴臻安静一片刻，突又支起身道，“你在这里别走。”

毋望又将他摁躺下，直道，“我不走，看着你睡，过会子我找人把你送回去，你且睡吧。”

裴臻咕哝道，“我就在这里，要和你在一处。”

毋望心里怦怦直跳，别过脸去好言道，“那我去你府上寻了小厮来可好？他来伺候你总方便些。”

说着起身要走，被裴臻一把抓住了手，急道，“春君，我不要旁的人，就要你伺候，现下不学，日后怎么办。”竟比个孩子还无赖。

毋望暗暗摇头，想得这样远，哪里有什么日后！日后他自有他的臻大奶奶伺候，她也有她的章家哥哥要照顾，井水不犯河水的过日子，有什么可怎么办的！心里这样想着，如今他吃醉了酒，也不好同他计较，便由他去说，只是轻轻抽出手道，“我不去就是了，你别闹。”

这时张氏端了醒酒汤来，看一眼床上的人，哀声道，“那些人不知怎么当的差，主子醉成这样也没个人跟着，任他一个人在路上躺着！我担心你叔叔，想去得风楼瞧瞧，前面不好断人，你喂他吃了药就来。”

毋望应了，吹凉了药要喂他，才刚还喋喋不休的裴臻竟像睡着了一般，任你喊他，充耳不闻。没了法子，也顾不得什么男女有别了，不喂他吃药怕是真要睡到明天去，醒了还得头痛上一两日的。毋望咬咬牙，吃力地抱起他的身子，想拖他靠在床架上，无奈这人实在太沉，只好自己坐到床沿上，让他靠在身上，拿了勺子一口一口喂他。

裴臻也没想到自己装醉竟会有如此意外的收获，隔着一层薄薄的布料，连她的心跳都能听得到，还有少女隐隐的香味和他颊边的柔软，真真叫他口干舌燥，连那酸涩的醒酒汤都如仙露似的，喝起来也无比美味了。

毋望哪里知道这些！喂完了药，小心放他躺好，又开了窗，将窗纱放下，细看他没什么大碍了，方才出去关了门，往前面去了。

裴臻听她走远了，抽出怀里的手绢看，上头绣着两只蝴蝶，一株兰草，针脚甚是密实，绣功也极好，复又叠好，宝贝似的藏进襟里，微勾了嘴角，笑得高深莫测，心道，小女孩儿果然好骗，哪里就醉得这样了！今日只喝了几杯，那一星半点，于我来说喝茶似的，我是心里放不下你，又不好再看你，只有出此下策才不叫你恼，我的良苦用心真是天知道啊。

那厢毋望才到铺面上，来了几个二三十岁的妇人，不买东西，只顾在那里指指点点，毋望也不生气，好声好气问道，“几位夫人可是要买糕点吗？咱们这里有江南的吃食，可要各样来一些吗？”

其中一个穿紫衣的女子走上前笑道，“我是隔了三家的烤鸡铺子的，今日你们才开张，一来道贺，二来是结交姑娘，裴大爷是姑娘的高朋，咱们邻里邻居的，也好沾点光不是。”

毋望听了不喜，却又不好做在脸上，只陪笑道，“几位嫂子说笑了，裴公子心善，看我们叔侄可怜才帮我们一把的，并不是什么高朋，嫂子们不要误会才好。”

“那今日裴大奶奶怎的要接姑娘进园子里呢？”几个女人互递了眼色，又往后院张望，一面说道，“才刚裴大爷吃醉酒了吧，这会子在里头躺着？”

如今天下大定，街面上的人每日有进项，得了闲便四下里打听旁人的私事，聚在一处胡拉海扯也是有的，背着事主也就罢了，现在愈发大胆，竟跑到跟前当面盘问，这是什么道理！

毋望才要发作，那里张氏，刘宏，章程并裴臻的小厮一并走了来，那几个女人见人多了便都散了。

助儿作了揖唤声姑娘，又问道，“我家大爷可还好吗？”

毋望道，“吃了醒酒汤又睡下了，在里头厢房呢，你去瞧瞧他吧。”

助儿说了几句客套话，进屋里照看他主子去了。

刘宏似也有些上头，张氏扶了他进房休息，铺面上只剩章程毋望二人。

“出了什么事了吗？”毋望看他面上不豫，闷声不响坐在椅子里，心下狐疑，问道，“可是饭局上受了气吗？”

章程道，“没有。”

“那你怎的拉个脸！定是有事吧？”毋望将晾凉了的云片糕一排排码好，回头看他，他还是满脸阴沉。

章程憋了半天才道，“席上那些人说了些话，我心里堵得很，他们皆当裴公子是你女婿，对你叔叔百般恭维，我在一旁倒成了没事人，你说可气不可气？”

毋望一笑，故意逗弄他道，“你可不就是没事人吗！难不成是有关联的吗？”

章程老实，立刻脸红脖子粗的，愣愣说道，“等我提了亲自然就有关联了。”

毋望想起婶子说的那些话，犹豫着不知该不该同章程说，只得含糊道，“做什么把旁人的话放在心上，你我又不是头一天认识，我的为人你还不知道吗。”

章程想想有理，便也不再辩旁的了，看助儿跑了打水，疑道，“裴公子未喝几口怎的就醉了呢。”

毋望笑了笑不答话，想是奔波了这两日，昨儿睡得晚，今儿又早起，伤了身子喝不得酒吧，章程面前不好说，只当不知道了。

“裴公子真是个好人，”章程又自顾自道，“才听说我在那家不拿权，便靠着他的面子给我续了前头的买卖，绕过了太太的姑表亲，只叫我自己签了契约，日后方好抬头。”

怪道婶子说他对裴臻千恩万谢呢，既是这样的好事，谢他是应当的。章程如今最缺的就是这个，八百年不来往的远亲家，饭岂是好吃的，诸事皆不成，只点个名头，日子久了太太也会不乐意，何况还有个姐姐日日在耳边念叨。

“只是明日要去谈事，庙会恐怕去不成了。”章程愧疚道，“你别生我的气才好，等事办好了我再给你补上，可好？”

毋望虽有些失望，也不想叫章程为难，便笑道，“这值什么，自然是办正经事要紧，明儿去不成还有九月九，好容易得着的机会，万不能错过的。”

一番话说得章程感激涕零，心里计较着，待他在纪家站稳了脚才好叫毋望不吃苦，为了将来的安生日子，庙会不去也使得的。

〇一九 裴家明月君

那日臻大爷酒醉回家，在槛菊园足待了五日，寸步未出，每日饭菜俱送进园子里，生意上的客人一应不见，到第六日，从北平来了两个鲜衣怒马的贵客，臻大爷出园相请，三人进了园子，吩咐助儿关了园门，便再无声息。众人皆猜想，定是阑二爷的小厮打死人的官司惹的，臻大爷这样好面子的人，家里出了这种事，必然要尽了全力捋平的，那两人总归是应天的官员，关起门来商议对策的。

其实来的不是别人，是燕王的亲信护卫指挥张玉与朱能。

张玉抱拳道，“明月先生一向可好？”

裴臻笑着点点头，道，“对不住啊，二位一路辛苦！本来是该我去北平才是的，无奈家里出了些乱子，我也牵挂着不得离开。”

朱能忙道，“先生哪里的话，我等替王爷办差，怎敢说辛苦二字，王爷知道先生的性子，并不怪罪先生，只因兹事体大，飞鸽传书怕出岔子，才叫我们兄弟赶了来的。”

裴臻请他们落了座，又让助儿上茶，不急不忙道，“先歇口气，这大热的天，两位可要先洗澡净身？我再打发人置办酒席，咱们边喝边聊可好？”

张玉朱能互看两眼，垮了脸道，“先生不要拿我们玩笑了，此事迫在眉睫，王爷急得什么似的，嘱咐我们同先生议定了要即刻回禀，一刻耽搁不得，要喝酒，日后先生来北平，咱们哥儿两个定陪先生痛饮三日，只是今日断喝不得，先生恕罪吧。”

裴臻心道，我哪里真要请你们喝酒，你两个身上这么大股子馊味，把爷的隔夜饭都快熏出来了，还怎么谈正经事！

要说助儿，年纪虽小，毕竟跟了裴臻也有四五年了，人又机灵，主子想什么，他肚子里门儿清，当下打了两盆水，又捧了胰子，哈着腰道，“二位爷这一路风尘仆仆，小的看了都心疼，出了不知几身的汗，定是难受得慌，小的把水打了来，两位将就着先擦把脸，到了家好歹要吃点喝点，我这就去叫厨房拿冰镇的酸梅汤来，爷们儿先聊，等酒席预备好了再入席，耽搁不了什么的。”

那两人觉得有理，又不见裴臻发话，也就痛快应了，只因是行伍出身，与裴臻也算熟，便没有了忌讳，三两下脱了衣服，光着膀子擦洗起来，一面道，“依着先生的意思，王爷眼下该当如何？是夺是等？”

裴臻摇着折扇悠闲道，“名不正则言不顺，皇城禁卫军八万之众，殿下大军至今尚未开拔，等到了应天，老皇帝早就咽了气了，新皇一登基，王爷就成了谋朝篡位的奸贼，不说皇太孙了，届时周王宁王等皆来讨伐，到最后岂不替人做嫁衣裳。”

张朱二人面面相觑，迟疑道，“若等又待如何？”

裴臻道，“太祖皇帝左不过就是这几日的事，宫里传出消息，说是连人都认不得了，棺椁陪葬都备好了，只等着薨。皇太孙即了位，头件事便是削藩，王爷只要等得，等那几位藩王或被杀或被贬，届时王爷再打清君侧的旗号，岂不师出有名。”

朱能踌躇道，“倘若朝廷直接来拿人，那如何是好？”

裴臻道，“以一变应万变。”

张玉拱手道，“还请明月君明示。”

裴臻笑道，“那就要看殿下的手段了，或称病，或装疯卖傻，拖得一日是一日。”

两人默然，半晌才道，“依先生看，胜算有几成？”

裴臻道，“我的探子来报，皇太孙身边依靠的只有齐泰和黄子澄，那两个酸秀才，连领兵打仗是怎么回事都不明白，还整日把刀举在头顶上，一个奶娃娃再加两个文人，燕王殿下对付不了吗？”

张玉和朱能哈哈大笑起来，道，“将来成了大业，必少不了先生的高官厚禄。”

裴臻懒散笑着，不置可否。心里暗道，楸梧远近千官冢，禾黍高低六代宫。封侯拜相又如何，一场噩梦罢了。

此时助儿进来报，“大爷们，酒菜齐全了，用饭吧。”

几人往偏厅去，饭桌上洋洋洒洒十几个菜色，做得又甚精致，张朱二人路上颠簸了这几日，吃睡都不好，如今听了裴臻一番话，心里也有了底，方觉腹中饥饿，两下里彼此谦让了，便都落座斟起酒来。

张玉环顾四周，摆设雅致，银墙绿瓦，甬道两边栽着两排翠竹，透过月洞窗往外看，风吹过就唰唰的响，竟和外头的烈火骄阳是两个世界似的，只觉清爽怡人，暑气全消了。便道，“先生这里真是神仙府第，怪道王爷送的宅子也不要呢，山高水长，一生的富贵闲人，何等的快活啊。”

裴臻道，“也不是，只是家严家慈年事已高，再叫他们奔波受累，我这个做儿子的就该死了，况且我父亲卸甲至今已有十二年了，在这里生了根，拔不得了。”

那朱能道，“咱们如今在禁苑里头练兵呢，殿下打发人送了一车的鹅鸭来，整日叫声不断，吵得脑仁直疼，到了这里真真是世外桃源。”

裴臻复又笑道，“既如此，且住一晚，咱们这里有个大雁巷，里头的姑娘是出了名的标致，我差人送二位过去，也算尽我的地主之谊。”

那二人常在军中，听着有姑娘，脸上露出陶醉之色来，相对隐晦一笑，朱能道，“明月君可一同前往？”

裴臻连连摆手道，“二位可饶了我吧，我家的大奶奶怎样，你二位也是知道的，若我去了，岂不要闹得天翻地覆吗，不成不成！”

张玉也揶揄道，“先生这样人物竟是个惧内的，这如何使得！况这些年又膝下无子，总不好顾了夫妻情义，连香火都不要了吧。”

裴臻干笑两声道，“王爷做的媒，总比一般的体面些。”又喝了口酒，暗道，这婆娘不是朱棣派来监视我的么！助儿那句“不为我所用，必为我所杀”该用在我身上才是，既知道了这么多的内情，哪里还有抽身而退的余地，摆个女人在我身边防我，只当我不知道是怎么的！只是他打错了算盘，那素姐儿后头还有主子，和宁王的幕僚萧乾勾搭在一处，早早的叫我做了活王八，这口气我是断然咽不下的！

张玉朱能只知他们王爷的用意，讪讪地举杯道，“喝酒喝酒。”

裴臻看了天色道，“你二位且喝着，我出去吩咐一声。”说着出了偏厅，呼来了助儿，低声道，“你叫外头备了马车，回头到大雁巷去。”

助儿问道，“爷要把人领回来？”

裴臻嗤道，“把他们送去，领了回来，没的弄脏了我的地方！适才还提起素姐的事儿，打量我不知道朱棣的用心，爷吃了哑巴亏就认了，竟还揭我的疮疤。”

助儿叹了气道，“那时爷做什么答应娶大奶奶呢，弄得如今不自在。”

裴臻惆怅道，“没法子，神仙也有不如意的时候，既上了贼船，要下来哪里那么容易，娶了素姐儿不过叫燕王放心罢了，男人当以大业为重嘛。”

“那你怎的不和大奶奶好好过日子，娶都娶了。”助儿咕哝道。

裴臻暂且不好同他说清，只得恨道，“我见着她便不成了，许是有病了。”

助儿有了探究的兴致，忙道，“若燕王知道大爷不和奶奶同房怎么办？”

裴臻啐道，“他叫我娶便娶了，还管我睡不睡她吗！又不是他闺女，他那么上心是什么道理。”

助儿也是前几日他们两口子闹了才知大爷不碰大奶奶的事，心里倒隐隐可怜大奶奶起来，大爷的性子让人摸不透，何苦娶了当摆设，叫大奶奶生了孩子不就一条心了么。

“您这会子要反悔吗？”助儿道，“前几年不还好好的。”

“我也是人，怎么不能有所爱！娶个空壳子摆着，莫非这么过一辈子吗？”裴臻整了衣襟缓缓道，“总有个了断的时候。”

助儿缩缩脖子道，“大爷，您现下若娶了春姑娘还成吗？”

裴臻了竖起眼喝道，“你这杀才，敢拿爷打趣！还杵在这里干什么，吩咐你的事办了没有？”

助儿见势不妙拔腿就跑，裴臻一人站在廊下看着天边的流云，心里暗暗打定主意，这世道，保得住自己一家子才是最要紧的。素卿打着燕王的名号拿捏他也罢，将来无非留下萧乾一条狗命，将她送还与他，也对得起她五年来日日在他身上费的心机了。

转身回了偏厅里，张玉朱能不知谈什么，乐得哈哈大笑，裴臻坐下道，“可是有什么趣事吗？”

张玉支吾道，“不是什么趣事，咱们说些不入流的段子，没的污了先生的耳朵。”

裴臻笑道，“那我也说个博二位一笑吧。”

张玉抚掌道，“甚好。”

裴臻喝了口酒娓娓道，“从前有家人家，嫁了个姑娘到外乡，三日归宁，其母问曰：乡土相同否？那姑娘答道：只有用枕不同，吾乡在头边，彼处用在腰里。”那两人皆爆笑不止，朱能道，“从前只知明月君谋断了得，却不知竟连荤段子也说得这样好！”

裴臻陪笑道，“好歹替我打掩护吧，莫要传了出去，毁了我的一世英名。”

众人又笑闹了一阵，张玉正色道，“过会子还要飞鸽传书了才好，既按兵不动，王爷也该去应天了，老子要咽气，儿子不在跟前总归授人以柄。”

裴臻抚着光光的下巴，眼里寒光点点，只道，“高祖一薨，过了头七，燕王殿下就该疯了。”

〇二〇 非友即是敌

打发张玉朱能两个去了大雁巷，臻大爷今日心情甚好，决意去金钥馆探望被他禁了足的臻大奶奶。

其实臻大奶奶除了缺个丈夫外，别的什么都不缺，日子也很是安逸清闲。裴臻进了落花垂门时，她正坐在廊下逗鹦哥儿，挽着桃心髻，翘着三寸的金莲，身后立着个丫头，嘴角盈盈含笑。本来是副美人图，不想她眼尾扫到裴臻，立时将俏脸拉了三尺长，反观臻大爷，许是也烦她，冷冷哼了一声。助儿心内呻吟道，果然是怨偶，相看两相厌便是这样。

“北平来人了，你可知道了吗？”裴臻背着手道，将助儿与丫鬟都支了出去。

素姐儿睨斜了他道，“我如今都禁了足了，哪里知道外面的事。你来做什么？可是今晚又要歇在这处？”

裴臻转过围栏，在圆凳上坐定，淡然道，“那两人去了大雁巷，今晚怕是回不来了，我还颠颠跑了来给谁看。”

素姐儿鼻子发酸，心里说不出的滋味来，纵是有屈也无处诉，这辈子是和他无缘的了。

裴臻见她不说话，又道，“我还没谢你上回到梨雪斋替我请人呢，大奶奶真是心胸宽广，做得滴水不漏，叫我如今没脸再去见她，这下你可高兴了？”

素姐儿听了发恨，将手里的挑棍一扔，怒道，“那狐狸精同你告了状吗？你来兴师问罪的？我去请她有什么错，你的心肝宝贝肉，放在外头你舍得吗？万一被人勾搭了去，那你臻大爷岂不要跳死！我好心倒成了驴肝肺，那小娼妇果然有些手段，做了婊子偏要立牌坊，既如此，我倒要斗上一斗，看看究竟鹿死谁手！我这辈子算完了，岂能让你好过！”

裴臻站起来冷笑道，“别拿你的脏嘴说她，一口一个娼妇婊子，你还是编修家的小姐，不嫌臊得慌，面子还要不要！”

素姐儿哼道，“里子都没了，还要面子做甚！”

裴臻作了悟状，刻薄道，“我原不知，你想爷们儿竟想得这样，你空占了臻大奶奶的衔，咱们连房都不曾圆过，你有什么道理同她斗，我要是你，早就找地方把脸藏起来了，哪里还好意思出园子。”

素姐儿气得直打战，哆嗦着手指道，“你……你是专程来寻我吵嘴的吗？”

裴臻看她脸色苍白得像鬼，便把更难听的话咽回肚子里了，心想气死了反倒不好了，外人说臻大爷命硬克妻可怎么好！

素姐儿缓了半日才道，“当初嫁你也并非我所愿，你犯不这样挤对我，贫贱夫妻尚能相扶相持，何况我们这样的人家。”

裴臻沉声道，“你新婚之夜的飞鸽传书叫我给截住了，那只鸽子也叫厨房炖了汤！不与你亲近，我倒看你怎么给我下蛊！实话说，我也可怜你，你那萧郎既与你有情有义，怎会坐看着你嫁给我，不怕我假戏真做？”

正值炎夏，素姐儿却生生吓出一身冷汗来，晃了两下跌坐在椅子里，面上已失了人色，呓道，“你竟早知道了吗？”

裴臻不甚在意，笑道，“燕王千挑万选怎会派了你来！你明着是燕王的人，其实真正的主子是宁王，要趁圆房给我下了蛊，是也不是？”

素姐儿绝望道，“你既知道，怎么不杀了我！”

裴臻眨着眼睛道，“我要拿你牵制萧乾呀，你且放心吧，这事没人知道，乱世之中活着不易，留下你，万一宁王起事得成，也好有我的活路。”

素姐儿心灰意冷道，“你如今才同我摊牌，可是为了刘毋望？”

裴臻有片刻失神，低声道，“她是个苦命的，我只盼你不要对她下手。”

素姐儿吃吃笑起来，笑得直不起腰，笑得眼泪汹涌。裴臻眯眼看着她，脸上渐渐有了冰霜之色。

素姐儿好容易止住了笑，扬声道，“她命苦吗？她有了你臻大爷就再也不命苦了，命苦的是我！我原想与你做成真夫妻的，不想你也是利用我罢了！”

裴臻摇头道，“如今说这话有何用，你我各为其主，既非友，便是敌。”

素姐儿才要说话，突听得女墙外边有人喊表哥，才刚还运筹帷幄的裴臻一下子绿了脸，回身看，果真是舅舅家的表姑娘齐淡玉。

裴臻怪笑着，谪仙似的面皮不住地抖动。

那淡玉穿着绛色的澜裙，两颊上抹了胭脂，像只穿了衣裳的猴子，活蹦乱跳地向裴臻跑来，见了素姐儿还算有礼，屈屈腿道，“给嫂子请安。”

只因离得甚近，抬起头，一双牛眼下竟长了纹路，素姐儿吓得倒退一步，稳了稳才讪笑道，“表姑娘今日怎的得空来园子里玩？可曾见过太太了吗？”

那淡玉向来是不屑素姐儿的，便草草答道，“适才见过了。”

裴臻问道，“舅舅舅妈可来了？”

淡玉扭捏道，“我妈来了，现下正和姑妈在亭子里说话。”

裴臻点了头，忙对素姐儿道，“咱们也过去吧，舅妈好容易来一趟的。”

素姐儿应了，因裹的小脚，裴臻只得扶着她，淡玉本是一双天足，看素姐儿的娇柔模样更唾弃，什么狐媚子，褒姒，妲己都出来了，只恨不得押解犯人似的推她自己走。

到了凉亭前，见高氏与裴夫人正在拉家常，裴臻将素姐儿交与小丫头，自己躬身一揖道，“舅妈来了。”

素姐儿也福了福强笑道，“给舅妈请安了。舅妈可来了，太太常念叨你们呢，这会子来了定要和妹妹多住几日再走。”

裴夫人也笑道，“可不，本来亲戚就少，如今只剩你们姑舅表亲和两房两姨表亲了，老爷那边的亲戚都在应天，长久也不往来了，咱们要多走动才好。”

高氏陪笑道，“难得姑奶奶不嫌弃我们穷亲戚，你哥哥因以前的荒唐，臊得不敢来见你，怕人说他又来打秋风，闹个没脸。”

裴夫人听出了高氏话外之音，拿茶抿了口，心里虽有些不悦，面上还是笑着，慢慢，“嫂子说哪里话，自家人什么嫌不嫌的，就是街坊也该帮衬，何况自己亲哥哥！回头叫大奶奶预备些，好歹带了回去，也是我的一片心意。”

高氏道，“不怕姑奶奶和侄儿媳妇笑话，咱们家正打饥荒呢，租子没收上来，上月你哥哥又病了一场，家里能当的都当了，实也没法。如今玉姐儿及了笄，也该许人家了，她又是个眼高手低的，一般的看不上，这回来是想请姑妈作个主，说一家好的，知根知底的，下半辈子也好享点子福。”

裴臻听了眼皮子呼呼跳了几下，看向素姐儿，她低垂着眼，老僧入了定，又心惊肉跳地看向他妈，老太太就是个弥勒佛，整日笑迷迷，三年前淡玉才满十二岁时高氏就有这个意思，将来要亲上加亲，裴夫人竟不置可否，如今旧事重提，眼看着火烧眉毛了，居然还在笑!

“这件事就托阑哥儿吧，县学里定有家世好人品又好的举人秀才，问准了给他妹妹说一个。”老太太终究说话了，“咱们祖上都是读书人，玉姐儿断不能低嫁，本想叫臻哥儿物色的，可我细想想生意人市侩，还是文人好，又斯文又守礼，若隔几年考进了国子监，岂不青云直上了么。”

裴臻低头研究自己的鞋帮子，上头绣着福寿纹，用黑缎子滚了边，原来这样好看啊……

高氏连声应时，淡玉面上不乐意，她只当没看见，有秀才举人嫁当然是好的，本来她就不愿意女儿给人当妾，裴夫人这样说，她自然是求之不得的。

正说着，素姐儿不知怎么的，好好坐着的，汗竟像下雨似的淌下来，人也开始打摆子，裴夫人吓了一跳，忙起来看她，她未说一句话，人便软软瘫在丫鬟怀里。凉亭里顿时乱作一团，裴夫人大叫，“臻哥儿，你媳妇怎么了！”

裴臻把了脉，知道是前边又急又惊吓作出来的病，又不好说，只得道，“天太热，中了暑了，我先送她回园子。”说着抱起素姐儿就往金钥馆去了。

高氏悻悻道，“这怎么话说的，才一提玉姐儿的婚事她就晕呢。”

裴夫人解围道，“小孩子家，不当心身子也是常有的，与玉姐儿的婚事哪里有什么关系，嫂子可别多心了。”又故意悄声道，“这两日两口子正闹呢，也不知是什么缘故，菩萨保佑吧，若吵了这一回，后头顺风顺水就好了，能添个小子那就更好了，二房里大的那个三岁，眼下肚子里又怀了一个，阑哥儿的妾，就是那个叫梅子的，前儿也把出了喜脉，只这臻哥儿院里，人丁单薄，一点动静都没有，可把我愁死了。”

高氏看看四周，压低了声道，“我瞧就是大奶奶的毛病，厉害太过了，子孙吓得不敢来，可曾吃吃药，拜拜佛？”

裴夫人道，“几十副药吃下去，泥牛入海了，我天天跪在菩萨面前焚香祷告，也是半点音讯没有。”

高氏的脸上现出鄙夷来，扶了扶髻上的簪花，大剌剌道，“还是要纳妾的，开枝散叶才是正经，女人不生孩子，岂不成了不下蛋的鸡吗。”

裴夫人极热衷于给自己的儿子讨媳妇，既然家大业大，人丁兴旺最要紧，媳妇多了孙子也就多了，这是千古不变的真理。又问道，“你上回说要给臻哥儿说房侍妾的，如今怎么样了呢？”

高氏摇头叹气，“那姑娘心气高，说是做姨娘，第二日就叫她婶子回了。姑奶奶你是没见着啊，那样齐全的模样，全朵邑都找不出第二个来，只怪臻哥儿和她没缘分。”

裴夫人听了这么说，心里也颇觉遗憾，难过得竟说不出话来。

这时端坐在石凳子上的淡玉坐不住了，插嘴道，“春妞儿同她叔婶在街面上开了个糕点铺子，生意还挺好，我明日还想去瞧瞧她呢，只是不知在哪里。”

裴夫人笑道，“叫你大哥哥领你去，这街面上的铺子他都熟。”

淡玉高兴不已，这时裴阑家的容大姑娘来了，拉了她要去池子里放小船，恰巧她也想看看菱角熟了没有，就高高兴兴跟着去了。

〇二一 淡玉妙帮忙

素姐儿这回的病来得又急又凶，裴臻叫人请了庄上的大夫来，开了方子，抓了十来副药，叫丫头煎了喂她喝下，待一切安置好了，对素姐儿的贴身大丫头道，“仔细照顾你们奶奶，有什么就来寻我，我在陶然榭里，若不在就问助儿，这几日我不用他伺候。”

喜儿福了福道，“还请大爷得空多来瞧瞧我们奶奶，奶奶每日都盼着大爷的。”

裴臻暗哼了哼，心道素姐儿果真好手段，日夜里算计他，却连身边的丫头都不知道她的险恶！上年他奉诏进京，到剑门关一带杀出一队人马，一箭射来险些要了他大半条命，到如今每逢变天他的心口就作痛，这样的仇断然忘不了，原想回了燕王，又念及她好歹在这家过了五年，若说别的，叫她活着已是仁至义尽，若非他手上还捏着她老子，只怕她连这个家里的人都害了。

那喜儿看臻大爷不说话就哭了，抽着气道，“大爷你不知我们奶奶的苦，奶奶每回都躲在被窝里哭，好容易盼着大爷来了，大爷又一脸的不乐意，我们奶奶的心就被捅出个血窟窿来，前儿我给奶奶梳头竟梳出一根白头发来，我没敢叫奶奶看见，偷着藏了，我们做奴才的都心疼奶奶，爷是奶奶的枕边人，怎么倒……”

裴臻看她不敢说下去了，补充道，“怎么倒不如你们做奴才的？”

喜儿梗着脖子也不反驳，裴臻叹道，“你倒忠心，只是主子们的事你们不知道，也不该知道，尽心伺候就是了，多干活少说话，这样才能在园子里待得长久，等到了年纪放出去配个好人家，多好！何苦管主子的闲事。”

裴臻对喜儿做了一番极深刻的思想教育后，整了整曳撤上的束腰，大摇大摆地扬长而去，只留下纯洁的小丫头在外间哭得肝肠寸断。

出了金钥馆，裴臻打算直接回他自己的院子，路过碧波潭的时候，裴阑家的老大容姐儿看见了他，恭敬行了礼道，“大伯父。”

裴臻点点头，看湖边放了一溜纸折的小船，便问道，“你们这是在做什么？”

容姐儿怕他骂，往后缩了缩，可怜兮兮地望着淡玉，淡玉忙道，“我说带容姐儿来放船玩的，容姐儿说要看菱角呢。”

裴臻皱眉道，“在水边玩仔细些，多叫几个人跟着。”

容姐儿说是，淡玉看裴臻要走，忙赶了上来，好奇问道，“表嫂可好些了？”

“不碍的，睡两日就好。”裴臻道，“你回头去你二哥哥那里瞧瞧你二嫂子吧，她快生了，出不得房门。”

淡玉应了，又道，“明日我要去看春君，姑妈说，叫你送了我去。”

裴臻一听，心里结实欢喜了一把，这几日没见惦记得紧，正愁着没由头去探她，淡玉这一来，倒把难题给解了，于是笑道，“那是自然的，妹妹难得来城里，街面上也不熟，我这当哥哥的怎么放心叫你一人出去，赶明儿叫人备了车，我领着你好好逛逛去。”

淡玉喜得满脸通红，裴臻看了恶寒了一阵子，又问道，“你同春君要好吗？”

淡玉老实道，“也谈不上要好，以前跟她绣过几天花，后来我没耐心，就不学了，渐渐也疏远了。我倒是挺喜欢她，只是她性子冷，不太爱搭理我罢了。”

裴臻心想，我若是她，也不爱搭理你，倘你学到她的半分半毫，也就不用上赶着找人替你物色婆家了。不过以前既在一处待过，必定能说上两句话的。又道，“好妹妹，哥哥有个忙要请你帮。”

淡玉忽闪着牛眼道，“你说。”

裴臻想了想道，“你去她跟前给我说说好话吧，前几日你嫂子找上门去得罪了她，我这会子都没脸去见她，你就说我说的，她要是过了门，那就是正经的主子奶奶，大奶奶是个摆设，不必理会。”

淡玉的反应可说是呆若木鸡，她张着大嘴怔愣了半晌，突地捂着脸哭起来，一面道，“我的心你不知吗？竟还叫我给你牵线，有你这样不通的吗！”

裴臻吓得心跳漏了半拍，忙安慰道，“你这傻子，她就是过了门也还是姨奶奶，哪里真有说得那样好，这不是先哄了她来么！至于你，我断不能做那种禽兽不如的事！你是我姑舅妹妹，亲的一样，自然要寻摸个好人家做嫡妻的，委屈你在素姐儿手底下活着，日日给她打骂，我于心不忍。”

淡玉这才止住了哭，想想也有些道理，便道，“那我且试试吧，成或不成还要看造化。”

裴臻双手合十对她拜了拜道，“若这事成了，你就是我的亲妹子，日后出阁，哥哥定要给你添妆奁的。”

淡玉也聪明，既然嫁不成，得些嫁妆也是好的，于是施恩一般微点了头，又拉着容姐儿看小厮采菱角去了。

裴臻回了槛菊园，叫丫鬟点了熏香把干净衣裳熏了一遍才换上，才坐下要读会子书，助儿当差回来了，揖手道，“回大爷，张爷和朱爷都安置妥了，今晚定是不回来的了，叫大爷不必等。”

裴臻嗯了一声，助儿又道，“今儿下半晌得风楼里来了两个人，像是前门吴员外的表侄儿的三姑奶奶的外甥，到我们楼里吃霸王饭，叫楼里瞿管事领了人打了，这会子不依，正闹呢。”

裴臻连头都没抬，直接道，“管他是谁，绑了送官，砸坏的桌椅碗筷叫他们照原样赔。这点子小事还来烦我！”

助儿闭了嘴，在旁站着。他家大爷今日换了件石青色的绵纱衣裳，歪在罗汉床上的竹枕上，缎子似的头发搭了几缕在胸前，面如冠玉，衬得嘴唇嫣红，怎么看都是个美人啊……助儿陶醉不已。

“你在瞧什么？”那红唇轻启问道。

助儿由衷道，“大爷真好看。”

裴臻抬起眼，面无表情道，“你长了两个眼珠子嫌多不成？”

助儿吓得忙低头，裴臻也不说什么了，只静静地看书。隔了一会子，差不多掌灯时分，外头小厮通报，“阑二爷来了。”

裴阑进了里间，不像在外头那么谨慎了，一屁股坐在南官帽椅里，面色不佳，看了裴臻一眼道，“我那小厮的事可怎么办，那家苦主闹得厉害，非治死他不可，他跟了我一场，也算兢兢业业，我着实不忍心看他杀头。”

裴臻白他一眼道，“谁叫你平日不立规矩，出了事才知道急！仗着主子的体面倒在外头称起大爷来，这种奴才就该交给丧家发落，依着我，你就拿出些钱来打发人送了去，旁的也别管了。”

裴阑是个极护短的，听了裴臻的主意，就像要他做什么大奸大恶之人似的，急赤白脸的就要跳起来，喊道，“就是条狗，好歹也跟了我七八年，要是助儿打死了人，你怎么说呢！”

助儿也很想知道答案，眼巴巴看着裴臻，臻大爷横了他一眼道，“若是助儿，我先杀了他，将他的脑袋摆在丧家的供桌上。”

阑二爷和助儿皆如斗败的公鸡，助儿更是心凉到了脚后跟，心想这样的主子不通情理，还是跟着阑二爷有前途些。

裴阑悻悻道，“我总不好看着他秋后问斩的，还是请大哥哥想想法子才好。”

裴臻看他那样，气得要命，斥道，“人家没告你纵奴行凶已是万幸，你还要怎么的！”

裴阑道，“他打死人时我不在跟前，怎么还编排上我了？”

裴臻冷冷哼道，“奴才有罪，主子是要连坐的，你不知道？”

裴阑虽有心救那小厮，却也不想把官司引上身，只得道，“看来也无法，我日后多帮衬他老娘也就是了。”

裴臻看威吓得差不多了，便道，“且看他造化吧，若不是斩立决，再拖个三五天的便能捡条命回来。”

裴阑忙问，“这话怎么说？”

裴臻翻着书，悠闲散漫道，“老皇帝死了，新皇登基，不是会大赦天下的吗。”

裴阑此时如梦方醒，笑道，“还是大哥哥厉害，我想了这几日竟半点法没有，果然一语惊醒梦中人，只是那太祖爷什么时候死啊？”

“我那两个应天来的朋友说，左不过这三五日罢，可你那小厮就是赦免了，也该多给些银子给丧家，人家就这么个儿，才出来学徒就被你那刁奴一脚踩在腰子上送了命，往后日子怎么过？”裴臻又换了本书，看得无趣了就穿鞋下来，立在地上作指点江山状，“叫那小厮三跪九叩认爹妈去，将来还要给那两个老的养老送终，他这一生的业障才算完。”

裴阑调侃道，“你穿开裆裤时我便认得你了，从没觉得你是好人，如今怎的转性儿了？”

助儿道，“二爷还不知道吧，近来我们大爷做的好事儿可海了去了，又是给人治病，又是给人送匾的，还给个不知道打哪冒出来的小子找了条活路，你道奇不奇？”

阑二爷果然听见了大新闻，惊讶了半天，转头又思量了一下道，“那牌匾我是知道的，可是十字街的那家梨雪斋？里头那姑娘我也见过，可谓惊为天人啊，莫非大哥哥是冲着那糕饼西施去的？”

裴臻但笑不语，助儿解疑道，“那姑娘原就是老舅奶奶说给爷的，只因嫌是做妾，便一直不答应，我们大爷费了多少心思，到现在也没成，前两日大奶奶得着了信儿，跑到梨雪斋闹了一通，大爷的事怕是要黄了。”

裴阑摇头道，“这事可难办，大嫂子既这么的，你也只好在外头另置了家宅田产，按平妻的礼待她也就是了。”

裴臻道，“此事再容我想想罢，断然草率不得。明儿淡玉瞧她去，且探了口风再说。”

〇二二　德沛传家书

第二日张玉和朱能打着飘地回来了，眼下乌青一片，想是昨夜操劳过度的缘故。裴臻在大门外迎接了他们，奉上了两袋干粮并两匹千里马，两人与他别过后跃上马背，打马扬鞭直奔应天而去。

裴臻站在檐下拢着手，眯眼远眺，那张玉怎的晃啊晃的，不会掉下来吗？真真是辛苦，日行上千里，晚上还不得安睡，怪道这两人面黄肌瘦的，作孽作孽！

助儿在旁哭丧着脸，细扳着手指头道，“这两人！喝花酒竟喝了一百八十两纹银！不是自己的钱到底不心疼，我才刚叫人抬了银子进去，那么大的一堆！我那个心呐……”

裴臻唾弃道，“空长了个脑袋！账房里只有现银吗？银票呢？拿两张去就是了，自己笨，还有脸说出来！”

看看日头升得挺高了，往宅门内张望，只见到来来回回的丫鬟小厮，心想这淡玉莫非睡死过去了么，什么时辰了还不起来！又瞧助儿还在冥思苦想，撇了嘴道，“你叫来旺将车备了，在角门等着，再看看齐大姑娘起身没有，看了来回我。”这回靠淡玉也不知成不成，怕她万一说个不好，倒把事弄砸了，要紧时候还得靠自己。

裴阑整着衣裳从大门里出来，看见裴臻在门外不由一愣。“大哥哥要出门么？这大太阳底下，仔细晒坏了。”

裴臻道，“太太叫我带淡玉出去逛，正等她呢。”

裴阑扶了扶头上的四角方巾嗤笑道，“那大虫值什么，犯得上你这样等吗！不如回房去等吧，岂不受用。”

裴臻笑了笑道，“你去吧，那些生员还等着，别误了时辰。”

说来好笑，裴阑这样的人竟是县学里的老师，手底下带了十七八个今年才中的举人，这人生来两副面孔，在外谨言慎行，颇有贤名，在家却是放浪不羁，大小老婆好几个！裴臻有时兴叹，到底是亲哥俩，大多地方都很像，不过在女人方面自己更挑剔些罢了。

裴阑一拱手，麻利地上了抬椅，又琢磨道，“太太让我给淡玉说个人家，我哪里来的本事！她的那副尊容，日后公婆见了不是要怨我？我何苦做这样没脸的事，害了一个好好的读书人！你替她留意吧，我上学里去了。”

皮球踢来踢去，最后竟踢到他这里来了！自己的事尚待解决，哪里有空去操心旁的事！裴臻烦乱地挥手叫他去，自己踱回了陶然榭。

齐淡玉终于梳妆停当能够出门了，见角门口停着一辆马车，只有车顶没有围子，四个角上由鸡翅木雕花的柱子撑着，竟像秦始皇乘的龙辇。

淡玉心有戚戚焉，问裴臻道，“大哥哥，坐这样的车不会被砍头吧？”

“既没龙纹，又不是黑红的颜色，如何犯了忌？你若怕，那便坐呢油帐的吧。”裴臻道，心里暗想，叫人拿竹轿抬你是万万不能的，那得带上多少轿夫？还是坐马车较好。

淡玉连连摆手，一迭声道，“不必不必。”由小丫头子扶着坐进车里，看裴臻跃上了一匹乌黑油亮的高头大马，怪道，“你不坐车吗？”

裴臻嘴角抽搐几下，笑道，“我不爱坐马车。”又撑起他那把油纸伞，一行人慢慢朝梨雪斋方向而去。

远远看见梨雪斋里的女孩儿正与主顾攀谈，面若阳春白雪，巧笑倩兮，说不尽的婉转柔美。裴臻抿了抿唇，心里竟有些紧张，这样玉雕似的人儿，真是叫人纠结，疏远不得，也亲近不得，若能一咬牙给她家网罗个罪名，她自然就是他的，法子多得是，只是不忍心这样做罢了。

毋望送客人出门时在门槛上站定了，那不是遁走了好几天的臻大爷吗？自那日被小厮抬回去后，连着六七日不曾来过，今日又来做什么！毋望说不清的有些生气，又隐隐又有些欢喜，正了脸色朝他盈盈一福，道，“裴公子来了。”

裴臻下马还了礼，才要说话，淡玉甩开丫鬟，像个花蝴蝶似的扑向毋望。

“春君，你可好吗？”

毋望点点头，淡淡笑着，“你今日来城中玩吗？你母亲可来了？”

淡玉道，“昨儿就来了，在大哥哥家里住了一宿，今日特地来瞧你的。”

毋望将他们引进去，倒了茶，又拿了两碟点心，道，“我这里没什么招待的，只有这些，怠慢了。”

裴臻细瞧她，脸上有倦怠之色，便问道，“这几日可是累着了？若忙不过，还是请个人吧。”

毋望道，“前几日忙些，如今天热得这样厉害，生意清淡了许多，只日头没起来时有客，后头就闲了。”

糯软的声音像清泉般直注入裴臻心里，他不动声色低头，心头跳作一团，又不觉好笑，二十多岁的人怎的还像毛头小子似的，倒无措起来。

淡玉环顾四周，见店内布置得当，又干净得一尘不染，桌上的糕点小巧玲珑，便拿了来慢慢地品，赞道，“果然好吃，是你做的？”

毋望将适才客人夹乱的枣泥糕一一摆好，一面答道，“我婶子做的，我只打下手罢了。”

淡玉左右看了不曾见到刘宏夫妇，问道，“你叔叔婶子呢？”

毋望坐下道，“三人靠一家店怎么成呢，现下生意淡，我叔叔出去给人做账房去了，我婶子一早送了点心到得风楼，在城墙根搭了棚子卖凉茶和柴爿馄饨，只做个早市，晌午回来看哪样点心缺了再做些添上，下午就没什么事儿了。”

淡玉心道，竟这样辛苦！若换了她妈，情愿闹饥荒，四处打秋风，也不愿赚这种卖命的钱。

毋望看了淡玉的神情笑道，“我们穷人，这点子活计算得什么！”

淡玉脱口道，“你何苦受罪，嫁给我大哥哥不是就吃穿不愁了吗！”

这话惊着了两人，裴臻头痛不已，早就知道她是个靠不住的，直刺刺当着他的面说只会叫人尴尬，女孩儿之间的私房话不是该躲在房里说的吗！

淡玉终于意识到找错了时机，一时恹恹的。

毋望并不把她的话放在心上，站起来，携了袖子给两人添茶，皓腕纤纤，皮肉下的经络都看得清，淡玉又噎了一下，心道，难怪把大哥哥弄得五迷六道的，连我也觉得甚好。

毋望道，“二位稍坐，我进去看看笼上蒸的樱糕可好了。”

淡玉要追去，被裴臻暗暗拉住，正疑惑，只见臻大爷温文道，“我给你搬笼屉吧。”

按理说未出阁的姑娘是不好与男子独处的，毋望虽幼时家里遭了难，生长在乡间，如今又抛头露面在铺子里做买卖，但这些规矩还是懂的，忙推辞道，“不劳烦公子了，笼屉子不甚重，我一人就成了。”

裴臻笑道，“举手之劳罢了，姑娘莫要客气。”说着径直往里间去了。

毋望叹了气，只得跟进去。

掀开笼盖，拿筷子试了试，只差一点就熟透了，到灶下将膛里的火灭了，稍等片刻就可出笼。

裴臻在一边微有些别扭，道，“那日贱内冒犯了姑娘，裴某给姑娘赔罪了，只求万不要恼我，否则兰杜就是死了也冤枉。”

提起那日，毋望的确心中有气，只道，“裴公子对春君一家有恩，大奶奶许是误会了，那日也未如何，不碍的。今日我本不该见你，只怕瓜田李下落人口实，无奈铺子里只我一人，又不好关铺门，况且淡玉也来了，更不好失礼……”

“春君，”裴臻浅笑道，“你还是恼我吗？快消消气吧，我前几日身上不爽利，也没顾得上，昨儿才想起来沛哥儿的信在我府上，这会子给你送来了。”

真真是一帖猛药，毋望的愤恨烟消云散，捧着德沛的信坐在一旁看起来。信上问候了双亲和姐姐，说了路上的见闻与军中的趣事，只道在北平很好，师傅和上司也看得起他，叫家里不要记挂。

毋望甚感安慰，也感激裴臻，道，“沛哥儿一切都好，全赖公子打点。他年纪尚小，从不曾出过远门，这趟竟一去几千里。”说着眼里泪光莹然。

“快别这样罢，才看了信就掉金豆子，下回我央了人放他回来可又怎么样呢。”裴臻道，从袖里抽了汗巾要与她擦泪，谁知一条绸子的手绢也飘飘荡荡落了下来，上头绣着兰与蝶，正是那日毋望给他做耗子的那条。见毋望惊诧莫名，他急忙捡了塞回袖笼中，腆脸笑道，“姑娘赏我吧。”

毋望此时真是面红耳赤，急道，“那日你一醉我竟忘了，快些还我吧。”

裴臻也不慌，淡淡道，“既给了我就是我的，哪里还有收回去的道理！若你定要，那我把我的汗巾子给你，换了也是使得的。”

毋望俏脸绯红，咬着唇不知如何是好。外边已有人在传谣言，如今帕子都给了他，那就是浑身长嘴也说不清了！

裴臻看她那个小媳妇受了委屈的模样，在心里大笑三声，装模作样掀了笼盖子往里面瞧，又道，“能出笼了吗？你将糕弄出来吧，我来搬笼屉。”

毋望无法，只得跺了跺脚转身拿来托盘，浸湿了麻布铺在上头，才一块块将樱糕码好，心里又七上八下，便同裴臻说道，“你不还我我也拿你没法子，只求你人多的地方别拿出来，就算顾全了我。”

裴臻微有些恼，转念一想，姑娘家脸皮子薄，帕子送都送了，旁的也不计较了。突然压低了声音道，“这几日我总是不得空，你可曾盼我？”

分明是调戏的话，面上却一本正经，毋望以为自己听岔了，傻傻地看着他道，“裴公子，你昨夜没睡踏实吗？怎的一大早说梦话！”

裴臻愣住了，半晌说不出话来。

〇二三 苦命逢六儿

臻大爷移开眼睛，咬紧牙槽道，“这些日子纪公子可来过？”

毋望知道他问的是章程，便道，“来过一回，是去粮油铺子签契约去的，还说要去谢你，公子是咱们的大贵人，竟帮衬了我们这样多。”

裴臻面沉似水，闷声道，“我帮衬他怎的连你也要谢我？你与他倒成‘我们’了！”

毋望被他讥讽得噎了下，看他面色不善，便低头不再说话，裴臻看得更气，负手道，“我不要你谢我，我的心意你是知道的，何苦这样顾左右而言他，倒叫人觉得矫情。”

这人真真不可理喻，一来便要兴师问罪吗！毋望拉了脸道，“你的心意我不知道，也不敢知道，若公子看我们投缘便多走动，若烦了厌了，不来也罢！”

臻大爷何尝受过这样的气，偏偏又不能拍桌子摔椅子，直憋得脸色发青，急道，“我哪里烦了厌了，左不过为我这一腔子热血鸣冤罢了。你看那章程竟是比我好吗？好在哪一处呢？倒教我知道知道，我也好精进些。”

毋望退后一步福了福道，“裴公子这话春君断不敢领受，公子是有福的，怎可屈尊同咱们这些人相提并论？至于章家哥哥，我与他这几年在一个村子里，彼此都熟悉，兄妹似的，若说姻缘，那要看造化，有便有，没有便没有，我也不强求，公子是过来人，更应该参悟了才对。”

裴臻看她话里话外半分情面也不留，心下即刻凄楚一片，失魂落魄道，“你还是心里有刺吗？我知道你性子是极要强的，恨只恨相识太晚，若早几年，没有素卿，如今也不是这般田地。”

毋望叹口气道，“这便是无可奈何，你若要娶妾，只管外头寻去，何苦偏我呢，我本就是个心冷的，没得驳了臻大爷的面子，那才是我的罪过。”

裴臻颓败靠在墙上，喃喃道，“但凡有旁的法子，我也不来讨嫌了，弱水三千，只取一瓢饮耳……”

毋望心下作痛，瞧他那样，哪里还有往日的威风！人都说情最伤人，那裴公子如此模样，毋望只得好言安慰道，“春君高攀，认公子作哥哥也使得，日后常来常往，也是美事。”

裴臻苦笑道，“我妹妹在外头坐着呢，你若想逼死我，只管当我是哥哥，让我看着你嫁人生子，我这一生也到头了。”

毋望惶惶然，又恼他一条心到底，便低叱道，“你那大奶奶也是个美人胚子，你怎么心不足？真叫我看扁了你！”

事到如今裴臻没了主意，只道，“你不知，我与她不是真夫妻。”

毋望脑中只觉轰的一声，愣在那里方寸大乱。自古只有假亲戚，没听说过有假夫妻的，莫不是他哄她，使了手段要将她接进园子里。这么想着，就不把这话放在心上了，随口道，“假夫妻也是夫妻，再说好好的，怎么闹出这样的事来。”

裴臻一脸颓败，缓缓道，“再过不久你就明白了，我如今不好同你明说，你且等我一遭，届时你若情愿，我必定风光将你娶回家。”说完握了握拳，头也不回地抽身而去。

他一走，毋望再强撑不下去了，退了几步跌坐在板凳上，恍恍惚惚心神俱裂。这会子可好了，说得明白了大家干净，只是这样竟像忘恩负义的作为，也不知他私下里怎么看她，定是怨她薄情寡义的，既这么的也没法，再不悬崖勒马，连她自己也是要陷进去的了。

左右缓了半日，再到铺面上时已空无一人，心里乱得作疼，便将脸埋在肘里，靠在柜台上打盹，渐渐有些迷迷瞪瞪的，脑子里走马灯似的将裴臻的一言一笑过了一遍，直想得通体生寒，手脚冰冷方才罢休。

又过了半日，忽听得窸窸窣窣的声音，抬头一看，门前站着一个衣衫褴褛的女孩儿，十一二岁模样，梳着垂髫，忽闪着大眼睛，瘦骨伶仃，双手无措地绞着，见毋望看她，吓得打了个战。

毋望起来拿纸包了十几个饼子放到她手里，问道，“你家里人呢？就你一个吗？”

那女孩哑着嗓子道，“家乡发瘟疫，都死了，如今只剩我一人，我是来这里投奔亲眷的，可亲戚不认我，连门都不让进。”

毋望见她着实可怜，便道，“那你进来喝口水，毒日头底下仔细要发痧。”

那女孩儿听了迈腿进屋，脚上穿双草鞋，磨得双脚都起了水泡，走到毋望跟前也不坐，直直便给她跪下了，磕了头哭道，“姑娘菩萨心肠，不嫌我肮脏，还叫我进屋子，我到别家行乞，还未开口便要给人泼一盆洗碗水，只姑娘待我好。求姑娘可怜我，让我留下伺候姑娘吧。”

毋望忙扶住她，为难道，“我们小门小户哪里用人伺候，左不过你每日来，我给你两个饼罢了，别的我也不好做主。”

那女孩又道，“我不要工钱，只要有口饭吃就成，我什么活都干得，求姑娘好歹收留我，不然我就是死在街头上，烂了臭了也没人管的。”

毋望左右不是，瞧她这样想起了自己当年，又不敢一个人拿这样大的主意，毕竟她来历不明，万一要是个出逃的官婢或奴隶，那岂不连累自家么。

那女孩看她面上犹豫，忙抱住了她的腿央求，“好姑娘，我身家清清白白，不信你到官府查去。我也不是流亡的犯人或手脚不干净的毛贼，下气求姑娘是我有苦衷。”

毋望搀了她起来，将她扶到椅上，问道，“你有什么苦衷，说吧。”

“姑娘不知，”那女孩儿道，“我们这些乞丐白天行乞，晚上都睡在城外的破庙里，只因我是孤身一人，那些乞丐都欺负我，有几个泼皮竟对我动手动脚，旁边的人看笑话似的，我实在是活不下去了，早知如此，当初还不如跟了父母姊妹去了，也不用留了这条烂命给人糟践！”

毋望心道，这世上究竟有人比她更可怜，她有叔婶疼爱，这女孩竟像浮萍，活了今日不知明日。于是拿手绢给她擦了眼泪，柔声道，“我先拿了我以前的衣裳给你换上，你洗漱之后等我叔叔婶子回来，若他们答应，那明儿就到衙门入了籍，这事儿就齐了，可好？”

那女孩喜得又要给她磕头，叫她拦住了，笑道，“你就是留下了，咱们不作主仆只作姐妹，你不用动辄磕头。”说着暂且打了烊，领她到后院沐浴。一通清洗下来，换了干净衣裳鞋袜，梳了两个髻，那小乞儿竟是个齐全孩子，手脚也甚麻利，将澡房里收拾停当，不等毋望吩咐又去开铺门，又扫地擦桌椅，忙个不停。

毋望笑道，“先别忙了，来吃些东西才好。你叫什么名字？”

那女孩儿道，“我行六，家里人都叫我六儿，也没有什么正经名字，请姑娘给我取一个吧。”

毋望道，“既是爹妈取的，改了倒不好，还叫六儿吧。”

两人又笑谈了一阵子，张氏推着小车回来了，进门只道，“有客吗？”定睛细看却见那女孩儿穿着春姐儿的旧衣裳，奇道，“姐儿，这是哪家姑娘？”

毋望接了她手里的家伙什，将原由这般那般的说了，张氏恨道，“那帮花子太缺德，饭都吃不上了还有心思轻薄女孩儿，怪道叫人唾弃呢。你且留下吧，家里的活搭把手，也好和春姐儿做伴。只是大了些，若小个两三岁的，倒好配给我家沛哥儿呢。”

毋望道，“婶子想得真远，沛哥儿才九岁，也不知何时回来呢。”着六儿给张氏见了礼，拿出德沛的家书与她看，张氏又哭又笑的，直啐道“猴仔子”。六儿拧了帕子给她净脸，到后厨生火做饭去了。

张氏看罢了，宝贝似的收起来，说要等刘宏回来给他看，也叫他喜欢喜欢，又问道，“可是裴公子送来的吗？他可曾同你说什么？”

毋望想来又是一阵酸楚，不好叫张氏看出有异，便强笑道，“没什么，只说些家常，齐家的淡玉也来了，坐了会子也就去了。”

张氏点了点头，兴冲冲把钱袋子里的铜板全倒在桌上，一个个细数，拿麻绳串起来，笑道，“今日生意好，卖了竟有五十碗馄饨，全赖裴公子，街面上的流氓无赖知道我是梨雪斋的，讹钱都绕过我的摊子，可省了不少，否则这些都给了他们都不够。”

毋望无奈道，“就是钱还了他，情也还不完了。”

张氏不察，也应道，“可不！只是如今我也听到些风言风语，外头传你和他……唉，只怕将来不好说人家了。”

毋望倒不在乎这些个，心里只盼着章程罢了。

张氏问道，“今日程哥儿可曾来？”

毋望摇头道，“不曾来呀。”

张氏皱眉道，“我在城外摆摊，连着几日见他进城，竟一次也没来过吗？恐怕那个传闻他也听见了，心里不自在罢了。”

毋望也叹了气，他不来也没法子解释什么，也或许他近来忙，一时没空来看她罢。

张氏哼了一声道，“我看你早做打算才好，现下他不同了，是大家子的公子，我们这样人家哪里看得上，到底要找个门当户对的，也好叫他腰杆硬些，你且等着瞧吧，定要给我说中。”

“果然这样也是命中注定的，我与他无媒无聘，他若要娶旁人，我也无法，只过好自己的日子罢了。”毋望笑道，面上无半点急色。

张氏摇头道，“儿孙自有儿孙福，我也不操心那许多了。”拍拍身上灰尘，自去里间发面去了。

〇二四　病入相思疾

得风楼的汤还是每日定时送来，六儿很好奇，仰着脸问道，“姑娘，是谁送的？”

毋望抿嘴不语，那送汤的人只怕早已恨死她了。

裴府此时正乱作一团。大奶奶病得人事不知，臻大爷带齐大姑娘出去了一趟，回来睡了一下午，到晚饭时候竟烧起来，胡话说了一整夜，吃了药也不见好，把裴老爷和裴夫人急断了命根子。

“莫不是冲撞了哪里的阴人了吧，怎么一下两个都成了这样。”裴夫哭得肝肠寸断，呼天抢地了一通，终于想到了角落里的淡玉，便问道，“玉丫头，你大哥哥昨日带你上哪里玩去了？可曾到什么不干净的地方？”

淡玉支支吾吾说不出来，她母亲高氏急得直跺脚，喝道，“不许打哑谜！没见着你大哥哥成了这样吗？还不把地方列了出来，好救你大哥哥一命！”

淡玉知道瞒不过，只得老实道，“昨儿没去哪儿，只去了春君的梨雪斋，大哥哥和她在里间说了会子话，怒气冲冲就出来了，我没敢问，也不知他们说了什么。”

高氏与裴夫人面面相觑，裴夫人叹道，“我这痴儿竟有这一遭劫难！往日从未见他对女孩儿怎么的，如今遇着了命里的克星了，这可如何是好！”

这时裴阑从外头进来，问道，“大哥哥怎么样了？”

裴夫人见他一人前来放心了一些，只道，“你站远些，这病来得凶猛，也不知什么缘故，没的过着了病气，你院里还有两个有身子的，过给了她们倒不好。”

裴阑探着脖子往床上瞧，讷讷道，“好好的怎么病了，真是蹊跷！我才刚听你们说什么梨雪斋，真是为了那个小姑娘？真可气，就那么点子出息，为个丫头病成这样！”

裴老爷斥道，“你给我闭嘴！不想想法子，就会在这里胡诌！你就是这么兄友弟恭的？书都念到狗肚子里去了！”

裴阑挠了头道，“那有什么难的！心病还需心药医，把那女儿请了来就是了。”

再看看床上那位，烧了一夜嘴唇都起了皮，丫鬟绞了冷帕子换下头上晤热的那块，又拿了勺子喂了水，他嘴里不知嘀咕了句什么，昏昏沉沉又睡过去了。

裴夫人道，“才喝了药，过会子看了再说。人家姑娘既不愿意，请了来也为难，不到万不得已还是别惊动吧。”

裴阑道，“大嫂子怎么样？”

裴夫人摇头道，“这会子还是人都不认得，今晚差人拿些纸钱，到槛菊园西北角的廊子下烧了，送上一送，兴许就好了。”

一行人出了园子，又往金钥馆去了。裴臻迷迷糊糊躺着，大热的天冻得直哆嗦，一会子又热得盖不得被子，心里梦里都是毋望的影子。原来机关算尽一场空，心里悲苦，身子也支撑不住了，一头就栽倒了。

怎的就弄成了这样！原先他就没想纳妾，只是意难平罢了，想瞧瞧什么样了不得的人物，农家女却不愿与富户做小，心气儿比天还高不成！见了人，方觉得她确和一般的小家子不同，却也没正经当回事，后来渐渐就不对了，成了他一厢情愿，到最后还闹得百爪挠心，究竟是什么缘故，他也没弄明白，这辈子还要来一场非卿不娶，以前欠下了风流债，一下全要还个爽利，当真是报应！

那厢裴阑找到了助儿，厉声道，“你怎么伺候你主子的？前头的事儿如何不来报，非要现下闹出人命来才好吗？大爷无事则已，若有个三长两短，你仔细你的皮吧！”

助儿也甚委屈，搓着手道，“我也没料想到会如此啊，大爷一向主意大，但凡他想办的事就没有办不成的，谁知这回在那么个小丫头片子身上跌了跟斗，我原想大爷娶不了这个姨娘也没什么，万没料到竟成了这样，大爷这回是动了真格的了，二爷，你要是疼我们大爷，就想法子把刘春君掳回来吧，往大爷房里一塞，算完事！”

裴阑差点没忍住要扇他一个大嘴巴，斜眼道，“蠢材！凭你主子的能耐，要掳早就动手了！得着了人得不着心，你这奴才懂不懂！人家现下要的是心！”

两人坐在假山的石头上长吁短叹一番，裴阑道，“你跟了他那些年，不知道他的为人吗？认死理，一条心到底，这下可怎么样呢，病得都要脱相了，愁死人了。”

助儿站起来拍拍衣裳道，“我请春君姑娘去，叫她好歹来瞧瞧大爷，我们大爷对她有恩，不论如何她总会来一遭的。”

裴阑道，“我一道去，倒要看看这女孩儿哪里就值得他爱成这样。”

裴阑骑上马，助儿传了轿夫，抬着竹抬椅，往梨雪斋就是一通狂奔，好在离得近，约摸一刻钟也就到了。裴阑勒住了马，眯眼往里瞧，一个女孩儿在柜台后头做账，算盘珠子拨得利索，雪白的手指上下翻飞，蹙着眉，一本正经的样子，是个美人没错，可能还有些肚才，可怜他大哥哥在家为她病得浑浑噩噩，她却半点不妥皆无，可见是个口冷心也冷的女子！

裴阑翻身下马，大咧咧冲了进去，那女孩儿抬头，裴阑不禁叹了叹，好一双翦水双瞳，纯净得能倒映出人的影子来！

毋望从柜后走出来，打量这人，嘴角绷紧了，有些恼怒的样子，五官与裴臻有八分像，只比他微黑些，个头也比他矮些，又看见助儿跟着，想来这人是裴府的，只这脸子，倒像谁欠了他几百两银子，毋望一时也摸不着头脑。

裴阑拱拱手道，“在下裴阑，见过姑娘了。”

助儿在一旁解释道，“这是我家二爷。”

毋望提衽还了礼，淡淡道，“见过裴二公子。”

裴阑点了头道，“今日前来有个不情之请，请姑娘同我走一遭，家兄病得只剩一口气了，临终要见姑娘一面。”

助儿心里暗叹，到底亲兄弟，扯起谎来脸不红心不跳，和大爷有一拼？

毋望听了这话如遭电击，腿软得几乎站不住，眼泪簌簌地往下流，喃喃道，“怎么出了这样的事！”

内堂的六儿见自家姑娘成了这样，斗鸡似的冲出来，扶住毋望扬声喊来张氏，又怒道，“爷们儿家欺负我们姑娘算怎么回事！你也不嫌臊得慌！亏你高头大马地骑着，一点子礼义廉耻都不懂吗！”

张氏忙将侄女儿搂在怀里，一迭声地问，“这是怎么了？亏得我今日没出摊去，竟欺负到家里来了！你是谁家的爷们？六儿，拿擀面杖招呼！”一声令下，六儿跃跃欲试就要往上凑。

裴阑绿了脸，助儿见状忙挡住了大叫，“夫人，我是臻大爷的小厮，你不认得我了？千万别动手，他是我家二爷！”

张氏方定睛瞧了，叫六儿住了手，不解问道，“这是怎么话说的？出了什么大事了？”

毋望抽噎道，“都怨我！那日裴公子来，我话说得急了些，把他气得卧了床，现下……竟要死了！”

张氏一听也乱了方寸，责怪道，“你这孩子，要害死人命吗！如今可怎么办！”

助儿道，“叫姑娘同我们去吧，或许我家大爷见着了姑娘，又活过来了也未可知，姑娘就算救人一命吧，小的给姑娘跪下了。”说着以头杵地，趴着号啕大哭起来。

张氏慌道，“那快些去吧，救人要紧。六儿跟着姑娘一道去，也好有照应。裴公子若好些了就差六儿来回一声，我和你叔叔听信儿的。”

毋望点了头，转身上了抬椅，轿夫十万火急地抬起来就跑，一行人又跑得上气接不着下气，转眼就到了裴府。宅门口早有小丫鬟子等着，见她来了忙往槛菊园里引，进了园子大门，隐隐听着里头有哭声，毋望颤得站都站不住，亏得有六儿扶着，勉强才进了房里。

屋子里点着薰香，穿过几层围幔方来到裴臻的拔步床前，他木然躺着，脸色绯红，才一天，颊也瘦得陷了下去，毋望当下悔得肠子都青了，那日的狠话要了他的命，她是罪魁祸首，万死也不足以赎其罪了。

裴阑挥手叫屋里的丫头都出去，低声对毋望道，“姑娘同他说说话，看能不能把他的魂拉回来。”

毋望跪在踏板上轻声呼道，“裴公子，你醒醒，我是春君，我来看你了。”

裴臻连眼皮都未曾动一下，已然是听不见人话了。毋望捂着嘴痛哭，若早知他心思这样重，她那日就不说那些话了，做妾便做妾，也不至于伤了他的性命，如今怎么办，他医术再好也不能自医，只好等死了吗？

“姑娘快别哭了，仔细自己的眼睛。”六儿道，“好像是烧的昏过去了，再叫吧，定能醒的。”

毋望点了头，又柔声道，“裴公子，我来同你赔罪的，你若恼我，骂我句也使得，只求你快些醒吧。”却不论怎么叫，皆是反应全无，毋望呆坐在床边，心里乱作一团，眼角扫去，见他枕头底下露出一块绸子的角来，细看了，竟是头里他硬要去的那方帕子，心下一痛，呢喃道，

“兰杜。”

〇二五 三年以为期

丫头端了汤药过来，毋望接过去，一口一口喂他喝了，裴臻只顾哆嗦，忙又给他添了被子，守着他坐了一会子，见他微微发了些汗，心里才算安稳了些。

这时裴家太太得着了信，带着裴阑的生母胡姨娘从园子里赶过来，透过廊下的花窗往里看，见裴臻床前坐着个女孩儿，身子纤细，秀发如云，髻上插着银质的笄，露出粉嫩的半边脸和脖颈，端的是个水葱样的人儿。裴夫人心下喜欢，直念道，“阿弥陀佛，我家臻哥儿可算拣着半条命了！”

待进了屋子，那姑娘得着了声儿回头瞧，又起身，携了旁边的小丫头子，向她盈盈一福，捧碗的丫鬟道，“姑娘，这是我家太太和姨奶奶。”

毋望又向胡姨娘一福，道，“给太太奶奶请安。”

裴夫人和胡姨娘互换了眼色，心下赞道，形容不卑不亢，竟像个大家子的小姐！

裴夫人忙握了她的手道，“真是偏劳姑娘了，为我们不争气的臻哥儿跑了这么一趟，大夫说他气结于胸又伴邪火，汤药竟是不顶用的，非姑娘解不可，这才叫阑哥儿来请了姑娘，姑娘莫要怪我们唐突才好。”

毋望道，“不碍的，本就是我应当的，叫太太一说，倒叫我惭愧了。”

胡姨娘使人搬来了束腰三弯腿方凳，道，“太太和姑娘坐下说吧。这病虽来得凶，如今姑娘来了，总有能解的方儿，太太不必担心。”

毋望抬眼看那妇人，三十几岁的年纪，长脸，并不算美，脸上从从容容的，不像一般做妾的那样尖酸刻薄，很是让人舒心。再看裴夫人，白胖胖的，五官和善，竟是像个弥勒佛，同裴臻半点不像，毋望心下疑惑，莫非裴臻不是嫡出？

裴夫人看了裴臻道，“现下如何呢？像是出了汗。”

胡姨娘道，“出了汗就要好了，这会子没醒许是太虚了，姑娘果然是贵人，来了臻哥儿就见好。”

裴夫人对毋望道，“还劳烦姑娘照看他，这死心眼子，给姑娘添了麻烦，咱们心里也过意不去，只是现下没法，对不住姑娘了。”

毋望道，“大爷对我家是有恩的，莫说是恩人，就是街坊还该尽心呢，春君定看大爷好了才去。”

“好好，姑娘菩萨心肠，又是这样人品样貌，怪道我那痴儿心心念念的。”裴夫人叹了气道，“咱们也知道姻缘强求不得，臻哥儿房里也有了大的，叫姑娘跟他委屈了姑娘，只是求姑娘看在他一片真心的份儿上，可否再从长计议？”

毋望低头不语，自古也没有男家妈妈下气给儿子求妾的，失了礼数不说也失身份，她隐隐有些恼意，既知道委屈了她又要求，岂不自相矛盾！当下不好发作，裴臻病得这样，在他床前议这些，怕给他添病症，只得隐忍，道，“春君的婚事是由叔婶做主的，我一个女孩儿家，不敢拿主意，今日是为公子的病而来，说旁的怕不好。”

裴夫人是聪明人，心里明镜似的，却又道，“姑娘进了我家门我定然疼你，做平妻的礼也使得，下人只管主子奶奶的叫，绝没人敢轻贱了姑娘。”

这下毋望面上挂不住了，站起来道，“六儿，我们走吧。”

胡姨娘大惊，忙起来拦道，“姑娘莫恼，太太是直性子，又因眼下臻哥儿病得这样，才急进了些的，姑娘就看在太太爱子心切的份上包涵了吧。”

裴夫人也擦了泪道，“我失言了，姑娘现下切走不得，走了我臻儿就没命了！待他醒了我即刻差人送姑娘回去，可好？”

毋望没法，只得留下，胡姨娘道，“太太糊涂，姑娘家的面嫩，婚事自然要和她家里的长辈提，怎么心里喜欢就不管不顾的说了出来，看惹恼了姑娘。”一句话给裴夫人解了围，也给毋望挣了面子，六儿不由多看胡姨娘两眼，心道果然做姨娘还是要有些手段的，死的都能说成活的。

裴夫人点头道，“是了是了，我急糊涂了，绝没有冒犯姑娘的意思。”站了起来道，“姑娘安坐，我们去了。”

毋望又福了福送她们出去，胡姨娘客气叫她坐下，和裴夫人出了槛菊园，一路说那春君姑娘，裴夫人道，“我才刚是探她的口风，这姑娘这样高的心气儿，许她个平妻都不愿意。”

胡姨娘道，“可见是个有主意的女孩儿，难怪臻哥儿把她放在心尖子上。”

“主意大，可苦了我的兰杜了！”裴夫人长叹一声，往佛堂给裴臻和素姐儿祈福去了。

这里六儿噘了嘴嘟囔道，“打量姑娘好性儿，她们两个一唱一和设了局引姑娘往里钻呢！要我说姑娘就不该来！”

毋望拿了帕子给裴臻擦汗，淡淡道，“我是还他的情。你少说几句吧，仔细给他听着！”

因承着他的情，又念着他素日里的好，自是尽心照顾不在话下。

裴臻忽冷忽热直折腾到申时方悠悠醒转，睁开眼只觉天旋地转，费了极大的气力方看清面前的人，又看了房里的布置，是自己家里，不解道，“姑娘怎么在这里？”

毋望喜道，“你身上不好，我来瞧你的，醒了就好。”回头对六儿道，“你去知会外头的姐姐，就说臻大爷醒了，叫他们去请太太。”

六儿看裴臻一眼，点头出去寻人了。

两下里尴尬，裴臻撑着坐起来，毋望扶他坐好问道，“可是要喝水？”

裴臻点头道，“劳烦姑娘了。”

毋望看他脸色惨白，嘴唇也毫无血色，说话语气淡淡的透出疏离来，心下有些怅然，转身到桌边倒了杯水，递与他慢慢喝了，踌躇道，“你既醒了便好好养着吧，我也该走了。”

裴臻眸里现出痛色来，低喃道，“还不如不醒的好。”

毋望心里也不熨帖，又别无他法，便道，“你何必自苦，自己的身子当爱护才好，我来了许久了，家里还盼着，等你大安了我和叔叔再来瞧你。”

说着要走，裴臻伸手拉住她，涩涩呼道，“春君……”竟像是生离死别一般，紧紧握着不愿松开。

毋望挣了几下没能挣脱，只得任他拉着，好言道，“快撒手吧，怎么小孩儿似的，叫人看见像什么！”

裴臻见她面上无喜无悲，心凉了大半截，缓缓放了手道，“你当真是冷情冷性的，心里竟半点没有我吗？”

毋望狠了心道，“我不求富贵荣华，只愿一生一代一双人，你可做得到？若你能做到，春君随你天涯海角，绝不相负。”

裴臻被她问得梗住了，思量着是否该告诉她实情，又怕她知道了更疏远他……突地脑中炸了一下，他竟未想到，不论他情愿与否，今生的荣辱已与燕王紧紧扣在一处了，若起事败北，那就是株连九族的大罪，他怎能害她！此事还是容后再议吧，成王败寇，大业得成时再来寻她，唯只怕她那时已为他人妇了……左右不是，叫她等吗？等得吗？一年半载尚可，十年八载呢？裴臻紥挣半日，一点点颓败下来，渐渐面如死灰。

毋望看了他的样子，忍不住流下泪来，又是羞愤又是失望。终究是没有缘分的，他既已有了妻室，为何还要相遇呢，弄得如今两下里苦痛，真真是劫数难逃！

六儿来扶毋望，外头人声嘈杂，一大群人从园外涌进来，裴臻皱了眉，喊道，“助儿！”

助儿麻利跑到床前，道，“我的大爷，你可醒了！”

裴臻看他哭心烦，低斥道，“嚎什么丧，我没死倒叫你哭死了！去园子里把人挡回去，就说我好了自会去请安，这会子没气力，又睡下了。”

助儿得令撒丫子跑出去，裴臻又对六儿道，“你到外头候着，我同你姑娘还有话说。”

他天生就是个发号施令的人，六儿畏惧他，又看看自家姑娘，毋望点了头，她方福了福退出门外去?

毋望坐下道，“你说吧，我听着。”

裴臻吸了口气道，“我过两日要上北平去了，今生还有无造化再见也未可知，只求你明白，我对你的心天地可鉴，绝无半点轻薄之意，你要相信我。”

毋望咬着唇点点头，喉咙哽咽说不出话来。

裴臻闭闭眼，一字一句道，“我此去凶险，不知可还有命回来，你定要照顾好自己。”

毋望惶惶道，“你是唬我的吗？怎么就要死要活的了？”

裴臻的眼里划过忧伤，慢慢道，“你不知道的好，别问。若三年后我还活着，你也未嫁，我定娶你作我的嫡妻，从此一生一代一双人，可好？”

三年，太多的事会发生，谁又能知道三年后是个什么境况！看他脸上情真意切的神情，毋望颔首道，“好。”

裴臻笑了笑道，“说定了，三年为期，不可反悔。”

毋望笃定道。“不反悔。”

裴臻又显出以往的不羁来，睨了她一眼道，“三年后，我定要给你一个诰命的衔！”

卷三　迎春归去，冷暖豪门

〇二六　竹马我无心

洪武三十一年闰五月，太祖皇帝薨。

毋望一早换了素服，拆了铺面的关板出门来看，满大街的灰败，行人商贩各个耷拉着脸如丧考妣，县学里的生员们都上城外冲西南角哭丧去了，毋望搬了梯子爬上去，拿了麻布将牌匾盖住。这时六儿送糕点到得风楼回来，看见她爬得那样高，吓得忙将梯子扶住，急道，“我的姑娘，仔细摔着，快下来吧，好好的盖那匾做什么。”

毋望道，“这匾颜色太鲜亮，叫官府见着要坏事的。”

两人合力把梯子搬回去，六儿道，“今儿是最后一天，往后用不着送点心了。”

毋望回头问道，“为什么？”

六儿道，“臻大爷把得风楼转给别人了，今儿他们全家都搬走了，也不知搬到哪儿去了。”

毋望脑子里嗡嗡响作一片，好半天回不过神来，定了定才道，“全家都走了么？”

六儿道，“连丫鬟小厮都带走了。”

毋望心中感慨，缘分果然浅得很，这一别，当真是生死两茫茫了。

六儿小心看她神色，讷讷道，“姑娘，你要哭就哭吧。”

毋望勉强笑笑道，“我哭什么？我又不是朝廷命官，也不是世儒学子，莫非也要为大行皇帝一大哭么？”

六儿道，“姑娘还打趣呢，头里哭得什么似的，转天就忘了，到底小孩儿心性。”

毋望也不以为然，虽然心里还是不受用，可一个同亲生父母都生离死别过的人，你还叫她为个认识了才两三个月的人死去活来，那是万万不能的了，牵挂是有的，牵挂了一阵子也就忘了，不疼了。

“对了，得风楼的掌柜说，让我把这封信转交姑娘。”六儿从怀里掏了信递给毋望，好奇道，“我不识字，上头写的什么？”

毋望看了信封道，“是裴公子留下的信。”拆开来看，只一张纸，不像是信，展开了纸竟是这家铺子的房契，两个女孩相对无言，顿了半天六儿道，“裴公子对姑娘真是用心良苦，姑娘呢？”

毋望将房契收好，也不说话，心道，我的心怎么样你怎么知道，横竖死等他三年，也算报答他的一片真情吧。三年后若是正室，自然嫁得，若还不是，那话当两说了，只当这三年青春白废罢了。

铺面都整理好了，渐渐也有客人上门来，因是国丧，这几日吃不得酒，也沾不得荤腥，家里又要上供，所以许多人来买点心茶食消闲，铺里的生意也甚忙，等打发了客人们，两人皆忙出一身汗来。

才刚坐下，章程走进门来，穿着蓝色的素服，腰间扎了棕色的腰带，人愈发的精神。

毋望道，“章家哥哥，今日怎么得闲来？”

章程面上古怪，只说，“我正巧路过这里，进来看看你。你可知道裴公子走了吗？”

毋望道，“我才刚听六儿说的，说一家老小全走了。”

章程道，“六儿是谁？”

毋望对六儿指了指道，“就是她，家乡发了瘟疫逃难出来的，看她可怜才收留的。六儿，来见过章公子。”

六儿福了福，退到里间收拾厨房里的炊具去了，留他们二人说话。

章程吞吞吐吐道，“我今儿来是有事同你说。”

毋望瞧他满脸的愧疚之色，心下已有了计较，笑笑道，“什么要紧的事直得你这么一本正经的。”

章程愧疚道，“头里同你说的事怕是不成了，太太托人给我说了亲，等国丧过了就要把人接过门了。”

毋望心里苦笑，竟被婶子说着了，果然是人往高处走的，又想这章程如今也是身不由己的。再说自己立了志要等裴臻的，若今日章程领了人来求亲，反倒不好推脱，如此这般倒还好些，便道，“咱们头里说的哪里作得数，不过是你我的玩笑话罢了，你现下大了，正经过日子才是，不知是哪家的姑娘？”

章程道，“是太太娘家乡里的，父亲在衙门里做典簿，旁的就不知道了。”

毋望点头道，“衙门里有人好办事些，这门亲说得很是不错，也难为太太上心了。至于我，你不必替我操心，我也想过这事，思来想去还是做兄妹好些，若真在一处了，免不了磕磕碰碰，日子久了还要生怨，不如现下好，大家见些面客客气气的，岂不自在。”

章程听了这些话，又看她毫无半点难过之色，心里不免有些着恼。他为了订亲的事折腾了几宿没合眼，到她这里竟成了小事！当下悻悻道，“是我冒失了，想来裴公子安顿好家小必会来接你的吧。”

他果然还是在意那些谣言的，既这么的，那也没有什么可说的了，毋望心里仅剩的一丝惆怅也烟消云散了，对他的话并不反驳，淡笑着翻开账簿，只道，“太太娘家的姐姐和外甥女还在吗？你要成亲了，她们可还住得下去？”

章程烦恼地坐在八脚凳上，气结道，“太太真是个不问事的，那日竟同姨太太说要把姨表妹一同娶进来，两头齐大，我为这个脑仁儿都疼了，又不好和太太说。”

毋望低头想，真是乱得不一般，正房还没过门，平妻都准备好了，章程这个老实人又说不出什么来，可见就是被人鱼肉的好材料。眼下既然和他撇清了，话也就好说了，便道，“依着我看，你怕是娶不成那典簿家的小姐了，凭着那位姨太太搅屎棍子似的能耐，你到最后恐怕要娶两姨表妹的，到底谁家姑娘愿意和另个女人一道进门呢，又不是嫁不掉，上赶着和人家两头大！你那太太办事不通得很，既要亲上做亲，何必再到别处找人说媒，让表妹做了正房，再纳两个妾也就是了。”

章程叫她说得满脸通红，又觉得她说得极是，一时不知该怎么还口，只好闷声叹气。

毋望从抽屉里拿了二两银子和一吊钱来，放到他手里道，“这个你拿着吧，我婶子早就给你备下了的，咱们铺子开了这些日子，也有些盈利，这是你当日的本钱和利钱，本来一早就要给你的，只因你才来，便拖到现在。”

章程推辞道，“我原就没想拿回这个钱，还是放在你们这里好备急需吧，我如今也不缺钱，你何苦拿它来叫我没脸。”

毋望也不管，只顾往他手里一塞，道，“你若还想在这里生利可不成，往后店里生意怎么样还不知道，裴公子一走，谁知还会生出些什么事来。”到底再不肯收了。

章程没法，只得叫小厮把钱放好，道，“我日后也不知什么结局，你这里只怕来得不多了，你万事当心吧，想想从前真是好，每日种地耕田，虽累些，好歹自在，哪里似如今，光家里的事便疲于应付，活着倒像是为了别人，真个儿是憋屈。”

毋望道，“谁没些烦心的事，你这算什么！左右自己拿主意，要么一摊手，叫姨太太把家当搬回自己家去干净！早知这样，太太过继你干什么？给你那表妹招个上门女婿不就成了吗！”

章程又是好一通的长吁短叹，毋望也恨他没主见，一个爷们儿倒叫一群女人拿捏，又丢不开得来的富贵，活该受罪！便不再理他，叫他一人干坐着，自己只管算起账来。

章程待了会子甚觉无趣，便起身告辞了，毋望送到门外，说些客套话，两下里互勉一番，也就散了。

六儿探出头来，看章程已走，毋望又有些呆呆的，便道，“我都听见了，这是个什么人！分明是个银样镴枪头！可是以往和姑娘有过情义？瞧他也生得人模人样，却是个不敢拿主意的，真真糟蹋了这七尺男儿身！”

毋望笑道，“可惜你不是男孩儿，否则必有大作为。那女将军，今儿晚饭可吃什么呢？”

六儿道，“我前儿腌的酸黄瓜必吃得了，过会子到隔壁抓几块豆腐，拿小葱拌了，再炒两个素菜吧……可惜连鸡蛋也不能放，这十三天可得刮下一层油来。”

毋望看她满脸哀戚，便啐道，“忍着吧，待出了丧少不得补足你，这风头里暂且不便吃，若被人察觉，告到官府里，那可是要收监或杀头的！”

六儿抚抚脖子，笑道，“我若为个鸡蛋丢了性命，那岂不是个冤死鬼吗。”

正笑着，张氏回来了，晒得脸膛发红，嘴里怨道，“这日头，险些没晒脱我一层皮！六儿快拿醋茶来给我吃，了不得了，再在外头待上一刻半刻，我定是要发痧发死！”

毋望给她肩上拔了两把，又接过六儿递来的大碗与她喝，奉承道，“婶子辛苦了，如今婶子可是我们家挣钱第一人，待钱攒够了，沛哥儿也回来了，娶了亲，就该高枕无忧享清福了。”

张氏嗔道，“这孩子，拿我打趣！才刚我远远看见一个人，模样儿像程哥儿，他可是来了？”

毋望道，“来了，我把钱都给他了。”

张氏点头道，“说起上回提的事儿了吗？”

毋望道，“快别做这个念想了吧，果然叫婶子猜准了，他的养母给他说了典簿家的小姐，还有太太娘家的外甥女，等守丧满了就成亲了。”

张氏若有所失，叹道，“我就知道合该如此的，那程哥儿和早前大不同了，你和他的事不成或者是万幸，就是嫁了他，也保不住他左一个右一个的娶，那时还不活活气死。”

毋望喏喏称是，又拿了裴臻给的房契交于张氏，张氏感慨一番，自去房里收好，一应种种暂且不表。

〇二七 久别遇至亲

吃过晚饭，六儿点了晒干的艾蒿把子薰了蚊子，一家子坐在院子里纳凉。

张氏环顾了四周，道，“这裴公子就是心细，人都走了，还记挂着我们，留了铺子和这院子，省下了往后租房子的银钱。”

刘宏摇头叹道，“可惜是有了家室的，如若不然，我们姐儿跟了他也是有福的。”

谁道拿钱堆起来的感情便不是真感情呢，有了情方才舍得用钱的，虽媚俗了些，却也是发自肺腑的，总好过一个穷酸，日日你说“我心里有你”，却穷得连吃饭的钱都没有！只恨他临走不曾知会她，若人多不好相送，私底下看一眼也使得，如今却闹个不告而别，不知是什么道理！

刘宏抬头看天上的月亮，想起了过世的兄嫂，心下憋闷了一阵子才道，“哥哥和嫂子不在快九年了，若哥哥那时只拘着，没判斩立决，到如今也熬出头了。”

毋望低声道，“我爹妈死时我们还在牢里，也不知谁收的敛，过去了那些年，无人祭拜，恐怕坟上荒草萋萋，说不定连坟头都找不到了。”说着悲凉地哭了出来。

刘宏安慰道，“莫哭了，若将来有机会回应天，四下里寻访总是能访到的。”

六儿忙给毋望擦眼泪，心道，姑娘神仙样的人物，却也有这样悲凉的过往，可见世上之事果然各有造化，今日好，未见得明日好，今日穷，殊不知明日就享尽荣华了也未可知。

张氏喋喋不休责怪刘宏煞风景时，突闻得有人敲铺子的门，疑道，“这样晚了还有人买糕饼吗？”遂与六儿端了油灯进了铺子里，又不敢贸然开门，便隔门问道，“是谁？”

外面人道，“请问这里可是刘于晏家吗？”

张氏心里一惊，于晏是刘宏的小字，自发配来此后再没人知道，外头的人莫非是应天来的吗？一面疑惑，一面问道，“你是何人？”

外头人道，“你可是二嫂子吗？我是春儿的三舅谢詰，特来寻你们的。”

张氏慌忙卸下排板，月光斜洒进来，门外一人背光站着，身后跟了两个男仆，五六个婆子丫头，那一干人皆向她行了礼，为首的谢詰躬身满满做了一揖，哽咽道，“可算找着你们了！”

张氏怔愣着将他们让进屋，领了一行人穿过甬道往院子里来，叔侄二人正在说以往的琐事，见来了一大群人，不由吓了一跳，待要看清，只听张氏说道，“沛哥儿他爹，你道是谁来了？是谢家的三爷！”

刘宏站起来，来人已泣不成声，上前拉住他的手道，“二哥哥，这些年你们受苦了！”

刘宏恍然大悟，原来是毋望的母舅来了，那时因两家联着姻，常在一处玩的，后来毋望的父亲出了纰漏，他们也连坐发配出去，一别八九年，如今全然认不得了！当下失声痛哭，两个紧紧抱在一起。

毋望有些反应不及，她母亲娘家姓谢，依稀也记得家里有几个舅舅，自家中剧变便没有来往了。他们那时发配出京正是十一月的天气，又下着雪，没有御寒的衣物，冻得浑身直哆嗦，娘舅家竟无一人前来送行，更无一人与官差打点，因那起子官差未得好处，他们一路上吃尽苦头险些丧命，现下日子安稳了，他们又为何寻了来？

张氏又引了众人进堂屋，点了三四根蜡烛，那些仆妇齐在一旁候着，几个婆子看了毋望暗中抹泪，谢詰也转头看她，问道，“这可是我的春儿？”

毋望打量他，四十岁上下，微有些胖，穿着上好的绸衣，面上染了风霜之色，头发也有些乱，可见是来得极匆忙的。张氏见她傻站着，忙道，“姐儿，那是你亲舅舅。”

到底是至亲骨肉，毋望正面看了他，嘴里唤声舅舅，竟止不住地泪如泉涌，屈膝便要跪下，被谢詣搀住，细看几眼，顾不得规矩，一把搂进怀里哭道，“果然是我的春儿，和她母亲长得一模一样！”

甥舅两又是一通抱头痛哭，一时间屋内哭作一团，谢詣道，“二哥哥二嫂子把春姐儿抚养得这样好，真真劳苦功高！往日高皇帝在世时，朝廷上下风声鹤唳，稍有不慎便是满门抄斩的大罪，咱们一家老小连上家人丫鬟，统共七八十口人，纵是有心挂念你们也断不敢来寻，如今说句大不敬的话，总算高皇帝去了，你们也可安然回去了，就算隐姓埋名地置了家宅田地，也好过在这冷落之地待着。”

刘宏道，“高皇帝驾崩是今早才发的皇榜，你怎么来得这样快？”

谢詣坐下喝了茶道，“你许是未看皇榜吧，高皇帝是前儿丑时薨的，告示八百里加急发到外省也需些时间，因我大哥哥在朝里的，几日不见皇上临朝，太医们也侯在宫里不出来了，便猜度着大约不好了，禀了家母，老太太早就想春姐儿想得心尖儿疼，即命我带了人来接你们，路上走了大半个月，到了这里又不敢大肆声张，只得挨村的打听，又花费了五六日，今儿方问着了寻来，可巧讣告也到了，你道是不是老天有眼！”又招呼那些婆子丫头道，“快来给刘大姑娘见礼！”

那些跟着谢詣来的人齐刷刷跪了一地，磕了头道，“给姑娘请安。”

毋望点了头道，“都起来吧。”又对六儿道，“你带他们下去喝茶吧，走了那么远的路，怪辛苦的。”

六儿领了众人到耳房休息，留下他们几人一处说话。谢詣看着毋望安排下人，又给他添茶倒水，举止得体落落大方，心里很是欣慰，叹道，“我的小春儿真是大了，若不是她爹遭了难，好好的千金小姐也不会流落到这北地来，亏得叔叔婶子疼爱，行事做派也不显寒酸，你外祖父和外祖母见了定然高兴。”又对刘宏道，“二哥哥，你和嫂子快收拾细软罢，咱们明早，最迟后日就走，早些回了应天才好，待新帝一登基，大赦了天下，再托人周旋周旋，将以往的宅子赎回来，也算是功德圆满了。”

毋望看叔婶，他们有些为难，对谢詣道，“你有所不知，我们有个儿，今年被燕王手下的人带去从了军，不知怎么只写了一封信回来，咱们写信过去也是石沉大海，故我们是走不脱的，怕走了孩子回来找不见人。”

谢詰会意，又道，“那春姐儿随我回去吧，女孩家，养在闺里总好些。”

毋望道，“舅舅恕罪，这回怕是叫您白跑一趟了，叔叔婶子既不走，我打小由他们带大的，总没有撂下他们自己享福去的道理，我也不走。”

谢詰脸上露出失望来，“你们可还是怪我们当日作壁上观吗？那时真是没法子，高皇帝的暴虐想你们也是知道的，杀了多少人啊，动辄株连九族，我们有这样的心也走动不得的，若叫上头知道，那便是结党营私，抄家，杖毙，凌迟……谁敢啊！你们才关进牢里那会子，我二哥哥也托人买交情想进来看一眼，后来被那些锦衣卫拖到护城河边打了个稀烂，到家躺了十来天就死了，大哥哥也被训斥，罚了一年的俸禄，这些你们不知道罢了，如今责怪我们，当真是不应该啊。”

听他这番话，毋望原先的气也消了，或许是她年纪小不懂事，好歹舅舅们也是有情有义的，二舅舅还为此送了性命，她哪里还能恨他们呢，于是脸上现出惭愧来，上前几步道，“我头里是怪舅舅们不通人情来着，如今知道了原委方知是错怪了你们，心里着实难过！难为外祖父外祖母还有舅舅们惦记着我，千山万水地还来寻我，只是我如今在这里惯了，怕回去反倒不适应。”

谢詰道，“上年你爹妈的坟也找着了，从乱葬岗里迁了出来，你就是不肯在外祖父家里长住，也该回去上上坟，祭奠祭奠他们吧，这是你为人子女的孝道。”

叔侄三人闻言欣喜不已，刘宏道，“才刚还说来着，不想竟真找到了！姐儿，你且跟了你舅舅回去吧，在父母坟上磕了头再回来不迟，你爹妈孤零零在地底下躺了那些年，亲生骨肉不得见，又没有供奉，何等的凄凉！如今你大了，到了尽孝道的时候，头里流落在外还没给他们守孝，现下既平稳了也该补上才是。”

毋望屈屈膝道，“是。”转而问谢詰，“舅舅，可是明日就走吗？”

谢詰点点头，张氏背过身去偷偷擦了泪，拉起毋望道，“那咱们快去收拾罢，没得明天误了时辰。”

谢詰道，“姐儿的衣裳头面早就备好了，你们娘俩只说些体己话吧。”

张氏不答，拉了毋望出去，领到自己房里，呜咽道，“在外祖母家不比自己家里，有一干舅妈姊妹兄弟，切记不可多说一句话，只顾好自己就是了，若过得不顺遂便回来，别委屈自己，咱们这几年虽穷，好歹不受气。”又从衣箱里翻出一包碎银给她，道“这是我攒下的十两银子，给你带着防身用。”

毋望知道她这银子攒来不易，推脱着不要，只道，“既是去舅舅家，吃穿用度哪里用的着花钱，你自己收着吧，给了我也用不上。”

张氏道，“怎么用不上呢，跟你的婆子丫头也要打赏，没得叫人说跟了个穷主子，半点油水捞不到，心里生了怨恨便不会好好伺候了。明儿叫六儿跟你去，那丫头我看着甚好，对你衷心，有个体己人我也放心。”

终究是亲手养大的孩子，虽说差点就把她配给别人做了妾，那时也是走投无路，并不是真心的，如今要远去，心里到底不舍，千叮咛万嘱咐，娘俩抱在一处哭了半晌方才罢休。

次日风和日丽，毋望拜别叔婶，随舅舅由水路南下，自此之后便是人生的另一段际遇了。

〇二八 雨泊湘妃渡

三只乌篷船走长江水道，扬帆顺流而下，到今已过了十七八日，将至剑门关时因雨势太大，只得在一处码头泊下。

毋望倚着窗下的矮几看书，雨点打在船篷顶上的声音震耳欲聋，一时也静不下心来，转头看六儿，她从未坐过船，自登船那日起就晕得厉害，直吐出胆汁来，如今也不用她服侍，只叫了两个小丫头伺候她，有时毋望也要替她端茶倒水，尽心照料之下，这两日略好了些，只是人还是恹恹的。

外头一个婆子打着蜡油纸伞从码头上跑来，也不进船舱，只隔着帘子道，“姑娘，三老爷说连日不曾歇过，想姑娘也累了，这雨恐怕要下两日，这两日且在这湘妃渡泊着，姑娘和六儿姑娘等雨小了些也可上岸走走，前面就有个小集，吃喝俱有的，三老爷先探酒肆去了，姑娘若想换陆地上住两晚也使得。”

毋望看那婆子淋得襦裙尽湿，便道，“周妈妈，你且进来再说吧，仔细受了凉。”

周婆子笑道，“谢姑娘的体恤，我们做下人的泥里水里惯了，不碍的，进来了没得弄湿了舱，姑娘先歇一会子，晌午的饭食已经叫店子里备了，稍后便送来的。”

毋望道，“知道了，你去吧。”

周婆子唱了个万福，又回岸上去了。六儿听她走了，支起身子噘嘴道，“那周婆子可是在说我？什么‘泥里水里惯了的’，她分明在说我娇贵嘛。”

毋望笑道，“你好好将养着吧，那么多心眼子做什么！”又透过窗往外看，雀儿蛋大小的雨点打在水面上，激起的水珠子有半尺余高，天阴沉沉的，风也大，船摇摇晃晃的，毋望心都提起来了，生怕再一阵风刮来，船便要翻了。

这时谢詰的亲随带人抬了一顶油帐的小轿来，上船躬身道，“姑娘上轿吧，咱们到客栈里歇着，下着雨，水面上湿气太大，怕姑娘伤了身子。”

仆妇船上的丫鬟婆子穿着蓑衣和斗笠来给毋望打伞，又另拿了一套雨具给六儿穿上，一群人簇拥着毋望上了小轿，一路往集上的客栈跑，毋望又惦念六儿，掀了窗帘子往外张望，那六儿竟健步如飞，还冲她笑道，“踩在泥地上就是受用。”

一行人到了客栈，谢詰早就在门口候着，见毋望下了轿忙招呼她进来，一面道，“还是岸上好些，风这样大，在船里极不稳妥。”又问那随侍道，“缆绳可拴好？船叫风吹走了可麻烦。”

那随侍道，“都看过了，拴得很紧，爷放心吧。”

谢詰低头看了外甥女道，“春儿，客房订好了，你上去歇息吧，饭菜我使了人送上来。”

毋望点了头，由丫头扶了上楼，才走了一半，只听谢詰惊道，“任千户，您怎会在此啊？”

毋望回头看，一个着丧服的中年男子向谢詰抱拳道，“我此番是入蜀，家母过世了，回家服三年的丁忧。”

后头的话也无心再听，径直由小二领着上了二层的上房，换了衣裳歪在榻上，心中叹道，果然还是陆地上舒服啊！过了会儿渐渐有些犯困，隐隐听丫鬟道，“姑娘睡了吗？”

六儿给她搭了条大巾子道，“想是累了，先叫她睡吧，饭过会子再吃不迟。”

毋望勾勾嘴角，便安安稳稳睡了过去。

迷迷糊糊走进一片林子，林中浓雾弥漫，四周空无一人，却似乎能听见马蹄声与刀剑知声，心下正疑，雾霭深处走来一人，穿着五福捧寿的大襟袍，背着手言笑晏晏的看着她，她眯眼细看，来人正是裴臻！她一喜，心里有千言万语要同他说，待要上前，不知从何处射来一支箭，不偏不倚正中他眉心，血便从那箭羽处汩汩地往外涌，她顿觉心痛难当，失声大叫起来，脑中只念着：他竟连一句话都未与我说！伸手想去拉他，人却像落下万丈深渊一般，恍惚了一阵子，再想去寻他，看见母亲站在湖边，面目狰狞地对她喝道，“孽障，你来做什么！快回去！”她吓了一跳，一个激灵醒了过来。

这时六儿在她旁边道，“总算醒了，姑娘可是魇着了？又是哭又是喊的。”

毋望慢慢坐起来，胸口还闷闷地痛，摸摸脸，湿津津的出了一层薄汗，便哑着嗓子道，“我做了个梦。”

六儿给她净了脸问道，“是什么梦？”

毋望起身倒了茶，坐在桌边顺了顺气道，“我梦见裴公子死了，还梦到我母亲。”

六儿愣了愣，笑道，“人都说梦是反的，姑娘定是太过挂念裴公子才会做这样的梦，他那样一个神通广大的人如何会死呢。”

他说过生死难测的，莫非此时有危难，抑或真的死了？毋望只顾胡思乱想，头也钝痛起来，六儿见她按揉太阳穴，便道，“可是头疼吗？睡得时候太长了，过会子都要吃晚饭了。”

这时周婆子隔着门问道，“六儿姑娘，咱们姑娘可曾醒了？”

六儿回道，“醒了，妈妈进来吧。”

周婆子推门进来笑道，“三老爷遇到了旧识，叫姑娘晚饭时候下去见客，说是以往姑老爷的同年，姑娘也认得的，他家太太听说姑娘也在，非要见一见。姑娘才醒，想是还懵着，先坐一会子，等时候差不多了我再叫她们来给姑娘收拾。”

毋望点头道，“辛苦妈妈了，我这里给你们添了许多麻烦，真真过意不去。”说着递了眼色给六儿，六儿忙拿了一吊钱来放在周婆子手里，毋望又道，“这是我的一点意思，妈妈不要嫌少才好。”

周婆子惶恐地要推辞，直道，“姑娘太客气了，这些都是我们的本分，我们都在背地里夸姑娘的好呢，不拿架子，人又和气，也不像旁的小姐那样一时一刻离不得人，平时没什么事只管叫我们歇着，我们都直给姑娘念阿弥陀佛呢，怎么好拿姑娘的钱！”

毋望笑道，“妈妈快拿着吧，我离了家那么久，好些东西都忘了，以后少不得要妈妈给我指点，若您老不肯收，那真是打我的脸了。”

周婆子听了这话只得收下，又道，“姑娘到了家自有老太太和舅舅们护着，什么都不用怕，姑娘又是个这么好性儿的人，一家子老小爱都爱不过来呢，哪里有人会计较什么。”

毋望道，“我也知道家里人是极好的，只是规矩还是要的，若是出了差错，岂不丢了我爹妈的脸吗。”

周婆子哀哀地叹了一口，心道，真是个可怜孩子，就是到了舅舅家自然也不比自己家随便，看她面上淡淡的，到底还是心思重，难为她小小的年纪了。

毋望道，“舅舅叫我见客，是在下头大堂里吗？”

周婆子道，“哪里会在大堂里呢，因有女眷，另隔了包间儿的，姑娘只管放心吧，横竖今儿雨大，来往的商旅也不多，店子里很是清净。”

六儿问道，“还有几日到舅老爷家？瞧着街上的光景竟比我们乡里还好些，真真是到了富庶之地了。”

周婆子道，“自剑门关到应天府，少说还有十五六日吧，我们来的时候走得急，天也好，没耽搁什么，如今接了姑娘，三老爷怕累着姑娘，每到有大镇子码头就停上一停，少不得时候长些。”

六儿苦着脸叹气，毋望笑了笑对周婆子道，“妈妈先去吧，过会子再叫小丫头子来。”

周婆子福了福退出去了，毋望转脸看六儿还是愁眉苦脸的样子，便无奈道，“等雨小些，你去找家药店配两味晕船的药吧。你过来，我有话同你说。”

六儿见她眉头蹙着，知道定有事，心下惶惑，便恭恭敬敬在一旁站定，道，“听姑娘的教训。”

毋望睨斜她一眼，强绷起脸道，“你跟在我身边也有几日了，我待你怎么样你也知道，虽说你定要以奴才自居，我心里只当你是姐妹，只是人前你要谨慎，莫要叫人抓了什么把柄。才刚你就不对，听了还有几日才到你就拉脸子，这是在外头，大家也不认真计较，若到了宅门里，你这样可是犯忌讳的！你有不痛快私底下同我说，别人面前当自律，这才是保得住自己的好法子。”

六儿忙点头到，“我才刚是犯浑了，往后我一定加小心，决不给姑娘添堵。”

毋望听了也放心了，站起来走到窗前往外看，这家客栈倒还雅致，廊外的院子里种了芭蕉树，雨点打在上头噼啪作响，看这阵势恐怕要下一夜呢，芭蕉夜雨，很是诗情画意！

又约摸过了半个时辰，眼看天渐渐暗下来，那周婆子领了丫头们进来，给毋望挽了头发，插了钗钿簪梳，额上戴了珠子箍儿，又换了沉香色水纬罗对襟衫，底下配金沿边挑线白裙子，众人一打量，各个惊叹不已，丫鬟翠屏道，“我们姑娘这等好相貌，倒把家里的一干姐妹都比下去了，原先就是极好的，如今一打扮更是了不得了！”

“可不是吗！”另一个管杂事的妈妈也道，“怪不得老太太和太爷一刻不忘，我们四姑奶奶本就是个美人，如今生的小姐更比过她去了。”

毋望只笑笑，任她们给她施了粉，又在裙腰上佩上禁步，一切准备停当，便施施然下楼去了。

〇二九 乡路见旧人

客栈大堂内食客果然不多，三三两两坐在一处，也只四五桌人。婆子引了毋望入包间，掀来门帘子，见一张圆桌旁坐了舅舅和晌午遇着的任千户，下手是一个模样四十来岁的妇人，和一位与毋望年纪相仿的少年。那妇人穿着素色的背子，头上别着白色的绢花，脸孔微有些黑，见了毋望忙站起来，谢詻指了旁边的任千户道，“春儿，这是你任伯父，当年曾在你父亲手下供职，两家交情甚好。”又引见了那妇人，道，“这是你任伯母，和我们是沾着亲的，只是远了些，好歹是一家子，你也别拘着，只当是自己家的家宴。”

毋望行了礼，那任夫人上前来拉住她手，上下打量了，感慨道，“春儿都长得这样大了！当初我们老爷调到外省去之前我还见过的，那时好像是六七岁光景，梳着两个总角，穿着花袄子，怪听话的，我还抱过呢！春儿，你可还记得我？”

毋望一头雾水，竟半点印象也没有，看她眼中殷殷期盼，着实也不好拂她，只得道，“似有些面善，只是那时年岁小，记得也不太真了。”

任夫人笑道，“不碍的，到底也十来年未见了，一时想不起来也是有的。”转脸看了身旁的少年道，“这是你大哥哥，你们两个小时在一处玩过。”

那少年长了两条浓黑的剑眉，满脸的英气，毋望对他福了福，他忙作揖还了礼道，“我叫任智，妹妹有礼了。”

任夫人亲热地拉她入座，又忙给她夹菜，一面道，“好孩子，可怜见的，这些年定是受苦了，如今回了舅舅家可算熬出来了。你叔叔婶婶可好吗？”

毋望道，“都好，谢伯母挂念。”

任夫人又道，“你可还记得智哥儿？你们小的时候过家家玩过猪八戒背媳妇儿的，那时你妈妈还说要联姻来着，后来你任伯父调职去了苏州，两家就不常来往了。”

毋望静静听着，那厢任智红了脸，毋望心道，提这起子事做什么，还想再联姻不成！如今可不比从前了，虽说新帝已大赦天下，但她总归有个砍了头的爹，好人家的亲事断然轮不到她，就是到了舅舅家里也是身份尴尬的，莫非这任夫人竟重情义得这样?

那任千户原本和舅舅聊得好好的，突然咳了一声，任夫人忙道，“只可惜智哥儿的祖母才过世，还有三年的丁忧，这事也没法子了。”

毋望差点笑出来，原就没想这茬儿，是她自己提的，到后来又打马虎眼，果然是极好笑的。

谢詰心中也不悦，便道，"嫂子快别提这个，莫说智哥有孝在身，我们春姐儿也要给她爹妈守孝的，现下说这事太过不妥了。”

任夫人脸上悻悻的，任千户狠狠瞪了她一眼，又重整精神同谢詰闲聊，毋望也没兴致同任夫人拉家常，若不是才到便离席太过无理，她倒想立即就走的，如今无法，只好喝茶消磨些时间，一面听谢詰和任千户说些时局。

“你可听说了？北平的燕王竟疯了！”那任千户道，“也不知着了什么魔，泥里水里的倒下就睡，一睡便是两天不醒，再者满大街的抢人饭食，见了什么都吃，据说是因高皇帝过去了，悲伤太过所致，果真如此，那燕王倒是个难得的孝子啊。”

谢詰笑道，“天家的事谁又说得准呢，或者是被吓的也未可知。”

任千户也点头道，“是啊，建文帝新登基，连年号都未曾改呢，便着手要削藩了，急进得这样，恐怕未必是好事。”

谢詰又道，“你可曾听说新帝满世界在寻人？我这一路走来看见各地都贴了皇榜，只写着招贤纳士，要找一位明月君，却连幅画像也没有，此人什么来历？”

任千户摇头道，“我也不甚清楚，只知是位谋士，懂得奇门遁甲之术，又极善谋断，只是谁也没见过这位明月君，也不知是高是矮，是胖是瘦，如何画像呢？”

“还有如此传奇的人物？我却从来不曾听说过，想是我太过孤陋寡闻了。”谢詣道，复又与任千户推杯换盏。

毋望实在坐着无聊，回头看了六儿，那六儿倒甚机灵，不声不响退了出去，周婆子迎上来问道，“姑娘可是要回房了？”

六儿道，“正烦这事呢，请妈妈想个法子好尽早抽身吧。”

周婆子道，“这不难，你且在外头候着，我进去接姑娘出来。”说罢掀了帘子进包间内，对谢詣福了福道，“老爷，给姑娘补身子的药已经煎好了，请姑娘挪挪身，先把药喝了才好。”

谢詣会意，忙道，“那便快去吧。”

毋望对桌上各人欠了欠身道，“春君少陪了，各位尽兴。”

正要退出去，不想那任夫人站起来道，“你们爷们儿说话，我在这里是怎么回事，不如和姐儿一道走吧，我们娘俩说说体己话。”

毋望暗叹口气，也不好上脸子，只好笑着应承，那任夫人便由丫鬟扶着出来，毋望前面走，不时回头瞧她，因裹着小脚，上楼甚是艰难，颤颤巍巍真叫人捏把汗，待进了毋望房里，也喘了好一会子。

毋望叫翠屏上了茶，另一个叫见儿的小丫头子才要上点心，那任夫人道，“我瞧你才刚没吃什么，不如这会子叫小二另开一桌给我们送进房里来吧，也不要什么，只来两三个小菜，再上一壶清酒，咱们也学那些爷们儿边吃边聊，可好？”

毋望见她兴致正浓，也不好驳她，自然没有不从命的。

那任夫人是个不拘小节的，大剌剌提起她的裙摆，裙下赫然一双未缠过的大脚，怪道，“你妈当初没有给你裹吗？怪道看你走得那样快呢！”

毋望尴尬道，“我小时候也裹过一阵子，只是后来流放出去就拆了。”心下想道，我若还裹着脚，大概命早就没了，生了双大脚不知帮了多少忙！

那厢任夫人只顾摇头，同情道，“将来婆家挑人也看这个，可惜了，我的儿，这样的花容月貌，只这脚……”

旁边站着的周婆子打圆场道，“看太太说的，没得吓坏了我们姑娘！脚大也没什么呀，高皇后也是大脚，看人家不是舒舒服服做了十五年皇后吗！人道：脚大江山稳，我们姑娘将来也定是有福的，前半辈子把苦都吃完了，后半辈子可不就享福了吗。”

任夫人爱怜的看她一眼，又替她拢了拢头发，应道，“妈妈说得是，我瞧着就喜欢，别人见了更了不得呢。”

毋望恬淡笑着，心道，缠了足无非供男人赏玩罢了，我向来不齿这个，不是小脚便没人骂我小蹄子，可听说过有骂大蹄子的没有？

店小二将菜搬进屋子里，一个个摆好，又拿了酒杯放在两人面前，婆子们将他打发了出去，小丫头上来斟了酒，那任夫人也爽快，一口就干了，呵呵笑道，“湘妃渡的酒就是好，早年出蜀的时候喝过一回，如今还是这个味道。”

毋望看她脸上满足的神情，不由也端起来尝了一口，辣辣的，微有些甜，并不十分好喝，便放下，再不喝了。

任夫人道，“我才从南边过来，据说朝廷派了人彻查以往官员犯罪的事，那些或抄家或查封的房舍田地都放着呢，若查实了是遭人诬陷或另有隐情的，家产全部发还给子孙，你到了应天叫你舅舅仔细打听了才好，谁不知道你爹是冤死的，对外头说是吃醉了酒误了事，其实还不是因为你爹是常遇春提拔的！若此事有了定论，你也好洗脱了罪名，将来许人家也可往高了选了。”

毋望道，“谢谢太太同我说这些，我定叫舅舅留意的。”

任夫人又道，“你可知你那两个姨娘的结局吗？”

毋望道，“我只知我父亲出事前便将她们休了，至于她们去往何处了并不知道，想是回娘家去了吧。”

任夫人道，“你爹许是早知道自己有这一劫，才将她们打发出去的！你那两个姨娘还在应天府，回娘家哪里有人肯让她们进门呢，嫁出去的闺女又给休回来了，说出去爹妈都没脸，连累一家人都抬不起头来，她们两个一个给杀猪的屠户做了妾，一个成了王爷巷的暗门子，真真造孽，两个都苦。”

毋望眼里露出哀愁来，这两个姨娘平日虽不常见，但都安分守己，都是好人，如今竟落得这样光景，只怕是人各有命，若日后房产田地真能回来，自己还可接济她们一些，如若不然，那也是没法子可想的，各人自扫门前雪罢了。

任夫人瞧她不声不响，心里不太受用，又想想她只十四五岁的年纪，自己也像浮萍似的没着没落的，哪里还管得了她们，便也不怪她心冷了，又问，“你爹妈的坟可都找着了？”

毋望道，“舅舅已经替我找着了，我此次回应天就是回去祭拜父母的，等回明了外祖母，还要到庙里守孝三年。”

任夫人赞许道，“是个孝敬孩子，难为你了。”

两人又用了些饭菜，复又闲拉了些家常，估摸着他们该吃完了，任夫人也起身告辞了，一步三摇地下楼去了。

〇三〇 春君进谢府

第二日天放晴，众人重又整装准备出发，因下了一夜暴雨又夹带着狂风，船上的桅杆断了两根，谢諠忙使了家人去买，又将帆舵检查一遍，一切收拾停当，复又往剑门关而去。

又行两日渐至桔柏渡，毋望常听剑门蜀道难，可惜此次是行舟，并不能在那金牛道上走上一遭，抱憾之余只得倚在窗口往外看，只见两旁断崖峭壁，峰峦似剑，两壁对峙如门，心道，果然好风貌！陆放翁的“细雨骑驴入剑门”，又是怎样一番别致风光呢！

出得崇山峻岭，水面渐宽，这剑门关原就在嘉陵江与白龙江水道交汇处，举目望去，江面浩阔无边，江上白帆点点水鸟翔集，几条船便并行开去，谢諠站在船头对毋望道，“春儿，咱们出蜀了。”

毋望细想这几年的种种，心头不由隐隐发酸，又见舅舅眼中笑意，便下意识地点头，喃喃道，“我心里真是高兴得很，只不知家在何处罢了。”

行行复行行，又是十余日，到应天时已是大暑节气，那日船驶至码头，听得岸上人声鼎沸，撩了帘子看去，那码头竟有十几丈高，岸上来往商贾行人好不热闹，直看得六儿目瞪口呆，道，“果真是天子脚下，托了姑娘的福，也叫我到这繁华富庶之地来一遭，真真开了眼界！”

毋望由丫头搀出舱门，抬头望去，码头通道上站了七八个上等仆妇，见了她齐齐福了下去。上得岸来，又被她们请进了四轮马车内，车厢两个角上放着冰桶子，坐在里头凉爽怡人，一行人浩浩荡荡往谢府而去。

一路上毋望不时掀了帘子看，阔别这些年，应天的一草一木似乎都未变，独缺了自己的亲生爹娘，想到这里不禁潸然泪下，心里暗暗下定了主意，到外祖母家更要谨言慎行，保得住自己最要紧，待祭拜了父母大人便到城外的青衣庵吃斋念佛去，绝不劳烦旁人半点，人多的地方是非也多，她这样的孤女必然是不受待见的，人贵有自知之明，还是寻个清净去处日日为爹妈打醮祷告的好。

马车缓缓行至谢家的雕花门楼前，门楣上有两面砖雕，刻着紫气东来，竹苞松茂，大门左右各放一对石鼓，煞是威严。再往内便是谢府的正门，两扇朱红大门洞开，门前立了五六个妈妈，见马车停下了纷纷上来开门打伞，其中一个管事打扮的笑道，“姑娘可算来了，老太太盼得日夜睡不着觉，这会子可好了，一家子团圆了。”引了毋望往曲径通幽的廊子下走，穿过几个垂花落地门，一路往园子西南角去。

正走着，突然听见一阵喧哗，然后一大群人从假山那头的甬道奔来，边走边道，“我找你们老爷说理去！我家姑奶奶在你家辛辛苦苦三四年，平日里连大气儿也不敢喘一口，一味的谨慎懦弱，如今死了，你们就该认真发送她，哪里有这样草草了事的，大六月盖在被子里是什么道理！竟还要拿薄皮棺材来收敛她！她好歹给你们家留下个哥儿，不看她的面子也要看仁哥儿的面子，你们这样不将人当回事，实在欺人太甚！”

这阵势来得凶，一时间院里乱哄哄，又是家丁又是小厮搅作一团，毋望心里慌，忙往边上让了让，后面来的谢詰问道，“这是怎么回事？”

一个小厮道，“他是大爷房里贞姨娘的哥哥，贞姨娘今儿寅时病死了，还没来得及发送呢，她娘家哥哥就吵来了。”

谢詰道，“怎么闹到这里来了？还不拦住，没得惊着了太爷和老太太！”

又是一拨人一拥而上，那人带了几个人挣了一阵，看见毋望竟直跳起来，叫骂道，“怪道死了人都不管，原来又领了人进来了！你们大爷忒没良心了，里头的才咽气，新人就进门了，这还了得，竟是没有王法了！我要去告官，你们谋害人命，叫你们大爷抵命！”

谢詰闻言顿时火冒三丈，喝道，“你这瞎了眼的杀才，什么新人旧人，这是我们家姑娘，你再胡沁看我叫人打烂你的嘴！”将毋望护在身后，又左右看了道，“慎言哪里去了？出了这档子事怎么不出来管管！”

小厮缩着脖子道，“大爷一晚上没回来，也不知上哪儿高乐去了。”

“这个猪油蒙了心的，房里的人都死了还有心思在外头鬼混！”谢詰恨道，“你们大老爷还没下朝吗？”

小厮摇了摇头，那贞姨娘的哥哥叫骂得更不堪了，谢詰吼道，“还不赶出去！你们都是死人不成，这么多人拦不住他们三个！”

众人七手八脚将那几人抬了出去，这时内院跑来个丫头，对谢詰福了福道，“三老爷，老太太问出了什么事，姑娘怎么还不进园子？”

谢詰道，“快走吧，老太太等急了。”

又兜兜转转拐了几道弯，终于进了老太太的园子，门口的人喊道，“来了来了，刘大姑娘来了。”

丫头忙打了门帘让毋望进去，里头满满一屋子的人，谢老太太端坐在中间的罗汉床上，毋望见祖母比先前老了许多，脸上生出褶子来，头发也白了，霎时悲从中来，眼泪簌簌打在脚下的大理石地砖上。那谢老太太早已泣不成声，伸手道，“我的儿，快来！”

毋望扑到她膝头，哽咽道，“外祖母，春君回来了。”

谢老太太哭得浑身打战，哆嗦着将她抱在怀里，失声哭道，“我的春儿可回来了，我这会子就是死了也瞑目了。”

满屋子顿时抽泣成一片，谢老太太哭得几乎哽住，旁边的丫头忙给她顺气，一面劝道，“姑娘回来了是大喜的事儿，老太太快别伤心了。”

谢老太太边哭边道，“我苦命的儿，小小年纪吃尽了苦头，看见你我就想起我那四丫头，怎么叫我不伤心啊！如今可好了，我的小春儿回到了外祖母身边，往后有人疼了，什么都用不着怕了。”

又哭了好一阵子，大家渐渐止住了，谢老太太给毋望擦了泪，又上下仔细端详，嘴角抽搐着又要哭，毋望给她磕了头，道，“老太太快别哭了，仔细伤着眼睛，春儿回来倒惹出老太太这么多眼泪来，那是春儿的不孝，老太太就算是为了我，好歹别哭了。”

屋子里众人又一通好劝，谢老太太总算忍了泪，呜咽道，“真是像你母亲，只是不要像她那样的烈性才好。这一路上可好吗？可还顺遂？”

毋望点头道，“都好，只是心里记挂外祖母。”

“瞧这嘴儿就是会说话！“谢老太太笑着，拉了她坐在身旁，又伸手抱进怀里，摸摸脸，摸摸头发，道，“我在家里盼得脖子都长了，怎的用了这些时日？”

旁边一个戴着银丝云髻的妇人道，“是老太太太过思念姐儿了，应天府到朵邑三四千里的水路，两个半月打个来回已是极快的了。”

谢老太太想了想点头道，“是啊，是我糊涂了，我如今腿脚不便了，瘫在床上，连岁月也不知了。”

毋望听外祖母脚也不中用了，心里又是无限悲凉。最后一回来给她请安，那时她只五十岁不到，精神头很好，还亲手给她绣了一双并蒂莲的鞋垫儿，这一别六七年，竟一下老了这许多，想着又要哭，谢老太太笑道，“看看，我才好的，你又招我不成？来见过你舅母们吧。”指了适才说话的妇人道，“这是你大舅母，你是认识的。”

毋望起来行礼，谢观的嫡妻白氏伸手托住了，点头道，“快别跪，我的儿，回来便好了，你大舅舅若知道你到了定要高兴坏了，我已经使了人去通报，看天色也该下朝了。”

谢老太太又指了旁边圆脸的妇人道，“还有你二舅母！可怜你二舅舅去得早，她一人拉拔你二哥哥，今年算是功德圆满了，你二哥哥春闱中了十一名，年下便要外放做官了。”

毋望知道二舅舅的死是为了他们，如今见了二舅母，心里更难过得没法，直直便给吴氏跪下了，吴氏要扶，她只道，“容我给舅母磕头。”

老太太也道，“让她磕吧，你当得起。”

吴氏忍泪受了毋望跪拜，娘两个又是抱头痛哭，吴氏道，“好孩子，日后你就当我是你娘吧，我只行哥儿一个儿，年下他若外放了我身边连个人儿都没有，若老太太答应就让姐儿同我住吧，我们两个也好做伴。”

谢老太太自然是极乐意的，姐儿如今可不就缺个娘么，到了吴氏下处，若自己一时不查有个疏漏，两个苦命的相互照应着，也是好的。看了毋望问道，“春儿，你可愿意？”

毋望道，“全凭老太太做主。”

吴氏欣喜不已，直拉着她的手不放，抚摩了一会子才道，“去见过你三舅母吧。”

谢誩的续弦吕氏是急性子，毋望才要屈腿便被她拦住了，笑道，“我进门晚，没见过姐儿，怪道老太太心肝肉似的念着，如今见着真佛了，瞧瞧这人品样貌，竟都比过家里的姑娘去了，老太太真是好福气。”

一屋子的人都笑，谢老太太又招她过去，柔声道，“你外祖父不知道你今儿到，一大早跟着对门候府的老爷子上茶馆子斗蛐蛐儿去了，等他过会子回来再给他请安吧。还有你舅舅们的那几个妾都不曾来，你得了空儿也去见一见。”

毋望道，“怎么不见老姨太太？”

谢老太太叹口气道，“两年前就没了，原先只有些咳嗽，也没当回事，后来咳着咳着带了血，床上躺了两个月就伸腿去了。”

老太太身边的大丫头端了金银花泡的凉茶来，笑道，“老太太只顾说话，看茶都不叫姑娘喝一口。”

众人这才想起来，都吃吃地笑。毋望先前有顾忌，如今看着家里人各个脸上坦荡，便把心放回肚子里了。到底小时候妈妈总带她回来，家里孩子原不多，几个姨母生的又都是男孩儿，便把她当凤凰似的捧着，就是别了这几年，她家也没落了，情分总还是在的。思及此，心里没了疙瘩，一时小女孩儿的情态便露了出来，腻在谢老太太身边，半步也不肯离开。

谢老太太给她安排了几个得力的大丫头伺候着，吃穿一一过问，安排妥帖了才放心，过了会子想起谢慎言院里的事来，问白氏道，“那事怎么办？才刚闹得这样厉害，快打发人办了，盖在被窝里算怎么个事儿，要晤蛆不成！”

白氏道，“言哥儿媳妇在料理呢，只是言哥儿还没回来，不好入殓。”

谢老太太叱道，“胡说！他不回来便这么摆着？真要等她老子娘打上门来吗？这言哥儿也太不成体统，整日在外头乐，你们一味地溺爱却也不管管，等他回来了叫他到我这儿来，倒要叫他到祖宗跟前跪上一跪！贞姨娘还是要认真发送了才好，虽说是个妾，好歹也生了仁哥儿，办得体面些是你们娘们儿的意思。”

大丫头如兰道，“三老爷还在外间呢。”

谢老太太道，“叫他进来。”

谢詰外头进来给老太太见了礼，谢老太太吩咐道，“大老爷还没回来，你先叫慎笃帮着料理吧，也别为难她娘家哥哥，找个风水好些的地方葬了，再给她老子娘送点钱，这事早了早好。”

谢詰领了命出去，自去请风水师和水陆道场。谢老太太低头看毋望，问道，“才刚可曾吓着了？我人虽未到，也知道底下的人没有尽心的护着，你带来的小丫头子也不中用，这么点子事就吓得懵了，这如何了得，要好好调理才是。”

毋望道，“她原是个没见过世面的，我也同她好，心里并不拿她当丫头。”

谢老太太抚抚她的脸道，“我知道我们姐儿心眼子好，可主子就要有主子的样子，否则那些奴才可要骑到主子头上来的。你才来，路上也累了，等吃过饭歇个午觉，你那些姐姐妹妹们也学里回来了，你们姐妹好生在一处乐乐。”

吕氏道，“姑奶奶们那儿可要差了人报信儿？”

谢老太太道，“等过了后儿吧，这会子来事儿多，言哥儿屋里的事办完了再说。”又问毋望道，“这几年的所学可是荒废了？”

毋望道，“叔叔头几年教我来着，如今也还记得些。”

谢老太太点头道，“可见你叔叔也是极疼你的，这次他们怎么不曾回来？”

毋望答道，“只因我那小堂弟今年从军去了，书信又不通，怕他哪天回来找不见人。”

谢老太太哦了一声道，“我记得你那婶子的大姐儿没了后又生了个小子，如今竟大得可以参军了吗？”

毋望接过丫头手里的扇子轻轻给外祖母打着，一面道，“是给燕王手下的人看上了，先带回去习学习学，并不是要上阵打仗的。”

“他们在那处做什么营生呢？”谢老太太道，“听说早已脱了奴籍，眼下靠什么活？”

毋望道，“我来前和婶子张罗了一家糕饼铺子，叔叔在给人做账房，虽不富裕，却也吃得饱。”说着又挂念刘宏和张氏，她走后点心只婶子一人做，也没人给她打下手，不知怎么才好，幸亏舅舅走时给他们留了二百两银子，既有了钱又有了铺面，想来生活也该无忧了。

谢老太太搂了搂她，叹道，“阿弥陀佛，瞧我这心肝儿能干的，竟还会和婶子开铺子，果然比她母亲当年还强些，不像她母亲死心眼子，抛下了我和这可怜的儿，撒手就去了。”

毋望忙道，“老太太别伤心，妈妈和爹在那里定然也过得好，他们两个既在一处，彼此也有伴，如今我回来了，日日供奉香火，舅舅又找回了他们的骸骨，他们也居有所，食有餐了。”

谢老太太唏嘘不已，“可不是吗，你不知那乱葬岗里是什么光景，坟头林立却连个碑都没有，你舅舅托人找了当年给他们收尸的人，在里头转了三天才找着的。”

毋望听了又暗暗垂泪，吴氏见了打岔道，“快别说这些了，昨儿我娘家侄儿来，给我捎带了两筐新摘的枇杷，因急着言哥儿房里的人，还没来得及给各院送去，过会子我叫丫头们分一分，每家都尝一尝，今年雨水少，竟比往年还甜些。”

谢老太太道，“那敢情好，我正念着呢。今儿晚上你们各处别生火了，都到我这里来吃，咱们一家人好好聚一聚。大太太，可曾派人去找言哥儿了？叫他早早回来把事儿了了，为这事儿我心里憋得慌。”

白氏诺诺称是，又道，“派了人出去了，想也快回来了，老太太看别急坏了身子，一个妾罢了，值什么，不过在别院做三天法事，完了送出去也就是了。”

毋望静静听着，心里也替那贞姨娘难过，这世道本就是如此，妾都不作人看，活着时没体面，若死了，念三天经，进不了宗祠也葬不进祖坟，随便找个地方埋了，这一辈子就算过完了。

谢老太太道，“我只惦念仁哥儿，那孩子才死了亲娘，万万别亏待了他。”

白氏道，“老太太放心吧，贞姨娘病了那些日子，仁哥儿早抱去给他嫡母养着了，孩子才满周岁，也不懂什么，往后我时时督促，叫那些奶妈子丫头们尽心照顾也就是了。”

谢老太太听了沉默了一会子，半晌才道，“他好歹是你嫡亲的孙子，你别只管扔给言哥儿媳妇就算完，隔着肚皮的总归不一样，何况她自己还有个小子，难保不分出个上下高低来，千万别苦着了孩子，实在不成你就抱过去自己教养，如今儒哥儿也大了，不用你操心了，你只操心那苦命的孩子罢了。”

白氏道是，有些尴尬，总归一个长辈在小辈面前受训斥，面上挂不住，转眼瞧毋望，毋望只对她淡淡一笑，她便也释怀了些。

吴氏并不管他们那些，亲热地拉了毋望的手道，“姐儿，你爱吃什么爱玩什么只管同我说，我这就差人收拾屋子去，我那园子里有两间屋子邻水而建，推开后窗子就能看见燕脂湖，东西窗若通开，湖上风都吹进来，极凉爽的。”

毋望道，“谢舅母替我打算，我这一来给舅母添麻烦了。”

吴氏喜道，“我如今整日闲着，也没什么要紧的事，叫我白捡个闺女，我高兴还来不及，哪里就麻烦了。”说着又给老太太福了福道，“老太太，容我先告退，待我将一切打理好了再来接姐儿。”

谢老太太点点头，她欢欢喜喜地去了，另两个舅母又说了会儿话也退了出去。谢老太太道，“你这二舅母着实可怜，这些年都未见她这样高兴过，你去了她那里定要孝敬她才是。”

毋望道，“我省得，只是我原打算给爹妈守三年孝的，过阵子想搬青衣庵里去。”

谢老太太吃了一惊，思量一番后道，“我知道你是个孝顺孩子，给爹妈守孝本也是应当的，可你如今大了，你爹妈也过去六七年了，你若有心只守一年便罢了，也不用戴孝，平日穿素服，并不用搬进尼姑庵里去，将你爹妈的牌位接回来供奉，早晚一炷香就成全了你的孝心了，这大好的年纪常伴青灯古佛，我心里断然不受用的，我还能活几年呢，你才回来又要去，我又不得常见你，这可叫我怎么好呢！”

毋望见外祖母悲伤得那样也不好拂逆她，只得先应下再作计较。老太太看着她实在怜爱，又在怀里抱了一阵，道，“你既回来了，先在家歇两日再去祭拜你父母，因你母亲是嫁出去的，没法子进谢家的祠堂供奉，上年你大哥哥到刘家去了，谁知刘家的人说，刘家祠堂不放砍了头的后人，直把你大哥哥给哄了出来，你哥哥又气又恨，回来哭了一场，没法子，只得将牌位送到松竹寺里，现下你回来了，也好将他们请进门，你二舅母定不会说什么，就放到她那个园子里的神龛下，你在家行孝也就罢了，年轻轻的在庵堂里待着，时间久了岂不要看破红尘么，那还了得！”

毋望笑道，“是我想得不周全，既到了外祖母这里，一切当听老太太的安排。”

谢老太太道，“你今年可是十五了？”

毋望道，“还有三个月便满十五了。”

谢老太太啧啧道，“瞧瞧，若守上三年孝，耽误了婚配可怎么办，你母亲在下面还不怨死我吗！”

毋望笑了笑，低下头去也不说话，谢老太太看她神情落寞，立时又心痛如刀绞，轻声安慰道，“好孩子，你将来找婆家还有我呢，虽说原配奶奶勉强些，就是个填房也使得，倘或有不问出身的便更好，若一时没有中意的，那我同你二舅母商量，把你配给你二哥哥。”

毋望吓了一跳，心道这老太太一急就要乱点鸳鸯谱！便在她怀里扭扭身子，娇嗔道，“您好歹别和二舅母说，否则我在她园子里也住不下去了。二哥哥是要做官的，叫人知道他老丈人是给高皇帝砍了头的，他如何在官场上立足呢。”

谢老太太看她眸子晶亮，又人情练达，心里说不出的滋味，只得抚着她的脸道，“难为你想得周全，我可不是糊涂了吗，这么着就是难为你二舅母了。”

祖孙两个又窃窃说了些私房话，突听到外头丫鬟道，“大爷回来了！”

〇三一 欢聚旧时友

毋望站起身，看老太太脸一下拉得那样长，心道这谢慎言这回是真气着老太太了，看他怎么交代吧。

谢老太太咳了声，沉着嗓子道，“叫他进来。”

丫鬟打了门帘，谢慎言弓着身子进来，斜瞟了毋望一眼，想搭讪又不敢，脸上似笑非笑的，叫人看了甚是别扭。谢老太太哼了一声，冷冷道，“你昨儿一宿上哪儿去了？屋里人看着不好了，你竟还有心思往外头跑，可见你是个心狠意狠的人！这会子可怎么办呢，她娘家哥哥要上衙门告你呢！”

谢慎言道，“是孙儿不好，惊着了老太太，那王强无非是为钱，要告便去告，他妹子又不是我弄死的，病在床上快两年了，哪回不是要死要活的，我当这回又是白吓人，便因外头有事出去了，不想她竟真死了，我要是早知道断然是在家守着的。”

谢老太太听了这话更气，斥道，“外头有事？我瞧你又是和哪个不长进的灌黄汤去了，你那媳妇管你不住，只好由着你胡闹，你如今也二十四了，怎么还小孩儿心性，人家告你自是告不准的，只是你名声脸面还要不要？你是个二皮脸，连累你老子同你一道惹人笑话，亏你还敢喘大气，就该打嘴才是。”

谢慎言歪头搭脑的嘀咕道，“他要告只管告，难不成真给他钱吗？我是一个子儿没有的，叫他告去，告不成，我反倒要告他污赖讹诈，叫他吃些苦头。”

“人家妹子才嫁你三年就死了，你不好好同人家交代，反倒要叫人家吃苦头？当初不是你瞧上人家，千求万求才抬进门来的吗，如今什么结局呢？你也是大家公子，我都替你臊得慌。”老太太抄起矮几上的茶盏劈头就砸过去，道，“我定要叫你老子打你这孽障，拿人命当什么？她虽是妾，好歹服侍你一场，你怎么样呢？半点哀色皆无，你是铁石的心肠么？”

谢老太太发这样大的火，霎时惊动了院里所有的人，大太太原就猫在门外的，听着动静吓得肝胆欲裂，跑进来在儿子身上打了几下，道，“你这下流东西，惹老太太生这样大的气，气坏了我看你怎么同家里人交代，还不快跪下！”

谢慎言也吓傻了，被他妈一推，扑通一声便跪下了，磕头求饶道，“老太太我错了，我回头一定认真发送她，她哥哥混账我也不追究了，我原是恨他不问缘由就闹到沁芳园去，险些惊了老太太的驾，既然老太太发了话，孙儿没有不从命的，只求老太太别气坏了身子，就是打我骂我都成，好歹为春妹妹保重吧。”

毋望心想，这慎言的机灵劲儿倒一点没变，自己扛不住了就把她拉出来护驾，从前看着人模人样挺好的，现下大了怎么愈发不成器了，单看他对屋里人的绝情，心里就鄙视他三分。

谢老太太被毋望和丫头们劝着，顺了顺气才道，“你还有脸提你妹妹？你妹妹才一进门就被你那假舅老爷吓着了，她一路千山万水的来，你不说去上码头迎她也就罢了，还弄出这些脏的臭的来，枉你是个做哥哥的。”

谢慎言一听立即勒转马头向毋望赔罪道，“可是惊着妹妹了？哥哥给你赔不是了，我前几日还见天地上码头看来着，算算日子又觉得要再过两日，便应个朋友相邀出去吃了酒，不想晚上我那妾就去了，才闹出今儿这事来，哥哥真是该死，竟叫你受了惊吓。”

毋望道，“不碍的，也没惊着什么。”又对谢老太太道，“眼下先叫大哥哥把贞姨娘的事办了才好，要罚他也不急等着这会子，外祖母还是让他去吧，人总放在房里怎么成呢。”

谢慎言见她温言软语，不由对她多看了两眼，只见她冰肌玉骨，贵气天成，哪里像个发配外省的，倒像宫里陪公主郡主读书的女官，当下心里感激，便对她眨了几下眼睛。

毋望又气又好笑，只当没看见，仍旧俯身给老太太捋胸口，谢老太太见慎言跟个猴儿似的，想想到底是自己的孙子，在家里又是个大爷，也不好太苛责了，便道，“你挤眉弄眼的做什么？且看在你妹妹的面子上，眼下不发落你，你起来吧，把事办了再来回我，若叫我再听见半点响动，仔细我叫你老子揭你的皮！”

谢慎言道，“是。”又对毋望深深作了一揖，撩起袍子急急去了。

谢老太太一味地摇头，对大太太叹道，“你这儿子啊，读书不上进，专弄些歪的斜的，你们年前说要给他捐官的事怎么没信儿了？我看还是紧着心办才是，谋了官职也好叫他收收心，那点小聪明用在正途上或者还有一番作为。”

白氏道，“老爷可不就是为了这事才到这个时辰还不回来的吗，这言哥儿是该受些规矩了，老太太教训得极是。”转脸看毋望，她低眉顺眼在一旁站着，不喜不悲俨然老僧入定，便对谢老太太道，“我瞧我们姐儿是个有见识的，将来不知哪个有福气的得了去呢。”

谢老太太也点头，这时吴氏的丫头打了门帘进来，福了福道，“老太太，我们二太太请姑娘过去呢，一应都备齐了，请姑娘去看看可还满意，若有不好的地方好马上换了。”

谢老太太给毋望整整衣领道，“那你去吧，晌午我再打发人来叫你。”

毋望道，“我中饭就在二太太那里吃吧，等晚上再一道过来，老太太也该乏了，歇会子吧。”

谢老太太不舍地松手，又叮嘱丫头道，“领了姑娘从太华亭绕过去，别过大爷那个园子，才死了人不干净，宁肯走远一些，可别冲撞了什么。”

小丫头道，“是。”

毋望行了礼退出来，六儿早在一旁候了多时，看见她忙挨过来，小声道，“我可算知道了，这宅门里规矩果然重，往后真要极小心才是，没得叫人拿捏住了，把我送到别处去。”

毋望戳戳她的脑门道，“我可不同你说过吗，才刚定是被人训斥了罢，不见棺材不掉泪的主！”

谢老太太给她派的婆子丫鬟从廊下过来，周婆子和翠屏也在内，又另派了一个叫玉华的并两个粗使丫头，一行人往吴氏的银钩别苑去了。

谢家原是诗书旧族，北元末盛极一时，经战乱而不朽，洪武期间虽受了打压，好在根基深厚，并未一蹶不振，如今也算平稳度日，祖上修的园子未扩大，只重新修葺了一番，亭台楼阁精致巧妙，韵味独成。毋望跟着她们在假山林荫中穿行，隐约还残存些儿时的记忆，只记得太华亭往左是聚丰园，如今归了慎言，再往下走便是二舅舅的银钩别苑。从太华亭的脚下绕过去时聚丰园里的木鱼敲得笃笃作响，毋望道，“已经开始作法事了。”

翠屏道，“才刚入了殓，贞姨娘的哥哥也真有趣，一会儿要发送，一会儿要叫大爷亲自把死人抱进棺材里，实在闹得不像话了，三老爷发了怒，要将他们一干人等并尸首都送到义庄里去，那人才罢休的。”

另一个小丫头道，“听说大爷许了他一百两银子，这才不闹的，到底钱能通神啊。”

周婆子道，“可不，那贞姨娘的娘家哥哥是个烂赌鬼，欠了一身的债，这回妹子一死又得了一笔，高兴得什么似的，领了银子就走了，也不管妹子后事怎么料理了，你道好笑不好笑！”

“你们快别说了，怪吓人的。”玉华道，“老太太叫绕过去不就是怕不干净吗，你们倒愈发说得畅快，仔细吓着姑娘老太太怪罪。”

几人一听忙住了嘴，护着毋望继续往前走，又走了五十来步，对面走来两个少年，一个穿银色盘绣寿字纹常服，一个穿蓝色缎面便服，皆是高高的个儿，毋望认真看了看，猜那年长一些的定是二舅舅家的慎行，年幼些的是三舅舅家的慎笃。

那两人快步走到她跟前站定，笑着互看了一眼，齐齐躬身满满对毋望作了一揖，说道，“见过妹妹！妹妹这一向可好？”

毋望心里欢喜，忙敛衽还了礼道，“见过二哥哥，见过三哥哥！”

慎行白静斯文的脸上露出赞叹来，笑道，“春儿妹妹果然好记性，过了这些年还认得我。”

慎笃道，“既这么，也不枉我那年被你推下湖了。”

毋望红了红脸道，“你怎的如此小心眼子！谁叫你那时总拉我头发，我疼了自然要推你。”

慎行道，“你这是往哪里去？”

毋望道，“我去你母亲那里，往后就住在银钩别苑了。”

慎行点头道，“甚好，就劳妹妹多照应我母亲吧，我如今不同她住在一起，平日也不常见，正担心她一人孤单，可巧妹妹就来了。”

慎笃打趣道，“可不是吗，二哥哥要风得风要雨得雨，要人和二婶子做伴就来了春妹妹。”

慎行推他道，“你可是几天没挨揍便皮痒吗？”

“怎的？你个朝廷命官要欺压良民不成？”慎笃跳道，“以往你打我我也认了，如今可不成了，你叫妹妹说，他今儿才放了正六品的通判，不说帮衬弟弟，竟还要打我，这是什么道理？”说着兄弟两个扭成一团。

毋望道，“快别闹了，怪热的。可是定下了吗？”

慎行又点点头，少年得志，自然神采飞扬，推了狗皮膏药似的慎笃，正色道，“我正要给太爷和老太太报喜去呢。”

毋望身后的丫鬟婆子纷纷行礼道贺，慎行笑眯眯地应了，慎笃道，“你去吧，我既遇着春妹妹就不去了，你有喜要报，我只跟着我爹经商，除了挣钱也没什么喜可报的，还是跟妹妹到二婶子那里讨杯水喝吧。”

毋望道，“你不是帮舅舅料理聚丰园里的事去了吗？”

慎笃擦擦汗道，“大哥哥回来了，后头的自然他自己办，我看着贞嫂子真真造孽，瘦得一把骨头，一刻也不要在那里多待，便混出来了。”

慎行皱了皱眉，心里埋怨这慎笃口没遮拦，沉声道，“你们先去，我到沁芳园去了便回来找你们，有话到园子里说去。”

慎笃听了，拉了毋望就跑，边跑边道，“快走吧，贞嫂子才死，没得沾了晦气。”

吴婆子喊道，“三爷快放了姑娘，叫人看见成什么体统！”

慎笃也不听，一味地跑，毋望边跑边想，亏得脚大，否则定要被拖掉一层皮！

众人跑得气喘吁吁，眼见到了银钩别苑才停下。毋望因这一跑脸色红润，又密密的出了层汗，太阳下一照，皮肤竟如婴孩一般，慎笃十八岁的人，个头见长，心眼没多几个，痴痴看了会子道，“北地的气候养人吗？你比小时候好看些了。”

边上的人听了都笑，毋望嗔道，“你小时候多早晚认真看过我了，不是说蝈蝈比人好看吗。”

慎笃嘀咕道，“我何时说蝈蝈比你好看了！”

毋望不理他，径直往园子里去了。吴氏见了迎出来，叫丫鬟拿了帕子来，亲自给她擦汗，怨道，“我就说慎笃不知道心疼女孩儿，瞧这大太阳，怎么不给你妹妹打把伞，她从小就晒不得，伤着了可怎么好？”

慎笃道，“我是半道了遇着她的，我一个爷们儿出来还打着伞，叫人看见岂不给笑话死！”

毋望突然想起一个人，白衣翩翩廊下来，手里可不打把水绿色的油纸伞吗，并不觉得矫情，反倒如诗如画一般。只是不知人在何方，如今可好……

吴氏见她发愣便道，“怎么了？可是不舒服？”

毋望笑道，“没有，只有些热罢了。”

“快些来瞧瞧，看可还满意。”吴氏拉了她的手，引她进了园子西排的屋子。那两间屋子比旁的高出一些，掩映在古树青草间，甚是赏心悦目。屋子的门上未装绸子的门帘，只用密实的珠子串了挂着，掀了珠帘进去，外间窗下设了书桌，文房四宝俱全，案上摆着镏金狮子香炉，炉里熏了苏合的香塔，布置摆设极雅致，吴氏看毋望面露喜色，心里也高兴，道，“可还称心吗？里头的帐纱被褥都是上年新做的，也叫丫头拿香熏过了，只颜色不知你可喜欢，我选了秋香色的，怕你嫌素净。”

毋望笑道，“舅母最知我心，只要是你选的，我没有不喜欢的。”

娘两个说着，慎笃还想往那雕花拱门里去，被吴氏拦住了，怪道，“那是女孩儿的内房，你一个爷们儿进去做什么！”

慎笃腆脸笑道，“好婶子，你就让我看看吧，我和春儿一同长大，亲的一样，自家兄妹还计较这些个！”

“你和芳龄芳瑕才是亲的，和春君可是隔着一层，你这样没头没脑地乱闯，仔细你妹妹恼了。”吴氏道，又吩咐上了冰镇的杨梅，把慎笃按在桌边，“吃吧，看还堵不住你的嘴！”

那杨梅各个乌黑硕大，慎笃捡了个扔在嘴里，道，“我来给婶子道喜的，家伙什都堵上了可怎么说呢。”

吴氏顿时眼睛一亮，喜道，“可是你二哥哥的官职放定了吗？”

毋望瞧慎笃故意卖关子，便拉吴氏坐下，慢慢道，“正是呢！我才刚走到太华亭前头遇着了二哥哥，听说是放了正六品的通判，这会子给老太太报喜去了，就回来的。”

吴氏听了直说菩萨保佑，高兴得手足无措，又哭又笑地折腾了一阵，想起来要给慎行他爹上炷香，好通报这个喜讯，便叫他们坐着，自己到小佛堂里去了。

毋望回身见那些婆子丫头还等吩咐，自己竟忘了安排她们，便愧疚道，“我这里没什么事了，留下一个就成，往后这么的，若没要紧的事不必个个在跟前，我喜静，平常也不用太多人伺候，你们自己瞧着怎么安排时辰当值，不当差的人便歇着吧，大家随意些才好。”

众人一听，脸上露出犹豫来，玉华道，“咱们知道姑娘心眼好，不拿咱们当奴才，只是这样恐不合规矩，叫老太太知道了要怪罪的。”

毋望笑道，“有我呢，你们也知道我是从北地回来的，那么多年没人伺候也这么过来的，如今老太太疼我，把你们派给了我，我心里明白你们定是老太太看得上的，所以对你们也甚放心，既到了一处便好好的吧，大家清静过日子，我也不求你们什么，只盼着你们心里有我，向着我，那便是最好的了。”

众人渐渐也踏实下来，相互看看，周婆子道，“姑娘疼我们，我们也是识时务的，自当尽心竭力地为姑娘，人前绝不叫姑娘没脸，姑娘只管放宽心吧。”

毋望淡淡笑着，不再说话，转身倚窗坐下，燕脂湖上的风吹来，极凉爽惬意，不由深深吸了口气，心道终于回了应天了，等一切安顿好了该去看看原先的老宅子，不知现今成了什么样，这几年下来，定然是糟蹋得不成样子了。

屋里的人静静退了出去，只留玉华一个在跟前伺候，看她坐在风口，不免担心道，“姑娘别贪凉，万一冻着了可不是顽的。”

毋望道，“我有分寸，哪里就那么娇贵了。”又转眼看慎笃，他傻愣愣只顾盯着她瞧，毋望道，“莫非我又变得更好看了？三哥哥这是在瞧什么？”

慎笃着实是被她适才对丫鬟的一番教导惊着了，对她大大的刮目相看起来。若换了旁的女孩儿，被朝廷发配出去为奴是一辈子的污点，当然要千方百计的遮掩，她却不一样，大大方方的接受，丝毫不加隐瞒，这该是个何等胸襟的女孩儿啊，竟能比过男儿去！想也不想，脱口道，“你怎么还同她们说这些个。回来了就是主子，她们伺候你是应当的，你顾忌什么！”

毋望道，“我没有顾忌什么呀，说的有什么不妥吗？”

慎笃低头道，“你该把那些忘了才是，一辈子都别想起来。”

毋望心道，那是自欺欺人罢了，自己忘了，别人未必忘得掉，与其让她们背后指指点点，不如敞开了说倒好。于是道，“洪武年间抄家流放的岂止我们一家，我与我爹妈共担了罪责，并不是什么没脸的事，况且我这些年过得也甚好，与叔婶兄弟在一处，虽不富贵却也平安无忧。”

慎笃眨着大眼道，“你发配后不曾为奴吗？”

“没有，才到那儿就有我叔叔的旧友搭救，使了银子将我们赎出来了，那时人命真是低贱，我们四个人通共才值十五两。”毋望将肘搭在窗沿上，侧脸靠着，慢慢道，“那人又给了些银子，供我们买了几间屋子，我们在一个叫馒头村的地方落了脚，我还在那里学会了织网子，抓雀儿，想想也极有趣。”

她说得随意，慎笃却觉得心中悲凉，低声道，“只怨我那时年纪小，我若大点儿，但凡有法子，一定早些接你回来。”

毋望抬头对他笑了笑，调侃道，“你若来了，我可不还要给你收拾残局！你有这样的心便是好的了，我也感念你，往后你多多照应吧。当补了这几年的空。”说着又想起今儿在老太太那儿看见的吕氏来，问道，“三哥哥，你母亲怎么换人了？头里那一位呢？”

慎笃站起来，也踱到窗边靠着，映着那湖光水色，倒也英俊儒雅。随手从盆栽里捡了颗石子投进湖里，嘴里喃喃道，“从前的嫡母病死了，我爹前几年又娶了一个，我也不管谁做正房，反正我是庶出，我生母好好活着便好，只不过我有时也气恼，不明白他为何不将我娘扶正，亲儿子人前只能叫亲妈姨娘，那种滋味他也知道，我常觉得我父亲心肠硬，当年老姨奶奶过去也没见他流几滴眼泪。”

毋望心道他躲在别处哭你哪里知道！不论好坏总是自己的亲娘，枉你空长了这么大的脑袋了！只是要将妾扶正得另说，这世上哪里来的贵妾，贫苦人家的女儿要扶正当真困难重重，娘家无钱无权，进了宅门又值什么，还是人家的奴才罢了。

两人俱不声不响，过了一会子慎笃道，“妹妹可知芳龄许了人家了？”

谢芳龄是大老爷房里穆姨娘生的，是四爷慎儒的同胞姐姐，今年应该与毋望同岁，关于谢家的女孩儿们毋望印象并不深，因从前年岁小，谢家对女孩教养又极严苛，每日只在闺房里读书习字做女红，来了客也不露面，头里毋望还常跑去看她们，后来觉得没趣儿，到了那里也干坐着，说话又咬文嚼字的，便更感不自在，渐渐只和几个哥哥玩，姊妹们也不太来往了，现在猛的听说许了人家，顿觉意外，便道，“什么样的人家？”

慎笃转到书桌前坐下，手里拿了玉石葫芦的水呈把顽，一面道，“夫家姓张，公公是大老爷的旧识，听着是当年外放的时候结识的，还有些恩情，官做得不大，从五品，家世倒也清白，只这姑爷名声不好，连着死了两个老婆，都是不明不白的。”

“芳龄是去做填房吗？”毋望道。

慎笃看上去有些萎靡，低声道，“可不就是填房！一个庶女，哪里有正房嫡妻做！”

毋望心里也闷闷不乐，问道，“大老爷不知道那姑爷尽死老婆吗？怎么还让让芳龄去？”

慎笃哼了一声，“你道大老爷乐意吗，架不住人家脸皮厚，三番四次的来求，又拿了当年的恩情说事，半哄半骗的，要了庚帖合了八字，说是上上大吉的，也不知真假，那穆姨娘哭得死去活来不肯答应，说芳龄好好的女孩到了那家非给糟践死不可，大老爷也左右为难，大太太倒是极赞同的，因她娘家与那张家隐约连着姻，又说张家如何的书香门第，如何的知书达理，芳龄福大八字硬，定能压制住那张公子，大老爷又念及以前受的恩惠，糊里糊涂就答应了。”

〇三二　至亲合家欢

眼看晌午将至，吴氏命人将饭菜备齐，搬到花架下的石桌上去，自己抽身去看毋望他们，那兄妹两个仍是有一搭没一搭地聊着，慎行竟还未回来，便差了丫头到沁芳园里去看，又细听了他们的话头，原来是在说南院芳龄的婚事。毋望回头见了她，忙起来拉她坐下，又往外看了看道，“二哥哥还没回来吗？”

吴氏道，“已经使了人去看了，九成是老太太高兴，一时忘了时辰吧，咱们再等一会子，等丫头来回了，若他在老太太那儿吃，我们便自己吃吧。”又转头对慎笃道，“我也差了人回你母亲了，你中上在这儿吃，难得在一起，好生聚聚才是。你才刚是打聚丰园过来的？那里的事办得怎么样了？”

慎笃道，“听大哥哥同我父亲说，明早就送到义庄去，停了四十九日再落葬，在山脚下看了个地方，先使了人把墓室修好，回头往里头一放就算完了。”

吴氏叹了口气道，“瞧这凄凉劲儿，在家里只停一天就忙不迭地发送出去，早知如此下场，当初何苦来哉呢！”

听这弦外之音似乎另有隐情，毋望迷茫地看着吴氏，吴氏见她猫儿一样的眼神便笑了，温声道，“春君也想知道原由？”

确实很想知道！毋望老实点了点头，“舅母说吧。”

吴氏道，“那贞姨娘活着时不是个本分人，每日里一哭二闹要吃要穿的，把个家搞得乌烟瘴气！头里你大哥哥是极疼她的，她想怎么从来没有二话，可惜她不知足，一味的同你大嫂子掐，你大嫂子是聪明人，狠毒不在脸上，时候长了你大哥哥也看开了，反倒亲近自己的正经媳妇，结果贞姨娘这里可了不得了，差点没把聚丰园拆了！有一回也不知受了哪个奴才的调唆，大冷的天站在雨里等你大哥哥，回来就病了，作下了这病根，时好时坏的，直拖了两年多，今儿寅时便咽了气，你说可不是自作孽吗，留下个小子，没了亲娘不知要受多少委屈呢。”

又是个有命无运的女人，毋望也不知怎样说才好，若有志气便不做妾，若做了妾，正室又容得下你，那便安安分分守着孩子过日子，做什么整天想着斗呢，斗来斗去枉送了性命，不值当得很！

正叹着，派到沁芳园去的丫头回来说，慎行被老太太留下了，过会子要去祠堂祭拜祖宗，午饭不回来吃了。吴氏道，“既这么的，便不必等他了。”

三人起身往园子里去，那花架子上长满了爬藤月季，枝繁叶茂的，星星点点开了几朵粉色的花，绿肥红瘦的夹杂着，别有一番韵味。架下的石桌上摆了几碟小菜，一壶清酒，衬着这良辰美景，端的是赏心悦目。

吴氏招呼他们坐下，丫环给各人面前斟了酒，吴氏笑道，“原本大白天的不该饮酒，不过今日且破例，春君回家来了，这是极高兴的事，便稍稍饮上几口也不碍的，也不必食不言了，边吃边聊吧。”

两人听了都称好，毋望端起杯子抿了一口，吴氏道，“可辣吗？不打紧的，少喝一些，吃过饭再歇个午觉，这一路上辛苦了，连着坐一个多月的船，把人生生闷死。”

慎笃道，“我倒想乘船出远门呢，可巧下月我爹要到苏杭一带去，我同他说把我也带上，也好出去长些见识。”

毋望觉得这慎笃甚是奇怪，便问道，“三哥哥，他们都读书考功名，你为何要跟舅舅经商呢？”

慎笃哈哈笑道，“我原以为妹妹是巾帼不让须眉的，没想到眼皮子也浅！考功名好是好，无奈我不是读书的料，见了四书五经我便头大如斗，何苦遭那罪！再说我们家有二哥哥做官就成了，家里总要有人做官有人赚钱才好，若正经做官，一年俸禄只几十石，荣华富贵哪里来？还是要靠我们这些商贾的。”

吴氏深知慎笃大大咧咧，说话也不过脑子，自家的孩子，并不与他计较，只管给他们两个添菜，毋望嗤道，“自己不肯读书还搬出大道理来，也不嫌臊！”

慎笃道，“外头不肯读书的岂止我一个！再说家里不是还有个大哥哥做垫背吗，他是长子嫡孙都不臊，多早晚轮到我臊了！”

毋望和吴氏互看了一眼，吴氏道，“这话只在这儿说罢了，出去可不能瞎说。”

“我省得。”慎笃又道，“二哥哥今早听封还进宫面了圣，听他说这新皇帝是个仁君，又极有抱负，二哥哥打定了主意要做个好官呢，二婶子擎等着日后封诰命吧，我瞧二哥哥最有出息，官日后也会越做越大，我自小同他好，看他如今这样得意，真是为他欢喜。”

吴氏道，“可不是苦尽甘来么，亏得你二哥哥争气，我眼下正给他寻摸好人家的姑娘呢，最好是年前能将婚事定下来，我的担子就卸下了，看着他成了家立了业，将来我也有脸下去见他父亲了。”

三人说说笑笑吃罢了饭，慎笃起身告辞，毋望和吴氏各自回房歇午觉，毋望身边换了六儿当值，那丫头安顿她在榻上睡下，将窗微掩上些，搬了绣墩坐在她旁边同她闲聊，毋望道，“你到了这里可习惯？”

六儿道，“只有吃不惯的苦，哪有享不来的福呢！我虽是个丫头，单看眼下的日子也不比那小门小户的闺女过得差，真真是几辈子修来的福气才跟了姑娘，若没有姑娘，我这会子定是早死了，姑娘是六儿的大恩人。”

毋望阖了眼道，“我也不用你报恩，只要你能护得自己周全便好，万事防着些才是宅门里的生存之道，你得了空多跟玉华学学规矩，她是老太太身边的人，你与她亲近些错不了的。”

六儿似懂非懂地点头，心里不解，这里的人各个都对姑娘那样好，竟还要防着些吗?

毋望看她疑惑，也不说旁的，只道，“你日后自然明白。”也不再理她，翻个身便睡着了。

歇了午觉起来，丫头们早已候着了，给她换了衣裳，头上插了支翠梅花钿儿，鬓边戴着金笼坠儿，上下齐打理好，吴氏也起身了，又和几个大丫头赞叹了一气儿，与毋望各带了一个人，往老太太的沁芳园去了。

这回两人仗着胆大，直接从聚丰园门前过，路过门口往里头看一眼，一间屋子的门楣上挂着白布，想来那是贞姨娘的下处，五六个和尚在廊下念经，另一班四个人穿着花花绿绿的大袍子，手里举着白幡，走着奇怪的步子，嘴里似哭似笑地说些什么，毋望道，“他们在干什么？”

吴氏压低声道，“人是死在屋子里的，要把她请出去，睡过的铺盖帐子和床都要烧掉的。”

毋望又细看，里头只有几个小丫鬟穿着丧服，年轻轻的死了，孩子又小，又不归自己养，连个披麻戴孝的人都没有，门庭冷落，无人啼哭，真是悲凉至极！

这时谢慎言远远看见她们，快步走了出来，给二人作了揖道，“婶子和妹妹这是过老太太那边儿去？”

吴氏道是，毋望还了礼道，“大哥哥节哀罢，人死不得复生。”

慎言毕竟与贞姨娘做了三年的夫妻，虽大吵小吵的不断，情分却还是有的，毋望看他眼睛红肿，想必也伤心落泪了。

慎言道，“恕我不能请婶子妹妹进去了，眼下不方便。”

吴氏点头道，“你自去忙吧，我们只是路过，这就走了。晚上你可还过老太太那边去？”

慎言摇头道，“这里离不得人，我就不去了，下回再聚吧。”正说着，里头人唤了，匆匆又跑了进去。

毋望和吴氏叹了叹，复往前走，过了两个小院落，从林里的甬道穿过去，便到了沁芳园外，透过花窗往里看，那里头与聚丰园截然两副光景，人来人往好不热闹。进了院子，丫头忙接了伞，引她们进屋子里，老太太正举着西洋眼镜看丫头绣的额子，见她们进来便招呼吴氏坐下，又叫毋望来看，只见那额子上拿金丝线绣了朵菊花，中间订了半颗珠子，针脚也极密实，毋望替老太太戴上试了试道，“针线绣工都好，只宽了些，改一改便好了。”

谢老太太道，“我原说呢，就是宽了些，倒显得我怕冷似的。”说笑了几句想起谢老太爷来，对毋望道，“你外祖父这会子也起来了，和行哥儿说话呢，叫丫头领你给他请安去。”

毋望便随丫头进里间，那祖孙儿人正在下棋，毋望看外祖父头发尽白了，精神头倒好，满面红光的，不像六十岁的人。慎行看见她，忙道，“老太爷，春儿妹妹来了。”

谢老太爷抬起头，见那牵挂已久的外甥女盈盈站着，竟已长得这样大了，一时百感交集，顿时红了眼眶子。毋望走上前去磕了头，趴在祖父膝头，爷孙两个又一通痛哭，谢老太爷上下打量了，连声只道“好，好”，竟说不出一句别的话来。

慎行上前安慰道，“快别哭了，今儿总算团圆了，咱们往后加倍地疼妹妹便是，太爷仔细伤了身子。”

好歹劝住了，棋也不下了，祖孙三人围坐下，谢老太爷问了些北地的生活气候，又聊些民俗风情，一时悲伤也烟消云散，毋望又挑些有趣的来说，里间便笑声阵阵，不绝于耳了。

〇三三 自古最苦情

毋望与祖父，慎行笑谈时听见外头丫鬟道，“大姑娘，二姑娘来了！”

听得两个女孩给谢老太太请了安，毋望忙站起身，见芳龄芳瑕慢慢从外间进来，芳龄因已及笄，头发斜斜挽了个髻，芳瑕小些，还梳着垂髻，两个女孩中人之姿，举止却温婉有礼，稳稳给老太爷请了安，又转而给慎行道福，再转到毋望跟前时，两人脸上俱是隐隐含笑，姊妹三人互行了礼，悄悄彼此牵了手，谢老太爷看她们那样，便道，“你们姐妹好好说话吧。”对慎行道，“咱们到书房接着下棋。”

丫头搬了棋盘出去，慎行跟在后面，回头向三人露齿一笑，道，“妹妹们好生聊着，我过会子再来。”那发上丝绦一扬，人已闪进隔壁的书房里去了。

芳龄拉了毋望坐下，温声道，“姐姐多早晚来的？怎么不打发人到学里同我们说一声，我们告了假也好早些回来。”

毋望道，“辰时便到了，只怕扰了你们读书便没叫她们去，这会子见不是一样吗。”

姐妹三个又嘻嘻笑着腻在一处，毋望看芳龄芳瑕比幼时活络了许多，想是上了学堂，接触了外人便不再怕生了。

芳瑕道，“姐姐这回可同我们一道读书吗？”

毋望摇头道，“我这一年要给父母亲守孝，不好上学里去。你们学些什么？”

芳瑕道，“无非女诫女红，琴棋书画，这回请的先生呆板得很。这学上得甚没趣儿。”

不料芳龄啐道，“你又浑说，哪里就没趣了！我倒觉得挺好，怪道你每回琴都弹得一团糟，可不就是没定性吗！”

芳瑕吐吐舌头，转身与毋望低声道，“姐姐你不知道，学里那先生虽没趣，长得倒是一表人才，教大姐姐极尽心，百问不厌。”

芳龄听了俏脸一红，捶了芳瑕一记道，“你再浑说我就撕你的嘴了！他对谁不尽心？你同姐姐说不要紧，要叫别人听了去还了得！”

芳瑕道，“那我就说给春姐姐听吧，那人做姐夫是上佳的人选，会做诗又会弹琴，可不正配大姐姐吗！”

芳龄娇羞不已，捂着脸扭着身子，毋望与芳瑕掩嘴而笑，三个女孩又闹了一阵，外头传大老爷大太太到了，芳龄忙敛色推芳瑕叫她住嘴，三人到外间一一行礼。

大老爷谢观是毋望母亲的胞兄，同是谢老太太嫡出的，如今官拜都察院右佥都御使，正四品的官。谢观的长相与毋望母亲极像，五官竟是极精致的，只是上了年纪，留了胡子，面上有些沧桑，至于性子更是肖似，都是稳妥的人，平日也无大喜大悲，见了毋望只颤着手在她肩上拍了一下，一旁的大太太却笑了，调侃道，“老爷竟当姐儿是男孩儿吗，哪有舅舅见了外甥女这样打招呼的！”

毋望低头擦了泪，胸口闷得生疼，谢观哑着嗓子道，“回来了就好。”忙又转身寻老太爷和慎行去了。

老太太叹着气道，“大老爷今天可是失态了，那样四平八稳的一个人！”

后面吕氏和慎笃带着十岁的慎儒也到了，又是一番请安道福，谢訫因生意上的事未来，老太太吩咐开席，众人围着圆桌团团坐下，共举杯贺全家团圆。爷们儿们谈论慎行的功名，老太爷又叮嘱些官场上的忌讳，一时兴起推杯换盏又是联诗，一顿饭吃得其乐融融。

饭毕，众人移到软榻和南官帽椅上坐，丫头一一上了茶，转而说起朝廷里的事来，谢观道，“周王的儿子告发他老子谋反，我这几日要启程到周王的封地去，皇上拟定将他发配云南，后头的事要应天派人去办。”

吕氏道，“可会打仗吗？”

谢观道，“眼下是不会的，那些藩王慑于朝廷的威严尚不敢轻举妄动，只是那齐泰和黄子澄过于急进，根基尚不稳便急于削藩，皇上二十多个藩王叔父，岂会个个坐以待毙！看着吧，总要出岔子的。”

谢老太爷在上座咳了声，道，“莫谈国事。”

大家静了下了，又闲闲地说了几句，便各自散了。毋望和吴氏起身回去，芳龄和芳瑕从后头赶上来，芳龄道，“姐姐今晚同我睡吧，咱们姐妹这些年未见，心里时时记挂，好歹在一处了，定要彻夜长谈才是。”

芳瑕道，“我也有话要同春姐姐说，咱们一头睡吧。”

毋望看看吴氏，吴氏笑道，“既这么的，都到我那园子里去吧，你们姐妹只管说体己话，我差人给你们备了茶果点心就是了。”

芳龄芳瑕喜不自胜，各自打发了身边的小丫头回去告诉奶妈子们，姐妹三人牵着手出了沁芳园。毋望回头看看还在老太太房里的慎儒，问道，“我瞧儒哥儿的头怎么破了？”

芳龄不以为意道，“理他做什么，他是个呆子，日日在学里同人打架，每回挑事儿的是他，打败仗的也是他，近来正闹着要请师傅学拳脚功夫呢，大老爷也拿他没法子，就这么胡打海摔的由他去闹罢了，回头自有大太太收拾他。”

几人往前走着，芳瑕越走越慢，最后竟拖拖拉拉站住了脚，毋望低头看她，迟疑道，“怎么了，可是有事么？”

芳瑕小声道，“贞嫂子才死，我害怕。”

芳龄嗤道，“怕什么！从前看着你挺大的胆，每每说人不中用，如今怎么样呢，白给人打嘴！”

吴氏道，“那便绕着走吧，还走太华亭。”

芳龄不依，蹙起眉道，“眼看到了还去绕一圈作什么！你平常和她井水不犯河水，有什么好怕的！”

芳瑕惊恐道，“她平日可骂你，你敢走吗？”

芳龄昂了昂头，朗声道，“我素来不曾得罪她，她不过骂大哥哥时顺带连我一同骂罢了，我不与她计较，她一个骂人的反倒与我计较不成？真是没了王法！”说着举步就走，毋望安抚了芳瑕，几人将她护在中间往聚丰园方向去。

今儿是阴历十六，月亮又大又圆，照着这朗朗乾坤，的确没有什么可怕的，况人又多，经过慎言的园子时，毋望不由自主又往里看一眼，檐下挂起了白灯笼，被风一吹摇摇晃晃，没有吊丧的人，偶尔有几个小丫头进出，做法事的人也走了，只剩一个念经的和尚。突然里头传来了哭丧的声音，把几人结实吓了一跳，芳龄扯扯毋望，忙加快了步子穿过去，回到银钩别苑才大大喘了口气。

丫头们伺候着洗漱了，吴氏又坐着说了会子话，看夜深了也回房安置去了。毋望房里是黄花梨的六尺架子床，三人睡在一头并不挤，各自空开一些，一人拿扇子扇风三人都凉快，芳瑕怕鬼睡中间，两边姐姐轮流打扇子，横竖轮不着她，笑着惹惹这个，逗逗那个，一会儿乏了就睡着了。

丫头放了帐子退了出去，毋望有些昏昏欲睡，芳龄叫了她一声，忽然道，“你可知我许了人家？”

毋望激灵了一下，缓缓道，“我听三哥哥说了。”

芳龄恹恹道，“想必你也听说那人专死老婆了吧！嫁给那人我是极不愿意的，倒不是怕死，我只不愿与人做填房罢了。”

芳龄的话叫毋望觉得很意外，她何尝那样有主见了？以往丫头给她梳头，手重弄疼了她都不敢说的，长大了倒有气魄了。

“姐姐定同我想的一样吧？”芳龄撑起肘看着毋望，目光灼灼。“我但凡有法子就出去了，何苦在这宅门里给人当还情的工具！唯只怕我走了他们为难姨娘，儒哥儿还小，说不上话，我如今左右为难。”

毋望是何等的玲珑剔透，芳龄才一出口她便知道，这样的一腔豪情壮志全是为了那位学里的先生，于是道，“他可愿与你天涯海角？”

芳龄一愣，半晌嗫嚅道，“你都知道了吗？我的一厢情愿罢了，也不知人家是什么心思……”

果然是单相思，自古最苦情啊！毋望缓缓道，“你何不问了他再作打算？他若有心，你便叫他请了媒人来提亲，张家尚未下定，你还有一线生机，若此刻犹豫不决，等张家的聘礼一到，你不嫁也得嫁了。”

芳龄的眸子在灯下流光溢彩，喜道，“我就知道该与姐姐说的，芳瑕是个傻子，你要同她说，她云山雾罩的没一句准话……你是未见过他，他长得真是好，高高的个儿，挺拔得如松一般，说话声音低低的，极和气，比家里的几位哥哥不知强出多少去。”

毋望想起慎笃暴跳如雷的样子来，不由笑道，“仔细叫三哥哥听见了打你。”

芳龄红了红脸，讷讷道，“好姐姐，我只与你说，你千万替我担待！我明日就去找他，只是也无十分的把握，我看他若即若离的看不透他到底是否对我有意，我怕同他说了，人家半点意思皆无，那我岂不讨个没脸吗。”

毋望道，“你可是真心喜欢他？”

芳龄扭捏道，“我自然是真心的。”

“那便去试试吧，成与不成且看你的造化了，若成了最好，若不成，无非再不去学里，终生不见罢了，旁人又不会知道，你怕什么。”毋望喃喃道，“趁着男未婚女未嫁，莫负了大好时光。”

芳龄若有所思，道，“姐姐说得极是，若裴先生也这样想，那真是叫我得偿所愿了。”

〇三四　芳龄空自愁

第二天天才亮，芳龄芳瑕院里的妈妈来接了她们回去，毋望和六儿换了素服，进吴氏房里回禀了一声，也不惊动家里人，到二门上找了与谢誩一道给刘郁夫妇迁坟的小厮，要了辆呢帐的马车，由那小厮带路给父母上坟去了。

在马车上一一将供奉的瓜果点心装了盘，又清点了元宝蜡烛，撩了窗帘看。天阴沉沉的又闷热，想是要下雨了，便叫小厮快些赶车，应天的路甚平坦，马车跑得快也稳，出城又跑了二里地，在一个山清水秀的地方找着了坟头。

谢誩办事是极仔细的，给姐姐姐夫用青石铺了墓道，两边种了两排柏树，做了大理石的围栏和墓碑，碑是以毋望的名义立的，写着“先考讳刘公郁，先妣谢氏孺人，合墓”，毋望忍泪上好供奉，磕了三个头，抚着那碑哭得昏天黑地，边哭边道，“不孝女这会子才来祭拜父母大人，只因这几年放逐在外，着实是没有法子，请爹妈恕罪，不要责怪女儿才好，如今女儿住在外祖父家里，衣食尚且无忧，请二老不必挂念。”

六儿一边站着不时抹泪，本想叫姑娘痛快哭一场，又怕她伤心过度伤了身子，只好劝慰道，“姑娘快别哭了，叫老爷夫人看了不知怎么难过呢，只哭一会子便罢，这几日流的眼泪都有一缸子去了，哭伤了眼睛反倒不好，眼下既已回了应天，离得也近了，心里惦记就来瞧瞧也未为不可，何苦难为自己呢！”

毋望哪里听得进这些话去，直抱着墓碑不肯撒手，想着原本好好的一个家，如今竟弄得这步田地，恨不得立时死了也甘心，父母去得又不从容，一个问了斩，一个悬了梁，真真是造孽透顶！心里恨，却也无可奈何，要报仇找谁去？弄权的佞臣死了，狠辣的皇帝也死了，再无仇可报，除了对着坟头哭还有什么呢！

六儿看劝不住，只得由着她去，又哭了小半个时辰，足足哭湿了五条帕子方才罢休，又转而给坟上除了草，拿巾子将碑上、围栏上仔细擦了一遍，回身对六儿道，“你叫那小厮先回去吧，来时找不着路，现在既已到了，回去断没有再乘车的道理，我们走着回去便成了。”

六儿应了，打发那小厮驾车离去，只拿了两把伞下来，毋望将带来的冥纸阴钱都烧了，又流连了一会儿，这才依依不舍地往回走。

六儿道，“明儿可是要到庙里请神位呢？”

毋望擦了擦发疼的眼睛，也不怎么想说话，只随便嗯了一声。

六儿看她恹恹的，心想要找些话同她说才能把她的心思岔开，便道，“昨晚姑娘去老太太那儿了，我同小娟还有青桃坐在院子里胡聊，有的没的说了一大堆，听说了一件稀罕事儿，姑娘可要听吗？”

毋望道，“你只管说，还问我听不听做什么，若我说不听，你便不出声了吗？”

六儿献媚道，“我还不是要讨姑娘开心吗！姑娘往后少与三爷来往吧，叫人看了不好。”

毋望一时摸不着头脑，转眼看了六儿道，“这是什么道理？怎么就不好呢？”

六儿道，“三爷都十八了，还未娶奶奶，这事不奇吗？”

真真是小丫头们闲着无聊，十八岁未娶竟也拿来说事，又不是天家的皇子，纵然要开枝散叶也不急于这朝吧！于是不屑道，“二爷今年二十了，不也没娶么，怎么独三爷就来往不得了？”

六儿绘声绘色道，“二爷是因着考功名才到这时未娶的，三爷平日里游手好闲也不娶亲，却是为何？听说三老爷头里给他张罗过，可他一概不愿，家里只当他眼高，后来他渐渐露出了马脚，原来那三爷有龙阳之好，并不喜欢女子，只爱和俊俏的公子亲近，可不奇吗！”

毋望听了惊道，“这话是能混说的吗！你们凑在一处便是编排这些？三爷只是爱玩些罢了，也在学生意，哪里就游手好闲了？你下回听见该驳斥她们才是，我身边的人不许乱嚼舌头，若再如此便要打发她们去了，我也好清静些。”

六儿辩道，“外头都传开了，三爷还上青楼找小倌儿呢，据说有个相好的，来往也有两三年了，如今哪家的姑娘肯嫁他？三老爷也没法儿，只好由着他去，只给他派了两个通房，那两个通房暗地里同丫头们说，三爷连碰都不曾碰她们一下，你道奇不奇？”

竟会有这样的事？那慎笃看着眉清目秀挺好的人，怎会有如此不堪的嗜好呢！看来真是儿大不由爹，这一辈的男孩里只有慎行是成器的了。毋望叹息道，“好好的人，糟蹋了！外面都传开了吗？”

六儿一面拿帕子擦了额上的汗，一面道，“可不！我瞧三爷难娶亲了，姑娘还是离他远些吧，没得到最后把事摊到姑娘身上来。”

毋望隐隐有些不安起来，又想着自家人尚且不至于，便淡淡道，“果真如此，那便是他们打错了算盘，我岂是个任人摆布的人，回了朵邑也就是了。”

六儿笑着点点头，窃窃道，“可不还有裴公子吗，三年后他定然要来寻姑娘的，到时候少不得三媒六聘，姑娘只等着做正房奶奶便是了。”

毋望甚感意外的转头看她，奇道，“我从未告诉你这些，你如何得知的？”

六儿嘻嘻笑道，“我这人没旁的本事，就是耳朵灵，五十步开外的人说话我能听得真真的，一字不差。”

毋望了然，叹道，“我竟不知身边有这样的能干人！你是个顺风耳，为我所用岂不屈才？”

六儿顺着杆子往上爬，拍拍衣裳道，“只可惜锦衣卫不要女孩儿，否则我倒要去试一试。”

毋望道，“看来日后要多提防你些，有要紧话说时须得将你打发到院子外头去。”

六儿听了脸上显出惶恐来，直道，“早知这么个下场，我该藏拙才好！姑娘哪里就用提防我呢，我是姑娘的人，一心只为姑娘，纵是有时听见不该听的话，也断不会到外头胡诌去，姑娘待我这么好，我心里谢姑娘都谢不过来，若有异心，那我便不是个人儿了。”

毋望看她认了真便不再逗她，只道，“我同你闹着玩的，你怎么还当真呢，如今我身边就你一个可靠人，不信你还信谁去。”

六儿这才破涕为笑，主仆二人复往前行，一路的林荫，甚是凉爽。毋望抬头看天，头顶上仍阴着，东北角却隐约放晴了，想来这雨一时半会也落不下来，便趁着有风，也不似前头的闷热，两人不急不慢往进城的方向走。又到一处清静地界，路旁有个土地庙，一簇簇的蛇目菊往河边蔓延开去，密密匝匝布满了整片空地，不远处一棵开了花的香椿树下坐了个白衣人，马放得远远的，也不牵，毋望道，“马放南山，怡然垂钓，这人倒是个有情致的。”

六儿也啧啧赞道，“竟像一幅画似的。”

两人笑着看了一阵，正待要走，突然一阵狂风吹来，毋望躲避不及被迷了眼睛，心道，我这眼睛今儿可怜，才哭过又迷了！慌忙拿帕子捂着，等风过了叫六儿吹了几口才略好了些，六儿疑惑道，“那人落水了？”

毋望回头看，马还在，鱼篓也在，人却不见了，心里一惊，忙和六儿跑过去看，水面平静无波，哪里还有那人的踪迹！便立时吓白了脸，左右看了也不见有人路过，自己又不会游水，正慌得不知如何是好，那人却从灌木丛中走了出来，眉眼含笑，悠哉游哉，竟是个二十上下的年轻人，穿着宽袖皂缘的生员衫，头戴皂条软巾，分明是个儒士。

他见了毋望也有些意外，定了定复又笑着做了揖，道，“姑娘可是在找在下？”

毋望怨六儿未看清，当着那人的面又不好说她，只得还了礼道，“才刚看见公子垂钓来着，一转眼竟不见了，还当公子落了水，真是唐突。”

那公子道，“莫非你想来救人？”

毋望面上尴尬，心想，我只是想来替你喊救命罢了。

六儿道，“我们来瞧瞧你扑腾得远不远，若不远，好拉你上来。”

那公子甚觉好笑，又细看她俩，虽穿着素服，倒看得出是大户人家的姑娘和丫头，如今这世道还有这样大胆的女孩儿吗？那些朱门绣户里的千金万金，看见个虫子都要哆嗦成一团，更枉论来救人了！立时对眼前这姑娘另眼相看，指了指身后的树丛道，“我才刚是……有些事，多谢姑娘关心了！”

毋望红了脸，她自然知道“有事”是何事，只怨自己不查，竟闹了这样的笑话。当下微福了道，“既没什么事，那我们便告辞了。”

正携了六儿要走，转眼间天昏地暗，又是一阵狂风，暴雨紧接着横扫过来，三伏天的雨势极大，不等撑伞，衣服都已淋湿了。毋望看那公子没有雨具，只得递了伞给他，自己同六儿合撑一把，一路东倒西歪地往土地庙跑去。

〇三五 荒野路知遥

这土地庙实在是小，两张拔步床都放不下，三人躬身躲在里头，屋顶跟筛子似的，外头大雨里头小雨，只好各自打着伞面面相觑。

那公子笑道，“在这荒郊野外遇上，又同躲在这破庙里，不知是哪里修来的缘分！我姓路，路知遥，敢问姑娘尊姓？”

六儿道，“我家小姐姓刘。”

毋望微点了头，看他眼波流转面上恬淡温文，竟有些像裴臻，忍不住问道，“路公子是应天人吗？”

那路知遥道，“我原籍是绍兴的，祖父入朝之后便迁到此，往年的赛花赛诗会上都不曾见过姑娘，姑娘不是本地人吗？”

毋望怔怔的，真是不知怎样回答，又想想，对待陌生人也不必将身家都交代清楚，便草草称是。路知遥微勾了勾嘴角，走到门外打了个哨子，那匹在外游荡的马发足飞奔了过来，等到了跟前他也不去牵马，只温声道，“你就在檐下躲雨吧，莫进来，里头地方小，没的挤着姑娘。”

那马竟真调转身子慢慢退到屋檐下，半个身子在雨里也不在乎，一副悠然自得的模样。毋望和六儿惊奇不已，问道，“这马懂人话吗？”

路知遥道，“这是匹名驹，大约和四五岁的孩子差不多，你好好同它说，说得慢一些，它大致能听懂的。”

毋望心道，这人真是有意思，那马也极有灵性，真真有其主必有其马！路知遥又道，“我原以为只我一人寻着了这世外桃源，不想姑娘也会到此，二位从何处来？”

毋望道，“我到前头祭奠父母去的。公子怎的不去学里，却在这里钓鱼呢？”

那路知遥背着右手，腰杆挺得笔直，吁道，“姑娘未曾听说过偷得浮生半日闲吗？日日做学问岂不乏味死！我昨儿已经放了官，如今总可以歇上一歇了，还去学里做什么？”

六儿道，“竟与我们二爷是同年，真是无巧不成书！”毋望嫌她多嘴，不悦地睨了她一眼，六儿吐吐舌头不敢再说话了。

路知遥喜道，“甚好，不知姑娘的贵戚放的是什么官职？”

毋望敷衍道，“是我的表兄，我也是昨儿才到应天来的，究竟如何并不十分清楚。”

路知遥也不在意，独自站在门前，毋望看雨下得这样大，心里后悔将那马车打发走了，如今困在这城外可怎么好呢，雨又不知何时停，真是愁也愁死！正想着，那路知遥淡淡道，“来了一辆车，想来是来接姑娘的吧。”

六儿忙探出去看，驾车的正是头里那个小厮，车里还有人打了帘子往外张望，待稍近了一些，看清了来人是慎行，六儿对毋望道，“二爷来接咱们了！”

路知遥眯眼细看，原来她们说的二爷竟是谢慎行，不禁又笑这世界小，绕来绕去都是自己人，他的母亲和慎行的外祖母是嫡亲姊妹，他和慎行原就是叔侄，如此看来，这位姓刘且父母双亡的姑娘，应该便是洪武二十四年被问斩的太仆寺卿刘郁的闺女。

慎行跳下马车时吃了一惊，不解道，“这不是遥六叔吗？你怎么在此啊？”

路知遥道，“我才刚在前头钓鱼来着，下了雨就和两位姑娘进来躲雨了。”

听慎行管那路公子叫六叔甚感意外，想到前头人家问还遮遮掩掩的，如今竟跟露了腚似的，便浑身的不自在。路知遥倒还是气定神闲的，眼里却多了丝玩味，错身让慎行过去，只闲适靠在一边看着他们。

弯腰看着毋望的脸，轻声道，“老太太都急坏了，你要去也多带几个人啊，或叫上我，或叫慎笃都使得，怎么好一人带个丫头就出来了，万一遇着什么事可怎么得了！”

毋望愧疚道，“我原是不想麻烦家里人的，谁知最后反倒弄巧成拙了，真是对不住了二哥哥，这么大的雨还叫你出来寻我。”

哪里忍心苛责她，只叹气道，“傻丫头，何必自苦呢，家里谁不疼你？若有事只管说罢了，好歹下回别独个儿跑出来，今儿遇着的幸好是遥六叔，若是个歹人可怎么办！”

毋望本来就臊得慌，叫他一说只好低了头。慎行又对路知遥道，“叔叔同我们一起走吧，这雨多早晚是个头？不如先到我妈那儿去，回头再打发人送叔叔回去，可好？”

路知遥看那女孩愈发拘谨了，竟与要来救人时两个模样，便笑道，“你们去吧，我等雨小些再走，雨下得太急，连钓鱼的家伙什都没收，我还惦记着篓子里的两尾鱼呢。”

慎行听了只得作罢，拱手道，“那侄儿先领妹妹回去了，等下回再邀叔叔到侄儿的下处吃酒。”复领了毋望给他行礼，路知遥只微欠身答礼，目送了他们上车，回身找个干净地方打起了盹，忽想起她的伞竟未给她，不由又失笑，看来真要如戏文里的许仙一样了，待天晴必要去还伞的，届时可再见佳人一面耳。

那厢马车里毋望仍低着头，慎行侧身看过去，脖子纤细得不满一抓似的，鬓边零星散落了一丝秀发，竟有些楚楚可怜的美。复问道，“可是吓着了？怎么不说话？”

毋望道，“没有，只淋了点子雨，哪里就吓着了！”

六儿插嘴道，“那位路公子是二爷的什么亲眷？”

慎行笑道，“他和我母亲是两姨表亲，我外祖母头一个生了我妈，我那姨祖母四十二岁上才生了他，故我与他年纪相仿。可巧咱们俩又是同一年考了会试，如今又同一天放了官，叔侄倒成了同年了。”

毋望也笑了笑，道，“你两个的官职可一样？”

“他是六品的同知，品阶一样，所司不同罢了。”慎行道，“你们才刚说了话了？我那六叔为人最是不羁的，倒好相处，只有时有些执拗，因是幺儿，家里偏疼些也是有的。”

毋望羞道，“罢罢，再别提起！我哪里知道他是你叔叔，头里看见他在钓鱼，刮了阵大风他竟不见了，我们当他落了水便想去救他的，闹了个误会。”

慎行听了笑话般乐了一会子，又道，“他水性最是好，纵然落下去了也没事，我们昨儿还说该调他去开通河道呢，留在京里做同知是大材小用了。”

毋望道，“他留京，你呢？年下外放到何处？”

慎行倒没有不满，慢慢道，“皇上命我先到北平一阵子，又念我家有寡母，说外放一年就调回来当差。”

毋望不解道，“为何你要外放，他却能留京任用？”

这下慎行开始大摇其头了，长吁短叹了会儿道，“他也是幼年丧父的，只是他祖父是皇上的少师，因听朝廷要放官便在家病了，这一病来得蹊跷，皇上自然也是知道的，可不就将他留下来服侍祖父了吗。”

毋望不禁也摇头，果然朝中有人好办事，这人奇，他祖父便是妙了，一家子倒也有趣得紧。

慎行看她言谈并无不妥也放心了，又看她襦裙裙摆尽湿，便问道，“这湿衣穿着可冷吗？先回房换了衣裳再去回老太太吧。”毋望点了点头，他又对六儿道，“我这里有汗巾子，你且给你姑娘绞了裙摆吧。”说罢解下汗巾递给六儿，自己转身看窗外，一面道，“你何时到庙里去，打发人来和我说一声，我陪着你去。”

毋望道好，心里顿觉暖暖的，慎行打小就细心，如今大了也是一样，或者也因他父亲去得早，并未变得乖僻，反倒愈发和气，真真难得。

到了谢府，毋望的丫头嬷嬷都在大门前等着，看她下来直拍胸口道，“神天菩萨，姑娘你可回来了，若有个闪失我们都活不成了。”

毋望歉道，“真是对不住，走也没同你们打招呼，白叫你们操心了。”

玉华抹着泪道，“原就是我们大意了，竟连姑娘出去都不知道，回头各自到老太太跟前领板子吧。”

慎行道，“你们是该罚，尤其那些小丫头子们，竟连个值夜的人都没有，回头老太太问起来少不得要撵出去的。”

几个丫头吓得面无人色，毋望道，“快别说了，是我不让她们值夜的，晚上又没什么事，做什么让她们不得觉呢！我自去和老太太说，要罚便罚我吧。”

一行人正匆匆往园子里去，二门上跑来个小厮急道，“二爷可回来了！我们三爷正给三老爷打呢，求二爷去劝劝！”

众人俱一惊，慎行恨道，“整日间招猫逗狗的，又出了什么岔子惹你们老爷生气了？”边说着边往三房的如意楼去了。

毋望被簇拥着换了玉色的薄罗短衫和缕金挑线纱裙，重梳了头，又往谢老太太那儿去，还没进门就听得老太太急赤白脸的呵斥，“怎么还不回来？打发人到前头等去，看回来了就来回我！”

毋望忙打了门帘进去，老太太、吴氏并吕氏都在，一一行了礼道，“是我的不是，害老太太和舅母们担心了。”

谢老太太长出一口气，嗔道，“这孩子胆子也忒大了，只带一个人就出城去了，你可是要急死我吗？下回可不能这样了！”

毋望忙靠到她怀里撒娇道，“下回再不敢了，老太太且饶了我这一遭吧。”

声音糯软，模样娇憨，老太太再大的火气看着都没有了，只疼爱地撸撸她的头道，“我晓得你是个极孝顺的，只是这样一声不吭着实吓人，下不为例吧。”

毋望心里纳闷，她出去前明明回过吴氏，怎么成了擅自离家了？眼下也不急于计较这些，外头一帮子丫头婆子正发抖呢，先求了情才好。便缠着谢老太太道，“春君没有不从命的！老太太你瞧我好端端的，我身边的人也饶了吧，都是我不好，不怨她们。”

"连好还有什么脸留在园子里？都打发到庄子上去才好！”老太太板着脸道，又看自己外甥女可怜巴巴地瞧着自己，也没法子了，只得道，“既然你求了情，那便不撵了，还在你身边当差吧，罚一个月的月钱就是了。最叫我看走眼的是玉华，我原当她是个稳当人，谁知也是个黄鱼的脑袋。”

毋望又忙着说了一车好话，这才把老太太打发人的念头压下来，心想月钱罚就罚了，回头给她们补上也就是了，这个小风波就算有惊无险地过去了。

〇三六 贴心人慎行

老太太吩咐人张罗饭，毋望便给她捏捏肩捶捶腿，极尽讨好之能事，老太太很受用，笑得合不拢嘴，又问，“雨那样大，可曾淋着？可遇着你二哥哥了？”

毋望道，“才下雨那会子正走到一个土地庙前，便进去躲了雨，二哥哥来得快，所以也未淋着雨。”

谢老太太道，“阿弥陀佛，可不是你爹妈保佑的吗，竟未淋着雨！请神位的事儿别急于一时，我看了黄历，再过两日方是好日子，你且在屋里歇着，到那天我使了人跟着去。”

毋望道，“二哥哥说陪我一道去。”

吴氏微一愣，复又笑道，“行哥儿官放定了便没什么要紧的事了，只等着年下上任去，正好得闲儿陪着他妹妹，老太太也放心。”

谢老太太点点头道，“那再好不过，我知道你二哥哥最稳妥，就叫行哥儿领着去吧。”

吴氏道是，又笑着说，“前儿和老太太说的王保家的闺女才从老家上来了，我想着下月十五，下帖子请了他们家老太太来赏月吧，一来老太太和王老太太聚聚，二来也好瞧瞧那姑娘。”

谢老太太想了想道，“那老太太我是知道的，媳妇见了都跟猫抓鼠似的，难缠得很，又极看不上孙女儿，那丫头在乡下长大，没得小家子气，委屈了我们行哥儿。”

吕氏在一旁道，“也不是马上就下定，老太太先看了再说，称心就找人保媒，若不合心意再相别家姑娘，咱们行哥儿如今是六品的通判，给人做女婿谁家不欢喜。”

谢老太太听了也很是得意，叹道，“还是你二嫂子带得好，只可惜你二哥哥没等到他儿子出息。”

吴氏忙道，“已经通报过了，老太太放心吧，行哥儿他爹在下面也定是高兴的。”

毋望又听她们聊了些别的，也未提起芳龄的婚事，想来眼下并不十分吃紧，张家下聘还有些时候吧。至于慎笃挨打的事，不知是老太太没得着信儿，还是根本不当回事，也是无人提及。

正胡思乱想着，里间小丫头来报说老太爷叫姑娘进去，毋望忙起身进里间去，见谢老太爷左手举着西洋眼镜，右手捧着本书，忽远忽近地拉着，看得眉头紧锁。毋望福了福道，“外祖父，春儿给你读吧。”

谢老太爷眉开眼笑道，“甚好！我今儿得着本好书，可惜眼睛不中用了。”又指了一段道，“从这里读起。”

毋望看了看，是宋朝陈敷写的《陈敷农书》，大致介了水稻的种植方法，当下朗声读道：“若能时加新沃之土壤，以粪治之，则益精熟肥美，其力当常新壮矣……”

一时间书声朗朗，外间的谢老太太笑道，“我家这个姐儿就是虎性，和旁的女孩儿不一样，什么粪啊壮啊，一概都读，看老爷子定乐坏了。”

吴氏道，“可不是吗，我就看着是个利索孩子，模样儿齐全，品性又好，将来老太太费心给寻个好姑爷吧。”

谢老太太面上暗淡下来，蹙眉摇了头道，“这样好的孩子可惜命苦，若要许个好人家怕是不易，我愁也愁死了，她倒是个明白人，说不敢拖累人家，叫人家白摊个问了斩的丈人，我听了心里又酸又疼，我的儿，将来怎么好！”

吕氏看老太太面上不豫，便安慰道，“老太太不必挂怀，我瞧姐儿那下巴，那耳垂子，就是个极有福的长相，说不定将来是个诰命也未可知。”

这下子老太太可乐了，笑道，“若日后真得个诰命，那定要叫姐儿好生谢谢你这个舅母呢！”

“那敢情好，定要叫她买了蹄膀我吃才算完！”吕氏忙应承，顿了顿又道，“老太太瞧我们笃哥儿可怎么办？他虽不是我养的，好歹叫我声母亲，我如今也发愁。”

谢老太太摆手道，“快休问我，但凡有算计的都不似他，我瞧没哪家肯把女儿嫁他，好好的怎么成了这样！你该去问问他姨娘，怎么把个儿子教成了下九流！”

吕氏无奈闭了嘴，一会儿丫头来回饭都已摆好了，进来四个婆子将谢老太太抬到桌旁，毋望这时也从里间出来了，笑着道，“老太爷睡着了。”

谢老太太嘀咕道，“怎么跟个孩子似的！凭他去，咱们吃吧。”

四人围坐下，吴氏道，“今儿下雨又凉快，打发人把大嫂子请来吧，咱们下午打两圈如何，老太太？”

谢老太太正中下怀，欢喜道，“我可不正手痒呢吗，就这么办吧。”

慢条斯理吃罢了饭，丫头也请了白氏来，婆媳四个摸了四方坐下开局，毋望在旁看了会子，因不懂也无趣，便带着丫头嬷嬷告退了。

到了银钩别院把人都叫齐了，毋望端坐着道，“这回是我的过失，叫你们给老太太扣了月钱，我心里也不受用，你们老子娘都是等米下锅的，月钱就从我这儿出吧。”叫六儿拿出钱袋子来各人拿了应得的份额，又另拿了两吊钱来分了，众人千恩万谢地去了。

六儿将钱收好，道，“姑娘就是好性儿，亏得三老爷另给了二十两，我们这才宽裕些，老太太那儿月钱还没放，咱们这儿倒早放了。”

毋望歪在鸡翅木的香妃榻上，懒懒道，“早晚是要放的，我才到这儿就害她们罚了月钱，若不贴补给她们，我哪里还好意思叫她们伺候。”

说完才要睡，老太太那儿打发了个大丫头过来，把一包银子交给了六儿，对毋望笑道，“老太太今儿手气好，赢了二十两银子，叫我给姑娘送来供姑娘使。”

毋望道，“谢谢绿佩姐姐了。”示意六儿抓了两把钱给那大丫头，又道，“六儿送送吧。”

六儿送人出去，毋望拿薄被盖了静静躺着，心道老太太果然是极仔细的，知道她必定拿自己的体己出来给那些丫头们，怕她手上不活络，特地差了人把钱送来，也算是默许了她明里罚暗里照旧吧。

迷迷糊糊才要睡着，忽听得外头慎行问六儿，“你们姑娘可回来了？”

六儿道，“我们姑娘这会子怕是歇午觉了。”

毋望忙坐起来道，“二哥哥进来吧。”

慎行撩了珠帘进来，见她坐在榻上，一头黑发披散着，更衬得皮肤雪白，眸子透亮。屋子里点了檀香，袅袅轻烟从那流金香炉里升起来，雕花拱门一角架子上摆了一盆兰花，一眼看去竟像副仕女图，美轮美奂。慎行心里暗叹，这样的美姿容，什么样的男子能岿然不动呢！

毋望站起来问道，“二哥哥可吃饭了？”

慎行摇头道，“才把三叔劝开的，哪里有饭吃！”

毋望叫了六儿，让她吩咐小厨房预备饭菜，一面拿了老太太送来的食盒打开摆在他面前，道，“先吃些垫垫。三哥哥那里出了什么事？”

慎行面上为难，讷讷道，“妹妹还是莫问，没的污了你的耳朵。”

毋望知道定是慎笃又荒唐了，慎行这样的读书人不知怎么说才好，也说不出口来，才叫她别问了。又问道，“那三哥哥怎么样？可伤着？”

“这回他该老实一阵子了，少说也得半个月下不来床。”慎行道，慢慢吃了一块点心，毋望倒了杯水给他，袖笼拂过一阵沁人的幽香，他愣了愣，忙低下头，心里呼呼跳作一团。

毋望并未察觉慎行有何异样，又坐回榻上道，“那我挑个时候去瞧瞧他吧，吃了苦头，怪可怜的。”

慎行哼道，“自作孽罢了！”喝了水平了平心思，又道，“老太太可骂你了？”

毋望摇头道，“并未骂，只责怪几句。”心下道，只不明白你妈为什么要瞒我出去的事，莫非是怕老太太怪罪，或者是孀居多年有些怕事，万事只求自保吧。

慎行面上轻松了些，笑道，“我就知道老太太不忍心骂你的，只是往后还是小心些的好。”

毋望道，“我省得，这回惊动了家里这么多人，我臊也臊死了，才来就惹事，不知旁人背地里怎么编排我呢。”

慎行起身，走到窗前推窗往外看，雨停了，天也放晴了，燕脂湖上碧波如洗，对岸杨柳依依，心下疑惑，从前住在园子里时并不觉得景致有多好，如今来了个春君，许是人才决绝，才衬得这院落水色如此赏心悦目吧。回头看她，她已踱到书桌前坐下，寻了本山海经细细地看，一手托着香腮，一手拿着书，那种宁静淡定真真叫人心情舒畅。慎行道，“去庙里的日子定了没有？”

毋望道，“老太太说须得过两日方是好日子，届时再使了人来找你。你为何搬出园子去了？”

慎行道，“老早就搬到学里去住了，一则为了方便，二则大了，出去也好历练。如今放了官了，还在学里住也不像话，过两日便搬回来，春风馆有屋子空着，我去那里住。”

毋望道，“着实对不住了，原谅我雀占鸠巢吧，我住在这里，倒叫你这正经主子无家可归了。”说着将书掩在嘴上笑起来。

“妹妹快别这么说，安心的住着，我一个爷们儿有什么，哪里住不是住。”慎行道，“我听老太太说，你要给四姑姑和姑父守一年孝？”

毋望点点头，也不答，又低头看书。

慎行有些烦闷地来回踱了几步，喃喃道，“原是应当的，只是如此……怕是来不及了。”

毋望微抬眼看他，他背手站在一幅海棠春睡图前，长身玉立，深情寂寥，也不知是哪里不顺遂，心想爷们儿的心事也不用去打听，复又倚窗读书，渐渐入了神，再抬头看时他已不在了，也不想别的了，放下书自去榻上躺着，悠然自得会周公去了。

〇三七　千里袅晴空

头天下了雨，第二日更是热得难受，毋望叫小丫头子把窗都打起来，只放软烟罗的窗纱下来，青石的地砖都细擦净了，把人都打发了出去，自己便脱了鞋光脚踏在地上，只觉清凉之意直从脚心冲上头顶，恁的自在惬意。

六儿端了酸梅汤从外头进来，看见她姑娘这样不由笑道，“仔细叫旁人看见又要说嘴！”

毋望不甚在意，举着书在屋里慢慢地踱，软纱的裙料子拂在脚背上怪舒服的，既自己自在，还管别人做什么！便道，“我原先在朵邑就是如此的，没人的时候连鞋都不穿，乡下地方随意惯了的。”

“如今到了这里可要仔细了，姑娘是明白人，倒要我来教。”六儿端了杯子给她，嘴里还抱怨着。

毋望听了从容道，“本是个懒散人，有无甚经济才，归去来。”

六儿嗔道，“姑娘倒卖弄起诗文来，我都是为姑娘好。”

毋望道，“叫你跟玉华学规矩果然是对的，看看眼下，足足学了个十成十！你莫管我，我自有分寸，又不是大事，我和深闺女子不同，我是野丫头罢了。”

六儿噘了嘴，也不再说她，拿铜钩拨了拨香炉里的塔子，又将盖子轻轻盖上。翠屏进来道，“姑娘今儿可去老太太那儿？”

毋望闲闲道，“今儿老太太八成也乏，就不去了，咱们早早吃了饭，各自睡午觉吧。”

翠屏又问道，“姑娘可有什么想吃的吗？我吩咐她们去收拾。”

毋望道，“我对吃不讲究，你看着办吧。”

翠屏笑道，“咱们姑娘果然是好养活的！今儿我看外头采买的运回来一筐芥蓝，我去挑些嫩头，叫周嫂子备了虾仁炒着吃，再切了嫩藕拌上一盘，当零嘴吃也使得。”

毋望道好，又说，“叫上她们几个，咱们中上一处吃吧。”

“那可使不得！”翠屏忙摇头道，“哪里有奴才和主子一桌吃饭的，我知道姑娘疼我们，可若叫好事儿的丫头见着了传到外头去可了不得，没得叫人暗里拿姑娘说嘴。”

毋望听了也不强求，又缓缓在屋子里踱，翠屏福了福退出去了，六儿道，“她没见着姑娘光脚。”

毋望笑道，“可不是裙子长嘛，不坐下谁能看得见。”

六儿道，“你莫得意，此时若来个爷们儿瞧见了，姑娘不挖他的眼珠子就得嫁给他呢！”

毋望一面看书一面呓道，“我的闺房，岂是爷们儿随意来得的！”

六儿转而整理了她练小篆写的一大摞纸，随口道，“二爷三爷不是爷们儿？他们不也常来？虽是兄妹，到底隔了一层，若叫二爷看去也便罢了，若三爷呢，该当如何？”

毋望蹙眉道，“你整日就琢磨这些？看来要给你找个女婿才好，省得你总是爷们儿爷们儿的。”

六儿臊得脸红，又急道，“姑娘还拿我打趣儿，我不是一心为姑娘吗！”

“我瞧着你对二爷青眼有加，不如我把你给了二爷吧，你看可好？”毋望嘿嘿笑道，“叫他收你进房里，也了了你一桩心事。”

六儿又羞又急，跑来追打她，主仆两个闹作一堆，这时玉华进来，看见了笑着来拉架，嘴里喊着，“六儿你这丫头反了，怎么打起姑娘来了！”

毋望边躲边道，“我说要给她找女婿，她臊了，就来打我。”

六儿不依，上窜下跳着，“哪里有这样的主子，专拿我们丫头取笑，亏我一心待你，你竟要拿我送人！”

毋望躲在玉华背后愈发高兴，直道，“你瞧她恼了。”左躲右闪之际一个不查竟直直踢到了桌脚上，顿时呀的一声，疼得直钻心窝子，蹲在地上起不来了，把那两个人吓得面无人色。

“姑娘怎么没穿鞋？”玉华掀了裙子看，一双纤纤玉足裸着，忙拿了帕子轻揉，回头对六儿啐道，“我说什么来着，你竟没一点奴才的样儿，高低不分的同姑娘打闹起来！这会子好了，玩出事儿来了才罢，瞧回头园子里的妈妈怎么收拾你！”

毋望虽疼得龇牙咧嘴，却还给她开脱道，“是我先逗她的，不怪她。”

玉华甚是不满，嘀咕着，“姑娘别护着她，我定要告诉外头的秦嬷嬷，让她带了去受几天规矩才好！”

六儿苦着脸道，“是我不好，快瞧瞧姑娘怎么样了，可要去请郎中来？”

毋望忍了会子，略觉得好了些，又试着动了动脚趾，也不觉得疼了，便道，“不碍的，没伤着筋骨。”

玉华气得瞪了六儿一眼，回身拿来了毋望的绣鞋给她穿上，一面道，“亏得姑娘没事，若伤着了，你一顿板子是逃不掉的了。”

六儿泪眼蒙眬，毋望冲她安抚地一笑，站起来走了两步道，“好好的，没什么不妥的。你下去歇着吧，玉华给我打盆水来洗脸。”

六儿福了福抹着泪出去了，恰巧吴氏进来，怪道，“这是怎么了？”

毋望迎了她坐下，搪塞道，“没什么事，才刚逗她玩来着。舅母喝茶吧，才从井里拿上来的。”

吴氏接了杯子，虽坐着却有些局促，又欲言又止的，毋望心下了然，九成是为了昨儿的事来的，便面上带了笑，只静静等她开口。那吴氏道，“中上到我屋里吃吧，咱们娘俩说说话。”

毋望道，“翠屏已经叫人准备了，还是舅母在我这儿吃吧，我吩咐她们再加几个菜就成了。”

谢家历来都是如此的，即便一个园子里住着也是各房单过，各吃各的，大家都方便，所以各人都有小厨房，也省得大家子人总为吃拌嘴，客气了来回吃是意思，不痛快了单吃也不影响胃口，也算是减少矛盾的法子。

吴氏摇头道，“我那边儿也开了火了，还是回去吃……我是心里不受用才想来同你说话的，昨儿的事你别怪我，一早是我答应你的，想着有丫头小厮陪着也没什么，你去就去了，谁知你后来把小厮打发回来了，又接着下了那么大的雨，你没见着老太太，要吃人似的，我都吓懵了，什么都不敢说了，姐儿你是最贴心的，知道我们孤儿寡母在这宅门里活着不易，好歹看在你二舅舅的面上别怪我吧。”

眼看着要哭的样子，毋望忙抓了她的手道，“舅母说的哪里话，我心里明白舅母是最疼我的，也知道舅母的难处，哪里会怪你呢！咱们娘两个亲母女似的，母女哪里来的隔夜仇，快别放在心上。”

吴氏抽抽搭搭了半晌，毋望只得不住地安慰，又道，“年下二哥哥上了北平，春儿定会照顾舅母，不叫舅母操心的，若舅母还怪罪春儿，那我明儿就回了老太太，搬出银钩别苑，上别处住去，也省得在这儿劳烦舅母。”

吴氏听了这才止住了哭，拍拍毋望的手道，“好孩子，你心里不恨我我也就安心了，可再别提起要搬出，倒叫人觉得我容不得你似的，其实我和老太太是一样的，打心眼儿里的疼你，你只管住着，等你二哥哥的媳妇进了门再说，若你爱热闹，大家还住在一处，若你嫌累赘，那时再搬也不迟。”

毋望笑着点头，又觉得这话说得蹊跷，眼下住着尚可，若媳妇进了门便是要赶人的，既这样，当初又为什么留她住下呢，倒不如让老太太安排了别的院子，大家都省心些。

吴氏见她面色如常，也松了口气，站了起来道，“眼看着晌午了，我也回去了，你二哥哥今儿正往回搬东西呢，我差了人收拾春风馆，这会子去看看。”

毋望送到门口，看她出了园子才回屋，心里转得跟车轱辘似的，想着这里也不是长久的方儿，不如回了北地倒干净，又想到老太太心肝肉那样的疼着，才来就要回去，怕伤了她的心，只好先将就着，等过了段日子再说。

这时丫头们搬了食盒进来，一碟碟小菜摆好，又拿了银碗银筷出来，盛了一碗饭，还堆得尖尖的，毋望看得直皱眉，翠屏见她那样便道，“这么点子饭可摇什么头呢，姑娘多吃些，底子厚了身子也好，人都说钱财身外物，自己的身子才是带着来去的，这话可不有道理吗，我每日瞧姑娘吃得跟猫儿似的，叫我们怎么好！”

毋望举箸吃了一口，一面道，“我吃得少不也硬朗吗，从来不吃药的，吃得多也未见得好。”

玉华拿大勺另盛了一小碗汤来给她，笑道，“这话也有理，上回我随老太太到一位六品安人的府上，她家内侄女胖得什么似的，还天天药当零嘴吃，哪里就好了！只是太瘦终归也不妥，还是稍稍多吃一些，既不胖，底子也强，那才是两全其美的法子，姑娘说是不是？”

毋望知道她们变着方的想劝她多吃，也不好拂了她们的美意，只含糊应道，“我多吃几口就是了，你们也吃去吧。”

翠屏道，“咱们急什么，大六月的也不怕饭菜凉了，先伺候姑娘吃了是正经！”

毋望原想背着她们把饭倒进窗外的湖里，谁知竟是打错了算盘，当下只好硬着头皮一点点把饭菜塞进肚子里，吃完哼哼道，“摆布死我了！大热的天吃撑了可怎么消食啊？要不上那爬藤月季下坐坐吧，你们只管吃饭，我独个儿转了一圈就回来。”说罢拿了团扇便往那花架子下去了。

〇三八　捕风成虚影

翠屏与玉华相视而笑，玉华道，“瞧瞧，真是个神仙似的人儿，这样好的性情少见得很。”

“谁说不是呢，遭了恁大的难还能这么着，真是个透亮的人！咱们如今跟着她也轻省。”翠屏道，麻利地收拾了碗筷，又将小桌反复擦干净，小丫头来抬了食盒回灶间，玉华出门远远看了一眼，她们姑娘一人靠在花架子下，不紧不慢打着扇子，半阖着眼打盹儿，心想到底还是个孩子，十四五岁的年纪也没什么烦恼，不似自己，人大了事儿也多了，日后放出园子去了还不知怎么样呢。

毋望微眯着眼看那月季叶子，摇摇曳曳的，便想起馒头村里的黄瓜架子来，还记得自己爬着凳子点蚜虫来着，如今她到了金陵，因走得匆忙，未同章程文俊辞行，不知章程成亲没有，新媳妇长得什么样……过会子要给叔叔婶子写封信，路上走了一个多月，现在既已安顿好了，自然要报平安的。

正胡乱想着，眼见着芳龄带着丫头从园门口翩翩然而来，转眼便到了跟前，笑道，“姐姐真好兴致，这是赏花还是歇觉呢？”

毋望道，“皆有。你今日没去学里？”

芳龄叹了声，颓败坐在旁边的石凳上，屏退了丫头才道，“我原早就该不去学里了，不是放不下嘛……昨儿我听姐姐的，探了他的口风。”

毋望直起身问道，“怎么样？他可有意？”

“快别提吧，讨了个没脸！他在家乡早有了合意的姑娘，只等着他这里的事儿完了就要回去成婚的。”芳龄耷着嘴角，一副玄然欲泣的样子，“我当时真是臊也臊死了，如今再没脸去学里了。”

毋望也甚觉悲凉，“真真可惜了，怪我给你出的这个主意。”

芳龄道，“我也不后悔这一遭，只怪自己没福气罢了，人家如玉的公子，哪里看得上我一个庶女。”

“既这么的也没法，你且放宽心吧，命里注定的没缘分，强求也强求不来。”毋望迷茫道，“只是后头可怎么办呢，你真要嫁到张家去吗？”

芳龄苦笑道，“哪里还有别的法子，父母之命，媒妁之言，他们叫我嫁我便嫁吧，如今也没了别的想头，还能怎么的。”

毋望心道果然各有各的难处，芳龄这后半辈子岂不毁了吗，那个教书先生倒是个痴情的，一心念着家里的心上人，看来的确正人君子无疑啊。

芳龄沉吟会子道，“大不了一根绳子了断也就是了，大家干净。”

毋望吓了一跳，急道，“你又混说！哪里就到那个地步了，你又未见过那位张公子，或者不比你那先生差也未可知，眼下就要死要活的犯不上吧。”

芳龄别扭道，“你可曾喜欢过一个人？整日心心念念的神魂颠倒，若不能长相厮守，这辈子活着也无望，还不如死了。”

毋望想起了章程，又想起了裴臻，也不知哪种是真喜欢，她虽比芳龄虚长了两个月，这些儿女情长却不如她懂得多，许是养在闺中的女孩儿看的杂书多，芳龄陶醉其中时，她正领着沛哥儿挖野菜呢！头里发了愿要嫁章程的，后来裴臻来插了一杠子，嫁不成章程了她也不伤心，如今只想着等上三年罢了，最后什么结局也不知道。

芳龄看她怔怔摇头，不由道，“在那里时没人说媒吗？”

毋望心里的事也不想叫人知道，万一哪天她说漏了嘴倒不好，便一味地摇头，芳龄道，“像姐姐这样的标致模样怎么没人保媒，若家里还如从前，门槛定要被人踏平了的。”

毋望呵呵笑道，“我尚且有孝要守，哪里还想这些！”

芳龄愁眉不展道，“我如今知道情最伤人了，以往不以为然，现下怎么样呢！老太太也不给我做主，说既分了家，虽住在一处也不得管各家的家务事，好歹要听父亲母亲的，我无路可走了，原想他若来提亲便和家里挣上一挣，谁知闹得这般田地，我还有什么指望呢，上赶着嫁给人家，人家却还不要。”

毋望道，“你们何时认识的，心思这样深？”

芳龄摆弄着禁步上的玉玦道，“也没多久，他是上月月底才到应天来的，那时学里正要聘先生，机缘巧合他便来了……我才见他那会儿就认定他必是我的良人，也没来由的，现在想来也不通得很。”

毋望不禁对这芳龄多看了两眼，这就是传说中的一见钟情？也忒快了吧！半个月不到的工夫能看清些什么，还陷得那样深，在她看来无非是少女怀春，稍俊些的就多注意些，哪里就真到了非卿不嫁的地步！

“我想你们学里的那些女学生定然都对他有意。”毋望道。

芳龄想了想道，“约除了芳瑕那傻子，旁的都有些意思吧！他是个如兰似桂的男子，谁见了都欢喜，每日学里尽是裴先生长裴先生短的，哪里还有半点大家闺秀的矜持！”

毋望心里咯噔一下，竟是姓裴？上月底才到的，又如兰似桂？听着怎么像是裴臻！毋望着了慌，忙问道，“他叫什么？小字呢？”

芳龄摸不着头脑，瞧她急得那样，心也提了起来，摇头道，“只知道他姓裴，并不知道他的名字和小字，莫不是姐姐的旧识？”

毋望方知自己失了态，正了颜色道，“在北地时有位先生与我有恩，也是姓裴，后来失了联系。你们学里的先生多大年岁？”

芳龄道，“估摸着二十岁稍出头吧，姐姐何不去瞧瞧，他只早上在学里，晌午便要回去的。”

毋望这时心里七上八下的，思来想去也吃不准，年纪也对得上，可他临走说得要出生入死似的，怎么会到几家富贵人家凑份子建的女学堂里教书去呢？若真如此，那岂不是诓她吗，还等他做甚！一时间又气又恨，闷声道，“妹妹先回园子里去吧，我身上有些不爽利，今儿不陪你了，改明儿再详谈可好？”

芳龄看她面色发白，也不敢多说什么，当是哪句话戳着了她的痛处，只得起身道，“那我先去了，姐姐好生歇着吧，若身上不好便到二门上传大夫看了才好。”

毋望点了点头，芳龄带着丫头施施然去了。她拖着两条腿回了屋子，一头倒在榻上心神俱裂，隐隐期待却更希望是弄错了，辗转反侧也不得入睡，六儿进来看她那样不免疑惑，问道，“姑娘怎么了？”

毋望索性坐起来把事情一五一十同她说了，六儿听了笑道，“姑娘平常弥勒佛似的度量，这会子怎么没了主意？我当是什么大事，既生疑，改天去看了便知道了。”

毋望闷闷不乐道，“我拿什么道理去？万一真是他我可怎么好！”

六儿坦荡道，“不是还有我吗！后儿你只管往庙里去，我到学里找二姑娘要花样子去，这么的不就见着了吗。”

毋望皱眉道，“要是他，你别言语就回来，只当我白瞎了眼。”

六儿道，“姑娘糊涂，天下姓裴的何止臻大爷一个，想是姑娘太过思念了，连个姓儿都听不得，我说得可对吗？”

毋望面上一讪，低声道，“我哪里思念他了，你仔细叫人听见！我只是心里恼他，若真是骗我，我这里不明不白等着他，算什么道理，我成了什么人了！”

六儿看得甚开，只道，“我头里就见过裴公子一面，瞧那通身的气派，必是个干大事的人，姑娘怎么还没我看得真呢，我敢打保票，此裴公子非彼裴公子，若不信便等着瞧吧，姑娘要是急，我这就去怎样？”

毋望拉住她道，“那人过了晌午就不在学里，你现在去也白去，后儿再说吧。”

六儿缓缓给她打扇，又拨开散落在她脸上的发丝，听外面蝉鸣一片，便将窗屉子关上了，轻声道，“睡一会子吧，大中午的想那些不痛快的做什么，我明儿就去，看了好教姑娘放心。”

毋望想，或者真是自己杞人忧天了，天下哪里就有这么巧的事，他家大业大，多早晚沦落到教书为生去了。一面开导自己，一面又左右睡不着，便道，“如今只是吃和睡，日子无味得很。”

六儿道，“那起子大家闺秀哪个不是这样过？在朵邑那会子愁吃愁喝，每日为果腹忙碌，现下什么都有，老太太和太爷还每月给月例银子，又有丫鬟婆子伺候，姑娘且受用一日是一日吧。”

“我回头写封信，你替我送到外头门子上，让他们送到信差那里。”毋望定定看着屋顶道。

六儿倒了杯水与她喝，“可是写往梨雪斋？”

毋望看着茶盅里的枸杞出神，淡淡嗯了一声，复润了润嗓递还给她，和衣又躺下，才要合眼，外头有人问道，“这里是哪位姐姐管事的？”

玉华道，“你是哪个院里的？”

来人道，“我是大奶奶屋里的，我们奶奶差我来给姑娘送胭脂，我们舅爷才从任上回来，打苏州带了上好的芙蓉膏子给我们奶奶，奶奶给每位姑娘备了一份儿，也给刘大姑娘试着用用，看合不合意。”

毋望心道这位大嫂子素未谋面，做事倒滴水不漏，对六儿道，“去叫那人进来吧。”

六儿打了珠帘，外头的人进来恭敬道了个万福，道，“见过姑娘了！我们奶奶说因院里贞姨娘的事儿，姑娘来了姑嫂也不得见，心里惦记得紧，打发奴才来看看姑娘，今晚设了宴请姑娘赏脸聚聚，姑娘千万要来才好。”

毋望点点头道，“替我谢谢你们奶奶，回头我一定去叨扰。”

那婆子把一个珐琅的胭脂盒摆在毋望面前，讨好地笑笑，毋望冲玉华使了眼色，玉华从筒子里抓了一把钱给那婆子，笑道，“妈妈辛苦了，这大热头底下跑了来。”

婆子接了钱，对毋望道了谢，屈屈腿便出去了。

○三九 聚丰园赴宴

翠屏看着时辰差不多了开始给她换装梳头，穿了月笼纱的短衫儿，配了水色的六幅襦裙，挽了个桃心髻，打开了老太太给的妆奁盒子，挑出一副翡翠的簪子斜斜插上，再左右一端详，真真一个绝代佳人无疑。

毋望已听惯了她们夸自己，也不搭嘴，只顾吃小娟上趟家去捎带回来的腌梅子，一颗接着一颗，没完没了。玉华看见了忙把坛子抱走，说道，“我的好姑娘，再好吃也有个节制，这种东西怎么好多吃，不消化的。”

毋望无奈看了一眼道，“好吧，你先给我搁着，我明儿再吃。”

几个人哭笑不得，旁人跟前办事说话稳重老成，谁知道在自己屋子里竟是这个模样，单说歇午觉，没人叫她，她便能睡到第二天去，如今又染上个贪嘴，碰上爱吃的，哪里管后头怎么样，可不就是小孩心性吗！

六儿打了水来给她净手，她边洗边道，“我这就去吃席了，玉华陪着我去，你们剩下的便在园子里，若我回得太晚，你们也不必等我，各自睡吧。”

翠屏柔声道，“姑娘不用替我们操心，只顾好自己便是我们的大造化，哪里有主子没回来，奴才就先睡下的道理！你玩吧，咱们在院子外头挑上灯笼，好给你照路。”

毋望一本正经地点点头，提了提裙脚，带上玉华走出了屋子，旁边的周婆子赶了上来，把用红纸包了的一截蒜塞到她的腰封里，小声道，“那个园子才死了人，不干净，带上这个好辟邪，夜里走也不怕了。”

毋望不懂这些，她既准备了便也不推脱，道了谢就携玉华往聚丰园去了。这时夕阳已西下，一路走来风吹了竹叶沙沙的响，天又凉爽，两人说说笑笑，花了一炷香的时候才进慎言的园子里。

远远就听见小丫头报，“刘大姑娘来了！”

正屋里立刻迎出来两个人，一个穿了左右双开的梅花比甲，戴了银丝髻，一个穿大袖短衣，梳着垂马髻，两个都是面容姣好的，玉华在毋望耳边提点道，“前头那个是大奶奶，闺名叫茗玉，娘家哥哥是苏州知府，后头那个是大爷的屋里人，叫多儿，是通房。”

“可算盼着妹妹来了。”那言大奶奶极自然地拉起毋望的手，其自来熟功力令人称道。上下左右细打量了一番赞道，“头里我派来的妈妈来回我，说是看见了天仙，我还不相信，只当她胡说，谁知这会儿见了，果然所言非假！妹妹是哪里来的仙女儿呢？怎么上我们家来了！”

毋望抿嘴笑道，“大嫂子取笑了，原该早些来拜访的，也正因着园子里出的那事，怕来了给嫂子添乱，还是嫂子想着我，今儿邀我来，我便空着手来了，嫂子莫怪啊。”

“听听这什么话，到我这里来还要备厚礼不成，那我也太不堪了。”边说边将她往上房里引，又道，“今儿只是兄弟姐妹的相聚，长辈们一概不请，咱们说话吃酒也随意些，你道好不好呢？”

毋望道，“甚好，不知两位妹妹来了没有？”

茗玉道，“她们两个性子慢，这会子还未到，慎行和慎儒到了，爷们儿正一处说话呢！只可惜慎笃来不了，本来家里兄弟姊妹就少，他一倒在床上便更显冷清了。”

丫头打了门帘子让进去，大屋里灯火通明，摆设极尽奢华，单是那琉璃罩的宫灯就放了八盏，慎言慎行见她进来，忙起身迎接，兄妹三个互请了安，慎言道，“屋里的事儿今儿方料理完了，这才请了妹妹来，咱们几个好生聚聚，等天凉些还可同去泛舟，年下慎行外放了，再聚便难了。”

“那便偏劳大哥哥了，届时叫大哥哥受累安排，东自然由我来做。”慎行道，眼里流光溢彩，转而对毋望道，“妹妹也要赏脸才好，那时虽在孝里，我们不大肆饮酒作乐也不碍的，可好吗？”

毋望自然不好扫他们的兴，点头道好，复坐下家长里短地说了会子，又有外头的小厮来寻慎言回事儿，慎言道，“你两个宽坐，我去去就来。”

茗玉也出去张罗，只剩兄妹两个对坐着，毋望道，“二哥哥，后儿去庙里，不知你那会子可得空？”

慎行道，“我这半年就在家歇着了，隔三差五到衙门里学些公务，旁的也没什么事，只想着太爷老太太还有我母亲跟前尽尽孝，打发打发时候罢了，你若有什么只管找我。”

毋望看他面上温和儒雅，也知这位表哥素日良善，便点头，两人相对而笑，旁人看来竟有些脉脉不得语的意思。这时茗玉进来，看他们这样便调笑道，“你两个说什么私房话呢？我瞧着真真般配，郎才女貌的可不天生一对儿吗，二婶子还到处张罗给你说亲，现成的摆着竟不查，赶明儿我做媒，行哥儿可好？”

慎行忙站起来给茗玉作揖，道，“大嫂子就别拿我们打趣儿了，咱们兄妹原好好的，叫嫂子这么说了往后不好相见，这种玩笑开不得。”

茗玉眼波儿一转，掩嘴笑道，“这有什么！亲上作亲可不好吗，又知根知底的，男大当婚女大当嫁，自古就是应当应分的，臊什么！”

毋望心里厌恶那茗玉癫狂，又不好说她什么，只得充耳不闻，不经意间瞥见慎行红着脸，目光柔和似水地望她，当下心头狂跳不已，暗道这是怎么个事？慎行那是什么意思？不是真把茗玉的话当了真吧！左右思忖，只好道，“嫂子是知道的，我有孝在身，不好提这些事，玩笑过也就是了，快别再提。”

茗玉不知是真傻还是装傻，自顾自地说道，“有孝怕什么，既在园子里住着，还怕跑了不成，再等一年也使得！你瞧瞧我们慎行，这样的相貌人品，打着灯笼也难找，不如先定下，若叫煮熟的鸭子飞了，岂不要冤死了吗！”

这下子毋望顿觉欲哭无泪了，敢情今儿邀她来是为了做媒吗？那也太没正形了，莫说上头有老爷太太，就连老太太那儿也要私下里问她的意思，这个言大奶奶怎么一点规矩也不懂，急吼吼要将她许人是什么道理！

一旁的玉华见她家姑娘下不来台了，赶紧上来解围道，“大奶奶快别取笑我们姑娘，瞧她脸红的！上回老太太说了，姑娘的亲事她要亲自过问的，至于人选，她也有了定论的，如今叫奶奶一说，我们姑娘脸皮子薄，又不好反驳，急得汗都出来了。”

毋望暗笑玉华果然聪明，带她来算是带对了，编瞎话不带眨眼的，真是个可造之才。便乘她上前作势给自己擦汗偷着捏了捏她的手，玉华安抚一笑，又低头退回一旁去了。

大奶奶因玉华原是伺候老太太的，总要给三分薄面，讪笑道，“老太太到底疼姑娘，既已有了正主儿，那我也不掺和了，那正主就是行哥儿也未可知，我倒瞎操心起来，该打该打！”

毋望转脸看慎行，他只坐着喝茶，连头都没抬一下，便冲茗玉笑笑道，“好嫂子，你快打发人去瞧瞧芳龄和芳瑕，她们怎么还没来？慎儒在哪儿呢？”

茗玉道，“慎儒在我的后身屋里，在同你两个侄儿玩呢！你可要去？”

毋望是最喜欢孩子不过的，忙点头道，“我来了这几天还没正经同他们说过话儿，正想找他们玩呢！”

茗玉听了招来两个小丫头，一个去看两位姑娘，一个领了毋望往后头找孩子们去，毋望跟着兜兜转转来到后身屋里，见慎儒和两个两三岁大的孩子在玩骰子，便过去看，笑道，“你们这是在比大小吗？”

慎儒恭敬给她行了礼道，“姐姐来了！大哥哥和二哥哥说话我也插不上嘴，还不如到这儿和平哥儿、仁哥儿玩呢！”

毋望在榻上坐下，看那两个孩子一般大小，一个圆脸略胖，一个长脸略瘦些，五官长得都和慎言很像，便指着胖的那个道，“这个定是平哥儿，”又指了瘦的那个道，“这个是仁哥儿吧？”

慎儒点头道，“正是呢，姐姐怎么知道？”

“天机不可泄露也。”毋望摇头晃脑道，慎儒看她的眼神多了分崇敬，她心里哀叹，没娘的孩子怎么能不可怜呢，一个养得好好的，一个嘴角哈喇子流得前襟都湿了也没人擦擦，那些丫头都是趋炎附势的，从前贞姨娘还在或许好些，如今没了顾忌，便不拿这孩子当人看了。

抬头见旁边就站了个丫头，不由皱了皱眉道，“劳你拿件干净衣裳来，我给仁哥儿换上，再绞两块绵纱搁在这儿。”

丫鬟福了福，半天才从房里找来了换洗衣裳，毋望将仁哥儿抱起来，小心换了湿衣，又把那绵纱叠成长条，给仁哥儿围在脖子上，对那丫头道，“这样就不怕衣裳湿了，过会子再换一块，交替着来，也伤不着他的皮肤。”

丫头道是，慎儒看她手法娴熟，不解道，“姐姐还会带孩子？”

毋望道，“我叔叔家里的哥儿就是我带大的。”

那仁哥儿虽还不大懂事，谁对他好还是知道的，偏巧毋望又有孩子缘，便强挂在身上下不来了，边拉着她的袖子边嘀咕道，“妈妈。”

毋望鼻子一酸，慎儒忙把他摘了下来，对着仁哥教训道，“这是姑姑，不是妈妈，可记住了？”

毋望笑道，“不碍的，咱们一块玩罢。”于是两大两小围着榻上的矮桌掷起骰子来，又变着花样刮鼻子玩，那两个小的滚作一团，笑得上气接不着下气。

〇四〇 人多心思异

慎言回来时见慎行坐在椅子里，一副闷闷不乐的样子，便在他旁边坐下，倾身道，“这是怎么了？才刚还好好的，谁又惹着我们二爷了？”

慎行勉强道，“哪里有什么事，你别问了。”

慎言斜了眼睨他，端起茶盅喝了口，慢条斯理道，“咱们哥们儿一同长大的，你什么事我不知道，如今做了官了，和我生分起来了。”

慎行别扭了半晌，说也说不出来，知道自己这心思太不堪，不想偏又不成，横竖不是，更煎熬得热锅上似的，又想慎言是个中好手，同他说说或者有些用，踌躇再四，瓮声瓮气道，“大哥哥可曾听说春妹妹许给谁家了？”

慎言吃惊道，“不曾听说啊，她才来，又在孝里，哪里会许人家呢！”复细打量他道，“你蔫头耷脑的莫不是为了这个？”

慎行一看慎言来了劲，吓得忙摆手道，“我问着玩的，你可别混想！”

慎言眯眼道，“不打自招！你若真有这个心思便求老太太去，老太太疼春君，自然会答应的。”

慎行结巴道，“我哪里有什么……什么心思，你别混说！”

慎言眯了眼道，“你别打量我不知道，打小你就和她好，她闯祸，你就给她善后，哪回不是这样？后来她发配到北地去了，你在房里猫了几日没出来，又是干什么去了？可是哭得见不得人了？那时我还笑你不中用，岂知你早就是存了心的。”

慎行目瞪口呆，再想否认也是多余的，便颓然靠在椅背上，心里纷纷乱乱绞作一团，全然没了主意，只喃喃道，“她只当我是哥哥，半点那种念头都没有，我如今可怎么好，老太太和我妈那里没什么说头，才刚玉华又说老太太心里有了人选，既一丝口风都不漏，想来定是别人，会是谁呢……”

慎言又一阵大摇其头，这慎行果真是个书呆子，什么样的话都信！拍了拍他的肩道，“玉华无非就是替她主子开脱罢了，她才来，老太太哪里这么快就有了主意，再说她有孝在身，断没有眼下就说亲的道理，况且她如今身份尴尬，凭她再好的容貌怕也不好嫁，你寻个时候探探老太太的口风，我想老太太肯定也为她的将来忧心，你若把事儿说破了，老太太必是头一个答应的，有了老太太点头，这事就成了一大半。”

慎行直起身道，“你说的可是真的？”

慎言嗤了一声道，“真不真的，你自己不知道吗，倒来问我，枉你读了那许多的书。”

慎行细一思量身上又来了气力，心里一阵胜一阵的高兴，暗打定主意，待迎了她父母牌位回来就去回了老太太，若能将事定下，他也好放心上任去，她的孝期横竖只一年，他怎么都是等得的。

这时芳龄芳瑕也到了，慎言道，“人都齐全了，慎行你去叫春妹妹吧。”

慎行应了，忙起身往后身房里去，穿过了层层纬幔，只见一大两小端坐着，毋望正拿着一枝花给他们变戏法，面上笑靥如花，手指灵动，寥寥几个动作那花竟不见了，孩子们抽气声一片，慎行抱胸倚着柱子看，她转了两圈叫他们瞧真了，突然一抖手，那花又出来了，两个小的尖叫起来，慎儒缠着问底细，她只高深一笑，道，“天机不可泄漏也。”

慎儒噘嘴不乐意，抱怨道，“姐姐总说天机，也忒没趣儿。”

慎行一旁忍不住道，“告诉你门道才有趣？不过看个乐子，缘故都告诉你了，下回还玩什么？”又对毋望道，“上前头去吧，她们都来了。”

毋望点点头，招手叫儒哥儿过来，两个奶妈子各抱起一个孩子，才要走，那仁哥儿伸手喊道，“妈妈。”

慎行惊讶不已，回身问道，“谁教的？太不成体统了！这是能混叫的吗！”

毋望看他发火便道，“哪里有人教他，这孩子可怜见的，这么小知道什么，你别吓着他。”说着拍拍手要去抱他，被慎行拦下了，刚要问为什么，慎行道，“两个孩子，你抱哪个好？平哥儿可是大嫂子亲生的。”

毋望听了忙收回手，心下想，若不是他说，她还真忘了这出，要抱着仁哥儿出去，那大奶奶面上真不好交代了，当下冲慎行感激一笑道，“多谢二哥哥提点了，我险些犯了忌讳。”

慎行面上微寒，冲仁哥儿的奶妈道，“管好哥儿，别让他乱叫，叫旁人听见大家面上不好看。”

那奶妈早就吓得打战，被慎行一斥，更是一迭声道是，慎行哼了一声，负手往前厅去了。

慎儒看着他的背影小声道，“二哥哥吃枪药了吗，怎么好好的又发火。”

毋望一头雾水地拉了慎儒跟上去，到了前厅大家一通寒暄，席间又拈花名又行酒令，一顿饭吃了一个时辰，毋望因接不上酒令，生生被罚了好几杯，慎行瞧她不成了替她挡了两杯，被芳瑕嘲笑道，“二哥哥果然真英雄，回头我若行错了你也替我喝吧。”

茗玉道，“这酒岂是混喝的，待你日后配了姑爷，叫姑爷替你喝吧。”

众人因酒兴正酣，也未有人留意她的话，又是一轮下了，毋望分明觉得天旋地转起来，便摆手道，“不成了，这么喝下去可了不得，好哥哥好嫂子还有好妹妹们，且饶了我吧。”

茗玉又不依道，“你的孝从后儿才开始服，今儿醉了也不打紧，头里说好了不醉不归的，你才喝了五杯便要耍赖吗？”

毋望也没法，只得撑着又一轮，谁知愈喝脑子愈糊涂，愈糊涂愈连不上，又得再喝，渐渐如玉的面皮上嫣红一片，人也摇摇欲坠起来，慎行坐在她邻座，忙扶住了她，众人看她真醉了便笑，茗玉道，“瞧瞧，醉也醉得那样好看！慎行快送你妹妹回去吧。”

慎言也醉得不轻，被大丫头扶进去歇着了，屋子里几人皆有醉意，独慎行醒着，玉华从外头进来扶了毋望，同慎行一道往银钩别院去，看她姑娘醉得这样，抱怨道，“大爷大奶奶这是作弄我家姑娘吗，明知她年纪小喝不得酒还偏让她喝！”

慎行道，“大家高兴罢了，今儿大哥哥和春妹妹两家低了些，可不罚得厉害吗。”

玉华看她醉得浑身瘫软，自己又背她不动，只好搀她在廊子下的围栏上坐下，央了慎行道，“二爷先替我照看一下，我回去叫人拿竹椅来抬。”说着小跑着去了。

慎行站着不知如何是好，又不能抱她，她靠着柱子眼看就要滑下去，慎行没法，拉她靠在自己身上，又因一个坐着一个站着，姿势实在太过暧昧，自己先红了脸，左右不是，只得也坐下，让她靠在怀里，一时心跳如雷，闷声唤道，“妹妹，快醒醒，回院子里再睡吧。”

毋望感觉耳边震得隆隆作响，抬头看了他一眼，嘴里道，“二哥哥来了？坐吧！”一侧头，又迷糊睡去，呼出来的气热热喷在慎行脖颈上，慎行顿时僵了半边身子，往下看去，额头洁白如雪，两帘睫毛微颤着，不时调整一下睡姿，睡得倒是自在非常，可苦了慎行，动也不敢动，心里又是紧张又是甜蜜，七上八下竟跟热油煎似的。

玉华很快带了两个婆子来，慎行犹豫一下，一咬牙将她打横抱了起来，轻轻放进躺椅里，对玉华道，“好生照顾你们姑娘，我就不过去了。”目送了她们往园中去了，自己回身慢慢踱到太华亭，上了高阁爽斋，夜晚的风微有些凉，吹得脑子也静了下来，他自问是极喜欢她的，那样聪明灵巧，性情单纯的女孩儿有谁能不爱？他好几次幻想过与她重逢的场景，心里也揣度她不知变成了什么样，苦寒之地生活是怎样一幅光景，必定吃不饱穿不暖，他也暗下决心，若她回来是个含胸驼背的可怜样，他即刻便去回太爷和老太太把亲事拟定下来，谁曾想见着了她全然不是他想得那样，她举止得体落落大方，反令他不知所措，怜悯之心霎时无影无踪，心绪也摇摆不定起来，要定亲的话几次都说不出口，若说别人嫌弃她身世遭遇还犹可，自己是全然没有这种想头的，现在去求老太太心里也吃不准，谁知道老太太答不答应呢。复长吁短叹人生不公，一个人直坐到戌时末方回春风馆去。

那厢银钩别苑倒也安静，毋望躺在床上人事不知，几个大丫头打水给她擦了身子，玉华和翠屏压低声道，“我瞧着二爷对姑娘不大对头。”

翠屏回头道，“怎么了？”

玉华又皱眉思量半晌，也不言语，翠屏急道，“话只说半句倒不如不说的好！”

玉华犹豫道，“我瞧二爷动了心思，不知姑娘察没察觉。”

翠屏大惊失色，拔高了声道，“二爷竟是这样的人？”

玉华忙捂她的嘴，斥道，“你作死吗，也不看看这是哪里！你当我说二爷什么心思？我是说二爷怕是对姑娘有了意，少不得到老太太那里求去。”

翠屏听了喜滋滋道，“若果真如此，那不是我们姑娘的造化吗！二爷那样好的人才品性，和我们姑娘正相配呢！”

“好是好，只怕还有一番波折。”玉华叹道，“老太太固然疼姑娘，二太太怎么说呢，二爷才放的官，眼下就有大好的前程，讨个家里好的二奶奶，对二爷多大的帮衬，哪像我们姑娘，孤苦伶仃的……”

正说着，毋望在床上翻了个身，两人忙噤声，拉扯着出去了，耳朵奇好的六儿在院里赌气道，“谁稀罕你家二爷，我们姑娘自有高枝攀去，你们没见着臻大爷，天上有地下无的人物，你们二太太只管挑好的媳妇去，单看各自的造化罢了！”

〇四一　好人做不得

晨光透过窗屉子上的纸照进来，天已大亮了，毋望揉揉微有些疼的太阳穴，撑着身子坐起来，扬声喊六儿，玉华和翠屏两个推门进来，翠屏笑道，“姑娘醒了？起来洗漱吧。”

毋望拿清盐净了口，左右不见六儿便问，“六儿哪里去了？”

“那丫头一早便出园子了，说是有什么要紧事去办。”玉华绞了帕子给她，又将她扶到梳妆台前，沾了桂花油抿了头，细细给她编了两股辫子，拿累丝金簪挽起来，镜中看了看，许有些宿醉，面色微微发白，便取了那芙蓉膏子拿水化开，给她拍在颊上，再看便觉气色好了许多。

毋望知道六儿是去芳瑕学里了，究竟如何等她回来方揭晓，心里七上八下的，草草喝了几口粥又在榻上躺下，胡乱想些有的没的，人愈发的昏沉，又想起两日未去给老太太请安了，忙紮挣起来，叫翠屏撑了伞，一路往沁芳园里去。

才进园子便见芳龄掀了门帘出来，摇着扇子道，“姐姐酒可醒了？”

毋望摸摸额头道，“醒了一大半，只还有些头疼罢了。你这会子就回去？”

芳龄道，“我才刚请过安了，老太太有客，我也不便多待，这就回去了。”走了两步又道，“你可曾去瞧过三哥哥？听说他这回伤得不轻。”

毋望猛又想起慎笃来，心想老太太那边回来顺便绕过去看看吧，他都躺了两三天了，再不去瞧叫人生出话来。便道，“我请了安就要去的，你先去吧。”

说罢进上房，入得门来，见老太太端坐在榻上，吴氏也在，右手坐着一位四十上下的贵妇，穿着蝉翼纱的比甲，妆容一丝不苟，面上笑意盈盈，只是眼里藏不住的精明算计，上下打量毋望，像是看件商品。

吴氏道，“姐儿醒了？听说昨儿晚上醉得厉害，我睡得早，竟一点也不知，现下可好了？”

毋望道，“都好了。”

老太太笑着伸手道，“过我这边儿来，快叫我瞧瞧，说是跟个醉猫儿似的，这会子可都好了？头可疼？”

毋望福了福道，“有些晕，中上躺会子就好了。”

谢老太太点了头，指着下手那贵妇道，“这是行哥儿的表姨祖母，夫家姓路，辈分可大，你二舅母都要叫她姨母呢，快去行礼。”

毋望依言道了万福，叫了声表姨祖母，心想哪里来的这么尊大佛，竟跟外祖母是平辈。

谢老太太又道，“这是四丫头家的闺女，叫春君。”

那路夫人站起来，点头道，“真是个标致人物，怪道老太太喜欢，我瞧着也好。可许人家了？”

谢老太太道，“她有孝，要耽搁这一年呢。”

路夫人笑道，“耽搁什么，亲事只管说，只不过礼罢了，明年下聘亦犹可。”

毋望淡淡笑了笑，转身对谢老太太道，“外祖母有客，春儿先告退了。”又在各人面前行了礼，慢慢退了出来。

翠屏看自家姑娘精神头愈发的不济，便道，“这是怎么了？霜打的茄子似的。”

毋望倚着她道，“不知哪里来的什么表姨祖母，看人的眼神叫我不受用。”

翠屏想了想道，“咱们家多早晚有个表姨祖母了？只有三个姑奶奶罢了。”

“不是自己家的，是二太太娘家表姨。”毋望缓缓往前挪步，竟是精疲力竭的样子。

翠屏道，“可是眉心有个痦子的那位？”

毋望嗯了声，翠屏道，“这个我知道，她公爹是皇上的少师，早年死了爷们儿，如今只四个姑娘两个儿子，最小的那个今年才中的榜，现下不知放了什么官？”

毋望又迷迷糊糊嗯了声，哼哼道，“我怪难受的，今儿不去三爷那儿了，回头你替我去探探他，就说我有了气力再去瞧他，叫他好生将养着吧。”

翠屏应了，把她扶回银钩别苑交给了玉华，自己回身往慎笃的院子去了。

玉华搀她躺下，拿了烧酒出来给她捋穴道，拉着脸道，“明儿我问问大爷去，把妹子灌得这样是什么道理？敢情不是大老爷养的，他横竖不心疼是怎么的，叫姑娘平白遭这许多罪！”

毋望闭着眼道，“他自己又怎么样呢，他若好好的，你便去问他，昨儿他也不成了，还有什么可计较的。”

玉华想来也是，只不过心中不平，自家姐妹，玩玩就是了，哪里动真格的一杯接一杯的罚，要不是她那时给大太太房里的善儿叫去说事儿，断不叫他们这么摆布姑娘的。

毋望抬起眼皮见她还虎着脸，便腆脸道，“好姐姐，快别气了，我下回再不喝了可好？只此一次，杀人不过头点地，你要气到什么时候去呢！”

玉华无奈叹气，脸色缓和了些，柔声道，“下回再别去他们园子才好。”

毋望忙点头道，“都应你。”

玉华这才露了个笑脸，主仆两个窃窃私语了阵子，隐隐听见孩子的哭声，由远及近，最后竟进了园子里，毋望坐起来看，一个奶妈子撑着伞，怀里抱着仁哥儿，后头言大奶奶急匆匆赶来，边走边道，“春妹妹可在？快救救我吧！”

毋望迎出去道，“怎么了？快抱仁哥儿进来！”

那孩子一见了她不要命似的扑过来，毋望忙抱起来，他窝在她怀里抽抽搭搭，渐渐止住了哭。

茗玉绿了脸道，“你道奇不奇，到了你这儿果真不哭了！昨儿你走后，这小子哭得死了亲娘似的，闹腾了整一夜，我的头都要裂开了，他哭着叫妈妈，我道定是他姨娘不放心孩子回来看他，又是送神又是祛邪，符咒贴了一屋子也不管用，后来问了带他的丫头，才知道他竟管过你……叫妈妈……”茗玉说得尴尬，脸上悻悻的，又道，“没法子了，我只好厚着面皮来求妹妹，好歹哄一哄，等睡了我再抱回去。”

毋望低头看仁哥儿，一把鼻涕一把眼泪的，那奶妈子拿了布来给他擦，一面道，“可别弄脏了姑母的衣裳。”

毋望接过纱布道，“不碍的，看看这小脸哭得这样，真是作孽！”又轻声问他，“哥儿可是想见姑母？”

那仁哥儿话不大会说，听却是听得明白的，用力点点头，小手使劲儿抓住她的衣襟，乖乖贴在胸口一动不动。

茗玉垮着肩道，“真是对不住了妹妹，叫你一个大姑娘给我哄孩子，也怪你和这小子投缘，竟比吃药还灵！”

毋望让仁哥儿躺在膝头，轻轻拍着他后背，对茗玉道，“不打紧的，我自己的侄儿有什么。这么的吧，大嫂子先回去歇一会子，就让仁哥儿在我这里睡，等歇了午觉再来接。”

茗玉巴不得，叫奶妈子留下，自己逃也似的跑了。毋望把孩子安置在床上，自己给他打扇子，待他睡着了才换了小丫头，玉华摇头道，“姑娘好性儿，这会子千恩万谢的，日后少不得生怨恨。”

毋望不解道，“我给她看孩子还要落个不是？”

玉华冷笑道，“大奶奶什么样的人，姑娘没领教过罢了，瞧瞧大爷屋里连个齐全人都没有，就知她什么手段！昨儿做什么要给姑娘做媒？还不是怕大爷对姑娘有心吗，姑娘是家里人，她看着不受用也无法，要是外头人，你还能同大爷说半句话？贞姨娘就是下场！”

毋望生生打个寒战，这茗玉是个如此厉害的主儿，原先只知她泼辣，如今看来她可怜仁哥儿，怕是会招来些什么吧。正懊恼着，六儿风风火火的回来了，跑进内房里一看，见仁哥儿在床上，气得像只河豚，拉了毋望道，“我才刚从外头廊子里过，听见几个小丫头议论，你猜说什么？”

玉华道，“定是没什么好话的。”

六儿插着腰道，“我听她们说什么‘两个皆要守孝，养在一处倒也省事’，还说姑娘和仁哥儿这样的投缘，里头必有缘故，说姑娘必是第二个贞姨娘！”

玉华怒道，“你既听着这样的混话，就该拿大耳刮子扇她们，回来学舌有什么用！姑娘瞧吧，还没一刻钟，闲话便来了，我劝姑娘日后还是图自己轻省吧，这些个杂事儿不理为好。”

毋望目瞪口呆，大宅子的是非果真是多的，小的时候许是有母亲护着，又是嫡女，旁人有些什么无赖话也进不了她的耳朵，眼下今非昔比，她竟成了丫头奴才的谈资了！

玉华恨得转身对仁哥儿的奶妈子道，“你们哥儿这会子睡了，你抱他回去，告诉大奶奶，往后哥儿再怎么哭闹都别到我们院子里来，省得出了力气还给人说三道四，我们姑娘是未出阁的，带着孩子算怎么回事！若大奶奶不问事，你便回大爷去，他屋里的事多早晚轮到他妹子来管了！”

奶妈子吓得缩作一团，搓着手道，“姑娘，这是怎么话说的！”

玉华喝道，“不用问姑娘，我们自有耳报神！叫你们奶奶查查这话是哪里出来的，造谣的人要严惩了才好，若传到老太太耳朵里，大家都不好交代。”

奶妈子诺诺称是，抱起仁哥儿就出去了。毋望道，“叫个丫头给仁哥儿打伞，别晒着孩子。”转身抓起玉华的手道，“老太太果然极明白，派了你到我身边儿，好姐姐，我日后都靠你了，你好歹保我周全！”

玉华道，“姑娘哪里话，老太太既把我给了姑娘，奴才自当尽心竭力为主子的。”

毋望点了头道，“你下去歇着吧，替我听着点大奶奶那里的风声。”

玉华道是，看了六儿一眼，躬身退了出去。

〇四二　人闲乱言语

毋望的心里突突直跳，强作了镇定坐在榻上，问道，“可见着了？”

六儿笑道，“姑娘放宽心吧，什么如兰似桂，只是长得稍周正些罢了，想来那群小姐们未见过外头的年轻男子，一个个竟是得了活龙！那位教书的裴公子怎么同我们裴公子比，天差地别的两个人，那人的个头像三爷那样高，肉皮儿有些黑，小鼻子小眼的，摇着扇子倒像那么回事似的，阿弥陀佛，快别拿来同臻大爷比吧，我那回见臻大爷，他虽病着，那相貌，真真美人儿似的！”

毋望松了口气，头似也不那么疼了，抚着心口喘了喘，索性往后一躺，喃喃道，“可算是把心放回腔子里了！”

“我原就说姑娘多想，偏生还不信，如今怎么样呢？”六儿道，自己倒了杯水一通牛饮，看左右没人，便靠近了她道，“姑娘可曾听说二爷的事？”

毋望半闭着眼道，“二爷有什么事？”

六儿甚感意外，她家姑娘有时真是大智若愚啊！忙凑近了她道，“外头都传开了，说二爷对姑娘有意，恐怕过不了多久就要同老太太提的，姑娘自己的事自己不知道？”

毋望脑子嗡嗡响，心道这又是唱的哪出戏！她倒成了狐狸精了，和弟兄们亲近就有各种传闻出来，无论怎么谨小慎微总逃不过一说，这些人的心都是怎么长的，九曲十八弯，竟是一肚子男盗女娼！

“凭她们说去，我只管我自己，旁的一概不问，就为那些混话，我们兄妹就不来往了吗？行二爷对谁不好？偏和我温和些就不成了吗！”毋望一肚子愤怒全都发在了靠垫上，狠狠折磨蹂躏一番，方觉好受了些。

六儿忧心道，“我瞧二爷也不差，人好，前程也好，说句实话，姑娘要是真跟了他，定是正室无疑，不比等裴公子强些？何必一棵树上吊死！”

毋望摇头，“你哪里知道这些，我是个死脑筋，既欠着他的情，又答应了要等他，断没有半途而废的道理，凭你家世多好，官做的多大，我是打定主意的。”

六儿坐下来，皱眉道，“三年呢！我的姑娘！再等三年错过多少！到时他若不来，姑娘如何自处？”

毋望脸色渐渐沉寂，六儿说得没错，若三年之后他还不来，若当时只是他的玩笑话，那她应当如何自处？思索再三还是一团糨糊，随口道，“无非剃了头做姑子去。”

六儿见她那样也无奈，他们两个定是上辈子的冤孽，要劝是劝不过来的，好在有一年的孝，且等这一年过了再说，到时姑娘自已想通了也未可知，由着她去罢。“只是二爷若真和老太太求姑娘，那可怎么办才好？”

毋望闭眼道，“这都是那些个小丫头子的闲话，二哥哥从小待我亲厚，如今大了更体贴些，也没什么大不了的，万一他要是有那心思，不用我推脱，他母亲也不能答应，他又是个极孝顺的，哪里敢拂逆呢，我们兄妹还是要走动的，何苦为这些伤了和气，不提也罢，不过日后少些往来也就是了。”

六儿也不说什么了，拿了漏子给屋子里的两株兰花浇水，回头看她，她起身拿了本书，歪在榻上看起来，窗外微风拂过，檐下挂的竹风铃铛铛作响，伴着她翻书的吵吵声，鸟儿的啾啾声，一派闲适静好。

未几又上了饭，翠屏来布置，毋望见了她问起慎笃的情况，翠屏道，“这三爷打得皮开肉绽还没学乖，天天在床上闹，他姨娘只顾哭，又要给三老爷责怪，又要给三太太夹枪带棍的数落，难得恨不得寻了死才好！三爷太不醒事了，要给那……那小倌儿赎身，还说要买处宅子安置，差点没把三老爷气死，又要抄家伙，说先打死了他，再去打死那腌臜玩意儿，众人好歹才劝住的，你道那三爷像不像话！

好男风的事儿古来就是有的，只不过是作富家子弟的玩乐，也没听说过找了小倌就不肯娶亲的，凡有脸面的人家谁出过这样的纰漏，慎笃也是个死心眼子，怪道三舅舅要往死里打。毋望心里这样想着，只是嘴上不好说，六儿扶她到桌前，只喝了两口汤就摇头叫撤下去，翠屏道，“还是不舒服吗？我看请个大夫来瞧瞧吧。”

毋望道，“宿醉罢了，请大夫做什么。”才摇晃着躺下，外头言大奶奶的声音又响起来，她蹙眉捶了一下榻，恨道，“不摆布死我不甘心是怎么的！就不能叫我清静会子！”

茗玉进了屋子一看她面色发青，只当她是为了那些闲话气的，忙俯身安慰道，“姑娘保重身子要紧，气坏了怎么好！我才刚听见奶妈子来回我，真真恨得我牙根儿痒痒，也不知是哪个下流的小娼妇，若叫我查出来定叫了人伢子来打发了她！这会子几个嬷嬷正加紧着盘问，我先来给妹妹告个罪，怪我管教不严，才叫丫头们乱嚼舌头，伤了妹妹的心。你哥哥在园子里发脾气呢，说抓出了人先打个半死，妹妹身边哪位姑娘听着的，劳她驾跟我去认个人，也好发落了给姑娘个交代。”

毋望听了又是打发又是打个半死的，心里也不落忍，便道，“大嫂子坐吧，我也没想怎么，只是听了那些话心寒罢了，我原是一片好意，谁曾想竟被人传得那样。”

玉华掀了珠帘进来，站在一边幽幽道，“大奶奶是极明白的人，怎么这会子倒学起小家子来了。”

茗玉转头不解道，“姑娘这话怎么说？”

玉华道，“我们姑娘才来的，只为几句闲话便拿下人要打要杀的，回头不知传得怎么样，不知道的说我们姑娘心肠歹毒，姑娘家的就要立威拿人作法。”

茗玉面上不好看起来，“那依着玉华姑娘的意思呢？”

玉华也不看她，直道，“只管叫她们老子娘来，领了家去就是了。”

茗玉呵呵笑道，“这也使得，还是玉华姑娘想得周到，倒是我急糊涂了，那就照着姑娘的意思办吧。”

毋望听了玉华的话甚满意，她不好说的都叫她说了，果然是个伶俐机敏的！又差了六儿道，“你和周妈妈跟了大奶奶去，可仔细着点儿，别认错了人。”

六儿点了头站在门口，言大奶奶强笑道，“妹妹歇着吧，事儿办完了就叫周妈妈和这位姑娘回来。”

毋望低头浅笑，茗玉后牙槽隐隐发酸起来，心道这玉华果然厉害，头里大爷看上了问老太太要人，老太太并未应承，倒把她给了刘大姑娘，也不知是什么用意，若叫她进了聚丰园，凭着她主子招老太太偏疼，日后岂不要爬到她头顶上来？又想起她昨儿说老太太心里有了配刘大姑娘的人选，莫非是要把她们主仆一同配了言大爷？想到这儿脚步不禁踉跄起来，看慎行的意思对刘姑娘是有那份心的，不如将这亲事坐实了好。回头看看那屋里，两个女孩儿悠哉悠哉打着扇子闲谈，想想自己倒要顶着毒日头办小丫头，稀图她们什么，何苦给人当枪使！拘定了主意，前脚踏进园子里，后脚招来了几个婆子，说自己发了痧，这事管不了了，暂且晾着吧，大不了拿个带头的揪出来，叫了她家里人领回去也就是了。

六儿到了那边，看事儿办得潦草，丫头婆子一副不上心的样子，和周婆子互看了看，也不和谁打招呼，径直就回了院子里，毋望见她们不到一盏茶的工夫就回来了，便料定事并没有正经办，也不问什么，打发了她们去歇午觉，自己拿了青布和红绸带，一针一线缝出两个袋子来，备着明日套神位用。等缝完了袋子又寻出那天给老太太打的抹额样子，衬了过过浆的里子，在两面细细绣起一对松鹤常春，等绣得了天也擦了黑，才要吃饭，那边传老太太叫过去，忙丢了手，带了小娟儿往沁芳园里去。

丫头打了绸子的门帘子让她进去，老太太和太爷在桌旁坐着，饭也备得了，老太太招手道，“来吃饭吧，有些事儿要听你的意思。”

毋望净了手坐下，心里疑惑，看看老太爷，面上淡淡的也没什么，便问道，“什么事儿，外祖母说吧。”

“今儿来的你二舅母娘家表姨太太你可还记得？”老太太道，见她点了头，又和煦道，“她瞧上你了，想说给她儿子，那儿子原是个庶出的，我见过，长得也极好，眼下跟着他叔叔给朝廷做买办，今年十八，也未娶过，看你的意思，若要答应了也不急着下聘，先换了庚萜信物，等你满了孝再选日子定下，我是觉得甚好，虽不及嫡子占先，好歹是正经奶奶，也不算吃亏，你看呢？”

毋望作了难，心下也不痛快，便道，“我年纪还小，哪里想这些个，且待出了孝再说吧。”

老太太道，“原就是出了孝再定，眼下只看准了人，写了书信给你叔叔婶子通报罢了。”

毋望玄然欲泣的样子，低声道，“老太太可是烦了我，要趁早把我打发出去？”

谢老太爷和老太太俱一惊，太爷道，“我原说太急了些，你偏不信！”

老太太忙伸手把她抱进怀里，哄道，“好孩子，我疼你都疼不过来，哪里就烦你了呢！我只想给你寻摸门好亲，将来好享富贵，却叫你起了这样的疑，真真弄巧成拙！好了好了，这事不提了，快别哭了。”

毋望哪里真哭，不过缓兵之计而已，听了老太太的话就擦了擦眼泪，低头端坐着。

老太爷道，“还在孝里就提这个，路家那也是个混账老婆，回头她公公死了也找人给她孙女说亲去。”

老太太只顾安抚外甥女，又道，“也是的，我们姐儿还怕没人家吗，也不急于一时，走了送桃儿的自然还有送李子的，外祖母糊涂了，下回再不提了，可好？”

毋望笑了笑，两个老人看了把心放进了肚子里，欢欢喜喜吃了饭，老太太又叫人拿出给她新做的几套素服交给小丫头，复又说了会子话，这才回银钩院去了。

卷四 飞星传信，明月暗渡

〇四三 求姻松竹寺

慎行叫马房的小子套了马车，早早就在角门等着，毋望换了交颈的缠枝莲暗纹素衣出来，鬓边戴了白绢花，立在门前，弱柳扶风一般的颜色，轻唤了声二哥哥，慎行看得呆愣，脸上一红，忙转身给她打帘，待她和玉华上了车，自己方打马扬鞭前头开道去。

约走了小半个时辰，人马缓缓行至松竹寺山门前，那松竹寺是座千年古刹，群山环抱里古木参天，一派宁静祥和的景象。毋望下得车来抬头看去，黄墙红瓦，大门正里边一只五人合抱的巨大香炉，香烛烟火袅袅直冲云霄，慎行低头道，“妹妹先往大殿参拜诸佛，我去寻了住持来。”

毋望点点头，又左右看，知道这寺是大乘佛教，五部皆有，便叫玉华扶了先往佛部去，往功德箱里投了香油钱，一一拜过释迦牟尼佛，大日如来，卢遮那佛，药师如来，宝生如来等十五尊佛，又往菩萨部去，复又拜了圣观音，千手观音，十一面观音，大势至菩萨等，还要往明王部去，玉华拦道，“姑娘心到则成，何必一位不落，想来菩萨们知道姑娘虔诚，也不会计较未受姑娘一跪。”

毋望道，“佛入涅槃，不再轮回生死苦海中，阿弥陀佛，叫人好生羡慕！”

玉华笑道，“人人向佛，好在有正偏知，明行足，世间解等一众佛陀尊者，否则岂非忙不过来！”

毋望由她拉着到古树下的石凳上坐定，梵音入耳，竟觉得天也不这么热了。小歇了一会子，玉华道，“才刚怎么没求签？松竹寺的观音签最是灵验，姑娘可要试试？”

毋望道，“求什么？”

玉华接口道，“自然是求姻缘。”

毋望抿嘴而笑，面上微微发红，腼腆地起身往白衣观音面前去，磕了头，玉华取了签筒来给她摇，因不得法，摇了许久才落了一支下来，玉华捡了看道，“三十六签。”

两个人兴冲冲寻了门旁解签的老僧，那老僧核对了签上的干支号码，从箱中抽取了签诗纸片来，一面道，“这签求得妙，若看前头是个下下，若看后头就是个上上大吉，如此看来，中不溜。我这里求运势得运势，求姻缘得姻缘，施主求什么？”

玉华双手合十拜了拜道，“我们姑娘求姻缘。”

老僧将签纸交于毋望，只见上头画着一人卧在冰面上，头顶上有彩凤盘旋，看着似好似坏的，也不甚明白，便道，“请大师明示。”

那老僧道，“一曰卧冰求鲤，一曰丹凤朝阳，从签面上解来，施主父母不亲，兄弟无力，及笄前有富贵命却无富贵运，姻缘多波折，须得守，中有坎坷，却也是不碍的，终有一日拨云见日，衣锦还乡。”

玉华喜道，“签上可说良人在哪个方向？”

老僧高深打起了禅机，只道，“混沌天地间自有良配，不可操之过急。”

毋望拜了拜，奉上了签钱，主仆出得门来，玉华道，“若果真灵验倒是极好的，前头说得也准，只这个守字费解，守什么？”

毋望暗暗欢喜，她自然是知道守什么的，得了这签，又将心里的事一一往上靠，竟是七七八八地看出了些端倪来，只是还有波折，也不知是什么样的波折，莫非是臻大奶奶吗？他只说与她不是真夫妻，究竟底细不得知，这人向来说话做事留一半，真真假假叫她心中忐忑，忐忑归忐忑，却是十二分的相信他，他既让她等她便等吧，那时他若不磊落，这会子她早就成了他的妾了，何苦信誓旦旦地等三年。

玉华看她姑娘一忽儿愁眉苦脸一忽儿眉开眼笑，也闹不懂是怎么回事。这时慎行同寺里住持走来，毋望携了玉华迎上前，合掌互行了礼，慎行道，“这是空闻大师。”又引荐了毋望道，“这是舍妹，闺名叫春君，便是前太仆寺卿刘郁的独女。”

那空闻大师道，“阿弥陀佛，今日可算团圆了，老纳已命寺中沙弥为刘先生贤伉俪诵经超生，施主且等等吧，在寺里用了斋饭，到申时方能请神位。”

毋望拜道，“多谢大师收留我父母亲，弟子自当多供香油，以弟子感激之情。”

空闻大师道，“大开方便之门原就应当，我与令尊也算旧识，施主不必客气。”又寒暄两句，被寺中弟子请去处理事务去了。

毋望跟了慎行到后院佛堂里，九个和尚念经作法，案上供着父母的牌位，她伏在垫上哭起来，慎行看她悲痛欲绝，哭得极压抑，浑身颤抖却又无声无息，便心里闷疼着只怕她会厥过去，示意了玉华道，“搀起来劝劝吧。”

玉华软语安慰半晌方止住了哭，抽抽搭搭揉着兔儿似的两个眼，慎行柔声道，“知道你心上难过，哭也哭过了，还是保重身子吧，姑父姑母去了七年了，或者早就登了极乐，你在这里哭也不中用，反叫他们记挂。”

毋望点了点头，三人退出佛堂，往专为香客准备的厢房里去，因窗户前后洞开，山风吹来甚清凉，坐了会子，毋望看玉华心神不定的，便问怎么了，玉华推说无事，又实在坐立不安，毋望道，“你有什么就同我说，二爷也不是外人。”

玉华这才慢吞吞道，“我家离这里不远，因老娘病了个把月了，又不得空回去看，这会子既到了这里，求姑娘放我回去瞧瞧，申时之前必定赶回来。”

毋望道，“我当什么事呢！你只管家去吧，我这里不用伺候。”

慎行解了二两银子给她道，“买些好的给老人家吃吧，叫千秋赶了车送你，早去早回。”

玉华福了福，忙捧了银子去了。

毋望笑道，“二哥哥真是好人，准了她假还给银子，仔细明儿园子里的人都来找你。”

慎行拂了拂袖子道，“你不知道，大哥哥的面子罢了。”

“这话怎么说？”毋望道。

慎行瞧她傻傻的不觉好笑，便摇着折扇道，“玉华是大哥哥定下的，只是老太太不答应。”

毋望心想怪道每每和大奶奶针锋相对呢，里面还有这样的说头，思忖了又不解，“老太太做什么把玉华给了我？”

慎行道，“玉华不是家生家养的，上头还有她老子娘，老太太不愿意作这主，又不好明说，这才把她给了你，打量大哥哥也没脸要妹妹的人，这事儿就算完了。”

毋望微一叹，真是一团乱麻，又看慎行，他背着手走到窗前远眺，身形挺拔，毋望暗道，他那样的聪明，自己想不明白的事他却不费力气，便又问道，“那依你看，玉华对大哥哥可有意？”

慎行回身看她，直言道，“她对大奶奶怎么样，你便应该知道。”

毋望托着腮道，“她们若要斗，别扯上我才好。我这一年是要学老道士闭关的，万一有个什么，毁了我的清静。”

慎行慢慢转身到桌边坐下，面上虽波澜不惊，眼里却暗潮汹涌，微一沉吟道，“妹妹今后什么打算？孝期一满又待如何？”

毋望道，“待满了孝，或者回北地去，我是刘家的人，既有亲叔婶在，哪里有常留谢家的道理。”

慎行一僵，旋即道，“那也没什么不可的，原就是自己的外祖母家，况且朝廷已在为洪武期间冤死的命官翻案，我瞧这势头，姑父的案子也能平，届时产业发还，你还回北地做什么。”

毋望道，“若果真如此倒是造化，我心里还有桩事念着，要办了才好。”

慎行顿了顿道，“何事？我替你去办吧。”

毋望抬眼笑笑，“二哥哥莫急，时候还未到呢。我进京时船行至湘妃渡曾遇着我爹先前的旧部，他的夫人和我提起了我那两个姨娘，说是都很苦，一个嫁了屠户做妾，日日里打骂不休，一个在街面上做暗门子，迎来送往的做皮肉买卖，我听了着实的不忍，想着哪日产业归还，若她们还愿意，便接回原来的院子里住，如今只等朝廷恩旨。”说着脸上哀戚一片，泪又莹莹欲滴。

慎行抽了汗巾子给她，安慰道，“这事早晚有个论断，我得空就同我恩师打听，他如今掌管着大理寺，这些是最清楚不过的，只是那嫁了人的难办些，要接回来需等她夫家休离了方可。”

毋望道，“那也不是什么难事，眼下只欠东风罢了。”

慎行脱口道，“我比你还急，姑父的罪名洗清了大家受用。”

才说完，猛想起这话说岔了，一时尴尬不已，再看毋望，四平八稳的样子，像是全然没听见。这时庙里小沙弥端了斋饭来，豆腐青菜的摆了三四碟，两人坐下，慎行看那米饭粗砾，吃了一口，竟觉刺喉咙，便道，“这是糙米吗，怎的这样难吃？”

毋望不甚在意，细嚼慢咽着，缓缓道，“你是金颗玉粒惯了的，出家人可不就吃这些个吗！头里我在北地，饥荒时连这样的饭菜都吃不上，哪里还嫌难吃呢。”

慎行听了心下酸楚，好端端的千金小姐原该比他还娇气些，可如今偏弄得性子全无，不禁心疼了七分，想着自己倒还不如她，便低头又吃些，饭生硬菜发苦，唯独豆腐尚能入口，勉强吞咽了，此时毋望也撂了手，拿手绢掖了嘴角，慎行给她的茶盅里叙上水，道，“你来金陵有几日了，也不曾出门好好逛过，今儿的醮打得晚，改日我领你出去逛逛。”

毋望道好，又提起了中秋的事来。

〇四四 信物岳阳珏

毋望道，“我听二舅母说，下月十五要请王姑娘祖孙同来赏月，那日你可在？”

慎行不太高兴的样子，低声道，“各部都回家过中秋，我还有哪里可去呢，难为我妈张罗，我不去又不好，若去，实在不是我所愿，虽女眷和爷们儿分开坐，终归是要见面的，届时当面锣对面鼓的，我是没什么，唯恐人家姑娘面上过不去。”

毋望悠哉起身，嘴里笑道，“那有什么，丑媳妇也要见公婆的，且见了真人儿，往后各自有分寸不也是好的。”

慎行怔怔的，看她无事人一般，自己却在这里绞断了肠子，心里懊丧便生起闷气来，这种二十来岁的年纪，虽中了举派了官，到底尚年轻，心尖上的人在跟前也说不出来，竟急得什么似的，不由道，“春儿……”

毋望嗯了一声，静静待他说，他支吾了半日，脸上一阵青一阵白的，憋了许久道，“我去看看他们醮打得怎么样了，要是时辰仓促便叫他们明儿进府做足了，你在这里等我一会子，香客多，出去恐不便，我去去就来。”说完头也不回，一脑门子扎了出去。

毋望虽不言语，心下却是极明白的，暗松了口气，道，“好在不是个促狭性子，否则往后我是再不能见你的了。”

复转了身往窗前去，这排厢房原建在半山腰上，底下便是峭壁，举目望去，山坳、小溪、林子、青草并伴着寺里的钟声，顿感气儿也煞了，人也清明了，倚着窗口坐下，扇子也无需打任山风吹来，惬意地闭了眼睛悠哼起了曲子来，只唱道，“巡官算我，道我命运乖，教奴镇日无精彩，为想佳期不敢傍妆台，又恐怕爹娘做猜，把容颜只恁改，漏永更长，不由人泪满腮，他情是歹，咱心且捱，终须也要还满了相思债……”一曲毕，忙拿团扇掩了口回头左右张望，幸而无人，要是叫人听去岂不成了笑话，自己又吃吃地笑了，拿肘枕在窗沿上，眼皮渐渐沉重，未几昏昏便欲睡去，正神魂游荡时，忽听得一串脚步声，勉强撑起来看，原当是慎行，不想来人并未见过，是个三十岁上下的汉子，商旅打扮，脚上蹬着皂靴，毋望正疑惑，那人深深一揖道，“请问小姐可认得朵邑裴兰杜裴公子？”

毋望吃了一惊，脑中百转千回，道，“阁下是何人？”

那人回道，“有人托我传一口信给春君姑娘。”

毋望答道，“我便是，先生请说。”

那人道，“只说日思夜想，未不敢忘，告诉姑娘，姑娘自然知道，旁的什么也没说。”

毋望心中一暖，又急问道，“裴公子现在何处，先生可知道？”

“公子眼下一切安好，叫姑娘莫记挂。”那汉子摸出一块玉玦承上，又道，“我是生意人，各地的跑，到桃叶渡时有个人托我传话，只叫我今儿到松竹寺来寻姑娘，话传到便是了，旁的我一概不知的，这里还有一块玉，那人说是公子给姑娘压裙脚的，全当信物。”

毋望心慌得没了头绪，接过玉、草草道过谢，只顾坐着发愣。那人看她丢了魂似的也未逗留，回身便去了。

毋望心道神天菩萨，总算得知他一切尚好，那桃叶渡是在城南秦淮河畔的，莫非他人在应天吗？回过神来再找那带信儿的人，竟已不知所踪了，又怪自己未问清楚，后悔得什么似的，忙追赶出去寻，外头香客云集，哪里还有人影，只得退回厢房里，细细摩挲那羊脂玉，只见上面雕了兰草和杜若，四个角上各坠了一串金铃，当下又羞又恼，哪里有人送禁步当信物的，还说明了是压裙脚的，真真叫人臊死了。

毋望这里捂着发红的脸，北平的裴府上，臻大爷正围着一张汉白玉的美人榻转圈子，一会儿点头，一会儿摇头，看得一旁的助儿和虞子期一头雾水。

助儿道，“大爷这是怎么了，戏文里才有的东西，哪里有人真睡这个”

虞子期背着裴臻压低了声道，“想是才到北平那会儿看了《汉宫秋》，一时兴起才做的。”

助儿道，“大夏天的睡这个也受不住啊！”转而对裴臻道，“大爷，这玉凉到骨子里，春君姑娘睡了怕伤身子，况只能夏天用，冬天就闲置了。”

裴臻抚着下颚道，“正是呢，我想着回头着人给下头加个屉子，冬天就放汤婆子焐着，好给她歇午觉用。夏天在面上铺上垫子便是了，凉快软乎又不硌人，她瘦得这样，正是最合适不过的。”

助儿和虞子期对看，冷汗直流，心道果然心思比头发丝还密，一张榻上下这么多功夫，也只有他在这生死存亡的时候会干这种事了。

虞子期躬身道，“主上，朝廷里的人已经动身往北平来了，燕王殿下没了主意，才刚打发人来问呢。”

裴臻笑道，“他都病了十来天了，哪里起得来床，他接着装就是了，理会那些个小吏做什么。我上趟听王简来回，说殿下装疯愈发炉火纯青了，大六月的围炉烤火，当真无师自通啊，到底是做大事的，你们谁能及他分毫？换作我是不成的，这样的天赋，稍加点拨就能成大器，我的力气留着起兵时再用不迟。”一面说着，一面又拿手摸那美人榻的围子，皱了眉道，“这并蒂莲雕得硬，这么大的围子糟蹋了，明儿叫人重雕，雕不好就别想要工钱了，既送人东西就送好的，这种半瓶子醋算什么。”

助儿惊恐道，“祖宗，您还想把榻运到应天去不成？”

裴臻蹙眉想了想道，“还是先搁着吧，等日后迁了都再说。”

虞子期呵呵傻笑，“您连迁都的事儿都想好了？”

“你不知道爷运筹帷幄吗？”臻大爷拿那双漂亮的丹凤眼横他，又道，“我们大奶奶可有消息？”

那素姐儿七日前趁着去道观还愿之际溜之大吉了，连带着她老子也没了踪迹，许是想事迹败露无密可探，留在他跟前反叫他拿捏，干脆自寻生路去了，这倒也好，省得他写休书还要费劲把她送还给萧乾，如今她自己去了，算她识时务。

那虞子期道，“大奶奶往宁王封地了，好像并未去找萧乾，那日过了正德门就未再露面，现下死活不知。”

裴臻有些不悦，哼道，“你手下的那帮子人，花酒都喝进脑子里去了，愈发的蠢笨无能，竟查个人都查不出来了，你回去好好管教才是。”

虞子期一迭声说了六七个是，给助儿使了眼色忙退出去了。

裴臻拿杯盖拨了拨茶叶末儿道，“近来老爷太太都安好吧？”

助儿道，“家里人都好，乡下地方没人认得，连姓儿都改了，旁人自然也无从查起的。”

裴臻点了头道，“我如今也没什么牵挂的，只是心里放不下她，这会子信儿该带到了……”

助儿道，“看时候也差不多了，姑娘拿到了信物还不知怎么样呢？”

裴臻想着她的样子咧嘴大笑道，“定是羞得找地洞呢，她那样明白的一个人，岂会连这个都不知么我是存心逗她呢，好给她提个醒儿罢了，我这里心里梦里都是她，她若转脸儿嫁了人，岂不白糟蹋了我一片真心吗。”

助儿道，“爷怎么不给她写封信呢？”

裴臻叹道，“我着实不知该怎么写，如今她在她舅舅家里也衣食无忧，我好歹也能撂开手，只盼燕王大业图成，我好堂堂正正去寻她，若不成……”

助儿这里吓白了脸，颤声道，“不成大爷怎么样？”

“不成……”臻大爷慢吞吞道，“那也没法子。”

助儿绝倒还以为他有别的说头，竟是没法子，只好等死

裴臻见他垂头丧气，便道，“我一个人死便罢，断不带上你，看势头不成，给你些银子，你往关外去不就有活路了吗。”

助儿油然生出一种豪壮来，挺胸道，“奴才八岁起就跟在大爷生边，烂命一条值什么，要死一同死，也成全奴才的忠心。”

裴臻嗤的一声，“爷何时打过败仗了，且死不了，长长久久的活着，就是兵败了也备了后路，只是再没有脸面去见她了。”

助儿看他面色颓废，也知大爷一番深情，心里爱得那样又不好与她长相厮守，究竟疼得怎样只有他自己知道罢了。好几回他半夜醒来，隔着屉子看里间的

灯还亮着，扒在门上看，大爷丢了魂似的捏着春君姑娘那方帕子发呆，从前哪里见过他为了女人痴得这样，可知当真的用情至深，又想起大奶奶的蛇蝎心肠，立时恨得牙根痒痒，大爷头里还要面子不叫他知道，那素奶奶嫁他前原有了人的，剑门关那回险些要了大爷的命，他早知道，必定拿刀把她剌得一条条风干了做腊肉。

裴臻道，“我现下尚有空闲，若燕王起了兵便再也无暇顾及她了，等过阵子还是去趟应天为好，一则瞧瞧她，再则，也好给她吃了定心丸。”

助儿为难道，“好是好，只是眼下府外都有守卫，竟弄得坐牢似的，王爷唯恐主子跑了，日夜使了人看守，爷要出去，只怕甚难。”

裴臻哼了哼道，“我若发愿要走，凭他几个守卫岂能拦得住我，他这样防我，岂知我便不防他吗，不过大家图利当年若不是叫他骗了，替他办了几件见不得人的事，何苦落到现下的田地，既一根绳子绑着，又不拿真心来待，想来很是不值。”又挥挥手道，“你打发人把玉榻抬到作坊里去，照我才刚说的办，可仔细了，有个闪失我不饶你。”

助儿应了，忙缩着脖子出去了。裴臻踱到玉榻前又在那纹理上细摸，心里苦叹道，我哪里是要叫她吃定心丸，分明是要安我自己的心，两个多月未见着人，只得着她的消息哪里够，谁晓得我如今的心思，当真愁得头发都要白了，恨不得立时飞过去才好，老天可怜我吧，盼她待我的心一如我待她，方不枉我这些时日来的煎熬。

〇四五 青山空复情

慎行与那空闻大师到高阁上下了一个多时辰的棋，拼杀久久也未分出胜负来，空闻大师已近八十，精神头不济，最后只得平手和棋，拍着脖子道，“到底年纪不饶人了，今日且到这里吧。”

慎行拱手笑道，“方丈棋艺愈发精进，慎行勉强对弈方得平手，下回定要再来讨教。”

空闻大师道，“小哥才是后生可畏，老纳已然尽了全力，这棋若接着下必输无疑的，老纳算是讨了个巧罢。”

慎行搀扶着，两人一路说笑下了高阁，空闻大师又道，“你祖父可好？这会子也不得见，想来忘了老友了。”

慎行道，“太爷近来迷上了斗蛐蛐，每日必要与候府太爷逛那虫市，连茶馆子也不去了，前儿还同我说叫问方丈好呢。”

空闻大师道，“如今哥儿也有了出息，你父亲在那里也有了安慰，我虽是方外之人，到底看你一年年长大，也很是替你欢喜。”

慎行道是，又道，“这回是陪妹妹来接姑父姑母神位的，仓促些了些，原还想给我父亲打几日转生醮的，待过两日事儿完了我再来一趟，届时还要劳烦大师呢。”

空闻大师道，“不碍的，到时候我自安排妥帖，你只管来进香便是。”

慎行道了谢，迟疑道，“大师最是擅长看相的，您瞧我春君妹妹面相如何？”

空闻大师高深笑道，“这女孩儿生得这样好相貌，上头有家里太爷老太太疼爱，下头又有兄弟们护着，将来还能得个如意郎君，自然是插宝戴金富贵已极的。”

慎行明显的扭捏起来，试探道，“依大师的看法，她的姻缘在何方？”

空闻大师摆手道，“不可说，不可说，姻缘有时便是有了，若无时也强求不得，不过我瞧哥儿好事倒近了，家里可是有了称心的姑娘？现下又放定了官儿，可谓春风得意，到时老纳少不得随份礼的。”

慎行合十一拜道，“大师有心了，慎行的确有一心事，只是不知最后落在何处，且再看吧。我出来有阵子了，不放心妹子一人在厢房里，这就去了。”

拜别了空闻大师，急急往后厢去，心里也焦急，后悔不该把她撂在那里，不要出什么事才好。加紧了步子赶，到厢房时见她好端端的，捧着一本《金刚经》正在研读，当下松了口气，缓了缓心绪道，“对不住，才刚碰见了住持，同他下棋耽搁了，我走后没什么吧？”

毋望摇头道，“没什么，都挺好的。”

慎行又道，“玉华还未回来？”

毋望嗯了声，眼睛未从书上移开，平声静气道，“她也难得回去一趟的，老子娘又病了，多待一会子也没什么。”

慎行道，“过佛堂去吧，眼看着也差不多了。”

毋望合了书道，“嗳。”又悄悄将那禁步掖起，随了慎行朝佛堂去，上了一炷香，和慎行各磕了头，和尚们的经也念完了，毋望拿了事先备的青布袋将两尊牌位套好，一抬头，见玉华跑了进来，微喘着道，“幸而未误了时辰，回去晚了倘或老太太问起来怎么交代呀？”

毋望耸眉道，“怕什么，时候正好，就是晚了老太太责怪，不是还有大哥哥吗，你且放一百二十个心吧。”

玉华看了慎行一眼，腾地红了脸，嗔道，“姑娘只管说，又拿大爷凑什么趣儿，我是姑娘的奴才，哪里有大爷袒护的理。”

毋望掩嘴笑道，“二哥哥你瞧她，我只提了大哥哥一句，她就像个熟了的虾子，可不是心虚吗？”

慎行也笑，冲案上行了礼，恭恭敬敬搬起姑母的神位，毋望正了颜色，福了福将父亲的神位也搬起来，轻声道，“父母大人，春儿接你们回家了。”

那个叫千秋的小厮早赶了马车在山门口等着，将慎行来时骑的马牵在车后，搬了板凳伺候三人上了车，一扬鞭子，在落日的余晖中往城里跑去。

到谢府时天刚好擦黑，正门前已站满了着素服的家眷奴仆，大太太忙命人挑灯开道，一行人浩浩荡荡往银钩别院去，二太太早在院外候着，又往小佛堂引，神龛下供了谢堇的灵位，吴氏哭着道，“叫他们兄妹、郎舅在一处，也好有照应。”

复又燃烛上香，各处下人磕头叩拜，不论真情也罢假意也罢，满室内满目缟素哭声鼎沸。

吕氏给毋望擦了泪，轻拍着她的背道，“好孩子，仔细哭坏身子，如今你爹妈到了家，往后一日三炷香的供奉，他们在那边也得其所，快别伤心了，太爷和老太太本也要来的，叫咱们劝住了，他们二老年纪那样大了，动不得气儿，怕伤了神回头遭罪。”

丫头搬了莲花的聚宝盆来，又取高钱、经衣、替身一并烧了，众人行了礼渐渐散了，白氏吕氏携几个叔辈的姨娘又说了些规劝的话也都回去了，人堆里未见着言大奶奶，想是“病”尚未愈，还在院子里将养着。六儿和翠屏来替了玉华随侍，毋望私下将玉玦塞到六儿手里，六儿虽有疑惑也不言语，妥善收好了，又陪着在灵前跪了会子，才将她家姑娘搀起来。

慎行道，“今儿也乏了，早些回去歇着吧，我那里还有一些上年得的安息环香，过会子我打发人送来。”又对翠屏道，“给姑娘兑了温汤去去乏，再备些吃食垫垫，今儿没用什么，仔细伤着胃。”

翠屏笑着道是，一旁的吴氏吓得不轻，失魂落魄地看着慎行，怔了半日一句话都说不出来，还是慎行作揖道，“太太也歇着吧，儿子回春风馆了。”

吴氏慌道，“行哥儿，我上月给你定的领坠子和七事儿送来了，你到我房里来取。”

慎行看他神色异样，便点头跟了出去。吴氏将他拉进了房里，把丫头都打发到外头，压低了声道，“今儿可出了什么事吗？”

慎行回忆了一下道，“并未出什么事啊，太太怎么这样问？”

吴氏气哼哼拨着手里的佛珠道，“我单问你，你和春君是怎么回事？哥哥心疼妹子原是无可厚非的，只是你过了些，又是环香又是温汤的，我素日看你是个知轻重的，怎的如今糊涂得这样？你和春君到底不是亲的，隔着一层呢，你心里也是知道的，叫我说你什么好，往后分寸自己拿捏吧。”

慎行的倔劲儿也上来了，赌了气道，“我从未将春儿当外人，理会那些个闲言碎语作什么？”

“你若不是我养的，凭你怎么样呢？”吴氏恼道，“你们姊妹们好我是知道的，小时候亲厚，一头吃一头睡都不打紧，可如今大了，眼看着到了要婚配的年纪，再这么的不知要引出多少闲话来，还是疏远些好，是为你也是为春君。”

慎行嗫嚅着欲言又止的，想同他说又怕她不答应，反倒平添波折，心里想还是找老太太稳妥，又想想她含辛茹苦带了他这些年，儿子的婚事都没过她的次序去，岂不要心寒死了吗，正犹豫不决，吴氏斜眼打量了他道，“哥儿，知子莫若母，你眼下想什么我都知道。”

慎行一喜，拉着母亲的衣袖道，“那母亲的意思呢？”

吴氏冷冷扯出了袖子，转身坐下了道，“我且问你，你这些年寒窗苦读是为了什么？前程还要不要了？你若甘于一辈子做个小小通判，那我便由得你去，你爹的仇也不用报了，全当他没养过你这个儿子。”

慎行听了面色沉寂下来，晃悠悠跌坐在椅子里，口里喃喃道，“我真心喜欢她，从她落地那日起就喜欢，求母亲可怜儿子吧，让老太太把春儿许了我，我不靠裙带也照样能升迁，母亲信我这一回吧。”

吴氏道，“春君也是这个意思吗？你们两个可说过？”

慎行摇头道，“这是我一个人的意思，没同她说过。”

吴氏暗呼了声阿弥陀佛，亏得这小子心眼实，否则事儿可就难办了。一面略带庆幸道，“我劝你趁早丢开手，也不是我不喜欢春君这孩子，只可惜你姑父姑母去得早，又是那个缘故，虽说那孩子是可人疼的，我这里也没法，不单我，就是老太太也这么想的，昨儿还张罗她的亲事呢。”

慎行吃惊道，“这可是真的？她还在孝里怎么就说起亲事来了？”

吴氏道，“可不也是自己人，都说等得的，是你祖姨奶奶家的禄哥儿，才从江西采办回来的，这会子先说定，赶明年再下聘。”

慎行压根儿不信，只道，“禄哥儿是弟弟，上头不是还有遥六叔吗，多早晚先伦着他了？又是个庶子，老太太断不会答应的。”

吴氏拉着脸子道，“你以为呢春君到底家破人亡了，族里也无人帮衬，能寻得这门亲便不错了，总好过嫁个鳏夫或与人做妾吧。”

慎行心里一急，转身道，“我问老太太去。”

吴氏忙喝站着，捶打了他两下道，“你愈发的不成器了，也不顾体面，什么样的事你去问老太太？妹妹要嫁人你还拦着不成？我算白养了你二十年，你去吧，去了你往后也别来认我这个妈了。”

慎行垂手立在门边没了主意，只觉汗涔涔的人也恍惚了，如今老太太那条路也绝了，自己妈又是这模样，他还有什么说的，白费了这十五年的心，落得这样下场，想着竟要哭似的，吴氏看他那样心肠一软，好言好语道，“这样吧，我明儿再去问老太太，若这事没成，那我就求老太太，让你把她收在房里可好？”

慎行一听涨红了脸皮，咬牙切齿道，“妈这是要糟践她还是要糟践我？不能给她名分，我哪里还有脸要她，趁早别说，没得叫我给人打嘴。”说着不管不顾地冲了出去。

吴氏心疼得刀割一样，又不好说诳他，只得由他去，招了丫头进来，吩咐跟二爷的小厮紧着点子心看着，再别无他法。

〇四六　何以消永夜

毋望洗漱了躺下，六儿掌了灯移到床架子前，才要往外间睡去，毋望撑起身道，“今儿咱们两个一头睡吧，也好说会子话。”说着挪开些，让了大半给她。

六儿喜道，“正是呢，我也有话要问你。”便上了踏板躺下，边摇扇子边道，“我才刚把那块收在箱垄里了，我且来问你，庙里可有这样的东西卖？就是住持布施开光的佛品也没有给这个的道理，你从哪里得的？可是行二爷给的吗？”

毋望咬了咬嘴唇道，“不是二爷给的。”

“那又是谁？”六儿追问道，瞧她臊得那样便道，“莫非又有哪位丰神俊朗的公子对姑娘有意了吗？”

毋望摇了摇头，低声道，“今儿裴公子托人带了口信给我，还送了这块玉。”

六儿笑道，“公子真是神机妙算，竟连你到庙里去都知道，我是白错过了，来的是谁？”

毋望道，“只是个行商的人，有人托他传话就传了，说完就走了，也不知名姓。”

六儿哦了声，又道，“留了什么口讯儿？可说了何时来见姑娘？”

毋望扭捏道，“只说‘日思夜想，未不敢忘’，旁的也没说什么。”

六儿啧啧道，“瞧瞧，那叫一个痴心，我若是你，定是要欢喜死了。只是这裴公子也真有趣，那玉既是极品，怎么不做成佩或是领坠子，倒做个禁步的样式，着实奇怪，莫非他是叫姑娘‘禁步’不成？”

毋望侧过身去，浅浅笑了笑道，“约是有这个意思的。”

“这却好笑，”六儿道，“既没定下，怎么叫禁步呢？真了不得，日后若是嫁过去，我想府里定是连小子护院都没有了，姑娘说，可是不是呢？”

毋望啐道，“你这促狭蹄子，只管混说，仔细我割了你的舌头，这话万不能叫旁人听了去，可记住了？”

六儿道，“东西送来时玉华不是在吗？如此她也知道了的。”

毋望道，“她因她老子娘病了，抽空家去了，东西送来时她人不在，二爷也出去了，只我一个人，你好歹管住了嘴就是了。”又长长吁口气道，“我如今也没十成的把握，若说我对他的心，自然是感激多过旁的，他对我的好我也记着的，你说我怎么好呢，等了三年真会有结果吗？”

六儿道，“我知道姑娘忧心什么，心里是想等的，又怕等到最后一场空，如今才开始呢，姑娘自己拿主意吧，横竖有一年的孝，看看这一年里裴公子可有旁的说头。”

毋望听着有理，也不去想那些不相干的了，静静地躺着，又想起裴臻的举手投足一言一笑，那样的俊逸，眉眼间俱是聪慧睿智，还有同她说话时的深情款款，有时又叫人摸不着头脑，缜密又大气，说不上是个怎样的人，但的确像幅画卷般引人入胜……

六儿见她无声无息的半天不答话，揶揄道，“哎呀，不管怎么，那臻大爷真是极好看的人啊，我长这么大就见过这么一个，姑娘呢？我瞧你两个实在的是天造地设，却不知他究竟谋什么大业去了，按理已经富贵得这样，也不图钱财了吧，怎么还要出生入死的，白叫姑娘担忧，心也忒大了些。若两人找个依山方住下，岂不神仙样的日子吗。”

毋望红了脸道，“快别说了，我今儿乏得很，还是早些睡吧。”

“说起这个，你可曾留意才刚二太太的脸色，谁欠了她千两黄金似的，巴巴的叫了二爷过去，定是说什么去了。”六儿吹了灯又道，“我猜憋着坏呢，保险是不叫二爷同姑娘来往，你说是不是？”

毋望迷迷糊糊地嘀咕道，“就是这样也没什么稀奇，谁不盼着儿女好，换作是我，也愿意儿子娶个门当户对的媳妇，二哥哥又是独苗，捧凤凰似的养大的，二舅母也是为他好。”

六儿道，“是这个理，只是做派难看些，像是谁死要跟她儿子一样，也不瞧瞧我们姑娘可是那样的人，莫说有了臻大爷，就是没有，也不是非要姊妹堆里找人嫁的，真打量我们姑娘没行市呢，姑娘说是不是？”听她没回音，探头去看，原来那姑娘已沉沉睡着了，三更的梆子响了起来，天色也确晚了，伸手在毋望脖子上摸一下，并未流汗，想也不热，自己转个个儿，便也阖眼睡了。

后半夜毋望因睡得口渴起来倒水喝，听外头淅淅沥沥的，竟是下雨了，推了窗往外看，雨势倒不大，打湿了院里的花草，又就着廊下的灯笼望去，大树底下的地还是干的，想来下的时候不久，复关了窗喝了水，又摇晃着上了床，抱着枕头又睡了。

次日起来，丫头们推门进来，太阳光泄了一地，又是大好的天气，翠屏看六儿还睡便去推她，呼道，“你这懒鬼，主子都起来了你还睡，哪里就累得这样了，仔细回了老太太，明儿调你到跟前伺候，你才知道什么叫规矩。”

毋望回头看了只笑笑，对玉华道，“家里怎么样？”

玉华道，“我瞧着尚好，我老子娘的病也好得差不多了，吃饭时竟还吃了酒，下晌村子里的人玩牌，他们也有气力凑趣儿去了，想是没什么大碍了，多谢姑娘关心了。”又笑道，“我家里哥哥今早送了西瓜来给姑娘解渴，上年同老太太说了，包了庄子上的一片沙地每年种一暑西瓜，去了本钱和往府里送的，倒还有些赚头，多亏了有这个进项，哥哥讨了房老婆，眼见着有了喜，只等上寒抱小子呢，如今夏末了，西瓜都焦了藤，我哥哥中间儿上赶着种了五十来棵瓜秧子，不想竟结出瓜来了，只个头小些，甜倒是一样的甜，管事给各房都送去了，我们自己留了四个，回头切开给姑娘拿勺舀着吃才有趣儿呢。”

毋望道，“多谢你哥哥了，小门小户的不留着卖钱，倒来给我们解馋。”

玉华一面给她梳头一面道，“那值什么，原也卖不出什么钱来的，不过大家吃个新鲜罢了。”

正说着，那里六儿起来晕头巴脑的，一脚踢翻了熏蚊子用的大熏炉，翠屏叫道，“猪油蒙了心的，也不仔细脚下，回头拿了湿布来你擦，看屋子里都扬了灰，快把席子单被拿出去洗晒吧。”招了两个粗使进来，又对毋望道，“姑娘，今儿可要把书和箱子里的冬服拿出来晒晒？没得出了虫子可了不得。”

玉华道，“你看着办就是了，这个都要问姑娘，你平常的心眼子都叫狗吃了不成？”

毋望看她们吵嚷甚觉热闹，主仆在一处也全然不似主仆，更像姐妹，倒也妙。周婆子端了一盏银耳羹来，里头加了肉桂红枣，摆在桌上招呼道，“姑娘快来吧，眼看着入秋了，天要燥了，润润肺要紧。”

毋望道，“天还这样热，哪里那么快就入秋了。“

周婆子道，“今年闰五月，和往年是不同的，你们小孩子家年轻不懂，这样的年份更要诸事当心，夏里养得好，进了秋入了冬才少些伤风咳嗽，没病没灾的人也受用些。”

毋望听了，想她有了岁数，知道的也多，便在桌边坐了捧着一勺一勺的吃了，小娟儿又拿了井水里湃过的茶来，又净了口，喝了，站在廊檐下看她们晒东西。小丫头子们拿芦苇扎的帘子搭了架子，翠屏一抱一抱地往上运衣裳，一边笑道，“老太太虽上了年纪，行事倒半点不积糊，老早的给姑娘的冬衣都备好了，瞧瞧这金丝褂子，还有这狐狸皮的云肩，竟比大姑娘二姑娘的都好。”

玉华接口道，“如今分了家了，那二位姑娘的头面衣裳俱是各房自备，咱们姑娘的东西是从老太太那儿出的，老太太偏疼姑娘，少不得拿好的来，咱们姑娘原也配这些个，等入冬穿了，老太太看了不知多欢喜呢。”

“这话正是呢，”翠屏道，“我们姑娘有造化，好歹有老太太疼着。”

“说什么说得这么高兴，我老远就听着了。”吴氏带了个婆子从月洞门里过来，边走边笑道。

毋望和众丫头福了福，毋望道，“舅母来了？快屋里坐吧。”

吴氏看了外头的铺排，道，“都倒腾出来过过太阳？几个丫头手脚倒勤快，我才刚到老太太那儿请安去，恰巧领了月钱，你院子里的也给你捎带回来了。”

谢家虽早已分了家，因太爷老太太可怜吴氏年轻轻的守了寡，故她园子里的花销归入公中，吴氏自得八两银子外，丫头婆子的月例银子也由沁芳园里出，如今又加上了毋望这个小院的，故领时便一同带来了。

毋望道了谢，将那包银子收下，掂了分量又觉不对，正要问，吴氏道，“没错儿的，老太太原说要扣那些丫头的月例，后来又想了，怕丫头们得不着钱不尽心伺候，故拿了来给你，知道你前头已经自己发了月钱给她们，这包钱叫你收着，也别分发，偶尔打赏便是。”

毋望点了头暗自感慨，这包打赏丫头的钱若换作从前，真够她和叔叔一家子活三年的，她在这里丰衣足食的，也不知叔叔婶子可好，有没有德沛的消息，正思忖着，吴氏蹙眉又道，“你二哥哥近来也不知怎么了，常神魂颠倒的说些怪话，若他同你提起什么，权当他胡浸，别理他就是了。”

毋望自然知道她的意思，也不说什么，只一味地装傻充愣，吴氏见她那样知她无心，一颗石头也落了地，复寒暄几句便起身走了。毋望招了玉华来，把剩余的银子收了，拿出三吊钱来，绞了麻绳分发给众人，底下各个喜笑颜开，才欢腾了一阵子，外头二门上的小子来报，说路家的六爷来拜访姑娘了。

〇四七 遥知访客来

一干人等不明所以，毋望也奇怪，想了半日也没想起来谁是路家六爷，这时六儿提着水桶道，“可是那位土地庙里的路知遥？”

这才猛想起来，慎行管他叫六叔的，就是那位表姨祖母的儿子吧，虽有一面之缘，到底也不熟，不知他找来做什么，原不该见的，又想他是吴氏的亲眷，不见总不好，只得道，“请六爷进来吧。”

小子得了令出去传话，未几，一个撑着油纸伞的人缓缓而来，穿着月白的盘领衣，身形挺拔，从容幽雅的样子，毋望猛一愣，心里霎时慌作一团，竟以为自己看见了裴臻，胡乱想着，莫非真是他？莫非他真在桃叶渡，今儿个来寻她了？忙扶了桌子方勉强站住，脑子里昏昏沉沉，心几乎要从嗓子里蹦出来，看他一步步走近，伞沿又遮住了半个身子，直到了廊下才熄了伞，露出一张白净秀气的脸来，眉眼含笑，气度温文，毋望似有些失望，又不禁暗笑自己多疑，普天之下原来止他一个打伞遮阳的爷们儿，今儿奇了，又遇着一位。

那路知遥将伞给了六儿，拱了拱手道，“冒昧前来，事前也不曾打招呼，姑娘莫怪啊。”

毋望不知怎么称呼，便跟了慎行叫道，“六叔说哪里话，原是亲戚，什么怪不怪的。”陪笑着请他坐了，叫丫头沏了茶来，又道，“六叔今儿怎么到我这里来逛呢？”

路知遥道，“因上回借了姑娘的伞未还，今儿碰巧来找行哥儿，就顺便带来了。”

经他一提方想起那把伞的事儿来，笑道，“一把伞值什么，还叫六叔大热的天特意送来。”

路知遥听她左一个六叔右一个六叔的，心里有些不受用，遂低了头喝茶，微抬了眼看她，只见她穿了藕荷色的襦裙，上身着烟霞纱罩的交领短衣，露出纤细秀美的颈子，乌黑浓密的头发随意挽了个髻，髻上插了双凤纹鎏金银钗，通体上下再无别的首饰，却另有一番灵秀的美，暗暗赞了声妙。又看外头铺得满地的书籍，便问道，“姑娘看什么书呢？”

毋望道，“都是些杂书，并不能上台面的。”

路知遥笑道，“难不成只有四书五经是好的，旁的就不好吗？我倒觉得山海经才是好书呢，若会试殿试只考这些，我定能得个状元的。”

毋望见他豪爽大方，顿觉此人或可多交谈，翠屏和他也有些相熟，便打趣道，“六爷这话叫朝廷听见了才好，少不得给皇上提个醒儿，设个山海经衙门，专管各司各部奇闻，那样才是圣上英明，应才施用。”

路知遥抚掌笑道，“正是这话，我原也不是为官的料，只愿寄情山水罢了，却弄得如今骑虎难下，作孽作孽。”

毋望也不搭话，只低了头微勾嘴角，路知遥作势清清嗓子道，“再过几日便是中秋，我母亲往年都是和慎行母子同过的，或过这边，或过我们府里，今年不知怎么定的，不管怎么，横竖姑娘赏脸一齐过吧，我打发了人到外头庄子上寻摸好螃蟹，叫他们放在稻田里养着，再叫上那三个慎和两个芳，吃酒猜拳方有趣。”

毋望暗笑谢家除了慎行外，其余的竟成了“三个慎、两个芳”，这路知遥说话甚精辟，真是个好相处的，这么想着，心思便松懈了些，直道，“恐怕要再加一人，中秋我家老太太下了帖子请了贵客来，是位姑娘，你只管问二哥哥去，他最知道的。”

路知遥一听便了然了，拿折扇敲着手掌心道，“这小子竟未同我提起过，到那日必罚他酒不可。你可会吃酒？”

毋望拿手绢掖了掖嘴角道，“我这年忌荤忌酒，你们聚吧，别算上我。”

“这却是为何？好好的怎么忌讳这些个？”路知遥道，“可是身上不好吗？”

毋望摇了摇头道，“我热孝在身，不宜吃酒开荤。”

路知遥想了想道，“喝些梅子酒也没什么，实在不成就以茶代酒吧，总是大家在一处方好。”

毋望瞧他面上朗朗，不由抿嘴而笑道，“那也使得，只唯恐扫了大家的兴。”

“照说话聊天，哪里就扫兴了，我回去同太太说，今年就过这边儿来吧，先在家陪我们家太爷和老太太过了，再往银钩别院来。”路知遥道，“我最是喜欢结交朋友，今儿又认得了一位，果然没有来错，那便说定了可好？”

毋望闻得这人最是不羁，几句话下来未见他有哪里失仪，自己虽是女孩子家，却也爱同磊落大器的人来往，且他又是沾亲带故的，自然是不反感的，便道，“一切就凭六叔安排吧。”

那路知遥摇头道，“我吃亏就吃亏在这处，明明和他们年岁相当，却一个个都管我叫叔叔，生生把我叫老了，大家哥哥妹妹的多好。”

毋望掩嘴笑道，“那也没法子，谁叫你托生到了表姨祖母的家里了。”

又是一通感慨，稍后道，“我才刚听说你们昨儿到松竹寺去了？可见着寺里那位石子儿当饭吃的和尚？我一直想去会会他，苦无机会。”

毋望道，“我们只拜了佛求了签，不曾听说有什么吃石头的和尚呀。”

路知遥点头道，“定是慎行嫌那和尚腌臜，故意没同你说吧。人都说他赃臭，可写得一手好字，我是心向往之啊，这样的人，有长处又不拘小节，恁的洒脱，姑娘以为呢？”

毋望谦道，“我个闺中女子，哪里懂这些个，左不过人云亦云罢了，只是他有才华又异于常人，世人既心中倾慕，作什么还嫌他脏臭？可见人心俱是不足的，拿他当笑谈而已。”

路知遥闻言眼神一亮，叹道，“姑娘确是个有见地的，怪道行哥儿在我面前赞你呢。咱们这些人可不是就拿他当玩意儿吗。”两厢里缄默了会子，又喝了一盏茶，路知遥起身告辞，临走又道，“我到十五再来寻你。”

毋望福了福道，“六叔好走。”

路知遥微一颔首，摇着勾金的扇子潇洒而去了。六儿从里间擦了地出来，探身看了看道，“到底是天子脚下，遍地的才俊啊。”

翠屏笑道，“不知羞的丫头，你才见过几个才俊，就遍地的了，可是想小女婿了？一个六爷一个六儿，喊着都像一家子。”

六儿扔了抹布扑将过来，两个丫头又调笑到了一处。毋望净脸洗手，独自往小佛堂去，上了香磕了头，三个铁盆里都化了高钱方退出来，欲往沁芳园去，经过太华亭时听见假山后有吴氏的说话声，才要上前请安，忽听吴氏道，“我同行哥儿说春君许给了你家禄哥儿，好兄弟，若行哥问起此事，你只推说不知道，只知你母亲提起来说亲，旁的并不清楚。”

毋望暗自冷笑一声，这二舅母当真用心良苦呢，何必兜那些圈子，直接同她说岂不爽利。

又听路知遥道，“我妈竟来提过亲？我怎么不知道？”

吴氏讪笑两声道，“这不是禄哥儿该说亲了吗。”

路知遥顿顿道，“禄哥只十八就急着说亲？做哥哥的还没成亲，他倒越过我的次序去了，多早晚轮到他了？”

吴氏又支吾着顾左右而言他，路知遥也不理她，只道，“老太太可应了？”

吴氏道，“姐儿不愿意，这事便没成。”

路知遥哼哼冷笑道，“原就该这样，禄哥儿人不大，什么风浪没见过？但凡家里丫头齐整些的，他想方设法都要弄到手，瞧瞧他通房有几个？我是最看不上他那浪荡样的，刘大姑娘给了他岂不糟蹋了。”

吴氏忙道，“可不是，我也同你妈说了，不论别的，辈分也不对的，她偏不听，我也没法子。”

路知遥嗤了声道，“什么辈分不辈分的，八竿子打不着的亲戚，原是客气才叫声叔叔的，随了慎行罢了，要娶也娶得，只是不好落在那厮手里。听姐姐的话头儿，行哥儿也动了心思？”

吴氏道，“可不是吗，他打小就同这个妹妹好，若不是她家里遭难，春姐儿及了笄定是要过礼的，可惜现在不成了。”

路知遥道，“你们也忒市侩，人家没了爹妈家产就不成了，什么道理？是娶女孩儿还是娶她父母？”

吴氏道，“你们年轻哪里知道利害，只图眼前罢了……”

毋望再没了听墙角的兴致了，横竖就是没帮衬之类的，便敛了敛裙幅绕了过去，慢慢往沁芳园方向走，才进垂花门就看见一众丫头也在翻晒衣被，见了她皆福身行礼，待进了正门又往后身房去，老太太歪在榻上气色不佳，毋望请了安靠坐在榻旁，探了祖母额头微有些热，便问边上大丫头怎么了，老太太拍拍她的手道，“没什么大碍，每年入秋都要病一场，吃几剂药就好的。你今儿可上过香了？”

毋望道，“上好了才过这边来的，这一病要几日才得大安？”

谢老太太道，“恐也要十日八日的，我心里也愁，没的误了过节。”

毋望道，“还有十二日方过节呢，老太太且宽宽心，定误不了的。”

谢老太太道，“再过几姨母们都要来瞧你的，我病在榻上叫她们担心，就是回去了心里也记挂，我没什么给她们的，无非身子好，叫她们没顾虑，如今这样怎么好？”

毋望安慰道，“老太太多虑了，又不是什么大病，才刚不是说吃几剂药就好的么，再说姨母们是自己的儿女，母亲病了既不放心就多留几日，岂不好吗。”

谢老太太道，“只怕拂了大家的兴。”

毋望道，“那就将桌子搬到后身屋里来吃，那一溜窗都打开，在房里吃酒赏月也是一样的。”

谢老太太有她开导心情顿时好了不少，祖孙两说笑了一阵，毋望伺候着喝了药，又好说歹说喂了一碗燕窝粥，待老太太睡着了才回了银勾院。

〇四八　如意楼风波

又过五六日，到了农历八月初九这日，天已微有些凉了。吃了早饭，毋望和几个大丫头坐在园子里花架子下绷了绷子绣花，因六儿是穷苦出生，从未碰过这类精细的活计，又看她们飞针走线的羡慕，就央了毋望给她描样子。毋望抵不住她纠缠，在绣底上描了只大大的兔子给她，她欢天喜地地捧了去，接下来问题便层出不穷了，一会儿线打了结，一会儿扎了手，一早晨的工夫全被她耽搁了。毋望叹气撂了手，干脆在她旁边指点她，瞧她坐得歪歪扭扭，便道，“并腿，人坐直了别含胸，仔细伤了肺。”

六儿忙照做，且不论绣功如何，一眼看去倒有那七八分架势了，玉华和翠屏绣了会子，乏了就来看她，然后就是一通嘲笑，六儿急了就骂，“你们两个作死的，亏我喊你们一声姐姐，心肠黑得这样，将来必罚你们嫁两个癞头龟。”

翠屏笑道，“我们是要嫁癞头龟的，那些个才俊岂是人人嫁得的？”

六儿听出她们拿她取笑，当下又急又臊，跺脚道，“你们只管使促狭，横竖别给我落了口实，到时候看我怎么拿你们打趣？”

谁也不当真，又吵吵闹闹追打玩笑，毋望原是极喜静的性子，如今遇上了这几个阎王，时间久了也惯了，由她们去折腾，自己又拾起绣花针，才穿了线，周婆子跌跌撞撞跑进来喊道，“小蹄子们没个正形，姑娘好性儿不骂你们，纵得你们没了边，还不给我停下。”又对毋望道，“姑娘还不知道吧，如意楼那边出事了，三老爷房里姨娘上吊了。”

毋望惊道，“可见喜了？”

周婆子道，“亏得丫头发现得早，梁上解下来胸口还热的，又是掐又是揉的，可算缓过来了。”

毋望站起来道，“这慎笃真是个讨债的，看看去吧。”便带了玉华出了月洞门，恰巧看见吴氏的丫头，问道，“星儿姐姐，二太太可在吗？”

星儿见了礼道，“回姑娘的话，我们太太一早就找大太太商量过中秋的事儿去了，眼下还没回来。”

毋望心想八成早过去了，就携了玉华沿着燕脂湖往如意楼去，路上遇见了芳龄，芳龄道，“三哥哥死性儿作孽的，逼死了亲妈才算完。”

身边的丫头道，“听说是三太太日日里叫骂，才逼得姨娘寻死的。”

毋望皱皱眉，心下嘀咕，这吕氏竟这么厉害，做了填房一个不曾养，还有什么可争的。

几人又加紧了往前赶，才到角门就看见吕氏站在园子里叉腰骂道，“要死自去死，做什么还让人救回来，可见是唬人的，叫众人背地里说我容不得你是怎么的？看看你养的好儿子，我要是你一条心就去了，还闹得这样大叫人看笑话，雷声大雨点小的，可是要调唆了老爷要来整治死我？娘俩一副腔调，都是黑了心肝的。”

毋望和芳龄互看看，可算见识了大家子里的狠角色，怎么也是主子奶奶，斗起来连体面都不要了，人家险些死了，她还怨她没死成，白叫人操心。

两个女孩儿站在门口犹豫，园子里怎么一个长辈都没有，他们竟不拿死人当回事的吗？正进退维谷之际，楼里一阵喧哗，小丫头子们作鸟兽散，纷纷从里面蹿出来，原来那慎笃两眼通红的从门里跌跌撞撞地出来，挥剑就往吕氏砍去，幸而婆子丫头众多，几个不怕死的上前拦住，后头的跟风也涌上去，三两下抢了慎笃手里的剑，几个婆子嚷道，“三爷这可使不得，太太是你的嫡母，你要弑母不成？”

慎笃阴沉沉道，“什么嫡母，都是狗屁不通的东西。我亲娘在里头躺着，你不去照看便罢了，竟还在这里咒骂，我今儿杀了你，回头自去抵命。”

吕氏又惊又惧，直哭喊道，“了不得了，笃三爷竟要杀我。你们别拦，让他来杀，我倒要瞧瞧你有多大的熊心豹子胆？”一面朝身边的丫头啐道，“你是死人不成，还不到柜上叫三老爷去，杵在这里看热闹，仔细我明儿剥了你的皮。”

芳龄转头和毋望面面相觑，低声道，“咱们两个可要进去？你瞧三哥哥那样，怪吓人的。”

毋望左右等了还是不见别的院子有人来，心里也拿捏不住，小孩子家可要掺和进这是非之中来，瞧这一团乱麻真够受的，进去了怕引祸上身，不进去又怕过会子三舅舅回来，慎笃又免不了一顿好打，正拿不定主意，远远看见慎行匆匆赶来，跑近了见他额上都是汗，急道，“我身边的小厮同我说了这里的事，眼下怎么样了？”

芳龄道，“三哥哥差点杀了三婶子，二哥哥你快去劝劝他吧，叫他别犯傻了。”

慎行点头道，“你们赶紧把三婶子劝进房里去，好歹稳住了，别叫她在三叔面前闹，否则又够慎笃喝一壶的。”

芳龄噘嘴不情愿道，“咱们女孩儿家的怎么劝，大太太和二太太怎么不来？我也是姨娘养的，平常躲这个还躲不过来，断没有招惹的道理，原只是来看看郑姨娘的，谁知出了这岔子，我不管了，要去你们去，我回园子里去了。”说罢真头也不回地走了。

毋望极为难的看看慎行，走也不好，不走也不好，慎行无奈道，“你也回去吧，想来三婶子的脾气也是个不听劝的。”

毋望想了想道，“我同你一道进去吧，也不多待，说两句就走，你叫三哥哥煞煞性吧，何必要打要杀的。”

两人进了园子，慎笃还在挣着，被慎行狠推了一把，喝道，“你要闯出多大的祸事来才算罢休？还不进去照料姨娘，在这里吵什么？”

犹如当头棒喝，慎笃霎时蔫了，垂头丧气地进了楼里。吕氏正哭天喊地的，毋望上去扶，她像抓住了救命稻草似的诉苦道，“姐儿你可看见了？那三愣子竟要杀我？”

毋望给她拭了泪道，“我都瞧见了，不论怎么的，舅母也累了，春君送您回房歇着，我们娘俩说会子话吧。”

吕氏止了哭，任毋望和丫头扶着进了房里，毋望又扶她在榻上躺下，吕氏一脸的灰败，眼睛下面的妆全花了，露出微有些黑黄的皮肤来，毋望看了叫丫头拿了粉盒，一面给她上妆，一面道，“一会儿舅舅要回来的，叫他看见舅母这样心里不受用，还是好好打扮了才好说话。”

吕氏道，“我气得牙根都痒了，哪里还想这些那个没王法的，眼里从没有过我，亏我还时时惦记他的事，到老太太跟前讨示下，唯恐将来委屈了他，可见我是白操了这份心，还有他姨娘，好好的做什么寻死觅活的？不过啐了她两口竟是了不得了，转头就去上吊，她一个做妾的这点子都受不住，莫非要叫我给她赔不是吗？”

毋望暗想，儿大不由娘，慎笃荒唐又与那郑姨娘什么相干，本来她自己心里也急，被你天天大呼小喝的可不难捱吗，给正房骂了又不好还口，儿子不争气，爷们儿又责怪，也只剩上吊一条路了。

想虽这么想，说却说不得，换了个法子道，“舅母快别气了，家务事本来就理不清，自己家里的人，他们有什么错处舅母多包涵就是了，太计较反倒不好，春儿有几句话想同舅母说，我是孩子家，说错了舅母不要怪罪。”

吕氏是个人精，毋望既是老太太的心头肉，要说什么不好阻拦，这会子当她是从老太太那儿过来的，也想探探婆婆的口风，便道，“姐儿说的哪里话，有什么话只管说，咱们娘两个什么说不得。”

毋望接了丫头端来的茶盅递给吕氏，正色道，“说句不怕舅母恼的话，舅母不该同他们闹才对，三哥哥是舅舅的独子，虽是庶出，这十几年只这一个儿，他办的事儿再荒唐，打便打了，骂也骂了，私底下到底还是疼的，将来了还要靠他孝敬的。再说姨娘，原是个妾，也没人撑腰，舅母该和她姊妹一样的处，给足了恩惠，她再不醒事也养了三哥哥。舅舅和她十六七年的一个屋檐下，情分总是有的，若真死了，万一怪罪起来，旁的没什么，伤了和舅舅的和气，舅母说我说的可对？”

吕氏不屑道，“我倒要和她赔笑脸？她就是上了天去也不能和我并肩。”

毋望道，“那是自然的，如今舅母什么都不缺，只缺个儿子罢了，与其同他们纠缠，不如好生将养身子，若能添个小弟弟还在乎那些个咸的淡的。换句话说，姨娘要是眼下就死了，倒叫三哥哥记恨舅母，也得不着好处，不如化干戈为玉帛，老太太常说家和万事兴，舅舅也不是老太太养的，还不是亲的一样，就是老姨太太在时也没不过老太太去的，嫡母就是嫡母，哪家不是这样，三哥哥年轻糊涂，舅母那样的品性修养，何必拿他当回事，二哥哥这会子在他那儿，少不得臭骂一顿，回头揪了耳朵来给舅母赔不是，况且老太太只这四个孙子，哪个不是心肝肉，急坏了老太太可了不得。舅母若还恼，就打他两下，也别同他计较，气伤了身子不值当，好歹看着老太太吧。”

吕氏听她左一个老太太又一个老太太，只把她的话当是老太太的授意，利弊权衡了，只得拉了她的手道，“你是个极明白的孩子，听你说的这些，我细一琢磨也有理，只是这三愣子着实可恨，你叫我怎么咽下这口气呢？”

毋望一瞧妥了大半，便笑道，“舅母只管安坐，我寻了那三愣子来给舅母磕头认罪便是。”和玉华使了眼色，携手施施然往慎笃房里去了。

〇四九 一树碧无情

进了慎笃房里，见兄弟两个各据一方，两人面色皆不善，毋望知道他们必定谈得不愉快，便问慎行怎么样，慎行指着慎笃道，“死不悔改的性子，犟驴。”

毋望道，“姨娘可好？”

慎行道，“才吃了药，没大碍了，这会子睡下了。”又探头看了看外面道，“婶子那里劝得过来吗？”

毋望点头道，“看样子成了一大半了，只要三哥哥告个罪，她便算了。”

慎笃怪叫道，“我去给她赔罪？若不是她每日挤对，姨娘哪里会上吊？她不去给姨娘敬茶忏悔，倒还算计起我来了！”

毋望心里生恨，这个不知好歹的，闹了起来大家没脸，他还不知道事态的严重，想来就是个欠收拾的，便道，“这是什么道理，不论她怎么不好，总是正房太太，对个妾指责几句也不违常理，你这样犟也没什么，左不过腚上开花，膝盖跪脱一层皮罢了。你可知你逞强害了姨娘，日后还在她手里，早晚是个死。你既不管你姨娘死活，咱们可管什么呢？”对慎行道，“二哥哥走吧，他不领情，我们何苦蹚这趟浑水呢，各自散了干净。”

慎行也倦了，生着闷气调头要走，慎笃忙拉住了他们道，“好哥哥，好妹妹，我是给驴踢了脑子了，才刚转不过弯来，你们千万别恼我，你们既这么说了，那我还是给她赔个不是吧，只求她别难为我妈才好。”

几个人陪着他往吕氏屋里后身屋里去，毋望道，“你差点闯了大祸，如今她气不顺，你给她磕个头认错吧。”

慎笃又恨道，“凭什么叫我磕头？我不去了。”

毋望站着并不拉他，只道，“你罪都赔了，还在乎头点一下地吗？不过给足她面子，好保你姨娘日后平安，我瞧你那些孝顺都是假的，姨娘的命哪里值你的脸面要紧，你不去便不去吧，玉华，咱们也回园子去吧。”

慎笃听了果然又站住了，玉华掩嘴偷着笑，他绿着张吃了苍蝇的脸，悻悻道，“磕头就磕头吧，我既唤她声嫡母，她也受得起我一跪。”便和慎行拉拉扯扯进了房里。

吕氏摆谱，不在榻上歪着了，换了地方侧身往里躺在床上，毋望无法，只得道，“舅母，三愣子来了，你打他吧。”

吕氏动都不动一下，拖着长音道，“我哪里敢打三爷，他不杀我就阿弥陀佛了。”

慎行冲慎笃努了努嘴，慎笃不情不愿地跪下了，嘴里道，“儿子才刚犯浑，惊了太太的驾，这会子知道错了，特意来给太太赔罪，太太大人不计小人过，饶了儿子吧，儿子给您磕头了。”

说着做足了戏，头重重碰在拔步床的脚踏板上，毋望听着都替他疼得慌，忙和慎行在一旁敲边鼓道，“看在老太太面上，舅母（婶子）饶了他吧。”

吕氏听够了三声响才缓缓坐起来，慎笃憋屈着端了丫头送来的茶，高高举过头顶道，“太太原谅儿子就请喝了这杯茶，儿子往后必当时时警醒，再不叫太太生气操心了。”

吕氏磨蹭着接了茶，也不喝，直接递还给丫鬟，道，“你们都回去吧，我乏了，要睡会子。”

慎笃心里微沉，站起来作了揖道，“太太好生歇着吧，儿子告退了。”

几人一一行了礼方退出来，慎行对慎笃道，“你才好，也回去歇着吧。只求你安生些，若由着性子来，到最后只怕是后悔莫及。那些小倌原是些玩意儿，哪个不是嘴上抹了蜜的，一转脚早抛到脖子后头去了，只你这傻子竟当真。”说罢又是叹气又是摇头，转而对毋望道，“我先回去了，妹妹自便吧。”

毋望笑着应了，看他神情复杂地转身离去，心里暗道，这慎行是个锯了嘴的葫芦，心眼实得这样，别人诓他他都信，好在她也无意，若真有心，他那个模样，还不生生把人冤死吗?

这时慎笃道，“妹妹今儿辛苦，到我那儿吃了饭再回去不迟。”

毋望道，“不了，姨娘既睡着了我就不去看她了，三哥哥代我同她问个好吧，我得空再来。”语毕微微笑了笑，转身即告辞了。

又是一路伴着湖风回了自己的小院子，见几个丫头正拿着扫帚在月季花架下扫地，便问道，“可是叶子掉得多了？有虫蛀没有？”

小娟道，“虫蛀倒没有，只如今花苞也掉了。”

“原是进了秋天了，花落了也是有的。”打着哈往房门去，翠屏和六儿迎出来问情况，毋望道，“没什么，又活过来了。我乏得很，先眯会子，吃饭再叫我。”沾着了榻，倒头便睡了。

翠屏道，“我还想问她有什么想吃的没有，这就睡着了。”

六儿道，“你还不知道她吗，问她也是随意，我昨儿看见有一筐银杏呢，咱们剥了炒鸡丁儿吃吧。”

两个人一合计，拉着手往小厨房去了，主子睡了她们便各干各的事，毋望又是个不烦人的，也不用担心她中间叫，别的院里的丫头常眼热她们，说有赏钱，活又轻省，还不挨骂，过得同姑娘一样的日子，不知道是几辈子修来的好福气。每每此时，翠屏免不得冷哼道，“咱们才分来那会子，是谁笑咱们跟了寒酸的乡下人的？可见都是眼皮子浅的，咱们姑娘次过了谁去了？可比朱门绣户里的什么小姐强了不知多少。”

厨房里的妈妈是老太太拨来的，原先只伺候老太太一个人的饮食，手艺出奇的好，如今到了这里便做了大锅饭大家受用，小院里的人各个胖了些，前儿过了称，姑娘竟长了二斤，愈发的细白圆润，唇上颊上连胭脂也不用打了，气色好得那样，往那儿一站，玉雕的人一般，加上院里的几个丫头长得也水灵，外头都管这里叫美人窝了。

众人没了什么活干，都聚到小厨房里帮忙，张罗了半个时辰，饭菜也齐全了，翠屏推了六儿道，“快去叫醒姑娘，没得又睡到明儿去。”

六儿应了往正屋里去，见她家姑娘竟起来了，在桌前画画呢，便笑道，“今儿是怎么了，不叫你你也醒了？”

毋望道，“时候睡长了，下半晌怎么办？你过会子帮我打听打听如意楼的消息，看三爷又挨打没有。”

六儿道是，喊厨房里的人来布了菜，毋望草草吃完了又倚窗看书，丫头们收拾了也自去吃，毋望看了会子书脖子酸，便换到榻上躺着看，看累了又打会儿盹，一下午也就消磨完了。等到了晚上，眼看着天要黑了，屋里才掌了灯，老太太那里打发人来说，明儿几位姑奶奶都要回来瞧姑娘，叫姑娘早早过老太太那儿去。毋望点了头，问，“老太太今日可好些？”

小丫头答道，“比前儿好了些，夜里也不咳嗽了。”又道，“我上回瞧姑娘给老太太做的眉勒怪好看的，把样子借我照着剪一块吧。”

毋望喊了六儿把箱子里十来个纸板样子拿了来，道，“我这里统共这几个样子，你都拿去吧。”

那丫头道，“我听说姑娘的脚同我的一样大，上月得了几块上好的绒布，正做鞋呢，给姑娘也做两双吧，等做得了再给姑娘送来。”说完福了福，抿嘴一笑退了出去。

六儿朝门外白了一眼道，“谁稀罕，拿了她的鞋，姑娘不知还要用什么赏她呢。”

“人家或者是一片好意，给你说得这么不堪。”毋望道，坐在梳妆台前细细的梳头。

六儿傻笑了两声道，“姑娘叫我打听的事儿我问着了，三老爷只责备了几句，并没有动手打，眼下好好的，姑娘放心吧。”

毋望长出一口气道，“躲得过初一躲不过十五，往后不知怎么样呢？”吩咐六儿休息，自己端着油灯进里间歇着去了。

第二日一早换了衣裳，进过香后往老太太那儿去，进门后见家里女眷都到齐了，连一直称病的茗玉也来了，毋望一一行了礼才坐到老太太身边，老太太一面拍着她的手，一面朝管事嬷嬷道，“可打发了人到街口候着了？都这会子了怎么还没来？”

大太太笑道，“老太太盼闺女盼得这样，几位姑奶奶儿女都那么大了，还怕认不得家吗？”

谢老太太神秘笑道，“我哪里是盼她们，我是盼着三丫头带回来的女孩儿呢。”

茗玉道，“什么女孩儿？”

谢老太太动了动腿，毋望知她必是一个姿势久了有些难受，忙给她活动揉捏，老太太赞许地撸撸她的头发，边道，“是三丫头的庶女，闵姑爷的小老婆养的，今年十六，带了来给咱们瞧瞧，若过得去就给笃哥儿订下来，老三家的，你可要做婆婆了。”

吕氏似笑非笑道，“那敢情好，我也少了桩心事，还是老太太周全，姑奶奶也想着自己的侄子，知根知底到底是好的，倘或能成，咱们就该置办起来了，我那儿都是现成的，收拾了屋子就能办事儿的。”

茗玉怪声怪气儿道，“还是婶子气量大，万事都想着哥儿，慎笃那样真是不该。”

谢老太太不悦地咳了声，白氏横了媳妇一眼，茗玉忙住了嘴，老太太道，“事儿过了就过了，还提做什么，三儿媳受了委屈我是知道的，回头我自有主张。”

吕氏诺诺称是。

〇五〇 亲上欲加亲

老太太又道，“他姨娘如今怎么样了？”

吕氏道，“叫老太太记挂了，郑姨娘的身子没大碍了，只脖子肿得吃不得东西，媳妇吩咐了厨房，这几日拿香米熬了粥给她喝。”

老太太点了头，皱眉道，“我以前瞧那孩子尚明白，谁知有了些年纪反倒糊涂起来，什么大事要寻死呢，若真有个好歹，家里的人必定要来闹，少不得惊动官府，我们这样的诗书大族万丢不起这样的人，所以说，万事还是和为贵，这么早就给你们分了家，原就是为这个，怕你们妯娌姑嫂的年轻合不到一块儿，谁知分了家，大家子倒没什么，小家子的闹个没完，我心里真真不受用得很。”

几句话说得在座的汗涔涔，毋望偷眼看她们甚是好笑，里头太爷突然道，“往后再闹就外头另置田地产业单过去，也别叫咱们这些老骨头跟着担惊受怕了。”

毋望和众人吓了一跳，老太爷日日出去斗蛐蛐的，今儿怎么还在？谢老太太道，“太爷今儿落了单，候老太爷病得出不了门，太爷才得空在家。”

众人噤若寒蝉，吕氏憋得脸发青，暗暗给毋望打眼色，毋望隔着雕花围屏道，“太爷放心吧，昨儿都讲和了，没什么事儿了。”

谢老太爷哼道，“这样是最好。回头姑娘进了门子好好待人家才是。”说完了提遛着鸟笼子出去了。

话题又回到慎笃的婚事上来，大家愈发盼着姑奶奶们，茗玉道，“笃哥儿的事都妥了，就差行哥儿了，老太太有人没有？”

谢老太太道，“几家正看着呢，急也急不得。”

茗玉听了直撞进心坎里来，笑道，“放着眼前的大宝贝不说，何苦外头找去依着我，把春妹妹配了行哥儿岂不正好，我瞧慎行也有这个意思，老太太说呢？”

吴氏的脸霎时像开了染坊，红了发白，白了发绿，五彩缤纷煞是好看，毋望垂头不语，谢老太太面色不豫，茗玉尴尬不已，白氏忙道，“姐儿还在服孝，怎么好说亲？你这孩子忒没眼力见儿，快给我住了嘴。”

茗玉瞬间觉得如临大敌，看老太太断没有把春君作配慎行的意思，慎笃也有了着落，就差慎言了。想想也是，慎笃是个断袖，配了怕受苦，慎行做了官，前程毁不得，算来算去就剩下不盐不酱半瓶醋的谢慎言了，这可怎么好，外头进来的能拿捏，家里人怎么办？岂不要与她并肩，甚至没过她的次序去？一时心乱如麻，人也木木的没了主意。

谢老太太看茗玉那个模样厌恶道，“做什么非要家里人配来配去，咱们姐儿难不成还比不过那些小家子的吗？”

大太太忙赔罪道，“老太太别气，言哥儿媳妇也是好意，这么凑趣儿一说罢了。”

谢老太太道，“往后这话别提了，姐儿不乐意，我和太爷也不爱听，她还小，多留一年是一年，到了别人家里有公婆姑子要伺候，哪里及自己家里自在，且受用一日是一日吧。”

气氛登时陷入僵局，众人皆各怀心事，这时外面丫头来报，“三姑奶奶的车到了角门，正往园子里来。”

才说完就听见一阵喧闹，原来三姑奶奶谢淑珍已然快步进了垂花门，丫头打了门帘，她眼里没了旁人，直直看着毋望，哭道，“我的儿，可想死我了。”

那谢淑珍和谢观，谢堇，还有毋望的母亲谢淑慧是一母同胞，比起另两个隔着肚皮的姨母要亲得多，毋望见着她就像见着了亲妈，窝在胸口一通号啕大哭，哭了一阵子好歹被众人劝开了，谢淑珍抹着泪道，“老太太怎么过了这么些日子才打发人告诉我，我知道了恨不得即刻就飞过来，快瞧瞧，我们春儿都长得和姨母一样高了，真个儿好。”又想起身后的女孩儿来，拉她来给众人见礼。

毋望看那女孩儿鹅蛋脸，颊上微微几颗雀斑，梳着流苏髻，穿着簇新的桃色落日纱短衫和挑金线的百褶裙，婷婷站在那里，极温和恭顺的样子，只一眼便打心眼里的喜欢她。

谢淑珍道，“这是我家姑娘，叫秀绮。”引了她给长辈们道万福，她稳稳蹲下又稳稳站起，看得出家教极严厉，等到了毋望这里，谢淑珍道，“秀绮大些，春儿来见过姐姐吧。”

毋望叫声姐姐，两个女孩相对着福了福，毋望冲她一笑，那秀绮便腼腆得红了脸，毋望心里暗叹，这样的女孩儿若慎笃不珍惜的话，只怕会像她院里的花苞似的，还没开就谢了。

吕氏显然是满意的，想来只要不是瞎子瘸子，她都会满意吧。拉过秀绮小手一通胡撸，上下打量了笑道，“好个齐全孩子到舅母这里来，舅母疼你，给我做媳妇可好不好呢？”

谢淑珍正在吃茶，闻言呛了一口，猛咳嗽起来，吴氏忙不迭给她拍背，笑道，“该死，该死他三舅母见了这孩子竟欢喜得这样，要提亲也得同姑奶奶说，你冷不丁同姑娘说，女孩儿家面嫩，答应好还是不答应好？”

“正是这个话。”谢淑珍道，“我带孩子回外祖母家逛逛的，平日也不得出门，家里姨娘们生的六个孩子，我最疼的便是她，你要讨人也该先问过了我才是。”

吕氏赔笑道，“是我唐突了。还不是欢喜坏了吗，瞧这水葱儿似的，啧啧，多好的孩子。”

秀绮臊得低了头，毋望又一叹，好好的女孩儿落进无底洞里了。

谢淑珍道，“既这么的，那中上一齐吃饭吧，打发人把笃哥儿叫来，也让咱们姑娘见见，若相得中，我回去同老爷商量了筹备妆奁，若相不上，自家姊妹也没什么。”

谢老太太道，“甚好，咱们笃哥儿可是一表人才，若说相配，自然不委屈了姐儿的。”又打发了丫头道，“去把三爷叫来，就说老太太请他吃席，刘大姑娘也在，还新来了一位妹妹，请他来作陪。”

谢淑珍道，“行哥儿呢？去哪里了？”

吴氏答道，“给他师傅备了过节的礼，今儿送去了，晌午是不回来的，等晚上再来陪姑母们说话。”

谢淑珍道，“行哥儿到底是个有出息的，哪像我家玉哥儿，今年会试又未中，说他不是读书的材料呢，肚子里倒有些弯弯绕，说他是那块料呢，我真真愁也愁死。”

吴氏道，“你们玉哥儿才十五，这样小的年纪你急个什么，再考几趟必然就考上的，当初行哥儿也考了两年呢。”

谢淑珍听了还算安慰，想着儿子还小也不急于一时，便又里外看了个遍，奇道，“大丫头和二丫头怎么也没来？”

吕氏道，“咱们二丫头上学里去了。”

白氏讪讪道，“大丫头今早上身子不舒服，叫我给老太太告个假。”

谢老太太摇头道，“你不用给她打掩护，这个芳龄算是埋汰了，年轻轻的懒得这样，最好菩萨似的一动不要动，这样的性子我也替她愁，将来嫁了人可怎么好，温吞水似的，怪不受人待见的。”

白氏脸上无光，连着声说，“老太太教训得是，我也说过她几回，只不听也没法，况且她又不是我养的，说得过了怕记恨我，她在家的日子也不多了，张家年下下聘，开春便要来迎人的。”

谢老太太道，“就是日子不多了更要加紧了教才是，她姨娘原就是这样，如今养的闺女也是这样，哪里有大家子小姐的气度。知道的说她懒得动弹，不知道的说她作势拿乔，怎么在婆家立足？又不是去做上不来台面的妾，一个正经太太怎么不要八面玲珑，就她那样，早晚是个撂了的命。”

白氏鼻尖上都急出了汗来，忙道，“我这就打发人叫她来。”

“罢，罢，她既没这个心也不用叫了。”谢老太太挥手道，“来了也是照旧，我也烦看她，传话给她姨娘，趁这几个月好好教教吧。”

毋望不解，还记得她才来那天夜里，芳龄芳瑕和她同睡，芳龄那股子鱼死网破的劲头挺叫她钦佩的，后来那位教书先生的几句话就把她打回了原型，现在想来，勇气和目标还是须得兼备的，芳龄现在这种寡淡怕事的性子，到了那个死了几个老婆的张家公子手里，怕不是什么好事。

再说那秀绮，还是温顺在她嫡母后头站着，只好奇地左右打量，又看了毋望一眼，见她穿着菊纹上裳，下穿如意月裙，皆是素净的颜色，髻上插着金镶宝发簪，鬓边戴着白绢花，方才想起听太太说过她们家的事，心里一面感叹着，竟真有如此标致人物，一面又抱憾，这么妙的人儿，却有这样可怜的生世，可见世上的事不如意者十之八九。

毋望在姨母身边靠着，她姨母搂在怀里疼得什么似的，又喜又悲的头上身上的摩挲，老太太又笑道，“看看这丫头，她姨母来了就成了这个哆样，要是玉哥儿今儿也来了，两个一处站着，岂不像龙凤胎似的。”

谢淑珍道，“可不是吗，头里说我要来，他在家吵了几日说要来瞧瞧妹妹，要不是他爹带他去了余姚，这趟定是要来的，也难怪他们姊妹好，生日只差了三天，连周都是一道抓的呢。”

众人又笑，说玉哥儿将来是要做账房的，抓周时盘子里几十样东西都不要，只抱着算盘不撒手，又说毋望，那时抓了一个荷包和她娘的孺人玉印，都戏称她日后不论怎么定是个诰命。正说着话儿，外头小厮来传，大姑奶奶和二姑奶奶也到街口了，稍过了一会子，谢淑芳和谢淑怡也从北角门进了园子，给老太太见了礼，少不得拉着毋望又是一顿哭，大家抽泣了阵子才停下。

〇五一 慎笃被逼婚

谢淑怡嫁的姑爷姓秦，秦姑爷是做皮货买卖的，今年新到了一批皮子，皆是上好的，给家里每位女眷都带了一块，又从里头捡了方雪白的银鼠皮在毋望身上比了比，道，“这个正适合春儿，回头上寒做了大氅，又好看又暖和。”

谢淑芳笑道，“只你是个体人意的，姑爷是皮货商有好皮子分，咱们可怎么办呢，只带了些鹿茸人参的，也没什么给外甥女。”想了想，脱下一对血玉镯子给毋望套上，剔透的血丝衬着雪白的腕子煞是看，拉来给老太太看了，笑道，“可不是极配的吗，老太太看是不是？”

两位姨母都给了东西，只自己嫡亲的倒没出手，谢淑怡笑道，“三妹妹给了什么，也给咱们开开眼吧。”

谢淑珍道，“我真是糊涂，竟忘了。”招了丫头捧来一只锦缎的盒子，打开了是一套纯金的头面，里头还有镶了珊瑚珠子的华胜。谢淑珍道，“这个我早预备下了，给小春儿添妆的，赶明儿出阁，姨母还有妆奁给的。”

毋望一一道了谢，命翠屏捧下去，谢老太太和女眷们聊天，毋望默默退出来，拉了秀绮到一旁说话，那秀绮有些扭捏，毋望笑道，“姐姐别臊，我们自己姊妹叙叙怕什么。本来还有两个的，不巧她们都不在，等过会子我带姐姐到处逛逛。姐姐是头回来家？”

秀绮细声道，“是头回来。”

毋望又问道，“路上走了多久？”

秀绮道，“昨儿晌午送走了老爷和玉哥儿，母亲把家里安顿好了就走的，到城外二十里地投了宿，今早天蒙蒙亮就赶路了，走到这会子才到。”

毋望牵了她的手到侧厅坐下，招丫头上那加了蜂蜜的梅子茶，一面道，“这趟在家过十五吗？”

秀绮喝了茶道，“家里没有老人了，老爷带了玉哥儿回余姚老家，母亲说咱们在这儿过了十五再回去，家里的姨娘姐妹们就自便。”

毋望笑道，“那敢情好，人多了才热闹呢。”

秀绮抿嘴笑，毋望拨了茶盖儿道，“姐姐头里可见过我三哥哥？”

这下秀绮更涨红了脸，忙垂眼摇头，毋望心道，那斯长得好，你若光看他的相貌就草率决定了，恐怕要苦一辈子的。想是这样想，说却不好说什么，总不能看着慎笃打光棍吧，又瞧秀绮也不易，两难之间道，“他过会子来了，你好好瞧瞧吧。”

秀绮愈发的窘，闷声道，“妹妹快别拿我打趣儿了，我若知道太太带我来是为了这个，那我是万万都不会来的。”

毋望道，“那也没什么，姐姐自己过过眼也是好的，到底是终身大事，只听父母之命终归有不妥。”

秀绮意外道，“历来婚配都是听父母的，妹妹觉得有不妥？”

毋望忙换了话头儿，指着上的盘子道，“这果脯是自己家里做的，姐姐尝尝可好吃。”

这时院里小丫头报道，“三爷来了。”

毋望起身牵了秀绮的手道，“说来就来了。”待慎笃与众长辈面前见了礼，方才把秀绮推出来。

谢老太太笑道，“这是你大姑姑家的妹妹，叫秀绮，同你大姑姑来家过中秋的，你是哥哥，好好带着园子里逛逛。”

慎笃是个聪明人，自然已会意了，面上不得发作，只好拱手满揖道，“给妹妹见礼了，妹妹一路上辛苦。”

秀绮忙还礼，又见他生得剑眉星目，心里自然是欢喜的，当下娇羞不已，一众长辈看了知道事情成了七八分，大家也都极高兴，吴氏暗暗拿肘顶了顶吕氏道，“看来弟弟要在哥哥之前办事了，回头就去备上吧，年前定是要过礼的。”

吕氏犹豫道，“怕三愣子不肯呢。”

吴氏听他叫慎笃三愣子不由微讶，转而又道，“大人定下的，哪里容他做主，不管咸淡，先娶了再说吧，若以后回过性儿来了，看见称心的再收进房里也使得。”

吕氏道，“我只盼他别收个小倌进房里就是菩萨保佑了。”说着又拉秀绮唠嗑去了，问现读什么书，可在做什么绣活，又问现吃什么药，秀绮都一一答了，老太太也觉满意，示意白氏道，“你先带着秀姑娘过你那边见芳龄去，留下慎笃，我好同他说话。”

大太太应了，热络地请几位姑奶奶和秀绮去他们园子坐坐，一干人等和老太太告了假，都过那边去了，毋望留下陪着老太太，也好奇老太太会和慎笃说些什么，便规矩挨着榻坐着。谢老太太叫了声笃哥儿，慎笃一凛，垂手站着听吩咐。

“你也坐下吧。”谢老太太道，指了下手的椅子，慎笃听命坐下，谢老太太语气坚定道，“我瞧你大姑姑家的秀姐儿甚好，模样周正，言谈举止也得体，拿她配你可好？”

慎笃道，“孙儿年纪尚轻，不想这么早就成家。”

谢老太太哼道，“你说的什么混账话？都十八了还小什么？你大哥哥十八闺女都有了，要是留住了，这会子能打酱油了。只你还说自个儿小，还跟孩子似的，须知男大当婚，成了亲就该收收性儿了，等抱了小子你也知道知道做父母的不易，成日间干些糊涂事儿，打量我腿不中用了，连耳朵都聋了不成？你老子也有了年纪，就你一根独苗，你要叫他操心到多早晚去？还有你姨娘，拼了命生你出来就是为了还你的债吗？眼泪水流了多少也不问了，如今连性命都要交代给你才算完？”

慎笃听了也惭愧，却不发一语，谢老太太看了他那样甚是光火，斥道，“你哑巴了？我说了这些个，你在听说书是怎么的？”

慎笃站起来作揖道，“老太太息怒，孙儿断没有这个意思，只是孙儿心里……”

谢老太太厌恶道，“我看你是痰迷了心，油脂迷了窍了。也只你老子拿你没法子，若依着我，不管千金万金的，明儿就叫人封了银子把那个下流种子赎出来，再托了人伢子远远卖到塞外去，我倒要看看你生了什么样的本事，能追到天边去？”

毋望暗道，老太太果然有手段，想是谁也没想到要先赎了那小倌再做处置吧，这一手定叫慎笃措手不及了。

事实上慎笃也确实着了慌，忙央道，“老太太慈悲，好歹饶了他吧，孙儿愿一人受罚，老太太要打要杀都依老太太的。”

谢老太太啐道，“我何尝要拿你怎么样，只盼你成器罢了，那个小倌不动他也可以，你立时答应我，娶了秀姐儿为妻，我也顾不得这三四辈子的老脸了，得亏那丫头是你大姑姑家里的，离应天也有些路，不知道你那些臭事儿，只有先瞒着娶进门来，生米成了熟饭再说，若换了城里的，哪家的女孩儿肯和你结亲。”

慎笃下气儿道，“一切但凭老太太做主。”

“单娶进来还不成，”谢老太太道，又提了更高的要求，“最迟下年年尾，我要看见你们三房的重孙子。”

这下毋望呆了，慎笃也傻了。让一个断袖娶妻容易，要生孩子，那还真是个技术性的活计，这老太太真不是个好糊弄的。毋望憋着笑看慎笃那张被雷劈焦的脸，突然隐隐对他产生了一丝丝同情。

慎笃带着哭腔，来了一句更意外的，“老祖宗，孙儿……力不从心。”

这下着老太太的脸色轰然倒塌，毋望一个没忍住，扑哧笑出了声，谢老太太直道，“造孽造孽，喊你老子来，那小倌儿不打发了是不成的，倒叫我孙子成了废人，这哪里了得？”

慎笃急忙跪下道，“老太太，容我尽力而为吧。”

谢老太太抖着手道，“你那两个通房干什么吃的？都是死人不成？”又对旁边的大丫头道，“星儿，去传我的话，今儿晚上塞一个到他房里，锁上门，不到天亮不许出来，把帕子给他房里人，我要见真章的。”说到后头自己都有些汗颜，哪里来的祖母竟连孙子床笫之间的事都要管的？无奈这慎笃实在太叫人操心，他老子只管发火，太太只会埋怨，他姨娘索性除了哭半点法子没有，这事最后竟落到了她的身上，只有勉为其难了。

星儿忍笑应了，再看慎笃都快哭了，毋望死咬住腮里的肉才不致又失控，谢老太太隐忍道，“你去吧，我乏了，歇一会子，你只在园里想想我才刚说的话，过会子要吃饭的。”

慎笃道是，拱手退出门外。毋望看他走远了才道，“老太太，三哥哥这样，硬逼他娶了秀绮，没的最后害了人家女孩儿。”

谢老太太叹息道，“这才叫人送了通房进去，若实在不成也不好坑那孩子，一辈子的事儿，熬到多早晚是个头。这笃哥儿怎的这般叫我不放心，若说年纪小倒尚犹可，如今比他老子都高了，痴愣性子一点儿没变，亏他还是大家子的公子出身，活打了嘴了。”

毋望是女孩儿家，论理也不该说什么的，看老太太想得也周全，便点头称是。

〇五二 合欢中秋节

转眼中秋，谢老太太的病也大安了，各院的人都忙起来，毋望歇了午觉起来，见瓦檐上树枝上皆挂了彩灯，院里设了香案，摆上月饼，苹果，红枣，李子，葡萄等，中间还有个雕成莲花状的西瓜，笑问道，“咱们蜜大娘的手艺愈发精进了，竟雕得这样好。”

玉华道，“今儿过节，等咱们走了，她们也要乐呢，又吃鸭子又吃田螺的。”

毋望道，“原该这样的，只是如今的田螺可吃吗？”

玉华收拾了榻上的薄被，又端了金银花茶给她喝，一面道，“如今田螺空怀了，肉质极肥美的，拿香油炒了，正适合过节吃呢。”

又说了会子话，拉了毋望换了月白的衣裙，又因今日是十五，便暂摘了白绢花，另插了一支金步摇在髻上，六儿不声不响到箱里取了玉玦来，换下了她裙上的檀香木的禁步，玉华细看了道，“姑娘何时有这块的？往常我竟没留意。”

六儿道，“咱们姑娘自有来路，岂是你都能知道的，今儿要拜月呢，戴上吉利些。”

毋望娇嗔地白她一眼，也不作声，任她们捯饬好，到镜前照了照，镜中人巧笑倩兮，眼波流转间顾盼生姿。六儿道，“没见过姑娘盛妆的样子可惜了。”

玉华笑道，“到了姑娘的好日子，自有你看的。”

三个女孩说笑一阵子，外头传三姑奶奶来了，毋望迎出去，谢淑珍携了秀绮同来，见了毋望通身打量了一番道，“今儿十五，穿得也忒素了些。”

毋望引她们坐下，看了茶道，“这不是戴了步摇了吗，也算应了景儿了。”又看了秀绮，见她面若桃李，便笑道，“姐姐今儿气色可真好呢，这两日也不来我这儿坐坐，我原有些伤风，又不得出去，在屋子里闷坏了。”

秀绮低头浅笑，谢淑珍道，“她在家里就不爱走动，更别提到了这里了，这几日只在屋里读书习字，连房门都不曾出过。”

毋望道，“想是要中女状元呢？三哥哥可去了？”

秀绮羞得满面通红，谢淑珍喜道，“前儿来送了果子，想来也是害臊，只坐了一会子就去了。老太太拿了他两个的生辰八字，送到松竹寺请空闻大师批了命，真真金中带玉的天作之合，你道好不好？”

毋望打趣儿道，“如此甚好，看来要改口叫三嫂子了才对。”

秀绮捂了脸道，“妹妹快饶了我吧，竟说这些话来取笑我，太太快瞧她。”

“好，好，回头你过了门子总能看见她出阁的，到那时再连本带利地笑回来吧。”谢淑珍掩嘴笑，又道，“我来的路上看见燕脂湖靠假山那片种了一块儿葱，你两个晚上可去谋好姻缘？”

毋望不解道，“好姻缘和葱什么相干？”

谢淑珍道，“中秋有个说法，闺里的女孩儿要偷葱偷菜，偷着葱，嫁好郎，偷着菜，嫁好婿。”

毋望和秀绮听了发笑，毋望道，“这不是教坏了女孩们吗，好好的又偷葱又偷菜的，那农家有田地的岂不遭了殃？到十六一看，地里的庄稼也不成样子了。”

谢淑珍道，“你当怎么个偷法，不过是个意思罢了。”

那边沁芳园里使了人来，道，“老太太请姑奶奶和闵大姑娘过去呢。”

谢淑珍应了，对毋望道，“你可收拾好了？可一道过去？”

毋望道，“天色还早，姨母和姐姐先过去吧，横竖是有好话呢。”

两人起身辞了她往沁芳园里去了，毋望靠在椅背上想，老太太既已叫人合了八字，想来慎笃那儿是妥了，先前还力不从心的，看来自己唬自己罢了。

六儿看毋望傻笑，便道，“姑娘又想起什么好事了？可是和兰杜公子有关联吗？”

毋望笑道，“你少混说，我是想三爷的婚事呢，你可听说什么？”

六儿道，“只听说三爷屋里的通房不知怎么给锁在三爷房里了，直关了一夜才出来的。”

毋望咳了声，左右看了没人又问道，“可成了？”

六儿捂嘴笑道，“姑娘神仙似的人也爱听那些个？老太太要‘见真章’的，三爷哪里敢不从？自然是成了的。”

主仆两个红着脸窃笑不已，毋望道，“阿弥陀佛，亏得还有救。”

六儿挨着她咬耳朵道，“那通房不知羞，还和她要好的姐妹说，三爷是个……童男子……骁勇善战。”

毋望听了直捶她，呼道，“你作死不挑个好日子，这些浑话也传来我听？”

六儿边躲边笑，“是你要听的，我说了你又打我，这是什么道理。”

玉华端了月饼外头进来，六儿只顾往后退，险些撞翻了盘子，玉华喝道，“你这蹄子，仔细撞了六爷送来的金花。”

六儿奇道，“六爷作什么给我们姑娘送月饼？”

“这是人家的道理。”玉华道，“才刚六爷的小厮来说，今儿晚上在汇宾楼包了雅间，等姑娘和爷们儿们家里拜完了月就去。”

“知道了。”毋望道，拿了块月饼尝了口，心里记挂起叔婶来，又想他们上回回了信来，说家里一切安好，叫她在舅舅家里安心待着，若想回去叔叔便租了船来接云云，如今惦记归惦记，心倒是可以安的，只是今日过节，倍加思念罢了。

翠屏进来道，“姑娘怎么还不去老太太那儿？听说王家老太太带她孙女过府里来了。”

毋望道，“可是给二爷说的那门亲？”

翠屏称是，又道，“才刚已经过了二门，这会子早到了。姑娘还不瞧瞧去？”

毋望忙理了理衣裳，带着玉华往沁芳园去，走了几步又折回来对六儿道，“你吃了饭来替玉华，晚上我带你出去逛逛。”六儿高兴得应了，这才穿出月洞门去。

等到了老太太院子的正屋，里头女眷已满满当当坐了一屋子，老太太旁边坐了位七十上下的老妪，头发已白了大半，额上戴着遮眉勒，嘴角微有些耷拉，头仰得高高的，以至于瞧人都带着三分盛气。谢老太太招呼毋望来，同那王老太太介绍道，“这是我外甥女儿，叫春君。”

王老太太睨斜了一眼，勾了一边嘴角道，“我头里听说你们把刘家姑娘接回来了，可就是她吗？”

毋望强忍着反感给她福了福，那老太太不咸不淡地嗯了声，又施恩似的拉过她下手的女孩儿道，“这是我家春锦，姑娘认识认识吧。”

大太太打圆场，笑道，“一个春君一个春锦，倒像是姐俩。”

屋里的人皆都附和地笑，各个笑得有深意。毋望看那王春锦，比她矮了小半个头，五官尚周正，站在那里竟佝偻着背，脸色也有些发白，像是有不足之症，稍站了会子还微喘起来。

毋望和她见了礼，忙请她坐下，只听王老太太道，“我看快些把日子定下来吧，大家都怪忙的，我家保哥儿才升了按察使司副使，家里好些个应酬，若这会子定了，过了礼，行哥儿也好帮帮他老丈人的忙。”

这话说得吴氏脸都绿了，还没做他家女婿就想着要派慎行差使，他家爷们儿都死绝了不成，一个副使，四品的官，和大老爷同阶的，又不是三公三孤，竟还拿来说嘴和他家做亲，倒像是慎行高攀了似的，瞧人都用鼻子眼儿，吴氏显然不干了，转眼看谢老太太，暗摇了头。

谢老太太丢了个“算你聪明”的眼色，冲王老太太笑到，“你怎么还是这么个脾气？急得这样做什么，也叫孩子们见个面，姐儿也看了我们行哥儿，万一不合眼缘，咱们大人定了有什么用。”

那王老太太是个专极的人，听了这话哼道，“他们小孩子家的知道什么，自然大人定了就定了，他们还能说不么？反了天了。”

芳龄脸上现出愤恨来，反观那王春锦，不喜不悲，好像所说的都与她无关，坐在椅里只低着头。毋望登时觉得热起来，小小打起了团扇。

谢老太太道，“今儿请你们来是为咱们几十年的姐妹叙旧的，顺便叫孩子们认人，你倒好，竟要弄成定亲宴，没得叫姐儿害臊。”

王老太太许是也意识到了不妥，讪讪然笑笑，端起茶盅喝口茶道，“行哥儿哪里去了？”

吴氏道，“到他师傅府上送节礼去了，这会子也差不多回来了。”

王老太太的注意力又转到毋望身上来，眯着眼扫了扫道，“姑娘生得好相貌，北地那样的苦寒之地竟还养得这样好，我前儿听说，回来是每天拿一两燕窝养着的，可是吗？”

毋望并不搭话，谢老太太道，“你还听他们胡浸我们姐儿的相貌是燕窝能养得出来的吗？我那四丫头你是见过的，这孩子可不像她母亲吗。”

王老太太细端详了，点头道，“是像的，依我看倒更胜过些去，我常替四丫头可惜，都是命不好，嫁了那样的爷们儿。”

毋望的气血有些上涌，竟当她的面说她父亲，这么个恶毒的老太婆，才要站起来回嘴，谢老太太悠悠道，“头里你可不是这么说的，你常夸我这四姑爷有出息，年轻轻的就做了太仆寺卿，后来做什么遭了难你也知道，我记得当年常遇春大人还是你家远亲呢，我这姑爷都砸在他手里了。”

王老太太哑口无言，毋望方觉解气，这时芳瑕打了帘子进来道，“快来看呀，爷们儿们在露台上做兔儿爷呢，做得有一人高了。”

〇五三　走月独惊魂

女孩儿们，连同刚到的王春锦也被拉了出去看，谢家四兄弟都在，在露台上拿陶土糊了两个兔儿爷，兔首人身，披着甲胄，背上插着戏文里武生才用的护背旗，脸上贴着金泥，身施彩绘，一个站着，一个捣杵，竖着两个大耳朵，亦庄亦谐的。

芳龄道，“二哥哥早回来了啊。”

毋望指着慎行对王春锦道，“那个穿常服，正给兔儿爷画脸的就是行二爷。”

那王春锦偷眼看，见谢慎行从容俊秀，面上朗朗，身型又极挺拔，好歹有了些反应，苍白的脸上窜出两团不正常的红晕，茗玉轻搡了毋望，低声道，“甚满意吧。”

毋望嘿嘿地笑，茗玉扬声道，“行哥儿，来。”

慎行回了头，见毋望和茗玉在一处，遂将笔给了慎笃走过来，笑道，“大嫂子也来了。”

茗玉把王春锦推到他跟前，揶揄道，“来见见好妹妹吧，这就是王大人家的千金春锦小姐，还不见礼。”

慎行神色尴尬，忙拱手作了道，“见过姑娘了，多早晚来的？”

王春锦道，“才来不久。”

慎行道，“那上廊子下坐会子吧，我这里还有阵子，不好作陪。”

春锦道，“你只管忙吧。”

慎行淡淡一笑，回身寻毋望，她已然给兔儿爷画胡须去了，还和慎儒玩到了一起，瞧着她没心没肺的样子，他的心一直往下沉，也失了再画下去的兴致，草草和众人告了假，谎称回房换衣裳，一人怔怔回去了。

又笑闹了一阵，老太太那里传饭了，天才擦黑，月亮又大又亮升了老高，一大家子女眷一桌，爷们儿一桌，纷纷在园子里的高台上落座，四周点了彩灯，角上供了大香案，大家说说笑笑，猜灯谜说典故，又放了烟火取乐，直闹到二更天去，因着中秋原就有晚睡的习惯，一大帮子人也不觉乏。王老太太和孙女终究是客，玩了会子便起身告辞，谢老太太也不相留，说了一堆客套话，又备了些瓜果礼品，叫慎行送她们上了车，算是打发完了。

吴氏道，“老太太瞧怎么样？”

谢老太太道，“你早有了主意，何必问我。”

吕氏道，“我看是不中用的，那姑娘身子弱得这样，恐不是个有寿的，若娶了，将来可苦了行哥儿。”

谢老太太道，“我心里也不拿她配行哥，据我看，竟是有女儿痨似，这种病症怎么好许人家呢，岂不活找晦气么。”

吴氏道，“那怎么同人家交代？”

谢老太太瞟了她一眼道，“无媒无聘的，大人说嘴罢了，又没定下，人家也是聪明人，等个三五日不见有动静，自然也就明白了，哪里要什么交代。”

吴氏松了口气，笑道，“老太太说得极是。”

谢老太太道，“你也别着急，横竖还有几家，紧着心挑就是了，只要姑娘周正，懂事故，家底子不殷实也没什么的。”吴氏道是，老太太又招呼道，“女孩儿们来拜月吧，求月神许你的个好相貌。”

婆子们得令忙燃起了大红蜡烛，又点起了高香，一众姑娘丫头们齐跪了三四排，敛神静气磕头祷告，毋望看她们一个个无比虔诚，自己倒是没什么，不过顺着走个过场而已，拜过了就起身回老太太身边坐下了，几位太太姨妈商量起了慎笃过礼要用的东西，大太太道，“费那么多心思做什么，就按着咱们言哥儿那时的礼单置办一份送去也就是了。”

吕氏不言语，大姑奶奶道，“哪能照着慎言的，咱们大爷是长子嫡孙，大奶奶又是亲家母嫡出的小姐，自然是不一样的。”

谢淑珍微有些不悦，道，“都是自己家里的人，看着置办就是了，我们姐儿是个庶出的，原不值什么，左不过你们来什么样的礼，咱们置什么样的嫁妆罢了。”

看气氛有点不对劲，谢老太太道，“你们也别争，我这几日听了笃哥儿的消息高兴着呢，三房只管办你们的去，我还是照旧按言哥儿那回的份子出一份，别委屈了秀姐儿才好。后头的孙子孙女们，凡娶亲出嫁的，我这里少不得添礼添妆的，别回头叫你们说，只向着大孙子不疼旁的，倒不好了。”

众媳妇一听正中了下怀，大家都是极满意的，老太太暗地里捏了捏毋望的手，毋望也会意了，老太太这是疼她呢，单为了将来给她置嫁妆不给舅母们说嘴，只好每个小子丫头身上添补一些，这老太太真真用心良苦。

慎行送了王家祖孙，看时辰差不多了就过来回禀道，“老太太，遥六叔在秦淮河畔设了宴，约了咱们兄弟姊妹们一道去，请老太太准假吧。”

吴氏奇道，“往年都是他们娘几个到我那园子里去的，今年怎么改了？”

慎行回话道，“今年两边都添了人，又有侄女妹子要出阁的，大家聚在一起玩，下年就没机会了。”

谢老太太点头道，“难为路六爷想得周全，就让他们年轻的一处玩去吧，只一条，你妹妹们都是养在闺里的，万不能邀了外头的公子小爷凑趣儿，要是坏了规矩叫我知道，那可是不依的。”

慎行笑道，“老太太放心吧，孙儿有分寸。”

家里的年轻人们都起身往外去，毋望招了六儿来，大门外停了四辆马车，爷们儿姑娘们上马上车，丫鬟们扶车跟着，毋望掀了帘子往外看，大街上人来人往很是热闹，杂耍的，舞草龙的，还有那些摆摊剃头的，修鞋的，卖馄饨，卖茶汤的，毋望不由得笑起来，以前在朵邑时自由自在的，逢年过节就在外面跑，不像现在这样，想想真是怀念那段日子。

马车顺着秦淮河往前跑了一里地停下了，众人纷纷下马下车，进了汇宾楼，掌柜的把他们往楼上引，开了包间的门，路知遥和几个年轻女孩儿在里面坐着，一看他们来了急忙起身相迎，又打量了秀绮两眼，笑着对慎行道，“这位就是家里提的姑娘？”

慎行连连摆手，“那是咱们老三的人，六叔可别乱点鸳鸯，叫人听了笑话。”

慎笃和秀绮都红了脸，路知遥对慎笃拱了手道，“不知者不怪罪啊，原是我弄错了。”

慎笃道，“六叔哪里话，侄儿还同你计较不成。”

路知遥笑着请大家入座，低头对毋望道，“难得姑娘肯赏脸，快些坐下吧，我才刚点了桂花酿，正适合你们女孩儿家吃的。”

又相互介绍了大家认识，爷们儿们就开怀畅饮起来。慎行道，“今儿禄哥儿怎么没来？”

路知遥愣了愣，猛想起了慎行母亲同他说的话，心想着禄哥儿来了怕是要穿帮，就同他说道，“禄哥儿今天不得空，他舅舅家里兄弟娶媳妇儿，他吃席去了。”

慎行哦了一声，又看毋望，她垂着眼不知在想什么，一副无关痛痒的模样，他微叹了气，暗笑自己白操了那份闲心，也不再说什么。

这时慎言等人开始行令，又碍着有女孩儿在场，许多粗鄙的荤话不好出口，随便吃了些酒，又赞叹了番螃蟹肥美，大家跑到外面去走月，信步就来到了戏月桥上。此时桥上已然聚集了许多士子，一个个笙箫弹唱，对月赋诗，自认为潇洒倜傥，毋望原和芳龄她们在一处的，后来各有感兴趣的事物，渐渐大家分开来了。毋望就和六儿沿着河边走，看看这，又看看那，不像刚才人多主意多，反而不知逛哪里好，两个人遇着好玩的就逗留一会儿，走累了就找个茶摊坐下歇着，倒比先前惬意了不知多少。

六儿道，“和大爷他们走散了可怎么办。”

毋望道，“少不得到汇宾楼碰头的，他们这会子正玩呢，咱们再瞧瞧有好玩的没有，若乏了就原路回去。”

六儿点头又问那摊主道，“大婶，你可知前头还有什么好玩的吗？”

那摊主看了看天色，笑道，“你们这会子回去可就错过最好看的了，三更一到就有烧塔子呢，谁的宝塔砌得好，拿了头名就有赏金，姑娘们回头去看吧，可热闹了。”

六儿听了放下茶杯，放了两个铜板在桌上，拉了毋望就跑，边跑边道，

“那还等什么，咱们快瞧去，我素来不知，南方竟有这么稀罕的玩法，定要见识见识的。”

一通狂奔，人越来越多，好不容易挤进了人堆里，看见一大块场地给围了起来，中间分散了七八堆人，正拿砖瓦一点一点往上垒塔身，等垒到大半个人高了，顶上留了口子，往里添木柴，谷壳，只等着令官发令。

六儿扯扯毋望衣袖道，“可是要烧吗？”

毋望摇头道，“我从前也没见过，家里原没有兄弟，中秋一味地在家过，没人带了出来玩的。”

又屏息看八个宝塔都垒好了，那边高台上人彩旗一挥，大喊一声开始，参赛的人便麻利地点起了火，一时火光冲天，火旺时还往里泼松香粉，那火头烧得更高，直把塔烧得全座红透，围观的人大肆助威，一时喝彩声此起彼伏。

毋望也看得兴起，加油鼓劲之际，后方突然伸出一只手捂住了她的口鼻，一阵头晕目眩，眼看着自己被拉出了几丈远去，那六儿竟只顾看热闹，对她被掳走浑然不觉。

〇五四 江心对月明

毋望奋力挣扎，无奈那人力道奇大，又是几个起落，渐渐远离了人群，毋望心道这下糟了，怕是遇上了劫匪或人伢子了，自己得想法子脱身才行，又因被那人捂了嘴，连声音都发不出来。那人携了她飞奔一阵，她头晕目眩，耳边尽是呼呼的风声，连方向都分辨不清了。又几番颠簸终于落了地，一看竟到了谢府的后院，心下又奇，莫非哪位哥哥同她开玩笑吗？才要转头，那人道，“在下无意加害姑娘，只因姑娘的一个故人要请姑娘一叙，我放了手，你切莫叫喊，可好？”

毋望想既到了谢家，也没什么可怕的了，便点了点头，那汉子缓缓松开手，对她一揖道，“我家主上等姑娘已经很久了，二位只管叙旧，属下在穿堂外候着。”说完一纵身去了。

这后园子原已倒锁，因今日过节，上夜的婆子小厮们也都吃酒作乐去了，园子里空无一人，毋望暗道定是慎行有话同她说吧，恐白天人多不方便么？便道，“二哥哥，你这是什么道理？好好的竟吓我。”

树后转出一个人来，背着手，身量高大，看着眼熟，却不是慎行，当下心里咯噔一悸，那人缓缓走近了，洁白的脸孔，眉眼含笑，低声道，“什么二哥哥，春君姑娘且看清了再叫哥哥不迟。”

毋望脑子里轰然一声，急往后退了两步险些摔倒，被他一把揽了起来，柔声斥道，“看毛躁得这样，见了我连站都站不住了？”

毋望勉强安抚了心跳，这人来得实在是太让人意外了，原先还惦记着他，不知他身在何方的，谁知转眼就在她家后院里了，还将她从外头掳回来，生生把她吓得半死，一面埋怨着，一面又极高兴，想了那么久，好歹见着了，有一肚子的话想说，却又无从说起，憋了半天才道，“你怎么这会子来了？”

裴臻笑道，“来得正是时候呢，再晚些你的心就落到什么二哥哥三哥哥身上去了。”

毋望听了嗔道，“你混说什么，我从没动过那心思。”

裴臻携了她的手，紧紧握在手心里，凤眼一挑，呢喃道，“可是心思都在我身上吗？我去了这几个月，你想我不想？”

毋望臊得只顾低着头，想把手抽出来又抽不动，只得由他握着，裴臻看她圆润了些，更显出从未有过的娇态来，不禁心下暗喜，也不想旁的了，径直地将她搂进了怀里，深深叹道，“春儿，我当真是日思夜想的，你可知道我的心吗？再见不着你，竟是要疯了似的。”

毋望像落进了蜜缸子里，也不挣，静静靠在他胸前，他身上有股兰草的香味，莫名叫她安心，两人相识了这么久，这样的亲近还是头一次，若按理来说是万不该的，只是如今身不由己了，此时方知道自己竟是那样看重他的。

裴臻毛头小子一样心跳如雷，毋望靠着靠着，突然扑哧一声笑了出来。裴臻有些懊恼，蹙着眉道，“你笑什么，我奔行千里的来看你，你不说些好话，反倒来笑我。”

毋望红了脸，原以为他在桃叶渡的，离城里也不算远，谁知又是那么老远的赶过来的，心里有愧，便糯声道，“对不住了，我不该听你的心跳得快就发笑，也不知道你是属马的，你就原谅我无德吧。”

裴臻听得一愣，半晌才回过神来，笑道，“你出息了，竟变得这么促狭，看来我从前是小瞧了你了。”又拉她到亭子里，两人并肩坐下，就着月光直直看她的侧脸，细腻的皮肤上洒了一层银粉似的，愈发的晶莹剔透，长长的睫毛，精致的鼻子，还有嫣红的嘴唇，哪一样不是叫他痴迷的呢。

毋望感觉到他的目光，又不敢同他对视，只得闷声道，“你傻傻瞧我做什么，不认识了？”

裴臻苦笑道，“多瞧一会子，回头就要走的，这一别当真山高水长了。”

毋望一急，问道，“才来的就急着走吗？”

裴臻眼里星光点点，欣喜道，“你舍不得我走的，可是吗？”

毋望闪躲两下，禁不住他一直追问，便低低嗯了一声，裴臻又笑得春风得意，直道，“不枉我日夜兼程啊，这回来得果然妙。”

毋望道，“你如今在何处？”

裴臻道，“暂时还在北平，过不了多久就要动身的，这一走没法子给你捎信儿，更没法子来瞧你，你自己好歹保全自己，等着我来接你。”

毋望侧了头想了又想，疑惑道，“你到底在做些什么，倒叫我摸不着头脑。”

裴臻犹豫着不知该不该告诉她，他心里是想着不论怎么都不该瞒她的，既认定了要娶她，他在做些什么她也有权知道，可反复一琢磨，又怕吓着了她，便想含糊带过，不想毋望淡淡道，“你叫我等你也是唬人的吧。”

这下子裴臻急了，忙安抚道，“我的一片心你是知道的，好不容易从他们眼皮底下混出来的，你倒同我说这样的话，岂不让我心寒么，我不说有我的道理，你何苦逼我。”

毋望冷眼看他，平声静气道，“我何尝要逼你了，你不说便不说，我也有我自己的道理，只是你今夜来得多余。”

“你……”裴臻张口结舌，气血翻涌了会子思量，也该把事情原委告诉她了，尤其是素姐儿的事，若不让她心定，怎么有脸求她等那些年呢。于是点头道，“我都告诉你，你自己拿主意吧，千万不能告诉别人，听完了若觉得等得，那你便等我，若觉得等不得，我也不怪你。”

毋望道，“你一个爽快人怎么积糊了，要是怕我告诉别人，那你不说便罢了。”

裴臻咬了咬牙道，“我原是燕王的谋臣，最迟明年交夏，燕王要起兵与朝廷交战，届时若一举攻克应天，那便是富贵已极的，若是不幸败北，怕是人头不保，至于我那大奶奶，我同你说过，与她并不是真夫妻，她只是两头安插在我身边的棋子，嫁我之前已有了人家的，不瞒你说，嫁过来时有了身子，后来没法才打了的，这事她打量我不知道，有一回看丫头给她煎药，一眼就瞧出来是产后补身体的药，我倒也没什么，横竖到最后是要了结的，便由着她去，上月她自知不长久了，竟携了些银子首饰逃了，我派人探访了大半个月，已然到了那相好的下处，被他藏起来了。说来她也可怜，原本好好的女孩儿，竟给利用得这样，我若要杀她倒也易如反掌，只是我也存了私心，想拿她牵制旁人，后来燕王既招我入了北平，那些牵制便失了效用，她去便去了，算是给她自己寻了条生路吧。”

他一口气说完，便等着她昏厥过去，不想那女孩儿半点惊慌都不曾有，只慢慢道，“其实我早料到你做的定是了不得的大事，只没想到你胆子竟如此大，你可知谋逆是多大的罪过？”

裴臻站起来，负手在亭中踱步，一面道，“所以我只能偷着来见你，也不敢迎你过门，是怕连累了你。”

毋望鼻子发酸，涩涩道，“那你头里还要纳我做妾。”

裴臻有些愧疚，“那时也未同你深交啊，哪里知道你是怎样的人，再说世上的爷们儿哪个不是喜欢就往房里收的，我原只当你是……玩意儿的，到后来就……爱得那样了。”

毋望又是害羞又是心酸，忍不住落下泪来，裴臻一看着了慌，忙拿出汗巾子来给她擦，急道，“好好的怎么又哭了？我本来不想告诉你，你偏问，知道了又要哭。”毋望扭身背对了他，他无奈道，“快别闹别扭，我时候不多，要乘他们未发现时赶回去的。”

毋望道，“他们信不过你，竟还圈禁你不成？”

裴臻朗朗笑道，“谋大事者必多疑，父子尚且防备，何况我是个外人。”又道，“你是个聪明人，若听着我那里战况不好了就别等了，我怕耽误了你，你寻个好人家平平稳稳过日子去吧，我就是到了地下也安心了。”

毋望低头不语，裴臻心里酸楚，这一腔子的热血眼看是要付诸东流了，若真瞧着她嫁人，他定是死了也要爬上来的，可现在又能怎么样呢，他知道她是个重情意的，说得悲壮一些，或者她反而抱定了决心要等他了呢。

那厢毋望权衡再三，不声张的话，叔叔一家和外祖母一大家子人应该是没有性命之虞的，既然他们都不必担心，她一个人是无足轻重的，还有什么可怕的。打定了主意便抬头道，“我的后路不必你来操心，横竖我等着你，你若得胜便记着来寻我，你若败了，大不了我绞了头发做姑子去。”

这下裴公子感动不已了，满腔的情愫在胸中激荡，手一抄，又将她揽进怀里，轻轻在她颊边摩挲着，哑着嗓子道，“单是为你也要助燕王打胜仗的，你且等着吧，到时我定来接你。”

毋望贴着他，那样的亲昵自然，犹豫了一下又缓缓伸手圈住他的腰，裴臻一喜，这许多日的相思哪里还遏止得住，落在她肩上的手转而轻轻抬起她的脸，满手所及皆是暖玉温香，心头一荡，双唇不自觉便压了下去，落在她柔嫩的唇瓣上，一点点浅尝轻吮，再一点点深入，直至最后全然不顾。

毋望脑子像被抽空了，晕沉沉辨不出什么滋味来，耳边只剩隆隆的响声，一层层放大，震得耳膜作痛，人便如溺水一般直直下沉，没有救赎也没有凭靠，只觉天地间除了他，再也没有别的东西了……

〇五五　云中君不见

裴臻贴着她的唇轻叹低喃，“真如做梦一般……这竟是真的，春儿……”

欢喜，着实的欢喜或者有些冒失，可谁没有过情难自禁时？心心念念牵挂了那么久，原先还顾忌有素卿在，虽然只是幌子，却实在给不了她正室的名分，不敢也不忍唐突佳人，现在不同了，对于女人最重要的一切他都能给她，心里也一味的认定了她，现在又如此的亲密，见她也不十分反感，心中更是石头落了地，便拿额头抵着她的，餍足地勾起了嘴角，又看她气喘吁吁，红唇娇艳欲滴的模样，心里一动，复又轻嘬一口，无赖地冲她露齿一笑，臊得她面色驼红，忙捂着嘴退后了好几步。他哪里容她逃，一伸手又将她圈进怀里，低笑道，“今日且饶了你，待大婚之日我再连本带利地讨回来。你别挣，让我抱一会子。”

毋望依言温顺地靠着他，心被胀得满满的，虽被这登徒子轻薄了，却又有种尘埃落定了踏实，暗想他心里是有我的，对不对？否则不会冒险日夜兼程几千里，只为来看我一眼。想来日后心思也无需摇摆不定了，只等他便是了。

两人缄默了一会儿，毋望又想起德沛来，百转千回的琢磨了，倒看出些端倪，怎么那样巧，燕王的下属会来馒头村，又那样巧的瞧上沛哥儿，现在细想来，竟是他从中斡旋的。便道，“我弟弟可好？”

裴臻道，“有我在，自然保他万无一失。再过两月我便送他到无量山我师傅那里去，学了谋断和奇门遁甲，届时天下便有第二个明月君了，不论哪方得势，掌管乾坤的人定舍不得动他分毫，你道好不好？”

毋望惊道，“建文帝张皇榜找的就是你？你是明月君？”

裴臻得意摇着折扇转了两圈，挺拔的身姿衬着谪仙般不俗的脸庞，说不尽的俊逸风流，腆脸笑道，“你瞧我可配得这个雅号？”

毋望嘀咕，这妖孽，正经时倒也皎皎如明月，普天之下除了他，怕也无人当得起这称号了。

裴臻又自恋了一阵子，将视线落在她的襦裙上，啧啧称赞道，“果然是极衬的。”

毋望知道他在说那面禁步，不免有些不好意思。裴臻朗朗一笑，道，“你可听说过岳阳璧？”

毋望点了点头，那岳阳璧与和氏璧是齐名的，皆是天下闻名的贵器，相传玉质奇佳，冬日在手里抚摩则通体发热，是玉中极品，往常时有所闻，只不得一见罢了。

裴臻道，“那璧是我传家之宝，如今系在姑娘裙腰之上呢。”

毋望吃惊不小，不由细看那玦，好是极好的，只是个头并不大，怎么也不像传说中的岳阳璧啊。裴臻见她生疑便道，“那么大的蠢物累赘，我着人把它打磨薄了，又把尺径缩小了一半，上头雕了兰草，让姑娘时时佩戴，便如兰杜常伴左右了。”

这下毋望不得不承认臻大爷是奇才了，其糟蹋好东西的能力当真是登峰造极，无人可比的，好好的传世奇珍竟被他磨小打薄了，只为给她压裙？她欲哭无泪，这是什么明月君，分明就是个无可救药的纨绔子弟。

“你也莫懊恼，它日日供在盒里终也无趣，不如物尽其用方好，以后一代代的传给闺女就是了。”说笑着看了看天色，抱憾道，“时候不早了，我送你回房，你若迟迟不归必要引出事端来。”说着稳稳将她抱起，几个起落已跃到后院墙外。

毋望吓得紧紧抓住他的衣襟，耳边风声飒响，又隐隐听得水声，转眼已在自己房中，再看他衣摆尽湿，方知他竟是踏水而来的，亏得房里的人都在院子里赏月，否则岂不撞个正着？又想这人真叫她刮目相看，燕脂湖大小也近二十丈，他就这么跃过来了，心下不禁惊叹好俊的功夫。

裴臻压低声道，“我走了，你既应了，那千万等我。”又轻含了她肉嘟嘟的耳垂一下，窃笑着从窗口一跃而出，消失在茫茫月色中了。

毋望脸红得几乎滴出血来，这人怎么如此爱占便宜。耳朵上还残留着湿湿的触感，人却已不见了。捧着发烫的颊，也不点灯，就着月色坐到书桌前，回想今夜的事仍觉得极不真实，她明明在秦淮河畔看人家烧宝塔的，糊里糊涂到了谢府的后园，云里雾里的和裴臻一通胡诌，最后又不明就里的回到了房里，坐在这里发呆，天晓得是怎么回事。那人来无影去无踪的，这会子定是又颠簸在马背上了，真难为他一路奔波劳累，只为这半个时辰的相聚。胡乱想着，又记起他说的燕王谋反的事来，在朵邑时他的话就有玄机，她虽料了个七七八八，到底还是不肯定，没想到他真的参与到那件事里去了，事到如今说什么都晚了，只求老天保佑吧，万一不成他能全身而退，保得住性命才最要紧。

又愣愣坐了会子，一时头有些晕起来，莫非那桂花酒上头么，便扬声叫翠屏，外头吃喝的丫头婆子忙掌了灯进来，周婆子奇道，“姑娘多早晚回来的？”

毋望道，“有时候了，我从那边廊下过来的，见你们正热闹便没叫你们。”

玉华看她脸色微红，急忙拧了帕子给她擦脸，一面道，“怎么也不支一声呢，瞧着是喝多了，快收拾了躺下吧，六儿呢，怎么放姑娘一个人在屋子里。”

算算时候也不短了，六儿还没回来吗？毋望心里慌起来，只道，“我和她在夜市上走散了，寻她不着就先回来了，都四更了，怎么办？还是快到二门上打发几个小子出去找吧，再去个人到二爷下处，看看二爷他们回来没有。”

一屋子人乱作一团，玉华和翠屏撩了帘子正要出去叫人，才走到月洞门前，那个失了魂魄的六儿从外面一头奔进来，带着哭腔问，“姑娘可回来了？我和姑娘走散了，找了很久也找不到，怎么办啊”

玉华和翠屏互看了一眼，气她连人都看不好，便摇头道，“不曾回来，你怎么伺候的，竟把人丢了，这还了得？”

六儿听了一屁股坐在地上，放声大哭道，“姑娘丢了，我也不活了，我怎么和朵邑的老爷太太交代啊！”一串高音响彻云霄，直把房里的毋望哭了出来，六儿一见她连滚带爬地抱住了她的腿，嚎道，“我的姑奶奶，亏得你回来了，若你丢了叫我怎么办？”

玉华斥道，“快噤声吧，嫌事儿没传到老太太那儿去么，幸好人没丢，若姑娘有个好歹，咱们都活不成了。”

六儿擦了泪站起来，扶了毋望进房里，服侍着摘了头上身上的首饰，一样一样收进镜匣里，又细细拿龙胆草煎的汁沾了米粉膏子给她脸上手上打了一层，一面偏头不停看她，毋望被她看得发毛，颤声道，“你在瞧什么？”

六儿抚着下巴道，“这是怎么了，好好的嘴竟肿了。”

毋望心跳霎时漏了两拍，忙搬了镜子来看，果然红红的竟嘟起来了似的，暗地里把那裴臻咒骂一遍，面上强作镇定，缓缓道，“想是在汇宾楼吃了茄子，回来嘴便有些痒，这会子怎么成这样了。”

六儿无心道，“可是给蚊子咬了？我到翠屏那里要些草药膏子来罢，涂了明儿就好了。”

毋望差点没喷笑出来，摆了手道，“不必了，蚊子还咬嘴？你当我是睡着的孩子不成。”

“那我去窖里敲冰去，上年还有剩下的，拿布包了敷一敷吧，看明儿肿得更厉害。”说着就要起身去拿，毋望忙拉住她道，“快安生些吧，今儿过节，各处都下了钥，麻烦别人做什么，又叫碎嘴的嫌我们事多吗？再说睡一觉就好了，你嚷得到处都知道，仔细明儿老太太打发了大夫来给我瞧嘴，那不是贻笑大方了吗。”嘴上说着，心里又暗笑，若明早不消肿，那裴臻就是只毒蚊子了。

“可是怪呢，”六儿又凑近了看，咕哝道，“吃个茄子竟肿得这样，还破了些皮。”

毋望忙扭了头道，“什么大不了的，痒了就拿牙咬了两下，可不就破皮了么，你也别管我了，自己收拾了睡去吧。”说着自己端了油灯进里间去了，上了床，放下帐钩子，才躺下，翠屏进来看她，道，“姑娘还没睡呢？今儿晚上我值夜，姑娘有事就叫我吧。”

毋望嗯了一声，道，“你们这就散了？”

翠屏坐到她穿沿上道，“都四更了，可不散了吗。才刚二爷那儿时打发小厮来问姑娘可回来了，咱们几位爷急坏了，说逛着逛着就走散了，听说姑娘已经到家了直念佛呢，姑娘下回还是别赶人多的时候出去了，又没个知冷热的人护着，万一出个什么岔子叫咱们怎么好。”

毋望自然一一应了，翠屏又道，“姑娘可困？我还有事儿和姑娘说呢。”

“什么事儿？”毋望往里头缩了缩道，“上来吧。”

翠屏脱了鞋躺下，犹豫着道，“我同玉华住一个屋子，这几天总看见她吐酸水，今儿回来饭也没吃，我从前服侍过贞姨娘，她那时候怀仁哥儿就是那样的，姑娘说，会不会出什么事？”

毋望听了大吃一惊，心想慎言头里就要玉华的，玉华似乎也有这个意思，莫非这两人暗度陈仓吗？这可怎么好，她一个姑娘家的院子里出了这样的事，叫别人怎么议论呢！当下没了主意，只道，“你说的可是真的吗？”

翠屏道，“看着像，到底怎么样也不知道，我只告诉姑娘留意，我和玉华也是要好的，万一真出了什么事儿，望姑娘别把她往外推，好歹念在主仆一场，护她周全才是。”

毋望心里乱，胡乱点了点头，把诸事想了一遍，翠屏翻身睡去，一夜无话。

旧春归

JIU CHUN GUI

下

尤四姐 著

中国出版集团
现代出版社

卷七 伊人红妆，为君思量

目录

卷五　繁华府邸，思慕流殇

卷六　白冬塞陌，刀剑情柔

卷九 情仇乱世，大化方等

卷八　萧墙猛虎，痴心断肠

〇五六　人在深深处

卷五　繁华府邸，思慕流殇

毋望到佛堂进过香后一直心神不定，回到房里也不言语，只坐在窗下愣神，玉华照旧每日尽心伺候，细打量了也没有翠屏说的那样，想是翠屏想岔了，或者那几日玉华身体不好，万一是吃坏了肚子，恶心反胃也是有的，说出来竟成了怀孕，不是叫人没脸吗？她也不好问什么，心想她若果真如此总要来求她的，就是玉华不来，慎言也是要来讨人的，就静等着，瞧他们有什么动静再作打算。

又过几天，这日厨房的蜜大娘喜滋滋地拎了一尾鱼进来，对毋望道，“姑娘快看，前头三老爷才刚打发人送了条沙光鱼来的，这么大的真没见过呢，我还愁给姑娘做什么菜好，可巧菜就上门来了，过会儿先炸了再拿葱姜腌渍，回头给姑娘糖醋了吃可好？”

毋望才要说话，见玉华白了脸，对蜜大娘没好气道，“妈妈愈发不懂规矩了，这样腥的东西拿进姑娘的绣房里来，碰着了房里的摆设我们又要擦半天的。”

蜜大娘听她一说，悻悻回道，“姑娘都没说什么，就你最金贵。”语毕拎了鱼去厨房了。

玉华皱着眉快步走出屋子，翠屏对毋望使了眼色也跟了出去，六儿边擦桌子边道，“玉华近来不知怎么，肝火旺得很，动不动就拉脸骂人，几个小丫头吓得连声都不敢吭呢？”

毋望摸不着头脑，便草草应了声，六儿又道，“昨儿老太太屋里星儿姐姐说这几日秋燥，老太太那里正配清心丸呢，今儿过了晌午姑娘先别歇觉，打发郎中来给姑娘把把脉，看有不爽利的也配几味药调理调理。我看玉华这些时候不自在，顺便也给她看看吧。”

毋望心想这倒是个法子，山不来就我，我便去就山，逼她一逼再说，如果她肯搭脉，那就是没什么事儿，前头都是瞎操心，如果她死活不肯，那就难办了，看来十之八九是给猜中了的。故道，“过了晌午就来吗？玉华可知道了？”

六儿道，“星儿姐姐只同我说的，她们都不知道。”

毋望笑了笑道，“那你同玉华去说一声吧，叫她中上在我房里候着，我同她一道请脉。”

六儿嗳了一声就收拾了水盆抹布出去了，转了几个弯，到了那厨房倒泔水的沟渠边，才要泼水，只听隐约有人说话的声音，好像是翠屏的，翠屏直道，“你这猪油蒙了心的，这下子可怎么好，这么大的事你能瞒到多早晚去，还是求姑娘开恩吧，或者还有一条活路，姑娘心最善，你同她说了自有你的好处，再不济也能讨个公道，叫姑娘去老太太那儿说，老太太自有道理。”

玉华哭道，“你叫我怎么有脸说呢，这不明不白的，姑娘心里怎么看我？推还来不及，哪里有闺阁里的姑娘招惹这种事的，万一狠了心，只怕一气之下把我赶出院子去了呢。”

翠屏又劝道，“我们姑娘同大姑娘是一样的吗？她何尝这样不通人情了，你自己长了对歪眼，倒看别人也是歪的不成？依我看你只剩这一条路了，究竟怎么样你自己拿主意吧。”

六儿偷听了半天一头雾水，也闹不明白她们在说什么，又有话要传，便大声咳嗽一下，把她们两个都吓了出来，玉华惊道，“你什么时候来的？竟是在这里听墙角吗？”

六儿道，“我才来倒水的，哪里听着你们说什么，只隐隐听见你两个的声音，你们说悄悄话我也不好上前来，就在这里咳嗽一声唤你。姑娘使了我来和你说，瞧你这几日精神头不好，老太太那儿正好打发大夫来给姑娘把脉，叫你一同请脉，也好抓了药来吃。”

翠屏是知道的，暗道姑娘心思密，自然有法子叫玉华说。那玉华脸上浮出颓败之色来，只想到天也不容我，干出了这等糊涂事来，报应可算来了。

翠屏对六儿道，“知道了，你忙去吧。”六儿点头去了，翠屏抓着玉华的手道，“这回是躲不过去的了，难不成你敢让大夫把脉吗？名声还要不要了，还是快去找姑娘吧，一五一十供出来，方能保命，若落到了大奶奶手里，那有你受的了。”

玉华长叹一声，无可奈何道，“如今只能听天命了，盼姑娘念着素日的情分救我吧。”

两人结伴往毋望那里去，进了门，见她歪在榻上看书，小娟儿和青桃两个正拆雕花门上的帷幔，青桃边拆边道，“天渐冷了，咱们门上该换门帘子了，我回头上二太太那儿讨去，前儿看她正打发人买锦缎呢，还问咱们院里要不要，我要来回玉华姐姐的，后来忘了。”

毋望抬头看门前立的翠屏和玉华，心沉了沉，看来确有其事了，一面盘算着这事怎么办才妥帖。

玉华见自己姑娘眼若寒潭，面上毫无表情，一时又是愧疚又是伤心，左右不是心思也飘忽了，绞着帕子低下头，六神无主不知如何是好。

翠屏挥了手叫两个小丫头出去，又转身关上了房门，玉华没法，事到如今只有硬着头皮说实话了，便屈膝给毋望跪下了，以头杵了地，哽咽道，“奴才干了混事，姑娘开恩救命吧。”

毋望心都凉到了脚后跟，撑起身子道，“你干了什么混事？”

玉华抖了抖，深吸了两口气，咬牙道，“奴才年轻不尊重，闯了大祸，肚子里……怀了孽胎，给姑娘没脸子，今日到姑娘跟前告罪，求姑娘饶命。”

毋望心里乱作一团，直恨道，“你早干什么了？我打量你是个明白人，竟干这种糊涂事来，如今怎么样呢，我饶了你犹可，这肚子怎么办，孩子可是大爷的？”

玉华哭道，“不是那冤家还是谁的？头里花言巧语，到了这个时候连人都不见了，我是有冤无处诉，求姑娘赏我碗药吧，我打发了这孩子再给姑娘做牛做马。”

翠屏听得发了急，在旁边斥道，“你不说叫姑娘想法子，倒求药来了，外头什么药得不着，偏和姑娘说，我看你真是个糊涂虫。”

毋望本想再骂她，别人的丫头都好好的，自己的院子里怎么出了这种事，当初老太太把她派给自己，肯定也没想过会这样，现在怎么办才好？撵出去了她就是死路一条，留下了，肚子一天天大起来，到时候更不好交代，想来想去都怪她猛浪，还有那慎言，干了这种造孽的事竟不闻不问，这烂摊子倒扔到她头上来了，因道，“大爷可知道了？他怎么说？”

玉华悲凉道，“我好几趟想找他，不是跟前有人就是他有急事，都没能说成。”

毋望看她直跪着也可怜，对翠屏道，“搀起来说话吧。”

翠屏听了一喜，看这形势姑娘是不会坐视不救的了，忙扶玉华到八脚凳上坐下，对毋望道，“姑娘快拿主意吧，好歹不能把孩子拿掉，头胎滑了日后再怀就不易了，再说这可是姑娘的亲侄儿啊，姑娘最慈悲的，总不会看着他们娘两个受苦的。”

毋望道，“我何尝不知道，都怪慎言那坏胚，你也是的，怎么听他胡浸？眼下这事我也做不得主，只好听老太太的了，我自然是盼你好的，能进了门子也无话可说，万一老太太不认怎么好呢，我真是愁也愁死了。”

三个女孩儿相对无言，玉华只顾哭，全没了平日的麻利劲儿，毋望也心疼她，这些时候竟是瘦了些，脸颊都凹了下去，每日担惊受怕，不好叫别人看出来，忍着尽心伺候主子，别人担了身子都养着，她这样，连小家子里的农妇都不如。

转念又想想，这事到了老太太那里定是要找大奶奶来商量的，那大奶奶人矫情，不恨死了她才怪。又看看玉华那惨样儿，遂暗横了心，大奶奶要恨便恨吧，横竖有太爷和老太太在，她再有手段也不能把她怎么样，眼下安顿了玉华要紧，再晚了怕要出大事的。便问，“孩子多少日子了？”

玉华涨紫了面皮道，“约摸两个月了。”

毋望大受打击，算来是到了这个院里后才搭上的线，看来是自己管教不严所致的，便愁肠百结道，“我平日疼惜你们，怕累着了你们，鲜少给你们派活，如今竟是害了你们了，若我规矩严些，你们也不敢造次了，都是我的不是。”

玉华一听又顺着桌脚跪下了，惶恐道，“是奴才混账，就是死了也是活该，万万不敢寻姑娘的不是，姑娘对咱们没得说的，姑娘宽宏大量，是奴才不识时务，姑娘要打要骂都是应该的，求姑娘别动气儿。”

毋望没计奈何，亲自上前扶了她起来，温声道，“你有了身子，地上凉，仔细伤了孩子。你放心吧，我自会替你做主的，这几日只管静心将养，我先寻大爷把事情说了，看他怎么个意思，他若上心自然去央求大太太保媒，他若不上心，我自己到老太太跟前回禀去，叫谢慎言还你个公道。”说着赌上了一口气，开了门，带着翠屏往聚丰园兴师问罪去了。

〇五七　妙解连环扣

往聚丰园的一路上都在琢磨，这事是当了茗玉说好呢，还是背着她只和慎言说？当她面恐怕她撒泼，背着她，回头又说自己眼里没她，他们内宅的事倒绕过了她去……左思右想了半日，还是当着他们夫妻两个说的好，自己也要做出委屈状来，不依不饶方才好，必要时就一把鼻涕一把眼泪地闹，就说慎言坏了她院子里的名声，叫茗玉给她想辙，这样茗玉恨不着她，又不得不把事担下来，她去求老太太要比自己去说效果好得多，正房都肯担待了，老太太还有什么道理不答应呢。

打定了主意便一路往前赶，恰好路上遇着了慎言的小厮，翠屏喊了他问道，“大爷今儿可在园子里？”

那小厮回道，“才刚回来的，这会子在大奶奶屋里说事呢。”

毋望心道那再好不过了，便进了园子里，翠屏担忧地拉了她道，“大奶奶也在呢。”

毋望拍了拍了拍她的手道，“我自有道理。”

园内丫鬟通报道，“刘大姑娘来了。”

一会儿慎言和茗玉都迎了出来，言大奶奶亲热地挽了她的胳膊道，“今儿吹的什么风把姑娘吹来了？平日可是请都请不来的贵客呢！”

毋望面上无波，暗道，什么风？邪风，过会子你知道了，只怕不待见我，还谈什么贵客。当下也不多说什么，跟了他们夫妇进了花厅，茗玉让座让茶，万分的客套有礼，慎言笑嘻嘻道，“妹妹今日来可是有什么事吗？”

毋望斜他一眼，哼道，“你做的好事，却来问我？我今儿是来找嫂子给我申冤的。”

那夫妻俩面面相觑，慎言面上古怪，大概是猜着了一些，又不敢肯定，就试探道，“我何时得罪了妹妹吗？”

“你还装傻。”毋望抽出帕子哭起来，边哭边道，“你就是这么当哥哥的？不顾念我也便罢了，这会子叫我难做人了，你怎么给我交代？”

茗玉一看慌了神，怎么好好的，说哭就哭了，急忙吩咐丫头绞了帕子来给她擦，一面道，“什么样的大事，妹妹只管同我说，理他做什么？”

毋望指着慎言鼻子对茗玉道，“你问他去他干了什么见不得人的事？妹妹屋里的人他也惦记，这会子好了，我屋里的玉华有了喜了，叫旁人怎么说我一个姑娘家房里出了这种没脸面的事，我要看看你们怎么给我交代，否则我就找老太太去，叫她评评理。”

茗玉闻言怔怔看着慎言，没料到他竟给她来这手，这下子生米做成了熟饭，不认也不成了，越想越气，邪火直蹿上来，咬牙切齿嘶吼道，“好你个谢慎言，你这小狗攮的杀才当着面仁义，背后做这种上不得台面的事儿，你要心痒痒你同我说呀，我就是跪也给你把人跪回来，犯不着偷着摸着私通，毁我也就算了，你还把姐儿也拉下水，这是哪家爷们儿的做派？”

说着不过瘾，又上前推搡，慎言正愣神，几乎被她推得站立不住，喃喃道，“这是多早晚的事，我怎么不知道？”

茗玉道，“你只说你可曾做过这丑事？”

那慎言搔了搔头，缓缓道，“有是有过，记不得日子了，也有些时候了。”

茗玉满眼通红，对他又踢又踹，叫骂道，“你这不要脸的，竟馋得这样，你要纳妾便纳妾，何苦拿这个来恶心我？”

慎言吃了几记亏，腿上身上直作痛，便发力把她甩了开来，嚷道，“你这泼妇，有什么不能好好说，叫妹妹笑话。”

毋望站起来冷冷道，“你两个不必作态，这里说不清，我回大舅母和老太太去，你们且在屋里打吧，等打完了再说不迟。”

慎言一听吓得不轻，忙拦住她的去路，赔笑道，“妹妹且等一等，我真不知道她竟怀上了，我只问一句，她如今可好吗？妹妹恼我也回了我这句再走。”

毋望敛了衣袖道，“你只问她好不好做什么？既是个爷们儿，哪里有你这样的，你全然不顾大家脸面，现下怎么样呢？把她们娘俩放在我屋里算怎么回事？我不听旁的，只听你往后的打算，我那里是万万不再要她的，你做主吧，要她便接进你园子里来，不要就撵她出去，你道怎么样？今儿给我个话，要不然我这就往老太太那儿去。”

慎言才点了头要说话，那厢茗玉回过神来，讥讽道，“姑娘做什么这样急，大家坐下商量也使得，不必左一个老太太右一个老太太的来压我。”

毋望本来已往外走了，听了这话气不过，直哭道，“好没道理的大嫂子，我清清白白的女孩儿家，叫你们弄些脏的臭的在我房里，还不许我声张不成，我敬你才来回你，你只管不领情那也没法子。”说着拉了慎言道，“我不管了，人在我屋里，你去把人领走，不必多费口舌。”

那茗玉也有算计，皱着眉头想，要是言大爷被他妹妹逼着把人带走，玉华肚子里有了肉，总不会扔在外头不顾，少不得置房置地地养着，自己还落个善妒的名声，倒便宜她了，不如做做好人，接进了园子里再说，放在眼皮子底下，她就是再厉害也是个小的，能翻了天不成？大爷疼她也有不在的时候，那时要打要骂还不由她吗？于是自己擦了泪，拖住了毋望赔罪道，“妹妹别急，是我气糊了，对妹妹说起混话来，实在是该死。你哥哥脂油蒙了窍，做出这种不成体统的事来，妹妹好歹瞧我的面子别嚷，咱们仔细打了商量再去和老太太说，玉华是妹妹的人，届时还要妹妹发话的，老太太那里也求妹妹说好话，这件事方能成。”

毋望暗自松了口气，茗玉既松了口，那就成了一大半了，她的能耐只有这些，送玉华进了门子也算尽了主仆之谊，后头怎么样靠她自己了。又被大奶奶按在椅子里，便道，“我没旁的好说，只问大哥哥，给她什么名分？是丫头是通房还是姨娘？”

慎言笑道，“妹妹房里的人自然比别处的尊贵，我僻了院子出来迎她做姨娘。”

毋望白他一眼道，“你说的不作数，大嫂子怎么说？”

茗玉憋得脸发青又不得发作，只得恨声道，“使得。”

毋望点了头道，“那就照礼现办，老太太那儿是这就去回，还是你们俩商量了再说？”

茗玉气得一下跌坐在榻上，缓了缓道，“眼看晌午了，妹妹在这里吃了饭再过沁芳园去吧，省得把老太太恶心得吃不下饭。”

毋望冷笑道，“我也吃不下，回去躺会子，你多早晚去再打发人来叫我吧。”说完拂袖而去。

大奶奶呕得不轻，心里明白她拿乔，偏又挑不出她的错处来，只得把满腔怒火发泄在言大爷身上，毋望才走到园门口就听见他们夫妻打开了，不由暗叹自己也做了回恶人，在这深宅大院里住着的每个人都不容易，谁知道谁的苦处呢。

翠屏扶了她快步走，边走边道，“没想到玉华这蹄子有造化，碰着姑娘这等主子，这回可把心放肚子里了。”

毋望道，“快些省省吧，我只求你们安生些，下回别再叫我摊上这种事才是我的造化。”

说着又想起裴臻那个素奶奶来，自己虽未出过阁，拿心比心的话，若是自己的夫君也像慎言一样，那又是怎么的一副光景……再想想自己，若裴臻和素卿是好好的一对夫妻，不说多恩爱，只要是有名有实的，她横插一脚进去岂不和玉华是一样的吗？瞧他们弄得这般田地，就像狠狠甩了她一耳光似的，好在素卿有了人家，好在他们只是做戏，否则她是断然不能对他动心的，便是自己苦死也不能够的。

翠屏看她姑娘情绪陡然失落，只当她是给玉华气的，也不敢多问，两人缓缓往银钩别苑去，远远看见竹林的甬道上站了个人，宝蓝的常服，头上戴着四方平定巾，再走近些，原来是慎行，他迎上来，眼里闪着奇异的光，素日平和恬淡的脸上掩不住的欣喜，毋望心里纳罕，竟是有什么好事么，怎么高兴得这样？慎行欲言又止，犹豫了一下对翠屏道，“我同你们姑娘有话说，你先去吧。”

有话要背着人说吗？毋望隐约猜着些，顿觉头大如斗，烦闷之余蹙起了眉，不好意思驳斥他，只好对翠屏道，“你前头等我，我就来。”

慎行听了她的话不免心生凄苦，看她的样子似乎不愿同他多说，转念又想她总是这样淡淡的，今天因自己有事，许是多心了。待翠屏走远了低头对她道，

“我才刚听说你未和路家定亲，可是真的？”

毋望暗想不妙，他是哪里打听来的？看来又要费一番口舌。便笑了笑道，“我从未和路家定过亲呀。”

慎行大喜，急道，“那我……”

毋望打断道，“二哥哥，我心里是有人的，所以不会和旁的人定亲，多谢你关心，若没要紧的事我就回去了，今儿乏得很。”

慎行的脸一片惨白，毋望暗念阿弥陀佛，也不看他，匆匆和他错身而过，他这样好的人又极聪明，想必是一点就透的，伤他太多自己也不忍心，到底慎行是兄弟中对她最好的。还记得她七岁时摔伤过头，如今后脑勺仍有一寸长的疤，那时的慎行十二岁了，哭得那叫一个凄惨，在她床前熬了两夜，最后被他父亲硬拉回去的，那时只当是兄妹情深，不想人大了心思也深了，弄得如今这样实非她所愿。

慎行对她的决绝始料未及，只叹她竟一点旧情也不念，何等冷漠的心肠，自己的一片苦心皆费尽了，一面抱憾一面又极愤慨，不觉用力一扯，堪堪将她的袖子整片扯破了，不顾她惊愕的眼神，直将她困在怀里，任她怎样挣扎也不放手，心里只有一个念头，便是死，也要死在一处方好。

〇五八　情极怨相生

毋望又惊又惧，平日温文尔雅的慎行力气竟这样大，任她如何抗争，双臂铁打似的不动分毫，耳边只听得他的喘息，一声声，就像野兽捕猎时的低吼，直震得她魂飞魄散。皮肤裸露在微凉的空气里，密密的起了一层鸡皮疙瘩，心里极冷，冷得她牙关打战，喊又不能喊，挣也挣不脱，怎么办呢，这慎行不顾一切到底要毁了谁？原以为到了家，身边都是至亲的人，谁料到要伤害她的也是亲人，渐渐失了气力，面如死灰的木木站着，任他禁锢。

慎行自上而下地俯视着她，见她眸中坚忍之色，黝黑深沉看不到边，不觉心神俱被吸了进去，像被架在炭火之上，眼也灼热了，心更翻腾起来，才感到抓着她的这只手里如玉脂一样光滑细腻，一时气血上涌，不管不顾俯头便吻下来，手也像生了根似的从她的小臂直爬上肩膀，沿着宽大的袖笼滑进里衣，直抚上她的背，一边摩挲一边将他压向自己的胸膛。

毋望慌忙推他，却被他一手抓住，没了抵挡，顿时感觉落入了万丈深渊里，眼前几乎黑下来，绝望间喉咙里发出哽咽之声，眼泪顺着眼角流入衣领里，躲闪之际甩乱了发髻，甩落了钗环，叮叮落在大理石的甬道上……慎行辗转反侧愈加深入，毋望喘不过气来，脑中只迷糊念着兰杜，再无其他。

慎行渐渐感觉异样，忽然停下，看她面上已无人色，满眼的悲苦绝伦，他蓦地放了手，慌张退后几步，心口憋得又疼又苦，自己竟成了禽兽，那样的爱她却将她逼成这样，如今怎么办，万死也不足以赎其罪了。看她摇摇欲坠直觉上前扶她，被她厌恶地隔开，慎行哑声乞求，几乎低到尘埃里，“春……我去求老太太，把你许给我，好不好？”

毋望恨他入骨，什么芝兰玉树样的儒士，碰上欢喜的照旧巧取豪夺，天下男子的共性罢了，原以为他是例外，谁知不过高估了他，求老太太将她许他？可曾问过她的想法？若非她愿意，任谁也不能指使她。她昂了昂头，拢起了撕开的袖子，三分讥讽七分蔑视的一哼，“只愿老死不相往来。”

慎行听来竟是判了他斩立决，心凉了个干干净净，却又放不开手，只得软语求道，“你好歹瞧在咱们素日的情分吧。”

毋望怒极攻心，再不想同他说半句话，甩袖便要走，慎行拉住她，眼眶渐渐泛红，嗫嚅道，“你是要我死在你跟前吗？”

毋望猛然想起了为她而死的二舅舅，二房只有慎行一根独苗，虽恨他，到底也心软了，掩面哭道，“二哥哥，我只当没今日的事，你快去吧，否则立时死在这里的就该是我。”

慎行的泪成串地落下来，事到如今也不明白自己哪里来的这种恶念，只是说什么都晚了，心里愧疚得无法言语，又想若是调头走了她怎么办？看看她衣裳破了，头发也乱了，真恨不得扇自己一巴掌，正心神俱乱之际，那边翠屏看她姑娘久久不来，又惦念着院子里饭菜都做得了，便折回来催促，绕过那片竹林，忽见主子狼狈不堪的模样，直把她唬得魂飞天外，几乎尖叫道，“姑娘怎么了？”

翠屏原比毋望大一岁，懂得自然也多些，再看行二爷，手足无措满脸的愧色，便猜出了十之八九，也顾不得主仆之别了，一面快速替毋望整理头发，一面忍泪斥道，“二爷还在这里做什么，叫人见了好看不成，我劝二爷快走，姑娘这里自有我们做奴才的伺候，晚了可是毁我们姑娘名声的。”

慎行被翠屏一喝猛清醒过来，这才一步三回头地走了，翠屏又捡了散落在地上的东西，给毋望整了整衣领，又脱了自己的小衫挡住毋望的胳膊，搀了她疾走，无奈她主子腿像灌了铅似的挪都挪不动，翠屏颤声道，“姑娘快些吧，这会子都吃饭呢，园子里人少，要是再慢些，万一给人看见了了不得。”

毋望昏沉沉勉强加快了步子，总算进了院子里，人几乎立刻便瘫倒下来，屋里人见了忙七手八脚将她扶进去，翠屏对那些小丫头和婆子们道，“姑娘才刚染了些风寒，没什么大碍的，你们只管出去吃饭吧，顺手把门也带上。”

几人应了纷纷退出去，翠屏这才把盖住她肩膀的衣裳拿下来，只见整只袖子豁得彻彻底底，嫩白如玉的一条手臂软软搭在榻沿上，毋望脸色颓唐，并无声息，眼泪却从眼角簌簌滑入鬓角里。

玉华一看以为她姑娘为了她的事，到聚丰园里去吃了大奶奶的亏，扑通跪下号啕大哭，直把自己骂了个底朝天，只差抡自己大耳刮子。六儿是个大炮仗，一点就着的性子，见状跳起来，撸了袖子就要往外冲，翠屏慌忙拦住她，因屋里没外人，就原原本本把事情说了一遍，几个女孩儿听了委屈，又想没法子申冤，只有哑巴吃黄连，遂围在榻边抱头痛哭，哭了一会子张罗了热水给毋望洗澡，扶她进木桶时她半个身子都僵了，几个人又哭了一通。

玉华把撕碎的衣裳拿布包了小心收起来，嘱咐道，“千万不好叫院子里别的人知道，传出去姑娘没法子做人了。”又问毋望道，“二爷可还做了别的什么？”

单是这样还不够吗，毋望几乎噎住了气，咬着唇摇了摇头，道，“六儿，咱们收拾好，明日便回朵邑吧。”

翠屏看她姑娘的惨状心里也酸楚，只是细琢磨了又不太妥，便道，“姑娘先煞煞气儿，明儿就走怕老太太那里起疑，若细查必会查出由头来，到时候不免沸沸扬扬大家不安生，还是过阵子再说吧。”

毋望听了也思量，这会子就发作是不好，可如今憋了这一肚子的气怎么住得下去？慎行虽不在银钩苑里住，可每日太爷老太太那里的晨昏定省总少不得碰头，那时又怎么样呢，想来想去没主意，拿巾子盖在脸上，闷着再不说话了。

六儿哭道，“我原当二爷是好人，真是知人知面不知心，竟做出这等事来，大家公子不过如此，不如回了老太太讨个说法。”

毋望扯了巾子道，“你别声张了，回了老太太大家没脸，左不过把我指给慎行，还能怎么样？”

玉华试探道，“其实二爷也是个好的，平日绝没有半点逾越，和我们下人也极客气，一味的只知道读书，旁的歪心思是没有的，这回出了格，想是对姑娘爱极了。他又是个性情内敛的，好听的话也不会说，又看姑娘对他无意，两下里夹攻，便做了糊涂事了……姑娘当真对她一点心思也没有吗？倘或能够，何不就答应了，老太太，太太们又疼你，将来总要许人的，外头找去焉知能比得过二爷去，姑娘以为呢？”

毋望也知道这个理，无奈既有了裴臻，哪里还容得下慎行，便径直摇头道，“我心里……只当他是哥哥。眼下虽成了这样，我再怨他也不能把事张扬出去，这是为他好，也为我自己着想，往后各自错开，不相往来也就是了。”

众人皆不语，伺候她擦干身子换了衣裳，又扶到榻上歪着，问传不传饭，只说吃不下，倒头就睡下了。几个人不放心她一人待着，轮流吃了午饭，榻边上也不敢离人，毋望睁开眼看了看玉华，慢慢道，“你的事儿大奶奶那里也没话说，你自己准备准备吧，从我这里出门还是回了老子娘家里，想好了同我说一声，我也好置办。”

玉华感激得哭出来，心道她自顾尚且不暇，却还念着她的事，若不是为她往聚丰园走了一遭，又怎会遇上这么倒霉的事，怪来怪去都怪自己，害得姑娘差点毁了名节，愈想愈自责，齉着鼻子道，“姑娘别为操心了，我的事值什么，你好好歇着吧，旁的都不必管了。”

毋望勉强笑了笑道，“我也没什么，心里不受用罢了，过会子就好。”

又躺了一会儿，累极了才要睡，翠屏打了才换的菊纹帘子进来，轻声道，“姑娘，二爷在外头呢，让他进来吗？”

六儿喊道，“他还敢来？来做什么？”

翠屏不搭理她，只看着毋望，毋望叹道，“我一刻也不想见他，你去同他说，叫他以后莫要再来了。”

翠屏应了出去，毋望才静下来的心又烦闷起来，叫六儿倒了水来喝，稍过了会儿翠屏又来回，“二爷走了，说求姑娘原谅，知道姑娘不肯见他的，也怕姑娘嫌日后再碰面，这会子已经着人收拾了，和二太太说搬到现办事的衙门里住去了，叫姑娘安心留下来，他得着了姑老爷案子的消息就打发人来回姑娘。”

毋望一时打翻了五味瓶，甜酸苦辣全掺和到了一起，索性又蒙上了被子不吭气儿，房里的人相互看看，也说不出的味道，虽觉慎行可恨，如今又隐隐觉得他可怜，到底年轻不老辣，难免有不周全的时候，只可惜和他妹妹有缘无分，姑娘的姻缘也不知在何处，白错过了。

各人正兴叹时，院子里有人喊道，“哪位姐姐管事儿的？”

翠屏出去看，是聚丰园里的丫头佩凤，知道必是为上午的事而来，便故意问道，“有什么事？”

那丫头道，“我们大奶奶请姑娘到沁芳园里说话呢！”

翠屏心想她姑娘眼下这种情况，哪还有这气力管这些，才想打发她，只听屋里毋望道，“告诉你们奶奶，我过会子就去。”翠屏退回里间，见她主子紮挣了起来，玉华边哭边与她梳妆打扮上，一面又道，“姑娘别去了吧，叫我真真过意不去。”

毋望拍拍她的手道，“今儿不去怕大奶奶变卦，错失了好机会，我没什么，你等我的消息吧。”

〇五九　玉华定终身

谢老太太端坐在上，慎言和茗玉一旁站着，老太太面色不豫，那夫妻两个噤若寒蝉，盼毋望盼得脖子都直了，屏着气儿听着丫头的通报，那小姑奶奶半日不见动静，隔了许久方姗姗而来，进门先给老太太行了礼，见他们都站着，自己也只得垂手而立，老太太心疼她，招手道，“你来坐下，这事不与你什么相干，只叫他们站着便是。”

慎言夫妇讪讪的，茗玉发狠掐了慎言一把，心里真是恨死了他，干了这种臭事连累她也被老太太训斥，大中午的站了一盏茶的时候，真是又累又憋屈，连着也觉老太太偏心，外甥女疼得这样，倒不把孙子媳妇放在眼里，便发嗔道，“老太太明鉴，最可恨是咱们大爷，背着我偷鸡摸狗的，如今这样，孙媳妇气得没法，老太太不可怜我，怎么连我一起怪罪呢？”

谢老太太飞眼横她，没好气儿道，“你还有脸说？人都道‘妻贤夫祸少’，你但凡是好的，言哥儿能成这样吗？这会子又来说嘴，我这老脸都臊得慌，头里不给你们成事儿，暗地里倒做起偷儿来，还是在你妹妹屋子里的人，也不怕吓着她？亏她还念着你们，我知道她心眼实诚，没先来回我，倒紧着你们，若先叫我知道，玉华那小蹄子早就撵出去了，还等到现在。”

茗玉眉眼儿耷拉下来，心里更恨上毋望，暗道她为什么不先来回老太太，可不是她的高明之处吗。也不单回我，还趁着大爷在时，知道我要讨贤名，不是欺负我有口难言是什么？她房里的人，她自然疼得心肝肉似的，还不使了劲地打压我。把玉华撵了出去才好呢，谁稀罕她是怎么的?

毋望看茗玉咬牙切齿的，也明白她在思量什么，只可笑她连老太太这样的话也信，胳膊折了藏在袖子里，玉华既怀了她的重孙子，她便是再恨也要看在孩子分上，谢家的后代岂会白白让他流落出去，说撵出去只是气话罢了。

谢慎言此时也没别的想法，一心要把玉华讨进门来。其实他自认还是个比较重情义的人，长到二十多岁，虽没什么成就，好歹为人正直，无非是想找个知冷热的人，茗玉和前面死了的贞姐儿，哪个是省油的灯？可怜他一个大好青年就这么落到海中间了，熬油似的熬了这几年，世上还有比他更苦的爷们儿吗，老太太心也忒狠，偏叫他和玉华隔山望海的，这回也算因祸得福，干脆挑了出来，大家干净。

谢老太太对慎言道，“我一直是不愿意你们招惹家里丫头的，也是为了谢家的名声，家生子倒罢了，剩下那些大了都是要放还她老子娘的，你倒好，霸占人家一辈子，怎么和她家里交代？万一原是许过人家的，到了岁数男家要来接人的，又怎么样呢？叫人告到官府里去吗？”

毋望忙安抚老太太，道，“我问了玉华，头里怕她害臊不肯说，也把利害告诉了她，她指天示日保证了没有的，老太太要是担心，回头打发人去她家里问了就是了。”

谢老太太见她小脸苍白，精神头也不济，当她是被吓着了，愈发的肉疼，伸手把她揽进了怀里，柔声道，“好孩子，难为你还帮着那蹄子说话，也怪我糊涂，把那样的丫头派给了你，这会儿惹出祸来了，还要你来收拾残局。”

说话间大太太也来了，打了门帘进来，满面的怒容，照着慎言就是两下，指着鼻子骂道，“下流种子，连你妹妹的人也敢动，你作死吗？要什么样的外头不好找，偏惦记家里的，你还要脸不要？”又对毋望愧道，“姐儿，你哥哥不尊重，你也别恼他，我知道玉华是你看重的，横竖大舅母有数，回头给你派好的来，你就把玉华赏他吧。”

毋望心下一叹，把人赏他？多轻巧的一句话。在他们眼里下人便不是人了，猫儿狗儿似的随意送人的，听着不顺耳，多少也要为玉华争上一争吧。于是暗扯了扯谢老太太的袖子。

谢家老太太腿虽不中用，心思却是透亮的，当下便会意，想玉华先后伺候了自己和春姐儿，一直是尽心尽力的，如今是言哥儿对不住人家，也不能把错处全归咎到她身上，毕竟是个姑娘家，爷们儿软磨硬泡的也抗拒不了，现有了身子再进门是寒碜，到底不好太亏待了她，便对大太太道，“派不派人的事也不急这一时，还是快打发个妥当人到她老子娘跟前提亲去吧，别说他闺女有了喜，单说老太太看她稳重醒事，有意把她配给大爷做二房，再封了五十两银子，到库里领两匹缎子送去，他娘家看我的面子定是欢喜的。”

大太太诺诺称是，招呼了大奶奶道，“快把你园子里腾一个院落出来，好迎新姨娘。”说完拉着茗玉给老太太道了福，回去筹备去了。

慎言一块石头落了地，喜滋滋跪下磕了头，咧嘴笑道，“谢祖母给孙儿做主，还要多谢妹妹这个大媒，哥哥回头定给你包个大红包。”

谢老太太看他那猴样也笑着啐道，“又混说，你妹妹一个姑娘家哪里就成了你的大媒，说出去叫人笑话。新姨奶奶进了门好好过日子吧，只要别闹我就高兴了。”

慎言道是，起身又对毋望一揖，这才眉飞色舞地去了。

毋望见人都走，也没了气力，便软软靠在外祖母怀里，又想起先前受的委屈来，可怜自己没了亲妈，有心事也不能说，不觉伤心落泪起来。

谢老太太只当她舍不得玉华，忙温言安慰，抱着哄了好一会子才作罢，祖孙两个又说起过场的事来，毋望道，“叫她回她娘家再出阁吗？”

谢老太太思忖了片刻道，“我看还是从你二舅母那里抬出去吧，绕过夹道从西角门进聚丰园就是了，不过一个形式，她有了身子，若从家出来，一路劳累伤了孩子怎么好？也不能从你院子里出去，主子还没出阁，怎么好先嫁丫鬟，于礼不合的。”

毋望顺从地点点头，又道，“我回头给她准备妆奁去，她好歹跟了我一场，也是我们姊妹的情谊。”

谢老太太道，“应该的，我也给她一套头面，算是我的意思。”复理了理毋望鬓角的碎发，看她有些憔悴，便问道，“你这几日吃睡得可好？我正要打发郎中到你那儿去，既然来了就在这里诊脉吧。”

毋望缩了缩，歪到老太太里面的半边榻上，糯声道，“我身子壮得很，不必诊脉了，若叫郎中瞧了，少不得开上几副药来吃，蜜大娘近来总熬银耳和燕窝给我吃，那些不是比药好吗，老太太就别操心了。”说着打个哈欠，咕哝道，“我困了，今儿在老太太这儿歇午觉。”

谢老太太看她那娇憨样，心都成了一汪水了，乐得给她除了短衫和领坠儿，祖孙俩一头躺下，毋望靠在外祖母肩上甚感心安，谢老太太哄孩子似的轻轻拍着她的背，嘀嘀咕咕说些从前的事，不多时两个都睡着了。

这一觉睡得冗长，直睡到了未时三刻，起来后吃了些点心，老太太叫人拿出一套金镶宝的头面让她带回去，又唤来了叫丹霞的大丫头，对毋望道，“这丫头是极老实稳重的，往后叫她伺候你吧，换了旁人我是不放心的。”

毋望道了谢，又打量了丹霞，这女孩儿和他差不多个头，脸圆圆的，一双眼睛甚机灵，一看就是个聪明人，便笑着问道，“你可愿意随我去？”

丹霞一福道，“我早听说姑娘是最体谅下人的，心里不知道多羡慕翠屏她们，如今老太太把我给了姑娘，是丹霞几辈子修来的福气呢。”说得的确是真心话，大爷大奶奶来时她就在跟前伺候的，玉华的那些事她也都知道，姑娘的一举一动她看在眼里，不知有多佩服能跟着这样有情义的主子，心里自然是十二万分的欢喜。

毋望点点头，和老太太道了别，就带着翠屏和丹霞出了沁芳园，路过聚丰园门口时还留心听了下，园子里倒还安静，没听见什么大响动，看来大奶奶虽然委屈，还是不得不接受了，只可惜自己到底得罪了她，往后的事也难预计，多少总会找些不自在的。

又往前走了些，又走到竹林边的甬道上，隐约听见好几个女孩在吵嚷，不由放慢了步子，再细听里头竟有青桃的哭喊声，只道，“你们再混说我就不客气了……你们才和爷们儿亲嘴，你们全家人都和爷们儿亲嘴……”

毋望一顿，慌忙看翠屏，这件事被人看见了？怎么看见了？一路来并未碰见什么人啊。翠屏眉毛倒竖起来，叉起了腰，一副要吃人的狠戾模样，甩下了慌神的毋望和不明所以的丹霞，直往人堆里冲去，拨开几个碍事的，一把将青桃拉到身后，喝道。“怎么回事？打量我们姑娘好性儿，欺负起我们院里的人来了？”

〇六〇 风语兰姨娘

毋望拉着丹霞远远站着，只听青桃诉道，“她们躲着说咱们姑娘和二爷亲嘴，叫我听见了，我不依就和她们闹，她们人多，我吵不过她们……”

丹霞的嘴半张着呆呆看着毋望，毋望面上尴尬，只听翠屏哼道，“这种话是能混说的吗？二爷是什么人？我们姑娘又是什么人？他两个不过好些，竟给你们这群小蹄子说得这样不堪了？这话是谁传出来了？”

另几个女孩并不买账，其中一个道，“做得说不得吗？我亲眼看见的。我晌午吃不下饭便到太华亭上坐了会子，看得真真的呢。”

毋望一惊，猛回头看太华亭，果然从那里看过来毫无阻挡，当即脚下一阵发虚，面色愈发惨白。丹霞是个极活络的，见她姑娘这样，虽不清楚来龙去脉，心下也明白了几分，扶着毋望道，“姑娘别急，过去瞧瞧吧。”

两人往人群里去，翠屏正和她们吵得不可开交，外围的人本来还在看热闹，不经意瞥见毋望来了，瞬间哄然而散，单留下翠屏青桃还有三五个才刚吵得凶的，见了毋望，脸上一阵青白交错，不情不愿地福了福，叫了声刘大姑娘。

丹霞道，“你们是哪个院子里的？找你们主子来，咱们老太太跟前说话去。老太太这几日总说园子里人多口杂，丫头们也大了，赶明儿或撵出一批去，或配小子，我瞧你们就在这里头，我回头就去告诉老太太去，我们姑娘好好的叫你们这帮狗东西这么糟践，若叫老太太知道了，别说你们，就是你们主子，也得不着好去。”

那几个丫头气盛，并不太服气的样子，低声驳道，“咱们又没编造，凭什么撵人……”

丹霞冷笑道，“好丫头，胆儿够肥。才刚是谁说亲眼见着的？走吧，到你主子跟前理论去。”又对毋望柔声道，“姑娘犯不上和这些东西置气，只管回房歇着，我自然给姑娘讨个说法。”

毋望颔首，慢慢往银钩院去，边走边忍住泪，心想怕什么来什么，这么大的一个宅子，丫头婆子好几十，园里来来往往的，怎么还有侥幸心理盼着没人看见呢，眼下怎么办？这会子怕是各房各院都传遍了。

翠屏停下，把手里的盒子交给青桃，道，“我在才说得清，青桃陪姑娘先回去。”说着折回去，正巧听见一个丫头嘟哝什么“不过是个孤女，还充主子”，顿时恶向胆边生，上去就是一嘴巴，斥道，“你说什么？你不要命了？多早晚轮到你一个三等丫头来说嘴了？”

丹霞气红了脸，指着那丫头的鼻子道，“如今真反了天了，去二门上叫了小厮来，架到老太爷跟前去，活活打死才好。”

躲在边上看戏的小丫头一看要出事了，纷纷倒戈过来，两个颠颠的往二门去寻人了，那几个吃了瘪的丫头见势不妙跪下磕头道，“两位姐姐饶了我们吧，其实我们离得远，看得也不真，只是混猜的，求姐姐别往上头说去，好歹留我们一条小命吧。”

翠屏本着抵赖到底就是胜利的精神，在丹霞的协助威喝下取得了完胜的战绩，得意一甩头，却不打算收手，尖声训道，“你们是哪个院里的？这事没个完，非找你们主子去。”

落井下石的人向来比坚持立场的人多，不知哪个方向有人回道，“她们是兰姨娘院里的。”

那兰姨娘原是二老爷谢堇在世时纳的妾，为人极为尖酸刻薄，是个鬼见愁的主儿，头里仗着自己生了长子，飞扬跋扈得没了边，后来那位小爷没养大，五岁上出痘死了，她也就消停下来，安稳了大半年又出妖蛾子，差点害死了二爷，被二老爷禁了足，直到二老爷过世出过园子一趟，后来就整日躲在银钩苑的西北角，要不是今儿提起她，还真当她死了呢？

翠屏冷哼道，“我当是谁的奴才，原来是她院里的，当年没把二爷淹死，如今又动了心思来坏他名声，还拉上我们姑娘？你们是打错了算盘，我们姑娘和二爷男未婚女未嫁，便是真在一处也没什么，你若真要害他，应当说他和三爷亲嘴那才妙。”

所有人哄然大笑，丹霞暗暗拉了拉翠屏裙子，示意她话说过了头，平白扯上了三爷不好，又想还是见好就收，便对那几个丫头道，“咱们姑娘宽厚，这回的事就算了，若闹开，我们姑娘是太爷老太太的宝贝，吃亏的是你主子。我劝你们仔细自己的皮，还是安生些吧，大家受用。”

几个丫头含泪应了，站起来弓着身子去了，翠屏解恨道，“既遇着强的，那便要强过头去，我们姑娘白给人欺负不成。”

丹霞道，“少说两句吧，到底怎么回事我也没闹明白。”

翠屏叹了口气，将事情始末与她说了一遍，丹霞抚胸道，“作孽！作孽！情果然是伤人。”

两人唏嘘了一阵，加紧了步子往院里去，担心姑娘定是给气得不轻，谁知打了门帘进去，毋望正给玉华梳妆，从镜盒里取了环佩与她戴上，又叫六儿取来了三姨母给的华胜，仔细给她收拾好，转了两圈笑道，“到底佛靠金装，有了奶奶的样儿了，我以后要改口叫你嫂子了，要是叫玉嫂子又犯了大嫂子的讳，你母亲家姓什么？”

玉华羞涩道，“姑娘快别笑话我了，我哪里配得上你叫我嫂子，还是叫玉华的好。”

毋望又给她拢了比甲的前襟，抿嘴笑出两个梨窝来，一面道，“那可不合规矩，嫂子就是嫂子，来年再得个小子，都齐了。”

翠屏和丹霞见她还有心思说笑总算放了心，也围过来和玉华打趣，行了礼道，“给新姨奶奶道喜了，新姨奶奶攀了高枝儿，可别忘了我们姐妹，往后要多多拂照，不枉咱们好了一场。”

玉华不依，几个人又扭到一起，这时周婆子捧了喜服进来，看她们闹便喊道，“姑奶奶们，好歹顾念她的肚子，等孩子落了地有你们闹的。”

女孩儿们笑嘻嘻停了手，六儿忍不住摸摸她的肚子，问道，“有什么感觉吗？会动吗？”

周婆子笑道，“傻孩子，这会子还小，再过三四个月才会动呢。”又招手道，“大太太已经着人看日子了，今儿先把喜服送了来，赶时候，外头现买的，试试吧，不合身好改。”

众人看那件喜服是桃红色的，脸上不免有些黯淡，妾过门是不好穿正红色的，或是桃色，或是粉色，从侧门抬进来，不拜堂也不大宴宾客，往洞房里一送就算完了。哪个出嫁的女孩儿不想风光体面呢，谁不愿八抬大轿夫君骑马来迎，这个世道不是人人有这等造化的，就算过了门夫妻恩爱，遗憾总是有的，一辈子都不能重来了。

玉华心里也失落，看大家都不言语，知道是替她难过，便强笑道，“我是穷苦人家的闺女，这已经是最好的归宿了，一人一个命，姑娘是有福的，日后看姑娘穿大红嫁衣吧。还有你们，将来放出去自有好人家讨了去，别像我就成了。”

大家伤感了一会儿，七手八脚给她换了衣裳，大小正合适，只有袖子稍长些，周婆子道，“长了好，长长久久的，讨都讨不来的好彩头，赶明儿我来给新娘子开脸，也好得个红包打酒吃。”

玉华笑道，“到时候自然麻烦妈妈，妈妈儿女双全，是最有福气的。”

正说着，院里咋咋呼呼一通吆喝，转瞬一股风似的卷进了房里，毋望呆呆看着多出来的几个人，为首的披头散发，只穿一件中衣，铁青着脸和她怒目而对，毋望搜肠刮肚也想不起来这是谁，眼看来者不善，打算先弄清楚她的来历，就问道，“这位是？”

那妇人冷笑道，“姐儿好大忘性，连我也不认得？”

毋望想，你这副打扮，鬼认得你是谁？嘴里不好意思直说，越过她看门口的三个丫鬟，俨然就是甬道上大肆宣扬亲嘴传闻的几位，想来这个人就是她们的正经主子了，丫头吃了亏来讨说法了？

周婆子是老人了，一眼就认出她是谁，忙福了福讨好道，“这不是兰姨娘吗，今儿怎么有空出来逛？”

兰姨娘横她一眼，阴阳怪气道，“今儿我房里的丫头给人打了，我来找姑娘讨个说法，姑娘瞧怎么料理，我统共就这几个得力的人儿了，打坏了我心疼。”

翠屏在毋望耳边把事说了一遍，毋望听了转到桌边坐下，淡淡道，“姨娘那么大肝火做什么？丫头说话不中听，教训两下也是有的，值得姨娘光着脚跑来问我的罪吗？”

兰姨娘气得嘴唇发白，没想到碰上了厉害的，高声道，“我不管你同谁亲嘴，只是打我的丫头就不成，打狗还看主人，你们欺负我是寡妇吗？就是到天边去也要给我个交代。”

毋望拍案而起，咬牙道，“姨娘好没道理，跟着小丫头胡诌，也不怕失了身份。什么亲嘴不亲嘴的，我一个闺里的女孩儿竟给你们给我扣屎盆子，没割了她们的舌头就算好的了，姨娘还想要什么交代？”

兰姨娘横扫了屋里的所有人，道，“谁打了她们，叫我的人打回来，便不追究了，否则咱们就闹闹开，叫大家评理。”

毋望暗想，让你打回来岂不是承认了那件事了吗？你当我是傻子？打你的人我不心疼，你打我的人，我是肉疼得紧的，要照你说的做，我以后也别在园子里过了。我这个人向来吃软不吃硬，你若好言好语，我或者还责怪我的人两句，再给你的丫头贴补些皮肉之苦的损失，你这个刁蛮样子，我是不买你账的。便对六儿道，“去把二太太请来，既和二爷有关，也叫她听听，二爷才派的官，家里就有人存心算计，我是不怕的，横竖是个孤女，也不敢充主子，只管叫上头的人来说话。”

六儿应了撒腿就跑了出去，玉华给她倒了茶，她慢条斯理地喝着，并不拿兰姨娘当回事，不让坐也不让茶，看她那个撒泼的样，没直接把她赶出去就是客气的了。做姨娘的不尊重，跑到小辈屋里来耍横，还口口声声要打人，她的地盘上也容得她撒野吗?

那兰姨娘也不是省油的灯，肠子虽气得拧了好几个结，面上却愈发阴沉，讥讽道，“好个大家闺秀，急着找二太太做什么，叫她早些知道你做的好事吗？害完了她爷们儿又来害她儿子，真亏得你有这个脸，你老子娘的阴灵也不饶你。”

玉华听得气不过，板着脸道，“姨奶奶说话也太出格了，这会子越说越不像话了，你真打量我们姑娘好整治？也不瞧瞧这是哪儿？”

兰姨娘刀子似的目光在玉华身上停了会儿，啧啧咂嘴道，“这是谁啊？这里哪有你说话的份儿？还当要做姨娘了就了不得了？在屋里扮上了，想来是个丫头扶上来的吧，得意些什么？”

玉华被她说得脸上红白交错，颤着声道，“兰姨娘进门那会子我还小，也不太懂事，只知道姨娘是王爷巷里抬出来的，还以为是王府千金，现在想来竟还不如我们做丫头的出身呢。”

王爷巷毋望是知道的，巷里多妓院和暗门子，来往的尽是达官贵人，是个地道的销金窟。很多暗门子里的妈妈从人市上挑一两个女孩儿带回来养着，到了及笄若有人买了做妾就送出去，若没人买，那便沦落得和娼妓一样，看来兰姨娘是前面的那一种，这类出身的确是极不光彩的。

那兰姨娘被猛戳着了痛处，目露凶光，狰狞着便扬起手要来招呼，幸亏丹霞眼疾手快，结实挡了一下，胳膊上被扇得辣辣生疼，要是这一巴掌打到玉华脸上，肯定五道杠子。

这下毋望再好的耐功也憋不住了，喝道，“姨娘当着我的面打我房里的人，竟不如直接来打我痛快，她过几日就是大哥哥的人，姨娘这是不给我脸还是不给大爷脸？”

兰姨娘才不管什么大爷小爷，满身“挡我者死”的架势，对身后的人呼道，“你们是死人不成？回来只会找我诉苦，如今有冤报冤有仇报仇，还等什么？直接动手吧！”语毕卷起袖子就要开打。

毋望吓了一跳，论嘴皮子她还行，若论真功夫她是万万不成的，这兰姨娘疯了不成？

几个丫头跃跃欲试，翠屏这边岂有坐等着挨打的道理，也摆出了阵势迎战，双方还未交火，只见二太太掀了帘子进来，沉声道，“反了谁敢！”

兰姨娘这边的人一见正房太太来了，立刻蔫了大半，只剩兰姨娘本人还义愤难平，斗鸡似的恨不得乍起全身的毛来，见了慎行他娘决定彻底无视她，蹦哒着就要去打玉华，二太太使个眼色，她带来的婆子们一拥而上，连拉带拖地把兰姨娘治住了，那兰姨娘叫骂不休，指着吴氏道，“你就是个孬货，锯了嘴子的葫芦，她勾引你儿子，你还替她来治我，就会一味的瞎小心，应贤良的名儿。我若是你，必撕了她的衣裳，叫各人看看她是个什么货色？”说完又啐了两口。

吴氏先头也对毋望没什么，她才来那时自己抢着把她接到园子里来，倒并不是因为多喜欢，只是早就知道慎行的心思，把她放在眼皮子底下好控制，后来也看出了她对慎行没意思，警惕之心也放松了，才刚六儿来请她，一路上大概把事情说了，再三再四的保证她家姑娘是给冤枉的，再加上晌午时候慎行打发人来禀，又要搬出园子去，两下里一斟酌，想来这事恐怕不简单，不管真相如何，慎行的名声是最要紧的，心里也有了计较，这兰姨娘不处置也不太平，当年吃过她不少暗亏，眼下乘着东风就将她一举歼灭，谁会生出半点闲话来。于是叱道，“嘴里不干不净，我瞧你是得了失心疯，为几个小丫头值得你这样？衣衫不整，活像个泼妇。我们行哥儿上半晌就搬到衙门里办公去了，和谁亲嘴给你的丫头看见了？”又对一个婆子道，“给我拿布勒上她的嘴，拖到老太太园子里等发落，若不给咱们娘们儿个说法，我也不依。”

等在一旁的婆子是个熟练工，抽出事先准备好的长布条，把兰姨娘扎得像衔了嚼子的马，再也不给她说话的机会了。

此时的兰姨娘眼里流露出惊恐来，哭闹吵嚷这招以前二老爷在世时她也常用，向来是万无一失的，将吴氏逼得没处躲，如今二老爷去了，怎么吴氏的能耐也见长了？莫非她一直是扮猪吃老虎的吗？脑子转了转，顿时明白过来，不小心给了她一个铲除自己的好借口，这回怕是不好收场了，当即悔得肠子都青了，看见吴氏嘴角含着胜利者的微笑，眼前蓦地黑了下来，一头栽倒在地。

二太太不是二老爷，完全没有怜香惜玉的精神，只斜睨了地上的兰姨娘一眼，转而拉住毋望的手道，“好孩子，可吓着你了？别怕，有我呢，你在房里歇着，叫丹霞和翠屏和我走一趟，到老太太跟前回了话，总归还你个公道。”

毋望点点头，吴氏跨出门去，后面的管事婆子们架了兰姨娘，又押上那三个簌簌发抖的小丫头，一行人浩浩荡荡往沁芳园里去了。

六儿看她主子憋出一头汗来，忙和了温水来给她净脸，边安慰道，“何苦和那种人计较，那么大的年纪竟长到狗身上去了，满嘴的胡浸不怕失了体面。”

周婆子道，“你们不知，那兰姨娘从前是出了名的辣货，园子里谁在她眼眶子里？二老爷活着那会子跳不过她的手心去，仗着有几分姿色，整日间霸占着爷们儿，吃喝都在她的院儿里，二太太是说不出的苦处呢，一个正经太太倒叫妾压制得抬不起头来，你们瞧着吧，这回兰姨娘落到她手里，还不定怎么办呢。”

毋望推了后窗往外看，燕脂湖畔的柳树叶子稀落落，不觉已将近深秋了，连着几日的事也叫她不胜其烦，这种宅门里的家长里短那样的磨人，心里想想也畏惧得很，等送玉华出了院子，往后还是关起门来过日子，能躲就躲吧，遇上讲理的还好对付，倘或再有兰姨娘这种三句不对就要开打的，凭自己这身板儿还不够给人填牙缝的，还是安生些保命要紧。

又转身看玉华，人都说做姑娘时是珍珠，做了媳妇儿就成了鱼眼睛，不知道她进了聚丰园后是怎么个光景，会不会也变得像兰姨娘一样，争吃争穿争宠？正房碰着那种小妾一定很头疼吧……渐渐又想到裴臻，如今没得到，自然说得花好稻好，一旦得着了又怎么样呢？长的过个三年五载，短的可能一二年，保不住就另结新欢了，一辈子不纳妾，他能做到吗？若自己到时也和茗玉一样的境地，那又待如何？

玉华被她看得怪发毛的，自己卸了头面首饰，又把喜服脱下来交给周婆子，小心问道，“姑娘在想什么？”

毋望回过神，喃喃道，“你说世上的爷们是不是见一个爱一个的多？”

六儿暗想姑娘定是在担心臻大爷了，也是的，那个人那样的烟云之姿，凭谁见了都是爱的，这一分开好几年，岂知中间没有什么变故吗，要是有女人上赶着要嫁他，或不计较名分地要跟他，他还能把姑娘放在心上吗？不由也跟着愁起来。

玉华没想到她会这么问，一时面上羞愧难当，涩涩道，“姑娘心里定是瞧不起我的，嫁个庄稼汉也比在这深宅里做姨娘强，可我也是没法子，等姑娘日后遇着了真心喜欢的人就知道了，人生在世，没有人是不为自己的，敞亮话谁不会说？事儿落到自己身上就不一样了，就是被别人戳着脑门子骂也醒不过神儿来，我真是身不由己，姑娘别怪我。”

毋望想，何尝不是这样的理，也不用等日后，如今她就已经深知个中滋味了，见玉华要哭似的，便知她误会了，忙拉她坐下道，“我哪里是说你，你想岔了，我只是觉得世上女子多痴情，男子皆薄幸，你道是不是？内宅里妻妾闹得不可开交，那爷们儿说不定又在别处寻欢作乐了，这样想来家里的岂不成了笑话吗。”又牵了玉华的手道，“好姐姐，你过了门去就好好的吧，也别和大嫂子争什么了，各自养好孩子就是了，家宅太平才好。”

玉华道，“姑娘的话我记在心上，只要大奶奶不找茬，我定会敬她三分，可她若是打我主意，我也绝不坐以待毙。”

毋望见她已做好了斗争的准备，也没什么可说的了，自古妻妾之争不可避免，凭她几句开解起不了什么作用，往后怎么样全看她自己的造化罢了。

〇六一　红尘何所期

那日兰姨娘的一通大闹未得着半点好处，谢老太太素日里最讨厌小妾犯上作乱，又牵扯到了慎行和毋望，火气更大了不少，张口就叫丫头请族里的老人来，要拟休书撵她回娘家，兰姨娘呼天抢地喊着二老爷的名字要撞墙寻死，众人看她那惨样也觉可怜，再加上她寡妇失业的，又没个一儿半女，发回了娘家不受待见，早晚也是个死，犹豫不决之际还是老太爷一掌定乾坤，随便指了个庄子，正式把兰姨娘发配出去了。

二太太吴氏可谓大仇得报，只可惜如今才扳倒她，一时间感慨良多，边痛快淋漓，边怨她那死鬼男人早年把她护得那么好，想动她一分一毫都不成，可见爷们儿都疼小老婆的，只有死了才顾念不上，这胜利的果实来得晚了些，品尝了两日，细咂了滋味，现在没什么感觉了，不过尔尔，男人都不在了，就是一个把另一个斗垮了也没有了意义，轰轰烈烈一番后，兰姨娘这个人像蒸发掉的水，从此便消失在所有人记忆里了。

玉华出门的日子也定下了，农历的十月十八，约摸还有十三四日，这阵子好好地把东西准备齐，时间还是较宽裕的。这期间毋望过了生日，多多少少又得了些红包首饰，逐样挑拣了，把贵重的收起来，剩下的荷包耳坠都赏了婆子丫头们，院子里的人自己又吃了回席，整日都很热闹欢喜。毋望给玉华收拾了个镜盒，里头簪环妆奁厚厚的备了一份，翠屏她们便笑她，嫁丫头就操这样的心，日后嫁闺女不知怎么样呢。

渐渐天又冷了些，院子里的爬藤蔷薇花都落光了，叶子焦焦的，黄绿交织成一片，毋望现在除了祖父母那里晨昏定省，基本已不出银钩别苑了，小佛堂里给父母上香磕头过后，就叫丫头端了八脚凳来，坐在廊子里晒会儿太阳，再进屋做些女红，一来二去竟过起了老年人一样的生活，自然也是舒服惬意得没话说了。

谢府里该发生的照旧每日发生，像三房的内宅不和，二房急着给慎行张罗媳妇，大房里银子失窃，等等一系列琐事，毋望小院儿门一关，统统挡在了外头。人避嫌，是非少，毋望如今深谙此道，连慎笃给秀绮下聘都没去看。说起了慎笃，毋望人虽不出门，消息还是很灵通的，慎笃的毛病竟给两个通房改过来了，如今不好男色，好女色了。原来这小子糊涂，和那小倌好了那么久，钱花了大把，两人耳鬓厮磨，却从未做过那种事，三老爷得知了，一面庆幸一面又摇头说自己得了个傻儿子，至于他好女色的问题嘛……好女色有好处，能开枝散叶呀，所以不算什么缺点，是绝对可以接受的。

一日，院子里的八九个人聚在一起闲聊时，老太太那里的小丫头捧了几双绣花鞋来，笑着对毋望道，“我上回说给姑娘做鞋的，只因家里老子娘派到杭州看房子，在那儿病了一场，我去伺候，耽搁了一个多月，前儿才回来的。姑娘试试看合不合脚吧，我在那里胡乱做的，姑娘别嫌弃才好。”

毋望接过来看，绣功又好，针脚也密实，又看那丫头年纪不过十二三岁，模样生得也周正，便道，“难为你想着我了。”对六儿道，“去拿些钱来赏她。”

六儿才要走，那丫头上前拦住了她道，“不必了，我又不是冲着钱来的，是真心地喜欢姑娘，今早回了老太太，求老太太让我来伺候姑娘，姑娘留下我吧。”

毋望原不知自己人缘有这么好，竟有人自愿到她身边来，顿时愣了愣神，奇道，“你怎么想来伺候我呢？咱们从前连话儿都没说过呀。”

那丫头低头沉默了一会儿才鼓起勇气道，“我因头里得罪了老太太的陪房李奶奶，在老太太那儿待不下去了，想着姑娘将来是要往外聘的，我跟着姑娘也能出园子，我是家生的奴才，若不能伺候姑娘，这辈子就只好在谢家了。我听说姑娘对奴才极好，就动了心思，求姑娘留下我吧。”

毋望笑道，“真是个心气儿高的。”

大家也都笑，蜜大娘道，“你来投奔我们姑娘算来对了，到了这个院里可不就是享福来的吗。”

六儿上下打量了她道，“你怎么不去大姑娘和二姑娘那儿？”

那丫头咬了咬唇，琢磨后才道，“大姑娘性子太软，二姑娘又还小，还是姑娘这儿好。”

毋望道，“你叫什么？”

丫头屈了屈腿道，“姑娘就叫我夏儿吧，我是大六月里生的，也没什么正经名字，爹妈随便取的。”

毋望将手上的绣绷放下，点头道，“既然老太太答应了你就留下吧。”

夏儿忙不迭磕头谢恩，说了一大通誓死效忠的话后光荣入职了，毋望的小院里又添了人口，还好再过几日玉华就搬走了，否则住宿都成问题了，六儿背着人对毋望抱怨，大抵就是院里人员饱和，姑娘一个人用不着这么多人伺候，夏儿就是来混饭吃的之类，毋望听得耳朵出了茧子，心想人家捧着礼来求她收留，收了鞋再把人赶出去不太好吧，况且夏儿做鞋的手艺真的很好，穿着又舒服样子又秀气，把她留下给大家做鞋也很合算，无非是多一双筷子，吃饭的时候坐得挤点，这也不是什么大矛盾啊，所以后来再听见六儿絮叨，毋望就指着脚说，“往后鞋由你做。”六儿一听彻底闭了嘴，夏儿做鞋匠的地位坐实了，人家凭手艺吃饭，再也没有人发表反动言论了。

转眼到了十月十八，玉华一大早就进了银钩别苑的南厢房，大太太那里打发了喜娘和三个丫头来服玉华梳妆，毋望不放心，也带人过去帮忙，等一切收拾好，玉华娘家哥哥把人抱上了轿子，天擦黑便抬出园子，在街上打了个来回，从西边角门复抬进聚丰园，没有鼓乐，没有宾客，廊上拉了几块红绸，花厅里设了两桌席，只供家里人吃喝，新郎官甚至连红花都没有戴一朵，只穿了件蓝色的织锦缎面便服，要不是脸上挂着傻笑，不知道的人肯定当他是府里的管家。

毋望暗叹，何等的冷清啊，普通人家做寿都比这个场面大，这妾真不是人做的。

玉华跨了火盆便给所有在座的长辈敬茶，再给大奶奶见礼，大奶奶因大太太老太太俱在，倒也没有为难她，大家平静地吃了顿饭，该洞房的洞房，该回去的回去，不久各自都散了。

六儿追着问可曾见着行二爷，毋望淡淡瞥她一眼，道，“没有，大爷讨妾和他什么相干，自然不会回来的。”心想这回是逃过了，再过一个月慎笃大婚他总要回来的，届时照面多尴尬，不行到时只好装病，这样就见不着了。打定了主意霎时神清气爽，便和六儿裹着被子聊天，“你说叔叔婶子这会子怎么样了？梨雪斋的生意也不知好不好……”

六儿咬着手指道，“生意不好也不要紧，自己的店面，又不用出房钱，若过不下去了还能把铺子租出去，一年得十几两银子，老爷做账房还有收入，定是饿不着的。”又眯着眼睛靠在毋望肩头呓语般喃喃道，“臻大爷一个爷们儿家怎么有那样细腻的心思呢，不给银子，却留了房契给你，我知道他有什么顾虑，银子有用完的时候，铺子是个会下蛋的鸡，也是给你个安身立命的地方，只是他定没想到，你心眼实，转脚就把房契给了太太了。”

毋望敲敲她的头道，“你也开窍了，真是不容易。”

六儿仰倒嚎道，“真想裴公子啊姑娘呢？想是不想？”

毋望明知她在逗自己，还是忍不住脸红，啐道，“你这促狭鬼，和我打起趣儿来了。”

六儿支起身子道，“都快半年了，姑娘当真不想？”

毋望作势拉着脸摇头，其实并没有半年，两个月前他来过，没叫你知道罢了。

六儿噘嘴道，“我才不信，你诓我的吧？大姑娘比你还小两个月都已经许了人家，这裴公子又不下聘，让你白白等三年，真弄不明白他是怎么想的。”

毋望皱眉躺下，闭了眼睛道，“睡吧，乏得很。”

六儿知道她不高兴了，忙吐吐舌头爬起来吹灭了灯，将厚厚的帷幔一层层放下，退到外间值夜的床上去了。

第二日早起，漱了口洗了脸坐在梳妆台前等玉华来给她梳头，左等右等不见人，这才突然想起来玉华已经出嫁了，不由失笑，自己拿了梳子起来，丹霞打了门帘进来，接了她手里的梳子道，“姑娘怎么不叫我？往后梳头的事儿就交给我吧，我跟抿头妈妈学过，会三十八种发式呢，回头一样样的给姑娘试，可好？”

毋望正要点头，院子里丫头通报道，“二爷来了。”

房里几人面面相觑，毋望失神片刻，也有些摸不着头脑，昨儿慎言办事没回来，今儿这一大早是怎么了？

〇六二 大理寺同知

丫头打了门帘引他进屋，她正坐着梳头，阳光透过窗屉子照进来，密密的落了她一身。她侧着脸，颊上泛着微微的红，满头的青丝直垂到地上去，慎行原本就局促，见她晨起的慵懒样子，心头猛被撞了一下，又很不厚道地想起那日满世界的清香，白皙的脸瞬间就变成了关公。

毋望吓了一跳，偷眼看自己身上，并没有衣衫不整啊，他脸红什么，难道是为自己做过的缺德事后悔？说起那天的事……

然后屋里出现比较诡异的一幕，一男一女只顾比谁更像熟虾，几个丫头低头看着自己的脚尖，冬日静好，没人说话。

过了会儿毋望缓了过来，心想一直这样也不是办法，便吩咐六儿上茶，请行二爷坐下，别扭地扯起嘴里道，“二哥哥今日来寻我可是有什么事么？”

四双眼睛直勾勾盯着他，慎行吸了口冷气，不禁咳嗽起来，急忙端了茶喝了几口才道，“我来给你道喜，姑父的案子发还大理寺重审，如今已有了结果。”

毋望的心几乎跳出嗓子眼来，强按捺了道，“这样快就审完了？怎么样？”

慎行道，“也不算快，皇上登基前两年就着手调查当年的冤案了，昨儿算明面儿上有了交代，充公的房产田契仍旧归还，只是对外没法子翻案，毕竟这是高祖皇帝当年判的案子，不只咱们家，别家都是一样的。”

只归还田产，没法子翻案，这是什么逻辑？父亲还是不能洗脱罪名，还是死得很冤枉，这和从前有什么区别吗？毋望颓然靠在梳妆台上，完全没有半点喜悦，低声道，“这么说来圣旨也不颁吗？暗地里领回了房地契就算完了？”

慎行闷闷地嗯了声，看她玄然欲泣，想安慰，终究没能说出口，只得蹙眉望着杯里的茶叶在水中载浮载沉。

毋望很想放声大哭，她的父母不明不白地断送了性命，朝廷就是这样处理的？田产是回来了，那她爹娘的命呢？也能发还吗？她哽着对慎行道，“二哥哥，我爹妈再不济总算有个说法，二舅舅呢？当年的那些锦衣卫可判罪伏法？”

慎行放在膝上的手握成了拳，不由自主地颤起来，俊秀的脸上满是隐忍，隔了会儿才咬牙道，“我如今只是六品的小官，扳不倒锦衣卫，只好暂且忍着，等将来有了机会，总要叫他们血债血偿的。”

毋望的心又揪作一团，二舅舅跟慎行真是很像，都是高高的个子，温和善良的脾气，那样清风明月般的儒士，只为了想进狱中探望关押的外甥女，最后竟被活活打死了，那究竟是什么样的世道，打死便打死了，连个交代都没有，凶手们仍旧逍遥法外，过着依旧耀武扬威的生活，这位新上台的皇帝和他祖父有什么区别，昏君罢了。

慎行看她面上悲苦，也不知怎么安慰，只道，“你收拾一下，跟我去衙门将房地契先领回来吧，也好早作打算。回头和太爷商量商量，庄子田地是自己打发人去料理，还是佃出去给那些农户。我昨日使了人去看过，城外的二百亩稻田都由官府指派给里正打典，里正把地都佃出去了，每年只管给官府缴些银子，如今咱们收回来了，怕那些农户没了进项，日子定会愈发艰难，倒不如还留给他们种，少了里正那一层盘剥，咱们把租子再放低些，那些农户得着了利，看管田地也会更尽心了，妹妹以为呢？”

毋望抿嘴笑，看慎行眉含远山，心想果然是书生，既仁义又缜密，佃户们遇着他这样心善的地主岂不高兴死吗？便道，“你且宽坐，容我换了衣裳就去。”

慎行站起来道，“我去回了太爷和老太太，过会子再来接你。”说完逃也似地出去了。

翠屏忍不住笑起来，“二爷听说姑娘要换衣裳跑得倒快。”

丹霞将毋望转过去，拿桂花油抿了头，仔细挽了个垂云髻，又插了南珠的梳篦，收拾停当，翠屏取了素服给她换上，六儿往手炉里添了两块新炭，边往她手里塞边道，“天儿冷得这样快，今年倒比往年更早一些。”

翠屏点头道，“可不是，还有两个月才过年，竟冷得这样。”说着呼出口热气来，“瞧，跟抽旱烟似的。早上打水冻得手指头疼，这天儿也不知道是怎么了，夏天才过没多久，热得还没回过味儿来，秋凉了只几日，这一下子又冻掉了鼻子。”

丹霞道，“少混说，你们是在这院子里待久了，过起了神仙方外的生活，吃得饱，整日间无事可做，稍一冷就叫得这样，岂知日子不是一天天过来的，你们去问问小娟和青桃，她们两个扫地洗衣的，可是一日日渐冷的？”

几人笑闹了一阵，便听慎行在院里喊道，“妹妹可好了？”

六儿忙给她披上翠纹羽缎斗篷，送到门外，慎行领了往角门去，微回了头，丹霞扶着她在后头跟着，霎时觉得原本凛冽的寒风也不太刺骨了，牵不着她的手固然遗憾，可知道她在身后，一转身就能见着的距离，似乎这样就足够了，又庆幸着，亏得找到这样正当的理由才能见她。那日过后他人虽搬出园子了，心却日日在煎熬，他像个战败的逃兵，丢盔弃甲的一路亡命，将她一人丢在战场上，独自面对兰姨娘那样的人，还好有母亲和老太太，这件事平息了，总算有惊无险。转念又想，其实若真闹开了，老太太是不是真就把她指给他了呢……忽打个寒战，这么想未免太过小人，即便真指了婚，得不着心又有何用呢？还记得她说心里已经有了人，是真的还是为了应付他？若是真的，那会是谁？她到了应天之后并未见过外人，要说在北地就有了人家，那是万万不可能的，既有了人，怎么连半点风声都没有？还是到了京城后才遇上了心仪的？前前后后再想一遍，一个人猛蹿了出来——路知遥吗？除了他再没有别人了，他和春君在小庙里躲过雨，又对春君和禄哥儿的婚事含糊其辞，中秋那日爷们儿在一起好好的，偏他不见了，后来听说春君也不见了，大家找了好久，结果春君竟回了家，秦淮河离谢府并不近，她一个女孩儿家无车无轿怎么回去的？定是遥六叔送回去的……愈想愈烦闷，步子也重了，手脚也冷了，剩下的只有无奈。他年下外派了官，六叔是留京的，他们有大把的时间两情相悦，自己是半点胜算也无，可怜自己恋了她十几年，最后却是这样惨淡的收场，缘分这东西的确令人唏嘘啊！

行至角门外，千秋已驾了马车等候多时，冻得嘴唇都有些发紫了，见了他们忙搓了搓手，从车后搬了红漆的脚凳来摆在地上，躬身扶毋望上了车，缓缓往大理寺驶去。

约走了两盏茶工夫，方到大理寺正门，丹霞先下车，毋望提了裙脚下来，站在台阶下看大理寺的匾额，心想门楼那样的高，却高不过天去，哪里就能替人申冤昭雪，做戏给世人看而已。

慎行低声道，“走吧，只需到同知那里画个押就成了，那个同知你也认得，是路家的遥六叔。”

毋望有些吃惊，路知遥竟在大理寺任同知，而慎行是去北平做通判，北平不过是个地方官署，同样的正六品，差别很是大，到底路知遥的祖父是三孤之首，果然朝廷里有人帮衬是不一样的，或许慎行的北平通判还是看着大舅舅的面子才派来的，若一个平头百姓中了官，说不定就派到云南四川去了。

进得衙门里，兜兜转转过了几个廊子，行至一间高阁处，慎行站在台阶下扬声喊路大人，一会儿那路知遥走到门前来，只见他头戴乌纱帽，穿着青色的团领衫，腰间束素银的腰带，上头佩着药玉，练雀三色花锦绶，绶下结青丝网，银绶环，衬着银丝线织的鹭鸶补子，竟是一种别样的威严。

他的眉毛漆黑修长，眼里无波无澜，嘴唇安详的抿着，见他们来了，只轻声道，“进来吧。”便回身进了室内。毋望很是纳闷，这人在衙门里如此的稳重干练，相较前头的几次碰面，居然完全不像同一个人。

慎行显然已经见怪不怪了，冲毋望点了头，带她进了屋里。路知遥指了窗下的椅子让他们坐，又吩咐衙役道，“给谢大人和小姐上茶。”自己转到堆满公文的高柜下翻找，翻了半天才抽出一叠卷宗来，将所有房契地契一一给毋望过目后道，“若无疑问便在册子上画押，这些公文都是大理寺卿批点过的，画完押后就可直接领回去了。”

毋望颔首，拿着刘家祖辈上传下来的厚厚一叠产业契约喟叹不已，路知遥忽然道，“天这么冷，可冻着了？我打发人拢了火盆子来可好？”

毋望忙道，“不必了，你这里都是文档卷宗，万一蹦着了火星子可了不得，我有手炉呢，并不觉得冷。”

他两个你来我往，慎行听着尽是郎情妾意的话，不免心中绞痛。既然他们有情有义，春君在外苦了那么些年，遥六叔又是个有主张的，不像自己瞻前顾后，想来会给春君一个好归宿的，不如成全了他们，自己也好死心，便勉强道，“旧宅子也不知成了什么样，恐怕还要大大的修缮一番，可巧我近日要到镇江办些公务，三叔和慎笃又去了苏州，太爷上了年纪操不得心，若有琐事就拜托六叔吧。”

路知遥自然是满口应承的。稍坐了片刻，两人便起身告辞了，路知遥直送到衙门口，慎行上马跟在车后，走了十几丈远去，回头看，路知遥还未进去，仍站在门楼下目送，甚有依依惜别的味道。

〇六三 重游悲故园

毋望撩了窗帘子喊二哥哥，慎行回过神，加鞭赶了上来，毋望道，“既出来了，咱们绕到老宅子瞧瞧去吧。”

慎行想了想道，“只拿了房契，屋子的钥匙竟忘了取，你们到前头茶馆里暖和会子，我找六叔拿钥匙去。”说完调转马头原路折返，一路往大理寺狂奔而去。

路知遥坐在案前归置卷宗，抬头见慎行又回来了，不由越过他往他身后看，见只有他一人，便奇道，“可是落了什么？”

慎行脸色不太好，坐在南官帽椅里，半晌方别扭道，“六叔为何到如今仍未娶？”

路知遥听了诧异道，“敢情你折回来就是为了问我这个？你我年岁相当，你也未娶，如何倒来问我？”

慎行看着自己常服的曳撒，只觉胸中噎了一口气，吐又吐不出来。难道和他说，我一直在等春君，好容易把她盼回来了，她却被你轻而易举地抢走了？这叫自己情何以堪呢？

那厢路知遥笑道，“你这小子可是动了凡心？今儿有兴致来同我聊聊婚姻大事？”他对这个话题是十分感兴趣的，忙扔了手上的活,到慎行旁边坐下，往前凑了凑道，“上回王保家的闺女你妈没瞧上，年下慎笃也要成亲了，家里催得紧了？”

慎行闷声闷气儿道，“没有的事，我就想问问你是怎么逃过家里逼婚的。”

路知遥嗤笑一声道，“我三哥开枝散叶就是了，我有什么可急的，没遇着好的，娶到家里也是整日不太平，我倒可以在外头厮混不回去，怕苦着我妈，我在我妈跟前讨好撒娇丢尽了脸，她瞧我也可怜，后来就不逼我了，只说爷们儿家立业虽重要，成家也误不得，再叫我轻省个一两年，若再想拖是万万不能的了。”又道，“你这么快回来，莫非把她撂到半道上了？要说话什么时候说不得？不把她送进园子怎么成？”

张口闭口“她、她”的，慎行从头顶直凉到脚脖子去，从前只见过他在女孩儿面前献殷勤，通常一转身就扔到爪哇国去了，如今这般的体贴认真，越想越觉这事是真的，顿了会子，失魂落魄道，“她在云来茶馆等着，想回刘府看看，宅子里的钥匙没拿，我是来取钥匙的。”

路知遥拍了下脑袋道，“我竟忘了，你且等等。”说着一头扎进了后头大柜子的屉子里，哗啦哗啦尽是倒腾钥匙的声音，隔了会儿拎出两大串，足有五六斤重去，放在桌上道，“宅子和庄子上的都在这儿了，你快去吧，没得叫人等。”

慎行道，“我才想起来，都察院里的公文还没送到枢密院去，耽误半天了，我怕是没空，你这会子该歇了，正好替我送她去老宅吧，看过了再送她回园子里。”

路知遥看手上的活差不多了，上回中秋也没和她说上话，心里正抱憾，慎行这么一提议，无疑立刻就答应了。

慎行拱手别过他，匆匆走出大理寺，牵了马往另一方向走，走着走着觉得脸上凉凉的，抬手一抹，这才发现自己早已泪流满面了。

路知遥这会子佳人有约急得很，虽不是真的等他，好歹知道她在云来茶馆，也来不及换公服了，招呼随侍拿上钥匙就往马厩里去，上了马，一路往茶馆而去。

毋望和丹霞千秋已经喝了两盏茶，还不见慎行来，疑道，“难道库里钥匙太多，一时竟找不着吗？”

千秋道，“姑娘坐会子，我去看看我们二爷。”

毋望摆手道，“还是再等等吧，万一半道上遇着还要再折回来，浪费工夫。”

才说完，见路知遥从门口进来，却不见慎行踪迹，毋望道，“六叔，我二哥哥呢？”

路知遥道，“他临时有公务，托了我来陪你去。是这就走，还是再坐会子？”

毋望惶恐道，“这样不是耽误你办公吗，回头叫上头说嘴。”

路知遥浅笑着，风姿潇洒，挺拔玉立，嗓中如有金石之声，缓缓道，“我这会子得空，他既托了我，我定要将你送到家才安心的。”

“既这么，就麻烦六叔了。”毋望拢了披风站起来，着丹霞给了茶钱，往茶馆外去，看廊下的柱子上牵了匹枣红大马，便对路知遥道，“这可是听得懂人话的那位马兄？”

路知遥笑道，“可不，它叫路轻，千里良驹。”

路轻？随他姓路吗？几个人都笑起来，毋望道，“六叔果然豁达，马兄有福。”

路知遥眼里闪过异样的光来，低声自言自语道，“将来自然有它妙用，千里驰骋，名将也需好马来配。”

毋望一惊，看来这人是个志向远大的名将？他如今不是同知吗？一文一武，相差何止千山万水，他若要为将，除非是另起炉灶。毋望心有戚戚焉，只作未听见。原本这话旁人听来不过一笑，可在她，因前已有裴臻这个例子，不免就要往那上头靠。一个有野心的人就算掩藏得再好，总有露马脚的时候，莫非路知遥竟是另一个裴臻吗？起了疑心便留意他的一举一动，这文官上马拉缰全然就是武将做派，毋望坐在车里心头忽忽的跳，路知遥突然回头，和她目光相碰，旋即露齿一笑，扬鞭前头开道去了。

丹霞见她姑娘失魂落魄的，只当她是冷，伸手将她披风上的带子系紧，抱怨道，“这翠屏不知怎么的，这样冷的天不给姑娘穿那件银鼠皮的大氅，只披这绵披风值什么？”

毋望回过神道，“我不冷，手炉还是热乎的。”

丹霞又道，“这路六爷果然有趣得紧，才刚在衙门里看他不苟言笑的，还当他转性子了呢。”

毋望笑笑，不置可否，暗想如今怕是没有人像一汪清水似的，能叫人一眼看到底了。眼下的应天表面上晴空万里，私底下暗流汹涌，想来各人都在寻出路吧，路知遥绝不会是个简单的人物。

复又行了几里地，已然将出城，太仆府就在北城根下，坐北朝南，是个极大的官邸。过了破败的门楼，再行十几丈方到正门口，毋望下车站定，抬头看，满眼的萧条孤绝，瓦落了无人清扫，漆掉了无人填补，门前的台阶上满是落叶废纸，廊子下甚至有乞丐卷成条的铺盖，哪里还有半点当年的风光气派，就像个没有香客的破落庙宇，佛不在了，众人从门前经过都嫌晦气，只有收留那些无家可归的流浪汉了。

路知遥将缰绳递给他的随侍，抬手剥了门上的封条，提着钥匙打算开门，无奈年代久远，那锁竟锈死了，钥匙插进锁孔，左右都旋不动，他试了半天一点办法也没有，只好回头道，“打不开。”

毋望往街面上张望，喃喃道，“寻个锁匠来吧……”正说着，只听咔一声，那锁把子竟断在路知遥手里，毋望讶然看着他，那样大一把玄铁的锁，里头锈死了，或者加些油就能开的，再不济也不至于断了吧。

路知遥倒不以为意，拍了拍手道，“我拽了两下就掉下来了。”

几人都以看大侠的眼神看他，他讪笑着推开了沉重的大门，门楣上积了多年的尘土一股脑落下来，砸得他灰头土脸，他掩了口鼻呛得咳起来，毋望忙示意丹霞给他掸了头上身上的灰，他嘟囔道，“该先打发人来打扫的。”

毋望道，“委屈六叔了，头回上我们家来，茶没喝着一口，倒吃了一肚子的灰。”

路知遥笑道，“不碍的，将来请我吃顿好的补偿就是了。”

刘家祖上是苏州人，府邸也是按园林式样建造的，亭台楼阁，雕梁画栋，也曾宾客盈门富贵一时，如今再看，满眼的枯草杂木，园林无人养护便失了颜色，高亭爽阁竟还被雷劈去一半，只剩半间残垣断壁，园子里还隐约可见当年抄家的惨况，桌椅书籍扔得到处都是，经雨水冲刷，有的陷进泥土里，有的则已腐烂，随风化去了。

毋望站在园里一阵恍惚，好像又看见丫头婆子们来来往往，母亲倚在门前等父亲下朝，二门上的小厮飞奔进来报老爷回来了，然后母亲嘴角就绽放出最绮丽的花，温柔，含情脉脉的，父亲进门来不及换朝服，先要捏捏母亲的脸，抱在怀里亲近一会儿，这种片段充斥在她所有的记忆里，像狠狠打下的钉子，若拔出来就会血泪横流，痛不欲生。如今看惯了别人夫妻间的虚与委蛇，反倒不理解父母的恩爱，究竟有多少的感情可以用来消耗在点点滴滴里？父亲那样的情深似海，便换来了母亲的生死相随，决绝得竟连女儿都可以抛下，仿佛他们的婚姻里只有彼此，再容不下其他。

真是又恨又痛为什么留下她一人呢，叫她吃尽人世间的苦，如今还要回到这伤心地来善后这样大的一个宅子，空无一人的，阴森又恐怖没有爹妈，连奶娘都没有了，她好想放声大哭……

路知遥在一旁看着她，她脸上的神情从平静到哀伤，再到现在的一片忙然，眼泪裹在眼眶里，欲落不落，惨到了极致的模样。他忍不住长叹一声，到底只是十五六岁的孩子，不管她怎样的处事老成，总有解决不了的问题，总有彷徨失措的时候，看她的性子也是好强且敏感的，借住在外祖母家，又不愿给人添麻烦，这种时候谁帮她？路知遥油然生出一种正义感来，既然慎行将她托付给他，那接下来的棘手问题就交给他来办吧。

〇六四 芳草碧瓦堆

“你瞧哪日方便，我调了人来休整园子，都让我来办，用不着你操心。”路知遥道，一手叉着腰，豪情万丈地指点江山，“山石要重垒，池泥要重挖，花草要重种，土也要重填，还有那边的凉亭要重建，每间屋子都要修缮，墙重刷，瓦都揿了重排……”

毋望听得很迷糊，只是看园子甚乱，经他一提点方知道竟要动那么多地方，如此算来是大工程了，没有一千两银子是万不能动手的，左右琢磨了，哪里来这么多钱？庄子田地舍不得卖，只有靠那些佃户的租子，一年不知能收多少，再说也还没到收租的时候，若现在动工，就靠她那三十几两体己，怕是连个亭子都搭不起来。便摇头道，“还是再等些时候吧，我眼下也没有现银子，等手头宽裕了再说吧。”

路知遥颇慷慨的拍胸道，“看在你叫我声六叔的份上，我先给你垫上，等回头有了再还我不迟。”

毋望连想都不用想就拒绝了，直言道，“我如今不急着搬回来住，也不愿欠谁恩情，六叔的好意我心领了。”这一生欠他一人就够她还的了，再到处赊人情账总不好。

路知遥也不强求，心想果真是个心气儿高的女孩儿，不由又将她看高几分，温声道，“那你有事只管找我，我是个闲人，总有空闲的。”

毋望点头谢过了，又往当年父母的卧房里去，提裙踩到大理石地板上，扬起厚厚的一层灰，一路走过来，回头看，竟如踩在了雪地上似的，身后排出清晰的一串脚印。越过结满蛛丝的雕花门，窗下摆着一张绷架，绷着绣了一半的岁寒三友图，这是母亲唯一留下的东西，所幸抄家时并未损毁，她小心地从架上卸下来，也顾不得灰了，用力捂在胸口，心里像破了个洞，冷风飕飕地往里灌，这绣品如同个塞子，使劲地按进去就能把窟窿堵住，她就能减轻些痛楚。

路知遥自问也算见多识广，家里姊妹丫鬟众多，一颦一笑或端庄或柔媚，却从未见过哭得她那样的只蹙紧秀眉，无声无息的，那眼泪就如开了闸的水，源源不断地从眼角奔涌而出，有一瞬间他真担心她哭到脱水，这种自虐的哭法真是少见，不烦着你，却能叫你肝肠寸断。又想她定是幼时关在锦衣卫地牢里养成的习惯，不能出声，只能憋着，若叫那群冷血动物察觉了，定逃不了一顿鞭子。思及此，路大人的心一抽一抽得痛起来，看丹霞软语安慰半晌不见成效，恨不得将她踢出去，换自己上阵，踌躇准备了一会儿，刚打算开口，她竟然又不哭了。

毋望拿手绢掖掖眼睛，吸了口气道，“叫六叔见笑了，咱们回去吧。”

路知遥愣愣地点头，几人出了宅子，千秋也买了新锁来，大门重又阖上落锁，路知遥对随侍道，“过会子着人将门前打扫干净，把那些乞丐都哄走，这儿都成戏台子了。”言毕护毋望上了车，一行人往谢府而去。

待送到谢府正门口，毋望下车见路知遥还在马上，便道，“六叔不进去坐会子吗？眼看晌午了，吃了饭再走吧。”

路知遥知道她说客套话，一个大姑娘留爷们儿在院子里吃饭，若传出去，这辈子怕是嫁不掉了，她随口一说，他颠颠儿的当了真，那岂不是不识时务么便拱手道，“多谢了，只是今日衣裳还没换，进去不方便，下回再来叨扰。”

毋望见他乌纱帽上还有灰尘，掩嘴笑着点头。

路知遥微愣了神，见她仰头看他，巴掌大的小脸在阳光下泛着白瓷似泽，柳眉凤目，言笑晏晏，竟是秀丽不可方物，不由心头一跳，暗道七分有礼，三分疏离，不可多得。

“今儿多谢六叔了，”毋望福了福道，“六叔好走。”

路知遥道，“你回去吧，天儿冷，仔细冻着。”

毋望哎了声，由丹霞扶着跨过高高的门槛，也不回头，径直去了。待看不见人影了，路知遥方勒转马头，笃悠悠往回家的方向去。

毋望甫进门，便觉今日和往日大不相同，那些丫头婆子平日虽面上也敬畏，到底是瞧着老太太，不像如今的百般讨好，殷勤周到，见了这番光景，不由心底暗叹，果然有了产业就是不一样的，从前是身无长物的孤女，往后大概再也听不见有人背后嘲讽了。

到了二门上就有人传老太太的话，说姑娘一回来就让到沁芳园里去，丹霞道，“老太太定是高兴坏了，等不及要听姑娘说呢。”

主仆俩从廊子下绕过前园子直往沁芳园赶，一路上尽是听见道贺的话，不咸不淡地应了，也不放在心上，待打了老太太的门帘子，见又是坐了满满当当一屋子的女眷，连平常人都见不着的芳龄也来了。

老太太道，“这会子好了，咱们春姐儿可算熬到头了，虽说朝廷没给刘姑爷张榜平冤，我心里不受用，不过好歹拿回了产业，明眼人一看就知道是怎么回事了，既然人都去了，这些东西不计较也吧，只要咱们姐儿后半辈子有了底儿，我就高兴了。”

众人皆附和，三太太道，“这回好了，擎等着说亲的往后踩平了门槛吧，咱们也要好好挑一挑了，刘姑爷人是不在了，可留下的房产田地够人吃一辈子的，看谁还敢瞧不起咱们姐儿。”说着有意无意瞥了吴氏一眼。

毋望对亲事什么的并不感兴趣，将绸缎袋子里的房地契都给了老太太道，“求外祖母替我保管吧，那些庄子田地还要请大哥哥帮着我打理，如今产业收回来了，只怕刘氏宗族里的人也要来闹的，到时候还要扰了各位舅母嫂子妹妹的清静。”

老太太把锦袋给星儿，叫她收好，又道，“先放在我这里，回头等你出阁自然原封不动地让你带到夫家去。至于刘家那群肖小你不必担心，他们既然连牌位都不肯接进宗祠，我倒要看看他们哪个没脸的敢来闹，若真要闹便扭送到大理寺，叫大理寺卿来判，他们各家自有产业，刘郁又不是无后，嫡出的闺女在跟前，多早晚轮到他们来分了？再说你叔叔还在，更没有他们的油水，他们若识趣儿就不会来，倘或真泼皮得那样，还有你大舅舅呢，不怕他们来闹。”

大太太白氏道，“老太太说得是，你且放宽心，庄子上的事你大哥哥自会尽心帮你打理，眼下你还是要写了信给宏二爷，他们在北地待着也不是法子，总要回来主持才是。”

“我倒觉得别叫他们回来才好。”大奶奶道，“若回来了，将来妹妹出阁成了他们往外嫁侄女儿，左不过准备几十抬嫁妆，产业倒白白叫他们落了去。听说他们还有个小子，打发了妹妹，他们吃香的喝辣的高枕无忧，妹妹岂不委屈，四姑父拿命换的田产，便宜他们享受。”

大家不知道毋望与叔叔一家是怎样的感情，只心疼自己的姑娘，纷纷觉得茗玉说得在理，毋望却道，“还是要叫他们回来的，我八岁后就跟着叔叔婶子，他们待我亲的一样，没有他们一路护着我，只怕我这会子早就死了，我心里拿他们当父母，和弟弟也极好，情愿叫他们把我嫁出去，日后也好有娘家可回。”

老太太听了道，“这也是你们叔侄的意思，叫回来就叫回来吧。今儿是个好日子，本来想一家人聚到一起庆贺的，谁曾想路家老太爷又殁了，爷们儿们要去吊孝，只剩咱们这些人吃喝未免没趣儿，那就改日吧。”又挥了手道，“你们回去歇着吧，我也乏了，只留下春姐儿，我们祖孙说说话儿。”

众人不敢有悖，都道了福出去了，毋望挨着老太太坐下，老太太命人抬了熏炉来，给她脱了鞋，把脚搁在熏炉上焐着，一面道，“今儿可到老宅子里去瞧过？定是毁得不成样了。”

毋望道，“依着路六叔看，好多地方都要重新归置的，如今去看了很是惨淡。”

谢老太太讶异道，“路家六爷不知道他祖父殁了？没人报信儿吗？他还有闲工夫和你们去老宅子？”

“好像没接着信儿吧，”毋望道“什么时候的事儿？”

谢老太太道，“巳正二刻才咽的气，这会子估摸着挂孝幔子，门前起鼓手棚牌楼等事，合该停起来了。说来也怪，好好的没病没灾怎么就殡天了？想来朝廷废三公三孤，把路老太爷气着了，这才撒手去了。”

毋望道，“怎么又废三公三孤呢，这皇帝倒是急性子，雷厉风行的铁腕。”

谢老太太直摇头，“你道是好事呢，自己的亲叔叔一个个的贬庶流放，半点骨肉亲情不念，皇帝做得这样，不过是孤家寡人。”复撸撸她的手道，“上回你和慎行的事儿我还没问你，你两个可是真有意？这里没外人，你也别害臊，和我说了，我也好给你们打算。我瞧你二哥哥是一等一的好孩子，模样好，脾气又老实，头里你二舅母或者不答应，如今咱们有了底子，我想她也没话说了。你是不知道，行哥儿为你来求过我，眼泪汪汪的，我看着也可怜，又不好应他，到这会子都还心疼他，眼下就听你的意思，你要是点了头，咱们年前就把事办了，行哥儿年下到北平上任，你们小夫妻一道去，你看可好？”

毋望吓得不轻，忙摇头道，“我还是那个意思，不论怎么只把他当哥哥，他的心思我也知道，全当我辜负了他的美意，老太太快给他物色个二嫂子吧，我是不能够的。”

谢老太太无奈叹息，捆绑不成夫妻，也只能由着他们去了。

卷六　白冬塞陌，刀剑情柔

○六五　人在烟波里

北平燕王府后院灯火通明，朱棣才刚送走一批慷慨激昂发誓效忠的武将，众人皆主张开战，他心里虽认同，却没有万全的准备，打仗若只是在地图上运筹帷幄，他梦里都能杀进应天好几回了。实战到底不是儿戏，需慎之又慎方有胜算。那群武将独有匹夫之勇难堪大任，若没有一个决胜千里的人相助，莫说应天府，怕是连这燕王府都出不去。

他眯起眼，看见那广袖长衫的人自甬道那头款款而来，说不尽的玉柳之姿，风流婉转。对于这位明月君，他着实的是又爱又恨，此人是谋断之才无疑，却并不让人放心，或许是为自保，说话做事向来留一手，要抓住这种人不容易，不下狠手是不成的。他早知道他先前的那位大奶奶来路不正，竟能生生憋上五年，这是何等的气度和隐忍？恨只恨自己被宁王愚弄了一把，安插在他身边的眼线到头来只是为他人作嫁衣裳。

待裴臻行至玉阶下，燕王忙率张玉朱能和长史葛诚起身相迎，抱拳道，“先生可大安了？先生消息藏得好，我才听闻先生家里出了事，这素卿竟是这样的人，是本王的不是，原说她是李侧妃的娘家外甥女，便想和先生结门姻亲的。谁知弄得如此收场，害先生大病了这几个月，本王心中实在有愧啊。”

裴臻很配合地红了眼眶，又做出孱弱之态来，深深一揖道，“家丑不可外扬，叫殿下惦念了，此事怎好责怪殿下呢？殿下替兰杜做媒本是一片好意，不想被他人利用了，兰杜感念殿下的恩德，从不敢有怨言，请殿下明鉴。”嘴上说着，心下暗哼道，还来装傻充愣，不是你想操控我，会叫旁人有机可乘？如今素姐儿跑了，你只做无辜便想糊弄我，也太小瞧裴某人了，既然你爱演戏，那我也只好奉陪了。

谁都不是傻子，朱棣不过是看他确实清减了些，眼下浮出乌青色来，倒真像病了一场的样子，盘算着不论他真病假病，与眼下所谋大业没什么相干，就不去细细考量了，拉了裴臻到首座坐定，探身道，“不知先生可听说了，朝廷派了谢贵和张信出任北平都指挥使，又着宋忠率兵三万镇守屯平、山海关一带，摆明了是冲本王而来，依先生之意该当如何？”

裴臻对葛诚道，“不知我军粮草辎重可准备妥帖了？”

葛诚愧道，“兵器尚在日夜锻造，远未及大军所需数量。”

裴臻道，“那便只有再等，殿下雄兵十万，区区三万何足惧，兵器乃作战根本，没有兵器，难道赤手空拳上阵杀敌吗？殿下请先沉住气，我料想小皇帝才逼得湘王自残而死，要博贤良的名儿，短期之内不会对殿下动手，倒是殿下当想想入朝晋见的事。安着祖治，新帝登基改元，藩王当入朝参拜新君，殿下去是不去？”

朱棣略一思索，哼哼冷笑起来，脸上的肉也跟着微微颤动，挺了挺胸膛道，“怎么不去？本王还要行皇道入，登陛不拜，朱允炆那小子自小就怵我，如今他能耐见长，看看他能将我怎样。”

张玉朱能皆笑起来，燕王敢作这样的挑衅自然有万全的准备了，他们并不为他的安全担忧，话锋一转又说起裴臻来，朱能笑道，“上回咱们兄弟到北地来寻先生，那时先生还是对大奶奶忠贞不二的，这会子怎么样呢？索性再娶个填房吧，凭先生这等天人之姿，什么样的不是信手拈来？或叫殿下再做一大媒，先生可合心意？”

裴臻面上淡淡的，拨了两下杯盖儿，暗道，我若再由着你把持我的婚姻，那我岂不成了傻子？我有多少个五年耗得起？人吃亏上当一次便罢了，我若再上套儿，那我回头就能去死了。心里这样想，嘴上却道，“我如今当真没有这心思，只求在殿下身边效力，助殿下登上大宝，兰杜的婚事何足挂齿，白叫殿下操心。”

朱棣扯起半边嘴角来，半真半假道，“先生只比高炽长了两岁，若不嫌弃，可认本王为义父，本王听闻有一女和先生极般配，只是路途远些，先生若有意，本王便准备礼金替先生下聘。”

裴臻抬眼看朱棣，灯火下的那张脸仪表堂堂，虽年近四十却不显老，微微笑着看似和蔼，可那双眼睛竟如鹰隼，直叫人通体生寒。裴臻费了极大的力道，才忍住没把袖袋里的金针插进他的太阳穴去，再三调匀了呼吸，朗朗笑道，“殿下莫拿在下打趣，眼下这时局殿下还为在下的婚事费心，着实叫兰杜感激莫名。实不相瞒，兰杜心中有一桩心事，待殿下大业得成后要求殿下成全，只是如今不便说罢了。”

朱棣心下不受用，这裴臻和他打起太极来了，年轻轻的，手段果然好，将他父母家人藏到天边去了，任他怎么派人打听均无下落，他手里没了王牌如何牵制他？万一哪天他往朝廷或是宁王那边倒戈，那时他当拿什么来应付？没有王牌他要创造王牌，他这会子不答应没关系，再过一炷香的时候，到时他自然上赶着来求他。

那边的葛诚接到主子丢来的眼神，忙从书桌上翻出一张纸，恭恭敬敬呈到裴臻面前道，“这是王爷拟的单子，上头所列命官皆是殿下心里中意的，开了春进京朝见必定每位都要拜访的，请先生过目吧。”

裴臻接来细看，各部各司的都有，再往下看，心头猛然一跳，都察院右佥都御史谢观的大名赫然在列，不必计较，顿时明白了燕王殿下的良苦用心。真是百密一疏，他只留意他篡位的野心，却低估了他收集情报的能力，如今被他盯上了，他那心上人要在应天过得自在快活是不能够了，怎么办呢？继续装傻？若春君落到他手里只怕要吃苦，这燕王的功夫的确不差，到底是办大事的，老谋深算。

那厢朱棣闲适地拍了拍常服膝头的褶皱，状似不经意道，“这些人里恐怕要剔除大半，到最后用上的也只一两个，先生对这几位大人可都了解？”

明月君眼线遍天下是不假，有针对性的调查方能知根知底，这洋洋洒洒十几位，他除了谢观和少数几位，别的诸如六七品的小官，他还真是不知。便拱手道，“这些莫非是新上任的官员？在下有七八成是不认得的。”

朱棣眼角一跳，说实话，这些都是葛诚事先胡乱写的，别说裴臻了，连他自己都没听说过。燕王殿下克服了心虚的感觉，笑道，“不知先生对谢观此人可有什么看法？”

裴臻缓缓道，“略有耳闻罢了，都察院行纠察之职，殿下不想法子搭上左右御使，倒单单去注意一个四品的佥都御使，在下十分的不解啊。”

朱棣不好说是因你才引出他来的，只得故作沉吟道，“愈是官职低微，愈不招人怀疑，我听闻先生与谢大人似乎还有另一层关系，先生才刚说的有事求本王成全，想来便是与谢大人家眷有关吧？”

裴臻忖道，绕了这么久，狐狸尾巴终于露出来了，不禁又苦笑，小春儿，我想护你周全的，这会子怕是不成了。你注定要与裴某人同生共死，与其让你落到朱棣手里，不如把你放到我身边，好歹有我在，他不敢将你如何；便是将来兵败了，我还好安排你出逃。他只不过拿你挟治我，最不济，我若死了，他也不会难为你的。

“王爷神断，什么都逃不过王爷的眼睛。”裴臻奉承着，现出三分无赖模样来，“那丫头差点儿就成了我的小妾，只可惜最后未成事，能讨来固然好。不过兰杜也不是个死心眼的人，一个黄毛丫头，不过是个玩意儿，不值什么的。”

朱棣眼光深邃，直看进他心里去，敛尽面上笑容，扬眉道，“是吗？原本本王还想让先生去趟应天，将那姑娘迎娶回来，顺便劝说谢观为我所用。既然先生这样说，我看先生如今孤身一人委实心中不忍，这一两日内应天有人来投奔本王，届时只有劳他将那姑娘掳来，再留书信逼谢观就范了。”

裴臻措手不及陷入两难境地，将她掳来没名没份岂不又委屈了她？若去提亲，对外不提燕王名号，或者谢家满门还有保全的机会，权衡再三，只得道，“据我所知谢观此人刚正，殿下若强逼，恐怕宁为玉碎不为瓦全。倘或一本奏折上告朝廷，建文帝现今正苦无讨伐殿下的借口，如此一来不是正中了他下怀？”

朱棣也想过这个问题，有的人连亲儿子都能舍得，别说是个外甥女了，能用怀柔政策当然再好不过，那也得裴臻配合，反正他的最终目的是要将那丫头弄到眼皮子底下来，谢观只是无足轻重的附带收获。裴臻现下是六根清净，不常拉拉他的神经，恐拿捏不住此人。

裴臻支撑不住似的，倚着桌几连咳了好几声，喘着道，“我才好些，稍过两日便动身往应天去，还是私底下好好面谈才是上策。”

听他这样爽利，朱棣又担忧起来，他进应天，若一去不返自己岂不偷鸡不成反蚀米？不行，不能叫他离开北平，万万不能。思罢又笑道，“先生身子不好，还是安心静养吧，我自然着人把新娘子带来，谢观那里暂且不动，姑娘的聘礼照留，先生以为多少合适？”

裴臻暗暗苦笑一声，按着胸口道，“那就黄金千两吧，婚书别写裴臻，只管落上明月君，别委屈了人家。”看着燕王满脸沉痛的表情，他方觉好受了些，既瞻前顾后，那就狠狠宰你一笔。

张玉朱能这时才松快喘了口气，看来事情谈成了，不过殿下损失有些大，张玉道，“先生真大手笔，黄金千两够在八大胡同买下二十个头牌姑娘了。”

裴臻凤眼一挑，不悦道，“裴某瞧上的女孩儿千金难买，张指挥拿她同娼妓比，可是看不起在下吗？”说完也不等旁人解释，起身拱手道，“告辞。”一振衣袖，扬长而去。

燕王殿下只有认栽，打发了三人，愁眉苦脸找燕王妃支银子去了。

〇六六 飞马离南国

毋望做了一个很长的梦，梦见自己和沛哥儿在馒头村屋后的荒地上飞奔，好像是在过元宵节。她提着兔子灯，沛哥儿手里举着火把，荒地上早就堆好了一摞摞干柴，沛哥儿笑着招呼她过来，远远将火把掷进柴堆里，瞬间火光冲天。毋望拿手挡了眼睛，隐约看见有个人影挣扎扭曲，忽然那人从火堆里蹿出来，被烧得面目全非的，伸出掐住她的脖子嘶吼，“春妹妹，你害得我好苦！”

毋望听出是慎行的声音，见他成了这样又惊又急，想说话说不出来，只觉扼住她脖子的手温度极高，几乎要烫坏她的皮肤。她用力挣了几下，突然感到那手一松，她大口喘气之际，慎行缓缓扑倒在地，在他身后一人提剑站着，剑锋上的血滴滴落下，染红了她脚下的地皮。她惊恐抬头，见那提剑之人的面皮一层层脱落，到最后竟是个鱼头人身的怪物。她猛往后退了一步，脚下一空，人便像着陆了一样慢慢有了些知觉，却迷迷糊糊又不甚清醒，只听见笃笃的马蹄声和甩鞭的脆响，床也摇摇晃晃……

怎么了？地动了？她费力撑着坐起来，好不容易掀开眼皮，惊奇地发现自己在一辆奔跑的马车里，围子四周钉了厚厚的帷幔，底下铺着狐裘皮子，马车一角摆了张小茶几，几上有一把茶壶和两个杯子，还有一只白瓷手炉。毋望揉了揉眼睛，抱膝想了会子，她记得昨儿去了趟庄子上，和大哥哥找里正办了田地手续，回来后洗洗就睡了，怎么现在在马车上？六儿和翠屏呢？忙挪到前面来，开了门想问那赶车人，刚张嘴就灌进来一口冷风，噎得她几乎喘不过气儿来。那赶车人裹着宝蓝色的貂皮围领大氅，听见响动回过头来，浓眉星目，眼神清澈澄净。虽然大半张脸被遮住，毋望还是一眼认出了他，又见马车在山岭间穿梭，不禁奇道，“六叔这是带我去哪里？”

路知遥专心致志驭车，随口道，“你已经出嫁了，我带你找你夫君去。”

毋望被他一句话震得找不着北了，什么出嫁了？什么时候的事？她怎么不知道？还有这路知遥，他不是回绍兴老家服丁忧去了么，怎么在这里？太多弄不明白的地方，她慌忙拉住他，颤声道，“你是否该告诉我出了什么事？咱们这是往哪儿去？我怎么会在马车上？”

路知遥渐渐放慢速度，声音慵懒似不耐烦，只道，“我受人之命，乘着天黑往你屋里放了迷烟将你劫出来的，临走在桌上留了婚书和聘金。我看谢家这会子正炸锅呢，虽说黄金千两是个大数目，又不必他们置办嫁妆，论理他们该极高兴的。不过我瞧着，太爷和老太太要伤心一阵子呢。”

毋望脑中一片混沌，亏他说得这么轻巧，好歹也是自家亲戚，竟忍心这样害她，想着只觉眼发酸，不知不觉间流下泪来，哽道，“你要把我嫁给谁？”

路知遥嘴角慢慢沉下来，看着她的眼神极其复杂，脸色也越发难看，冷冷道，“我哪里有那个能耐嫁你，只是受人之托。”

毋望失魂落魄地退回车厢，略略平稳了心绪，掀了窗帘往外看，照着太阳的方位来看，他们正在往北赶。她虽是闺中女子，也知如今天下藩王成气候的只剩拥兵十万的燕王，和那“带甲八万，革车六千”的宁王，路知遥要投奔哪位藩王？高祖皇帝曾说燕王善战，宁王善谋，路知遥既要做名将，那定是往北平去的，想是这样想，又不敢确定，便探头出去问，“六叔，咱们可是往北平？”

路知遥点头认同，又道，“姑娘果然冰雪聪明，怪道明月君也属意于你。”

果然是他，毋望很是窘迫，明明说好三年的，如今只过半年怎么就使了人把她劫出来呢，名不正言不顺的，留了婚书聘金就成了吗，也太不拿人当回事了。

路知遥回头见她闷闷不乐，也不知她心里在思量什么，只当她在恼他，遂讪讪道，“我听命于燕王，将你掳来实非我所愿。你放心，我定然将你安全送达明月先生身边。”毋望叹了口气，既是燕王掳她，想来裴臻将她放在舅舅家里安稳度日的计划落空了，怨他也是怨不上的，只是这出嫁一说她是绝不认同的，扔些钱就把她买下了吗？她又不是猫狗。

路知遥心里也不好受，谁知道燕王给他的第一个密令竟是劫持一个十几岁的小姑娘，尤其这小姑娘还是令他动过一点心思的。真是老天爷不长眼睛，叫他亲自替别人下聘，还要把她送到别人手上，前后想想，简直是个笑话。

毋望呆坐了会子，恹恹道，“我不明白，你昨儿不是回绍兴服丁忧了么，怎么又在这里？”

路知遥无奈道，“这你得问我们家老太爷，还不是多亏他的神机妙算，装死骗过朝廷，我们一家回祖籍服丁忧，我才能离开应天往北平去。”

毋望道，“这么说路老太爷也知道你是燕王的人？”

路知遥轻轻一笑，摆摆手道，“岂止是我，连我家太爷都是燕王的拥趸，燕王曾拜我祖父为师，不过旁人不知道罢了。”

毋望倚着车门想，大概除了谢家，应天不知有多少人家是燕王的内臣呢，那慎行呢？他会是吗？因问，“我二哥哥知道吗？”

路知遥道，“行哥儿是个傻子，他一味地推崇当今皇帝，只安心做他的太平文官，我瞧他那样也不好直说，若说了，他牛脾气上来坏了我的大事。”

毋望怔怔的，想着自己如今境况，茫然的没了方向，他们爷们儿图大业，偏要将她牵扯进来。又着恼路知遥，他只知遵他主子的令，别人对他来说蝼蚁似的，当真是心狠意狠的人。便问道，“六叔既要将我送去，那你可认得明月君？”

路知遥蹙眉道，“只听过名号，并未见过其人。我原也想问你，你们头里可是认识的，否则他如何点名要娶你？”

毋望冷哼道，“这算什么娶？你既是不认得他，怎么忍心替他来劫我？万一他是个眉毛胡子一把的老头，你就眼看着我跌进火坑里？”

路知遥抿嘴不语，他也不知如何作答，自己这么干是卑鄙了些，说不定好好的女孩儿就给葬送了。可上头的密令又不得不从，人活在这样的世上，总有很多的身不由己，她要恨便恨吧，自己只有冷了心肠错到底，否则又能怎么样。泄愤的一甩空鞭，漠然道，“咱们一路往北走，途经好几个州县，再往前是江宁镇，先将棉衣和食物准备充足。接下来不是万不得已便不进内城了，免得多生事端，到濠梁驿歇上一宿，再要休息就要到河间府了。”

毋望黯然道，“你同我说这些做什么，也不会折返送我回家去，只管走你的便是。”说罢将车门关上退回车厢一角，支起腿，躬身将脸靠在膝盖上，心里忽上忽下颇不是滋味。

不知现在家里乱成什么样了，外祖母定是呼天抢地的，上了岁数哪里经得起这样的折磨，怕又会作病……还有六儿，她最不放心的就是六儿，她是跟着自己才到应天来的，眼下自己一走，她又是个没眼力见儿的，留她一人在谢府，没有了照应她怎么活下去呢？复又想起裴臻，自己虽说很是惦念他，也盼着有朝一日能嫁他，不说风光体面，至少是光明正大的，不似现在这般偷偷摸摸，倒更像是山贼抢亲，或者他也有不得已，不过自己心里终究不受用。拉过枕头来狠狠捶了几下，发泄一通好过了一些，倒头躺下，失神看着车顶，猛又想起镜匣小屉子里的岳阳璧，后悔没将它随身带着，不知老太太会不会替她收好。这是裴臻送她的东西，若弄丢了不好和人家交代，再转念一想，丢了也是因他而起，他凭什么来说嘴。

路知遥一路驱车北上，到了江宁镇只给他的爱马路轻喂了些草料，将毋望安置在客栈里，他自己到外头买了两大包衣裳和一袋子干粮，因天色尚早，没过夜结了银子就又上路了。

毋望有些不解，又没人在后头追杀，他这么谨慎做什么？是为了早日到北平交差吗？

路知遥看着她，嘴角噙着笑意，目中却有忧虑之色，调侃道，“你还不知道自己是香饽饽吧？虽然我不知道你和明月君到底是怎么回事，从明面上看，你似乎是他的软肋，有你在手里就能治住明月君，所以宁王朱权也不会轻易放过你的。”

“燕王将我掳到北平也是因为这个？”毋望定了定心神道，“他信不过裴公子？”

路知遥愕然道，“裴公子？明月君姓裴吗？天下除了他近身的人怕是没人勘得破他的真面目，你与他渊源颇深啊！想必这会子他那里接应我们的暗卫也出发了，算下脚程来，差不多到沛县或济宁州方能碰上头，这之前我们还需小心，宁王的朵颜三卫可不好对付，凭我一人之力断然招架不住。”

毋望点头道，“那咱们乔装一下吧，扮成农夫也成。”

路知遥不由失笑，有长成他们这样的农夫吗？不看别的，单看一双手就露馅儿了，却还忍不住逗她，“那就委屈姑娘做农妇了，不得已时还要做在下的‘贱内’呢。”

毋望闻言窘得满脸通红，捂着脸嗔道，“六叔快别取笑我。”

如此的娇俏模样路知遥心内惆怅不已，这一路怕难熬得很，少说也有一个多月的朝夕相对，届时真要将她送给别人，自己这一关还不晓得怎么过呢。

〇六七　腊月夜炊烟

过江宁镇，行至无为山脚时天已黑了，正值寒冬，山里更是冷脱了一层皮。路知遥将马车赶至一个背风的山坳里，捡了些柴火和干草，拿火折子引了生起火，又从马肚子两侧的背袋里取了陶罐和水囊，架了个三脚支架烧起热水来。

毋望冷得裹紧了大氅，只从车窗里探出个脸，颤巍巍问道，“六叔还会这些？”

路知遥咧嘴一笑道，“我五岁就随授业师傅进山里磨炼，待了七八年才出来考会试的，这些生火做饭的事我都会，等下了雪，我再给你逮兔子吃。”抬头见她小脸冻得红红的，忙又取了三个炭来，放到火堆里点燃了，伸手道，“把那个手炉给我，你也下来烤烤火吧。”

毋望将矮几上的陶瓷手炉递给他，心想也该下去舒展舒展经骨了，便提了裙脚跳下车，深吸了两口气，对着满天星斗大剌剌伸了个懒腰，路知遥看得一愣，这端庄娴静的姑娘出了宅门怎么就成了这样。毋望看他面皮抽搐，干笑了两声道，“我原就是这个样子的，叫六叔见笑了。”

路知遥看她天真烂漫，倒比以往端着架子可爱得多，遂笑道，“不碍的，既出来了便随意些吧，路上没有丫头伺候，所有都要靠你自己呢。”

毋望铺了块干草坐下，接了路知遥给她的手炉暖在怀里，环顾四周，天地间似有雾气，树林子里光秃秃的，连鸟兽叫声都没有，只有寒风从山头掠过的呜咽声，乍听之下甚感凄凉。

路知遥把馒头串在火上烤，稍过了会子有热乎乎的香味飘出来，毋望是有些饿了，嗅了几下也觉满足，又直直盯着看，那馒头皮被火烫得炸裂翻卷起来，一点点发黄发焦。她以前在北地只烘过红薯和玉米，从来不曾烤过馒头，也从来不曾在野外过过夜，这会子虽冷些，倒也新鲜得紧。

路知遥抬眼看她，晕黄的火光在她秀丽的脸颊上覆了一层淡淡的金黄，平常许是因太过美丽让人觉得疏离，如今这种凉薄竟荡然无存了，弯弯的眉，清澈的眼睛，挺直的鼻梁，小巧红润的嘴唇，还有银鼠皮围脖下露出的纤细的颈子，无一不是动人心魄的。还记得头回在城外见她，她穿着素服，洁净得如一株白菊，那时真是惊为天人。回去和母亲提了提，结果母亲为了断了他的念想，第二日便去给禄哥儿提亲了，想想若他坚持一些，说不定就没有现在的事了。

毋望见他出神也不知所以，看看陶罐里的水也滚了，便起身到车上拎了茶壶和杯子过来，才要打水，路知遥忙接了过去，低声道，“仔细烫着，我来。”

毋望回原地坐下，因脚冷又往火堆前挪了挪，路知遥蓄了杯水给她，从树枝上拔下馒头，小心吹了烟灰才递给她。她接过咬了一口，外头虽焦，里面却是软软的，伴着烘烤特有的烟火味儿，吃口还算不错。

路知遥看她吃得慢，暗暗担心她嫌弃，只好安慰道，“先凑合吧，等往前一些再想法子。”

毋望呵呵笑道，“我从前在朵邑没吃过烤馒头，很好吃，只是有一点，下回买馒头要买有甜味的那种，我爱吃甜食。”

路知遥了然点头，他是头回和女孩儿一道出远门，该备些什么也不清楚，又想这一路长远，怎么没想到给她放些点心在车上呢，便道，“你再忍耐几日，等到了采石驿，咱们进城置办些零嘴，省得你路上没趣儿。”

毋望低低嗯了声，提了茶壶给各自杯里添了水，靠着一边山石道，“你做什么要去投奔燕王呢？你瞧你新官才上任，日后必定有大好的前程，何苦要涉险图谋什么大业，就是助燕王登了基又如何？你们还是人臣，万一同洪武年间的那些功臣一般逃不过皇帝网罗来的罪名，那到最后岂不可悲？”

路知遥的目光越过火堆往远处眺望，喟叹道，“你是姑娘家，不知道爷们儿的雄心壮志，这一辈子只求轰轰烈烈，就是死了也值得。”又自嘲道，“我这人天生的反骨，像前几日叫我在大理寺的衙门里整理卷宗，那无疑是要了我的命了，亏得朝廷废三公三孤，才让我祖父下了决心，否则我这会子还困在那里呢。”

毋望的脸被火烘得发烫，她反手拿手背掖了掖，再瞧身上这套女装过于华贵，路上行动不方便，想了想道，“等前头有了集市再买两套男装吧，这样省些麻烦，若你赶车累了我好替你。”

路知遥惊讶道，“你会赶马车吗？”

“马车和牛车应该……好像是差不多的。”罢毋望不好意思地扯了扯嘴角道，“我会赶牛车。”

路知遥听后不客气地大笑起来，边笑边道，“姑娘真是神人，我的马可不是牛，不过认真论起来，赶马车和赶牛车应该是大同小异的。我没赶过牛车，所以并不十分清楚，只是你认得往北平的路吗？”

毋望又呆了呆，她真是不认得路，不过看路知遥的老练样子八成是去过北平的，既然他去过，那路轻定也是去过的。指了指低头吃干草的马道，“不是还有路轻吗？老马识途，它知道怎么走就成了。”

路知遥眯了眯眼，看她的眼神又多了些什么，沉默半晌才道，“你在北地吃过很多苦吗？”

毋望回忆起在朵邑的岁月，脸上忽而忧伤忽而愉悦，喃喃道，“你若被发配过，就知道这世上没有吃不了的苦了。才到北地那会子差点就要往脸上烙字了，还好我叔叔的旧友及时赎了我们，我们就出了奴隶营，辗转到了个叫馒头村的地方落脚，在那里有时候穷得吃了上顿没下顿的。不过那会子还小，我和叔叔家的哥儿整日混在野地里挖红薯，还学会了在雪地里抓雀儿……”说着想起章程和文俊来，不知他们如今过得怎么样了，这趟去北平若能见到沛哥儿就好了，只怕裴臻已经将他送去拜师了，未必还能见上一面。

路知遥拿树枝拨了拨火，发配充军就那些事儿，不过落到她这么个玉雕似的人儿身上就极其的悲惨了，所幸尚未赶到奴隶集市上卖去，否则单凭她这张脸也足以大事不妙了。

毋望见天色也不早了，开始为就寝的问题苦恼，自己肯定是睡马车里的，那他怎么办？这样冷的天睡在外头会不会冻死啊？虽然他不算是好人，但总不能让他看不见明天的太阳吧。她揉揉坐得有些发麻的腿，蹦跳着进车里拉出一条棉被来，抱到他面前道，“这个给你，车里有披风和棉衣，我盖那些就成了。”

路知遥怔忡道，“我一个爷们儿露天睡也没什么，你拿回去自己盖吧。”

毋望噘噘嘴，心道，爷们儿不是人吗？就不怕冷？这种寒冬腊月，还是在山里，后半夜还不知怎么熬呢？也不管他说什么了，只顾把被子扔给他，转身又到附近拾柴。等拾够一捆回来，路知遥已经给路轻卸了套，放它自由吃草，并将车厢拉到紧贴崖壁的地方，自己拿干草铺了一人长的垫子，被子齐整放在上头，接过她手里的柴道，“野外不比家里，这几日洗不了澡，那陶罐里还有些热水，你将就洗洗脸吧，还有就是……那个……方便别走太远，怕不安全。”

毋望脸直红到脖子根去，咕哝道，“知道了，什么都吩咐，婆婆妈妈的。”

路知遥也甚尴尬，作势清清嗓子道，“这荒山野岭的，我不过怕你有危险罢了。天色也不早了，姑娘上车安置吧。”

毋望摇摇晃晃往车上爬，上了车又别扭道，“六叔，我还没洗脸。”

路知遥有一瞬觉得她在跟自己撒娇，心里不由怦怦直跳，也不敢正眼看她，只道，“我绞了帕子给你，你别下来了。”

毋望闷闷应了声，哀叹着这怎么弄成了这样，她和路知遥不算太熟，往后的一两个月竟要朝夕相对，这可怎么好

路知遥把蘸了热水的绵帕给她，回到火堆旁重又换了手炉里的炭，隔着车门道，“晚上冷，你把炉子抱在怀里睡吧。”里头嗳了声，伸出一只手来——那是怎样的一只手啊？手指修长，精致如玉一般，指甲在火光下散发着温润的光泽，让他想起松竹寺里白衣观音那只托净瓶的手来，不觉看痴了神。

毋望等了会接不着手炉，手又划拉两下，探出头道，“六叔，怎么了？”

这六叔叫得路知遥定了定神，把手炉交给她，垂眼道，“姑娘晚上若有事便叫我。”

毋望道好，又笑道，“叫我春君就是了，往后一路上还要仰仗六叔护我周全，太见外了倒不好。”

路知遥点点头，启唇道，“睡吧。”转身往火堆走去，待听得关门声心里才

略平稳些。

卸了佩剑，倒头胡乱睡下，路轻在附近转悠，时不时来嗅嗅他的脸，路知遥烦躁地隔开它，过了一会又来了，他无奈地拍拍马脸道，“好小子，你可是冷吗？冷就在这儿烤火吧，明儿跑起来就暖和了。”顿了顿又道，“明儿仔细些，跑得稳稳的，别颠着她。”

路轻也不知听明白没有，反正是转到别处吃草去了，路知遥盖好被子，隐约闻到一股淡淡的幽香，才想起来这被子原是她盖过的，心头莫名的慌乱起来，茫然看着夜幕苦笑，路六爷啊，你不是片叶不沾身的吗？如今成了这样，你也有今日啊。

〇六八　琼脂白玉指

毋望这一夜睡得很不好，虽有幔子挡着，冷风还是呼呼的灌进来，手脚冻得几乎没了知觉，让她想起了当年流放途中的悲惨岁月。手炉早就没了热度，扔到一边去脱了袜子把脚捧在手里使劲儿搓，搓完一个再换一个，还是冷啊！天怎么还不亮？也不知现在几更，到底还要熬多久呢？

推开车窗看，路知遥面前的火早灭了，他不停的翻身，想来睡得也不踏实。毋望哑着嗓子小声喊，“六叔，你醒着吗？”

路知遥掀了被子坐起来，“怎么了？”

毋望看他满脸倦容忍不住想笑，到底是大家子的公子，养尊处优的长在富贵人家，就算小时学艺吃过苦，未必大冷天的露宿过，现下怎么样呢，一头乱发，两个黑眼圈，路六爷可能这辈子都没这么狼狈过。

路知遥摆摆头道，“可是冷吗？”

毋望打个寒战嗯了声，那边嘟囔道，“我也冷，还很饿，真不是人过的日子。”说完摇头站起来生火，等火烧旺了招呼她下来，自己提了陶罐去河边打水。

毋望忙穿了鞋袜下地，哆嗦着烤了会子火，渐渐有了些暖意，便到干粮袋子里翻吃食，找来找去只有馒头。又到另一边找，惊讶地发现竟然有一小袋面粉，顿时感动得几乎要哭出来。

路知遥回来时见她正提着布袋张望，便道，“别站着了，下面吃吧。”

毋望奇道，“还有面吗？我怎么没找到？”

路知遥闻言也去翻找，结果一无所获，看着那袋面粉咬牙切齿咒骂那个面店的老板，他要面条，那老板竟给他面粉，如今怎么办？吃糨糊吗？

毋望卷了袖子净手，笑道，“不碍的，吃揪面片吧。”

取了热水麻利地开始和面，不多时面团成了型，又揉了会子，一点一点揪了下进开水里。面片出锅后又遇到了新难题，没有佐料，只有上次吃剩的一钱胡椒，不管不顾地加进去，许是饿够了，两人吃得也很畅快。

填饱了肚子稍歇了片刻，东方渐渐发白，路知遥收拾了东西唤回路轻，重又套马继续上路，暗忖没想到不投宿竟这么麻烦，自己是男人倒还能咬牙挺住，她怎么好？女孩儿家也跟他风餐露宿吗？没得到了北平只剩一把骨头，到时候怎么同人家交代？或者找家客栈住下来，等明月君的人来接应了再出发……万一没等来明月暗卫，等来了朵颜三卫怎么办？左思右想拿不定主意，回头从小窗里看她，她正拿簪子挽头发，试了几次都不甚满意，最后把簪子收了起来，拢起头发随意用手绢扎了个辫子。太阳从偏窗里照进来，照亮了她的半边脸，她换了个位置，歪在枕头上打起了盹儿。路知遥的嘴角扬起来，这样的宁静美好，世上的争斗在她面前都显得丑恶，有一瞬间他竟想调转马头带她去天涯海角，不过只一瞬罢了，又对自己的想法嗤之以鼻，大丈夫当戎马一生，纠缠在这些儿女情长里岂不没出息？响鞭一甩，直把这些念头甩到九霄云外去，刚才的举棋不定也没有了，加快了速度前行，暗念着，快到北平吧，将她送到明月先生手里一切就都好了，他也会恢复正常了，快些吧……

到采石驿还有好几天的路程，中途路过一个叫流水镇的地方，两人一马逗留了小半日，采买了一床被子，两套男装，还零零散散称了两斤糕点和蜜饯。路家六爷想得比较周到，另外拎了一袋核桃粉和黑芝麻粉，打算长途旅程中给姑娘增加些营养。

毋望犹记得那碗胡椒面片害她很不雅地打了好几个喷嚏，忙不迭提醒路知遥道，“六叔，别忘了买盐。”自己缩在马车里换了男装，戴上皂条软巾，复又整了整衣冠，穿了皂靴，下车背着手溜达了一圈。

路知遥斜眼看她，心道，神天菩萨，生员衫都穿得这么好看，嘴里却讥嘲道，“真女气还是回车上去吧。”

毋望不以为然地哼了哼，踱到一个镜摊前挑了面菱花镜，要付钱时发觉路知遥没跟上。回头看，那颀长的身影流连在荷包摊子前，微低着头，水貂的皮领子衬得他愈发神姿秀朗，捏着一个粉色的荷包匆匆付了银子，抬头寻她，见她看着自己便局促起来，忙将荷包塞进袖袋里，快步赶上来道，“可看上什么？”

毋望指着镜子道，“要这个。”

路知遥点头付了钱，看看天色道，“耽搁有时候了，赶路吧。”

两人复又北上，毋望盖着两床被子暖和非常。有了闲情逸致和路知遥聊天，敲敲车门道，“你才刚给谁买的荷包？我瞧着是女孩儿用的，可是买给六婶子的？”

路知遥窘得面红耳赤，他也不知自己中了什么邪，一个大男人买荷包做什么？送人……送谁呢？除了她也没旁人可送了，可是又送不得，本就不该买的。霎时懊恼不已，结巴道，“我是……是买给我侄女儿的，哪里来的六婶子。”

这路知遥最近愈发怪异了，说话还结巴，怎么像慎行似的？算算他和慎行是一样年纪，比裴臻小三岁，人家臻大爷十八岁就娶大奶奶了，他们怎么都没动静？慎行她是知道的，因该是为了她，如今她莫名其妙被人下了聘劫走了，他等无可等，八成也死了心了。二舅母定是最高兴的，想到这里不禁叹了口气，慎行年下要去北平上任，那会子正是风云变幻的当口，他又是个认死理的，恐要吃亏，所幸有路知遥在，他也不会坐看他侄儿出事吧。心里思量，便小心问道，“六叔到燕王那里可有官职？”

路知遥道，“先在燕王府左护卫指挥张玉手下做副将，等将来立了军功才有提拔。”

听这官职也不比六品的同知高，毋望忧心忡忡道，“这么说来你也护不了我二哥哥吗？万一燕王起事，必定斩杀顺天府衙内官员，好叫自己无后顾之忧，慎行也在列啊。”

路知遥缄默一会儿道，“不是有明月君吗？他是你夫君，这个妻舅他不救谁救？”

毋望嘟着嘴反驳道，“什么夫君？偷偷摸摸还不如娶个妾，纵是到了北平我也不与他同一个屋檐下待着的。”

路知遥脑中似有千军万马呼啸而过，脱口问道，“真的吗？你说的可当真？”

毋望听他声音里压抑不住的喜悦，又恼他助纣为虐，这会子葫芦里不知又卖什么药，遂道，“六叔也不希望我嫁他吗？那你头里做什么替他劫我？”

路知遥被他说得一噎，心头颇不好受，只得道，“我忠君之事，也是无可奈何，没有我，自然还有其他人，你想被那些莽汉扔在马背上没日没夜地跑吗？”

毋望抿嘴不语，心下暗道说得也是，与其被别人劫持，不如落到他手里方还好些，这几日他对她也颇多照顾，细想来也并不十分怨他，只不过有时候会对他发些牢骚罢了。

愣愣看着窗外出了会儿神，中午在流水镇吃的东西好像消化得差不多了，看着那包糕点蜜饯流哈喇子，便挪到矮几前拔了蜜饯罐子的盖儿，探手进去抓了两颗出来，一尝之下美味无比，就像在这漫漫旅程中遇见了大惊喜，心情也跟着好许多。撩了门上的帘子，从小窗口伸手出去，一面道，“六叔快尝。”

路知遥腾不出空，只得直接就着她的手吃，其实他不爱吃甜食，只是那纤纤素指嫩如葱白，衬得那蜜饯格外叫人有食欲。他糊里糊涂想起“腕白肤红玉笋芽”来，觉得这句用来形容她再贴切不过了。

那只手不断变换蜜饯的种类，路知遥吃得小心翼翼，又一颗腌渍杨梅递出来，他看着那琼脂白玉指，心里生出一种渴望来，不假思索便将那杨梅连同指尖一齐含进了口里……

毋望猛然一惊，忙缩回手，盯着两根手指心跳如雷，咬着了？也不疼，只感觉到一片柔软，那定是舔着了。她捂着发烫的脸懊丧不已，怪自大意，似乎和他太亲近了些，一路福祸相依忘了他是个爷们儿，虽沾着亲，到底十万八千里，这会子怎么办？太尴尬了。

路知遥心头苦涩一片，那只手再没伸出来，她大概是生气了，车厢里悄无声息，他不由回头看，车门小窗上的帘子也拉得严严实实的。他深吸了口气，不能叫她看出自己是存心的，否则接下来断不好相处，顿了顿干笑一声道，“春儿，你的手不及蜜饯好吃，头里洗过没有？”

毋望不服气道，“我才刚擦过的，你吃了那些，到这时方想起来问我可净手？”嘴里说着，暗自松懈了下来，慎行说过他为人是不羁，想必刚才的事他也未曾放在心上，她若耿耿于怀倒显得自己小家子气似的，只往后多留意便是。

路知遥咳嗽了下，道，“可还有茶？甜得刺嗓子。”

毋望将藤编保温墩子里的茶壶拎起来，看还是烫的，倒在杯子里开门送出去。路知遥接过喝了两口，眯眼看天色，喃喃道，“要快些赶才是，瞧这阵势一两天内怕要下雪，若赶不上到下一个镇子，这情形在野外可大大的不妙。”

〇六九 锦被冬寒夜

流水镇出来跑了两日，到了一个叫六里湾的地方，已属徽州境内，大地广袤无垠，一路走来像到了另一个世界，四野毫无人烟。

路知遥预测天气的精准程度足以叫人咋舌，果然不出两日，天渐渐暗下来时开始下雪。两人束手无策，这种前不着村后不着店的地方，别说驿馆，就连个寻常人家都没有，往前行至少还要一日路程方出这片平原，退回流水镇也不能够，只好顶着风雪又走了七八里地，看见一棵有了岁数的侧柏树，枝干粗壮足需两人合抱，路知遥勒停了马车道，“今晚只好在这里歇了，再往前也是一样，雪下得愈发大了，有这棵树还好挡上一挡。”

幸而车厢后头备了草料，先把路轻喂抱，又慌忙拾柴想生火，无奈风雪太大，根本没法子点燃。毋望愁眉苦脸地下车打探地形，几丈开外有一片小树林，再远处一马平川，看都看不到头，这雪下得密密匝匝，根本没有可以躲避的地方，今晚怎么过？若雪下不停，明儿又怎么过？

路知遥道，“你上车去，外头冷，仔细弄湿了衣裳更麻烦。”

毋望点头趴在窗口往外看，见他几个起落跃进林子里，挥剑砍倒四棵腕子粗细的小树，修了枝条拖回来，一头搭在马车顶上，一头连着侧柏树，用树上的荆条缠绕，极快地搭了个棚子出来。毋望愕然看着，心道，他若能在这雪地里睡一夜，那就肯定是大侠极的人物了，虽然前两日有了被子睡得还不差，到底天气不像今夜这么恶劣，万一他冻死了，明早岂不要她收尸吗？正惶恐之际，那路六爷将路轻牵进了棚子里，又开了车门拉出他的被褥搭在马背上，一一细察看过后拍了头上身上的雪，脱下外衫爬进车里，和毋望大眼瞪小眼地对看着，停了会子露齿一笑道，“对不住，今晚要和姑娘同床共枕了，我的棉被给马盖了，这样大的雪也不好在外头睡，姑娘要是真狠得下心，那我就睡马车底下去。”毋望嗫嚅了半晌，憋得脸红脖子粗的，思来想去也没有别的办法，车外寒风呼啸，总不好真的把他推出去吧。车内空间也有限，他一进来就挤得慌，难免有肢体碰触，孤男寡女睡在一起？毋望再一想惊得魂飞魄散，颤声道，“这不太好吧？”

路知遥面上也不自然，支吾了会子，咬牙披上大氅，推开车门就要往下跳，毋望皱眉拉了他一把，道，“出去只有冻死的命，还是睡车里吧，我相信六叔是正人君子。”

路知遥点点头道，“你放心，我……绝不动你。”

毋望羞愧不已，这种情况下也没法子，心想将就一晚吧，大不了一夜不睡，反正她白天睡得够够的了。回身拿了点心出来，好在水是温的，两人勉强吃了些，车里也不好点蜡烛，草草收拾了和衣躺下。毋望暗暗叹口气，因被子也足够大，这下真是一床被子两人盖了。耳边还有他绵长的呼吸，一声声的几乎刺破她的耳膜，急忙翻身背对他，心紧张得突突直跳。

路知遥觉得自己在受酷刑，他这人虽自制力很好，却也是个正常的男人，旁边躺着这么个绝代佳人，他还能规规矩矩地挺尸，要是被他那群狐朋狗友知道了，不知怎么笑话他呢！他也很冲动啊，就是抱一抱也是好的，心里叫嚣着，脑子却是清醒的，自己也清楚地知道，若是起了那种邪念，要收手是做不到的，只有忍着了。为什么总有似有若无的幽香钻进他的鼻子里来？搅得他心烦意乱……微微转过头看她，她柔软的秀发凌乱地铺满整个枕头，就像盛放的大丽花，那香味似乎就是从她发梢传来的。他又深吸一口，手指蠢蠢欲动，碰一下那头发应该没事吧……忽然又醒了醒神，攥紧了拳头，他不能做那种禽兽不如的事，转个身，不看不想就好了，她已经配了人家，还是那个名满天下的明月先生，如今怎样都枉然，喜欢她便保全她吧。

挣扎了一阵子，日里太累，后来迷迷糊糊便睡着了，也不知睡了多久，蒙眬中听见细微的咔咔声，被子也一抽一抽的，有冷风直钻进来。他心下疑惑，支起身子看，旁边的人整个缩进被褥下蜷成了小小的一团，一面还在不停发抖，大概是冷得厉害，女孩儿家果然极怕冷。他推了窗看，雪还在下，大地已是白茫茫的一片，再看路轻，好在有树和棚子挡着，又给它盖了被子，倒没有冻坏，若是马再有个好歹，那在这冰天雪地里想走出这片平原是绝不能够的了。伸手掀了被角，就着外头的雪反射的光，隐隐看见她煞白着脸，牙关冻得直打战，他吓了一跳，忙探她额头，还好不曾发烧，不过这样下去恐也不妙，轻轻推了她一下道，“春君，可还好？”

毋望又冷又困，勉强睁了眼睛喃喃道，“我很冷。”

路知遥将包袱里的所有衣物统统翻了出来，一件件全压在她被面上，欲言又止道，“你可介意我抱你？”

毋望神志昏沉，只嗯了声，再无声息。

路知遥犹豫了一下，到底是答应还是不答应？万一发起了烧，这样的环境里走不出去又没有药，岂不要出人命吗，心一横，索性脱了大氅躺下，一把将她拖进了怀里密密搂住——她简直就是冰做的，一丝儿热气都没有，他也被她冻得哆嗦一下。

她的额抵在他脖颈间，两人靠得那样近，几乎呼吸连着呼吸，路知遥心跳得快要蹦出腔子来，忍不住一阵心猿意马。她好像有些糊涂，半梦半醒间感觉到热源很本能地贴上来，冰冷的手放在他的胸口，两条腿慢慢纠缠上他。路知遥叫苦不迭，脑中轰然一片。他心里哀嚎，这是造的什么孽，莫非是禁欲太久了？转念又想，不论哪个男人遇到这种情况都会有反应吧？他虽放浪，到底不下流，她浑浑噩噩，自己是清明的，若乘人之危做出了浑账事来便不是人了。又使了力将她翻转过去，如此她的背贴紧他的胸膛，暖和得更快一些……很快他发现这不是个好决定，或许她是焐暖了，这可苦了自己。

毋望这一觉睡得酣畅，既温暖又安心，全然忘了已经不在谢府，半闭着眼睛叫了声翠屏，突觉脖子下有东西动了动，忙睁开眼，赫然发现自己竟在路知遥怀里，还状似亲昵地枕着他的胳膊，吓得她尖叫一声，一骨碌儿坐起来，瞠目结舌地瞪着他，颤手指着他道，“你、你、你……”

路知遥睡眼惺忪，龇牙咧嘴地收回了发麻的手臂，淡淡道，“喊什么，你昨儿晚上直往我怀里钻，我拦也拦不住。”

毋望颇懊恼地捶了一下自己的脑袋，真是个没骨气的，好好的怎么凑到人家身边去了，别扭地笑了笑道，“对不住，想是睡懵了。”

路知遥无所谓地挥了挥手，心里暗笑两声，这会子尽情装大度吧，昨儿晚上日子真是不好过。

毋望对路知遥的人品赞叹不已，心道果然君子，没有趁机占她便宜，如此高风亮节值得称道，背身拿篦子篦顺了头发，在头顶挽个髻，重又戴上皂条软巾，推了边窗向外看，风雪停了，满世界的银装素裹，真想在雪地里跑上一跑，便推了车门，一撩袍子打算下车。那厢路知遥道，“鞋若湿了没替换，回头身上穿着生员衫，脚上穿绣花鞋吗？”

毋望嘟了嘟嘴，看他跃下马车，神清气爽地蹦跶两下，又朝路轻走去，拍拍马头，复喂了些草料，僻出一片地面来，从车底抽出柴火架好，冲毋望道，“你在车里等着，雪不深，正适合抓野兔子，柴省着些用也够了，等我回来再生火不迟。”

毋望应了，见他在林子里兜兜转转，一会儿像是发现了脚印，提着剑直往前追去，宝蓝色的大氅飞扬起来，极快地掠过雪面，竟似在飞一般，愈行愈远，最后完全消失在视野里了。

她一人待着着实没趣儿，于是换了绣花鞋跳下车，看了看路轻，在它不远处将雪推成一堆，原想照着它的样子堆匹站立的马，后来想想有技术性难题就放弃了，改堆一匹卧马，和路轻商量了半天想叫它坐下，不知是她缺乏和马沟通的经验还是这马怕生，反正根本就不理她。没法子只好胡乱堆个底座，手脚冻得发僵也顾不上，趁着玩兴正浓堆出个大大的马头来，细细雕琢了，猛看去有七八分相似，捂嘴笑了一阵，又在边上堆了个人形，对路轻道，“你瞧瞧，一个是你，一个是我，可还像吗？”

“怎么下来了？”路知遥悄无声息突然出现，手里拎了只剥皮洗净的兔子，看了看她脚上道，“鞋湿了没？”

毋望退了两步讪笑道，“我没穿皂靴。”说着方觉脚趾已然没了知觉，慌忙爬上车脱了鞋袜。这时外头有哔啵之声传来，烟雾升腾飘散，只听得路知遥嘀咕“怎么点不着”，然后一阵咳嗽便再无声息，毋望从窗口望去，路六爷竟栽倒在地，不省人事了。

〇七〇 狭逢朵颜卫

一个晕倒的男人究竟有多重，只有搬过的人才知道啊！

毋望将他安置到车上时累得大汗淋漓，抚胸喘了半晌，解了他的大氅，一探额头烫得火炉一般，想是这几日极累，昨儿又冒着风雪搭棚子受了凉。她鼻子有些发酸，这人真是的，病着也不说，还出去逮兔子，这会子怎么好，这不毛之地荒无人烟，哪里来的大夫和草药治他呢？任他这么下去怕会烧死……毋望平了平心绪，拿被子裹紧他，跳下车去生火，扒了雪放在陶罐里加热，心想先给他喝些热的，看情形再说。

拿藤蔓将那兔子穿了挂在车后，牵了路轻套好车，准备妥帖时水也烧开了，把茶壶蓄满了倒了杯热茶喂他，他牙关紧闭烧得满脸通红，怎么也喂不进去，毋望坐在他身旁手足无措，哭的鼻涕一把眼泪一把，只觉天要塌了似的。

哭了会子想起沛哥儿小时候染了伤寒，婶子日日拿热水给他擦身子，擦过烧就退一些，眼下死马当活马医吧，顾不得什么男女有别了，救命要紧。忙跳下车打了热水来，三下两下卸了他的腰带，解了常服的团领，脱到中衣时有点下不去手，昨儿晚上往人家怀里钻，今儿又脱爷们儿衣裳，她都成了什么人了？她大大吸口气，抬手往自己脑袋上敲两下，别犹豫了，在馒头村那会儿庄稼汉们下地插秧都是光膀子的，又不是没见过，在应天待了几天反倒矫情了，动手罢。卷起袖子，心一横，一对对带子麻溜解开，路同知这下是袒胸露腹了，瞄了两眼，身材不错，结实精壮没有赘肉……毋望脸一红，解嘲地傻笑几声，拧了热气腾腾的帕子，不管不顾地下了狠手猛擦，一来二去的生生把路知遥疼醒过来，有气无力道，“姑娘天生神力，路某佩服。”

毋望来不及害臊，眼泪汪汪道，“六叔你醒了？可受用些了？”

路知遥点头道，“略好了些，快赶路吧，再耽搁不得。”说着便要坐起来。

毋望将他按倒下，替他合了衣裳拿被子盖严实，道，“你快些养着，我来赶车，没得受了风愈发厉害，等到了前头镇子便找大夫给你治，你先撑着吧。”语毕披了她的织锦银鼠皮披风出去，将车门关紧，对路轻道，“好孩子，往北走，救你主子要紧。”

那路轻这回明白了，嘶鸣一声，甩开蹄子发足狂奔开去。毋望冻得脸发僵，耳边北风呼啸而过，眼睛睁不开只好眯着，这才知道路知遥这五六日受的什么罪，难为他没叫苦，到底是爷们儿。

太阳升起来了，温度并未见高，拉缰绳的手疼得直哆嗦，咬牙挨到晌午终于上了大道。毋望勒马停车看他，他仍旧昏沉沉的，脸色潮红，嘴唇都干涸起了皮，忙叫醒他喂了水，安顿好他回身驭马继续北行。又走了二十几里地渐渐有了人家，找人问了路，傍晚时分进了镇子，行至一家客栈门前停下。

毋望才下车，里头的小二迎上来，点头哈腰道，“客官一路辛苦，可是住店吗？”

毋望道，“车里有位病人，劳你着人扶他进房，再打发人请了郎中来，还有我的马要喂上等的草料，喂得够够的。”

那小二诺诺称是，招呼了人连背带抬地将路知遥弄进了二楼厢房里，毋望到柜上找着掌柜，拱手道，“请另辟一间上房与在下。”

掌柜上了些岁数，颤巍巍地作揖道，“对不住您了，今儿住店的客人多，这会子客房都满了，实在没有多余的上房了，只能请两位爷挤挤，那是个双间儿，两张床的，都是爷们儿也不碍的。”

毋望无奈点头，押了银子，随口问道，“这镇子这样小，哪里来这么多的客人？”

那掌柜挠头道，“来了十几个关外客，叽里呱啦说口蒙古话，所幸里头有个会说汉话的，否则这买卖是做不成的。”

毋望心头一惊，宁王屯兵大宁，他手下的朵颜三卫就是蒙古人，莫非这么快便追来了？心思飞转，勉强笑了笑道，“这小地方竟还有蒙古人？都是些做什么的？”

那掌柜道，“好像是些马贩子，各个高头大马的。”

毋望倒吸口凉气，暗道果然不错，来得真快，路知遥如今病得这样，比脚程定是跑不过的，一动不如一静，只好看情况再作计较。便对掌柜道，“家叔病笃，劳你叫人把饭菜送进房里来。”

掌柜道是，又道，“伙计已经去请大夫了，过会子就到，等抓了药熬好了给大爷送去。”

毋望拱手道，“多谢！”转身才要上楼，楼梯上下来一群彪形大汉，穿长袍围腰、牛皮靴子，腰间配弯刀和火镰，赫赫扬扬十几人，落脚却极轻，木制的楼梯没有震天的脚步声，景象甚是诡异。毋望微侧过身，为首的男子带着狐皮的暖帽，身量虽高，却是中原人的相貌，冷酷的面孔，剑眉下的一双眼深沉得如化不开的墨，与她错身而过时只一瞥，便让她通体生寒。她往后退了退，给他们让了道，强作镇定往楼上去，刚走了两步，身后突然有人大喝一声道，“刘春君！”

不能迟疑，不能回头，脚下更不能虚晃。毋望充耳不闻只管上楼，拳头紧握着，指甲插进肉里去也浑然不觉，来人是朵颜三卫无疑，现下要想脱身之计才成，既喊她名字以作试探，那这帮人定是盯上她了。

那群蒙古人手都放到了刀鞘上，为首那人却一挥手，众人会意，纷纷围坐到大堂里的八仙桌旁，那领头人又道，“公子且慢！”

毋望沉痛一叹，站定了脚缓缓转身，状似平静道，“兄台可是叫在下？”

那人微眯着眼睥视她，不紧不慢道，“阁下同我的一位故友甚像，敢问阁下从何处而来？”

那眼神竟似要将她浑身看出窟窿来，毋望腿里发虚，面上强笑道，“想是先生认错了，在下与家叔从应天府而来……”

“往何处去？”那人语气咄咄逼人，抬腿上前了几步。

毋望心头猛一撞，沉声道，“往商唐州去。阁下这是在盘问在下？”

那人忽一笑，那边的蒙古人如数站了起来，毋望暗道不好，莫非哪里出了岔子吗？便蹙眉望着那群人。领头的笃悠悠道，“阁下到商唐州是走亲还是访友？咱们兄弟也要往北平去，你我同行如何？”

毋望几乎要抵挡不住了，心道这回怕是逃不脱了，这人定是个大将，这样的难对付。正踌躇不知如何应对时，身后人在她手上握了下，她回头，原来是路知遥，他的脸色微红，想来烧还未退，一手撑扶在她肩上，似乎将所有的份量都压到了她身上，她咬牙挺住，他面上言笑吟吟，只道，“怕是不成，在下叔侄往商唐府衙有公事要办，与阁下同路多有不便，只好辜负先生美意了。”

那人目光落到他腰间的大理寺腰牌上，略一思量，淡笑着抱拳道，“那便可惜了，既这么的，相请不如偶遇，在下做东，请两位略饮一杯如何？倘或看得起在下，也好交个朋友。”

恰巧此时店内伙计领了郎中前来，路知遥无奈道，“对不住了，今儿在下抱恙，精神头也不济，待明日再同阁下赔罪，届时畅饮无妨。”

那人倒也大度，抬手比个“请”的姿势，自己回身落座了。

毋望松口气，扶着路知遥进房，请郎中把了脉，在一旁搓手问道，“不知家叔病况怎样？”

那郎中道，“并无大碍，受了风寒，吃两剂药，好好睡上一觉便可大安了。”

因开了方子，毋望付了诊金，着伙计跟大夫去抓药，自己倒了水给路知遥喝，一面将火盆里的炭拢了拢。路知遥喘了喘吩咐道，“若没有必要别出屋子去，那帮人绝没有轻易放手的道理，你可仔细了，必定还要借故来探虚实。”

毋望道，“他们既生疑，为何不直接捉了咱们？”

路知遥咳嗽两声道，“他们来得这样快，想是燕王身边有内应，所幸他们不知带你出来的人是什么身份，我才刚亮了腰牌，那人也有顾忌。毕竟我是朝廷命官，若有闪失，上头查下来定要有牵连，藩王亲兵无诏令擅自入关那可是重罪，莫说他们，就连他们的主子也逃不脱干系，他们不敢担这个风险……这地方无人驻守，十里开外才有和州驻军，要想调兵是不成了，明日一早咱们就动身。”

毋望忧道，“那你的身子怎么办，还未调理好便走可使得？”

路知遥促狭道，“路上你再替我擦身子便成了。”

毋望脸色嫣红，别过身不再看他，路知遥心里一暖，见她不反驳，像小媳妇似的低头害臊，便满腔的柔情蜜意皆涌了上来，温声道，“我心里后悔，不想送你到北平去了。”

毋望怔怔的看他，他苦笑了一下，好多话说不出口来，只好去拉她的手，一根根手指摩挲，满面的哀戚之色。

毋望全当他是病糊涂了，将他的手放进被子里，又替他掖好被角，轻声道，“你歇会子，药来了我再叫你。”回身微揭了窗户朝下看，大堂里的蒙古人推杯换盏，那领头的不与他们纠缠，只顾独个儿自斟自饮，突然抬眼往她这里扫来，毋望一惊，疾闪到一边，吓得直拍胸口，屏息再探，那人竟已离席，整了整腰间玉带，直往楼上而来……

〇七一 日月双飞箭

那人上楼未在他们门前停留，匆匆便拐了弯，进了天井对面的上房。

伙计送了饭菜和煎好的药来，毋望也不知哪里学来的常识，拔了髻上的银钗放进汤药里试了试。然后才放心将路知遥扶起来，让他靠在肩头，一点点喂他喝尽，忙又从红枣莲子里挑了颗红枣塞进他嘴里，拿手绢细心擦尽了他唇上残留的药渍，轻轻放他躺下，重掖好被子，想同他说话却怕打扰了他，只得在他床沿坐下，时时给他换额上的冷帕子，一面不由痴痴看他。

路知遥闭着眼，睫毛长长的遮盖住眼睛，高挺的鼻梁，微显凉薄的嘴唇，实在是个很好看的男人。头一回见他时觉得他长得像裴臻，现在细看又觉得不像了，裴臻眉眼里透出股子妖媚的味道，醇黑的眼，粉红的唇，衬着雪白的皮肤，脸上的颜色直撞进人的魂灵里来。路知遥不一样，那张脸温和正派，看着就像好人，或许是练武的缘故，肤色微黑，隐约透出刚毅的气魄，有时候嘴上坏，却也不惹人讨厌，不像裴臻，行事为人就像只狐狸，诡计多端的样子，叫人生气又无可奈何……毋望愣愣出神，不知他在做什么，可知道她这里要出事了？人家大老远地从关外都赶来了，他那里却纹丝不动，也不知到底可曾派人来接应他们。若是没有，恐怕他们就是落到蒙古人手里，他也不会眨一下眼睛吧，他要成大业就要让自己没有弱点，说不定他正盼着蒙古人收拾了她，省得自己动手呢，愈想心里愈不是滋味，嘟着嘴生起闷气来，和自己较了会子劲，肚子也咕咕叫起来，尝了一口，鸡汤也不烫了，便盛出一碗来，推了路知遥道，“六叔，起来吃些东西吧。”

路知遥微摆了摆手，侧过头又昏昏欲睡，毋望也不由他了，抱了另一张床上的被子过来催促他快些支起身子。他没计奈何，挣扎着撑了起来，她卷好被褥塞到他背后，一面端了碗勺放在床边的矮几上，吹了火折子点上蜡烛，又探了探他的额头，顺便一并将他鬓边的碎发拢到耳后，动作娴熟自然，毫无半点扭捏。路知遥缩了缩，反倒局促得很，心想他一个爷们竟叫人家姑娘照料，真是臊得没脸。毋望看他那样抿嘴一笑，端了鸡汤来喂他，边道，“多喝些，这几日奔波受累了，温补些总是好的。”

路知遥惭愧道，“病得不是时候，偏挑这会子，难为你了。”

毋望低头浅笑道，“这是什么话，我这一路也给六叔添了许多麻烦，如今更大的麻烦也寻上门来了，后面还不知怎么样呢？我想过了，你带着我脚程也慢，一个人被抓也好过两人一齐落到他们手里，那些人就算扣住我也未必杀我，你若能逃脱就快跑，到了北平再设法搭救我就是了。”

路知遥眼底流露出一抹痛色来，半带调侃道，“你叫我撇下你自己逃命去？我好歹是个爷们儿，这么多年的书都读到狗肚子里去了不成？我就是粉身碎骨也要护你离开，若果真死了，来年清明你给我坟头上添一抔土也就是了。”

毋望啐道，“吃的堵不住你的嘴，你再胡浸我便不管你了。”

路知遥眸中流光溢彩，暗想她是舍不得我死的，真是好，她对我有一星半点的留恋我也知足了。

毋望眼里酸涩，努力把眼泪憋了回去，好容易给他喂下半碗去，他摇头说不吃了，她就着昏黄的灯光看去，见他鼻尖上出了细密的汗，喜道，“这会子好了，表了汗就好一大半了，你快些晤着，我再叫伙计换盆炭来。”

路知遥拉了她道，“不忙，你先吃饭，我过会儿出去探探，趁这当口你先洗漱吧，姑娘家爱干净，我知道你将就了好几天了。”

毋望坐到桌前胡乱扒了几口饭，路知遥揭了被子穿鞋下地，走到后窗口往外看，马厩离得不远，路轻和那些蒙古马拴在一处，想了想道，“明儿出了镇子车就不要了，早些到凤阳府才好。”

毋望嗯了声，他拢了衣便出门去了，稍过片刻店内伙计撤下饭菜，复打了热水进来。她插上门闩快速擦洗一遍，约过了一炷香的时候他回来了，稳了稳气息道，“想逃是逃不掉的，这些蒙古人轮流守卫，咱们需得小心才是，这个镇子上没有府衙，若出了事便无依无傍，最近的驻军在和州，距此也有百余里，明早天一亮就出发，最快也要走上一天一夜。”

毋望皱眉道，“若是他们追上来怎么办？我又不会骑马，否则偷他们一匹马，跟着路轻闷头跑上一通，或许还不能叫他们轻易赶上。”

路知遥从袖袋里掏出一个瓷瓶来，得意道，“我头里问那郎中买了一瓶蒙汗药，趁着套车的时候加到朵颜三卫那些坐骑的草料里，就算他们醒过神来，没了马拿什么来追？”

毋望大赞他聪明，他扶着桌子虚弱地喘了喘，笑道，“别说奉承话了，快收拾收拾早些安置，明儿可有你受的呢！”

两人密谋了一阵吹了蜡烛各自上床，毋望翻来覆去有些睡不着，黑暗里路知遥又压低声咳嗽着，想来还是不大好，毋望探了身问道，“六叔，你的烧退了没有？”

路知遥模棱两可地唔了声，毋望又道，“晚上要是口渴了便叫我。”

路知遥道，“知道了，快睡吧，可是又冷了想钻我的被窝？”

毋望心里打了个突，暗道你存心硌应我呢？便闭嘴不再吭气儿了。路知遥笑了两声，听窗外北风呼啸，窗棂子上时时有人影晃过，不禁担心他们会破门而入进来劫人，真要那样只有搏命了，捏了捏手里的剑柄，索性靠墙坐起来，一时起得太猛了头有些发晕，身上的烧是退了，不过浑身无力，真恨自己不中用。他泄愤似的捶了一下墙，还担心她病倒，自己反不如她，就着廊子下风灯的光看她，背身侧着，呼吸轻轻浅浅，已然睡熟了。

他整整坐了一夜，一来怕朵颜三卫偷袭，二来脑子里纷纷扰扰太多东西需要理一理。不知不觉已近四更，对面床铺上的人一动，迷迷糊糊坐起来，揉着眼睛，声音里透出慵懒来，嘟哝道，“什么时辰了，六叔？”

路知遥道，“四更了，收拾细软准备上路吧。”

毋望一凛，摸了衣裳穿戴好，利索跟着他出了门，从楼上下去时冷战连连，天井里还有残雪，今儿似乎更冷了些，路知遥解了水貂的围脖给她戴上，自己系紧了大氅的领圈，闷声不吭直往柜台退房去了。

毋望咬了咬唇，那围脖上还有他的温度，她本想推辞，终究没能说出口，只低头跟在他身后。四更天还未亮，那掌柜还是睡眼惺忪的，收了牌子吩咐伙计套车。路知遥拉了她的手快步往马厩去，食槽里的草料都是新添的，他暗道天助我也，乘伙计牵马的当口手腕一转，神不知鬼不觉地将指间的蒙汗药弹进草料中，如此反复几次药已投尽，两人相视一笑。正待要上车，却见那十几个蒙古人迎面而来，眨眼间将他们团团围住，为首那人手里摩挲着鼻烟壶，淡淡笑道，“路兄这就要走吗？要走也不难，将春君姑娘留下。”语毕探身直扑过来。

毋望危急中只觉后领一紧，硬生生被人从掌下拖了出去，路知遥横剑挡在胸前，将她护在身后，沉脸道，“朵颜三卫名不虚传，这么快就知道我们的身份了，敢问阁下尊姓大名。”

那人倨傲道，“在下大宁都指挥使萧乾。”

路知遥暗叹不妙，推了毋望一把道，“骑了路轻快走。”语罢提剑疾步往前，直刺萧乾面门，萧乾一跃而起，自袖中递出一剑，剑气激荡，朝路知遥手中长剑直压而下，两剑相交一错即分。路知遥往后退了两步，剑锋扫向往毋望跑去的蒙古人，只听噗的一声，那人手里的弯刀不及挥出，腹下已被刺穿，身子一晃后轰然倒地。毋望猛往后退，心里又急又恨，眼看着一群壮汉朝路知遥袭去，他虽身手极好，无奈双拳难敌四手，又斩杀了几个，渐渐体力有些不支，回头瞪目喝道，“快走！快走！”

毋望踌躇之际，却见他左胸被人挥刀砍中，也不知怎么，他阔袖一翻，单手夺过弯刀，一使力便搡入对方腹中，抽刀而出，溅得脸上身上尽是血，一片诡异的红。

店小二早已哀嚎着连滚带爬逃走了，马厩里的蒙古马一匹接一匹倒地，毋望只好朝马车跑去，萧乾冷漠的脸上现出凶戾之色，喝道，“你若敢跑便回来给他收尸吧。”

毋望犹豫下站住脚，尖声叫道，“放了他，我跟你回去。”

话音才落，几支箭自她身后呼啸而来，堪堪贴着她双臂射进人堆之中。她回头看，马上之人紫衣金冠，大袖在风中猎猎作响，展臂舒腰拉满一弓，弓上搭着六支箭，手指一松，那六支箭分朝不同方向咻咻射出，只听惨叫之声四起，十几个蒙古人只剩半数。他身后一众黑衣人自马上跃起，横扫进人群之中助路知遥脱困，须臾之间手起刀落，朵颜三卫死伤惨重。

萧乾见势不妙召回残存的几人，凝眉冷道，“明月先生，别来无恙啊。”

〇七二　君子亦小人

裴臻见心上人连招呼都未及同他打，便哭着朝瘫倒在地的人跑去，顿时怒气升腾甚感不悦。扔了手里的弓箭，银制的马鞭攥得咯吱作响，重重哼了一声，满心的愤懑无处发泄，矛头直指萧乾，铁青着面皮道，“萧指挥，你不在关外守着老婆孩子热炕头，跑到徽州来捣什么乱？看看，伤着了路大人，还吓坏了裴某的夫人。”

那萧乾嘴皮子功夫虽不及他，却也不差，睨斜了那里哭得凄惨的女孩儿一眼，半带嘲讽道，“这位是你的夫人？我还以为她是路大人的家眷呢。”

裴臻额角青筋直跳，这人先是和素卿暗度陈仓，如今又来毁春君清誉，当真可恶可鄙之极，不教训他今儿饭也吃不下去。便从马背上跃下，往马厩里一看，忽然明媚地笑了笑，右手拿马鞭一下一下敲击着左手掌心，调侃道，“萧指挥也有吃瘪的时候？唉呀呀，如今我就算有心放你回大宁，你也走不了啦，没了坐骑靠双腿，那要走到多早晚去？不如跟我回北平吧，归顺了燕王，咱们共谋大业岂不好？”

萧乾双手背负，并不搭理他。

裴臻蹙了蹙眉，暗哼道败军之将还挺有骨气，复又围着萧乾绕了两圈，慢慢悠悠道，“萧指挥折磨了我五年，我对萧指挥是敬佩至极的，纵使是你一意孤行，在下也会好好安置你的？让你自尽如何？”

他才说完，后面的暗卫教头叫嚣道，“便宜他做什么，他不是很能吗？把他下面那条蚕虫割下来喂狗。”

那教头叫穆大正，三十来岁，膀大腰圆，留着大把的络腮胡子。裴臻平常觉得他粗俗没文化，脑子不够使，今日一听他发言，顿感他还是有无尽潜力可发掘的，颇赞许地点点头，再看铮铮铁骨的萧指挥，下盘不稳，脸色也发白，想来死是不怕的，怕只怕变成残疾对不住家里的妻妾们。裴臻大感可笑，挑眉打量萧乾，磨牙霍霍道，“萧指挥，你意下如何？”

萧乾昂了昂头道，“明月先生可别忘了，在下是朝廷命官，正二品的封疆大吏。”

裴臻嗤地一笑，还知道自己是个封疆大吏呢，干的事真不是人做的，遂道，“裴某不在朝中，不知什么大吏小吏的，敢问尊驾没有朝廷召令，擅自带了宁王亲军潜入采石驿，劫杀大理寺文官又是什么道理？就是到了庙堂之上也是死路一条，二品大员算个屁！”

裴臻这里新仇旧恨报得很痛快，毋望那里哭得几乎噎死过去，路知遥已然成了血人，胸口肩头都有伤，胳膊上还插了支箭。她强烈怀疑是裴臻故意射中他的，这会子看着他流血不止，他手下的人没他的命令也不伸援手，众人就像看戏似的分成两拨，一拨看她怎么哭倒长城，一拨看明月君智斗萧指挥。她颤着手将路知遥搂进怀里，拿手胡乱抹他脸上的血污，怎么都擦不干净，心里急，愈发哭得大声，路知遥有了些知觉，半睁了眼费力地抬手拭了她的眼泪，喘道，“别哭，我死不了。”

毋望终于忍不住了，回头大骂道，“裴臻，你见死不救，你这个小人。”

众人倒抽一口凉气，裴臻正在唇枪舌剑，听见有人骂他，回了回神，眉毛直挑起来，嘟囔道，“我是小人？”刚想发作，立刻又偃旗息鼓，垂头丧气吩咐穆大正把萧乾带下去看押，使了眼色叫人把路知遥抬进客栈里，自己跟在毋望身后，伸手去拉她，腆脸笑道，“夫人受惊了。”

毋望毫不留情地打掉他的手，瞪他一眼，满脸的冰霜之色，冷声道，“公子请自重。”

裴臻碰了一鼻子灰，有些悻悻的，却也不恼，心不在焉的步入室内，叫伙计打了热水来，转身对毋望道，“我要替他止血治伤，你且回避。”

毋望并不理他，打发了掌柜拢了炭盆来，自己蹲在路知遥头边给他擦冷汗，随口道，“你只管治，我不会打扰你的。”

裴臻张口结舌了半晌，最后沉声道，“我要替他宽衣，你也要在这里吗？”

后头一个小个子暗卫上前来劝道，“夫人还是暂且回避吧，主上自会尽力医治路大人的。你在这里，说不定路大人会多吃些苦头。”

毋望叹了叹道，“你仔细些，他昨儿还发着烧，下手可千万要轻些。”

裴臻脸上有些挂不住，敢情一路这几日的相处他们处出情分来了？这还了得，低头看着路知遥，眼神发出绿光来，琢磨这一箭为什么没射在他心脏上呢？那十来个暗卫缩紧了干瘪的肚皮，纷纷退到一旁待命。

毋望又擦着眼泪对路知遥道，“六叔，我过会子再来瞧你。”

路知遥微点了头，扯了扯嘴角，示意她放心。裴臻茫然思忖，六叔？自己人？没听说过谢家有这个人啊，莫非虞子期手里的那帮人偷懒耍滑，没打探清楚？

毋望朝裴臻福了福，跟着掌柜进厢房里去了，瘫坐在椅子里，深深呼出一口浊气来。心下暗自庆幸，还好这人来了，才刚心思全在路知遥身上，这会子隐约沉浸在了重逢的喜悦里，他到底有多少副面孔呢，土财主、小郎中、大谋士？长得那般，分明应该是个手无缚鸡之力的，却又鲜衣怒马搭箭拉弓救他们于危难，究竟有多少的谜团在他身上呢……门上笃笃敲了敲，外头人道，“夫人，主上吩咐给您送早点来。”

什么夫人？不淡不寡的就成了夫人，也太便宜他了，放了那小个子暗卫进来，反驳道，“我不是你们的夫人，别这么叫。”

那小暗卫讶然道，“主上已经打发人在府里布置了，等接了夫人到北平便要完婚的。”

毋望咬牙道，“自说自话的，他倒张狂得很，你们何日出发的？”

那暗卫道，“初三上路的，到这里方用了五日，路上换了三趟马，那马到驿站累得都吐沫子，没想到主上吃得这样的苦，我都屁股疼呢！”

她尴尬地红了红脸，那小暗卫突然意识到了，忙打了自己一个嘴巴，躬身道，“属下满嘴放炮，污了夫人耳朵，请夫人责罚。”

毋望重申道，“我不是什么夫人”

那暗卫又道，“大奶奶！”

她登时觉得脑里供血不足，心想算了，定是裴臻让他们这么叫的，也不好难为他们。这小暗卫年纪不大，脸圆圆的，不过是个半大小子，杀人倒丝毫不手软，看来裴臻手下还真卧虎藏龙因道，“你叫什么？”

小暗卫神情一肃，恭敬答道，“属下杨亭舟。”

毋望点点头道，“为什么朵颜三卫比你们早到了整一天？他们可是从关外来的。”

杨亭舟苦恼道，“我们一路紧赶慢赶，没有丝毫懈怠，主上连个囫囵觉都没睡过，至于朵颜三卫为什么比我们早到，只有一种可能，他们在我们之前就出发了，燕王殿下身边有奸细。”

毋望抚了抚两边臂膀，起身在屋里踱步，杨亭舟还想给他主子说些好话，又不知她在想些什么，只得歪头看她，心想咱们主上这相貌，也只有这小姑娘才配得上啊，一对璧人啊！一对璧人！

正神游天外，裴臻换了缠枝宝相花暗纹的团领衫来，只在领口袖口镶了挑金丝的线，其余一色的白，称着那黑发红唇，果然轩轩如朝霞举，濯濯如春月柳。进得门来，对着杨亭舟挥了挥手，杨亭舟会意，忙退了出去，顺带给他们带上了门。

毋望心里虽有些欢喜，又因他未及时对路知遥施救对他存着埋怨，见了他也不给好脸子，扭身并不看他，裴臻整整衣冠满满作了一揖，笑道，“还在生我的气吗？我就是有天大的罪过，要打要罚都由你，何苦为个外人伤了合气。”

毋望冷冷道，“什么外人内人的？路公子的伤怎么样了？”

裴臻往她旁边凑了凑，她穿着生员衫，皂条巾，有几缕柔软细密的发从帽子里滑了出来，搭在单薄的肩上，显出一种介乎少男和少女之间的别样的美。他看得有些痴愣，她又佯装不理会他，霎时满腔子的浓浓爱意无法表达，心里就如同热油泼似的，拿肩攮了她一下，她扭了扭，还是不肯回头，他那个小心肝稀里哗啦碎了一地，苦闷道，“你还闹别扭，枉我长途奔波来接你。”说着歪头靠着她肩上，极尽撒娇之能事。

毋望肩头动了动，他就像粘住了似的，怎么也甩不脱，无奈只得由他去，唏嘘道，“六叔到底怎么样了？我要去瞧他。”

裴臻岿然不动，嘀咕道，“皮外伤，也没伤筋动骨，养几日自然就好了。咱们才见面，你不同我多说说话儿，倒操心别人，什么道理？”嘴里说着，鼻子在她脖子上蹭了蹭，一手环过她的肩，嘴唇贴上她的颈子，闷声喃喃道，“真是香，吃进肚子里才好……”

毋望又羞又窘，什么明月先生，人前像模像样的，背着人就是这个无赖腔调，忙推了他两下，低声道，“别这样！”

〇七三　情浓痴缠绕

明明说得铿锵有力，裴臻的感悟能力异于常人，在他听来就跟猫儿叫似的，心里热血沸腾，扳过她的肩，毋望只觉脚下一空，霎时竟已被他压在床上。他怡然一笑，眼里水波潋滟，食指勾起她下巴来，在她眉心一吻，哑着嗓子道，“别动，让我抱一抱。”

哪里有这样抱的，毋望刚想反驳，他的嘴唇便欺上来，她心头一颤，惊愕之下灵魂四下飘散……

他一下一下啄着她嫣红的小嘴，又觉这冬服实在太厚，边吻边伸手去解她的腰带，她醒过神来，一把捉住他的手，眼泪汪汪道，“你要做什么？”

裴臻连哄带骗，模糊呢喃道，“我喜欢你啊，喜欢就想抱你……衣服太碍事。”他略有些急躁，手腕一翻边从她手里滑了出来，挑开了结带，舌头从她微张的双唇间挤进去，手也不老实，探进绸缎的中衣下，触及满手的柔软细腻，便低喘道，“糟糕……”

他的嘴唇、身子热得像火炉，紧贴着她，要将她点燃一般，毋望浑浑噩噩间问道，“怎么了？”

他不答，复又堵住她的嘴，按着她纤细的腰往他身上压，毋望才刚还清明的脑子又混沌起来，中衣下的手生了根一般往上探去。毋望猛一激灵压住他的手，睁了眼看他，见他隐有痛苦之色，额上渗出汗来，面若阳春白雪，隐隐泛出桃色，嘴唇丰盈润泽，一双凤目幽怨迷离，竟是媚到了骨子里去了。

她有些害怕，颤声道，“你说了只抱一抱的。”裴臻语诘，微着了恼，翻身将她压在身下，抱怨道，“不解风情的小丫头！”

她轰的一下涨红了面皮，忙不迭地甩手推开他，坐起身来陇上衣裳，一面气喘咻咻地骂道，“你不要脸吗！”

裴臻挫败地撸了把脸，蔫头耷脑地看着她道，“哪里不要脸了？我心里对你怎么样你不知道吗，我又不是和旁的女人，和你亲热不对吗？”

毋望听他说得振振有词，一时摸不着南北，和她亲热是应该的吗？哪里就应该了，没有拜堂成亲这种事能随意做得吗？自己居然昏了头，被他的美色迷倒了，糊里糊涂险些犯了大错，一面追悔莫及，一面极度怀疑起他的人品来，傲慢自大并且很轻浮，对谁都下的去手，口口声声说喜欢她，喜欢就要弄到手，这不是强盗逻辑是什么？

毋望哀叹着自己遇人不淑，委屈得掩面哭起来，裴臻吓了一跳，慌忙拉过她柔声安慰道，“对不住，是我太性急了些，你莫怪我，我下回再不敢了。”拿了汗巾子小心给她擦了眼泪，不由又纳闷，相互爱慕的两个人有些亲昵的举动有错吗？光这样就吓着她了，再想想也是，她才十五岁，哪里能跟他这种快要成精的比呢，姑娘家面嫩，日后多克制些，小心翼翼总归万无一失了吧。又劝道，“快别哭了，我真真悔死了，要不然我这会子一头碰死，以死谢罪？”装模作样就要往墙上撞去。

毋望一急，跺脚道，“你拿死来堵我的嘴不成？谁要你死了？”

裴臻干笑了下，扶了扶头上的累丝金冠，替她系上领下的带子，明显打算顺着杆子往上爬，便温声软语道，“咱们到了北平就成亲可好？我都打发人收拾了，等到了家稍歇息两日便举行大婚，八抬大轿迎你进门，我说过要给你正室的名分的。”

毋望不无忧伤地想，没有亲友道贺，从园子里抬出来，在大街上绕一圈再抬进园子里，和娶妾有什么分别吗？若是就这么把自己嫁了，她哪里对得起太爷和老太太，将来拿什么脸回去见他们？思及此蹙眉道，“我虽无父母兄弟，到底还有叔婶舅舅，公子只留了婚书聘金便要娶春君过门，未免太过草率了些。焉知我家里人就是甘愿将我嫁你的呢，大婚一事暂且还是放下吧，等日后公子进了应天府面见了春君的长辈后再提不迟。”

裴臻未想到她心里是如此打算的，才刚他是万分讨好的同她商量，原以为她定会像他一样欢喜，两人都亲密得这样了，只差拜堂便能厮守终身，谁知她一口便否决了，像往他的心里灌了一大盆的冰碴子，霎时将他凉了个干干净净。他面上有些不悦，却又不敢叫她察觉，只讷讷道，“情非得已，我只当你会明白的，我本想等万事有了定数再来迎娶你的，可如今人算不如天算，我只有将你带在身边才好保全你，否则朵颜三卫就是个好教训。”

毋望低头道，“那些我都知道，只是无媒不成婚，况且连高堂都不在，你我擅自拜了堂作得什么数？既无纳吉又无请期，恕春君断然不敢从命。”

裴臻抿唇不语，脑子里也乱得理不出头绪来，怔忡间退到椅中坐下。再看那女孩儿眼里满是坚忍之色，倔强的脾气半点未改，回过头又细想，自己是否如她所说的想得太不周全，还是男人和女人的想法完全不一样？莫非是自己过于急进了，未曾考虑到她的感受？也罢，不成亲便不成亲吧，只要在跟前，不论日夜，想见便能见着，这样也就满足了。偷眼望她，还嘟着嘴，不痛快的模样，就厚着脸皮挨过去道，“都依你还不成吗？等我攻进了应天，便去你舅舅府上提亲，那时再三媒六聘的来迎你，可好？”

毋望红着脸，几不可闻地嗯了一声，裴臻心里又爱又怜，想揽她入怀又不敢下手，咬唇搓手煞是古怪。毋望疑惑地看着他，他讪笑道，“新房备好了就给你住吧，我在你对面僻间厢房，也做两日邻居。”

毋望凝眉道，“既未成婚，如何住在一个屋檐下？叫人说起嘴来，我成了什么人了。”

这下子裴臻当真是要厥过去了，一再的让步，她倒得寸进尺起来，不愿住在同一屋檐下，难道还要搬到外头去不成？顿时来了脾气，笑容也渐渐敛去了，生硬道，“你不在家里住，却又要住哪里？如今这风声鹤唳，我护你都护不过来，你若不在我身边叫我怎么安心？事儿便这么定了，旁的我都依你，唯独这件事不行，园子再大你也别指望我另给你指地方，整个裴府谁不知道你是主子，你定要避嫌，莫非日后不愿嫁给我了吗？”

毋望见他拧眉切齿的样子喉中一哽，眼里聚起了泪雾，用力攥紧了拳头道，“我也不曾签卖身契给你，还欠你多少你只管算，算清了我定然还你，那时你不就是料定了我还不清你吗？”

裴臻一愣，似被人触动了心事，气结道，“你……你如今就还得清了吗？我为你夜不能寐费尽心力，这大半年来的煎熬，你拿什么来还我？”

毋望心头大震，煞白着脸跌坐在床上，缓缓道，“只你煎熬，我何尝不是？若要抵，想来也抵得过了。”

裴臻听了这话面上呆滞了会子，待思维正常运转之后，酸涩一扫而空，甜蜜喜悦瞬间溢满了整个胸腔，总觉得她是个淡定到甚至有些寡情的人，总以为自己对她的爱意不知要比她多出多少倍去，没想到她的心和他竟是一样的，这算不算是因祸得福？吵了一回嘴，听见了求都求不来的真话，真是预料之外的大收获。

毋望心口堵憋，一阵苦过一阵，一阵疼过一阵，最后支撑不住埋头痛哭起来，裴臻看着颇不是滋味，忙过来赔礼安慰道，“我急了些，语气不太好，我只求你能明白我的一片苦心，当是可怜我，以前有三年之约我尚能咬牙忍得，眼下形势不由人，既将你送到我身边儿来了，我是一日都不想与你分开的……你那样狠心吗？舍得我吗？”说着扶起她，慢慢将她揽进怀里，不住说些服软的话。她开始还挣扎，逐渐没了力气，便伏在他肩头只顾抽泣，他的人都快被她化成了一池春水，即使是抱在怀里也觉不够，抱在怀里还是不停地想她，索性将她搬上膝头，脸对着脸，额抵着额，切切道，“我且问你，你可生出要同我分开的心思？哪怕是一星半点，可曾有过？”

毋望有些腼腆地垂下眼，沉默着并不搭话，裴臻急起来，握着她玉腕的手不由收紧，复又道，“你当真不肯嫁我吗？为什么？莫不是因为谢慎行？”

毋望张大眼睛，诧异道，“你知道我二哥哥？”

裴臻大感不公，怨道，“什么二哥哥，听着就不是好人，又是哥哥又是六叔的，却管我叫公子，你的心偏得这样厉害！”瞥见她狐疑地盯着他，只好老实道，“我打发人摸透了谢家人所有的情况，怕你被人欺负罢了。”

毋望心里突地一跳，暗忖他是否已经知道了慎行对她做的事，依着他那个性子，恐怕将来要他搭救慎行是办不到的了。

裴臻倒没有过多纠缠此事，注意力又放到称谓上来，淡淡一笑道，“自今日起，你便唤我相公吧，虽未成亲，先叫我耳朵受用受用。”

毋望尖叫道，“不行！”从他膝头一跃而下，半晌嗫嚅道，“我还是叫你兰杜吧。”

〇七四 文武裴大侠

裴臻也不计较，兰杜便兰杜吧，踱到桌前坐下，漂亮的手指端起茶盅放到唇边微抿了一口，状似不经意道，“不知路大人与你沾着什么亲？”

毋望头脑比较单纯，没有他那样多的弯弯绕，直言不讳道，“他同我也没什么亲，不过是慎行的姨表叔罢了，我是跟着慎行这么叫的。”

臻大爷作恍然大悟状，轻轻挑了挑眉，嘴上只道，“原来如此。”暗地里开始醋海翻腾，看来什么六叔也不是善碴儿，伤得半死还有闲情和他的女人眉来眼去，原想他们不过是亲戚的情分，谁知竟是那种八竿子打不着的远亲，也怪自己大意。手里的探哨全派到各地去了，心想她安顿下来了就没有什么可担心的了，自己人手又不够使，再说整日监视她，若叫她知道了也不好，谁知一疏忽冒出个六叔来，这还了得?

毋望拍了拍衣裳道，“我去瞧瞧他吧，这回伤得这样重都是因我而起，我心里愧得很。”

裴臻懒懒道，“这会子他还没醒呢，等醒了自然有人来回的，我再同你一道过去。”

话音甫落门外有人通报道，“主上，路大人醒了。”

裴臻咬了咬牙道，“路大人底子不赖，醒得倒挺快。”

毋望早已奔出房门去了，到了路知遥床前，见他面色惨白，嘴唇也没了颜色，鼻子一酸，眼里的泪莹然欲落。路知遥听见脚步声，长长的睫毛微动了动，做了个口型，“水……”

毋望忙上前倒了茶要喂他，无奈他被裴臻包得像个粽子，又因肩上有伤动不得，便对门口的暗卫道，“劳你叫伙计送个勺子来。”

那暗卫躬身道是，毋望见他脖颈都裸露在外面也无人看管，心里有些不快，伸手给他掖好，坐到他床沿道，“六叔，可还疼得厉害？”

路知遥道，“那郎中勒得太紧，我有些喘不上气儿来。”想是才刚昏死过去，并未看清是谁替他包扎的。

“勒得不紧怎么止血？”才进来的裴臻听了这话气得血不归经，遂没好气儿地沉声一哼。

路知遥费力眯眼看去，只见一个松竹般的身影抱胸倚门站着，穿一席白衫，头上戴着掐丝的金冠，脖颈间围着银鼠皮的领围，衬得那脸竟如雪一般的白。路知遥心想世间也有如此绝色的男子吗，怎么跟个娘们儿似的？又见来往的这群黑衣人各个悄无声息，想必就是明月暗卫，那这个细皮嫩肉的定是明月君无疑了，权谋之士就该长得这样吗？难怪要藏头露尾？他酸酸地想，要是换作是他也没脸见人，这等样貌唬谁啊？

暗卫叫了声夫人，双手呈上勺子，恭敬一揖便退下了，毋望一勺一勺的喂他喝水，他胸口闷疼，哀伤地意识到他再也没有什么可为她做的了，明月君到了，他就该功成身退了。瞧瞧他们两人还真般配，头前还担心送她羊入虎口，如今还有什么放不开的，至少这小子的皮囊是一等一的。

裴臻面上似有不耐，皱着眉道，“路大人喝了水便歇息吧，明儿就要启程往北平的。”

路知遥不应，只拿眼打量他，他眼眸浓黑，这种人身上天生透出一种疏离来，并不是个好相处的，他又看看毋望，沙哑着嗓子道，“春儿，可曾伤着你？”

裴臻听得火直蹿起来，春儿也是他能叫的？想发作，到底还是憋住了。这会子闹她定要护着他，况且他还在床上躺着，倒显得自己小肚鸡肠，还是等他康复了再收拾不迟，便握了握拳勉强隐忍了。

毋望摇头道，“幸好裴公子来得快，并没有伤着。”

路知遥闭眼微喘了会子，毋望又探他额头，回头惊道，“公子……兰杜，六叔怎么又烧起来了？”

裴臻提了半边嘴角道，“我又得了个雅号叫公子兰杜吗？”一面似笑非笑缓步过来给路知遥搭脉，磨磨蹭蹭道，“无妨，湿热未除，又添新伤，不烧才怪。”

毋望道，“他这样明日是断不能走的，一路颠簸岂不要了他的命吗？”

裴臻考虑了一下，回程确实也没这么赶，便颔首恩赐似的道，“那便再歇一日吧，省得你又说我是小人。”语毕扬声喊道，“杨亭舟。”

杨亭舟探头探脑的进来，垂手听吩咐。

裴臻斜了路知遥一眼道，“路大人就交给你照顾了。”

杨亭舟会意，又顾忌毋望，嗫嚅道，“夫人……”

裴臻故意清了清嗓子道，“夫人是女孩儿家，照顾爷们儿多有不便，后头的事你看着办吧。”拉了毋望道，“换身女儿衣裳去，穿成这样叫人以为爷娶了个小倌儿呢！至于路大人，还是少说话多将养吧，这样伤口好得快些。”

毋望不放心，隔了他的手道，“六叔，你可饿吗？我到柜上要碗粥来喂你好吗？”

裴臻龇牙咧嘴冲杨亭舟叱道，“你是死人不成？这些还要你们夫人打点，要你何用？”边说边连拖带抱地将她弄了出去。

才到外头还未及说话，只听得屋外有打斗之声，他猛然一震，旋即喝道，“怎么回事？”

楼下一暗卫道，“萧乾趁守卫不备携了朵颜三卫要逃，穆教头正与他缠斗。”

裴臻眉间闪过一丝阴云，低头抚了她的脸道，“你自去换衣裳，我先去瞧瞧，回头带你到镇上逛逛去。”

也不等她答应纵身跃下楼去，毋望哪里放心，自然也追下去，又怕给他添乱，自己找了个地方猫好。

裴臻在廊下负手站着，深知穆大正此人甚自负，他将萧乾看作对手，交战之际定是不肯假他人之手的。只是他太过轻敌，大宁的都指挥使岂是如此好对付的，若凭一己之力便可打倒，那他就不是萧乾了。

眼看穆大正落了下风，他心念一动，袖中的地芒针快如闪电，直往萧乾射去。

萧乾手腕急挫，三根地芒针铮铮地打在刀身上四散落地，他一蹙眉，撂下穆大正，身形上拔，提起金乌弯刀就朝裴臻当头劈下。

毋望霎时魂飞魄散，惊得几乎要晕厥过去，就他那纤纤身姿放放冷箭还成，真刀真枪定会被打死的，她焦急不已，一旁的暗卫非但没有涌上去群殴，反而观起战来，还聊上了天——

暗卫甲道，“好久没见到主上动手了。”

暗卫乙无限感慨，道，“是啊，真是怀念得紧！你猜他这回可出剑？”

暗卫丙道，“这阵子不是迷上了鞭子吗，我猜用鞭子。”

暗卫甲道，“可带了吗？”

暗卫丙道，“在袖里呢。”

毋望险些气死，他带出来的人怎么同他一样不着调？正着急上火，只见裴臻双肩水平直飘起来，好似那颀长的身躯竟比空气还轻，一瞬间已如羽毛般飘落在三丈外的树梢上，尚随着脚下一枝小指粗细的幼枝随风摇摆。

萧乾在空中一个迂回，换掌向他面门袭去。他倒也不急，等那强劲掌风快沾衣时，才单掌向前一引一推，右手自腰间抽出软剑，剑身嗡然一颤，堪堪将那金乌弯刀格开，风声飒响间剑势犹如惊涛骇浪，连番猛卷，萧乾那柄弯刀渐露颓势，羞愤交集间又是一轮强攻。

裴臻甚感无奈，他就是落在自己手里也断然不会杀他的，虽然他缺德地想把眼线装在他床头，但因自己对素卿没有半分爱慕，所以对他也不算恨，说实话，还颇有些英雄惜英雄的味道，他根本用不上以命相搏。

他幽幽叹道，“萧大人，咱们何不坐下好好谈谈，动刀动枪的，多伤和气啊。”

萧乾早红了眼，哪里听他胡扯，乌金光华挟着风雪之势电射而来，裴臻长剑横空一格，双指一弹，弹在萧乾刀上，那柄金乌弯刀刀光骤然一荡，竟震得他踉跄退了三步。

裴臻若无其事地将剑收进腰封里，很善意地拱拱手道，“承让承让，不打了，萧指挥若想走倒也未尝不可，只要萧指挥回去劝宁王殿下与燕王合作，裴某定然替大人备好千里良驹，亲送大人出门。”

萧乾侧目道，“一山怎容二虎，明月先生在说笑吗？”

裴臻笑道，“萧指挥文韬武略，何等聪明的一个人，怎的连这笔账都算不过来？燕王拥兵数十万，宁王带甲八万，革车六千，虽是精锐之师，若各自与朝廷开战恐胜算渺茫，倘或两军合并，图成霸业便指日可待，将来中分天下，岂不快哉？萧大人封王拜相也万无一失。可若是宁王殿下转不过弯来，无非两位王爷被他们那小侄儿狠狠鱼肉一番，最后落个贬庶杀头，如此而已孰轻孰重，萧大人自己掂量吧，其实咱们早该是友非敌，大人道是也不是？”

萧乾面上有松动之色，沉吟片刻道，“燕王说中分天下，此话当真？”

裴臻点头道，“千真万确……”中分宁王的脑袋还差不多，他不无遗憾地想，可惜啊，自己这么正直的一个人，自从跟随了燕王，也变得不那么厚道了，还学会了蒙人，造孽！造孽！

萧乾这时犯了个原则性错误，他琢磨来琢磨去，很不幸地心动了，便迟疑道，“我尽力一试吧。”

裴臻眉开眼笑，对以前吃瘪的事只字不提，极有大将风范地双手叉腰，嗓音朗朗道，“大人这可是立了一大功啊，待两位殿下汇合之时，裴某当扫庭相待。”喊了手下暗卫道，“速速给萧大人备马！”

〇七五 欢笑情如旧

明月先生笑得牙关发酸，将萧指挥使送出镇子，送了一程又一程，依依惜别，情难割舍。他们似乎达成了某种共识，转而从生死对头变成了亲密战友，现实总是充满了未知，尤其这种特殊的年代，的确是没有永远的朋友，也没有永远的敌人。

臻大爷哼着不成调的《武家坡》回到长门客栈时，那几个暗卫还在讨论鞭子和剑的问题，他对手下的私人问题从不干预，不管鞭子也好剑也好，能用就行了，需要分得这么清吗？他现在只关心自己下半辈子的幸福，瞧瞧这是多好的局面，对手有望被收服，日夜惦念的心上人也到了身边，人生若此夫复何求啊！其实他不是个不安分的人，他也向往平和安静的生活，就像在朵邑那会子，做做小买卖，当个土财主也是不错的，谁要成就什么霸业，再蹦跶自己也不姓朱，也做不了皇帝，还不如守着老婆过日子呢。说起了老婆，他的小春儿哪里去了？才刚还看见她傻呆呆地站在门口的，他只顾和萧乾说话冷落了她，一转眼怎么不见了？转头问那几个暗卫道，“可见着夫人？”

暗卫们往后院一指道，“夫人到车上收拾东西去了。”

裴臻一听勃然大怒，喝道，“杀才，你们还知道喘气儿吗？几个聚在一起嚼蛆，竟叫她自己去收拾东西？”

几个暗卫方觉得大事不妙，忙躬身道，“夫人不让咱们去的。”

裴臻略思忖，心想她大概是在收拾贴身衣物之类，不方便叫爷们儿看见，不过自己不是外人，应该没关系吧，遂背着手大摇大摆地往后园子里去，拐过一棵树，他们那辆马车还停在马厩前面。她爬在车厢里，大半个身子露在外头，虽还是男装打扮，到底婀娜多姿，款曲曼妙，心里不禁得意洋洋想道，看吧，我的女人真是天人之姿，什么都好，就是倔强了些，这些粗活让我来做就好了，何必自己动手便放柔了声音道，“小春儿，可要为夫的帮你一把？”

毋望一听面红过耳，这人不在嘴上占点便宜就会死似的，扭捏了半晌把一个包裹递给他，又想起了才刚听暗卫们说的萧乾的事来，便道，“你将他送走了，不怕他转头对你拔刀相向吗？”

裴臻淡淡道，“他又打不过我，拔刀相向又待如何，两军交战谁胜谁败还不知道呢？”

毋望下车拍了拍膝上沾到的土，抬眼看他，阳光下更显眉目清朗，只是微有倦色，便道，“累着了吧，还是去打个盹儿吧，到了晌午我再叫你。”

裴臻见她语中透出关怀来，心下顿时暖暖的，也不管四周是否有人，牵了她拥在怀里，低声道，“你也心疼我，可是吗？”

毋望挣了两下没挣脱，无奈道，“仔细给人看见。”

裴臻嘟囔道，“哪个不识趣儿的敢看？爷挖了他的眼睛。客栈里的住客昨儿晚上就给萧乾的人打发完了，如今只有咱们自己人，没我发话，那些暗卫定会离得远远的。”

毋望心也放回了肚子里，安安静静的靠着他，就像找到了一辈子的依靠，有好多的话想同他说，又不知怎么说出口，心里百转千回，欲言又止，拉着他的衣襟不自觉地使劲扭了两下，裴臻闷笑道，“你若嫌我的衣裳不好看，我脱了便是，也不必非要撕坏了不可吧。”修长的手指勾起她的下巴，对上她漆黑的眼眸，感觉所有心神都要被吸进去了似的，痴醉了会子，诱哄道，“你有话要同我说，对不对？说吧，我听着的。”

她脸颊微染菡萏之色，眼神忽闪，嘴唇翕动着，吸了两口气又颓败下来，无措之际便咬了咬唇，想说又犹豫，又咬了咬唇，直将那双唇咬得鲜红欲滴，裴臻看得血气上涌，又不得疏解，苦道，“你要折磨死我才甘心吗？”

毋望不明所以，疑惑地看他。他长叹一声将那小脑袋按在胸前，暗道，她还小，不知道男人的痛苦，可不能由着性子来，会吓着她的，再等等吧，等她明白过来就好了。

毋望听见他的心在腔子里跳得砰砰的，其实这人看着厉害，到底不过二十出头，年轻就不免气盛，什么样的耐力才能把自己熬到那种刀枪不入的境地？他善谋断，却过于心善，毋望心里哀哀地想，这样对他来说是好还是坏呢？真的很喜欢他，喜欢到无法自拔，若说在朵邑时的心动是为了报答他，那现在就是发自肺腑的爱，毋望羞涩地想，没错，就是爱他，手臂环上他的劲腰，轻声在他胸前呢喃，“兰杜……我真是想你。”

裴臻大喜过望，愈发的收紧手臂，恨不得将她锲进身子里，想说些什么，张了嘴，却发现自己一个音都发不出来，只能满足地叹息，勉强嗯了一声，带着颤音，竟是要哭似的。在她鬓边吻了下，眨了眨微湿眼，突然觉得自己真是个容易满足的人，只她这么一句，他已然欣慰得仿佛得到了天下，什么都不必去计较，都足够了。

“眼瞧着快过年了，”又抱了会子，他将下颚抵在她头顶上喃喃，“还是快些到应天的好，今年只咱们两个过，冷清了些，或者明年......”

毋望抬头看他，他嘴角渐渐下沉，脸上绷出个冷峻的线条来，马上又携了她的手呼口热气搓了搓，笑道，“出来的时候长了，还是进去吧。”

毋望看得出他心事重重的，便拉了他道，“明年怎么样？”

他转头朝远处眺望，嗟叹道，“明年过年就剩你一人了，一旦开战我必定是要随侍军中的，没法子带上你，你独自在北平，我放心不下。”

毋望愣了愣，嗫嚅道，“做什么要打仗呢，打仗要死很多人，你……”

裴臻捏了捏她的颊，道，“我会留一队暗卫在府里，那些人都是信得过的，若前方战败，他们会护你到安全的地方。”

“那你呢？”她惶恐的瞪大眼睛，“只有我一个人逃吗？”

裴臻稍一拧眉，须臾露齿笑道，“我若脱得了身自然会来同你汇合。”

脱得了身？要是脱不了身呢？毋望心口堵得难受，塌下肩，捏着他的指尖道，“咱们逃吧，别掺和进去了可好？”

他呵呵笑出声来，摇头道，“这会子不成，等他当真战败之际再逃不迟，那时他自顾尚且不暇，便分不出神来对付我。若眼下便弃他而去，德沛怎么办？还有你叔婶，谢家又怎么办？我只能将父母兄弟藏起来，不能藏尽所有族中亲友，小人难防，也是没计奈何的事。”

毋望垂眼微点了头，复又道，“裴哥儿如今在何处？”

裴臻道，“在无量山上，上月送去的，你若想他，等年下我打发人接他回来见你。”拎了包袱道，“进去吧，仔细受了风。”

毋望跟在他身后上楼进得厢房里，裴臻道，“我叫伙计给你备了热水，你洗个澡换身衣裳，我先回房去，你收拾好了再来找我。”

毋望应了，他出门去替她掩好房门，揉着太阳穴，神思恍惚地进了隔壁客房，瘫坐在床上，突想起些事来，便道，“来人。”

暗卫副统领濮阳金台入门来，敛神一揖道，“听主上吩咐。”

裴臻倒吸着冷气抬手按了按胸口，濮阳金台见状道，“箭伤又发作了？属下替您松松筋骨吧。”

裴臻摆手道，“不必了，老毛病，歇会子就好的。”往墙上靠了靠，又道，“金台，虞子期那里可有消息？”

濮阳金台斟酌了下道，“虞大人飞鸽传书来，说是燕王府长史葛成。上回他进应天时，小皇帝待他甚好，亲迎亲送嘘寒问暖，他架不住便临阵倒戈了。这回的事想是他透露到京里的，皇宫内部必有宁王暗哨，所以大宁那边才来得这般快。”

裴臻猛然一凛，黯然道，“如此谢家恐怕保不住了……”

濮阳金台自裴臻创建暗卫营便跟随其左右，至今已有五年，裴臻十七岁名扬天下，谋断自然是不在话下。只是一碰上了心头爱，顾忌也多起来，施展不开拳脚，不知这回这谢家又要怎么处置才好呢？心里暗自打鼓，眉毛也耷拉了下来，杵在一旁闷声不吭。

裴臻计较了半晌，半闭着眼道，“保不住便保不住了，全看朱允炆怎么处置吧，一将功成万骨枯，我也管不了这么多了，只是夫人面前你们不许透露，若叫她知道定是要闹的，她一闹，爷的大事就办不成了。还有萧乾那里，你打发人传话给铁英，让他即刻赶往大宁，萧乾若能说动宁王便留他性命，若不能，那也只好就地斩杀了，我不能留个隐患，将来还要在战场上多费力气。”

濮阳金台松了口气，心道总算还是原来那个杀伐决断的主子，爱情固然可贵，事业也是不能失去的，保持一颗清醒的头脑果然很重要。进而想起了从前的臻大奶奶来，她眼下在萧乾的外宅子里，还怀了孩子，这个女人怎么处置才妥帖呢？瞄了阖眼休息的人一眼，小心翼翼道，“主上，萧乾的家眷怎么处理？”

裴臻不甚上心，随意道，“叫铁英看着办吧，想留便留着，我也不怕萧家后人长大了来找我报仇。”

这意思再明白不过，一荣俱荣，一损俱损，濮阳金台只差没扇自己耳刮子，这么浅显的道理还要问，真是蠢到姥姥家去了。当即道是，忙不迭躬身退出房去。

〇七六　剑门关旧伤

濮阳金台在廊子上遇着了换装后的裴夫人，只见她穿着狐坎的梅花罩衣，下穿六幅的如意月裙，松松挽个垂云髻，髻上插支碧玉的发簪，鬓边还戴了朵白布绞出来的小花，莫非还在孝里吗？虽有些古怪，但不可否认的，那种雍容高洁的气度，着实少见得很。

他上前满满行了一礼，恭敬唤了声夫人。

毋望侧身避过，回礼福了福道，“不知先生如何称呼？”

濮阳金台道，“属下是暗卫的副统领，姓濮阳，名唤金台，夫人只管叫我濮阳便是了。”

毋望颔首，朝裴臻房内指了指，问道，“他可在房里？”

濮阳金台道，“夫人进去瞧瞧吧，许是要变天了，这会子旧伤发作，正疼着呢！”

毋望心头一突，总见他笃笃定定的样子，没想到会有伤病，急道，“是什么伤？”

濮阳金台支吾了一会儿，只好从实道，“前头那位大奶奶在剑门关设了埋伏，放冷箭差点儿要了主上的命，因伤在左肺处，如今只要变天就疼得喘不上气儿。”

毋望想起了那位闹上门来的臻大奶奶，她应该也是在意他的，否则怎么会当面找她兴师问罪？既然心里有他，却为何忍心伤他呢？人心难测得很，素姐儿那样的花容月貌，连走路都是摇曳生姿的美人儿，心肠竟狠辣得这般田地。

推了门进去，他歪在褥子上，床前并排摆了三只熏炉。他微有些喘，嘴唇发白，精神头也不怎么好，看到她忙疾坐起身，装出一副若无其事的样子来，笑道，“这下子好多了，像个女孩儿家了。”顿了顿，似乎挣扎了片刻，最后颓然道，“我才说了要带你逛去的，不知怎么乏得很，容我歇会子再去好吗？”

毋望绞着帕子，心里很不是滋味，他日夜兼程地赶来，未及休息又同萧乾交了手，太过劳累自然是要引发旧伤的，身子不好便不好了，怕她担心还要瞒她，倒叫她愈发的心疼，便道，“你冷吗？怎么摆这些个熏炉？”

裴臻怔了怔，倒不是冷，只是吸进冷气便忍不住要咳嗽，暖和了就好些，才要说是，却见她眼眶似泛了红，缓缓道，“你休瞒我，濮阳大人同我说了，你旧伤发作了，这会子正疼呢。”

裴臻哂笑着，既拆了谎也没什么可装的了，软软倒回褥子里，哀哀切切呻吟了两声，“托了纪素卿的福，如今我又多了项本事，预测雨雪一点不差，看着吧，今儿入夜定是要下雪的。”

毋望语塞，这人真是，疼的这样还有力气打趣儿。她走过去，摊开棉被给他搭上，温声细语道，“可有什么药吃吗？我打发你吃了药再睡吧。”

裴臻抓了她的纤纤玉手，有气无力道，“才刚吃过了，歇会子就好了，你别忙，坐着陪陪我。”抚胸咳了几声，半睁着眼打量她，奇道，“你在给谁戴孝？”

毋望道，“我爹妈迁了坟，早年并未给他们守孝，到了应天后就补上了，本来是要三年的，后来外祖母怕耽误我，就改成一年了，再有半年孝期就满了。”

裴臻道，“我不知道你在孝里，叫他们下了婚书，早知该先换庚帖才是。”

毋望道，“如今还说这些做什么，我知道你也是没法子。等到了北平我再脱孝吧，路上容我再戴几日。”

裴臻摇了头道，“到了北平也不必脱。”

毋望有些为难，到了人家家里怎么好戴着孝呢，不是触他的霉头吗。裴臻知道她顾忌什么，快快道，“你还没过门，不拘这些，家里也没有长辈住着，还怕谁看不惯吗？我又不是个不通的人，只盼我哪天要是死了，你也能为我戴上四十九天孝，我也就知足了。”

毋望扭身道，“谁要给你戴孝，你若是一声不吭地死了，我便是追到阎王殿也要问个明白的。”

裴臻微讶，旋即笑道，“傻丫头。”将她的手拿着细细把玩，眉心笼上了淡淡的哀愁，呓道，“才离开朵邑时，我只当今生抓你不住了，没想到还有今日……真好。”

她低头思忖，自己也没有想到啊，头回见他，他背个药箱，跟在齐婶子身后，温文尔雅地像个小郎中。那时她只顾羞愤，连他长得什么都没细看，谁知自己这辈子就被绊住了呢。

裴臻抿嘴歇了阵子，又伸手抚她的眉眼，心下感慨，每一处都那么美，自己竟是拣了个大宝贝，想着便促狭道，“在下对姑娘一见钟情，不知姑娘可同在下一样？”

毋望闻言臊得无地自容，抽了手嗔道，“不许说。”

“做什么不说？”复拉了她伏在自己胸口道，“我还当你会嫁给什么章家哥哥呢，没想到你愿意等我，到底为什么愿意等我？说了叫我欢喜欢喜吧。”

毋望想了想，慢慢道，“因为你长得好看。”

裴臻顿时黑了脸，拔高了嗓子道，“只是因为这个？”一下子用力过猛又大咳起来，直咳得眼泪汪汪，皱眉调息了半天才缓过来，边喘边道，“我只这一张脸能入你法眼？真真悲哀！”

毋望忙给他顺气儿，暗道哪里只这一张脸呢，囫囵整个儿处处都是好的，可是叫她怎么说出口？她又不像他，长着一张二皮脸，明知她臊还问，可恶至极的奏性。

裴臻仍旧不依不饶，使出了绝对的韧性，把她扭得麻花似的，“你说！你说！”

毋望立刻举双手投降，这是什么臭毛病，就喜欢听腻歪的话，便顺风顺水道，“我对公子也是一见钟情的，这下总好了吧，快些睡吧。”

他这才满意地点点头，慢慢滑进被窝里，突然嘶的吸口冷气，毋望吓了一跳，忙问怎么了，他嘀咕道，“怎么没备个汤婆子，怪冷的，这帮吃干饭的。”

躺好后又道，“你回房歇着吧，我躺一个时辰再起来。”

毋望敛衽站起来，又弯腰给他盖实脚上的被子，哄道，“快睡吧，我走了。”

他闭上眼，轻蹙着眉，极不安稳的样子，毋望深望了一眼，转身正要出门，他又支起身子急道，“我起来了就去寻你，你别到外头去，知道吗？”

毋望哑然失笑，真该叫他的手下们来瞧瞧他们主子的傻样，明月先生就是这般黏人的。想归想，心里到底还是甜甜的，便歪着头道，“那我在这里守着你可好？”

他的无赖嘴脸全现了出来，眨着眼道，“我这儿还有地儿，一头睡吧。”

毋望太阳穴一跳，决定直接无视他，讪笑了下，也不搭理他，回身便出门而去。

裴臻心眼子多，把路知遥的卧房远远安排在客栈另一头。如果可以，他一定恨不得把他安置到外头去，毋望忍不住笑了笑，这人醋性儿大又死要面子，要是叫他知道自己跟路知遥一床被子睡过，肯定会生吞了路知遥的，这会儿趁他睡了好去探望探望，若醒着必定想尽法子阻止的。

杨亭舟好几天没合眼了，这会子正一手支着脑袋打盹，鸡啄米似的前仰后合，好几次差点砸到桌面上，看得她心惊肉跳的，凑过去推了他一下。那半大小子像拉足的弓，一碰便直跳起来，下意识往腰里摸，噌地抽出半截剑来，毋望吓了一跳，杨亭舟睁着大眼，待看清了来人才长出一口气，把剑又插了回去，躬身一揖道，“夫人来了。”

毋望平了平心绪，看路知遥尚且平稳，便道，“你去房里歇息吧，这里有我呢。”

杨亭舟大摇其头，直道，“不成不成，叫主上知道了非刮了我不可。”

毋望道，“他睡下了，一时半会儿也醒不了，你歇了会子再来替我。”

杨亭舟听了这话心里那叫一个纠结啊，苦苦思量了半盏茶的时候，终于还是抵不过睡意，犹豫道，“那就劳烦夫人了，属下就在隔壁厢房，有什么就叫我一声。”

毋望打发他去了，踱到炭盆子前拨了拨火，起身想去开窗换气，却见路知遥正痴痴看着她，她也未想别的，细看了他的脸色道，“还疼吗？”

路知遥费力地摇头，哑着嗓子道，“你可好？”

毋望愕然红了红脸，倒像叫他看见了什么，心虚得紧，忽然又醒悟过来，我为什么要心虚？便笑着道，“你不用担心我，我很好，倒是你，自己伤得这样，还是不要说话，好好养着吧。”

路知遥眼里一暗，断断续续道，“你跟他回去后……我怕是再见不着你了……”

毋望无端涌出离愁别绪来，路知遥很大程度上代表了应天的一切，和他分开就是真正和过去的半年时光道别了，竟是万分的不舍，哽了哽道，“你得空就来瞧瞧我吧。”

路知遥缓缓摇头，涩然道，“别人的家眷……岂是说见就得见的，没得给明月……先生打嘴。”顿了顿，又道，“他待你可好？”

毋望点头道好，路知遥闭眼不语。她有些局促，走到窗前微开了一道缝，外面的冷气丝丝泄进来，她回头看他，他面上似不豫，过了会子又扯了扯嘴角，故作轻松道，“若往后受了委屈只管来寻我，我……你一日未嫁他，我便管你一日。”

〇七七　梳理长发瀑

回到房里，在桌前坐了会子，百无聊赖，人也有些恹恹的，便推窗往外看，天上云层厚厚的，真像要下雪的样子。毋望愣愣出神，还好南方不似北地，雪下不长久，最多两三日就停了。要是时候长了怕他受不住，一变天他就疼，那前两日把她和路知遥困在原野上的那场大雪也苦了他吧，又是疼又要在马背上颠簸，幸好没把他肺颠穿了，真是难为他了。

站了片刻又觉得冷，便闭窗回床上歪着，朦胧间渐渐有了些睡意，才脱了罩衫想睡，门板被人拍得啪啪响，她嘀咕一声，这些大老粗敲门都不会弯弯手指头么？重又穿了衣裳去开门，门前站了暗卫的教头穆大正。他可能实在太想表示友好了，使劲从那张平板的大脸上挤出个哭笑不得的表情，躬下他的大块头，龇出一嘴黄牙，嘿嘿笑了两声道，“主上请夫人过去，说晚来天欲雪，能饮一杯无？”

毋望笑得很纠结，朝后退了一步，福了福道，“多谢穆教头。”

穆大正诚惶诚恐地搓手道，“不敢不敢，夫人请。”

毋望敛衽跨出门槛，裙角划出一个漂亮的弧度，穆大正看得心肝一阵乱颤，暗叹道，我的个乖乖，怪道主上对她稀罕到骨头缝里去，真是个美人胚子啊，啥时候咱也能找个这样的媳妇，这辈子也值了。乐颠颠地胡思乱想了一会儿，胡撸了两把脸，忙不迭地跟上去，殷勤周到地替她推了门，比了个请的手势，还不失时机地补充了一句“仔细脚下”，把楼下一帮围桌而坐的暗卫惊得下巴几乎脱臼——他们铁血无情的教头唉！

濮阳金台原在回话，见毋望来了，便对裴臻拱了拱手，转身走了几步，发现穆大正未跟上只管在那儿发呆，随手就把他拖了出去。

裴臻倚在靠垫上，许是才醒，还带着床气，懒洋洋的没什么精神，脸上不怒不笑，却有一种烟云姿态，眯缝着眼，轻飘飘的招了招手，“春儿过来。”

毋望觉得自己很没骨气，他随便的一个动作，自己竟然中了邪似的巴巴地凑了过去，实在是没面子得很，懊恼了会子终也无法，便挺了挺脊背，很硬气地问，“做什么？”

裴臻嗤地一笑，不怀好意地上下打量她，最后把眼光挪在她胸前直打转。毋望尴尬得作不经意状，顺势掩了掩罩衫的前襟，扯了个话题道，“你多早晚醒的？”

他坐起来道，“才醒不久。”抬手理了理自己的头发，嘟囔道，“什么枕头，竟把头发睡成了这样。”说着穿了鞋下床，漫不经心地踱到案前坐下，解了髻上的丝带，一头黑发霎时如瀑布倾泻而下，足有齐腰长。

毋望手足无措地傻站着，这辈子没见过男人梳妆，他要梳头为什么要当着她的面呢，搞得她怪不好意思的。眼神左右飘忽了一阵，讪讪道，“你好些了吗？”

裴臻回头，拿他那双黑竣竣的眼睛看着她，面上现出无助的彷徨来，一手举着梳子，叹息道，“想是药效到了，疼倒没之前这么疼了，只是手一抬起来就牵扯，忍不住地想咳嗽，这头怕是梳不成了，只好披头散发的，你莫见怪啊。”

毋望暗想，这不是摆明了叫我给他梳头吗，又不直说，我若不给他梳，岂不显得我这人心肠硬吗，想来想去只得不情愿地道，“你若不嫌弃，就让我给你梳吧。”

裴臻闻言妖娆的冲她抛个眼风儿，已然风流入骨的样子，轻启了唇道，“我一点儿都不嫌弃，你快些动手吧。”

毋望只得认栽，好在她从前专给德沛梳头，多少还有些经验，谁知拿了篦子站在他背后却又有些无从下手，这人真是老天爷的杰作，连头发丝都是完美的，又黑又粗并且很顺滑，还有一股兰草的香气。如果是普通人的话只需挽个髻拿簪插住，再戴上四方平定巾或网巾便成了，偏偏他又是极爱俏的，不是紫金冠就是白玉冠，她只好尽心尽力的用篦子把头发篦匀，将小发编了几束小辫儿，细细的盘起来，再戴上发冠插了玉簪，总算大功告成，吁口气道，“好了。”

裴臻揽镜自照，上下前后都检查了个遍，满意地点头道，“甚好，比家里的丫头梳得好，日后就有劳夫人了。”

毋望一听黑了脸，敢情他是设了套引她往里头钻啊，遂不满地嘟嘴道，“我又不是你的丫头，做什么要叫我给你梳头？”

裴臻挑眉道，“你愿意叫旁的女人在我头上摸来摸去吗？不是最亲近的人，只要碰着我我就想吐，怎么办？你忍心看我每日一大吐吗？”

毋望才不把他的话当真，要是真的话，那他过去二十多年早就吐得抽筋了，还活到这会子？

裴臻看她没反应便扔了镜子靠过来，一本正经道，“我可不是在同你打趣，你不信？”

毋望明显露出不认同的表情来，“你从前就没个用得称手的？”

“既有了你，哪里还来称手的？”他恬脸笑着，“你不知我每日是怎么熬过来的，那丫头笨手笨脚的，扯得我头皮生疼，哪里像你知道爱惜呢？好春儿，你便应了我吧，可好吗？”

就会撒娇，毋望无奈地放弃了挣扎，最终还是妥协了。奇怪得很，她就是吃他那套，放低了姿态求上一求，扭个身子再晃上两记胳膊，她就什么坚持都忘了。她悲哀的想，他定是她的克星，三两下便令她节节败退，日后还不知怎么呢。

他携了她手搭在自己腰间，环过她的肩拥在怀里，低头在她脖颈间嗅了嗅，只觉一股幽香萦绕鼻尖，不禁心神荡漾，贴着她细腻的皮肉模糊咕哝了句什么，嘴唇开始游走，一路从耳下往上移，寻到她的香唇。不管不顾地覆上去，含吸挑弄，辗转不已，纠缠半晌方放开她，托起她的小脸，见她面色嫣红，气喘吁吁，眼梢眉角俱是恍惚，便知她也欢喜。于是勾魂摄魄地浅笑，窃窃道，“我的滋味可好？还有更妙的，要试试吗？”

毋望徒地一惊，自己竟然沉溺其间了，真是百般滋味在心头……怨怼地剜他一眼，咬牙道，“我不要同你住在一个院子里，你另辟一处给我！”

裴臻但笑不语，解了团领的扣子，走到门前开了门，放小二进来布置酒菜。毋望目瞪口呆的，那伙计在门外候了多久？自己怎么一点都没觉察？

裴臻很慵懒地抠出块碎银子扔过去，对那伙计道，“拿个小火炉子来，要红泥的。”

那伙计得了银子笑容满面地诺了，甩着八字脚火速去置办了。

毋望寒着脸道，“你何时听见他敲门的？”

他不以为然道，“我亲你的时候。”

毋望哀嚎一声，捂脸跌坐在椅子里，口里念经似的喃喃抱怨着，她再也没脸见人了。他还说什么滋味好不好，定是叫人家听去了，他这是存心毁她清白，这个奸诈的小人。

裴臻看她不住地絮叨大觉有趣，抱胸欣赏了会子，忍笑将她的脸从手里挖了出来，眼对眼地安慰道，“这有什么，谁不知道你是我的夫人，夫妻亲热本就是常情。”

毋望噌地站起来，鼓着腮帮子反驳道，“我们尚未成亲，什么夫人不夫人的，你快吩咐他们不许这么叫我。”

裴臻睨眼道，“不是夫人吗？那你同我‘那样’做什么？”

毋望窘得无地自容，裴臻把玩起她肉嘟嘟的耳垂，哄骗道，“叫都叫了，如今再改岂不矫情？你也不是这么积糊的人，便由他们去吧，我心里知道你还不是我的人就成了。”

毋望听得头晕目眩，心想这点扳不过来就算了，可是住房问题还是要再争取一下的，他这样的人，兴致来了就抓着人猛亲猛啃，住在一个院子里总不太好，便道，“你我住同一个院子恐怕不便，还是另置一处给我吧，既在一个园子里，想见就能见着的，何苦叫底下人说嘴呢。”

他捏着领坠子上的玉片缓缓摩挲，面无表情的回身在桌旁坐下，指了指对面道，“坐吧。”

毋望蹭到那里坐定，透过鸡汤蒸腾起来的热气看着他，只等他点头答应。她忐忑不安地想，应该会答应吧，这个要求也不算过分呀，又不是说搬出园子去，只是换个院子，多走两步路而已。

裴臻思量了半天，然后舒展了一下眉，轻启红唇，笃悠悠抛出了两个字，“不成。”

毋望绝倒，拍案而起道，“怎么不成？”

裴臻自斟自饮了一杯，小酒辣了扑哧地顺着喉咙灌下去，他掩口又咳了两声，嘶嘶地吸着冷气儿，辣劲过了才道，“谁敢说嘴，我把他撵出去，你想同我隔着园子住，我劝你趁早打消这个念头，我把你含在嘴里都怕含化了，难不成还放你单个儿在后园子住着？”说着给她面前杯里倒了点酒，好言好语地劝导道，“快别闹了，咱们在一处的日子也不多的，你不想每日都见着我？等开了春事儿更多，我恐怕忙得连家都回不得呢，你住着也就同单住一样的，要是再使性子我就不客气了。”

〇七八　温酒话情肠

毋望被摸到了逆鳞，前半句说得她有些动容了，后半句怎么突然串了味儿？她冷了脸子道，“不知裴公子如何的不客气法？”

裴臻心里打了个突，看她脸上现出冰霜之色，傲然地透出了凉薄来，知道这是个吃软不吃硬的丫头，忙赔笑道，“我哪里敢不客气，左不过嘴上一说，你何必较真呢？若真要怎么样，不外乎和姑娘挤一个屋子罢了。”

“你敢？！”毋望愈发疏离，拧眉道，“你若觉得我离了家里人便可由得你摆布，那你就打错了算盘。”

裴臻一看要坏事，恰巧这时店小二送了新买的红泥小火炉来，还拎了一坛子未开封的女儿红。便叫那小二把烧酒撤下去，自己蹲下扒了坛口的泥封，揭了油纸，往铜吊里加了酒，架到火炉子上加热，一面思忖着：这是什么臭脾气，一旦发作起来当真半分情面也不讲，还是快些服软吧，这辈子是完了，遇上这么个犟驴，往后可有苦头吃了。

毋望看他蹲在地上半天不起来，心里不由打鼓，又等了会子，他伸了手指在地上扒拉起泥来，便知他定是不快活又不敢说，那么大的一个人，还跟孩子似的，好笑得紧。她走过来，就在他跟前站着，他还是不起身，那堆酒坛子上抠下来的干泥已经被他拢到了一起，她无奈道，“你这是做什么，明月先生不是雄辩得很么，这会子倒成了锯嘴的葫芦了？”

他做出一副惨样来，闷声道，“我说岔了，想叫你煞一煞气儿，你听我的吗？我也是情急，一时口不择言得罪了你，你若定要和我分院子住我也没法，想来你是烦见我。既这么的，你在府里住着，我自己带几件换洗衣裳，到濮阳府上借住便是了。”

她听了顿时心疼肝断起来，叹着气道，“你起来吧，万一有人进来像什么？”

裴臻自然知道没人敢随意闯进来的，继续颤着声道，“你可还记得你那方帕子？我是日夜带在身上的，如今好容易不必睹物思人了，你却和我隔着千山万水似的，我连死的心都有，不必你钝刀子刺，不如给我一剑干净。”

于是毋望又开始反省，到底是不是自己太古板了，或者是太在意别人的眼光，退一步讲，横竖是住到了他府里，分不分院子外人看来不都是一样的吗？自己又何必执着，把他折腾得可怜兮兮的。

“你起来说话，再蹲着我就走了。”她轻拉了下他肩上的衣裳，不安地朝门外看看。

裴臻知道见好就收的道理，忙不迭地站起来，大概起得太猛了，肺上针扎般的刺痛了一下。毋望见他脸色苍白，愈发显出长眉和乌黑的瞳仁来，扶了他在桌旁坐下，悻悻得也不知怎么开口。他略缓了缓，弯腰拎起铜壶放在桌上，壶嘴里热气升腾，他给各自杯里斟了酒，抿嘴不说话，走到脸盆架子前净了手，又推窗看，外面已经纷纷扬扬下起了不小的雪。年关将近，天气也一天冷似一天，寒风吹来，架不住捂住口鼻闷咳，默默下了窗屉子，只站在窗前看她，凄恻道，“等到了北平我直接去濮阳府，回头再打发人回去取衣裳，家里的银钱米粮都充足的，钥匙我会叫管家交给你，那些个丫头婆子你挑好的留下，有不好的就放出去吧。”

毋望怔怔的，这叫什么？雀占鸠巢吗？她住着，倒把正经主子撵了出去。她霎时羞愧不已，像做了什么天理难容的事一样。偷眼看他，他定定地看着那只小小的火炉，眼神幽深晦暗。她的心口似被拧了一下，一阵凉一阵苦，无奈退步道，“罢了，你还是回园子里住吧，到别人府上终究不便。”

裴臻见她松动了暗中欢喜，却又装出冷漠来，道，“那我住进军中便是了，想来燕王是再称心不过的，哪日说开拔就开拔，连东西都不用另备，这样你可高兴？”

“你……”她哽道，胸膛渐渐起伏不定，惶惶退了两步，一把撑在桌上，只觉神思昏溃，肠子都绞到了一处去了，什么说开拔就开拔，打算不告而别还是怎么的？若果真如此，那自己岂不要悔死了？

裴臻慌了慌，这帖药似乎下得猛了点儿，忙三步并作两步，扶着她的肩将她带入怀里。毋望心内酸痛不已，挣扎了两下也未挣脱，便瓮声瓮气道，“由得你，你爱去便去，我不管。”

裴臻收紧了胳膊，在她鬓边吻了吻道，“你瞧瞧，我若住到外头去你又舍不得不是？咱们好好的成吗，你就是嫌死我，好歹也忍这几个月，照着燕王那里锻造兵器的速度来看，明年七月便要挥师出征的，你且叫我受用两日，别捅我心窝子，我还不知有没有命活着回来呢。”

复给她擦了眼泪引她入座，举杯笑道，“对酒当歌，人生几何？夫人与愚夫共饮一杯如何？”毋望略显羞涩地朝他一敬，莹白的手指在瓷杯的映衬下泛出近乎透明的光泽来，温声道，“请公子满饮此杯。”

裴臻微微一笑，仰头将杯中酒一饮而尽，白皙的脖颈伸拉出一个诱人的弧度，毋望看得一愣，忙低头啜饮一口，心里不自觉的碎碎念，他是妖孽，他是妖孽……

忽听得他吃吃笑出声来，她抬眼瞧他，只见那厮一手斟酒，一手托腮，半张着红唇，眼中流光溢彩，幽幽地对她一瞥，石破天惊地吐出一句话来，“夫人甚有爱美之心，日后多多怜惜为夫吧，莫叫为夫独守春闺，望断相思。”

毋望一口酒未及咽下，险些如数喷出来，好容易顺过了气，拍着心口大咳不止，苦恼地想，我原也是端庄娴静的女子，为什么遇上他就成了这样？失态失仪不说，还差点，这是怎么了，怎么了？好想仰天长啸，老天在戏弄她吗，在北地那时他明明是个谦谦君子啊，如今为何变了个性子？

裴臻抽了朱红色的汗巾子递给她，怡然自得地吃了口菜，自斟自饮着，偶尔将她杯里的冷酒泼掉重添温酒，也不催她喝，仿佛只要她坐在这里就够了。有时喝得猛了便微咳两声，毋望劝道，“少喝些，仔细身子，才刚还疼呢。”

他轻轻转动手里的酒盅，含笑道，“不碍的，今儿高兴，多喝两杯无妨。”

毋望知道他高兴，自己也颇欣慰，人的缘分真是上辈子就注定的，若自己未被流放到北地去，今生定是遇不上他的。那时还怨恨齐婶子乱牵红线，现下看来这大媒仍旧跑不掉的，兜兜转转良人还是他，可不啼笑皆非吗。

两人定眼对看一会儿，不禁相视而笑，裴臻突然道，“素卿怀了孩子。”

毋望一愣，怔怔放下筷子，脑中嗡嗡作响，半晌道，“是你的？”

裴臻掩口大笑起来，边笑边道，“混说什么，我何尝碰过她，哪里会怀我的孩子？是萧乾的，如今养在外宅里，听说开春三四月份孩子便落地了。”

毋望讶异道，“怎么是养在外头呢？”

“聘则为妻，奔则为妾，何况她还是我的逃妻。”他说时没有半分感情，竟像在谈论别人的事，眼神寡淡，面上尚有笑意。

毋望蹙眉道，“她也怪可怜的。”

“只怨她命不好罢了。”裴臻冷哼一声道，“我是管不得别人的，此次就瞧萧乾聪不聪明，若一时叫脂油蒙了窍，那她也得连坐。”

毋望有些闷闷不乐，嘟囔道，“既这么，你同我提她做什么？存心给我添堵吗？”

裴臻暗喜不已，到底是个女人，心眼小得绿豆似的，提起素卿竟还吃醋不痛快了。挪了凳子和她靠得近些，叹息道，“我是眼热萧乾，他大我一岁，有儿有女，来年还要再添一个……春儿，咱们还是成亲吧，加紧着些，或者出征前还来得及得个小子。”

毋望面红耳赤，霍然拂袖道，“亏你还知道聘则为妻，如今怎么样呢，是要拿我当妾娶吗？还是当填房？”

裴臻张口结舌，最终又一次败下阵来，无奈道，“什么填房，我自然拿嫡妻的礼迎娶你……罢了，只当我没说。”起身到廊子下，扬声唤了伙计道，“换热的来，菜都冷了。”

伙计道是，忙招呼人来撤菜，毋望摇头道，“我乏了，想回去歇着了。”

裴臻忐忑地仔细观察她的脸，怯生生道，“你可是又生闷气了？”

毋望转身回房，一面道，“你又做了什么叫我恼火的事吗？”

他蔫头耷脑道，“我再不说成亲的话了，你且饶了我这一遭吧……我伺候你洗漱。”

毋望面上一袖，嗔道，“我不用你伺候，叫人瞧见像什么？”

他解嘲地笑了笑，也不强求，退后几步道，“那你早些安置吧，路大人那里你不必担心，回头我再去瞧瞧。”阖了一半房门又道，“过会儿把炭盆子熄了，千万别忘了。”

毋望点头，见他事无巨细皆想得周全，不知怎么心里涩涩的，仿佛明天再见不到似的，不由低吟道，“兰杜……”

闻言，那双斜飞双目黝黑晶亮，半是意外半是欢喜，款款退回到她面前，俯身柔声道，“怎么了？”又托起她的脸轻轻地吻，贴着她的唇道，“舍不得吗？我今夜不走了好吗？”

他口中酒香四溢，醺人欲醉，伴着那沙哑低沉的嗓音，蛊惑得她差点糊里糊涂就应了。他看着她呆呆的表情嗤笑了声，将那小小的脑袋压在胸前紧紧一抱，然后迅速松开，阖上房门施施然去了。

〇七九　汪汪阁泪垂

臻大爷提着借来的药箱往廊子另一头去，濮阳金台随侍左右。到了门前抬手拍了拍门，里头的杨亭舟一手端着汤碗探出头来，见是裴臻，忙放下碗恭敬揖了揖。

裴臻将药箱放在桌上，回头看路知遥，他脸色虽苍白，眼神倒仍是犀利冷峻的，便笑道，“路同知现下觉得如何？”

路知遥嗓音微有些哑，中气却足了许多，没法子拱手，只得道，“多谢先生，路某吃了两帖药，这会子好多了，今儿若不是先生及时出手相救，路某恐怕已是蒙古人的刀下鬼了。”

裴臻摇摇头道，“路大人言重了，都是自己人，说什么相救不相救的。”他一面打开箱子将工具和药粉取出来码好，一面也暗自佩服这个读书人的身手，那些蒙古人何等的力量？他一人竟能连杀他们五人，果真是条铮铮的汉子。不过佩服归佩服，个人的欣赏完全不能凌驾于神圣的爱情之上。于是臻大爷有意无意地开始提醒这位勇士一些需要注意的常识，“若说要谢，裴某更应该感谢路大人才是，我们春儿得亏大人这一路的照顾，到我身边时方能平安无恙，这都是大人的功劳，况且朵颜三卫本就是冲春君来的，倒是咱们连累了大人呢。”

路知遥心内冷哼一声，明月君果然好权谋，话里都带着玄机，三两句把他撇了个干净，如此想着，到底气儿上也不服，应道，“叫先生一说路某愈发惭愧，春儿这几日跟着我风餐露宿的，受了不少的苦，待我痊愈了总要想法子补偿些才好。”

裴臻的眼霎时微眯了起来，心道你敢说这话？信不信我让你永远痊愈不了？

一旁的濮阳金台和杨亭舟顿觉不妙，濮阳忙打圆场道，“路大人一路上辛苦的紧，夫人才刚吩咐过了，大人要吃些什么只管说，叫小子们去办就是，只盼快些养好伤，燕王殿下在北平正惦念着呢！”

裴臻回了回神，手上不曾停下，把几种药混在一个银碗里，拿清水调匀了，走到床前掀开被褥道，“换药吧，眼下止了血，包扎也可松一些了。”接过杨亭舟递来的剪子，绞开被血污浸透的绷带，伤口已然缝合过了，才见那会儿乍看之下很深，不过幸而未伤及经脉，再过一分便砍到要命的地方了，也算他有造化，及时隔开了那把弯刀，否则这会子该下葬了。

裴臻嘴坏，心眼倒也并不十分狠辣，看在他有情有义的份上也不认真同他计较，用温酒清洗了他伤口周围的皮肤，仔细上了金创药，下手也放得轻。饶是如此，路知遥也生生疼出一头冷汗来，汗水顺着脖颈蜿蜒而下，结实的胸膛泛出蜜色的光。裴臻嫌弃地撇撇嘴，心里嘀咕，这小子人虽讨厌，皮相倒还不错，若当真要做对手，可归到劲敌那一类去。

待伤口全数包扎妥帖了，臻大爷晃晃悠悠踱到水盆前净手，接了帕子边擦边道，“今儿换了药，这几天安生了，再过三日重换了，长几日就不必包扎了，闷在里头倒不好。”又在桌旁坐下，看着只顾喘粗气的路知遥道，“殿下极看重大人，曾同在下说过，路大人允文允武，指挥佥事一职虚位以待，急需路大人这样的人才，日后归顺燕军，必有一番大作为，大人好生将养，裴某将大人全须全尾的交给殿下，便算不辱使命了。”

路知遥平复了呼吸道，“劳烦先生了，没想到先生不仅善谋断还精通医术，路某佩服之至。”

裴臻淡淡笑了笑，复屈指挡在口前短促地咳嗽起来，路知遥奇道，“先生身子不好吗？”

裴臻摆手道，“不碍的，老毛病，过两日就好。”

路知遥“哦”了声，暗道生得这般我见犹怜的模样，没点暗疾才奇。不过此人似乎比外言传的还神奇些，难怪春君死心塌地的，从小青梅竹马的慎行都不在眼中，自己只凭这短短五六日相处，哪里有半分胜算呢?

裴臻小坐了片刻站起身来，拱手道，“路大人歇着吧，养足了精神，后儿上路，只可惜没有水路通北平，免不了车马颠簸，要路大人受累了。”说罢转身出门，急急往卧房而去。

濮阳金台快步赶上来，心里惴惴不安，待进了裴臻房门，见他撑在床沿剧烈咳嗽，人已摇摇欲坠，忙箭步上前扶住，惊道，“主上，这回怎的来得这般凶?”

裴臻抬手拭了嘴角血迹，缓缓道，“无妨，不过累着了，歇歇就好。”

濮阳金台替他脱了靴子盖好被褥，犹豫道，“我瞧夫人房里灯还未灭，要不要去把她请来?”

裴臻道，“别叫她操心，又不是什么大病，她来了我非但没法子休息还要受煎熬，你是过来人，难道不明白吗?”

原来那濮阳金台有个女师傅，两人其实暗生情愫，无奈迫于世俗教条难以厮守，虽然最后结局圆满，但其过程真如油煎似的难熬。裴臻这么一说，濮阳愣了愣立即会意，男人总是比较容易理解男人的痛苦，心爱之人时时在身边固然好，但那种只能看不能碰的滋味也不好受得很。

濮阳金台陷入沉思，过了一会儿又道，“我明儿去找辆宽敞些的马车，回去别骑马了，和夫人一道坐车吧。”

裴臻微点了头，阖眼道，“你出去吧，我要睡了。”

濮阳金台道是，再看他，脸白得没一丝血色，抿着唇，额上有细细的汗，喘得略急促，一手紧紧抓着被子，手指关节都是泛青的，那虚弱的样子，真叫人觉得心里不是滋味。濮阳金台攒眉一叹，退出房来，暗自斟酌到底要不要叫那女孩儿，这回出来他身边连个小厮都没有，没人值夜万一要喝水吃药怎么办?虽说他不叫喊她，想来想去到底不周全，他们是未婚夫妻怕什么，早晚是一家子，媳妇照料爷们儿而本就是应该的，自己和他常混在一处，谁不知道他这大半年来连个通房也没有，铁英和虞子期还常打趣说他要得道成仙了，可见也是个死心眼的。如今他抱恙，把那女孩儿送进去，万一能成其好事不是功德一件吗，何苦锅里的瘦油条似的熬着，要是摊上了开战，那要熬到多早晚去?

主意一定便去敲毋望的门，压低了声道，“夫人可就寝了？”

稍过了会子里头人应道，“濮阳大人可有事？”

濮阳金台赞了赞，这位夫人虽年轻，心思倒也不一般，只和他说过一回话，现下隔着门板却听得出他的声音来，颇不简单。思忖着回道，“主上才刚给路大人换药回来咳得吐了血，夫人过去瞧瞧吧。”

房里一阵窸窸窣窣，马上就开了门，那女孩面上惊惶失措，焦急道，“怎么回事？”

濮阳金台忙道，“夫人莫急，从前也是有过的，只是这回太过劳心劳力，又重了些。主子不叫打扰夫人，属下也是担心，咱们不好陪着，夫人是房里人，比咱们方便些，夫人过去只别出声，瞧着若是睡着了就回来，属下怕主子嫌我多事，回头又要责怪。”

毋望也顾不得追究那句“房里人”了，心里忽上忽下的没了主意，点头绕过他轻推裴臻的房门，见他平卧在床上，眉间尚有苦痛之色，鼻翼快速的翕动，偶尔轻咳两声，竟是昏沉沉的模样。她靠到床前喊了声“兰杜”，他全无反应，想是疲累至极神思不清了，回头看看濮阳，比了个“去”的手势，他微一颔首，掩门退了出去。

怎么发作得这样厉害呢？她坐在床前愁肠百结，拿手绢掖了他额头的冷汗，心里怨他那些暗卫们，想看他出手也不管他身子吃不吃得住，他们在一旁看大戏似的，留他一人和萧乾对战，想想都是一肚子的气。想将他的手臂放进被窝里，见他袖子上赫然沾了一滩血渍，她喉中一哽，顿时心如刀绞起来，真真是各人的肉各人疼，瞧他如今这副模样，哪里还有那言笑晏晏的平和悠然？她的眼泪蓦然落下来，猝不及防打在他的手背上，才想去擦，他的手动了动，低沉的唤了声“春儿”，抬头摸摸她的脸，笑道，“怎么哭了？我又死不了？”

毋望讪讪的反不好意思起来，背过身擦了眼泪，嘴里反驳道，“谁哭了？想是你看岔了。”

那厮嗤地一笑，朝着手努了努嘴道，“这是什么？若不是眼泪，那就有玄机了，莫非夫人对为夫垂涎三尺吗？”

毋望大大地后悔自己刚才怎么那样容易感动，他醒着就嘴欠，心疼他还要被他耻笑，臊得她两颊发烫，站起来道，“你睡吧，我回房去了。”

他拖住她的襦裙道，“既来了就留下吧，咱们一头睡，说说话可好？”

毋望头摇得像拨浪鼓，心道真和他一头睡了，她今夜还能睡吗？这人明显不是柳下惠，最擅长的便是扮猪吃老虎，千万不能上他的套。

裴臻有些失望，晶亮的眸子瞬间就暗淡下来，呓道，“不到大婚我绝不动你，这也不成？”

毋望坚定道，“不成我坐着说话也是一样，你有什么但说无妨。”

他幽幽叹了口气，道，“我冷，你焐焐我好吗？”

〇八〇 踏雪赏梅花

毋望看他流了那么多冷汗，中衣也定是湿了，便道，“我找了衣裳你换，再叫伙计灌了汤婆子来给你唔着，可好？”

裴臻拧眉道，“那东西不小心得烫脱一层皮来，终究没有你唔的好。”

他说这话时狡黠得像只狐狸，哪里还有孱弱的样子，毋望严重怀疑他咳得吐血是联合濮阳金台一起诓她的，便斜眼打量他。

裴臻咦了声道，“你这是什么眼神？天地良心，我可没有半分要染指你的意思，我只剩半口气儿吊着了，纵是有心也无力。”

毋望为难道，“那你等一等，我叫濮阳大人来唔你。”

裴臻目瞪口呆，“你让我抱着一个大男人？这是什么道理？我以后拿什么脸见人？还有他那个大奶奶，醋性儿大得没边，也不问男女的，惹着她势必日夜追杀我，那我是活不成了。”

毋望的脸像被雷劈过一样泛出黑来，闷头翻出他的贴身衣物摆在床头，讷讷道，“要洗洗吗？我去打些热水来。”

裴臻撑起身子，衣服松散着，颇有些人不胜衣的味道。他的手指轻挑了散落在胸前的发丝，微勾起唇角道，“背后擦不着，你帮我吗？”

毋望头痛欲裂，这人不占便宜会死吗？会死吗？真是后悔来瞧他，闭着眼分明是一副半死不活的样儿，睁开眼比谁都讨厌。

裴臻眼见她万分纠结，嘴唇几乎咬出血来，也无心再逗她，闷笑了几声道，

"算了，时候不早了，人家都睡下了，就别麻烦了，我换了衣裳就好，你背过身去不准偷看。"

毋望红了红脸，忙不迭转了身，心道鬼才要偷看，把旁人想得同他一样吗。

身后一阵衣料的摩擦声，裴臻很快道，"好了。"毋望回身时见他已摘了束发，头发长长的披散着，与那雪白的中衣对衬着，愈发显得面如冠玉，妖娆多姿。她略滞了滞，只道，"你躺下吧。"

他定定看着她道，"我冷。"

毋望脑子里有如闷雷滚过，隆隆地响成了一片。她这真叫送羊入虎口，这会子好了，濮阳金台自己回房安稳的睡觉去了，把这烫手的山芋扔给了她。她不过是来照看他一下，谁知他偏又不睡了，还出这妖蛾子，弄得她如今骑虎难下。

裴臻招手魅惑道，"杵在那里做什么，眼瞧着为夫冻死吗？这衣裳真冷啊。"

毋望这才想起来，中衣竟未替他烘上一烘，这冰冷的，穿上身定然不好过，尤其他还是才出过冷汗的。她举足不前，犹豫再三，他却极有耐心，适时给个鼓励的眼神，直把她哄骗到床前来，伸手给她除了外面的短衫儿，襦裙也脱了扔到床尾，轻松一勾就将她裹进了被褥里。

真是温香满怀啊！臻大爷满足地用力嗅了两口，她身上有股如兰似桂的味道，身子也软软的，用力揽得紧些，觉得自己的心就要从腔子里蹦出来了，没有别的污秽的想法，只是单纯的高兴。从第一眼见到她就无法自拔，其间他步步为营机关算尽，直到现在就像在梦里似的，终于能叫她心甘情愿地靠在他怀里，就是即刻死了也是赚的。

毋望那股不自在的劲儿，真如架在火上烤似的，那是具紧致结实，火热有力的躯体，即使隔着布料也能感受得到，她沮丧道，"你又骗我。"

裴臻模糊呢喃道，"我有些发烧。"

她抬头看他，他的脸略有些红的，便道，"那怎么好？还是请大夫吧。"

"我自己就是大夫。"他阖眼道，"你可记得我在北地的那回病？烧得人都不认得了，其实也是肺上的由头，只不过太太他们不知道罢了，请的郎中也说不出个所以然来，最后还是自己好了的，那一箭……真够我受用一辈子的。"他又抬起她的脸道，"我身子不好，恐怕要拖累你，日后你可会嫌弃我？"

毋望道，“都这样了，就是再嫌弃也不中用了。”

裴臻一听眉毛直挑起来，翻身将她压在身下，脸埋在她的颈窝里，控制不住的低喘道，“这样是怎么样？”恶意地动了动下半身，低嘎道，“是这样吗？竟敢嫌弃我？”

她惊得慌忙托住他的腰，恨道，“裴臻，你再这样我定不饶你！”

他滚跌到她身旁，怏怏叹了口气，隔了一会儿又伸手将她搂进怀里，结结实实裹紧了被子，一手哄孩子似的拍着她的背，顺便张开五指比了比，她的脊背那么纤细，仿佛他只用拇指到中指指尖就能完全掌握，想到这个妙人儿这辈子归他了，满心的欢喜就如同水发的海参似的急剧膨胀起来，照着她粉嫩的脸颊啪啪就是几口。此举引发她的不满，叽里咕噜吐出一串北地的方言，他呵呵笑起来，撸撸她的头发道，“好春儿，你真是一帖良药，叫我连病痛都忘了。”

她迷糊地嗯了声，只觉温暖又安心，眼皮子沉沉的，渐渐云里雾里，不多时便睡着了。

一夜好眠。次日醒来时他已不在，被褥里还有他的味道，淡淡的苏合香。毋望理了理思路，她在他怀里睡了一夜？好像吧……揉了揉眼睛，重又扑倒哀声嗟叹，上回和路六叔同榻是环境所迫，这回自己怎么在他房里过夜了？中了邪吗？磨蹭一会重又坐起来，嘟着嘴穿戴好，偷偷探出头去，幸而廊子上无人，便蹑手蹑脚想蹿回自己客房里，推门进去，却见裴臻共几位暗卫领事在她房里议事，正说什么“张昺、谢贵”还有什么“斩杀”。众人听见响动纷纷转脸看她，裴臻似笑非笑道，“春儿醒了？”

暗卫们起身行礼，满满一揖道，“夫人。”

穆大正两眼放光，暧昧地瞧瞧他们主子，对毋望嘿嘿笑道，“夫人昨晚睡得可好？”

濮阳金台干咳一声，冲裴臻拱手道，“属下等先行告退。”

一干人等悄声退出，毋望呆站着，又羞又愤，跺脚道，“你做什么把他们领到我屋子里来？”

裴臻无辜道，“你在我房里睡着，我总不好把他们叫进去吧，若去别处又怕你醒了找我不着。”

毋望本想驳他，想想又觉有理，无奈闷坐在床头，把襕裙上宫绦扭得麻绳一般。裴臻端了清盐来与她漱口，又绞了热帕子给她净脸，收拾停当取大氅替她披上，携起她的手道，“下去用早饭吧，吃完了好出去赏雪。”

一碗清粥，两碟小菜，热乎乎的打发了，那厢暗卫已经套好马车在门前候着，裴臻接过鞭子对濮阳金台道，“不必跟着了。”

细小的雪还在下，纷纷扬扬缠缠绵绵，他戴上风帽，系紧披风上的绒带，抬手叫她搭着，小心翼翼送她进车里。扬鞭低叱一声，马车不急不慢跑起来，伴着微风小雪，在陌上优哉游哉的前行，也不知有没有方向，似乎就这样跑天尽头去。

毋望掀了窗上的帘子往外看，他没往镇子上驾，径直朝郊外去，稍过了会子听他轻轻哼起歌来，歌声清雅悠扬，雪珠子簌簌落在油呢车顶上，竟像是为他伴奏似的。毋望陶醉地眯眼歪在软垫上，拍着两手合着外面的歌声击节，一面随他低吟：“大灰泥漫三千界，银棱东大海，探梅的心噤难捱，面瓮儿里袁安舍，盐堆儿里党尉宅，粉缸儿里舞榭歌台……”

一曲毕，他回身撩了门帘子，颇有些热切的望着她，问道，“可好听？”

毋望浅笑道，“公子歌声宛若天籁，甚好。”

他满意地点头，笑道，“我许多年不曾开嗓子了，平素琐事繁多，弄得半点兴致也无，今儿是托了你的福，可算抽了时候出来逛逛。前头有一片梅林，我来时路过的，景致妙得紧，在这小地方也算世外桃源，眼下下了一夜的雪，再去瞧定然更美，本来明儿也打边儿上过，只是人多口杂的，反倒糟蹋了意境。”

又行一里地，他拉缰停车，打了门帘子扶她下车，猛然看见这冰天雪地中的红梅时她惊叹不已，这样大的一片梅林，足有一二十亩地。站在林边，梅树疏疏朗朗铺排开去，怒放的花朵在枝头迎风摇曳，那颜色姿态，叫人忍不住心生爱慕。

裴臻在林边驻足远眺，雪白的冬忍挑金暗纹常服衬着天青色的厚绒斗篷，愈发显得如松般的挺拔修长，他道，“梅以曲为美，直则无姿，以欹为美，正则无景，以疏为美，密则无态，姑娘道可是吗？”

毋望抿嘴一笑，道，“有理。”

说话间又有两辆马车迤逦而来，想来也是来踏雪寻梅的文人雅士，车里欢声笑语。毋望回头看，车上下来的尽是女孩儿，统共有五六位，不像大户里的千金，更像是小家碧玉，见了男子也不躲闪，大大方方过来搭讪。裴臻脸色不太好，毋望在一旁笑着看他应付那群女孩儿，心道俊俏的爷们儿到底受欢迎，不过这徽州徽商多，姑娘家也随性，很是难得。

撂下他跨下田垄，踮起脚尖折了两枝梅花搭在臂弯里，才要再折，身后裴臻不悦道，“你倒是大度，竟不吃醋吗？”毋望看那群姑娘已经走远了，笑吟吟道，“做什么吃醋？焉知公子日后有多少房妻妾，春君识趣得紧。”说着背过身去听他如何作答。

裴臻握了握拳，沉声道，“裴某有你，今生绝不再娶。”

毋望也不回头，只道，“负心多是读书人，愿公子铭记今日所言。”

裴臻苦闷道，“我立生死状成吗？”

她回身看他，目灼灼，“一纸空文作得什么数？春君性子哏，若公子欲享齐人之福，那么天涯海角，必有春君一席之地。”

〇八一　入主明月府

卷七　伊人红妆，为君思量

雪渐停，一行人整装上路，由陆路进北平，途经全椒县、濠梁驿、徐州彭城驿、沛县、汶上县、高唐州、德州、景州、河间府、良乡县，辗转北上。十二月初十抵京，适逢朝廷放归燕王三子，燕王大悦，遂命王府长史携了帖子在城门根下等着，邀明月君贤伉俪三日后共赴家宴。裴臻未及安顿便与路知遥进王府复命，并将沿途收集兵马布阵，一一回禀，又与燕王详谈时局态势，一时难以脱身，便打发了助儿先行回府照应毋望。

助儿急匆匆赶到时，见新主子才下车，正站在府门外打量，忙连滚带爬地给毋望跪下磕头，眼含热泪嚎道，“大奶奶，好久不见了，可还认得奴才吗？”

毋望想了想道，“可是助儿吗？”

助儿一连说了七八个是，又扯了鬼掐鸡脖子的嗓音冲二门上的小厮吼道，“瞎了眼的杀才，有眼不识泰山，这是咱们奶奶，还不上园子里叫徐妈妈她们来迎进去。”

毋望看门楣，天底下有这样巧合的事，竟和老家官邸的是一样的，还有门脸儿上的蝙蝠门环、乳钉、暗锁、铁皮包门花，真是半分不差，她心里极欢喜，暗道当真是有缘的。唏嘘了一阵，大门里呼啦啦出来三四十个丫头婆子并十几个护院和小厮，黑压压跪倒一大片，齐道，“给大奶奶请安。”

毋望霎时措手不及，才想同她们说别这样称呼，那助儿指了最前头的婆子道，“这是徐妈妈，是大爷的奶娘。”

毋望忙搀起她道，“妈妈不必多礼，快些起来。”

那婆子连连道谢，毋望看她四十上下的年纪，穿着攒花背子，头上戴着遮眉勒，打扮确是与旁人不同，她边笑边道，“瞧瞧咱们奶奶，这通身的气派，果真是天上有地下无的人物，怪道我们臻哥儿心里口里一时不忘呢！”抓了毋望的手好一通摩挲，直道“造化”，喜滋滋的引了进门。

绕过大门正中的玉石屏风，再往里是装点一新的四合院，场地极开阔，从正门到主屋足有两箭远的距离，徐婆子道，“这是前院儿，大爷和奶奶的新房还在后头，奴才们都收拾过了，新褥子新帷子，一色都是新的，知道奶奶是大家子的小姐，奴才们没有不尽心的，大爷也再三再四地吩咐要仔细。”她又掩口笑道，“从没见我们爷这么上杆子，奶奶好福气，和我们爷真个儿天造地设的一双，谁见了不欢喜？太太这会子在外省看不见，要是在跟前不知爱得什么样呢。”

助儿打趣道，“妈妈也忒信不过您奶儿子了，咱们爷那双眼睛和一般人可不一样，能叫他心心念念的岂是凡品吗？”

众人你一言我一语地簇拥着她走上大理石的甬道，穿过前院子，往后赫然是个人工开凿的小湖，还有一座极大的假山。山上亭台楼阁，不知怎么竟有淙淙的流水声，转了两个弯，眼前是一架水车，假山上的水冲下来带动水车，水车又将水汲上去，周而复始，甚有野趣。

徐婆子道，“这里是勿忘亭，山石都是从泰山上运来的。”

助儿啐道，“妈妈仔细了，毋望是奶奶的名讳，直呼不得！”

徐婆子一愣，旋即自打嘴巴道，“奶奶休怪罪，是奴才唐突了，竟不知咱们爷竟有这等用意。”

毋望在亭下仰首看，勿忘亭吗？是想着她才取的？真亏得他费了心思，心里一阵阵的甜，旁边徐婆子的喋喋不休也不觉得那么聒噪了，便好性儿地安抚道，“妈妈别自责了，既是他的乳母，便也是我的长辈，哪里有长辈不能直呼名讳的，况且这亭子定了这个名字，总不能因为我一到就避讳了，还是照旧的好。”

徐婆子又把她一通好夸，继续引了往后园子去，一进垂花门便见廊子下挂满了红绸子，门柱上吊了红漆刷过的竹雕对联，看来全都已经布置妥当了。徐婆子一招呼，两边偏门走出来两个衣着不俗的人，对着毋望深深一揖，道，“见过大奶奶。”

助儿见了，皮笑肉不笑地介绍道，“这二位是咱们大爷的奶哥哥，是徐妈妈的亲儿子。”

毋望微点了头，越过他们往房里去，几丫头见势忙来搀扶，待她坐定了又是倒茶，又是拢熏炉子，徐妈妈道，“这六个是丫头里最拔尖儿的，办事利索又有眼色，都调来伺候奶奶，奶奶若有什么事儿只管打发她们办。”

那六个丫头一溜跪下报了名字，毋望只顾想着翠屏、六儿、丹霞她们，那些个名字一个都没记住，又见她们奶奶长奶奶短的，愈发堵憋得慌，便对徐婆子道，“妈妈别忙，我有几句话说。”

徐婆子忙停下张罗垂手待命，一面正色道，“听奶奶的吩咐。”

毋望拿帕子轻掖了嘴上水渍，道，“我和大爷的婚事暂且不办，劳妈妈叫人把这些个红绸和囍字都揭了吧。”

那婆子怔在那里，半晌奇道，“这是怎么话说的，不是说到了就办的吗，这都妥当了的。”

众丫头婆子面面相觑，毋望缓缓道，“如今尚不是时候，父母大人都不在跟前，难不成我只与他对拜就成了吗？还是过阵子再说吧，我也同他说过了，他是答应的。”

徐婆子面上露出尴尬的表情来，搓着手道，“这却不好办了，原想着奶奶过门了家里一应账目都要交给奶奶过目的，现下这样恐不方便了。”说着讪讪笑了笑。

一旁助儿一路看着他们过来的，暗里自然向着毋望，便道，“妈妈糊涂了，过不过门都是一样的，不过缺个形式罢了，将来风光操办也是使得的。奶奶既到了府里，那便是正经主子，要是谁敢不从，大爷也不依，妈妈只管叫奶哥哥把账目呈上来就是了，大爷还有半个不字不成。”

那徐婆子偷眼狠狠瞪了瞪助儿，助儿只作不知，翻着眼儿往房顶上瞧。毋望低头浅笑，原来徐婆子的儿子是府里的管事，瞧着这股子揽权的劲儿，可想而知油水定是捞了不少的，怪道自己才刚觉得哪里不对，按说府里虽没女眷，年轻丫头还是有的，两个爷们儿应当在前头当差才是，怎么在后宅里转悠？她来了也没到大门外迎，却从新园子的偏门里出来，可见是没规矩的。裴臻只顾外头忙，家里原有老爷太太，琐事一概不必他操心，如今开牙建府单过，内宅的事，大到买卖奴才，小到柴米油盐，恐怕都不过问，如数交给了两个奶哥哥，这哪里了得，外头风生水起，后院却失火了，岂不叫人笑掉大牙吗？毋望暗自摇头，看来明月君大人还是有顾及不到的地方。

那徐婆子也不立时答话，只道，“那大爷的下处如何安排，还请奶奶示下。”

毋望红了红脸，怎么说？说你们大爷死皮赖脸要同我住一个院子吗？左右权衡了只得道，“你自去问他吧，我才来，园子里的事也不熟络。”

徐婆子福了福道，“奶奶路上受累了，先歇会子，奴才着人把饭食抬来，大爷定是在燕王府用饭了，奶奶单个儿先吃吧。”

毋望点点头，又道，“往后别叫奶奶，这么不合规矩。”

徐婆子躬身道，“是，姑娘。”挥了挥手，把一干丫头打发下去了，只留两个一等丫头从旁伺候着。

助儿看人都退尽了，两眼泪汪汪地看着毋望道，“我的主子，你可算来了，咱们家算是有救了，你可不知道啊，那徐婆子的两个儿直把家里家当搬空了才算完。大爷面嫩，念在那徐婆子奶过他不好说什么，睁一只眼闭一只眼，倒助长了那两个下流种子的气焰，买人卖人由着性子，银钱手里流水似的过，凭他怎么用，眼都不带眨的。瞧瞧咱们家里，如今统共两个主子，护院小厮丫头婆子不下七八十，每月月例银子到账房都是一二百两的支，再这么下去金山银山都不够使的。”

毋望蹙了眉，心道还真料到了，只是眼下就下手整治怕不妥，到底没过门，若这就立威不知人家背后怎么消遣？若放任不管，自己好歹已经和他这般好了，看着他的家伙一点点流失也肉疼得紧，一时拿不定主意，迟疑道，“这话你和大爷说过吗？”

助儿叹口气道，“主子别瞧大爷外头杀伐决断的，实则心眼可好，他哪里下得去狠手，左不过叫了那两个奶哥哥来拎拎耳根子。那两个表面上应承，消停了十天半个月还是照旧，大爷没法子，只好由得他们去了。”

毋望思量着不语，助儿又压低了声道，“还有更可恨的，那两个杀才直往家买齐全丫头，不知安的什么心？每日只顾流连在园子里和丫头们调笑，不正不经动手动脚的，还往大爷房里送人，你道可气不可气？”

毋望一听顿时觉得事态严重，面上不动声色，端了茶盅刮了茶沫儿，慢吞吞道，“你们大爷又怎么说？”

助儿义正词严道，“大爷自然不从，把人哄了出去。咱们大爷是正人君子，心里眼里都是姑娘，岂是谁都能屈就的。”说是这么说，又不免替他主子抱屈，不近女色都有一年多了，好容易把心上人盼来了，可惜不能大婚，还得继续熬着，真担心他会憋出病来啊！

毋望道，“等你们爷回来，看他的意思再办，旁的便罢了，只这丫头一事不好姑息，时候久了这园子岂不由他们混来。”

助儿道，“可不是这个理，面上好听叫声哥哥，其实还不是奴才，奶奶拿他们做筏子，谁又敢哼半句？”又指了两个在房里的丫头道，“你们两原是徐妈妈的人，她把你们放在姑娘房里自是有她的打算，只是你们如今也看见了，到底谁才是靠山，你们自己只管掂量，若要做她的耳报神也得不着好，仔细你们的皮吧。”

那两个丫头抖得筛糠似的，自是诺诺称是，不敢有违的。

〇八二 灯下待君归

入夜，园子里的廊子底下掌了一排琉璃风灯，毋望推了窗屉子看，天上一弯上弦月吊着，西北风刮得一阵紧似一阵，屋子里拢了两三个火盆子，倒也不觉得冷。她倚窗坐了会子，微云和淡月拿了金猊的大被熏笼进来，燃了碳，往上撒了一层沉水香，立时淡淡的幽香飘散开来。

淡月放了幔子往后身屋里熏褥子，微云回头看姑娘愣愣的，便取翠纹织锦的厚斗篷来给她搭上，一面道，“姑娘可是在等大爷？坐在风口仔细受凉。”

毋望回了回神问道，“什么时辰了？”

微云看了玉漏一眼道，“亥时一刻了，大爷许是什么事耽搁了，这么晚了姑娘还等吗？还是早些安置吧。”

毋望道，“我再坐会子，你们先歇着吧。”

微云笑道，“我们伺候了姑娘再睡。”自己也探头往门外看，一面道，“大爷这阵子愈发忙了，经常交子时才回来，今儿不知怎么样。从前阑二爷在时生意上还有照应，如今老爷太太和阑二爷一家子搬到外省去了，只剩大爷一个，孤零零的怪可怜的，好在姑娘来了，咱们爷算有个知冷热的人儿了。”

原来园子里的人并不知道他在做什么，只当他在操持生意上的事，毋望幽幽叹了口，若真只是忙生意就好了，她也不必终日提心吊胆了。

里间的淡月出来，面色不善，气道，“这徐妈妈当真年迈昏眊，那条捻金银线的滑丝锦被脚头竟有两个蛀洞，打量姑娘不和大爷大婚就怠慢起来，真是了不得了，等大爷回来我定要回的。”

微云小心地打量毋望，生怕惹她发火，又扯扯淡月道，“你这蹄子没眼色，既见着了就打发人把徐妈妈叫来换了就是了，何苦在这里说嘴？”

淡月缩着脖子吐了吐舌头，也偷眼瞧毋望脸色，毋望不以为然地笑道，“没什么，明儿拿针纳了就是，要说换了，不知怎么糟蹋呢。”

那淡月和微云在朵邑时就是伺候裴臻的，并不是来了北平后新买的，自然要比头前那几个贴心得多，微云不满道，“姑娘这么省着倒便宜了徐婆子一家子，如今他们娘三个顶得这里大半个主子，那陈光和陈孝说一不二的，只管克扣咱们，自己穿金戴银，眼下胆子愈发大，敢拿压箱脚的缎子来敷衍姑娘，还说是新置办的，想是料定大爷不在这儿过夜就打马虎眼儿。”

淡月道，“他们只当自己聪明，其实还不是眼皮子浅吗，现下婚事不过搁一搁，又不是不办了，姑娘早晚是奶奶，回头照样收拾他们。”

毋望笑起来，这两个丫头心直口快，和翠屏六儿很是像，自己在这个家里也算不孤单，至少还有她两个护着。至于裴臻的奶哥哥们，先放两天，收拾是迟早的事，也不急于这一时。抚了手炉道，“陈家的两兄弟外头有下处吗？还是住在这府里？”

微云道，“他们外头置了产业，平素园子里下了钥，他们娘三个就出园子去，不过有时也留宿，就住在西北角的秋霁院里。”

淡月嗤道，“他们那些产业打哪儿来的？还不是这里捞着的油水？听说都使上丫头了，奴才使奴才，他们好大的脸面！”

毋望漫不经心转了转手上的镯子道，“今儿他们可出园子去了？”

微云撇了撇嘴道，“徐婆子在呢，许是怕姑娘有吩咐，换作平时早跑的没影儿了。大爷的吃穿也不问，亏得爷还是她奶大的，到底肚皮里不曾包过，胳膊打折了还是往里拐的，只心疼两个亲儿子，大爷面前心肝肉的，叫得好听罢了。”

淡月声音里带着庆幸，喜道，“如今好了，咱们爷也有人帮衬了，阿弥陀佛，可不是造化吗，求姑娘多疼着我们爷点儿，我们做奴才的总有服侍不周的地方，姑娘看着提点些吧。”

毋望被她们说得有些不好意思，心里也一直有困扰，裴臻面前不太好问，问了怕大家尴尬，便试探道，“你们爷没有房里人吗，怎么连吃穿都没人管？”虽说通房不算什么，不比丫头好多少，也构不成威胁，但是思来想去还是很介意，这个疙瘩堵在心里竟要成一块心病了，若他有通房怎么办？人家好歹服侍一场，撵出去吗？

淡月微云相视而笑，微云道，“我的好姑娘，你只管放心吧，我们大爷弱冠前太太给他安排过通房，素奶奶进门全打发出去了，后来就再没有过，姑娘极有福气，咱们大爷对姑娘是毫无二心的。”

毋望暗松了口气，总算把心放回了肚子里，想想他这样的家世样貌，尚且能洁身自好，当真是难得的，还有那爱俏的性子，没人料理还不是打扮得漂漂亮亮的？她琢磨着又要笑，这人真是有意思得很，除了心眼多一点，旁的真没什么不好的。

淡月微云见她不再说话，便下了门帘子退到外间去了，她歪到白玉榻上，那榻下头的屉子里供了熏炉，隔着两层软垫还是热烘烘的。听助儿说这张榻是不久前才完工的，裴臻嫌围子雕得不好，再三再四的改，还花心思加了个屉子，说是怕冻着她，好加熏笼。毋望伸了手指沿着那围子的宝相花纹路一点点滑过，神思恍惚着，不时侧耳细听外头的动静，这时方能体会当年母亲等爹爹下朝时的心情，真真极想他，清早便进了燕王府，怎的这个时辰了还不回来？她又无措地下地在屋子里来回地踱，想起了商挺的那首曲子“戴月披星担惊怕，久立纱窗下，等候他，蓦听得门外地皮儿踏，则道是冤家”，原来风动荼蘼架真是唱进人心里来了。

又耐着性儿等了会子，还不见回来，心里不由焦急，袖口一拂带倒了茶盏，淡月听见响动忙进来看，上下衣裳摸了个遍，问道，“姑娘可烫着？”

毋望抽出袖子摇头，心神不宁地坐下了道，“你打发人到燕王府问一声吧，这个时辰了怎么还不回来？助儿呢？”

淡月掩嘴笑道，“我瞧着姑娘和我们大爷真是恩爱得紧，姑娘放心吧，助儿已经往燕王府去了，过会儿就回来了。”

毋望微一哂，暗道自己也忒沉不住气，倒叫人笑话。正懊丧，忽闻院子里有人疾走的脚步声，忙起身要去看，门帘子从外头打了起来，裴臻挟风带雨之势地闯了进来，解了领上盘扣，顺手将大氅扔给淡月，也不管旁边有没有人，将她搂进怀里，低头便吻。

那淡月哪里见过主子这样，吓得倒退两步，把脸涨得血红，跌跌撞撞便退出门去，抚胸喘了半天，和微云凑在一处一说，两个捂嘴诘诘笑起来。

毋望被亲得喘不上气，又想着屋里还有人，忙不迭地推他。裴臻像是吃了酒，也不管她挣扎，直将她推到雕花落地门上，捉了她的手压制住，一手捏着她的下巴又是好一通纠缠，等亲够了才软软把头靠在她肩上，梦呓般喃喃道，“那劳什子的燕王，烂事竟这么多，我好不容易才脱身的，想死我了。”他捧起她酡红的脸，媚眼如丝地看着她，诱惑道，“你想我不想？才刚三更的梆子都敲过了，你怎么还没安置？是在等我吗？”

毋望张嘴才要说话，他咕哝道，“再让我亲亲……”双手环住她的腰肢，嘴唇猛然又压下来，炽热狂烈的吻，要将她拆吃入腹的架势。

毋望觉得自己像条离了水的鱼，急促的喘息却无济于事，只感到手脚乏了，眼睛看不清了，顺势几乎要瘫软下来，只得拿臂环住他的颈子。他闷声一哼，发力将她按向自己，两具身体紧密的贴合，他恶劣地用牙齿轻轻啃咬她的唇瓣，直磨得鲜红欲滴才放开她，略带得意地端详，复又靠上来用舌尖在她唇上描绘一圈，欲罢不能地嘬了两下，这才心满意足地放开她。

毋望红着脸垂首，裴臻见她含羞的娇俏模样，心里又是怦然一动，费了好大的力才忍住没又覆上去，只伸手替她将鬓边散落的碎发拢到耳后，顺便在她肉嘟嘟的耳垂上捏了捏，调笑道，“在下的手段，姑娘可还满意？”

毋望臊得别过身去，嗔道，“不正经都叫别人瞧见了。”

他呵呵笑道，“瞧见便瞧见，自己家里怕什么。”说着脱了裘皮的马甲，闲适地倒进榻里，一手枕在头下，一手招了招她。

毋望拉了杌子到他榻前坐下，伸过手让他握住把玩，温声道，“怎的这样晚，吃饭了吗？”

裴臻半阖了眼，拖着尾音道，“只吃了些酒，应付完了便急赶着回来了，你到家可还习惯？丫头婆子可听使唤？”

毋望只道，“尚好。”顿了顿又道，“我打发人到厨房弄些吃的来吧，只吃酒哪里成。”

裴臻眼里涌出点点暖意来，拇指在她手背上摩挲，颔首道，“还是夫人心疼我，那便劳烦夫人了。”

嘴上抹蜜的毋望微红了脸笑笑，扬声叫微云，要抽出手来，他却死攥着不放，便只得由他握着。微云进来见两人这样亲密不免有些尴尬，躬身道，“姑娘吩咐。”

毋望道，“你去厨上瞧瞧，给爷置办些吃食来。”

微云道是，自领命去了。裴臻将她拉了靠伏到自己怀里，有一搭没一搭地轻抚她的头发，叹道，“这会子可算有了家的味道了。”

毋望也满足的喟叹，自己何尝不是同他一样的感触呢？在外祖母家虽受尽宠爱，到底还是寄居的，没有根，不知何时就要飘走，如今有了他，只要跟着他，到哪里都是家。

两人俱不说话，过了会子裴臻道，“明儿叫城里最好的裁缝来给你做衣裳，过两日燕王府有家宴，燕王妃邀你同去，没法子，推不了的，你担待些吧。”

〇八三 为夫斗顽奴

隔了好半日微云才端了一盅燕窝回来，气呼呼地将盅放在桌上，毋望和裴臻交换了下眼色，裴臻道，“这是怎么了？谁得罪你了？”

微云嘟嘴道，“厨房那帮子人愈发不成体统，爷还没回来，灶上的火早灭了，人也不知哪里去了，蒸笼里半丝儿热气也没有。我只好生了火隔水蒸，爷将就用吧。”

裴臻蹙了蹙眉，“十几个婆子，一个也不在？”

微云道，“定是又和徐妈妈吃酒赌钱去了，哪里把主子放在心上？爷不言语，她们都成了二层主子，姑娘好性儿不说，我是忍不住的，徐妈妈拿上年虫蛀了的被面儿给姑娘盖，秋霁院里自己的下处金被银被的使着，倒慢待起正经主子来。爷事儿多管不上，如今姑娘来了，爷好歹求姑娘整顿整顿吧，这么下去这园子就不成样子了。”

裴臻一听毋望盖的是虫蛀的被子，邪火直蹿上来，怒道，“竟有这样的事？真是了不得了，素日里凭他们去，我也懒得管，眼下你来了竟也这么不上心，这是叫我没脸吗？”对门口探头的淡月道，“你去，打发人把徐妈妈和她两个儿子叫来，眼下不问是不成了，多早晚爬到我头上来我还蒙在鼓里呢。”

淡月领命，乐颠颠地撒丫子便要去传话，毋望忙喊住了，对裴臻道，“两个管事都出府了，这会子时候晚了，上哪里寻去，明儿再说不迟，何必急在这一时。”

裴臻脸上现出羞愧之色来，讷讷道，“让你受委屈了，我那乳母昏聩，明儿我定然说她。往后家里的一应事宜不用问我，你只管做主，下人们但凡有耍滑偷懒的，或打或卖，你看着办就是。”

淡月应道，“正是这个话，徐妈妈母子终究是外人，从前府里没有主母便托她代管。如今主母来了，她不交权断然说不过去，难不成她还越过姑娘的次序去，作起主子的主来，叫姑娘还看她一个奴才的脸色过日子吗？”

裴臻听她左一个主母右一个主子的，春君也不驳斥，果然是将这里当作自己的家了，心里极受用，只要是向着她的话，什么都觉得有理，便频频点头，坐下喝了两口燕窝道，“我明儿就传话，让他们将账簿子和各处钥匙都送来，只怕累着你们姑娘呢。”

毋望一派平淡，气定神闲道，“我若下手整治你那些奶哥哥，你可心疼？”

他闻言闷声一笑，将垂在胸前的宝蓝色挑金丝绦往背后一抛，盖了盅盖儿道，“我自然和谁亲便向着谁，奶哥哥是外人，哪里能和你比？当初不过看他们是徐妈妈的儿子才派了差使，这大半年也叫他们捞够了，宅子田地都置办了起来，打量我不知道，我只是卖乳母的面子不提罢了，眼下也该收收了，再这么的，我这处府第迟早要姓张了。”

毋望听了笑道，“是我走了眼，原来你也是个明白人。”

裴臻嘟囔道，“我多早晚糊涂了，不过大智若愚些，倒叫你这样编排我。”

几个女孩儿笑作一堆，他微勾起嘴角掸了掸袖子，冲毋望一揖道，“时候不早了，姑娘歇着吧。”转身揭了门帘出去，到廊子下和随侍的两个小厮耳语几句，便往正屋边上的厢房去了。

次日卯辰相交起身。

微云见她坐起来了，便拿银帐钩收拢幔子，用水呈接了清水把香炉里的塔子浇灭，轻声道，“姑娘这么早就醒了？可要洗漱吗？”

太阳光透过窗纱淡淡的照进来，毋望抚额嗯了声，微云拔了门上的闩子，招呼外面道，“姑娘起了，都进来吧。”

一干人端着托盘鱼贯而入，徐婆子满脸含笑，道了万福，热络道，“姑娘昨儿睡得可好？”

毋望穿了鞋子下地，缓缓道，“托妈妈的福，睡得很好。”又对淡月道，“大爷可起了？”

淡月故意道，“大爷卯正三刻就起了，说是给饿醒的，这会子在书房看书呢。”

毋望转头看徐婆子，似笑非笑道，“这么大家子人，丫头婆子好几十，怎么倒叫爷们儿饿肚子？妈妈可知道这事？”

徐婆子脸上一阵白一阵红，支吾着说不出所以然来。毋望也不多言，洗漱完毕坐下梳妆，梳头的小丫头小心地给她挽了流云髻，用灵芝竹节纹玉簪插着，复又穿了八团锦上衫，百折如意襴裙，围了雪狐的围脖，衬得眉目如画，竟是皎皎如芙蓉一般的颜色。众人当下皆痴愣，一个戴灰绒额子的妇人一迭声地啧啧，脱口道，“瞧瞧这通身的气派，不知比前头的素奶奶强出多少去，这样的绝色才配得上咱们臻大爷呢。”

毋望听了不受用，耷拉下眉眼，似面色不豫。心道，这府里果然要大大的整治，主不像主奴不像奴的，说话没有忌讳，半点眼力皆无，自己若是一味的好言好语，恐怕也立不出威来。恶人便从今儿作起吧，反正已经起了头了，就叫她们觉得自己不好伺候，如此日后办事才尽心，分得出上下高低来。

徐婆子心里着恼，暗拿肘子顶那妇人，低斥道，“不怕大风闪了舌头，你混说什么，怎么拿姑娘和那贱人比？仔细大爷听见了剥了你的皮。”

那妇人回过味儿来，恬脸道，“哎呀，姑娘大人大量，定不会和我计较的，我也是看着欢喜，脑子没跟上嘴，一时说漏了，姑娘只当我无心之过罢了。”

毋望板了脸道，“谁说我不计较了？”

话一出口，满室皆惊，微云淡月心照不宣，退到她身后低眉顺眼地站着，毋望斜眼打量那妇人，冷声道，“我年轻，又才来，不知这位嫂子在哪里当差？”

徐婆子忙敛声，甩眼色催促那妇人自己作答，那妇人没法，只得弓了身子道，“奴才的男人叫葛二，是姨太太的陪房，奴才眼下在大厨房里做管事。”

毋望冷笑两声，原来是厨房里的，正愁拿不着人作筏子，她自己倒送上门来了，便整了整领坠道，“既是厨房的，这一早到我屋子里来做什么？来瞧瞧我和你们大奶奶谁更齐全吗？你才刚说是厨房的管事？那我且来问问你，昨儿晚上是谁当值？你们爷外头还没回来，厨房就熄火不伺候了，焉知他是吃了回来的？就是吃了，爷们儿只吃酒没米面垫着，半夜回来定是饿的，要再寻摸吃食，你们厨房竟都各自歇着了，叫他自己生火做饭吗？可见你们平素是怎么当差的。从前怎么我不管，如今我来了，虽没和你们爷大婚，到底是下了婚书放了定的，他终日劳心劳力，你们是拿月例银子的，叫他连口热乎饭都吃不上，说句不怕你们耻笑的话，我心疼得紧。”

众人噤若寒蝉，偶尔还有几个窃窃私语，她眼皮子都没抬一下，又道，“别处的管事没到，我只和厨房说，今儿起要立规矩，大爷没回来，灶头上必须要热着的，面菜买办每日出项要立单子，五两以上要出字据，或去账上领银子或叫卖家自来取，不得先支后退，若叫我知道可是不依的。府里人多，我瞧着用不了那么多人伺候，你们各人好自为之，有好出路的只管去，我必不拦着，若有偷懒耍滑的，一经查出绝不姑息，或罚或卖，我是不讲情面的。”

众人惶惶都看徐婆子，她倒也沉得住气，眼观鼻鼻观心，俨然老僧入定。心里啐了两口，十五六岁的毛丫头当家来了，偌大的府第，只凭她就管得过来？才到就喊打喊卖的，不过白显威风，臻哥儿是她奶大的，什么时候拿房里人当回事了？莫说她没过门，就是前头那位素奶奶，和大爷五年的夫妻，最后又怎么样？除非这小丫头有通天的本事，否则大爷能听她的才怪，自己是他的乳母，一口奶一口血地奶到他四五岁，他再怎么也会给她个面子，还真叫她给个毛丫头拿捏不成，料定她不敢拿自己怎么样。便有恃无恐起来，心想凭她发威，大爷不发话也没人听她的，不过瞎闹腾，能翻起多大的浪头来？

毋望坐在梳妆台前，微云淡月给她手上抹香膏子，她打量了徐婆子，见她不吭声便笑道，“妈妈大意了，昨儿给我换的褥子上蛀了两个洞，回头请妈妈给我补补吧，我这里针线都是现成的。”

徐婆子吃了一惊，没想到她竟拿被面儿来说事，索性糊涂装到底，假模假式笑道，“姑娘说笑，哪里能够呢，借我个胆儿也不敢啊！想是屋里丫头熏被子，火星子烫着的。”

淡月抬头道，“妈妈可仔细了，被子是我熏的，虫蛀还是火烫也分不清了吗？妈妈自去看，针线都备着的，就在几上搁着，劳妈妈亲自动手吧。”

徐婆子脸上挂不住了，原当嘴上打趣，谁知竟真叫她补，她好歹也是奴才里的体面人，哪里容得她们如此打压，于是愤懑道，“淡月姑娘也忒较真，不过是两个虫咬的洞，谁补不是补，做什么捉住了别人短处不饶？”

微云哼道，“妈妈如今把谁放在眼里头？不过两个虫咬的洞？我们姑娘将来是府里的主子奶奶，蛀了的被子奴才都不用，却放到姑娘的拔步床上来了，妈妈这是瞧不上大爷，还是看不起我们姑娘？”

〇八四　完胜立威严

徐婆子一听吃罪不起，急忙摆手道，“微云姑娘这话我可担不住，谁敢瞧不起爷和姑娘？不就是床褥子吗，我这就打发人换了，也值得姑娘动怒吗。”

毋望睨斜了她一眼，若只是一床褥子，也用不上大惊小怪了，最可恨的是她的态度，莫非素姐儿跟前她也这么没眼色来着？还是心里压根不拿她当回事？说不定暗里还笑她是个填房呢……毋望被自己的推断吓着了，填房？想起这两个字便像有刀子在捅她的心窝子，和裴臻再好也不是原配，可不是吗，不论裴臻和素姐儿是真夫妻也好，假夫妻也罢，终究拜过天地的，头婚和二婚怎么能一样呢？她绞着帕子哀伤地想，原以为自己可以不计较，如今却又容不得你不计较，单看徐婆子言行里的轻慢就如鲠在喉，徐婆子愈是这样，愈是激起她的斗志来。她撂了帕子挑了挑唇角道，“妈妈既不肯补，那便罢了，我自己补也是一样的，被面儿破了也没什么，缝补好了一样能用。要是换了必是要扔了的，那种金丝儿织锦的，少说也值个三五两银钱，糟蹋了怪可惜的，破了的我来用，好的留着你们用就是了。”

众人一听大感不妙，那徐婆子倒还笃定得很，她这么说了也不快些服软，左手搭着右手，表情轻松地站着，竟是默认了。

毋望并不恼，又道，“不知两位奶哥哥可到府里了？”

徐婆子回道，“早到了，这会子在大爷书房里回事儿呢。”

毋望点头道，“往后若没有大爷传唤，两位奶哥哥就不要再进园子里了，咱们家女眷多，爷们儿常出入不方便，旁的没什么，万一坏了规矩就不好了，妈妈说是吗？”

徐婆子的脸憋成了猪肝色，欲反驳，又挑不出她的毛病，搜肠刮肚想了半天，抽着面皮儿道，“那哪儿成呢，园子里的事儿多，不进来没法子料理啊。”

果真是死咬着不肯松手的，毋望便顺着她的话头道，“那就别料理了，过会子把所有的账册子和各处的钥匙都送到我这儿来，园子里的事儿就不劳奶哥哥们操心了，累了这大半年该歇歇了，我若撂开手不管岂不成了吃闲饭的？”她抿嘴莞尔一笑，秋波微转间透出凌厉之色来，“妈妈是府里的老人儿，舍不得您奶儿子就在园子里颐养吧，我年轻，好些事儿想得不周全，倘或妈妈不嫌麻烦就多提点我些；可若是妈妈想回府外的宅子里过，那就挑几个伶俐的小丫头子服侍，也是大爷的孝心，妈妈瞧怎么样？”

徐婆子气得几乎要发抖，心道好厉害的主儿，拿几个小丫头就想打发我吗？单凭她三两句的便要独揽大权了？哂笑一声道，“这怕是不合规矩吧，姑娘还未过门，按理说在府上住着是客，哪里有叫客人受累的道理？”

众人又转眼看毋望，看戏似的揣度她接下来如何应对。

毋望是泰山崩于前仍旧面不改色的高手，早就料到这刁奴会拿这话来搪塞她，便半真半假道，“恕我孤陋寡闻，这裴府还有如此的礼数，你们爷原会跋涉几千里到应天来迎客的，既这么的，那我明儿就收拾行李回去，这个家便由你们当，妈妈说可使得？”

这下子徐婆子怔住了，要是真把她挤走了，怕大爷面儿上不太好交代，只好讪讪地不说话。

毋望思量着该发作了，这徐婆子是个欺软怕硬的，自己好气儿她倒不当回事似的，遂起身对淡月道，“去回你们爷一声，叫他打发人送我回应天去。”语毕转身要往后身屋里去。

微云忙拖住她，对徐婆子声色俱厉喝道，“妈妈可醒事？姑娘和大爷怎么样，你就是不全知道，单看大爷日夜兼程地迎姑娘回来，难道还看不出三四分吗？什么客不客的？真把姑娘撵走了，依着大爷的脾气，凭你是奶娘还是亲娘，他何尝留过情面来着？妈妈还不求姑娘，回头大家都没好果子吃！”

徐婆子这下着了慌，拦在毋望面前低声下气道，“这是怎么话说的？奴才原不过是受了太太之托照应着大爷，如今姑娘来了，理当把一应事宜交付给姑娘，这不是怕累着姑娘吗？”

毋望道，“妈妈快别这么说，我原是客，倒来抢着管家，叫别人听了自讨没脸，我自己也臊得慌，还是回应天的好，叫你们大爷另觅良配吧。”

众人忙都来劝，徐婆子一看了不得，要出大事，情急之下打了自己一个耳刮子，扯着她袖子道，“求姑娘瞧在奶过大爷一场的份上别和我计较，不就是账册子和钥匙吗，也值得姑娘这样？只要大爷答应，回头我就叫我那两个儿送来，都给姑娘收着。”

毋望听了当真有些来气了，什么“只要大爷答应”，又是什么“给姑娘收着”，敢情自己抢着要做账房不成？恨道，“两个奶哥哥回完事便在二门上候着吧，瞧大爷那里可另有差使派，若没有就回自己庄子上待着。如今就是没有府里那二两月例银子也饿不着肚子，妈妈是聪明人，凡事也不必都说穿了，人情留一线，日后好相见，妈妈说是也不是？”

徐婆子一窒，暗道蹬鼻子上脸起来了，倒要瞧瞧这么个黄毛丫头有多大的能耐，她不是要管吗？好得很干脆一股脑儿掼给她，她只当家是好当的呢，叫她受教几日，回头还得哭着回来求她，不咸不淡地应道，“姑娘说得极是，托姑娘的福，我也过两天轻省日子。”。

毋望对着镜子里扶了扶鬓边的点翠，淡淡道，“传话下去，回头叫各处管事拟个花名册给我，管事们暂行代管，差使办得好便留用，我这里酌情还另有赏。若办不好，那便降一等，再办不好，就同二等丫头一样处置，府里不养闲人。”

一干人等诺诺道是，徐婆子脸都绿了，懊丧得捶胸顿足，只道她小孩子家不过争强好胜，谁知竟还有这手段，后路都想好了。那些执事平素虽面上同她好，私底下到底还是各打各的算盘的，这小丫头恩威并施，她们临阵倒戈自不在话下。想想自己非要出这个头，终也不是长久的方儿，早晚还是要交出来，争得了一时争得了一世吗？刹时性儿也煞了，不过白操了这份心，往后骑驴看唱本，走着瞧吧。

那厢毋望端起奶皮羹喝了两口，随意挥了挥手道，“我这里不用伺候，都下去吧，好生警醒着当差，少不了你们的好处。”

众人知道毋望厉害不敢怠慢，自当兢兢业业，福了福退出屋子去。微云淡月相视而笑，毋望松了口气儿，才坐下，便听得散到外头的人恭敬唤道，“给大爷请安。”

毋望起身迎出去，见裴臻负手站在廊子下，冷着脸子扫视这些人，背后还跟着张光张孝，一个手里捧着一大摞账簿子和帖子，一个拎了沉甸甸十几串钥匙和对牌。娘三个碰了面一味暗里使眼色，徐婆子道，“哥儿多早晚来的？”

裴臻沉声道，“来了好一阵儿了。”复又冷哼一声对众人道，“你们姑娘的话可都听清了？往后她的意思和我是一样的，你们有什么只管来回她，什么事都不必问我，银钱用度算清了再来领牌子到账上支去，如有滥支冒领，一经查出，管不得谁是有脸的，谁是没脸的，一律撵出府去。”

徐婆子吓白了脸，大爷是从来不问后宅事的，如今替她撑起腰来，莫非真是对她花了心思的吗？又偷着瞄她，俏生生站在门前，风林秀致的气度，无奈叹了口气，怪道大爷动心，自己若是爷们儿定然也是爱的，这般的倾国倾城貌，普天之下又有几个呢，不认栽还能怎么？

众人领命，正要退下，毋望道，“妈妈且慢，是留在园子里还是出府去，总要给我个话儿，我好安排下头的人手。”

徐婆子没计奈何，只得福道，“我若出府岂不违逆了太太的交代？哥儿是我看大的，亲儿子似的，不在跟前怎么放得下心。”

裴臻听了悻悻地摸了摸鼻子，毋望笑道，“那敢情好，园里的事还要劳妈妈每日揽总查看，若有不好便来回我，我旁人信不过，只信妈妈向着臻哥儿，自然是不会徇私的。”

徐婆子像只斗败的公鸡，如同临死又被人狠狠鱼肉了一番，一股耻辱感油然而生，木木站在院里，看她那没出息的奶儿子朝他未来的媳妇儿走过去，用温柔得掐得出水来的嗓音嘘寒问暖，只觉遍体生凉。俗话说儿大不由娘，何况还是奶娘，于是迈着沉重的步子，一步三叹地往女墙外去了。

裴臻领了张光和张孝进屋子，那两人将手里东西齐整码在桌上，那张孝躬身道，“回姑娘的话，家里的产业收支都在这儿了，请姑娘清点吧。”

毋望道，“不忙，回头我得了闲儿，自然一样一样地兑。”

张光道，“姑娘若没话吩咐，咱们兄弟便下去了。”

毋望白了眼兀自窃笑的裴臻，对那兄弟俩正色道，“二位奶哥哥可别记恨我，大爷自会给你们另寻差使的，这宅院里的事本不该叫你们爷们儿管，没的耽误了你们的前程。”

那二人头也不敢抬一下，只顾惶恐道，“不敢不敢。”

裴臻悠然道，“二位哥哥去吧，差使的事儿回头再说，总不叫你们吃亏的。”

张家兄弟一迭声道是，做了揖，往二门上待命去了。

〇八五　裴府贤内助

毋望叫微云取了算盘来，也不管旁边眼巴巴的裴臻，自顾自翻了册子拨算起来，乌檀木的算盘珠子衬得那上下翻飞的手指愈发白得近乎透明，裴臻不说话，只和煦笑着，托腮定定看着她。她微拧了眉，侧面的轮廓细致秀美，太阳从天窗里照进来，打在她鬓角上，给这张年轻的脸覆上一层淡淡的光，定睛看，颊上竟和孩子似的，有柔软细腻的绒毛。他不禁伸手去抚，又摸摸自己的脸，手感到底是不一样的，她的脸嫩得豆腐似的，仿佛稍一用力就会戳破，他的指尖流连着，欲罢不能。

毋望不满地咬着下唇，眼睛还盯着账册，拿手胡乱挥了两下，嗔道，“兰杜别闹。”

裴臻爱死了她那种模样，只觉无比的赏心悦目。其实他很早就来了，一直在廊下站着听她教训下人，原先担心她应付不了那些比猴还精的婆子，怕她吃亏，还替她捏了把汗，时刻准备冲进去英雄救美。谁知她颇有大将之风，不骄不躁舌战徐婆子，大大出乎他的意料之外，看似柔弱得水一样的人却有如此冷静老辣的手段，他是完全小看她了，聪明，缜密，还带些狡黠，这些手段足够让她在他离开的日子里自保了，她果然是个叫人放心的人。

瞧了瞧时辰，已近午时，裴臻道，“歇会子吧，才来就叫你受累，我真是过意不去。”

她嗯了声，又将两页核算清楚方才撂了笔。

裴臻起身替她揉捏脖颈，她闭起眼享受地哼了哼，喃喃道，“虚报的账目不少，一个丫头竟花三十五两，若再晚些，过两日就该闹亏空了。眼看要过小年，一应要筹备起来，亏得库里金银供器都有，也不必另外置办，否则必是一笔极大的开销。”

裴臻道，“亏空倒不至于，才开府那会子只往库里存了二万两银子，余下的都上了银号的柜上，不够使了打发人支去就是了。”

毋望又翻了翻库房的账目，摊到他面前指着那几个小楷字道，“只大半年，还余三千三百七十一两四钱，竟抵得上谢府一年的支出，这里又无人情往来，下人的月例银子是大头，满算七个月一千八百两，半年买了仆妇九人，二等丫头三十三人，用银一千四百五十两，剩下的不过是平素吃穿用度的开销……”她算盘珠子拨得噼啪响，一脸灰败地努嘴示意他看，“手也忒松些，花了一万三千三百七十八两六钱银子。怪道房地都置办起来了，横竖一半姓了张。”

裴臻探头来看，冷了脸咬牙道，“好得很，就是整日海参鱼肚也花不了这许多去，张光张孝给我当的好家！”

这时外头有婆子来回事，隔着门帘子道，“奴才是厨里的，问姑娘，大爷的饭食送到这里来，还是另往书房送？”

毋望想起裴臻有单独吃饭的习惯，便转脸看他，裴臻正有些恼，三两步跨到门前，掀了帘子道，“没眼色的，你们姑娘来了还叫我单吃？自然送到这里来。”

那婆子期期艾艾又道，“灶上还让问问，今儿菜上浇头用什么好，是肉丁儿还是鸡蛋？”

裴臻一听心底恨得出血，阴恻恻道，“你们管事是做什么吃的？这样的事也来回？去去，叫葛二家的卷了铺盖滚蛋！”

那张阎王脸带起了阴风阵阵，把那婆子吓酥了，直道是，缩着脖子麻溜地跑出了院子。

毋望笑道，“这是和我打擂台呢，大事小情皆来回，你可瞧见了？”

裴臻浓眉紧蹙，解了颈上盘扣松快叹了口气，哼道，“胆子不小，今儿就拿一个来作法，仗着是老人儿给我出幺蛾子，狗屁不通的东西，看我不生撕了她。”

淡月倒了热茶给他，劝道，“煞煞气儿吧，这些管事嬷嬷哪个不是盆满钵满的，都得过徐妈妈的好处，一荣俱荣，一损俱损。如今换了姑娘当家，好日子眼看到头了，心上自是不受用的，使了法子难为姑娘也是有的。”

毋望看他又发作，忙对淡月道，“你同他说这些做什么，没的白生气。”拉了他坐下，徐徐道，“回头我自会料理，你只管外头的事儿去……旁的都不要紧，仔细自己的身子才是。”

裴臻哑然失笑，道，“那一定，如今这身子也不单是自己的，单为了你也要保重。”

毋望的脸轰地一下红得要滴出血来，怨怼地剜他一眼，又偷眼看旁边的淡月，还好她敛气凝神面上平静，否则岂不要挖个地洞钻进去么。便扭捏道，“不许胡说！”

那小嗓子，细细的，糯糯的，裴臻如饮醇酒，半醉半梦的大感受用，往她跟前凑了凑道，“我竟得个贤内助，不知是哪辈子修来的福气。”

淡月牙酸倒了一大片，心道大爷邪性得很，往常不是个腻味的人，如今遇着了镇得住的，那满嘴的甜言蜜语真叫人直打哆嗦，想着又哆嗦一下，和素奶奶怎么就跟冤家似的，成天没有好脸子，要么不见，见了就你死我活地掐。原来姻缘在这处，刘姑娘面前撒娇讨好，半点脾气也无，可不是一物降一物吗。

裴臻转着手上的虎骨扳指道，“过会子吃了晌午饭别忙歇觉，我叫人来给你置办些衣裳头面，东西都送到府上来，你挑喜欢的留下就是。”

毋望点点头，到盆里净了手，拿了干帕子边擦边道，“北平这样冷，亏得屋子里埋了地龙，若出去岂不是冻死吗？”

裴臻笑道，“和朵邑的天儿差不多吧，北地更冷些呢。”

毋望暗道也是，从前在朵邑冻得眼泪鼻涕一把还在地里挖红薯，也没活活冻死，人果然是享了福就过不得苦日子了，天冷些就受不住。又想起了德沛，遂道，“你可派人去接沛哥儿了？再有十七八天就过年了。”

裴臻道，“我传了书给他，算脚程，再过半个来月就到了。”

毋望抬头道，“他自己回来吗？那无为山可远？路上没什么危险吧？”

裴臻捞了她鬓边垂下的一缕长发放到鼻尖嗅嗅，一面道，“放心吧，他在军中历练了一年，泥里水里的什么没见过，我若打发人去接应怕他不高兴呢！”又嘲笑道，“你怎的这么护犊？对弟弟尚且如此，将来有了孩子还了得？定会宠得没边儿。”

毋望一臊，气呼呼地嘟起了嘴，在那白玉似的手背上拧了一记。私底下占便宜便罢了，有外人在还口没遮拦，什么孩子不孩子的，叫人听了像什么？

裴臻眯缝起那双漂亮的凤眼，雪白的牙齿咬着嫣红的唇，一边抽气一边抚着被掐红的那处皮肉，姿态既魅惑又撩人。毋望窒了窒，淡月早已傻了，张着嘴心跳如雷，只想号啕大哭——为什么今儿当值的是她？来个雷把她劈醒吧！大爷怎么成了这样？平常知道自己好看就故意拉着脸，眼下这种好习惯似乎已经摒弃了，自己还在这里做什么？等着鼻血喷涌吗？于是淡月捂着发烫的脸偷偷闪了出去，大爷一定是欲求不满，自己杵在那里白惹人嫌，他们爱干嘛就干嘛吧，不管了！

毋望只好转身背对他，口干舌燥地吞吞口水。杀伤力太大了，她很想斥他做这浪样给谁看，踌躇半晌也没出得了口。他到底有没有自知之明？长成这样还勾人，什么意思？

这时微云隔着月洞窗下的屉子回禀道，“姑娘，这会子摆饭吗？已经午初二刻了。”

毋望道，“叫她们进来吧。”

小丫头在外头打起猩红毡帘，一溜仆妇抬着食盒跨进门槛，各个目不斜视小心谨慎。毋望收拾了账簿拿镇纸镇着，裴臻举着书倒在白玉榻里，突然出声道，“葛二家的出府没有？”

几个仆妇一凛，躬身道，“这会子求徐妈妈去了，想托徐妈妈来求姑娘呢！”

毋望暗哼，果然打发出去也不为过，竟不知道进什么庙拜什么佛。她和徐婆子不对盘，还托徐婆子来求，莫说徐婆子这会儿断不会来，就是来了也是讨没趣，不提溜个出来杀鸡儆猴，这群人哪里会服帖？便歪在南窗下的炕上，背后垫个锁子锦靠背，拿了小铜火箸儿拨手炉里的灰，也不说话。众婆子战战兢兢摆了饭，没有吩咐不敢妄退，签子上的山楂似的一排靠墙站着，等了一盏茶的时候，毋望动了动身子，慢悠悠道，“你们里头谁来的时候最长？”

诸人皆不语，只一个五十岁上下，穿石青比甲的婆子出来，屈腿给毋望道了道福，“回姑娘的话，奴才是从北地跟到北平来服侍的，进府有十八年了。”

毋望瞧她面善，又想在北地时自己进裴府统共几趟，不敢太肯定，遂问道，“我可曾见过嬷嬷？好像熟悉得紧。”

那婆子笑着赞道，“姑娘真好记性，只一面之缘竟还记得我，头里下大雨，姑娘进府来大爷留饭那趟，就是奴才伺候的。”

毋望哦了声，猛然想了起来是有这么个人，看着手脚利索人也本分，算是旧识，因道，“你姓什么？”

那婆子恭敬道，“奴才夫家姓林。”

毋望点头道，“林妈妈可知那葛二家的为什么要被撵出府去？”

林婆子道，“略知道些。”

毋望搁下手炉道，“往后厨房就由你做主事，好好地替我管着，若管得好，我自然给你加月例银子；若管不好，到时可要革你一月银米的，你可服？”

那林婆子一直苦无提携机会，这回遇着了暗自高兴不已，也发了愿要做好，便一迭声道，“姑娘英明，奴才自当尽心竭力。”

毋望道好，又嘱咐道，“去和葛二家的说，求谁也不中用，叫她趁早收了这份心，赶着天儿早出府去吧。”

林婆子诺诺称是，毋望见开发得差不多了，转眼看裴臻脸上不冷不热的样子怕他饿着，便摆手命她们退到堂屋旁的耳房里。小丫头在八脚凳上铺了闪缎坐褥，她提了裙角挪过来，才坐定，外头助儿打了门帘来禀，道，“高阳郡王来访，在前头花厅等着，爷快些去迎吧。”

〇八六 伊人添红妆

裴臻奇道，“高阳郡王？他来做什么？”说着起身下地，站着任助儿给他收拾曳撒。

助儿跪在地上，将每条褶子拉平，应道，“爷去看了才知道，这大中午的，莫不是有什么要紧事吧。”

裴臻不答，围上了厚披风，对毋望道，“你别等我了，这会子来不知要耽搁到多早晚去，没的菜都凉了，快叫她们伺候你先吃吧。”

毋望嗳了声，送他到堂屋外的台阶下，他道，“进去吧。”转身往院子外快步而去。

微云淡月笑着上来搀扶，微云道，“姑娘别瞧了，外头冷，仔细受凉。”

淡月凑趣儿道，“可不，大爷又不会飞了，还是进去吃饭是正经。”

毋望腼腆笑了笑，退回房里，只觉一人在大桌旁坐着冷清，便又上炕歪着。淡月招呼耳房里的婆子来，抬了炕桌，另拿了碗碟各样菜拨出一些来，余下的都撤了，毋望便在炕上草草吃了饭，饭毕漱口盥手，又叫小丫头把账册算盘搬到炕桌上来，一手翻着册子，一手拨着算盘珠儿重又开始算账。

微云揭了大鼎的罩子，往里贮了两把椒兰香，便倚在集锦槅子旁看她打算盘。只见那秀美纤细的手指灵巧异常，怪道人说左撇子聪明，这位刘姑娘就是左撇子，打算盘也不吃亏，旁人从左往右拨，她是从右往左计算的。在北地时听说过她的一些事，好像是个落难的官家小姐，在城里开过一家糕饼铺子，想必这做账的手段都是那里练出来的。心里叹了叹，真是个能人儿，长得好，心思计算也好，如今大爷更是心肝肉地加紧疼爱着，人能活到这份上，这辈子也算值了。

毋望这儿的账越算越气恼，什么拉拉杂杂的一大堆，每月给丫头做衣裳要花四十两，月月如此，什么样的大户人家请了这样的管家早晚也要把家当败完！这张家兄弟必是贪太多，拉不平账就胡乱充数，底下的人未必真得着好。她蹙眉计较起来，当真可恨，回头要把一笔笔账同他们算清，说不出来龙去脉就照赔，这世道谁是冤大头不成！

又过半晌，撂了笔，直起僵硬的脖子，回头看了玉漏道，“都这会子了，那个郡王还没走吗？”

淡月正在擦案上的插花摆设，回道，“好像在暖阁里留饭了，头里已经传了厨房预备酒菜送去了。”

毋望道，“这高阳郡王是什么人？”

微云端了茶来给她，一面道，“我昨儿出去听人议论来着，那高阳郡王是燕王的第二个儿子，自小就与诸王子一道留在京里教养，前儿才和两个兄弟回了北平的。这位郡王年岁不大，十八九岁，因凶悍顽劣不受高祖欢喜，是个霸王似的人物。”

毋望接茶喝了两口，又倚窗思忖，大感不解，燕王有谋逆之心，朝廷难道不知么？燕王三子扣留京师正是挟制燕王的好筹码，怎么又轻易放回了？怪道燕王高兴得那样，老天都助他。

歇了一会儿又问，“助儿还在跟前伺候吗？”

微云道，“才刚进大爷屋里取了东西，这会儿往马场去了，说高阳郡王听人说咱们大爷得了匹玉麒麟，是讨马来的。”说着又坐回杌子上，把一个描花漆盒摆到膝头，低头仔细编起了穗子。

毋望凑过去看，盘里各色绳线俱有，见一个编成了的扇坠子小巧玲珑，便挑出来捏在手里摆弄，笑道，“微云姑娘手巧得很，我有一条松花绿的通花汗巾子，不知拿什么颜色的穗子来配，姑娘以为呢？”

微云忙道，“松花绿要配桃红的才出挑，姑娘要编穗子只管交给我吧，咱们上房里的活计轻省，我得闲就给姑娘编。”

毋望喜道，“那敢情好，便有劳姑娘了。”

微云见她这般客气有些惶恐地摆手，赔笑道，“姑娘言重了，这本是奴才们应当应分的，编几个穗子值什么，还叫姑娘谢吗。”

两人坐在一处说笑一阵，外头院门上的丫头在廊子上回道，“姑娘可歇觉？大爷打发人来给姑娘添妆了。”

淡月把玉柄麈尾插在山水花觚里，隔着葱绿撒花软帘道，“没睡呢，叫他们把东西摆到堂屋的花梨大案上，带他们到耳房回避，等姑娘挑得了他们再到账房支银子。”

毋望道，“不碍的，叫他们进来吧，都是贵重的东西，人家离了身也不放心，当面挑的好。”

淡月道是，出门引了人进来，一个珠宝商，一个皮货商，还有一个成衣铺子的掌柜，那三人知道是裴府内眷并不敢抬头，珠宝商人先上前一一将货物铺排好，便退到边上听命。

毋望看案上尽是眼花缭乱的头面首饰，因为平常也不怎么戴首饰，挑来挑去也不得章法，只拣些素净的玉簪琉璃花钿，微云看了笑道，“姑娘别只顾挑玉，后儿要去吃席的，总要盛装才好。”

毋望泄气道，“你们替我挑吧。”

微云淡月兴致勃勃上前，淡月取了一对累丝嵌宝衔珠金凤簪送到她面前，问道，“姑娘瞧可好？”

毋望兴趣不大，她们挑什么都说好，那两个女孩儿便簪钗，华胜，步摇，梳篦，钿花各取了若干，另订了两套金镶玉和珊瑚翡翠的头面，还挑出一顶珠冠来，直笑道，“将来大婚时候是用得上的。”

毋望盈盈浅笑，道，“我还不曾给你们见面礼，你们挑喜欢的各自留下几样吧。”

微云淡月对看着，有些挣扎地扭捏道，“咱们是丫头，不必戴什么首饰，多谢姑娘好意。”

毋望知道她们拘束，便宽慰道，“快些挑吧，我赏你们的。”

那两个喜笑颜开，听了便上前选，太过贵重的自不敢拿，各自捡了一支蝶恋花金镶宝发簪，一把银制排草梳儿，一对玲珑耳坠，款款过来给她行礼道谢。

首饰挑罢了便上皮货，左不过是些大氅，皮裙皮袄，便照着紫貂的，银鼠的，狐裘的，要了暖耳，昭君套，褂子斗篷各三套，皮货也打发了。

最后那成衣店的掌柜上前来满满作了一揖，将随身带的贴了店里布色花样的册子呈到毋望面前，加倍小心道，“小的要给姑娘量衣裳尺寸，请姑娘动动千金之躯。”

毋望暗道这话说得倒有意思，便顺着话头站起来，垂手端正站着让他量了衣长袖长。

那掌柜又道，“小的店里有两套上等的冬衣，因臻大爷说急要，现做怕来不及，这会子有了姑娘的尺寸，回去稍作修改明儿先把那两套送来。余下的姑娘挑花样，看准的就告诉小的，咱们天衣楼做出来的东西定叫姑娘满意。”

毋望随口应了，翻看册子上的布料样式，只挑了五六种花色就说够了。这时正好裴臻送完了高阳郡王回来，进门就看她没精打采的，知道她肯定是厌烦这些，要草草了事，便接了那花册子重又翻起来，指了银红的，桃红的，青绉绸的，还有大红的喜相逢，狠狠艳丽了一把，这才打发账房领了人去结账。

微云和淡月收拾起头面妆奁，到炕头的小柜锁好，回身福了福，退到堂屋外头去了。

毋望还因裴臻挑的那些大红大绿的颜色不痛快，没好气道，“你怎么媚俗得这样，尽拣红的绿的，回头做得了你穿，反正我是不穿的。”

裴臻苦恼道，“谁让你只挑寡淡的颜色？你若不穿红的怪可惜的，听我的话，我最会打扮人了，横竖你别问就是了。”

毋望背过身，心想他难道不知道自己还没出孝么，偏挑那种颜色来怄人，便闷闷地不想理他，胡乱歪在引枕上也不作声。裴臻无奈叹息，也不知道自己什么时候变得这么好性子了，以前三句话不对就要踹人，如今对着她只有软言软语地讨好，当真是前世的冤孽。忙又蹭过去，也贴着她后背歪着，堪堪挂着，差一点儿就要掉下去的，便告饶道，“好春儿，进去些，让些地方给我吧，就要跌下去了。”

毋望嘴里说活该，人却往里头挪了挪，那裴臻找了个舒服的位置躺着，拉了毛毡搭上，扯扯她的袖子道，“我命人给你爹妈雕牌位去了，过小年就该供上了，你叔婶和舅舅那里我也写了书信告罪，只因时势所迫，别无他法，求他们见谅。”

毋望心里稍感安慰，自己早上还在犹豫父母神位的事，没想到他已经着手去办了，登时又对他感激不已。

裴臻看她嘴唇动了几下，料她定是有话要说，抢先了一步道，“若要谢我就罢了，我又不稀图你谢。”

毋望满腔感动化为乌有，抽了抽嘴角道，“高阳郡王来做什么？”

裴臻眼里露出讥屑来，冷冷地笑了一下道，“不过是个毛孩子，听说我得了匹好马便来见识。既然他喜欢那便送他了，不过是匹马，何不做个顺水人情。”

毋望道，“朝廷怎么这会子把他们兄弟放回来了？”

裴臻阖眼道，“还不是黄子澄那酸秀才出的主意，几个藩王连遭废黜，分明把刀举在了头顶上，竟还想以此麻痹燕王，也亏得这个蠢物了，叫上头没了顾忌。如今只欠东风，兵器造够了就开战，爷们儿也成就一番宏图霸业。”

毋望心里酸酸的，原来男人都是有野心的，不管前头怎么想，或是边造反边懊恼，走上了那一步哪里还由得自己。他倒是成就霸业去了，上了战场生死难测，好容易两个人才到一起，若他有个闪失，可想过她怎么办？

裴臻像是意识到了什么，转脸见她肩背微微颤动，撑起身子探过去看她的脸，却见她咬着唇，眼里已聚起了泪雾……

〇八七 重觅幽香怨

他原已隐隐有了些睡意，被她这么结实一吓，脑子立时清醒过来，思量了一遍自己可曾说错什么。又猛然意识到，这可能是小女儿的离愁别绪在作怪，腔子里登时一热，急吼吼伸手把她捞进怀里，浓声诱哄道，“我知道你想什么，放心吧，我且死不了，还没和你拜堂呢，这么死了岂不可惜？我占过卦，你我可有三生三世的姻缘，缘分深得那样，我若死了留你在这世上干受苦吗？”

毋望回头，齉着鼻子道，“可是真的？”

“真的真的。”他点头一迭声道，从腰上抽了汗巾子给她擦泪，又收了收枕在她脖颈下的那条胳膊，弓了身子与她平视。只见那双大眼睛又黑又亮，水汪汪的猫儿似的，看得人又爱又怜，情不自禁在她眼皮子上亲了一口，忽然一琢磨，发现她的问题太过笼统，自己答得稀里糊涂，到底是问他会不会死，还是问那占卜的姻缘？遂道，“你才刚问什么可是真的？”

毋望才哭过，鼻头还红红的，屋子里燃的熏香起了些烟雾，炕上也怪暖和的，思维有些跟不上节拍，便不假思索道，“就是那三生三世的姻缘啊，可是真的？你没有骗我吧？”

裴臻的眼里涌上笑意，撩人地勾起红唇，一手钻进毡下，慢慢攀上她曼妙的腰肢，隔着薄薄的白绫袄在她腰背间摩挲，边道，“别问是不是真的，我且来问你，倘若是真的，要你下辈子，下下辈子还跟着我，你可愿意？”

那耳边嗓音低沉沙哑，毋望听得坠进了云雾里一般，昏沉沉地辨不清南北，半眯着潋滟的双眸，轻声应道，“我自然是极愿意的。”

裴臻腾出手来将那大红条毡拉高，直盖过头顶，两人面对面地闷在一个狭小的空间里，呼吸接着呼吸，已然亲密得难以言喻。裴臻的鼻尖蹭了蹭她的，呢喃道，“回头咱们到菩萨面前发愿好不好？就说我们两个要做三世夫妻，永不分离，求菩萨成全。”

毋望虽然这会子傻傻的，也不禁要笑他孩子气。坊间传闻明月先生是个没有人情味的人，瞧瞧眼前这位，货真价实的明月君，怎么样呢？说出来的话像情窦初开的毛头小子，自己比他小了七八岁，这种话也不屑说，他倒说得顺嘴得很。

裴臻见她不言语心下不高兴，眉眼间似有阴霾，温热的手掌重又纠缠上来，顺着那袄子的下沿滑进亵衣里，在她腰肉上轻轻捏了一把，促狭道，“还不答应，休怪我无情”

毋望怕痒，笑得缩作一团，边挣边嚷，两人闹得不可开交，折腾了半晌，各自撩开毡子吁吁的喘。裴臻转脸看她，伸过一只手与她十指紧扣，嘴里喃喃道，“生当复来归，死当长相思……只盼下一世叫咱们早些认识，少一些磨难。”

毋望含笑道，“且把今生过好了才是正经。”

裴臻心里一颤，天晓得他用了多大的克制才忍着没让眼泪流下来，喉头哽得难受。他侧过身去缓缓深吸了一口气，心道，可算熬出来了，可算把这块铁疙瘩焐热了，今后只要有命活着，就能同她长相厮守了。

毋望见他背过身，只当他为发愿的事不受用，无奈推他两下，妥协道，“快别恼，回头就去拜还不成吗，爷们儿家恁地小心眼！”

裴臻也觉得刚才太激动了些，讪讪地怪不好意思的，遂平了思绪，正色道，“谁小心眼了，我是乏了，想睡会子。”

毋望不察，想他这阵子辛苦，是该多歇歇才是，伸手摘了他的玉冠，摆进炕头的屉子里收好，坐起身道，“你好生歇着，我到榻里睡去。”

裴臻一勾手复又将她拉躺下，闭着眼呓道，“谁许你走了？陪我歇觉，哪里也不准去。我瞧你一上午都在算账，这会子也该乏了，一道睡吧。”

毋望面嫩，顾忌外头微云淡月还有几个丫头婆子，这一觉下去可不名声尽毁了么，扭了两下道，“别闹，惹人说嘴，还是各睡各的好。”

裴臻自然知道烈女怕缠郎的道理，哪里由得她逃脱，手脚并用压住她四肢，笑道，“臊什么，又不是头回一张床上睡，我知道你最清白就是了，管那起子下人做什么，难道你这辈子还想嫁旁的人吗？”

毋望斜他一眼，调侃道，“这话奇了，我又不曾卖给你，怎么不好另嫁他人？”

裴臻奸邪地勾起半边嘴角，哼道，“这样了还想另嫁他人？谁若敢娶你，我杀他满门。”说完不等毋望反应即埋脸在她颈窝处，微微哽咽道，“我怕醒了一睁眼找不见你……”

本想赏他个大耳刮子的，不料他说了这一句，像在她肺上割了个口子，满腔怒火哧溜一下泄了个干净。算了，他这人做谋士做得七劳八伤，基本也没有不良嗜好，不过嘴欠点，手脚不老实点，偶尔轻薄她好像是他枯燥生活的唯一乐趣了。倘若呵斥他也于心不忍，再说自己似乎也不排斥他的碰触，只要他不是太过分，那便勉强接受吧。手从他腋下穿过，别扭地拍了两下，温吞道，“你在这里，我能到哪里去呢”

裴臻在她肩头蹭了蹭，温声道，“等过了年，我派人到应天把你那个贴身丫头接来可好？和你有个伴，我在外头也放心。”

毋望一喜，急道，“可以吗？”

裴臻道，“怎么不可以，上回仓促，这回打发人下庚帖去，另备了聘礼，媒婆子也随同前往，带了我的画像给你舅舅祖母过目，礼不可废，既是娶嫡妻，好歹不能委屈你。”

毋望轻浅应了声，他又与她提起那燕王的三个儿子来，两人正说着，便听见微云隔着软帘在堂屋里回，“姑娘可醒着？有客来访，说是姑娘的亲戚，二门上的小厮带了在劲松院的抱厦里款待，这会子正等姑娘呢，姑娘可去见一见？还是打发他走？”

毋望心道定是路六叔不放心来瞧她，忙下地穿了鞋道，“就来，叫他先宽坐。”

裴臻支起身不悦道，“可曾说了姓什么？问清了再去不迟。”

微云回道，“问了，说姓谢。”

两人俱一怔，算算日子，定是慎行来北平上任了。毋望穿了八团锦的比甲，急招了梳头丫鬟来抿头，收拾停当匆匆往那抱厦而去。

慎行穿着海水江牙的六品团领常服，背手在一幅长条画前站着，挺拔却消瘦，侧看过去脸颊隐约凹陷，很憔悴的样子。毋望心里酸楚，吸了几口气方唤道，“二哥哥。”

慎行猛然回身，面上涌出狂喜之色，疾走过来扶住她的肩上下打量，哽道，“果然找着了你，不知家里急成什么样子，老太太哭死过去好几回，你倒在这里自在得很……”一面责怪，一面又是欢喜，拿袖子在她脸上胡撸两把，不由分说牵了她的手便要带她走，恨道，“管他什么明月君，我定要到衙门告他强抢民女！”

丫头小厮们慌了阵脚，自然不能叫他带了主母走，又忌惮他是主子的妻舅，不敢上前拦阻，乱哄哄只顾堵在门口不让他们出去。慎行眦目欲裂，喝道，“让开，谁敢阻拦，休怪我不客气！”

毋望何尝见过慎行这样，一时竟吓呆了，等回过神来挣道，“二哥哥，你先放了我，听我同你说。”

慎行异常激愤，顾不得什么温文礼节，冲那些挡路的小厮抬腿便踹，一气儿踹倒了两个。正要再接再厉，只见甬道那头一个锦衣玉冠的公子翩翩而来，气度雍容，言笑晏晏，对门前那帮小厮道，“怎可对谢公子无礼？还不让开！”

丫头小厮纷纷退下，那公子拱拱手道，“谢公子有礼了，在下裴臻，不知公子光临，未曾远迎，公子勿怪啊。”言谈间视线落在二人纠缠的手上，沉了沉眼，旋即又笑道，“二爷有话好说，拉拉扯扯总不好看，请上座吧。”

慎行冷冷道，“不必凭你是谁，今儿我要带舍妹走，请公子开方便之门，让我们兄妹离去，在下这里先谢过了。”

裴臻咂了一下嘴，为难道，“这恐怕不成，春君是裴某未过门的妻子，怎好随便让二爷领走呢？”

慎行略一愣，平日也听说过明月君的大号，却未料到竟是个这样年轻的后生，反问道，“阁下就是明月先生吗？”

裴臻咧了一排白牙，谦虚道，“不敢不敢，二爷叫我兰杜便是。”往屋里引了引道，“坐下好说话，二爷先消消气儿，都是自己人，什么不能商量的，何必伤了和气。”

毋望也拉拉他衣袖道，“二哥哥，坐下再说吧。”

慎行心思转了转，看毋望淡淡的样子顿时有些明白了，她的性子自己是知道的，若是不情愿的事，任谁也勉强不了。突忆起竹林那回她曾说过心里有人的话，那时他误认为是路家的六叔，莫非错了吗？正主儿是眼前这位明月君吗？狐疑之间语气不善道，“明月先生是天下名士，竟做这等有违常理的事，大大叫谢某人意外，先生不知儿女婚配当有父母之命媒妁之言吗？半夜里差人将舍妹掳走究竟是什么道理？难道打量我们谢家好欺负不成？”

裴臻忙摆手道，“谢二爷言重了，裴某绝无半点不敬之意，我与春君在北地就相识了，那时便已两情相悦，此次出此下策实在是情非得已，他日必定登门谢罪的。”

〇八八　劝降二哥哥

慎行听了笑话似的讥讽道，“先生果然好手段，先斩后奏是怎么的？可问过家里长辈答不答应？你这种举动与强梁何异？”

裴臻暗道这人真是个死脑筋，以为自己不知道他对春君的心思吗？如今不依不饶也不中用了，就是先斩后奏又怎么样？自己今儿气量放得够大了，全看在春君面上，换作平日，若有谁斗胆如此冒犯，早就一鞭子抽得他爹娘都认不出他了。

臻大爷面上没发作，态度却不是太好，茶盅盖子刮得咔咔作响，气短胸闷地喝了两口茶，重又堆起笑脸，道，“谢二爷别误会，裴某不过先接了春君来，日日看着好解相思之苦，至于大婚，自然纳吉，请期，样样按着规矩办，请二爷不必担心。”

慎行暗松一口气，好在他还算是个君子，至少未做出逾矩之事来，一颗心落了地，随即道，“既这么，请先生容我带回舍妹，先生三媒六聘地来提亲，届时得着我祖父母首肯春君方能入贵府，否则于礼不合。”

裴臻此时终于清楚体会到了“文官难缠”一说的真谛，的确是迂腐又固执，忍耐再三道，“请问阁下打算把她带到哪里去？”

慎行看着毋望道，“朝廷指派了官邸给我，妹妹先到我的下处去，等交了春便送你回应天，未出阁的姑娘住在外人家总不合规矩。”

毋望正要开口，那厢裴臻笑道，“若说外人，谢二爷和春君不是隔一层的吗，何时成了至亲？恕我直言，姑表亲更该避嫌才是，裴某的女人整日和旁的爷们儿一处住着，尤其谢二爷尚未娶亲……裴某气量狭小，怕是会日夜难以安睡的。”

慎行明显是给气着了，俊秀的脸上怒气升腾，却因从小受儒学教育，哪里及裴臻牙尖嘴利，指着他“你”了半日，直憋得脸铁青也吐不出半个字来。

毋望一看不妙，忙岔开话题，问道，“二哥哥何时到北平的？”

慎行缓了缓道，“初三到的，路上走了一个月，到了北平就听说北城根下有座宅子是明月君的住处。我天天来看，每每都说主人不在，前两日衙门公务繁忙没抽出时候来，今日公休便再来问问，可巧说是回来了，功夫不负有心人，好歹找着你了。”

想来慎行只带两个随从，脚程比他们快了许多，他们一路走走停停打探各处布阵，又兼因路知遥受伤不宜过于颠簸，因此单从采石驿到良乡县便花了三十五六日，到达北平也比他晚了七八天。

慎行又道，“亏得那婚书上落了明月君的款，否则哪里去寻你呢？你可跟我走？还是执意留下？”

毋望转眼看裴臻，他拉着脸，拧眉转着他那只虎骨的扳指，与她对视间，眼神里充斥着各种情绪，似焦躁又似平静，似哀求又似笃定，竟是说不出的一种尴尬姿态。毋望抿嘴笑了笑，对慎行道，“二哥哥，我不愿同他分开，横竖这辈子是要跟着他的。从前缘分不曾到，耽搁了好些时候，如今好容易团聚，若再因什么世俗礼仪同他分开，那便是天也不饶我的。”

他二人相视一笑，慎行像被兜头浇了盆冷水，她话里大有生死与共的意味，自己这里空作恶人，这些年来是白操了那份心了。长叹一声，罢了罢了，由她去吧，作配这明月君也不算辱没了祖宗门楣。她过得好便好，自己纵是将她硬拉回去也没用，到最后非但得不着她的心，反倒还落埋怨，何苦来哉呢，还是认命做她的好哥哥吧，日后还好常来常往，远远看着就够了，也没有旁的办法了。压了心头酸涩，无可奈何道，“既这么，我回去就写信给太爷和老太太报平安，你若有事便打发人到布政使司来寻我。”说着站起身对裴臻拱了拱手道，“舍妹就托先生照顾了，请先生珍之爱之，在下感激不尽。”

裴臻还礼，谦恭道，“请二爷放心，裴某今生只她一人，自然待她如珠如宝。”

慎行闻言好一通感慨，既然他说今生只她一人，可见他们当真是爱得极深的，如今这世道哪里还寻得到从一而终的男子，或是私欲，或是被逼无奈，没有个三妻四妾倒叫人笑话似的。若是他此话当真，春君得遇此人也算造化。复深深看她一眼，又对裴臻一揖，“今日打搅了甚多时候，在下这就告辞了。”

裴臻突道，“请二爷留步，方才二爷说在布政使司任职？请问是在张昺手下任何职？”

慎行不知他是何用意，便答道，“在下是张大人的通判。”

裴臻眼波流转，抚掌笑道，“甚好。”忙命廊下丫鬟小斯退出劲松院，踱步过去掩了抱厦的门，回身道，“二爷可知路知遥路大人已到北平？”

慎行一怔，奇道，“他祖父过世，他不是扶灵回绍兴老家服丁忧了吗？”

裴臻心道，若叫你知道你妹妹就是他潜进谢府掳出来的，不知还有多惊讶呢！一面正色道，“可见惠帝的消息真是很不灵通，此等小伎俩竟能瞒到现在如今，路大人在燕王殿下亲军中任指挥佥事，二爷没有听说吗？”

慎行大惊失色，脑子里走马灯似的过了一遍，暗道这六叔莫不是疯了吗，好好的大理寺同知怎么投靠起燕王来了，这是诛九族的大罪啊！再看眼前这个温润如玉的男子，一应种种联系起来，顿时觉得毛骨悚然，当今皇上遍寻明月君不得，原来躲在北平燕王辖下，这说明什么？

裴臻一笑即敛，从容道，“二爷是路大人的侄儿，是春君的表兄，此事难脱干系，谢家亦难脱干系，不如与我们并肩作战吧，不说高官厚禄，只当是为求保命，请二爷万万允了才好。”

慎行愕然，心头狂跳不已，一时又恼又恨，这些人端的是太可恶，不声不响就把整个谢家拖下了水，这百来口的人命怎么办？他乱了方寸，惶惶然跌坐在楠木圈椅内，拧眉切齿地看着毋望，沉声道，“谢家对不住你吗？你有怨恨冲我来就是了，何苦连累谢氏满门？”

毋望喉中一哽，要解释又不知从何说起，只得低头抹泪。裴臻见慎行不问青红皂白大感不快，眉宇间已有愠色，冷了脸道，“这与她什么相干？你莫怪她！

如今事已至此，还说那些有什么用，助燕王夺了天下才是正经，事成之后自有你的好处，大丈夫当有鸿鹄之志，莫非谢二爷甘于做个小小的通判？实话说吧，此时朝廷早已知道谢家与我联姻了，你还有什么退路？”

慎行大骇，像被人扯了肠子般的痛彻心扉，白着脸几乎浑身打起摆子来，低喘了半天方定下心神，哑着嗓子道，“我一家老小可有性命之虞？”

裴臻道，“你莫慌，朝廷既然连燕王的三个儿子都能放归，谢家定然也不会动的，倘或不好了，我也有法子搭救，眼下就看你的意思。”

慎行苦笑，低低呻吟一声道，“我是谢家人，不论布政使司有何异动，你们指望我怕是指望不上的。”

“据在下所知，都指挥使张信与二爷私交甚好，二爷既在张昺身上使不上力，倒不如转而攻克张信。”裴臻扬眉淡笑，知道这事十有八九能成了，亲自从茶壶箩内拎了暖壶出来，很有耐心地给正在纠结的慎行斟了茶。又道，“张信曾是燕王旧部，只是如今拿朝廷的俸禄，难免忘了旧主，二爷只要适时提点于他，看他的反应再作定夺。我听说张信极孝顺，对他母亲言听计从，二爷不是张夫人的干儿子吗？或者可从其母入手，这样会更稳妥些。”

慎行终于对这位谋士大大地刮目相看了，似乎世上没有他不知道的事，斟酌再三，退无可退，只得咬牙下了狠心，目光森森的盯着裴臻道，“若我归降，燕王可否保我全家平安？”

裴臻看了毋望一眼，她眸中有殷切之色，胸口略一窒，颔首道，“他若不能，我也不依。”

慎行带了破釜沉舟的决绝，权衡思忖，叛主亦是不得已，毕竟他虽欣赏新皇仁政，眼下到了性命交关的当口，自是各自保命要紧，何况谢家宗族是那样大的一家子。如今只剩助燕王登基一条道了，他若做了皇帝，谢家尚还有一线生机，若他败北真是不敢想象，会有多少人落个满门抄斩。世事无常，自己原是满怀抱负要精忠报国的，现在怎么样呢？可不应了一句“功名万里忙如燕，斯文一脉微如线”吗，可悲可叹！

毋望在一旁看他颓唐落寞的样子很是心疼，裴臻是不是逼他逼得紧了些？他这种读书人哪里想得到自己会和造反沾上边，这会子硬逼他就范不知怎么恨他们呢。下意识看裴臻，他支着肘，曲起食指在唇上微微摩挲，眼神悠远冷冽，竟是拒人千里之外的模样。

过了许久慎行应道，“我尽力而为吧。”言毕起身告辞。

裴臻道，“我也不虚留你，便等阁下的好消息。”

慎行点了点头，再看毋望，眼中隐有痛色，想说什么却又顾忌，最后只得喟然长叹，转身跨出了抱厦的门槛。

毋望脱口喊了声“二哥哥”，他猛又停住回头，见裴臻已将她揽在怀里软语安慰，顿觉心上疼痛难当。那明月君温文浅笑，呼了府内管事来引他，他纵有万分不舍也枉然，便跟了来人穿过跨院出府去了。

〇八九　夜阑入高墙

卷八　萧墙猛虎，痴心断肠

转眼已是十二月十三。这日申时才过，毋望就被丫鬟们伺候着沐浴更衣，换了镂金丝钮牡丹花纹锦衣、四喜如意云纹裙、外罩了大红遍地金比甲，梳个百合髻，插了衔珠金凤、翠云钿子，收拾停当在那里坐着，一派耀眼的雍容高洁。

微云淡月和两个梳头的婆子丫头在一旁啧啧称赞，毋望不安地扯扯那件比甲道，“颜色这样鲜亮，扎在人堆里也忒显眼了一些。”

淡月道，“姑娘只管放心，今儿王府设宴，自然有几位大人带着女眷一同参加的，等到了那里往人堆里站站看，保准咱们这打扮是最素的了。”

毋望将信将疑之际，门房上的丫头报大爷来了，便听见一串脚步声，裴臻进了堂屋，门边的小丫头打起软帘迎他进来，他嘴里问道，“可扮上了没有？快过来我瞧瞧……”

众人福身见礼，毋望施施然站起来，裴臻猛一打眼便愣在了那里。从未见过她盛装的样子，从前都是淡淡的，这一收拾上当真是艳若桃李，叫他大大地咋舌起来，傻傻地绕着她转了两圈，面上带着陶醉的赞许，点头道，“姑娘这等美姿容，带出去定叫他们羡煞裴某。”

毋望羞涩一笑，再打量他。他头戴绿眼掐丝紫金冠，穿着白藕丝金边团领衫，腰上一组玉带扣，上面配七色花锦绶，此时在西窗边站着，落日余晖下，一派萧萧肃肃，爽朗清举。毋望心道这身配得倒妙，愈发显得人挺拔修长。其实是这人长得讨巧罢了，恐怕给他粗布的百田衣穿，也能穿出别样的雅致倜傥来。

裴臻看看时辰道，“时候差不多了，到晚了不好。”

毋望点头，微云拿了紫貂卧兔儿给她戴在额上，又取织锦大氅来披上，一行人恭恭敬敬送至大门外。两人携手上了暖轿，轿夫挑了僻静的胡同，悄无声息直往燕王府而去。

裴臻抚抚她的脸道，“回头到了自然有人领你往王妃那里去，你只和女眷在一处，千万不能单独出去。今儿王府里人多眼杂，赴宴的大多是武将，一帮子草莽似的粗人，万一我不在跟前，生出什么事端来倒不好，可记住了？”

毋望应道，“我省得，你们爷们儿只管说话儿去，我不出屋子就是了。”

裴臻笑道，“好丫头，我知道你最叫我放心！”复又吻上她的唇，含糊不清的嘟囔，“也是最不叫我放心的。”

这一吻下去便辗转缠绵，无休无止，毋望好不容易推开了他，微喘着指指嘴唇道，“你可真是的，仔细叫人瞧出来。”

裴臻勾起她的下巴细打量，那唇饱满嫣红，泛着莹莹的光泽，怎么看都是动人心魄的，遂戏谑道，“只当擦了胭脂吧，你自己瞧不见，不知道有多好看。”

说笑间已到燕王府门前，裴臻给她一个安抚的眼神，自己先行下轿。府里丫鬟婆子迎上来行礼，又打了轿帘曲臂来扶，只见轿里伸出一只白玉般无瑕的手，没有旁的点缀，只在腕子上戴着两只上等翡翠镯子，端的是令人惊艳异常。

毋望躬身出轿门，裴臻已在台阶下和人寒暄，那人二十来岁模样，白白胖胖的，华服金冠，气度非凡。毋望看他腰上佩蹀躞带，穿绯色常服，想必定是燕王世子朱高炽。

那朱高炽是个温文守礼之人，见了毋望，目光并未在她脸上流连，只对裴臻笑道，“这位是先生的夫人吗？”

裴臻道，“才下了定，尚未过门呢，算不得是夫人。”转脸对毋望道，“春君，来见过世子殿下。”

毋望敛衽一福，朱高炽虚扶一把，朗朗道，“姑娘不必多礼，外头怪冷的，快些进屋吧。”

毋望被一群婆子丫头簇拥着进了大门，裴臻和朱高炽尾随其后，裴臻打听受邀的有哪些人，朱高炽道，“都是相熟的人，右长史金忠，都指挥同知谭渊，指挥佥事朱能、丘福、路知遥俱已到了，只等左军都督顾成和佥事张玉一到便开席。”

裴臻道，“各位大人的夫人们可到了？”

朱高炽答道，“夫人们都在我母妃处说话呢。”

走了一会子方进正屋，屋里灯火通明，欢声笑语不绝于耳，鎏金的大鼎里香烟袅袅，这华丽的屋子便笼罩在一片缥缈朦胧中。绕过正屋窗下的围屏，往里是一个小跨间，墙上书画琴瑟，布置得玲珑雅致。透过雕花门上的珠帘往里看，内室里另供一架玻璃围屏，屏下摆了张大大的暖榻，榻上一位穿青绉一斗珠羊皮背子的贵妇斜倚金锁靠背而坐，下首一众女子正说笑着。毋望敛神静待，暗道那应该就是燕王正妃徐氏，瞧着面相和蔼，怪道人说中山王徐达长女贤德，单看眉眼就令人心生好感。

丫头通报道，“明月夫人来了。”

众人转头看，燕王妃忙道，“快请进来。”

毋望迈步进里间，屏息稳稳一福道，“妾，刘氏，见过王妃，给王妃请安。”

那燕王妃穿着暖鞋下地，伸手扶起来，上下打量了，见她端庄大气，便欢喜道，“好个齐全孩子，真真是可人疼的……”

那些武将夫人们也豪放，纷纷离席上前来，因她年纪小，长得又讨喜，一干人拉手撸头发，团团将她围住。毋望吃了一惊，这种热情叫她消受不起，有种落进狼窝里的感觉，还是燕王妃及时解围道，“别唬着孩子，只当你们要生吃了她呢？”笑着将她拉到榻上坐定，拍着她的手道，“你别见怪，咱们姐妹都是老熟人，平常随便惯了的，夫人们都没有恶意，你别怕。”

说着外头朱高炽和裴臻也进来了，两人给燕王妃作了揖，燕王妃道，“还是兰杜福气好，得了个这样标致的美人儿，放在咱们中间可怎么好？”

裴臻笑道，“王妃说笑了，她年轻不周全，今儿就求王妃照应了。”

燕王妃点头道，“放心吧，你们爷们儿吃酒畅谈，咱们娘们儿在一处定不会有什么闪失的，回头全须全尾还给你。”

裴臻老脸竟一红，诺诺道是，众夫人笑起来，一个戴翠珠髻的妇人大剌剌道，“明月先生还臊了，这可是天下奇闻啊。”

又是哄堂大笑，毋望心有戚戚焉，暗想以这群夫人的爽利，若上阵杀敌定能抵得上一万大军。

裴臻作揖讨饶道，“丘夫人莫要取笑裴某，否则裴某只好在酒桌上劝丘指挥多饮几杯了。”

原来那妇人是指挥佥事丘福的夫人，那丘福平日酒量不好却贪杯。有一回在丈人家吃醉了，爬到小姨子床上睡了一觉，后来被众人引为笑谈，裴臻这一说，丘夫人不好意思起来，“猴儿猴儿”的嗔怪两声，便坐下不说话了。

燕王妃对朱高炽道，“你媳妇怎么这会子还没来？”

朱高炽道，“她才刚叫我和母亲告个罪，父王今儿的药方子里变了两味药，她亲自称了煎，要耽搁一会子。”

燕王妃听了脸上露出欣慰来，笑道，“难为她了，你父王也说新妇贤德，将来咱们家还要靠她料理的。”

朱高炽道是，携裴臻行礼退出内宅，往前堂和众爷们儿汇合去了。

燕王妃又和毋望说话，问几岁了，闺名叫什么，看什么书吃什么药，渐渐说起刘郁夫妇来。燕王妃不无伤感道，“我未出闺时和你母亲有过一面之缘，真是没想到……好孩子，苦了你了。我听说朝廷给当年冤案的官员平了反，田地也发还了，可是吗？”

毋望恭顺道，“头前大理寺已经重审结了案，旁的未说，只叫我领了房地契。”

一众夫人中有人抱不平道，“朝廷果真惺惺作态，惠帝要博贤良的好名声，又不敢忤逆祖宗，想了个这样的方儿，倒也妙。”

燕王妃咳嗽一声，笑道，“过会子咱们前头吃席去，先用些点心垫垫吧，这一屋子妇道人家，国事莫谈的好。”

燕王要谋反一事众人都知道，不过心照不宣罢了，燕王妃这么一说大家都讪讪的，换了个话题聊些女人感兴趣的。比方哪家铺子进了新的云锦，谁家的头面做得好，又是哪地产的胭脂香粉色正料好。只有朱能的夫人例外，她原是猎户的女儿，对骑射最有研究，因知道裴臻能六箭齐发，便缠着毋望盘问道，“你家相公是个中好手，你可知道他的弓臂是什么做的？拉来要使多大的力？还有弓弦，用牛筋还是鹿筋？我听坊间传闻说，明月先生是拿西域一种蛟的蛟骨做弦的，拉开要使几百斤的力气，可是真的？”

毋望像被人一锤子敲在了天灵盖上，登时懵了，张口结舌道，“我并不懂这些……”

朱夫人毫不气馁，再接再厉问了个更劲爆的问题，“不说弓了，单说力气，你家相公看着斯文得那样，当真能力举千斤吗？”挤了挤眼，暧昧道，“一张床上睡的，这你总知道吧？”

毋望只觉轰的一声，浑身的血都涌到了脸上。什么弓箭骑射，分明是关心裴臻的“身体”罢了。不单朱夫人，各位夫人包括燕王妃和两位侧妃，顿时暂停话题，一个个端了茶盅吃起茶来，室内一片肃然。

〇九〇 误入渔隐园

毋望目瞪口呆，真是一万个惊叹号也不足以描述她此刻无比震惊的心情，为什么这群衣着光鲜的贵妇有这种不纯良的嗜好？就因为裴臻长得俏些？比那些武将出身的爷们儿斯文些，就好奇乃至怀疑他的能力？问得这么直接不太好吧？最重要的是她根本不知道怎样回答呀！傻愣了一会儿只好道，“夫人误会了，我和兰杜尚未成亲，所以并不……并不曾……”她绞尽脑汁也寻不到合适的词汇来解释，不曾睡在一张床上？不知道他的力气大不大？想着差点吐出一口血来，为什么要谈到她的私生活上来？是武将夫人就可以这么不拘小节吗？她们的夫君日日在校场上练兵，难道他们夫人的脑袋也顺便操练了不成？不带这样的。

那厢戴着银丝髻，穿桃红洒花袄的侧妃王氏果然冰雪聪明，点头一迭声道，“别急别急，咱们都知道，朱夫人同你打趣儿呢，快喝口茶润润嗓子吧。”

众人复又调笑，毋望几乎臊脱了一层皮去，那丘夫人道，“没有大婚才好，咱们还能讨杯酒吃，到那日单看明月先生道理可周全，否则就叫爷们儿们轮流灌他，灌得没法子进洞房才好！”

毋望心想够狠的呀，敢情憋着坏报复呢，不过这帮子女人都是真性情的人，比起那些虚伪的官家太太来，不知容易亲近多少，所以也不恼，由得她们取笑，自己缓缓抿茶，悠然自得。

右长史金忠和指挥同知谭渊算不得真正意义上的武将，他二位的夫人相较另两位要文静得多，笑时也知道拿帕子掩口。谭夫人瞧毋望不骄不躁的样子便赞道，“明月君的准夫人果然与众不同，我就看得上她这种四平八稳的做派。”说着挪了位置靠近些，牵了她的手道，“好妹妹，我虚长你三岁，你若不嫌弃就唤我声姐姐。我小字君安，和你只差了一个字，也是极有缘分的，往后咱们常走动吧，若是我家老爷和你家大爷出征去了，咱们也好有个伴儿，你道好不好？”

毋望见那谭夫人生得眉清目秀，尤其一头长发乌黑油亮，谈吐又极有大家风范，心里自然喜欢，回握了她，喜道，“姐姐真叫我受宠若惊，那春君便高攀了，哪日姐姐得闲儿就到家逛逛去，总是我们姐妹的情谊。”

旁边三位年长一旬的笑道，“你们年纪相仿，只管姐姐妹妹地叫得亲，我们这些上了岁数的可是不中用了，逛园子没咱们的份儿，干看着罢了，眼热也插不上脚去。”

毋望忙道，“夫人们哪里话，请都请不来的贵客呢！等过了年暖和些，我定然要下帖子请的，届时求诸位赏光才好。”

夫人们道好，又戏道，“平日常从裴府门前过，外头看着就雕梁画栋，只可惜从未进过园子，哪日要是接了帖子，就是天上下刀子也是要去的。”

毋望转脸又对王妃们抿嘴而笑，存着小心道，“若届时王府中不忙，春君做东请三位王妃也赏光，大家凑到一起方热闹，可好吗？”

燕王妃只觉那容貌声音无一处不叫人心生怜爱的，自然是十二万分的乐意，遂点头道好，侧妃瞧正妃应了，断没有不从的道理，上赶着也都答应了。

燕王妃想起来，眼前这女孩儿当时下聘可是花了她们王爷一千金的，怎么人来了又不成亲呢，好奇之下便问道，“你和明月先生既是两情相悦的，做什么到了一处又不把事办了？这么悬着兰杜可肯？”

毋望道，“我家遭了难，父母虽不在，好歹还有叔婶在的。若要办事儿须得他们首肯才是，哪里有自己把自己嫁了的道理。”

众人听了顿感这孩子是守礼懂事的，好感又添一层。这时，跨间丫头回禀顾成和张玉的夫人到了，两人进来对燕王妃行礼，众夫人间也相互道福，一时笑语又起，便家长里短，公婆孩子的闲谈起来。毋望既无公婆也无子女，加之和她们也算不上太熟，就在一旁听着，偶尔和谭夫人搭上两句话，要不就是低头品茶，只盼这家宴快些结束。她真不是个善于交际的人，要不是没法推脱，她倒情愿留在家里看看书，或跟微云学着编穗子，总比在这里无趣的好。

正想着，那谭夫人探头过来说内急，又不好意思当着这么多人的面说，让她陪着出去一趟。毋望本不愿去的，无奈刚才还和人家姐妹情长的，这会子这点小事也不答应总归说不过去，便应了。那谭夫人只说到门口透透气儿，便拉着毋望告了假，出了内室，悄声问了丫头茅房在哪里，忙绕过屏风出堂屋。

才走到廊下，一个小斯迎上来，作了揖道，“不知哪位是刘大姑娘？”

毋望道，“我便是，有事吗？”

那小斯道，“姑娘的六叔请姑娘前面说话呢。”

谭夫人听得人家叔侄有体己话要说也不起疑，对毋望道，“你只管说话去吧，我叫下人陪我。”言毕招了个门边垂手静立的丫头，低头耳语几句施施然去了。

那小斯领她到不远的一处临水而建的轩榭旁，躬身对毋望道，“姑娘在亭子里稍待片刻，我家爷过会子就来。”

毋望应了，在围栏旁坐下，暗道这路知遥也怪，什么话偏在这地方说？这里有山水复廊，景致虽好，但这样冷的天哪里有心思赏景，亭子下的湖面都冻住了，冰层挺厚的样子，这在南方倒不多见，不知道踩上去会不会裂开。

胡思乱想着等了一会儿，还不见路知遥来，这时听见复廊那头似有说话声，心想难道是小斯领错了地方？这么等着不是办法，还是去看看吧，若是府里的下人，也好托他们传个话，叫他有事便去裴府寻她，神神秘秘地约在此处不甚妥当，被人撞见了怕生误会。

起身往前去，循走廊转弯行至一个扇子亭，亭后辟有小院，她站住了脚犹豫，这九曲十八弯的，走下去也不知通往哪里，别人家府上乱闯总不好。正想回身折返，却听得一个女子如泣如诉的呜咽声，似痛苦似难耐，说不尽的幽怨绵长。她愣了愣，莫非有人受伤了？左右看了找不着半个人影，要找人帮忙也不成，再细听，声音又没了。她壮了壮胆踏进一步，绕过女墙往里，借着远处风灯微弱的光，渐渐看清墙角有两个人纠缠在一起，赫然是一男一女。那女子喘气吁吁衣襟大开，露出一大片肌肤来，分明正打得火热，她看得脑中一激灵，霎时吓得魂飞魄散，当场怔在那里。

那男子像是察觉了，猛地回头，两道剑刻似的浓眉，鹰隼一样冷冽的眼睛，只望一眼便叫人如坠冰窖，那杀气腾腾的模样竟比客栈里遇见的萧乾还令人不寒而栗。更可怕的是，这人戴着翼善冠，穿赤色袍，两肩和背后绣着织金蟠龙，竟是一副郡王常服打扮。

“是谁？”那男子喝到，抽身放下衣摆，眯眼打量过来。

毋望此时当真悔得肠子都青了，只怪自己没听裴臻的话，晕头晕脑撞上了这等脏事，晦气晦气脑子飞转，这会子不跑还等人家追过来不成？提了襦裙便跑，一面默念阿弥陀佛，好歹别叫他看清她的样子吧，否则她是没脸在这府上呆着了，回头让裴臻想法子送她先回去吧，了不得了不会被灭口吧？这是什么王府，藏污纳垢的太不像话了。

身后的男子直追到复廊上便站住了脚，那慌张的身影一晃便拐弯不见了。才刚她的大半张脸都掩藏在黑暗里，看得不甚清楚，只瞧见一张巧夺天工的嘴那是怎样的朱唇皓齿啊，果然叫人一见便难忘。他又羞又恼，冷冷笑起来，白看了好戏一跑了之？哪里有这样的好事？不是王府的人，那定是今儿宴请的客人，倘或不见还则罢了，要是叫他逮着......

“殿下，”适才在他身下婉转承欢的女子早已穿戴整齐从小院里出来，抖了抖马面裙，又扶了扶头上的黑纱尖棕帽，面无表情道，“我今日未到这渔隐园里来过，殿下也不曾见过我，我一直在小厨房里煎药，可记住了？”

那男子脸上浮出淡淡的讥笑，扬扬下巴道，“大嫂子什么话，我才从校场回来，何时到渔隐园里来过？你快些走吧，没得把父王的药煎糊了，这贤妇可就做不成了。”

那女子一哼，幽幽道，“你最好是收拾干净，省得大家麻烦。”

男子笃悠悠扣好了领上金扣，低垂着眼道，“我办事何尝要人吩咐？还不走，可是没喂饱你？”他大笑起来，狭长的眸里寒光点点，逼近她，伸手在她唇上摩挲。

那女子打掉他的手，半带春意地瞪他一眼，故作镇定地转身，直往扇子亭那边去了。

〇九一　平原高阳傲

“春君。”路知遥迎上来道，“你才刚哪里去了？我好容易脱身，来了你却不在。”

毋望心里乱得很，怎么有心思和他闲谈，便拉了他避到背光的地方，问道，“六叔可知这府里有几位郡王吗？”

路知遥道，“燕王长子是世子，将来是要袭王位的，无需封王，三子尚年轻，未封王，真正领了封地的只二王子朱高煦一人。”

毋望失魂落魄道，“是高阳郡王吗？”

路知遥见她惶恐不安，心下迟疑，便道，“正是，你遇着什么事了吗？脸色这样难看！”

高阳郡王朱高煦，那个名声极臭的，霸王似的人物？她的脑子像被擀面杖来回杆了两趟，混沌得不知该怎么办才好。人说宁得罪君子，莫得罪小人，朱高煦能放过她吗？尤其她不该将那女人看得那样清楚，百子衣，马面裙，尖棕帽……为什么她知道这么多？这副打扮的不是燕王侧妃就是世子妃啊！不敢想象，这朱高煦为免丑事败露，一定会想法子杀她的，这回可是闯了大祸了。

“春儿？”路知遥尝试又唤一遍。她这个模样着实令人担忧，从未见她如此失措过，不由扳了她的肩道，“你到底怎么了？你有事就同我说，我一定想法子帮你。”

毋望呆滞看他一眼，暗道不能说，要烂在肚子里才好，眼下只好装傻，那高阳郡王应该没看见她的脸，没看见还有救，打死不承认就是了。遂对路知遥道，“好六叔，今儿咱们这里碰面的事好歹别同别人说，关乎身家性命，千万千万！”

路知遥冷下脸道，“可是裴臻对你不好？莫非对你诸多管制吗？你别怕，我找他理论去。”

毋望忙拉住他的衣袖摇头，“这事同他没关系，六叔先别走，我还有话问你，那高阳郡王可曾娶亲？”

路知遥狐疑打量她，脑中一面思索一面慢慢答道，“他才从京师回来，听说媒是有人做的，只是他那脾气，凭人怎么说，他若不愿意，任谁也奈何不了他。”突然灵光一闪，他震惊道，“难不成他对你……”

毋望心里哀嚎一声，他要杀我才对，苦笑着摇头道，“六叔别想岔了，你找我有什么事？快些说吧，我出来时候长了不好。”

路知遥支吾了一会子道，“也没什么要紧的，不知你在裴家好不好，又不得上门来瞧你，趁着这次有机会便见一见。”

毋望笑道，“你放心，我在那里过得去，他也敬我，没有什么不如意的。倒是你，如今下处在哪里？”

路知遥颇有些失落，扯了下嘴角道，“在军中住着，那里有专为官员所设的院落。你过得安稳就好，其实原不该操心，只是你是我从应天带出来的，若因此受了苦我良心难安。”絮絮叨叨又说了两句，猛提起慎行来，他道，“我这里不中用，你横竖托明月君紧着点子心，北平布政使司迟早要抄了的，到时候慎行的死活就赖他周全了。”

毋望道，“六叔放心，我自己的哥哥，定会尽全力维护的。”探头张望了，朝正屋大堂指了指道，“我这就回去了，出来有时候了。”

她说着抬腿就要走，路知遥“哎”了一声出手拉她，心里暗自委屈，这丫头果然是死心眼容不下别人的，自己记挂她，她似乎半点未曾察觉，凄恻地叹了口气，无奈松开手道，“你去吧，自己小心些，若有事便来找我。”

她笑着应了，匆匆往那正屋走去，进了门正遇着燕王妃携一众女眷出来，见了她道，“我正要打发人出去寻你呢，路大人真是，什么话要说半天，差点儿误了吃饭的工夫。”

一旁的丫头取她的大氅来给她披上，她裹了裹，此时方觉得冷，嘴里应道，“没什么，都是些家常的琐碎。”边琢磨着，这里人人都知道她中途离过席，那朱高煦随便问个丫头就能问出来，自己想躲也躲不掉，只好听天由命了。

一行人浩浩荡荡往后院的歌舞场进发，毋望混在人堆里想，微云没说错，她这大红满地金的比甲，同这些穿金戴银的贵妇们比起来还真是小菜一碟，希望这些金光闪闪姹紫嫣红的夫人们淹没她吧，不那么显眼还能活得长久些。

这亲王府的确是大，走了好一会儿才接近宴会所在地，还未进院门，便听见众爷们儿们哄堂大笑。几个大嗓门穿插其间，隐约是说突袭，顺便夹带几句荤话，门外小厮通报王妃和夫人们来了，一时室内安静下来。

众人进屋对燕王行礼，燕王道，“今儿都是自家人，便不分什么男眷女眷的了，各自夫妻同坐吧。”

毋望哀哀一叹，这可不是好消息，男男女女坐在一处，本来还能避开高阳郡王，这下子避无可避，如何是好啊。

众夫人道是，起身各自找寻各自的夫君，她抬头看，人群中裴臻负手站着，遥遥若高山之独立，她胸中一口浊气荡然无存，抿嘴笑着，看他逶迤而来。

他引她入座，在她手上轻轻捏了捏，低声道，“才刚都好吧？”

如果没有活春宫的那个插曲，算得上一切都好吧。环顾四周，所幸那高阳郡王不在，她有些坏心地想，最好他才刚受了风寒来不了，否则可有得尴尬了。

方坐定，对面的一众爷们儿皆看过来，一个穿玄色右衽交领衫的大汉脱口道，“这位便是明月先生千金难求的心上人？果然好相貌啊，他两个在一处坐着，可不是一对玉人吗，难得难得。”

裴臻拱手，淡淡道，“张指挥说笑了，咱们能相聚还不是托王爷的福吗？”携了毋望，对上座的朱棣举樽道，“兰杜与春君敬王爷一杯，多谢王爷成全，来日大婚还请王爷主持，叫咱们沾沾王爷的福气。”

那朱棣三十七八岁模样，蓄着胡子，须眉堂堂，端坐上首，煞是气派威武，端了珐琅杯笑道，“先生客气，便是你不请，我与诸位大人也要来讨酒喝的。”又将杯举高，招呼道，“来来，大家共饮，今儿是家宴，随意些方尽兴。”

众人皆起身回敬，毋望见路知遥在她斜对面落座，身旁的位置空着，形单影只的样子，朝她这里望来，目光柔柔似春日水，浅笑着冲她颔首。她不由也笑着回应，那笑容尚未来得及敛去，门上小厮拔着嗓子报，“二爷、三爷到。”

门口进来两个华服男子，都未及弱冠，身量却颇高，行至堂下满满一揖道，“儿子给父王，母妃请安。”

来人正是朱高煦和朱高燧兄弟，燕王素来知道这两个儿子野性难驯，心里却又欢喜，常说二子高煦最像他，因此他们晚到并不动怒，只道，“怎的迟了？”

那朱高煦朗朗道，“儿子和弟弟练兵，一日未敢松懈，才刚一时不察误了时候，请父王责罚。”

毋望腹诽，这伪君子挺会哄他父亲高兴，帝王家的子孙纵然不成龙，成个睚眦或嘲风还是合格的，分明在后院胡来，竟有脸在这里信口开河。

那老三朱高燧招了侍者来，自己取了杯酒，又递了杯给朱高煦，对堂下众人道，“咱们兄弟来晚了，甘愿罚酒一杯。”说着一口将那大盅内的酒一饮而尽。

屋里人齐声道好，那朱高煦见弟弟豪爽，自然不甘人后，举杯回过身来。

毋望的心几乎从腔子里蹦出来，尽量往裴臻身后缩缩，又想躲得过初一也躲不过十五去，硬要避开倒叫他起疑，不如大方应对的好，便挺直了脊梁，凝神静气地站着。

朱高煦扫视一圈，那眼神狂妄且极具攻击性，滑过她的脸时稍一停顿，意味深长地一笑，直笑得她通体生寒，不禁大呼不妙。

他此时已换了蟠龙常服，只穿一件八宝云纹直缀，头上束玉冠，玉冠两边的鸦青色冠带垂在胸前，浓眉剑目，虽有七分霸气，却还有三分的轩昂，倒不似扇子亭初见时的狠戾。只是这人五官天生冷酷，只一瞥就险些叫她丢盔弃甲，如今能站着不过强作镇定罢了，当真可怖至极，当年的锦衣卫都没让她如此害怕，背上凉飕飕一片，竟已是冷汗淋漓。

朱高煦仰头将酒饮尽，旋即叫侍者往空杯中注满酒，闲庭信步般往他们这一桌走来，边走边道，“小王要多谢明月先生呢，先生割爱送小王的那匹玉麒麟果然名不虚传，我命人试过，日行千里夜行八百，分毫不差。”

裴臻不知是有意还是无心，侧跨了半步，不动声色将她护在身后，端起酒杯道，“郡王客气，好马自当配英雄，郡王有万夫难敌之勇，这玉麒麟跟随殿下方不算辱没。”

朱高煦勾唇一笑，见那女子被他挡得只剩一条胳膊，当下了然，也不计较，心道那红唇可是让他一眼就认出了，跑得了和尚跑不了庙。裴臻不过一个谋士，又无官职在身，他那两千暗卫早晚会被收编，能护她护到几时？遂抬抬杯道，“先生请。”

裴臻回敬，与他对饮，朱高煦倒爽快，喝完也不流连，转身到他下手落座。

众人纷纷坐定，锦幔低垂，笙箫渐起，丝竹清音间酒香弥漫飘荡开来。

〇九二　郡王意如何

大厅中央美艳舞姬翩然起舞，众人推杯换盏，觥筹交错。朱高煦意态闲闲，缓缓转动手中的什锦珐琅杯，眄眼透过美人臂上掠动的红纱直望过去，那女子端坐在矮几旁，偶尔低头啜酒，吃饭的样子竟也斯文秀气得了不得。裴臻同她甚恩爱，两人旁若无人地对饮，看得他心中厌恶，微一哂，敬了右手边的顾成一杯，寒暄两句，问道，“明月先生身边的那位是他的夫人？”

顾成下意识看了一眼，随意道，“才下了定，还不曾大婚，说来好笑，她的聘金是你父王出的，花了足足黄金一千两，这女孩儿值钱得紧。不过此等绝色倒也不冤枉，可惜名花已然有主，否则殿下尚未婚配，讨来封个妃也妙。”

朱高煦想起那饱满的红唇，若能一亲芳泽，那滋味定然不差吧。他是个敢想敢做的人，原先想将她弄来折磨死的念头瞬间打消殆尽，讥讽一笑，哼道，“什么名花有主，但凡本王看上的，凭她是谁家妻妾。”

顾成心里咯噔一下，暗恨自己嘴贱，随口胡诌倒给这太岁提了醒，这种事可出不得，若这当口互斗起来，这大业是万万图不成了，整理了浑浑噩噩的脑袋忙劝慰道，“这可使不得，郡王还不知道明月君的厉害。此人是你父王极倚重的，他的暗卫影卫遍布天下，断然开罪不得！各州县消息皆由他提供，朝廷稍有异动，转天咱们这里就可部署，若殿下打他媳妇儿的主意，怕是要出大乱子。”说着干干笑了两声道，“大丈夫何患无妻，殿下道是不是？天下美人多了去了，将来坐拥江山，多少人家上赶着把女儿送给殿下，何苦急于眼下，来日方长。殿下若喜欢，下官先寻摸几个上等姿色的，明儿就送到郡王府去。”

朱高煦冷眼如箭，几乎把顾成射成筛子，切齿道，“在顾大人眼里，小王顶多就是个色令智昏的赳赳武夫吗？”

顾成吓得不轻，口中直道不敢，本来还想从大方向分析谋反成功的基本构件给他听，诸如深谋远虑啦，能将谋臣之类的，现在想想还是算了。这位老兄杀人像砍瓜切菜似的，从来不带眨眼的，万一一个惹他不高兴举起腰刀来，他身上可没有家伙抵挡，旁边还有个拖累手脚的，血溅当场着实窝囊又不好看。于是抚抚脖子不再言语了，他爱怎么由得他去吧，儿子给老子搅局，还有救吗？

大殿四隅皆供有大铜鼎，里头燃着炭火，烘得一室温暖如春，毋望却如坐针毡之余冷汗涔涔而下。这朱高煦怎的如此度量狭小，她若是卫玠，可能早就被他看死了，不就是不小心撞破他的臭事吗？何必如此苦苦相逼，他们自家人爱做那种勾当与她什么相干，她若到处去说岂不是打自己脸吗，所以他根本不必担心。只是看他那个样子似乎不明白，仍旧虎视眈眈的，害得她生出一种冲动来，很想立刻找他指天誓日地保证一番，被他这么瞪着日子不好过。如果他能弄个什么药来，让她将前头看到的那些不雅画面全部忘掉，那她一定毫不犹豫地吃下去，敢情谁爱看似的，真是天知道。

裴臻酒过三巡有些意兴阑珊，支着肘，一手托腮，半闭上眼，长长的睫毛将瞳仁都覆盖住了，也看不清他到底是梦是醒。只见他右手两指跟着丝竹之声在桌面上打拍子，时而缓慢，时而急进，懒散悠闲的样子，毋望内心正在争斗时，突然听他低笑一声，缓缓道，“不同我说实话，给你些教训。”

毋望转脸看他，他还是一直保持这样的姿态，她蹙眉，怀疑自己是否幻听了，又垂下头时，他道，“只管赏你的歌舞，有我在，你怕什么？”

这下可以确定他没有睡着，她忙挺起脊背坐直，心里七上八下的直打鼓，揣度他若知道自己没听他的话，私自跑出去和路知遥见面，还摊上这种晦气事，会不会把肺给气炸了？不过他好像察觉到什么了，否则怎么说这样的话？

她清了清嗓子唤道，“兰杜？”

他慵懒地嗯了一声，微掀起眼帘看她，“说吧，我听着。”

她踌躇片刻还是不好出口，便闷声道，“没什么，咱们什么时候回去？”

他喃喃道，“瞒着我也成，瞧人家的眼神不善，你觉得自己能解决吗？”

毋望心头怦地一跳，还真是不好解决呀！是自己伪装不够好，还是朱高煦的威胁太过赤裸裸？好像什么事都逃不出他的眼睛去。她顿时灰心丧气，在几案下偷偷拉了拉他的手，悻悻道，“回头都同你说，咱们早些回去好不好？我真是一刻都不想多待。”

裴臻携了她的手指轻抚把玩，一面取笑道，“春君姑娘就这点子能耐？你头前的从容淡定哪里去了？就算泰山崩了有我给你挡着，你还不信我吗？这会子就走怕是走不脱，那帮人酒兴正浓，断不会放我的。”

才说了没两句，那边张玉朱能又来敬酒，裴臻无奈，只得又站起来应酬，三人共饮了，拉着他又往上座而去。毋望百无聊赖，恹恹之间视线一路跟随他，几人围着燕王轮番敬酒，裴臻手握琉璃盏，面上带着淡然而疏离的笑，在那人堆之中优雅周旋。她微微恍惚，下意识看了燕王妃下手的朱高煦一眼，这一眼叫她寒毛直竖起来，那人盯着她，目光阴冷，突然露出个令人心悸的邪气笑容，吓得她险些往矮几底下钻。深吸了两口气，暗道不能就这样被他唬住了，越躲越显得她心虚，便正了正脸色，不卑不亢地礼貌回了个笑。

朱高煦一愣，那丫头胆子够大的，还敢同他对视？那张笑脸像钉子一样楔进他脑子里，他从喉咙深处发出一声低吟，“果然有意思。”

“什么有意思？”朱高燧挨着云母石的围屏凑过来，顺着他的视线往前看，惊道，“二哥哥这是瞧上明月君的女人了？”

朱高煦横他一眼道，“你不在那里吃酒，过来凑什么热闹？”

朱高燧坐下，拂了拂衣袖道，“我前儿往小杨庄去，见着个淮阳千岁，真真是扣人心弦。那媚态，压在身下情致万千，玉臂高抬身婉转，我都有些吃不消，二哥哥可要去见识？”

朱高煦嗤道，“你就这点出息，凤子龙孙的，什么女人要不着，还去狎妓？也不怕得脏病。”

那朱高燧笑道，“二哥哥这话说岔了，良家女子哪里有那种手段，死鱼一般的挺尸，还得你去伺候她，没趣得紧，倒不如外头快活去，问此中滋味，可以醍醐啊！你这十八年算是白活了，只知道打杀，还不如我这做弟弟的。”话才出口，接着哥哥射来的一记眼刀，马上意识到自己说错了，讪讪摸了鼻子笑笑。

朱高煦冲他递个眼色，低声道，“可有什么法子弄来？”

朱高燧会意，却大感为难，只道，“你可想清了，那裴臻是容易得罪的吗？玉麒麟只是匹马，他能二话不说就送你。你若要动他的枕边人，恐怕他没那么轻易善罢甘休，一时闹起来，大家面上都不好看，父王这里怎么说？这明月君是费了大力气请来的，若因个女人闹翻了，父王定要怪罪你，那岂不正合了大哥哥的心意？”

朱高煦思忖片刻也觉有礼，这事不能急在一时，明了来不妥，只有暗地里想法子。遂点点头道，“你打发人把裴臻的老底给我摸清了，缓个两日再动手不迟。”

朱高燧见哥哥势在必得，也知道没有转圜的余地了，总归手足情深，于是兄弟两个凑在一处，窃窃密议起来。

毋望熬油似的撑着，总算熬到了家宴散场。外头梆子敲过了三更，燕王妃命人拢了手炉来给她，亲自给她系了大氅上的丝带，戴上了风帽，又说些体己话，毋望一一应了，方屈腿拜别王妃，和裴臻下了大门台阶往马车走去。刚上车安顿好，不知哪里冒出个蓝衣人来，头上裹头巾，打扮和暗卫相似，想来是裴臻另一个臂膀影卫吧。那人凑在他耳边低语几句，他的眉头渐渐攒起来，对毋望道，“你且等我一等，我临时有些事，要再进王府去一趟，你一人回去我不放心，事儿办妥了我就出来。”回身嘱咐马夫将车停在牌楼的阴暗处，便提了曳撒疾步而去。

毋望歪在软垫上，这车里可比燕王府里自在多了，心里一松快便打起盹来，支着脑袋迷迷糊糊的。也不知过了多久，蒙眬中有人上车，她困得睁不开眼，只道是他回来了，很自然地在他肩上找个角度靠好，他伸了手指在她唇上摩挲，一遍一遍不厌其烦，她嘟囔一声“别闹”，他却不听，还是没有停下来的意思。她微有些恼，猫儿似的张嘴在那手指上咬了一口，那手指缩了回去，转而勾起她的下巴，两片唇便贴了上来……

酒香四溢却冰冷的唇，她忽然觉得不对，睁开眼看，面前是一张冷峻的脸，邪魅而阴狠，在她尖叫前捂住了她的口鼻，咂咂嘴道，“味道同本王想的一样。”

〇九三　王府门前辱

“你敢……”毋望又羞又惊，胡乱蹬了两脚，缩到暖轿角落里，颤声道，“你敢造次？！”

那高阳郡王低声取笑，“怎么不敢，才刚不是亲着了吗？你真该谢谢裴先生，他果然聪明，没叫你一人先回去，否则你此刻就在本王的床上了。”说着又来捏她的脸，“你在渔隐园里瞧见了什么？”

毋望狠狠别过脸去，咬牙道，“郡王说的什么我听不懂。”

朱高煦面上隐有愠色，两手撑在她身后的轿围子上，将她禁锢在和他只隔一个身位的空间里，阴恻恻道，“你猜我动动手指可会把你捏个稀烂？我问你，晚宴之前你进没进过园子？给我老实回答，别指望别人来救你，几个轿夫被我打发走了，借他们两个胆子也不敢来。裴臻此刻正和我父王商讨如何布兵，一时半会儿也脱不开身，你这会子可是落在我手里了，搓圆还是捏扁全看我喜欢，我劝你放聪明些，别和我耍心眼子。”

毋望骇到了极致反倒镇定下来，反正要逃是逃不脱的，他想怎么由他便是了。便道，“郡王既然知道了还来问我，岂不多此一举？”

牌楼底下风灯的光打进来，照出她优美的轮廓，倔强而无助的脸无比诱人，他眯了眯眼又压近些，冷冷道，“不要和我顶嘴，我的脾气可比裴臻差多了，要是逼我对你动手，大家都没意思。”

毋望顶不住那直钻进骨子里的寒意，不由瑟缩一下，脸色也变得惨白。他露出淡淡的讥笑，扬扬下巴道，“怎么不说话了？你很怕我吗？宁要人怕，莫要人笑，看来我做得很成功。”

毋望只觉呼吸牵着肺也一起疼痛起来，和这样可怕的人靠得这么近，身上便簌簌起了一层细栗，她承认他的确很成功，他吓人的手段天下第一，她若能活着回去，恐怕晚上也会噩梦连连。只是这么贴着也不是办法，她尝试道，“郡王可否坐着好好说话？你想怎么样不如明说吧。”

朱高煦勾起一边嘴角冷笑道，“你猜猜本王会将你如何？”

毋望平了平心绪道，“郡王要将我如何我猜不出，却知道郡王断不会杀我，否则也不会顾忌这里是燕王府门前，和我说这么会子话了。我前头是进过园子，也看到了不该看的，但请郡王放心，春君是闺阁女子，定然对此事守口如瓶，郡王若信得过我则罢，若信不过我，要杀要剐只好悉听尊便了。”

朱高煦哼道，“到底是裴臻的女人，有几分胆色！不过我告诉你，我信不过你，却未必伤你性命。”他顺手抓起她鬓边一簇垂发，放在鼻尖嗅了嗅道，“本王给你指条明路，你若想保命便离开裴臻，做我的女人如何？看你有几分姿色，杀了怪可惜的，不如做本王的床奴，本王自会加倍疼你，你道好不好？”

毋望差点被自己的口水呛着，这无耻之徒在说什么？他凭什么起这种非分之想？她一把夺过自己的头发，梗着脖子道，“请郡王自重，我已许了人家，今生不作二嫁，郡王的意思，恕春君难以从命。”

朱高煦恼羞成怒，拎起她的领子啐道，“敬酒不吃吃罚酒，这会子同你商量，你拿乔，回头叫你求生不得，求死不能。”

毋望见他扬起手来，很认命地闭了眼准备挨打，反正小时候没少挨锦衣卫的鞭子，再疼忍一忍就过去了，这一巴掌换来自己的清白，那真是赚到了。

朱高煦看着她一副英勇就义的模样，突然改了主意。虽然他这人一向无情，但好歹偶尔也会怜香惜玉，这样好看的一张脸，打坏了白糟蹋，倒不如留着亵玩，于是凑上前又想亲她，她蓦地睁开眼，开始手脚并用没命的反抗，混乱中他也顾不得她是女人了，反手将她手臂扭住，她吃痛低低呜咽出声，峨眉秀目间凝结一抹苦痛之色，他心里一顿，不由放松了钳制，嘴里警告道，“你再撒野看看，打量本王不敢杀你吗？”

毋望气馁之余愈发觉得他可恨无比，无奈自已被他反剪双手，反抗不得，便叱道，“亏你还是个爷们儿，活打了嘴有气力不使到战场上去，却在这里欺负女孩儿，也不嫌臊得慌。”

朱高煦被她一骂气得牙根痒痒，费了半天劲才忍住没伸手把她掐死，恫吓道，“嘴上不饶人可是要吃苦头的，若不想本王现在就要了你，最好与我闭嘴。”

毋望忙咬唇不语，好汉不吃眼前亏，倘或真把他惹毛了，这种不可一世的皇亲国戚什么事做不出来？打眼朝王府大门看，府门紧闭，两个士卒目不斜视地站着，门楣下挂着两个写有燕字的大灯笼，西北风一吹，晃晃悠悠左右摇摆。她心里焦急，更加觉得这高阳郡王阴森恐怖，挣了两下，他又加大手上的力道，皱眉俯身，分开她双腿挤了进来，隔着一层襦裙与她越贴越紧。她大惊，整颗心都抖起来，只怕他会有什么不轨之举，屈膝便想顶住他，他腾出一只手来奋力一敲，她只觉剧痛难当，直麻到了大腿根去，忍了泪恨道，“败类，你要杀便杀！”

他却笑起来，长眉舒展，脸上的狠辣一扫而空，竟隐约现出孩子般的单纯来，喃喃道，“你想把本王弄残么？野丫头，果然有些意思，裴臻哪里得着这么个宝贝。”心里暗想，好得很，没性子的女人没趣儿，这个有棱角，正合他胃口。

高阳郡王的兴致空前高涨，他陷入这种猫捉老鼠的游戏无法自拔。在她小腿上捏了一把，顺势滑到脚踝上，视线一转，落在那只玉足上，没缠过，虽也纤巧却是天足，怪道跑得那么快呢！他看着她含泪的大眼睛，嗤的一声又笑起来，退后一步，抬起她的腿，扫落了她的绣花鞋，隔着雪白的罗袜在她脚趾部位不轻不重的一咬，戏谑道，“让我也咬一口。”

毋望憋得满脸通红，无奈大腿拧不过他的胳膊，为防止被他拖下垫子去，只得两手撑住轿围子，身体拉伸成一个尴尬的姿势。她羞愤交加，刚想抬另一条腿来踹他，他突然放开了她，退到轿外抱胸打量她，半似困惑地问道，“裴臻可这样对待过你？”

毋望收回僵硬的四肢，浑身打战几乎说不出话来，从齿缝里挤出几个字来，道，“他是君子。”

朱高煦略一怔，拉着脸道，“他是君子，本王是小人？甚好，既是干净的我就放心了，好好守着你的身子，若敢和裴臻做出苟且之事，叫我知道了，明月君定会死得很不雅。你且在裴府静待几日，等着本王打发人来接你吧。”语毕不等她回话，转身便跃上马背，扬鞭往东去了。

毋望呆坐着像从鬼门关打了个来回，里衣都湿透了，一阵阵泛出冷来，抚抚手臂，此时才发觉到处都疼，她瘫倒在软垫上掩面低泣，还没有结束吗？还有下一次吗？她没了主意，她一个闺中女子如何自救？哭了会子心里顾虑起来，他若直接同裴臻讨人怎么办？裴臻固然是不允的，然后呢？他会对他不利吗？朱高煦虽年轻，好歹也是个郡王，万一恼羞成怒怎么好？进退维谷间脑子里嗡嗡响作一团，猛听得王府大门开启的声音，裴臻和那影卫边走边议，缓缓而来。

几个轿夫不知从哪里蹿出来的，连滚带爬跪倒在他面前，瑟瑟发抖地不住磕头，口齿不清的告饶道什么“高阳郡王……奴才们不敢违命……姑娘在暖轿里……”，他大惊，十几丈外纵身腾跃，转眼已到轿前，躬身入轿，见她眼睛也肿了，头发也乱了，一只鞋子落在轿门上，狼狈不堪地倚着围子。毋望看见他便扑进他怀里放声大哭起来，他呼吸一窒，已明白了十之八九，心头怒火滔天，抱着她软语安慰，又如立誓般对她道，“怪我想得不周全，连累你受了委屈，你放心，我定将那杀才剁碎了喂狗给你解恨。”回身道，“虞子期，传命给铁英和濮阳金台，这会子就带人给我铲平高阳郡王府，不必顾忌，杀光算完。”

虞子期探头看了轿里主子的心头肉一眼，样子是怪惨的，好在衣衫齐整，应该是没有被侮辱。他主子气疯了要学楚霸王冲冠一怒为红颜，自己作为他的第一战将很清醒，有必要提醒他孰轻孰重，便拱手道，“主上三思，要杀那厮容易，只是杀完了恐没法子善后，他老子极看重他，说杀就杀了，怎么能罢休？届时牵连到了主上，还害了夫人和应天谢家，那便了不得了。”

毋望也在他胸前闷声道，“他也未将我如何，咱们回去从长计议吧。”

裴臻略缓了缓，命人起轿，坐在轿里横竖不解气，毋望从未见过他如此失态，铁青着脸，指关节握得咯咯作响。她有些怯怯地拉他的袖子，他伸手把她圈进怀里，颓然道，“我只怕你一人回去被他劫道，却未料到他胆敢在王府门前放肆，是我失策了，对不住你。”复又问起缘由，毋望只得将事情始末和盘托出，他无奈捏了捏她的鼻子，“瞧瞧，不听我的吩咐惹出这些事来，下回还敢不敢？”

毋望将脸靠进他颈窝里，贴着他温热的皮肤才觉得安全些，嗫嚅着，“再也不敢了……他头里还说过两日要打发人来接我，这可怎么好？”

他忽而冷笑，“那他连我一道接去也使得，左不过多加副碗筷，高阳郡王不至于那么小气吧。”

毋望蹙眉道，“什么时候了还打趣？”

他撇转头，阴鸷一笑，“他只管来试，我定叫他后悔来这世上走了一遭。”

〇九四 今日岁华新

裴臻送走了虞子期，一人在书房灯龛下坐了很久。

之前确实太冲动，险些坏了大事，亏得虞子期在，劝住了才没让事态恶化。那时在牌楼下看见她那样，他真是乱了方寸，心底几乎恨出血来，立时将那朱高煦碎尸万段也不足以泄愤，自己宝贝似的呵护的人竟给他来侮辱，若由着性子来，什么高阳郡王，这会子早下阴曹找阎王爷报到去了。可惜眼下形势不由人，再稍加筹措就要开战的，箭在弦上，要是出了纰漏，大家都得不着好处。朱高煦再不济总是朱棣的亲儿子，上阵还需父子兵呢，他多少总要偏袒些。当然，以朱棣的城府来看，即便真杀了朱高煦他也绝不会因此怪罪，他定是以大业为重的。可若是他稳稳坐定了皇帝宝座之后，那秋后算账的事历代都不少见，就拿他亲爹来说，功臣尚且消灭殆尽，更别说杀了他儿子的人，朱家一门皆是睚眦必报的，要么在他起兵前一脚踩死他，否则他的儿子便动不得……

他动不得，却可以借助别人来压制他，比如说燕王世子朱高炽，再仁德贤明总有度，依着春君的描述，和朱高煦私通的人，除了世子嫡妻王氏，不作他人想，他若知道了，这夺妻之恨能忍得吗？加之他们兄弟早就为那世子头衔闹得不愉快，只要稍加点拨，还不往死里整治他？裴臻靠在圈椅里冷笑一声，以朱高煦的为人来看，离天子之位一步之遥时必定有所动作，到时全力支持朱高炽，再名正言顺地收拾老二，君子报仇，十年不晚，他有的是耐心。这会子虞子期已经安排人手设计让朱高煦和王氏的奸情在朱高炽面前败露，这么一来也够朱高煦忙一阵子的了，所有事情皆要瞒着朱棣进行，别看朱高炽一向仁怀天下，到底是天潢贵胄，说话办事都经过深思熟虑，真真是滴水不漏的，有时软刀子更有用，也叫朱高煦吃些闷亏才好。

梆子敲过四更，他起身撩了窗纱看对面，她这会子也该洗漱完了，廊下也没有丫头走动的声音了。想起她一直呼痛，定是伤着了，到箱柜里翻了活血化瘀的膏药来，推门往她房前去，笃笃敲了两下，值夜的大丫头四喜来开门，他道，“姑娘可睡下了？”

四喜回身看了看，后身屋里灯已灭了，便回道，“才躺下，这会子应该还未睡着，大爷可要进来？”

裴臻点头迈进房里，四喜罩了灯罩端了蜡烛前头引路，房里锦幔重重，安息香流转缠绵在鼻尖，行至床前时他抬手挥了挥，四喜放下灯退了出去。床上人动了动，支起身探头看，轻声道，“这么晚了还没歇着？”

他踱过去在床沿坐下，她靠着床架坐起来，穿着藕荷色的丝棉中衣，长发如丝披散，脸色微有些发白。他顿感心头怅然，蹙眉拉过她的手，将袖子卷上去些，只见她腕上五指指印根根分明，紫中泛着青，衬着如玉的肌肤尤其可怖。他沉下嘴角，揭了罐子上的油封，剜出一块药膏来替她涂抹，也不说话，只一遍一遍的推揉，恨不得将那淤青立刻推散开来。

她有些痛，不禁缩了缩，他忽然察觉了，抬起头，眼里含着愧色，讷讷道，“弄疼你了？我下手重了。”

毋望覆上他的手，略迟疑道，“我才刚想了想，还是趁早将亲事办了吧，我心里不安得很，这么下去要出岔子的。”

裴臻闻言一愣，随即笑道，“如此就要多谢高阳郡王了，我当真求之不得，天一亮就吩咐下去，前头筹备得差不多了，拎出来再办也方便。”

毋望叹了一声道，“我原想回应天再办的，如此看来是不成了，只是父母宗亲都不在，这亲怎么成好？”

裴臻道，“那就请了燕王来证婚，他原先装疯卖傻，出不得大厅，咱们另设一堂拜天地，礼到就是了。只是委屈你，少不得要从别处出门，或者到你二哥哥官邸，或者从濮阳金台府上，谢二爷那里恐怕行不通，布政使司那么多眼睛盯着的，只有濮阳那里了，他夫人武艺高强，有她护着我才放心。”

毋望一时只觉心中甜蜜，生出待嫁女儿的情致来，颊上飞红，低头道，“就依你说的办吧。”

裴臻取笑道，“尚未出嫁便从夫了吗？看来裴某得着个好媳妇呢。”说着又去给她另一只手上药，一面又道，“我没能护你周全，你可怨我？”

毋望知道他一晚上总不受用，便温言道，“我哪里怨你什么，只没料到临走竟有密报，才叫高阳郡王有机可乘。”她打个寒战，探前身子环上他的腰，枕在他肩上嘟囔，“亏得我在北地遇着的是你，若先遇上他，那我这会子不知怎么样了。”

裴臻大感受宠若惊，她肯主动来抱他，肯对他说这样的话，简直是预料之外的，拍拍她的背道，“你到现在才发现我的好？从前我虽对你使心眼，到底是没有恶意的，不过想让你心甘情愿跟着我罢了。”

她在他的颈边蹭了蹭，热热的气息拂在他的喉结上，哄孩子似的娇声应道，“我知道你最好，从来不曾想过害我。”

他的半边身子已经酥了，气息不稳地低声一笑，想退后一些，她又缠上来。他只得按捺道，“我的姑娘，快些安置可好？再这么下去天都要亮了，歇下吧，明儿还有事要你操持，先将身子养好，大婚之前别作下病才是。”

毋望心有余悸，问道，“高阳郡王怎么办？”

裴臻捋捋她的头发道，“我已经吩咐下去了，叫穆大正调一队人过来守着宅子，外人想进来是不能够的，你只管放心吧，他若敢来，便叫他横着出去。”放她躺下，掖实了被角，俯身在她额头吻了吻，耳语道，“睡吧，我走了。”

直起身才要往外，曳撒下摆牵制了下，低头看，一只手牢牢攥紧了他的衣襟，他不由失笑，蹲下道，“舍不得我走？那我今儿留下，反正就要成亲了，早一日同房也没什么，大家省心。”说着作势解领上盘扣，心里也隐隐期待她当真允了，毕竟这种日子对他来说实在煎熬，能早些结束简直就是烧高香了，无奈这丫头固执，他也不好逼她。

果然，话才出口，那只手嗖地缩了回去，他苦笑着站起来，她怯怯道，“等到大婚吧，好不好？”脸已埋进被褥里，羞的不知如何是好。

他忍笑嗯了声，抖了抖衣袍跨出门去。行至廊下举掌三击，屋顶落下一个黑衣人来，跪拜行礼后垂手待命，裴臻道，“派人到涿州去，将那个被高阳郡王杀死的驿丞家眷送到燕王府大门口，还有沿途那些吏民苦主列个名单，也打发人送去。开春新皇登基朝贺定要让燕王遣他去，他这一去就别叫他回来了，乔装杀之，此人不除终是心腹大患。”

那暗卫道是，躬身一揖，身形上拔，霎时消失得无影无踪。

他缓缓往卧房去，手里琉璃佛珠捏得咯吱作响，心道一计不够二计来凑，朱高炽那里若没有动作岂能就此让他逃脱了，那小子有勇无谋，且看他如何收拾他吧。

又过十日已至腊月二十三，这日裴府上下早起，筹备着过小年的一应事宜。林婆子笑道，“今儿咱们厨房热闹，奶奶来了，回头大爷还要来祭灶神呢。”

众人都应，还有杂役婆子道，“过了二十三，诸神都上天了，百无禁忌，娶媳妇聘闺女不用择日子，奶奶和大爷赶乱婚赶得好，来年添个大小子。”

毋望大窘，如今也不忌讳她们叫她大奶奶了，几个管事婆子偶尔和她说些什么姑娘小子的她也不恼，只有裴臻的奶妈子自打听说年前他们要大婚不痛快，鼻子不是鼻子，眼睛不是眼睛的，背地里和人抱怨说她白折腾人。她愈发厌恶的厉害，按说她没有贴心的长辈在，有些什么要留心的该是她这个奶过哥儿的来教才是，她也不是不通情理的人，她热络些下个气儿，那些坑府里银子的事自己也就不追究了，偏她拿大不肯低头还要对着干。毋望一气之下便送她两个丫头，打发她回她儿子那里养老去了，听说早晚在家咒骂，眼下忙，暂且不与她计较，待到过了年总要料理的。

林婆子往灶神像前上供品，都是些甜食，诸如糖瓜，汤板之类的，还在旁边放了两个生鸡蛋，毋望奇道，“怎么不放熟的？”

林婆子道，“奶奶不知道，黄鼠狼和狐狸是灶王爷的部下，这鸡蛋是给它们的，宴请了上头，下面也得打点一下。”

她笑起来，原来这天地间不论是人还是鬼神，礼数都是一样的，要办事必要各处都孝敬到的。

这时裴臻沐浴梳洗完了进来给灶神上香敬酒，女眷退到一旁，他跪在灶前喃喃数道，“灶王爷一家之主，上天言好事，下界保平安。”又供上杂面汤，接过丫头呈上的簸箕，从灶台前一路将灶君坐骑的马料撒到门外，这些仪式做完了揭了灶神像烧掉。正要问今儿饺子什么馅儿，外头虞子期进来给毋望见礼，旋即在裴臻耳边低语几句，裴臻得意勾起嘴角，揽了他的肩道，“此事值得庆贺，今日咱们兄弟共饮一杯吧。”

两人勾肩搭背，直往平波院的抱厦里去了。

〇九五 成败难度量

涿州驿丞的老婆孩子吵闹不休，把燕王府门前搞得大乱，燕王殿下对外称病笃，不能出面调停，躺在床上又气又恨。这个小年算是没过好，饺子吃不上，灶王爷也得罪了，坐起身来嗷嗷一通大吼，指着高阳郡王直骂“孽障”，只差没拔剑把他的脑袋劈成两半，盛怒之下削郡王府仪卫司，罚他在佛前面壁思过。又叫王妃送了一千两慰问金去安抚死者家属，在这作战资金紧缺的当口又损失一笔，虚火上行折腾得血不归经，竟然真的病倒在床了。

朱高煦灰头土脸地挨了一顿骂，转出正殿站在夹道上愣神，这件事过去也有小半年了，是高祖皇帝驾崩时他去京师奔丧路上发生的，怎么偏这会子闹了来？他抬头看天，红砖绿瓦上的那片天蓝得赏心悦目，盯着太阳猛瞧了半晌，他发现太阳就像他梳妆台上的黄铜镜，没了外头那一圈，其实也没什么大不了的。如今他没了仪仗，就是个光杆郡王，平常虽然用不上，放着看看也是好的，真给削了还真是舍不得。

“殿下。”身后有人招呼，他回头看，刚才被太阳灼了眼，这会儿看人脸上花花绿绿的一片，也分不出是谁了，便道，“何事？”

那人道，“卑职盘问了许久，那婆姨根本说不清是谁带他们来的，一会说是两个生意人，一会又说是县学里的生员，弄得我一头雾水，后头怎么样，请郡王示下。”

原来是王府里的长史，他奉命彻查此事，看来是半点成效也没有，朱高煦皱了皱眉，“这点子事还来问我？真真人笨事难成，等他们出了城悄悄抓起来严刑拷打，说不清就往死里整治，这也不会？傻蛋！”

那长史被骂得冷汗直流，一迭声道是，慌里慌张夺路而逃了。

朱高煦正窝火，墙根下一个人嗤地笑了声，他不耐烦的横了他一眼，冷冷道，“你笑什么？这会子看我笑话来了？可是腚上皮痒吗？”

朱高燧年轻的脸上现出不屑来，拉着长音道，“你就会在我面前使能耐，有本事找那个害你的人去，冲着我这个一奶同胞耍什么威风，我才是一心向着你的人。”

朱高煦哼了哼道，“裴臻，我饶不过他去，有胆子和我耍阴险，打量我不敢拿他怎么样？”

朱高燧在一旁笑起来，心想这人真够不讲理的，明明是他打人家老婆的主意，还不许别人反抗，做人嚣张成了这样，果然是无敌的。遂问道，“那日可受用到了？滋味如何？”

朱高煦面色不豫，那张漂亮的嘴唇又在眼前滑过，几天没见心里还真有些挂念，看着柔弱的人，脾气倒不是一般的倔强，不把她弄到手怎么甘心？

朱高燧看他不说话便拿肘顶他，急道，“你存心和我打哑谜？还不快些说，我回头有事告诉你。”

朱高煦让开几步睨斜他，“没受用着，那日时候紧，再说我又不是没见过女人，哪里急色得那样？你要说什么快些说，否则我回郡王府去了。”

朱高燧拉了他道，“你还不知道吧，裴府正加紧着置办婚事呢！再过几日就是板上钉钉了，眼下还是大姑娘，入了洞房就成小媳妇了，你怎么打算？”

朱高煦面如寒潭，额上的青筋直跳，杀气腾腾的样子叫朱高燧都有些胆战，抽出腰刀来一劈，廊下接雨水的大缸子瞬间裂成了两半。他冷笑道，“好啊，没把我的话放在心上，上赶着年下办事？只当我死了不成？我既看上了，他敢娶，分明不把我放在眼里。”说着转身便走。

朱高燧忙赶上来拦住他道，“你做什么去？莫非还要抢人吗？他府上布置的暗卫岂是吃素的？还是部署了再去不迟。”

他停住了脚，果然还是有顾虑的，硬抢恐怕不成，他才犯了事，父亲那里余怒未消，要是明着来，万一怪罪下来失了宠，那损失的便不止是个仪卫司了，看来只可智取，倘或能将人偷偷弄出来，到时候找个地方一藏，裴臻也捉不到他小辫子去，这样岂不大家干净？

朱高燧抚着下颚上刚冒头的胡髯道，“你可别小瞧了那姓裴的，我原当你那晚上动了他的女人，他第二日必定找父王告状，谁知悄不声的半点消息也无，我只当那丫头或者害臊没叫他知道，如今看来全然不是那么回事，他要害你，自然不能叫父王看出你们有嫌隙，只怕这只是第一步，后头跟着还有呢，你自己留神吧。”

朱高煦道，“我心里有数，这会子还说这些，快想法子把人弄出来是正经。”

朱高燧摇头叹道，“我瞧你是陷进去了，这时候还想这个，天底下女人都死绝了？人说高阳郡王凶狠顽劣，没曾想还是个情种呢？”

朱高煦怒道，“捡些有用的来说，再胡浸，仔细我对你不客气。”

朱高燧深知他的脾气，看着他手里的腰刀也瘆得慌，忙道，“罢了罢了，我手下有个管军提辖和裴府的管事交好，那管事本来是裴臻的奶哥哥，在府里当差也得了不少好处，只是如今这位姑娘来了，把府里狠狠整治了一番，油水没了，挂了个虚职，平日里大手大脚惯了，一下子闹起了亏空，他老娘也给打发出府去了，月例银子没了想头，穷便急眼，直恨不得生吃了那春君姑娘，我这就打发人去寻他，给他几个银子，叫他把人哄出府去就得了。”

朱高煦一琢磨，这办法可行度，不必动刀枪就能成事，颇满意地拍拍朱高燧的肩道，“好兄弟，哥哥承你的情记在心上，将来自有你的好处。”

朱高燧不以为然地摆摆手，找了一块山石坐下，一面道，“自家兄弟说什么承不承情？要把那丫头弄出来也不难，今儿大宁都指挥使来了，进了城门，这当口应该已经到裴府了，快则今晚，迟则明日，裴臻定要领萧乾来晋见父王，届时找个由头把女孩儿骗出来，弄晕往车里一塞，事儿就算完了，可是弄出来后怎么处置？”

怎么处置？自然是收在房里，若玩腻了就随手扔了，裴臻爱要就捡回去，不要就由她自生自灭，不然还能怎么样？朱高煦将刀插回刀封里，甚感烦躁地来回踱了几步，或者她要是讨人喜欢，封个如夫人也未尝不可……

朱高燧看他竟有些茫然，下意识提醒道，“我和二哥哥说一句，弄来玩玩也就算了，若要扶上正妃的位置可不成，别动真心才好。”

朱高煦眉间又浮起怒色，不悦道，“这是什么道理？”

朱高燧大惊，，“莫非你真动了这心思？你可莫忘了她是裴臻的人，金屋藏娇便罢了，带出来还了得？纵然你浑身武艺也敌不过明月君和你拼命，日夜堤防总有疏漏，别为个女人坏了大事。”

朱高煦沉声道，“我自有分寸，你还坐在这里做什么？还不快些安排去！？”

朱高燧站起来认命一叹，暗道这就是求人的态度吗？这人真是狂妄到没救了。

朱高煦背着手往王府大门去，边走边思忖，等弄来了对她好些，再和她摆事实讲道理，郡王妃的位置对任何女人来说都是有诱惑力的吧……不可否认，他这辈子还没遇到比她更合胃口的，既然男未婚女未嫁，娶了又怎么？他一个郡王还怕姓裴的不成？想着，脚下加紧起来，甚至有些急不可待，十来日未见了，期间他也打发人探过裴府，谁知铜墙铁壁一般，连根头发丝也没摸着。犹记得那日她半梦半醒间软软靠在他肩头，他的心忍不住地颤起来，浑身的毛孔都打开了，那是种什么样的感觉啊，从来都没有体会过……他们这种人从小生长在荆棘里，向来只知掠夺，什么温情脉脉，想都没想过的事，现在回味一下，被一个女人信赖着依靠着，不怕你，不防备你，那种滋味似乎也不错。

甫出大门，刚叫小厮牵来马，府里的内侍匆匆赶来，作了揖道，“二殿下且留步，王妃请二殿下过苏杭园里说话。”

他回身把缰绳和马鞭重又扔给小厮，拍了拍手道，“可知道是什么事？”

那内侍小心谄媚道，“殿下宽心吧，横竖是好事。”

他本就焦急，听了这话愈发的反感，隐约已猜到了些，左不过就是讨媳妇之类的话，这两年耳朵都起了茧子，他还乐此不疲。若不怕母亲伤心，他恨不得调头就走，每每推脱，自己都已经辞穷了，这回又拿什么来应付呢？

进了苏杭园的抱厦里，燕王妃正坐在榻上喝茶，旁边世子妃张氏贴身伺候着，看见他，眼里露出意味不明的神色来，他满满给母亲作了一揖，燕王妃也不兜圈子，指着矮几上的一堆画卷道，“挑一个，开春就把事办了。你若不挑，我心里已有了人，就不问你的意思了。”

朱高煦窒了窒，随即道，“儿子有人了，不日就定下来，到时候自然回禀母亲。”

只因为他诡计使了太多回，燕王妃完全不信任他，半阖上眼对内侍道，“记下来，从四品右参议韦尚秋之女韦氏，端孝纯娴，淑德含章，特聘婚高阳郡王，择吉日过礼。”

朱高煦怔在那里，再看张氏，她暗摇了摇头，想来这事已是敲定的，再更改不得了，只得应了，燕王妃又道，“你才刚说的有了人也不知真假，若是真的就封个夫人吧，多个人伺候也好，早些开枝散叶是最要紧的。”

朱高煦心里说不清的什么味道，只得叹计划赶不上变化，敛神诺诺道是，躬身一揖退出门去了。

〇九六　再落恶虎口

临近年尾，又赶上要大办喜事，府里各处都加紧着置办，毋望大事小情一一过问了，这日得了一时清闲，和微云、淡月两个坐在炕头剪窗花。

算算日子德沛也该到了，她早几天就派了人在城门口候着，此时的北平已经有些风声鹤唳，朝廷那里派来的官员加严了城防，老百姓轻易不敢出门了，萧乾来时为进城还乔装打扮了一番，裴臻一向悠闲的人，这几天也忙起来，又是燕王府又是军中的两头跑，只叫她安心在府里别出门，她乖巧地应了，不知为什么心里总隐约觉得不安，要出什么事似的，果然，吃过晌午饭后才歇下，门上的小丫头来报，说张管事求见，她拢了头发坐起来，暗道这张家兄弟平时再不随意进出园子了，有事求见她倒也稀奇，便让外头传他进来。

那张孝神色慌张，从门外跌跌撞撞闯进来，见了她也未及施礼，一手指比划着，哑着嗓子道，“了不得了，大爷才刚去校场的路上惊了马，从马背上跌了下来，磕着了后脑勺，这会子人都昏了，送到军医那里去了，怕是不大好，姑娘快瞧瞧去吧。”

毋望大惊失色，腿上一软险些栽倒下来，隔开了微云的搀扶，艰难道，“快些备车，快些！”

那张孝道，“马车已经在门外了，姑娘只管走吧，见上一面要紧。”

毋望一听这话当即便哭出来，见上一面？怎么摔得这么重？早上出去还好好的，谁知这会子能出这种事，也顾不得抹泪，急忙跟着张孝往外去，张光在二门上候着，看见毋望便哭道，“姑娘快上车，迟了就来不及了。”

廊下一队暗卫过来，不知出了什么事，出手阻拦道，“夫人上哪里去？主上吩咐过不叫夫人出门的。”

张孝一把眼泪一把鼻涕地说了一遍，张光催促道，“管他们做什么，晚了大爷怕是不中用了。”

毋望被抽干了气力，踉跄上了车，暗卫也焦急不已，道，“夫人且等一等，属下等陪同夫人一道去。”

毋望这时已经乱成了一团麻，只想快些到他身边，哪里还等得，遂道，“不必了，没的耽误工夫。”又对张孝道，“劳管事带路。”

张孝坐到车头，不由分说夺过马鞭策马就走，一路风驰电掣，毋望靠着车壁哭了一阵，脑子晕沉沉的，心里纠结得几乎喘不上气来，什么念头都过了一遍，渐渐觉得神思昏聩，最后就剩下母亲模糊的脸，长叹一声，看来她们母女当真是殊途同归，若他死了自己也生无可恋了，一起死了倒干净。

跑了一炷香时候，马车突然停下了，外头传来打斗之声，她掀了帘子探头出去看，两个暗卫正和五六个军士打扮的缠斗得厉害，她一怔，想来这两个暗卫是跟在后头保护她的，可是这些军士是怎么回事？捋了捋思路大感不对，正要下车，张孝打了帘子拿一块帕子捂上她的口鼻，一股麻沸散的气味直冲天灵，神志涣散前只听张孝道，“姑娘可别怪我，人为财死，奴才送姑娘过好日子去。”之后便再没知觉了。

不知过了多久，迷迷糊糊听见有人说话，“怎么还不醒？”

她只觉这声音有几分耳熟，却又想不出来是谁，睁开眼，眼前雾蒙蒙一片看不清楚，费了好大的劲才看清榻前人的脸，她“喝”地倒抽一口冷气，竟是朱高煦，他也正低头看她，见她醒了，眼里涌起笑意来，半带戏谑道，“姑娘别来无恙，咱们真真有缘，只这几日又见面了。”

她挣扎着坐起来，环顾了四周强作镇定道，“郡王这是什么意思？派人掳了我来，是大丈夫所为吗？”

朱高煦转到桌旁坐下，不痛不痒道，“我在你眼里何尝是大丈夫来着？大道理只管和裴臻说，本王没空听，也不屑听，我只看成效，从来不问过程，若不是明月君将你藏得太好，我也不必想这个法子。”

毋望霎时懊恼得捶胸顿足，是自己慌了手脚，一时不查着了张家兄弟的道，现在想想，裴臻又不是什么文弱书生，以他的身手怎么可能被甩下马背，这只是他们将她骗出府去的伎俩罢了，自己傻傻地竟然上了套，如今落在朱高煦手里只怕凶多吉少，好在裴臻安然无恙她便放心了。

朱高煦见她面色如常，心下颇不悦，看她的眼神也复杂难辨，略皱了眉道，“你可是还想着裴臻来救你？告诉你，趁早别做梦的好，这个地方他找不到的，你便给我乖乖留在这里，等日子久了我自然让你出去。”

毋望冷冷道，“郡王要是怕我把那件事说出去，那杀我灭口岂不痛快，何必大费周折走这些弯路，倒叫我不明白。”

朱高煦起身走到她暖榻旁坐下，和她离得又近些，半勾着唇角道，“姑娘这等聪明猜不透我的意思？那日轿子里我就和你提过，本王瞧上你了，有意收你进房里，如今既已到了这里……”说着来握她的手，呓道，“你是嫁不得裴臻了，往后还是跟着本王吧，本王定会真心待你。”

毋望猛往后缩了缩，他的手伸出一半尴尬停在那里，讪讪收回了道，“别给脸不要脸，本王今儿心情好，暂且不逼你，来日方长，等你想通了心甘情愿地服侍我，只是时候也不会给得太长，若惹怒了我，到时用强，只怕伤了你。”

毋望恨得发抖，咬着嘴唇瞪他，他倒不以为意，视线落在她手腕子上，自己那天下手狠了点，姑娘家皮薄肉嫩的，一掐就留了瘀青，可都过去十来天了，怎么还没退下去呢？便道，“明月君不是通医理吗？怎么没给你擦些什么活血化瘀的药？”那表情像是别人的错，不由生起气来，扬声道，“来人，把生肌膏取来。”

这人阴晴不定，行事也古怪，这种恩惠她可承受不起，忙道，“多谢郡王了，兰杜日日给我擦药的，是我天生的体质特殊，磕着碰着没有半个月是好不了的，郡王不必操心。”

他没好气地哼了声道，“兰杜？叫得倒亲热，往后把这个人从你脑子里挤出去，只许装着本王，听见没有？”

毋望斜他一眼，装着你有多可恨吗？她跪坐起来，放低了姿态好言对他道，

"郡王的美意春君万不敢当，求郡王放我回去，我和兰杜一路走来甚是艰辛，郡王慈悲，让我们有情人成眷属，我和他定感激郡王，春君心里只有他，你将我硬留下又有什么意思，徒增烦恼罢了，还是让我回去吧。"

他拉着脸，竟像全然没听见，只道，"手让我瞧瞧。"

这种皇室宗亲个个心思深沉，她顿觉挫败，怎样都看不透他。

他不吭气儿，一副油盐不进的样子，面上似有不耐，努了努嘴道，"要叫本王发火？"语毕一把拖过她的手，不甚温柔地卷她的袖子，动作生疏又粗鲁，她挣了挣，他拽得更紧，语气不佳道，"你再动我就不客气了，到时候把胳膊拧下来你可别哭，真是考验本王耐心，过会子袖子又掉下来我就剥光你，不信且试试。"

她吓得顿住，一手忙去撸住袖口，抱怨这人怎么这样，嗫嚅道，"我自己来就可以。"

他啧的咂了咂嘴，低声道，"啰唆。"低头打开珐琅盒的盖子，舀了一勺膏药出来，盯着那只手腕愣愣出神，大叹手如柔荑，肤如凝脂，心头蓦地怦怦跳起来。这辈子摸过的手也不算少吧，好像没有人能同她相比了，抢来的东西果然好，看这皮肉，这经络，这骨骼，没有一处不透出个妙来，竟叫他有些无从下手，荒谬地担心起自己手上的茧子可会刮伤她。抬头发现她活见了鬼似的看着他，不禁有些心浮气躁，一下把膏药涂上去，胡乱抹了两把，指着另一只手道，"换那只。"

毋望吓得不轻，摇头道，"另一只好得差不多了，不必擦了。"

他眄着眼看她，冷笑道，"本王还没伺候过人，今儿上赶着给姑娘做奴才，姑娘嫌我不成？"

毋望惶恐道，"不敢不敢，春君万死，怎么好叫郡王伺候？"忙接过他手里的药罐子穿鞋下榻，远远避到墙角的案旁，一面偷着左右打量，这是间什么屋子，怎么连扇窗户都没有？四周点着蜡烛，莫非天已经黑了吗？这会子裴臻应该到家了吧，可会满世界地找她？得想个法子逃出去才好，可这里像笼子一般，没有窗户，连门都没有，大概是个密室之类，怎么才能出去？

朱高煦眉宇间笼上了阴霾，语气狠戾道，"你在瞧什么？进了我的府第你还想出去？别以为本王对你有意便恃宠而骄，我早说过，我脾气不好，你若打什么鬼主意，莫怪本王不懂怜香惜玉。”

毋望心头大震，眼看他一步步逼近，只得一面退一面警告，“你敢唐突，他定不饶你！”

他将她逼到墙角，盯着她取笑道，“还真是嘴硬。你猜猜，我现在要了你，回头把你还给他，他还能要你吗？”

她愕然，定了定神缓缓吁了口气，黯然道，“春君是一介女流，不能将郡王如何，左不过一头碰死，以报他对我的一片情谊。”

〇九七　心急如火烧

裴臻陪萧乾看过校场，回程途中接到了消息，一时愣住，半晌没回过神来，快马加鞭回到蓬壶阆苑，推门进去看，已然人去楼空。

他煞白着脸色，回身看穆大正和暗卫统领铁英，“好得很，如今我的话竟是不管用了，一个女人都看不住，我要你们何用？”

铁英和穆大正一凛，躬下身子齐道，“属下等办事不力，请主上责罚。”

他眦目欲裂，抬腿将软垫上的矮几踢飞了出去，果盘，杯子，香炉哐啷啷地碎了难地，咬牙道，“一句办事不力就交代了？人呢？可打发人去找？”

濮阳金台朝虞子期使眼色，后者会意，忙道，“主上莫急，凡是留在北平的影卫已经全部派出去了，一有夫人消息立刻就来回报的。”

众人知道他心里急，却也无奈，濮阳道，“高阳郡王的各处房地庄子都有人盯着，并未发现夫人的下落，那高阳郡王受罚在府里面壁思过，今儿也没见出来，倒是蹊跷得很。”

裴臻只觉整个脑子都木了，体内充斥着一股烈焰，好像不发泄出来连五脏六腑都要焚化了，猛然掀翻了桌子，又如暴风过境一搬推倒了集锦槅子，摔碎了花瓶，撕破了帷幔，狂乱地将卧房砸了个稀烂，犹不解恨，又从腰间抽出乌金鞭来，扬手便要朝那两人挥去。跪在一旁的助儿奋力一扑，连人带鞭地抱住了，告饶道，“我的好主子，这可万万使不得，怪只怪张家两个杂碎，是他们把姑娘骗出府去的，眼下早跑得没了踪影，虞大人已经派人追去了，等抓回来让主子处置，哪怕活揭了皮也使得。丢了姑娘，铁大人和穆大人比谁都急，大爷再怪罪，叫二位大人怎么好，大爷三思吧。”

那两人也没有要躲避的意思，这事办得确是窝囊透顶，光天化日竟然让人从他们手里把个女人劫走了，还死了两个暗卫，主上发怒也是情理之中的，既办差了差事，挨几下不算什么，毕竟大家都知道，朱高煦不是什么善男信女，那么如花似玉的大姑娘落到他手里总不太妙。

裴臻晃了晃身子，抚额坐在玉榻上，喘了半天方定下心神，哑着嗓子道，“盯紧了朱高煦，除了他没有旁的人会做这样的事。”又对助儿道，“去书房取我的飞盘来。”

助儿应了，疾奔而去。众人面面相觑，暗道主上要用奇门之术寻人了吗？这飞盘入门分八——休、死、伤、杜、开、惊、生、景。若要寻人，似乎会落在惊字门上，这种计算甚是费心力，从前只看见过他在调兵上用过一次，论起来只要他算上一算，抵得过几十影卫日夜蹲守，看来真是急得没法子了，连玄门都用上了。

裴臻面无表情地抬头看穆大正，道，“我要用，夫人出门时是几时几刻？”

穆大正道，“下头的人来回，说是才吃了饭没多会儿，是午正二刻。”

这时助儿取了他的罗经飞盘来，伺候他洗脸盥手，然后恭恭敬敬点了檀香，众人退到一边，屏息看他在飞盘上翻转定结，各个一头雾水地大眼瞪小眼，别的忙也帮不上，只好巴巴地等他算出结果来。

隔了许久他才缓缓吐出一口气，边看着飞盘边道，“按先天奇门，坎宫用神宫，癸加丁，腾蛇夭矫，正合事体，且六合在天盘，九天行走在地盘，满盘反吟，人走稍远，丁落于离……往南方去寻。”

虞子期前面的一句都没听懂，但是最后一句听明白了，立刻抱拳道是，忙不迭退身出去布置。

裴臻蹙眉看盘局，对濮阳金台道，“如此看来夫人尚在城中，你现在就着人去找当初给朱高煦建郡王府的工匠，打听他府里可有什么暗阁密室，他定是把人藏在府里了，往别处寻都是徒劳。”

濮阳金台领命退下，铁英和穆大正对视一眼，两人屈膝跪下，以头杵地，一面道，“属下等无能，没有护得夫人周全，若夫人此次有何闪失，属下等当以死谢罪。”

裴臻长叹一声，心里虽恨，眼下倒也冷静了一些，他两个充其量只能算对下属监管不力，要是把罪责强加于他们身上，不免失了人心，遂起身相扶，摇头道，“我一时乱了方寸，这事不好全怪你们。穆教头，张光兄弟两跑了，他老子娘还在，他们定知道他们往哪里去了，你使法子好歹问出他们的下落，不必顾念他老娘的体面，横竖别伤他们性命就是了。”

铁英待穆大正走了才道，“你这次竟是认真的吗？”

裴臻失魂落魄的歪在玉榻的围子上，唇上的颜色都已经抽干了，苦笑道，“我连喘气的力道都快没了，你说是真是假？”

铁英面色凝重，犹豫道，“万一……”

他还没说完，裴臻便接口道，“没有万一，倘若她有什么不测，我叫朱家父子陪葬！有什么恩情，这些年我也报完了，事到如今还替他们夺江山？这等贩夫走卒，全然不顾半分情义，我当真是后悔，早知如今，当初便不该趟这趟浑水。”

铁英本想说些宽慰的话，看他那样也无从开口，只得在满地碎屑中找个杌子坐下。

他阖着眼道，“萧乾这会子可走了？”

铁英道，“看来同燕王相谈甚欢，申时末已经出城回大宁去了。”

他一哼，“狡兔死，走狗烹，到最后都落不着好……现在只有等子期他们那边的消息了，等夜深了我进郡王府探一探。”

铁英提起剑道，“你这会子心浮气躁，还是我去吧，你在家里等他们的消息。”

裴臻斟酌后微点了头，无声无息瘫坐着，皱起眉只觉头痛欲裂，助儿怯怯道，“奴才给您揉揉吧。姑娘吉人天相，定会遇难呈祥的，大爷放宽心吧。”

他此时什么劝都听不进去，摆手道，“你下去吧，别在这里聒噪，让我一个人呆着。”说完筋疲力尽地吐了口气，和衣躺下了，脑子里前所未有的迷茫。能使的招都使了，这时就是逼燕王下令把郡王府搜个底朝天也不中用，怎么办呢……隐约觉得似乎哪里还没想道，突然一激灵，只顾着朱高煦，竟把朱高燧忘了，他们兄弟俩好得只穿一条裤子，哥哥那里有个风吹草动，弟弟怎么会不知呢，只怕那朱高燧也插了一脚的，忙支起身黯着嗓子喊，“来人！”

留府待命的暗卫立即进来作揖，“听主上吩咐。”

他指着门外道，“快些派人盯着朱高燧，他的一举一动都来回我。”下地踱到炕桌前，看着漆盘里她剪了一半匆匆撂下的喜字，喉中顿时一哽，怪自己百密一疏，只提防朱高煦进府抢人，却没想到他会使计把她骗出去，什么明月君，妄担了这虚名。他悲哀地想，原来自己并不是想象中的无所不能，她是他的软肋，稍一碰便痛得撕心裂肺，她要是有个三长两短，他恐怕连活着的勇气也没有了。

攥着那窗花站了许久，回过神方觉自己刚才失控，竟把她房里的东西都砸了，一时愧疚，急忙招下人进来收拾，自己往几霞苑的书房里去，也不点灯，昏沉沉倒在圈椅，坐了会子突然又焦躁起来，在地中央一圈一圈地来回踱步。看看水漏，已到了交子时分，愈发的心急如焚，不知她现在如何，朱高煦可会对她动粗？若会，依着她的脾气又会怎么？他不由打个寒战，只觉得从头顶一直冷到脚底心，恐惧得再想不下去了……

好容易熬过子时，廊子下有杂乱的脚步声，他几乎蹦起来，助儿吹火折子点了灯，濮阳金台拖了一个农户打扮的人进来，将那人死狗一般扔在地上，拍了拍手上灰尘道，“这是当年给朱高煦修建府邸的瓦匠，可惜是个锯嘴的葫芦，死不开口。”

裴臻“哦”了声，眯眼打量那汉子，四十岁上下，很老实的长相，便下气儿道，“这位大哥，你不必害怕，我只问你高阳郡王府的密室入口在何处，你老实回答，我不会难为你的，说了便放你回去，还另有重谢。”

那汉子木讷的脸上现出坚忍之色来，咬紧牙关低头不语。

裴臻看看濮阳金台，他摊了摊手，想来也无可奈何。再瞧那汉子宁死不屈的样子，怒火腾地烧了起来，冷笑道，“不开口？爷没这么多闲工夫和你耗。”语毕出手扼住他咽喉，狠道，“快些说，否则爷一不小心，你的小命就没了”

那汉子倒硬气，伸着脖子也不退缩，裴臻不由渐渐收拢五指，那人涨红了脸，喉咙里发出咯咯之声，舌头吐了出来，两腿开始乱蹬，濮阳金台见势不妙，生怕他下手太狠真把他弄死了，当年的工匠搬的搬，死的死，如今只剩他一个了，再要找一个来怕是耽误工夫，便对裴臻道，“主上息怒，杀了线索就断了。”

他瞬间清明，撤了手，那人趴着地上又是喘又是咳，还没等他缓过劲来，他一手抓住他的肘，用力一送，只听喀嚓一声，那人的整条胳膊的关节便被他卸了下来，那汉子闷哼，疼得豆大的冷汗噼啪直掉下来。

他站起来，眉眼间尽是狠戾，切齿道，“还不说？爷有一百种法子叫你痛不欲生，你若有兴趣，不妨一样样尝尝。”

那人颤声道，“我什么都不知道，你杀了我也没用。”话虽这样说，脸上却有了松动之色。

裴臻一脚踩在凳子上，居高临下地看着他，阴狠道，“你还真是嘴硬身板儿也不错，扛得住，不知你家中老小可有你这样的毅力？”

那人大惊，权衡良久，终于在裴臻答应送他一家人出北平后，将高阳郡王府的密室暗阁都画了出来，濮阳金台拿着图直咂嘴，原来那高阳郡王府的密室居然有七八处之多，茫然看裴臻，他勾了嘴角道，“一处一处查，就算掘地三尺也要把人给我找出来。”

〇九八　笃定为红颜

高阳郡王一早起来心情不错，洗漱完毕穿了件棉纱的襦服，头上也没戴冠，只束了根绛色的丝带，站在铜镜前照了照，这样的打扮总叫她觉得容易亲近了吧？不知怎么，她见着他就像见着鬼一样，自己平日是不常笑，身边的人也都怕他，可他自问对她已经很好了，没打她，没杀她，更没逼她，她拉着个脸，真真叫人不受用，甚无奈地摇了摇头，这拗性子，一时半会怕也改不过来，自己也不知哪根筋不对，偏喜欢她这种不冷不热的态度，若换了平时，拧断她的脖子是轻而易举的事，可现如今下不去手了。昨儿晚上裴府定是一夜不太平，这么大个宝贝丢了，明月先生还睡得着觉吗？这会子北平城肯定都翻了一遍了，早晚要到郡王府来，不过也不担心他硬闯，别人怕他，自己可不拿他当事儿，他若敢犯上，正好给他个杀他的借口，缺了他便谋不成大业了吗？简直笑话！

招呼丫头把饭食送进来，自己提了食盒，转动案上的佛手托盘，推了四面雕空的紫檀壁板，这壁板原是西洋机栝，使了巧劲儿就能撞开消息，把她藏在这后头，就是大罗神仙也难找到。

一路沿着凿花的地砖往下，左一个书架右一道围屏地绕过去，再往前便是里间了，因为怕地下冷，早年就使人挖埋了地龙，这一加热，真是温暖如春的。

加紧了几步走，猜想她不知白天黑夜，昨儿折腾到半夜，又是发火又是惊吓的，这会子肯定还没起来，布置了早饭好叫她。想着，心里生出股子莫名其妙的欢喜来，怪道常看那些纨绔为女人拼死拼活的，那时还瞧他们不上，如今换了自己，果然就是伺候她，也是极乐意的。

打了帷幔进去，却见她坐在桌面，满脸倦容，头发也有些乱，他心里一沉，不悦道，“怎么，莫非你一晚上没睡？”

毋望呆滞地抬头看他，过了一夜了？不知裴臻那里怎么样了，她把这密室里的每样摆设都摸了一遍，却怎么也找不到机关，心里急得没主意，一时头晕目眩才坐下，坐下了就站不起来，只觉眼睛也蒙眬了，脑子也不清明了，嗓子里干涩得像要着火，摇摇晃晃几乎要栽倒下来。

朱高煦本来颇有微词，一瞧她那憔悴样子就把话咽了回去，回身把食盒提到桌上，揭了盖子端出清粥和几碟小菜来，一面道，“吃些东西吧，就是再怨我，也别同自己的身子过不去。你且忍两日，这地方不好叫旁人知道，所以没给你派丫头，你乏了就睡，若闲得烦闷就找书看，我这几日有空，就在这里陪你。”

她恹恹地转过脸去，拧了眉道，“你怎么才肯放我回去？”

他顿觉灰心，眼里生出恨意，咬紧了后槽牙，过了半天才道，“还想着裴臻么？快死了这条心吧，就是关你一辈子，我也绝不让你回他身边去。”

侧眼看她，她要哭不哭地垂下头，也不知在想什么。他叹了口气，好言道，“我哪里不及他，怎么就不能入你的眼？你且想想吧，好歹我也是个郡王，跟着我不会辱没了你，眼下虽给不了你正妃的名分，先封个夫人还是可以的，等过阵子寻个错处打发了我母亲指的那个女人，再把你扶正也是一样的。”

她听了这话大感厌恶，头沉重得支撑不住，只得拿手支着，从牙缝里挤出几个字来，“郡王这等身份我高攀不起，既有良配就好好过日子吧，你这样拘着我，大家闹得不痛快，何苦呢？”

朱高煦背起手笔直地站着，哼哼冷笑道，“不痛快的是你们，我倒是舒畅得很，留着你就成了，总有一天你会把心思放在我身上的，再或者，有了孩子就不一样了。”

毋望听他说什么孩子，心里打了个突，又见他挪步过来，骇得起身便要逃。他苦笑，心底某一处尖锐地疼了一下，抬手在她肩上一压，重又将她压坐回八脚凳上，故作凶狠地指指桌上的碗筷，道，“快些吃饭。”

她疑惑地看他，他心头一震，脸上微有尴尬之色，调转开目光不去看她，只绕到她对面坐下，从食盒里拿了象牙箸递给她。

她慢吞吞地接了过去，挣扎了一会儿还是将筷子放下了，摇头道，“我没有胃口。”

朱高煦面色阴沉下来，眸中闪过一抹嫉恨之色，道，“竟想他想得这样吗？还是打定主意不吃我府里的饭？你可别同我搞什么绝食的把戏，我对你够容忍的了，别打量谁是傻子。”

毋望浑身乏软，耳朵里嗡嗡作响，连眼皮都快睁不了，顺势便伏在桌面上，无力道，“我要睡会子，你出去。”

他挑了眉头道，“你要睡便睡，我在这里碍着你什么？”

她怒视他，他满不在乎，那张冷酷的脸上带着狡黠的神情，看得她怨念丛生，大大呼出一口恶气，道，“劳你叫人把地龙熄了，我不舒服得很。”

他一愣，忙转头看她，这才发现她面色发红，嘴角竟起了泡，一琢磨，想来供得太热，地下总不比上头，空气流通不顺畅，难免虚火上扬，可若是熄了地龙，寒湿入骨，只怕未必是好事，这样左右计较，一时没了主张，才想问她要不要瞧大夫，她已经摘了幔上银环，将他干干净净隔绝在了她的世界之外。他有些生气，兀自转了两圈，小声咒骂道，“不识时务的女人，爷拿热脸贴你冷屁股，多少女人求都求不来的事，你还不稀罕？那裴臻有什么好，不就是长了张漂亮的脸吗，娘们儿似的，值什么？亏你爱得这样，眼皮子浅。”

正愤愤不平着，听见上面有人喊二哥哥，遂背着手踱上去，推了门出来，没好气儿地哼了哼，“你来干什么？”

朱高燧才来就碰一鼻子灰，不过这样的时候多了，习惯成自然，要是他哪天对自己好言好语才奇怪，不甚介意地拉了椅子坐下，知道他的怪脾气，他要是不吩咐，下人断不敢进他房里，所以只好自己拿了杯子倒茶喝，一面朝那雕花镜架探了探头，“怎么样了？”

提起这个戳着了他的痛处，他像只被人踩着尾巴的猫，一下子就乍了毛，“什么女人？软硬不吃。我要是离她近点儿，她就拿蜡烛签子抵着脖子，要死给我看。”

朱高燧一个没忍住喷笑出来，“你这么就给吓住了？连个小丫头片子都治不了，你算是白担了那些恶名。你房里的女人呢？打发去劝她就是了，实在不成压住了手脚，生米煮成熟饭再说，身子归了你，再有什么想头也不中用了，到时候自然服服帖帖的。”

朱高煦陷入沉思，隔了好一会儿才道，“要成事儿我多的是手段，只是这样有什么意思，叫她恨我几十年？”

朱高燧放下茶盅，怔怔道，“你还当真了？玩过撂了手就得了，几十年？你想和她过一辈子？别忘了，母亲给你定了亲，开春就要完婚的。”

朱高煦不以为然，什么正妃，母亲的话不好违逆，娶了闲置也没什么，能遇着个满意的，让她给你生儿育女，如此才是美事一桩。

朱高燧脑门子上的青筋突突直跳，见他不吭声，知道没有转圜的余地，只道，“那边满世界找呢，我言尽于此，你好自为知吧。”

他嗤笑，“就是叫他知道她在我府上，谅他也不敢擅闯。”

朱高燧一哂，“你只当他姓裴的是善男信女？惹急了什么事干不出来？这会子九成快疯了，凭你什么府，就是皇宫也敢闯，所以我说，你快些把事儿办成了，免得夜长梦多。”

朱高煦被他说动了心，暗想也是，时候长了恐生变故，反正早晚都是他的人，早些受用，届时就算裴臻寻来，木已成舟，除了兴叹还能怎么？

朱高燧从腰封里挖出一瓶药来，往他手里一扔，道，“我才得的好药，便宜你了。往茶水里掺一点，保管她乖乖听话，到时候怕你受不住呢！”

朱高煦捏起那瓶子细看，上面写着几个小字“秋水长天”，他讥笑起来，“这名字取得妙！”

“管他叫什么，好用便成来，弟弟敬二哥哥！”朱高燧举起茶盏道，“我祝哥哥马到成功，这回好歹别出岔子了，务必一箭中的！”

朱高煦很快活的和他碰了下杯，“借你吉言。”

“快给我弄个侄儿出来是正经，到时候不瞧着你也瞧着孩子。”朱高燧嘟囔，“不知道你是怎么想的，杀人那股子狠劲头哪儿去了？我都替你寒碜。”

他听了不太痛快，横他一眼道，“我干什么，多早晚轮到你来说嘴？茶喝完了就走吧，我不虚留你了。”

朱高燧叹着气儿站起来，边走边道，“人都说兄弟如手足，到了你这里全不是那么回事了。”

朱高煦懒得听他絮叨，出门吩咐长史相送，三两下的就把他给打发了。

〇九九 戾气循香散

下意识握了握那瓶药，复又往密室去。

横竖是做不成好人了，还指望她对他改观吗？她从第一眼起就怕他，如今是又恨又怕，他自嘲地笑笑，头回动了心思，却是这样惨淡的境况，这世上不圆满的事太多了，不是所有人都能得到爱情的。他们两情相悦？没关系，得不着心，把人留下也一样，他甚至后悔自己的优柔寡断，浪费了这么久做表面文章，动嘴还不如动手。

打定主意便撩了帷幔进内室，铜炉里点着龙涎香，薰得满室幽香弥漫，她侧身躺在榻上，乌发蝉鬓，火光映照下容色晶莹如玉一般。他在榻沿坐下，痴痴地凑近了看，心渐次摇曳起来，只觉神魂颠倒，晕淘淘如坠云雾里，不由伸手勾她颈上的蝴蝶扣，解了一个，露出玲珑的锁骨来，隐约看见艳红的肚兜颈带，顿觉口干舌燥，满身的血都想要奔涌出来，心里急切起来，手上的动作便大了，全然沉醉间竟未留意她已经醒了，只听“啪”的一声脆响，一记耳光快捷无比地掴在他脸上，半边脸瞬间红了一片。

他措手不及，一时竟未能反应过来，隔了一会儿才捂着脸，拔高了声线道，“你好大的胆子，连我都敢打？”

她抓着领口低喘，不说话，满眼尽是恨意。

他站起来怒极反笑，“你只管和我对着干，不知你可曾想过谢家？一意孤行，谁都得不着好！”

她白了脸，垂下眼不再看他，只道，“我恨你。”

他点头，“我知道，我喜欢你就够了。你从了我，把裴臻忘了，我自然一心一意待你，扶你做正妃，将来你的儿子就是世子，一辈子的富贵荣华，享之不尽，这样还不够吗？偏要跟着裴臻，撑死了不过是个诰命，就算他官拜一品又怎么样，还是朱家的奴才，你却是有主子不做，倒愿意同他一道做奴才？”

毋望转过身，半倚着锦缎靠背，强压了胃里翻江倒海的恶心，低声道，“不管是做主子还是做奴才，只要和他在一起，那些我都不在乎。”

“好，那我就看看裴臻对你，可像你对他一样。男人最在意的便是女人的清白。”他脸上的笑意一点点加深，缓缓道，“若是你不干净了，猜猜他还会不会要你。”他说着缓缓欺近她。

她仿佛用尽了力气，失声尖叫道，“你敢碰我，我绝不多活半刻！”

他一怔，蹙起了眉头警告，“你敢死，我便叫谢家人陪葬。”

她苦笑起来，他父亲拿她威胁裴臻，他拿谢家威胁她，天生的一对贼父子。只是他若以为这样就能逼她就范，那可就是打错了算盘。自私便自私吧，自己的命都不要了，还管那些身后事做什么，与其活在炼狱里，不如早死早了。

她抬头看他，“我管不了别人，谢家有这一劫也是命中注定的，朝廷慈悲，让他们活到今日已经是捡来的福分。我无论怎么都是谢家的罪人，既然郡王硬要逼我，那我这会子就死。”一边说着，摸出藏在褥子下的烛台，高举起手，签子对着自己的胸口就要往下扎。

朱高煦登时吓得三魂飞掉了两魂半，那两寸多长的钢钉要是真扎进去，那便是必死无疑的，要抓她的手已经来不及了，想也没想便伸了胳膊去挡……

那烛台上的签子锋利程度果然不负她所望，很轻松地穿过了他的手腕，就像穿一颗山楂一样的简单。

他清楚听见了皮肉裂开的声音，低下头看，反而松了口气，幸而没伤着她，他勉强地笑了笑，道，“还好，差一点一条命就交代了，你这丫头，下手真是不留余地。”

血顺着烛台上的福字雕花滴滴答答流下来，不一会就染红了她的襦裙，她抓着烛台不敢放手，直吓得浑身打战，泪眼婆娑地看着他面色转青，额头上布满了细密的冷汗，想不出办法，只好喃喃道，“怎么办？怎么办？”

他咧了咧嘴，道，“拔出来。”

她僵着十指，哪里还使得出力气来，只愣愣地瞪着他。

他嗤地一笑，断断续续道，“这会子知道怕了？手腕子上刺个窟窿……碰得不巧，大不了废条胳膊……要是胸口来那么一下……那可就……没救了！抓紧了烛台，我自己来。”

毋望忙按他说的握住底座，只觉猛地一松，他把手从签子上撤了下来，另一只手捂住伤口，一会儿血就从指缝间溢了出来。他疼得一个劲直抽冷气，眉眼都皱到了一块儿，仰身倒在榻上，沉闷地呻吟了两声，一面无奈地长叹，这叫什么？偷鸡不成蚀把米？没能把她怎么样，自己倒先见了红。那个“秋水长天”啊，如果真骗她喝了，不知要省多少事，可他终究没有这样做，情愿她清醒着反抗，也不要她昏聩着承欢，真真是夜里想了千条路，醒来照旧卖豆腐，这下可好，苦头吃大了。

毋望心里又是愧疚又是难过，说不清的什么滋味，照理说是他心怀不轨才引发的事，伤着了他也是活该，可如今看着，总归是为了救她才弄得这样的，坐看他疼死也说不过去，忙下地扯过幔子上的细纱，拿牙咬开个缺口，三两下撕了一大片，叠成了条，挨过去小声道，“郡王，我先给你止血吧，回头你出去再找大夫上药包扎，可好？”

他侧过头看她，她跪在榻前的踩板上，脸上带着无比的诚恳，长长的睫毛上沾着泪，两只眼睛澄静得像天空一般，就那么直直地看着他，离他那样的近。他没来由的觉得一切都值得，计划失败了，自己还受了伤，这些都是小事，好像他们认识到现在，她都没有正眼瞧过他，这会子好了，他暗暗地想，往后她能记得他长得什么样了，走在人堆里也能认出他来了。

伤口的创面比较小，按了一会儿，血差不多已经止住了，不过不忍心拂她的好意，便伸手递到她面前，想了想，安抚道，“爷们儿家，这点子伤不算什么。”

她不应他，一圈一圈仔细给他包扎好，又到盆里绞了帕子，把他两只手上的血干净，再投帕子的时候整盆水都染红了。她忐忑地回头看他，这人古怪得很，在他跟前总觉得提心吊胆，不知道他下一刻会做什么，她心里盘算起来，要不要趁现在往他来的方向探一探？或者他一时疏漏，忘了把那机栝关上也未可知。犹豫了一会儿假意道，“这里可有什么金创药吗？我找来给你敷上吧，伤得这么重，万一耽搁了就不好了。”

他微抬高了那只手下地，越过她往外走，边道，“这里哪里来的药，我上去就是了。”

毋望懊恼不已，早知如此就不问他了，这下也没办法了，就远远跟在他身后探探虚实吧。

朱高煦走了两步，突然回头，一手捏住她的下巴，拧起了两道入鬓的浓眉，细看了她的嘴角道，“这火上得厉害，这么漂亮的嘴唇若是破了岂不可惜？”又瞧她身上一片狼藉，暗道将她关在这里终不是长久的方儿，女孩儿家身娇肉贵的，万一一个疏忽把她弄死了，不是白操了那几日的心了。

毋望只当他又起了什么邪念，一下隔开了那只手，怒道，“你别当我怕死，你若动手动脚，我就再扎一次给你瞧瞧。”

他拿眼乜她，面上微有薄恼之色，咬着牙道，“你且试试，本王可没那么好性儿，拿死吓唬我？不中用你前脚死，我后脚便叫你的心上人来陪你，谢家你撂手不管，裴臻你也不管了？惹恼了我，一个也跑不掉！”畅快地发了一通狠，看见她憋红了脸，又觉得好像过了些，心思转了转，放轻语气道，“刘姑娘春君，你同我犟没什么好处，何苦找不自在？我要真想对你不敬，还用得着等到这会子？我待你是真心的，只可惜你不领情罢了。”

毋望不耐烦地转过了身，心道这副嘴脸叫人厌恶，叔嫂通奸的事都做得出来，还说什么真心，他的真心要是用在她身上，压根儿没什么值得高兴的。

朱高煦给气得不轻，手上又痛，心里又急，一怒之下便将她推倒在地，指着她的鼻尖骂道，“狗咬吕洞宾的东西，本来怕你在这里作出病来，还想带你出密室，如今看来是不必了，我关你十天半个月的，看你还有什么脾气。”语毕一甩袖子便要走。

毋望醒过神来，不管怎么，出去了才好寻着机会逃跑，现在不是置气的时候，他只管关着她，裴臻又找不到她，如此岂非真的死路一条了吗？慌忙拉住了他的衣摆，悻悻道，“郡王且慢……我才刚误会了你，你别气。”

朱高煦见她服了软，憋着的一口怨气霎时就泄到了脚后跟。她还在地上跪坐着，楚楚可怜的样子，他愁肠百结地想，明明柔弱得这样，偏生了这么个执拗的性子弯下腰去拉她，冷声道，“早些学聪明了，便什么事儿都没有了，非叫我动怒才好吗？……可弄疼了你？”

她摇头站起来，低眉顺眼地绞着手指，他不再耽搁，匆匆往台阶上去，不时侧目看，她在后面亦步亦趋地跟着，他的心里隐隐生出奇怪的念头来，只希望这条甬道永远没有尽头，就这样一直走下去才好。

一〇〇 东风吹情郎

下首几人坐得僵硬，加着小心地动了动。

往上看，裴臻坐在帽椅里，穿得有些单薄，脸色青白，两颊凹陷了下去，下颌更显得尖削，气色看着憔悴，不过精神头仿佛还是饱满的。端了茶盏抿一口，直看向虞子期，眼神悴亮得似乎要燃起来，张了张嘴，费力地说了什么，助儿忙俯耳去听，听完了对虞子期转述道，“爷说可看真了？我们奶奶在郡王府的佛堂里吗？”

虞子期起身拱手道，“回主上，下头的人混进了郡王府，搭上了灶房里的烧火丫头，听说是供热太过，把夫人生生逼出了火气来，没法子了才藏进佛堂里的，属下原想带了人一鼓作气把夫人救出来，可郡王府守备森严，若硬闯定要交战，旁的没什么，只怕朱高煦恼羞成怒对夫人不利，所以回来请主子示下。”

裴臻直起了身，也不用助儿传话了，嘶哑着嗓子道，“她怎么样？病了吗？”

众人一听那破铜锣似的声音，顿时只觉牙酸倒了一片。铁英看着助儿道，“这是怎么了？昨儿还好好的。”

助儿偷觑了他一眼，苦着脸道，“夜里没拢火盆子，穿得又少，在窗前站了一宿，早上就说不出话儿来了。”

众人叹了口气，虞子期道，“夫人没病，说是嘴上起了火泡子，叫大夫瞧了，没什么大碍。倒是那个高阳郡王，不知怎么伤了左手，如今半条胳膊动不得，到底怎么回事也没人知道。”

濮阳金台道，“今儿入夜我蒙面带人闯进去，凭他郡王府多森严，这世上还有难得住我们的吗？哪里不是来去自如。把夫人带出来，顺便废了姓朱的，他就是有冤也没处申去，主上说可使得？”

铁英道，“怎么使不得？那小子小小年纪，霸王似的人物，也叫他吃些苦头才好，若非不动手，要动手就一气儿整治死他，免得将来多废手脚。”

裴臻支着脑袋计较，一面道，“真要动起了手，要杀的太多了，朱家父子都不能放过，杀朱高煦容易，要动朱棣岂是易事？先把她救出来，后头的事我自然有法子。”

众人道是，看他又低头不语，一时目光如梭。差不多十二个时辰了，原本擎等着做新郎官的，出了这茬，满盘皆乱，一个如花似玉的大姑娘落到了连朱元璋都头疼的阎王爷手里……啧啧，的确是堪忧。

濮阳金台迟疑道，“主上也别太着急，还是先抓些药吃吧，嗓子成了这样也不是办法，属下这就去布置，立时便动手。”

裴臻抬眼，正欲摆手，外面二门上的小厮呈了一封信上来，助儿问道，“谁送来的？”

小厮道，“是个花子送来的，没说什么就走了。”

裴臻展信来看，脸上渐渐有了笑意，又将书信递给虞子期，对助儿比了个“更衣”的唇型。

那几人凑到一起，信是谢慎行写来的，上头说朝廷下了旨意，命燕王将六万燕军调拨开平都督宋忠麾下，恩旨两日后便到，要燕王早作打算。众人皆看裴臻，虞子期道，“主上的意思是？”

“高阳郡王的过是思不成了。”裴臻换了团领常服和羊皮背子，抬高脖颈让助儿给他扣了盘扣，吩咐道，“把你们奶奶屋里的熏笼都供上，被褥都换了，迎她回来。”

众人见他笃定便躬身待命，他对虞子期道，“回头你到校卫营等着，我想法子弄出燕王手谕，打发人给你送去，你找指挥佥事路知遥，让他带人进郡王府，什么都不用说，他见了夫人自然知道该怎么办。”

众人忍着痛苦听他拉破二胡似的说完，铁英道，“只把人带回来吗？高阳郡王能善罢甘休吗？”

他冷笑道，“哪里还能让他留在奉天？世子肥胖且有脚疾，日后大军出征必命他留守，三王子孱弱有哮症，难堪大任，高阳郡王当常驻军中以待变故。”

众人了然，他命丫头取了川贝片来含在嘴里，披了大氅便出了书房，铁英和濮阳金台忙跟上，三人跃上马背，扬鞭一策直奔燕王府而去。

入王府大门，卸了身上兵器丢给内侍，长史金忠迎上来，笑道，“先生今日得闲儿过来？莫非送帖子来了？还未恭喜先生呢，好事近了。”

裴府丢了新娘子的消息未曾走漏半点，外人是一概不知的，裴臻虚虚应了两句，即正色道，“王爷在哪儿？我有要紧事要面禀。”

金忠一凛，本来还要拿他的嗓子打趣的，听了这话忙引他往园子里去，一面踌躇道，“出了大事？”

他不语，只点了点头，一行人匆匆进了抱厦。

那燕王甚有闲情逸致，正抱着幼子朱高燧喂羊奶，见裴臻等人进来便知有事，将孩子交给内侍带下去，起身道，“怎么？”

众人见了礼，裴臻呈上信笺道，“殿下快作打算吧，先是削兵，后头只怕是要擒燕王官属了，还是招了众王子和众将来商量对策的好。”

朱棣看过信后点头，金忠忙不迭出去传令。那燕王倒也从容，问裴臻道，“依着先生，接下来该怎么办？”

裴臻道，“这会子起兵不是时候，将计就计先把大军拨调过去，屯居开平不足惧，横竖是自己的，将来取幽燕再里应外合。只是剩下这四万要仔细部署，在下以为，当派高阳郡王常驻军中以安众将领，二殿下骁勇，一旦时机成熟可一举夺北平九门，掌控布政使司。至于王府内，还是安排八百勇士以待变故，若齐泰有了动作，王爷也好全身而退。”

朱棣赞赏道，“先生缜密，果然万事都替本王周全了，那便按先生的意思办。”

裴臻躬身道是，暗里给铁英使了眼色，铁英会意，上前一步道，“属下以为府内家眷要另作安置方为万全，明月暗卫当护王妃等安全，只是届时怕人多手杂，有个疏忽恐酿成大祸。”

明月暗卫不作上阵杀敌之用，只负责内眷安危，这是当初就规划好的，爷们儿冲锋陷阵，家里的老婆孩子也要保全，没了后顾之忧才能奋力搏杀，燕王爷深知其中道理，铁英的话自然也认同，便道，“乡下庄子空着，打发人张罗好就是了。”

裴臻一哂道，“何必舍近求远，郡王尚未婚配，宅子空着，离王府又近，内眷们过去也方便，若往庄子上去，赫赫扬扬引人侧目，行踪岂不都暴露了吗？王爷写个手谕，命校卫营先去打典，在下的暗卫随后便到。”

这些都是上不了台面的小事，燕王连想都不用想，直接将令牌扔给了内使，令他陪同铁英去办。眼下要紧的是朝廷的动向，忙走到地图前复手琢磨，裴臻和濮阳对视一眼，裴臻勾唇一笑，长出了一口气。如此甚好，不动声色事就妥了，不论如何先让她回来，回到他身边来，旁的容后再说，有账且留到秋后再算不迟。

高阳郡王和诸将赶到时，裴臻正往沙盘上插旗布阵，听见脚步声微抬了抬头，眼中平静无波，似乎一切都未发生过一般，朱高煦一瞬闪神，隐约有些不踏实，复又觉得自己多虑了，张狂笑了笑，冲他拱手道，“有两日未见了，先生别来无恙？气色不怎么好啊，可是有什么不顺遂吗？”

裴臻面上淡淡的，漫不经心应道，“劳郡王记挂，在下诸事都好，虽有些小波折，这会子也已烟消云散了。”

朱高煦一嗤，“是吗？听闻先生佳期将近，不知万事可准备停当？”

裴臻抿唇但笑不语，一一和几位军中要员抱拳寒暄，众人皆落座，燕王将事由和对策告知众将，又公布了人员调配安排。朱高煦愣了片刻，转眼看裴臻，他笑得明媚灿烂，拱手道，“郡王大将之材，到军中领兵统帅，大展才能，英雄有用武之地，可喜可贺呀！”

朱高煦狐疑打量他，领兵打仗固然是他的梦想，可是一旦和裴臻沾上了边，事情好像变得不那么简单了。果然，他直看着他的眼睛，一字一顿道，“郡王府暂且作安顿王府内眷之用，王爷已下令校卫营前去布置，估摸着时辰，在下的暗卫此时也进府去了。”

朱高煦大惊，回头看他父亲，燕王的眼神晦涩难懂，他心里一凉，和裴臻比心计果真不是对手，只是看父亲的神色，其间底细似乎是知道些的，只是不便明说，儿子的幸福和这锦绣山河之间，他毫不犹豫地选择了后者。高阳郡王灰心的垮下肩，棋差一招，输了，人算不如天算，她终究不是他的，抢来的东西，还没焐热又飞了，什么都没留下。他的视线落在左手的绷带上，就留下个血窟窿，一辈子的伤疤。

心神俱乱之际，何时人散了他也未察觉，抬眼时，抱厦里只剩他们两个。

裴臻微抬着下颚，带着胜利者的姿态，“多谢郡王对春君一昼夜的照顾，如今她该回家了，郡王能完璧归赵，裴某感激万分。”

朱高煦眯眼看他，“完璧归赵？何以见得？她和我同处一室十二个时辰，什么事做不得？明月先生如此肯定？”

裴臻站在阳光里，挑金的袖口和襕膝熠熠生辉，听了他的话缓缓仰起嘴角，笑道，“我和她的事你不懂，你知道什么是荣辱与共，生死相随吗？”语毕转身，翩翩然往那雕花月洞门而去了。

他只觉心口堵憋，一阵紧似一阵，可悲的是，竟连愤怒的权利都不能有。

一〇一 何当重相见

铁英和路知遥携燕王手谕长驱直入，校卫营各处归置，井然有序。

推开佛堂的门时，路知遥一眼就看见了她，当即怔在那里，回身看铁英，稍作计较已了然在胸。

她叫了声“六叔”，边笑边哭，路知遥心中骤痛，忙解了大氅给她披上，吩咐军士备车，面带愠怒地对铁英道，“明月先生这样厉害的人物，竟连女人都护不周全，叫路某齿冷！”

铁英摇头道，“一言难尽啊，夫人丢了，我家主上都瘦脱了相，闲话莫叙了，还是快叫他们夫妻团聚吧。”言罢打发了手下暗卫送她上车，濮阳金台正巧赶到，便亲自驾车往明月府飞奔而去。

毋望坐在车上抚胸长叹，这会子好了，这一天一夜竟像到鬼门关转了一圈，所幸有惊无险。那高阳郡王倒也仁义，不曾动她分毫，只是裴臻怎么想呢？她不由又有些纠结，他可会怀疑她？可会嫌弃她？倘若他因此和她有了芥蒂，往后的日子怎么过才好？

一路上心思百转千回，估摸着快到了，就打了窗帘子往外瞧，远远已看见裴府的牌楼，牌楼底下站着个人，挺拔颀长，风姿神貌，只是面容略显憔悴，眼见马车渐行渐近，疾走几步迎了上来。车还未停稳，便打起门帘往里看，哑声叹道，“春君……”

这一声呼唤，仿佛跨过了迢迢山水，跨过了宇宙洪荒，硬生生地刺进她的心底里去，她泪眼婆娑，看见他伸出手臂，也顾不得街口人来人往，起身扑进他怀里，抓着他的衣襟兀自抽泣哽咽，一遍一遍喊他的名字。他强笑着应了，百般滋味在心头，渐渐觉得眼睛酸涩，忙低头在她额上一吻，弯腰将她抱起来，匆匆往裴府大门里去。

上房的丫头婆子们早预备好了热水，伺候她沐浴更衣，微云和淡月互看一眼，屈膝在她跟前跪下，哭道，“奴才们护主不力，叫姑娘一人涉险，亏得姑娘没事儿，否则咱们便是死了也没法向大爷交代。”

毋望上前扶起她们两个，只道，“不是好好的吗，不过受了些惊吓，现在都好了，你们也不必自责，这事怎么能怪你们呢，谁也没想到张家兄弟会这样。”

微云忿忿道，“果然人心难测。听说他两个被影卫抓着了，追他们，他们还没死没活地跑，虞大人恨得牙根痒痒，切萝卜似的就把他们的脚给砍下来了，昨儿后半夜里拖回府里来叫大爷发落，大爷也没说什么，只吩咐连人带脚给他老子娘送去了，这会子死活不知呢。”

淡月道，“活该恶有恶报，没一气儿打死算是好的了。”

毋望不语，如今回来了，张家兄弟也算是开发了，那些恨便烟消云散了，哪里来那么多时候消磨在这些不痛快上？转出云母石的围屏，光脚踩在番外采买来的羊毛地毯上，来回走了两遍，大感自在非常，淡月探出头来道，“姑娘穿上软鞋吧，回头受了凉可不好，后儿还有好些礼要过呢，没得身子撑不住。”

这屋子里供着炭炉子，她只穿着中衣也不觉冷，便道，“没什么，我自己知道料理。”

微云拉她上榻，给她手上脚上都抹了香膏子，又解了她小衣上的带子让她趴下，浑身上下都擦匀了才算完，边擦边啧啧道，“咱们姑娘这肉皮儿天底下难找，大爷真是好福气，后儿晚上不得迷死？”

毋望一听红了脸，淡月啐道，“你这作死的，没羞没臊，敢拿主子打趣儿，可是腚上皮痒吗？”

微云见自己说漏了嘴，也怪不好意思的，捂着脸道，“一时说顺了，这儿也没外人，不怕叫人听去。”

淡月左右看了看道，“大爷没在？”

微云点头道，“自个儿到库里抓药去了，那嗓子不吃药好得慢，后儿还要招呼客人呢。”

三个女孩儿面面相觑，淡月挨过来，脸上带着红晕，小声道，“姑娘，可要叫个婆子来问问？”

毋望不明所以，傻傻道，“问什么？”

微云比着手势，尴尬地笑道，“就是‘那个’啊……洞房花烛夜，有哪些要小心的，姑娘这儿没有妈妈嫂子，什么都不懂，怎么伺候大爷……”

毋望僵住，那两个大窘，三人相视，呵呵地傻笑起来，淡月大剌剌道，“不会也没关系，大爷总知道怎么办，叫他伺候姑娘不就是了么，爷们儿家，这个最在行！”

这话招来另两个没头没脑的一通乱咯吱，微云道，“这蹄子了不得了姑娘，快给她配个女婿，留着是祸害，不知道哪天就跟人跑了呢？”

毋望笑得岔气儿，细想想已经很久没这么笑过了，三人正闹着，外头有人咳嗽了一声，小丫头在廊子下回道，“姑娘可洗好了？刘家大爷来了，在劲松院里候着呢。大爷让来问问，姑娘要是方便见客，就带刘大爷过来。”

毋望一时没反应过来，刘大爷？哪个刘大爷？脑子里过了一遍也没想出这么个人来，莫非是应天刘家的宗亲吗？因道，“大爷说是哪儿来的？”

微云笑道，“姑娘糊涂了，自然是您的弟弟，小刘大爷了。”

毋望大喜，是沛哥儿回来了。她们管他叫大爷，真是一下子转不过弯来，忙道，“快叫他来。”话音才落就听见堂屋里传来脚步声，丫头打了洒金软帘，一个半大小子闷头便闯进来，离她三步停下，拱手满满一揖，声音微有些颤，却极力保持平稳，谦恭有礼地说道，“给姐姐请安，姐姐这一向可好？”

毋望原当姐弟见面少不得抱头痛哭的，自己也满满憋了一肚子的话要说，可这德沛一来便是这样，倒弄得自己不自在起来，偷眼看裴臻，他倚在集锦槅子旁，甚是赞许地浅笑着，瞧毋望傻了眼，便对德沛道，“好兄弟，客套什么，都是自己人，快些坐下吧。”

德沛道是，在紫檀月牙桌旁坐定，抬眼看过去，眼神复杂，只是疏离地笑，竟和从前天壤之别，那种小心谨慎，俨然成了另一个裴臻。

毋望惊愕且无所适从，德沛长高了很多，一副劲装打扮，眉眼也长开了，英姿勃发，再也不是那个跟在她身后捡番薯的野小子了。可是不应该是这样的，莫不是离家之后遇到什么事了？她忧心忡忡，又不好太直接，只得道，“沛哥儿，这一路可顺利？”

德沛道，“劳姐姐担忧，我接着师兄的信就下山了，原还该早两日到的，只是走到东阿县时遇着了一场大雪，耽搁了时候。”

“沛哥儿……”毋望彻底无措，张了嘴也不知说什么好。

裴臻绕过来，在他对面坐下，接了丫头呈上来的茶递给他，一面道，“师父身子可好？可有什么话托你带给我？”

德沛敛神道，“师父一切都好，临走叫我带几本兵书孤本给你，这会子在车上，回头你叫人去取就是了。我才进府就看见下人在布置，似乎不单是除尘迎新年，府里要办喜事？”

毋望和裴臻互看一眼，裴臻道，“后儿我要娶你姐姐过门，往后你就别叫我师兄了，叫姐夫吧。”

德沛狐疑地在毋望脸上巡视，慢慢挑起了眉道，“师兄这是什么道理？后儿要娶她，今儿她怎么在府里？”

两人语塞，德沛端起茶盅，拿盖儿拨了拨茶叶沫子，那老神在在的举动，哪里像个十来岁的孩子，顿了顿又道，“不知师兄拿什么礼迎娶家姐？我记得在北地时师兄便打我姐姐的主意，我姐姐品性纯良，且涉世未深，难免被你诓骗，你若怠慢了她，我可是不能从的。”

毋望眼泪汪汪地感叹，这就是娘家人的气势啊，沛哥儿真是长大了，叔叔婶子要是瞧见了，不知欢喜得什么样呢?

那厢裴臻终于体会到了什么叫搬起石头砸自己的脚，送他去无量山，学了雄辩之才倒用来对付他了？哭笑不得之余又不能得罪这位小舅爷，遂笑道，“你放心，自然是正房嫡妻，断不敢委屈了她的。兄弟这一路辛苦，我打发人伺候你沐浴更衣，晚上张罗酒席给你接风洗尘可好？”

那德沛瞥了毋望一眼，幽幽道，“我正要问，姐姐大白天的洗什么澡？尚未成亲，白日宣淫，有违礼法，师兄这也不知吗？”

毋望面红过耳，猛然愣在那里。

裴臻掩口大笑起来，边笑边道，“你这孩子，师父平日就教你这些？怎么学究似的，她不过洗个澡，你哪里看见我们白日宣淫了？”

德沛点了点头，“没有便好。”又对毋望道，“姐姐也是，见客披头散发，衣衫不整，还光着脚，打量不是外人就能这样吗？”

毋望被他一说，脚趾头都蜷了起来，诺诺称是，忙不迭叫丫头拿了软鞋来穿上，先前想抱着他一通嘘寒问暖的想法霎时烟消云散了，她悲哀地意识到，她最心疼最宝贝的弟弟如今不需要她去保护了，他可以一个人驾车跑几千里山路，懂得替她争取权益，还满脑子的人情世故，自己在他眼里竟然涉世未深。她再也没有什么可为他做的了。

裴臻招了人来带他去厢房，微云淡月等识趣地退了出去，他给她理了理头发，拉在怀里抱了一会儿，轻声道，“后儿就成了，多好……”

毋望自发地伸手环他的腰，把脸贴在他的直裰里，闷声道，“总算过去了。”

他嗯了声，又道，“才刚王妃打发人来问，想接你过王府里去，后儿从那里出门，不知道你愿不愿意。”

她一惊，若去王府岂不是又要遇见朱高煦吗？还有那位世子妃，这等水深火热的地方不去也罢。再回头想，王妃相邀又不好拒绝，他总归是在燕王手下当差的，没得日后叫他难做人，权衡了利弊，道，“既然王妃发了话，想来高阳郡王也不敢造次，若不答应倒变成咱们不识抬举了。”

裴臻笑了笑道，“我和濮阳去说，明儿让他媳妇陪你进王府，他那位夫人可是他的授业恩师，有她在，自然万无一失。”

毋望犹豫了半晌，嗫嚅道，“你还娶我，不担心……”

“不担心。”他截了她的话头，和她两额相抵，嘴里嗡哝有声，“娶你……就算天塌下来了，也要娶你……”

卷九　情仇乱世，大化方等

一〇二　待嫁深闺院

裴臻在吉时表上排出了好时辰，阖府五更起来准备“安床”事宜。

挑了六个父母子女齐全的婆子，将喜床挪到了正位上，撤了帐子被褥，换上鸳鸯金银被，鸾凤双囍枕巾，红纱纻的软烟罗，床架和门柱上也贴了囍字，一片欢声笑语里，谭同知家的龙凤胎被奶妈子抱了上来，放到床上爬滚了一通，喜婆道，“金童玉女压床，新人早生贵子。”

又絮絮叨叨念了祝词，往床面上撒了桂圆、花生、红枣、莲子等，众人退出新房，房门上系了红绸，大婚开始前再不许人进入了。

丫头端了托盘来，托盘里堆满了红包，管事婆子一一分派了，谭家的便由奶妈子收着，谭夫人迎上来，见了裴臻笑道，“先生辛苦啊，万事自己操持，可难为你们小两口了。”

裴臻笑得甚腼腆，拱手道，“嫂子受累了，这么早把哥儿姐儿闹来，回头她到了王府还要劳嫂子照应，兰杜这里先谢过了。”

谭夫人道，“我们自己姐妹，不用你嘱咐也知道，你只管给我个大红包罢了，我自然事事教会她，叫你放一百二十个心。”

“如此便拜托嫂子了。”裴臻转头看廊下逗弄孩子的那个女子，稍顿了顿，只道，“我和她家里人都不在跟前，明儿晚上前我不好同她见面，唯恐她有什么闪失，求嫂子好歹周全。”

谭夫人调笑道，“明月先生恁地积糊，我知道她是你的心头肉，是命，快别操心了，都交给我就是了。”语毕转身往那一双儿女走去。

毋望的孩子缘向来好，三两下就和那两个孩子混得烂熟，从丫头手里接了长生锁来给他们戴上，一面照着幼童的说话语气糯软的咕哝道，“见面礼，姨母的意思……收下……来亲亲。”

那两个孩子在她左右脸颊上啪的一口，谭夫人笑道，“明儿嫁人了，还和孩子似的，咱们哥儿姐儿你可喜欢哪一个呢？”

毋望看那两个娃娃粉雕玉琢一般，打心眼里的爱，分不出伯仲来，便道，“都喜欢。”

“那就小子闺女轮着生吧，”谭夫人拿帕子掩着嘴笑，“原还想瞧瞧你将来头胎得什么呢，这可看不出了，不过你家爷们儿会奇门之术，样样算得出，可是算准了日后儿女双全的？”

毋望臊红了脸，扭捏道，“嫂子别笑话我，这会子哪里想得那么长远的事去，命里有什么便是什么，算他做什么？”

正说着，佛堂里的嬷嬷来道福，“祭器供品都备得了，请姑娘过去通禀祖宗，求祖宗保佑。”

毋望点了头，对谭夫人道，“嫂子且宽坐，等我片刻，我就来。”说罢敛了襕裙往佛堂去，给父母牌位上香磕头，边烧高钱边哭，明天她就嫁人了，可惜爹妈看不到，回头想前尘往事，那些苦难的日子竟如做梦一般，幸得老天怜悯，如今遇着了裴臻，那样的人品样貌，父母地下有知一定也感欣慰吧。

裴臻撩了袍子跪下，沉声道，“岳父母大人在天有灵，小婿待春君的心天地可鉴，明儿迎她过门，日后举案齐眉，相携白首，求父母大人保佑，叫咱们无病无灾，顺风顺水。”磕了头，猛又想起来，复加了一句，“来年得个小子。”

毋望意外地抬起头来，嗔道，“你混说什么？”

旁边伺候的丫头婆子纷纷窃笑，他回过味来，一时有些不好意思，装模作样地清清嗓子，背着手道，“王府的车在外头候着了，濮阳的夫人也到了，我领你去见她吧。”

毋望起身道好，出了佛堂转到朝霞晚枕的跨院里，通廊那头一个美人施施然而来，柳臂纤腰，乌发雪肤，五官姣好，眉眼间却有凌厉之势，见了他们抱拳道，“见过主上，夫人。”

明明穿着比甲和襦裙，行的却是男人的礼。毋望暗叹，这大概就是习武之人的豪迈吧，忙福了福道一声嫂子。

濮阳夫人上下打量她，笑道，“主上这么大的年纪，娶的夫人真真年轻。”

裴臻一听黑了脸，不情愿的蹙眉道，“我不过二十三，哪里就‘这么大的年纪’了？”

那濮阳夫人嗤笑道，“竟是个不服老的。”拉了毋望，爽利道，“夫人走吧，先到王府安顿下来才好。”

毋望突然想起燕王府内眷都要安置到郡王府里，这一去究竟是往哪里？若从郡王府出阁，那岂不滑稽吗？便回头道，“兰杜，往哪个府？”

裴臻安抚道，“往燕王府，王妃体恤，待咱们的事儿办完了才搬府。”送她们上了车，对谭夫人和濮阳夫人再三郑重嘱托，伸手在她手上一握，两人相视，尽是脉脉不得语的味道。

车上的人舌根儿都酸了，谭夫人胡乱挥了挥手道，“你两个要瞧到什么时候？明儿晚上入了洞房再瞧个够吧，这会子吉时到了，那边府里等着呢。”

濮阳夫人自然知道内情，对裴臻道，“主上放心，一切有我。”

裴臻颔首，退后一步，站在台阶上远眺，直到马车拐弯消失在街角，方回身进府去。

谭夫人吃吃笑道，“这两口子当真是难舍难分，竟好得这样，少见得很看这情形，明月先生将来必不会纳妾了吧。”

濮阳夫人不解道，“做什么要纳妾？一辈子只两人不好吗？”

谭夫人叹道，“你们不知，那些爷们儿，见一个爱一个，看上了就想往园子里弄，左一个通房右一个姨娘，那些个小老婆争吃争穿，吵得家里鸡犬不宁，那日子没法子过。妹妹好歹听我的，他若是动了那个心思，你万万不能答应，人又不是茶壶，还要配四个杯子不成？你要是点了头，有第一个就有第二个，那时还了得？”

作为姐妹，这是出阁首要忠告，旁的都往后排，谭夫人显然深受其害，又语重心长道，“莫怕背负妒妇的名号，宁愿叫人戳脊梁骨，也不能把自己的爷们儿分一半给别人，我如今后悔也晚了，你可记住了？”

毋望咬了咬嘴唇，“我知道这个道理……不知立了生死状可有用？”

车里的女人们目瞪口呆。濮阳夫人拔高了嗓子道，“主上给你立了生死状？保证这辈子不纳妾？”

谭夫人感慨不已，“明月先生果然难得，生死状用在这上头，可谓古往今来第一人啊。”

濮阳夫人开始琢磨，嘀咕道，“我却没想到，回去叫金台也写一份来。”

谭夫人兴趣盎然，赞道，“如此甚好，将来他若违誓，就把那纸裱起来，挂在裴家祖宗牌位前做匾额。”

一车的女人啧啧有声，又羡又妒，濮阳夫人暗道，难怪人家连皇亲国戚都看不上，那杀伐决断的人还有如此深情的一面，有血有肉才叫人爱呢。

马车慢慢停下，车外闹哄哄喊，“快些，新娘子到了。”

婆子们搬了板凳来放在车下，谭夫人率先下车，侃道，“什么新娘子且等你家二爷娶王妃时再喊不迟，这是人家的新娘子。”

说者无心，毋望和微云淡月对看了，面上讪讪的。

众人簇拥着往府里去，燕王妃早僻了园子出来迎她，入了个三进的小院，院里张灯结彩，一派喜庆气氛。燕王妃微有尴尬之色，揽了她，只道，“好孩子，难为你。”

毋望和众人深深一福，想来那朱高煦干的荒唐事王妃都已知道了，只是人多不好明说，少不得话里带到。毋望也不计较，大方请了安，下人们头面妆奁铺排开，燕王妃指着一套凤冠霞帔道，“你从我这里出阁，我拿你当自己的闺女，喜服自然我给你置办。我和王爷商量了，你无父无母，是个可怜孩子，若不嫌弃就给我们做干闺女吧，回头出门子好有哥哥送你，你道好不好？”

毋望淡淡的笑，燕王夫妇果然想得周全，认了干闺女，胳膊折在袖子里，裴臻没法子脱离他，朱高煦也断了念想，再怎么不能打妹子的主意，也算是给大家一个了结，这个决定似乎有百利无一害，遂福道，“蒙王爷和王妃抬爱，若春君能高攀，不知是几辈子修来的福气呢？”

燕王妃大喜，抚了她的脸道，“好丫头，我只生了三个儿子，早想要个乖巧的闺女，今儿真是叫我如了愿了。过会子等你几个哥哥回来了，咱们就去拜见你父王。”

众人皆来道喜，谭夫人道，“这是好事成双呐，春君多好的福气，能嫁个如意郎君，出阁前又认了爹妈，如今可都齐全了，明儿出门有干妈给你上头，这辈子可就大富大贵了。”

毋望应了声，心道大富大贵不重要，能安稳便够了，燕王妃用心良苦，自己还是感激她的。众人又串掇她叫人，燕王妃也备了开口钱，她不好拂了大家的好意，便羞答答喊了声妈，燕王妃大乐，娘两个搂在一处。

突然觉得眼里酸涩，努力忍了忍，这会子不论真情也好，假意也罢，还真像那么回事，自己当真太怀念那种感觉了，单是一个称呼就足以令她哭流涕。

燕王妃捋捋她的头发对众人道，“忙了一早晨，隔壁耳房里备了茶点，诸位去歇会子吧，且容我些时候，叫我们娘俩说说体己话儿。”

濮阳夫人看她一眼，她微点了头示意无碍，濮阳夫人会意，便随众人一并退了出去。

燕王妃在锁字锦垫上坐下，犹豫了一会儿，似乎欲言又止。

毋望微低着头静待，心里知道她定是要说朱高煦的事，只是无从开口，其实自己并不想再提那事，若说起，无非是一些抚慰的话，再不然就是责怪他莽撞，大略也没有别的了，想归想，却也没别的办法，总逃不过再揭一遍疮疤。

又等了半盏茶工夫，燕王妃才道，“昨儿煦哥儿在我这儿待了半日，看着失魂落魄的，我不知他是遇着了什么事，问他他只说手疼，上炕倒头就睡，我料想着没什么便没搭理他，过了会子竟听他哭起来，着实把我吓了一跳，这孩子自小霸道，三岁起就没见他哭过，我知道这趟定是有了过不去的坎，再三再四的问了，他才把事儿告诉我……”她说着，脸上平静无波，那目光却深邃，入骨地看着她，道，“我的儿子我知道，脑袋一热办事便糊涂，只盼你瞧在我的面上别同他计较，我们这样的人家养大的孩子难免娇纵些，其实他心眼儿不坏，可怜天下父母心，我瞧他那样，真真心都碎了……春君，若是你愿意，趁现在还来得及……”

毋望没想到她竟会这样说，趁现在来得及，和裴臻退婚吗？难怪朱高煦养了这样的性子她不由恼了，冷冷道，“我只嫁裴臻，不作他想，请王妃包涵。”

燕王妃苦笑，“我早料到你会这么说，不过是尽了我这个做母亲的力，你不愿意，我断不会逼你，咱们娘们儿还是好好的，你二哥哥那里我自然去说，叫他断了念头，你只管高高兴兴的出阁，我还是那句话，拿你当亲闺女，我问过了，心也安了，你莫怪我。”

毋望心里颇不是滋味，又觉得朱高煦这人古怪得紧，先头对他喊打喊杀的恨不得生吃了她，后来莫名其妙就成了那样。回过头来想想，自己从来不曾对他有过什么，从第一次见面到现在，不过短短十来日，他是什么样性情的人？就算一时新鲜，看见别人的东西想抢来占为己有，纯粹消遣罢了，失去了不过稍有遗憾，为什么又哭又笑的？或者真是自己天生凉薄吗？男女感情方面她只留意裴臻，旁的人她是一概不管的，别人呕心沥血之时，她却是无关痛痒的，难道错过了什么？总之那位不可一世的高阳郡王事后有这样的反应，她是百思不解的。

两人缄默了一会儿，毋望慢慢道，“我和郡王只在王府家宴上见过一面，有什么误会我也同他解释过了，郡王那样叫我惶恐得很。”

燕王妃愣了愣，她那傻儿子心疼肝断的，这里这位竟连怎么回事都没闹明白，看来真是白操了这份心，终于打心底的长叹出一声，“可苦了我的煦哥儿了！”

毋望甚无奈，其实并不是不知道他的想法，只是没料到他会有这份执着，眼下除了装傻别无他法，再说什么也矫情，本来只为借这个地方出阁，又不是来解决这理不清的一团乱麻的，朱高煦怎么想是他的事，自己犯不着跟着苦恼。

燕王妃看她一副岿然不动的姿态，知道这事没有转圜的余地，自己也是自讨没趣儿，明儿人家就拜堂成亲了，今天自己却还提这茬，可不是自打嘴巴吗？忙笑了笑道，“这事是你二哥哥唐突，委屈你了，回头我叫他给你赔罪。看时候也差不多了，咱们往书房里去吧，给你父王磕头敬茶，往后就是一家子，这事便过去了。”

毋望道是，唤了微云来，跟随她往后园子里去，那燕王妃是个极明理的人，一面走，一面嘱咐她一些夫妻的相处之道，什么孝敬公婆，妯娌和睦，再也不提朱高煦的事，叫她一颗心落回了腔子里，渐渐也觉自在起来。

穿过一个廊桥，再往前便进了一所抱厦，那燕王的书房安在庭院深处，北风呼啸间，檐下的瓦哨儿呜呜的响，听得人毛骨悚然。她不禁纳闷，这种清静所在做什么要装风哨儿，莫非是为了时时知道风向吗？看来这房子四角都有风哨，今日是北风，北面风口呜咽婉转，改日换了风向，另外的几个就轮流着响，日日听这声音，真是恐怖得紧。

书房的台阶甚高，她上前搀扶燕王妃，抬头看，又有些忐忑，燕王妃轻拍了拍她的手示意她莫慌，小厮打了软帘迎她们进屋，燕王妃笑道，“可巧爷们儿们都在，王爷，闺女来给你请安了。”

毋望眼角瞥见朱高煦，他从她进门便怔在那里，显然并不知道她会从燕王府出嫁，更不知道他爹妈会认她做干闺女，一时脑子卡了壳，傻呆呆的乱了方寸。

燕王放下手里的公文满脸含笑，点头道，“好好，是个孝顺孩子。”

下人们呈了茶水上来，燕王妃努了努嘴，毋望会意敛衽跪下，接过茶盏高举道，“春君请义父安。春君原是犯官之后，蒙义父义母不弃收为义女，日后当结草衔环，以报二位大人大恩。”

燕王接茶呷了一口，扶她站起来，取了备好的红包递给她，道，“明儿出阁，日后和兰杜好好过日子，盼你们夫妻恩爱，白头到老。”

毋望福身道是，旋即转到燕王世子朱高炽跟前，朱高炽忙起身对她作揖，笑道，“妹妹有礼，没想到咱们成了一家人，往后若有事只管来找我，若妹婿无状也来找我，哥哥自然给你做主。”

那燕世子生性端重沉静，言行适度，毋望抬眼看他，抿嘴而笑，端了茶敬他，道，“大哥哥请用茶。”

再往朱高煦面前，心里忽上忽下地局促起来，他阴沉坐着，动都不曾动一下，牙关咬得死紧，双眼如潭，直愣愣的看着她，铁青着脸冷笑道，“你年纪尚小，何苦急得这样？再等几年也没什么，裴臻到底哪里好？”

众人俱一惊，朱高燧翻起了白眼，大有怒其不争的味道，朱高煦咳了声，燕王怒喝道，“混账！你妹妹明日出阁，你说的什么话？”

毋望的视线落到他的左手上，掌上裹着绷带，毕竟是穿掌而过的，手指根都有些浮肿，明晃晃的一碰就会破似的。她皱了皱眉，脸上浮起愧疚之色，想问他伤可好些，又怕一问之下生出事端来，便定了定神，微躬了身端茶到他跟前道，“二哥哥请用茶。春君年轻，以往若有得罪之处，二哥哥大度，不要与我计较才好。”

他猛然恼怒的起身，负手道，“什么二哥哥我不认！”

燕王妃手里的茶盅重重的搁到了几案上，斥道，“你父王跟前，哪里由得你不认？你不但要认，明儿春君还要哥哥拿锦衾包了送上轿，你大哥哥有疾，送轿的自然是你，你竟反了不成？”

毋望尴尬立在那里左右不是，回头和微云对望，微云也怔怔的，表情一片茫然。

朱高煦身子晃了晃，颓然跌坐在圈椅里，闭眼凄恻道，“母亲，你不如拿刀子扎我的心，倒还痛快些。”

那厢朱高燧暗恨不已，前头有大好的机会用来作妇人之仁，如今又是这死样子，早知今日何必当初，白浪费了他一瓶好药，若当时就用上了，明儿新郎不是该他做的吗？

朱高炽冷眼旁观，他虽仁爱，到底不能容忍这位弟弟无底限的嚣张跋扈，从前只知兄友弟恭，到后来怎么样？他的好弟弟居然和他的嫡妻厮混到了一处，若不是无意间看见张氏给他的亲笔手书，他真是无论如何都不敢相信眼下这混乱的状态，要是换作平时他早就出言劝谏了，可现在他只需管好了自己的嘴巴由得他闹去。他私扣了春君，和裴臻早就结了梁子，若再不知收敛早晚死路一条，他恨恨地想，和裴臻联手罢，联手整治死他，便是自己弄不死他，也要叫儿子取他性命，这夺妻之恨断不能忍！

燕王殿下心头怒火一拱一拱的直往天灵盖上蹿，颤着手指道，“孽障你眼里头可还有本王？既然你不愿，那今日就给我到军中去，年下也不必回来了，没有你竟不成事了吗？”

燕王妃恼归恼，好歹是自己亲生的儿子，眼看着要过年了，却把他轰出去，立时心疼得油煎一般，忙道，“罢了罢了，他手上伤着，不送便不送吧，还有老三，叫三哥哥送也一样。”

毋望换了茶盏走到朱高燧面前，那朱高燧站起来迎她，一面作揖一面意味深长地打量她，果然是个万中无一的美人胚子，人道红颜祸水，单瞧她把他二哥哥弄成了这样便知道了。接茶喝了，看了看朱高煦，淡然道，“妹妹放心，明儿上轿，二哥哥不抱我来抱就是了。”

朱高煦一听又不乐意起来，自己娶不成她，抱她上轿也不必假他人之手！他瞪了朱高燧一眼，“你凑什么趣儿？我还没死，你倒要越过我的次序去？”

朱高燧干瞪眼，心道不是你撂挑子不干的吗，这会儿又来挑刺儿！

毋望暗地里叹了口气，她是有正经哥哥的，慎行就在布政使司，送她上轿该是家里人，用干哥哥本来就牵强的很。新娘子上轿前脚沾不得泥，要兄弟抱上花轿，她一想到自己明儿让这些不认识的人抱在怀里，就禁不住汗毛直竖起来。正犹豫着想提一提，那朱高煦突然道，“什么时辰？我把营里的事安排了就过园子里去。”

上夜，各处园门都下了钥，毋望所在的院落里仍旧灯火通明，喜娘并几位夫人拉了她在炕头上坐着，边说笑，边同她嘱咐明日大婚时需忌讳的地方，什么马鞍、门槛细说了一遍。正聊谭夫人出嫁时的趣闻，外头报王妃来了，众人起来行礼，毋望忙看茶让坐，燕王妃笑道，“好歹赶着把嫁妆置办齐全了，千工床、红橱、春凳，马桶、子孙桶，还有金珠首饰、妆蟒绸缎、四季衣裳等，零星凑了六十八抬，好孩子，你可莫嫌少。”

几个喜娘咋舌，“也只有王府有这样的气派了，这三五个时辰竟能周全得这样，姑娘可是认了门好亲，王爷王妃嫁自己亲闺女似的。”

六十八抬嫁妆当真是不少，这燕王妃功夫也算下足了，头里往谢家下聘的那千两黄金是裴臻坑他们的，如今到大婚又让他们出嫁妆，毋望觉得万分的负疚，携了她的胳膊道，“王爷和王妃的厚爱春君当不起，这样破费，叫我心里怎么好。”

燕王妃指着她对众人道，“瞧这孩子，还一口一个王爷王妃的，可是叫我白疼了！”又转过身对她道，“你从我这里出嫁，全北平都知道燕王府嫁闺女，若连嫁妆都没有，岂不寒碜？你叫我们一声爹妈，这些是我们应当应分的，是我们做父母的意思，你只管受了就是，我们也不亏，得着个闻名天下的好女婿，那可是治国安邦的栋梁之材，就是金山银山也求不来的。”

众人俱应，燕王妃看看水漏上的时辰道，“今儿早些歇着，明儿是正日子，有你忙的，新娘子睡足了养人，脸色好是正经，姑爷瞧了才喜欢。”回身吩咐婆子安排厢房给几位夫人安置，自己并不走，倒在月牙桌旁坐定了。

夫人们笑起来，看着微云淡月调侃道，“咱们快些走，人家娘两个要交代私房话了，愿意留下听的就别走，横竖姑娘大了要配女婿的，早些知道也好。”

两个丫头一听才想明白了，蓦地红了耳根，小声对毋望道，“奴才们先退到耳房里去，姑娘有什么便叫我们。”

毋望点了头，她们方退出去阖上了门。

燕王妃低头从袖袋里掏出一册画卷来，又取了一个巴掌大的八宝珐琅盒放在桌上，面上笑意盈盈，拿手指拨了拨那小盒，推到她面前道，“这叫‘压箱底’，平素是放在箱底里辟邪用的，闺女出阁了才好拿出来，你打开瞧瞧吧。”

毋望看那盒子玲珑可爱，又听说是辟邪的，料想定是什么密经符咒之类的，也不疑，伸手揭了盖子，却看见三对姿态各异的小人，雕得精致异常，却因太小，加之灯光晕暗看不真切，便伏在桌上凑近了看，这一看惊得她面红耳赤，再说不出话来。

那哪是什么密经符咒？原来是三对精着身子的男女抱在一处，摆出了三种欢好的姿势，难怪把那些人都打发出去了。原来所谓的私房话就是这个，毋望臊得捂住了脸只顾扭身子，燕王妃笑出了声来，把她的脸扒了出来，道，“傻孩子，臊什么？这是洞房花烛夜必要过的一关，没有这个不成夫妻，每家闺女出阁母亲都要教的，你好歹看一看，还有那画册子，研习研习方知道明儿晚上如何应对，总不好一窍不通吧，那样苦的可是自己。”

毋望大嗔，小女儿的娇态显露殆尽，燕王妃疼得搂进怀里安慰，一面开解道，“我才嫁你父王那会子，我母亲也是前一晚教来着，那时候我也不好意思，可没法子，爷们儿要伺候，这是我们女人的本分。若是做不好，叫爷们儿房里不得趣儿，嘴上不说心里埋怨，时候久了就生外心，虽说咱们是好人家的女孩儿，不屑这个，和姑爷两个又好，可总架不住外头女人日日觊觎，万一有个闪失，后悔可就迟了。好闺女，听我的话，妈不会害你的。”

姑娘家脸皮薄，又劝了半晌方坐直了摊开画册，那一副副真真是不堪入目，憋红了脸勉强看了些，便闭了眼再也不肯多瞧了，燕王妃笑叹道，“到底是丫头，要是个小子哪里用教，到了十六，放两个通房在屋子里自然就会了。”说着拢了比甲起身，“可好生收着，将来嫁闺女用得上。我走了，你快歇着，明儿一早我再来，本想叫你大嫂子给你开脸的，可巧她病了，我还得寻摸合适的人去。”

毋望笑了笑，那位大嫂子听说她来了自然是不肯相见的，叫她开脸不要难为死她吗？遂道，“妈别忙，君安嫂子不是现成的吗，咱们便一客不烦二主吧。”

燕王妃摇头道，“谭夫人不成，虽儿女双全，上头公婆都不在了，叫她开脸不吉利，你莫操心，有我呢，你如今睡好最要紧，明儿礼多，时候又长，不知要闹到多早晚去呢。”

毋望道是，送她出了门方回屋里，草草收拾了就上床躺着了，闷在被褥里发了会子呆，心里半是欢喜半是担忧，明天一切都会顺利吧？有濮阳的夫人在，应该是不会出岔子的，终于走到了这步，只盼平安拜了堂就是了，只是不免有诸多遗憾，家里的亲人都不在，说来大逆不道，原说守一年孝的，眼下赶得急，只恐生出什么变化来，匆匆脱了孝就办喜事，也不知父母可会怪罪……脑子里混混沌沌想了好些，恍惚间又想起朱高煦的眼睛，不复精明锐利，灰蒙蒙雾霭一片。她微一瑟索，感觉心被牵了下，这帖猛药下去总该了结了。他这样的人，得不到会干净的撂手吗？或者明儿他亲送了她上轿就好了，他再糊涂，众目睽睽之下总不会做出荒唐事来的。

又胡思乱想了会儿，外面梆子敲了三更，廊下风灯熄了半数，隔着窗屉子上糊的落日纱看去，对面厢房前挂的几盏红灯笼兀自摇晃，看着看着睡意袭来，便阖眼而眠。

一夜里睡得不甚安稳，怪梦一个接着一个，次日起来精神头大不济，吃过什锦汤团就恹恹地歪在榻上，喜娘拿了妆奁陪嫁的清单来报花名，她大略听了听，只顾靠着软垫打盹，众人也知道新娘子前一晚必定睡不踏实，也不闹她，一应事物都到跨间里去筹备，直让她睡到未正二刻才去叫她起来沐浴净身。

补了一觉，又在桶里泡了些时候，气色好了许多，着中衣出来，微云拿大氅裹了她推到梳妆台前，燕王妃挑的十全喜娘绞了五色线来给她开脸，一抽一拉间汗毛薅下一大片，登时半边脸热辣辣的，好容易开发完了，一照镜子两颊通红，淡月忙拧了帕子给她敷上，她暗叹这新娘子真是不好做，竟还要受这样的苦。

隔了好一会儿退了红，又开始描眉画目点口脂，换了大红的麒麟通袖圆领袍，束起素光银带，披起了云霞翟文背子，众人再一看她，原来的素净淡雅一扫而空，盛装打扮下端的是光彩照人，显出一种妖娆别致的美来，满室哗然，几个喜婆啧啧道，“看见的美人儿多了去了，却没见过这样齐全的，这是哪里来的天仙呢，真个儿迷死了人。”

燕王妃愈发撞进心坎里来，上上下下细打量了，着人取了金项圈来给她戴上，抚掌道，“这闺女认晚了，没能在身边留上两年，可惜了。”

正说着，门上丫头报，“三位爷来了。”

朱高炽领了两个兄弟进门来，众人福身见礼，燕王妃道，“今儿得闲儿？都来凑热闹？”

朱高炽笑道，“今儿是妹妹的好日子，再忙的事也要放下，自己姊妹，好歹来瞧瞧，看有什么缺的没有，咱们也给妹妹添妆，是做哥哥的意思。”边说边下意识回身看，笑意更浓。

那高阳郡王面色不善，见那女孩儿艳若桃李，笑得眉目生采，心头一股怒火排山倒海汹涌而来，险些一怒将桌上喜饼和子孙饽饽砸个稀烂，亏得朱高燧暗里拉他衣袖才醒过神来，然后看着那双濯亮如清泉般的眸子，从未过的沮丧霎时向四肢百骸蔓延开去。

这样的春风满面，想是欢喜得很呐！求她给他做王妃便拉个脸子给他看，嫁给裴臻就如此中意，他叹了口气，眼底渐渐沉寂如水。

“妹妹什么时辰出阁？”朱高燧在一旁闲闲地问。

燕王妃道，“左不过是酉时，看姑爷何时来亲迎罢了。”

朱高燧看看天色道，“估摸差不多了吧，太阳都下山了。”回头对外面丫头道，“把东西抬来给姑娘过目。咱们兄弟不知道送什么，各人在琅翠坊里挑了三套头面，妹妹笑纳吧。”

丫头端着锦盒鱼贯而入，一一揭了盖子来看，九套手工精细的纯金首饰映得室内珠光宝气，两个丫头又抬来一面巨大的菱花镜，朱高燧道，“二哥哥最有心，那是唐朝寿昌公主用过的穿衣镜，花了大价钱淘腾来的，给妹妹梳妆使的。”

毋望抬眼看朱高煦，他微撇过头去，一副云山雾罩的样子，叫人捉摸不透，顿了顿讪讪道，“值什么，不过消遣的东西。”

朱高炽淡淡一笑，道，“姑爷想是快到了，咱们兄弟到跨院等着吧。”

话音才落，隐约有鞭炮声伴着笙箫唢呐声传来，屋里一时乱哄哄闹腾起来，众人慌忙道，“快叫干妈上头，新姑爷来迎亲了。”

一〇三 亲迎成眷属

“一梳梳到尾……”喜娘高唱，“二梳梳到白发齐眉……三梳梳到子孙满堂……”

毋望从镜中往后看，朱高煦蹙眉在门前站着，他的两个兄弟都退到跨院去了，他却纹丝不动。屋里的丫头婆子们对他忌惮，也没人敢轰他，只绕着他走，燕王妃知道他的心思，暗里可怜他，徇私情也不开口，只管替她绾起头发束在顶上，拿金针别住，戴了朵绢花在她鬓边，探身看了窗外，对丫头道，“可打发人在门上候着了？姑爷到哪儿了？”

外面丫头打了软帘回道，“姑爷进门了，鼓乐花轿皆停在大门外，咱们的嫁妆都抬出去了。”

又一个管事婆子来报，“请新娘子进瀚海园吧，和合饭备齐了，吃了饭好上冠障面。”

燕王妃点头，示意搀扶搀起她，轻声道，“这和合饭是同家里平辈晚辈吃的，过会子只吃一两口就是了，可不能吃饱，新娘子大婚是不好上茅厕的。”

毋望红着脸应了，往门口去，见朱高煦仍傻站着，只好道，“二哥哥一道走吧，先吃了和合饭才上轿呢，叫二哥哥好等。”

众人原本觉得古怪，也暗自揣摩这高阳郡王是什么意思，似乎轧出些暧昧的苗头来，却被她一说，瞬间又打消了疑虑，看来是高阳郡王不懂规矩，敢情不知道有和合饭这一道，在这里等着是为了送妹子上花轿，倒也没什么不通的了。众人皆相视而笑，独濮阳夫人半步不离左右，护着她往抱厦里去。

朱高煦撩袍便走，懊恼着自己怎么成了这样，心里不受用得了不得，偏要在那里杵着碍眼，脑子里闪过不知多少遍念头，好几次差一点上前劫走她，到最后还是忍住了，他也晓得这回鲁莽不得，那裴臻吃过一次亏，这回定是加紧了布置的，说不定此时燕王府的房顶上伏满了暗卫，他若有异动，顷刻间就会被刺成筛子。

不过这些不是他真正计较的，她每一次注视他，他都看得真真切切，眼里带着疏离和防备，这才是叫他心寒的，不带半点感情，就像看一个陌生人。他突然觉得自己像个跳梁小丑，极尽破坏之能事，换来的是她的反感和不屑，这是何苦来？她眼下虽云英未嫁，自己却又待如何？唯有长叹，究竟是怎生的造化弄人！

尚未入瀚海园，远远已看见园里张灯结彩人头攒动，孩子的笑闹声穿插其间，乱哄哄百无禁忌，他愈发的气短胸闷，冷了脸步入厅堂，一眼就瞅见了那簪花披红的新郎官。

只见他穿着乌纱团领常服，翼善冠下一双长眉斜飞入鬓，眉梢眼角处春色点点，侧身和旁边的小厮吩咐着什么，半边脸在火光映照下剔透得白玉一般，许是听得新娘子来了，回身来看，负手言笑晏晏的立着，眼波流转间，说不出的丰姿奇秀。

“那厮皮相确是生得好，我要是女子也会选他的。”朱高燧在他耳边幽幽地叹。

朱高煦有些手痒，握了拳瞪他，“皮相好作饭吃吗？我是郡王。”

朱高燧讪讪的摸鼻子，瓮声道，“郡王怎么了？他除了无官职，旁的都不比你差，他日父王登基，他便是第一功臣，如今春君又认了义父，将来一个驸马都尉横竖是逃不过的，你还是煞煞性儿吧，不是你的终究抢不来，你瞧他俩，蜜里调油似的，你何苦找不自在，索性放了手。天涯何处无芳草，短短这几日，哪里就爱得这样了。”

朱高煦一哼，“你懂什么？”

朱高燧苦笑道，“我是不懂，她成了咱们妹子，你还想怎么的？入席吧。”他拍了拍他的肩，“别眼热人家做新郎官，你的好日子也近了，开了春且有你乐的。”

朱高煦想叱他，他却已往席面上去了，和裴臻抱拳寒暄起来。他低头看腰带上的虎纹，驸马都尉？也要他有这个命做才好，行军万里，道路阻且长，这身细皮嫩肉，也许一场大风就把他刮飞了，那双单会拉弓弹琴的手，可以自保吗？君子报仇不急于一时，这么一想又足了底气，笃悠悠走过去，拱手道，“先生今日小登科，可喜可贺，多饮几杯才好。”

裴臻推诿道，“郡王回头过府去，裴臻拜了堂定和郡王畅饮，这会子若失了体统，恐王爷和王妃怪罪。”

众人落座，桌上大半是孩子，最小的不过七八个月，奶妈子抱在怀里，左手银筷右手银勺，盆碗边上敲得乒乓乱响，一个领了头，其他的纷纷效仿，一时饭桌上炸开了锅，大人们哭笑不得，丫鬟伺候着吃了两个喜饺，这顿和合饭就算吃完了。

两人相携往燕王夫妇跟前磕头拜别，燕王妃说些“夫妻和睦”之类的吉祥话，喜婆引裴臻进后身屋里，在床前放了绣杌，嘱咐他对床而坐，不得向外。

燕王妃摘了毋望头上步摇绢花，替她戴上牡丹金宝钿花大冠，娘两个落了几滴眼泪，稍后盖上文王百子锦袱，喜娘便招呼高阳郡王道，“给新娘子裹锦衾，哥哥送妹子出阁入轿吧。”

毋望僵了僵身子，眼前一片红，从盖头的下沿瞧见两只着烫金广袖的手伸过来，在她背后膝弯下轻轻一抬，她霎时腾身而起落在了他的臂弯里。

他的心跳得怦然作响，紧了紧手臂，走得极缓慢，府外已开始奏乐鸣炮，满世界的喧闹，他却清楚听得到她的呼吸，于是他道，“春君，你高兴吗？”

毋望突然有股哭的冲动，略平了平心绪，缓缓道，“我自然是高兴的，郡王大恩，春君感激不尽。”

“感激？”他喃喃，跨过高高的门槛，走到轿前，送出手臂将她托进围子里，并没有立刻就走，稍一顿道，“切莫谢得太早，不过是开头，往后还有几十年呢。”说完利落转身，扬长而去。

毋望被他那话吓得心里七上八下，一片昏沉沉里，大轿和仪仗开拔，甬长的迎亲队伍浩浩荡荡，沿大道往裴府逶迤而行。

约行两炷香已到了裴府正门，门外宾客早就候着了，远远见裴臻披红挂绿骑着高头大马来了，便叫人取了金弓银箭在廊下静待，新郎官一下马众人便涌上去，张玉招来小厮，指着那副贴了喜字的弓箭笑道，“先生虽伉俪情深，今儿这下马威却万万少不得，不需你六箭齐发，只要在轿门上射上三箭便是了。”

众人一听皆叫好起哄。

慎行和路知遥对看，德沛在一旁愤愤道，“这粗野的武夫真是可恶，什么下马威，不是踢轿门就成了吗，大喜的日子为什么要动刀剑？”

那些军营里的人哪里管这些，一味的只是闹，新郎官没法，又不好拂众人的意思，下马威便下马威吧，回头进了洞房再好生赔罪，左不过打了水给娇妻洗脚，补贴她的体面罢了。

于是搭了三支箭在弓上，舒臂正待要拉弦，朱能又蹿出来叫嚣，“明月先生箭术了得，离得这样近便出手岂不忒简单了些？退后二十步再射方好。”

慎行听了大皱其眉，对路知遥道，“这是什么道理？打趣也不是这么个打趣法，轿上是软帘，万一有个偏差，岂是闹着玩的？”

路知遥也觉不妥，忙解围道，“意思意思就完了，何必难为新人呢？”

那群将领闹得正起劲，断然不肯善罢甘休，裴臻对慎行笑道，“不碍的，我心里有数。”遂依言退到二十步开外，舒腰挽弓如满月，众人只叹那身形姿态如何的俊逸美好，尚未见他寻辩准头，只一眨眼，那三支箭矢穿云破雾直往花轿而去，只听铮的一声，齐齐落在轿檐上，箭羽兀自嗡然作颤，射中三朵鎏金团花，真真分毫不差。

众人折服，噼啪的拍起手来，裴臻将弓箭扔给一旁小厮，快步至轿前打起门帘，接过红绸一头递到她手上，喜娘上前搀扶，缓缓引她出来，他看着那曼妙身姿款曲摇摆地跨过马鞍，又跨过火盆，心里的欢喜已是无法用言语形容的了，凭他怎么冷静精明，此时早已化作一汪春水，暗中直念神天菩萨，可算叫他娶到了她，这下是功德圆满了，而后只需替她创下一片基业，还她个一品诰命的衔儿，这一生余下的时候就和她厮守在一处，这辈子便圆满了。

行至大厅正中，因无高堂可拜，司仪只让新人对天叩拜，裴臻是个谨慎的人，行大礼前与她并肩而立，私下唤她名字，唯恐新娘子被人调包似的，听她糯软的嗯了一声，这才把心放到了肚子里，喜滋滋拜了堂，司仪高唱“礼成”，两人被傧相喜娘簇拥着往蓬壶阆苑的洞房里去，那群不识相的大老粗又挡住路，嚷道，“新郎官可要快些回来，咱们等着敬酒的，好歹不能把我们撂着先洞房了。”

裴臻玉面微红，忙不迭地作揖告饶，应道，“一定一定。”众人这才让了路放他们离去。

待将她安置在喜床上坐定，看不到脸，又不好揭盖头，碍于屋里有外人在，只得低声道，“还要叫你受累，再等我会子，那席散了我才好回来。”

盖头下的人道，“少喝些吧，仔细身子。”

裴臻闻言，心头那叫一个受用，虽明知今日逃不过一大醉，还是道好，悄悄在她肩头捏了捏，便返回园子里招呼客人去了。

一〇四　佳期良辰时

德沛看着洋洋洒洒六十桌的流水席兴叹，“我师兄可是将北平城里的驻军都请来了？凭他是酒瓮还是酒缸，这一轮酒敬下来了不得，洞房怕是不成了。”

慎行和路知遥相视涩涩一笑，路知遥道，“你没见有四十桌的宾客悄无声息吗，那些是明月先生的暗卫和影卫，就是敬酒也不会难为他的。”转而对慎行道，“你还回布政使司吗？回去怕不好，还是留下吧，燕王跟前我替你引荐。”

慎行看着那穿梭席间却游刃有余的男子微摇头，端酒抿了口，道，“还不是时候，齐泰作势安抚燕王，我若一走，必定知道大战在即，引朝廷防备就不好了。”

路知遥叹了口气，不无哀伤道，“行哥儿，春君就这么出嫁了。”

慎行转脸看他，目光灼灼，“你将她带出谢府时就该料想到有今日，我原当你心里有她，谁知你是个做大事的人，儿女私情全然不在话下，早知如此……”

“早知如此又当何如？”路知遥苦笑，“你打量我不懊恼吗？可他两个早就情根深种，春君那性子你又不是不知道，岂是个愿意退而求其次的？你我都没有胜算，何必怨来怨去？”

德沛侧目，很不屑地嗤了声，“你俩不缺胳膊不缺腿，眼睁睁看着她被人骗去，在这儿一面喝着喜酒，一面喋喋哀悼，真是好笑得紧。”

两个男人被个小子点到痛处，面上一时五光十色，低头不说话，只顾饮起酒来。

德沛咂了咂嘴，摇头道，“没想到啊，我姐姐最后还是落到了他手里，我还以为她会嫁给章家哥哥，过上平凡的小日子，谁知兜了一个大圈子，仍旧嫁了他。”

三人各自感慨，隔了几桌一个大汉站起来招呼道，“德小子，过来。”

德沛一看笑道，“是我的师傅，当初把我从馒头村带出来的纪纲大人。”说着端起酒杯欢快地往那桌跑去。

新郎官的活并不轻松，燕军里的统领们八百年没喝过酒的架势，一个个如狼似虎，抓着他一杯接一杯地猛灌，他喝也不是，不喝也不是，暗道好在入席前吃了解酒的药，否则这会子该趴下了。环顾一圈未见高阳郡王，心里稍放了放，这当口他若借着酒劲儿存心找茬还真不好对付，不来的好，也省得自己忍着不痛快和他虚与委蛇，才认的亲，不说真情有几分，闹起来总不好看。

那厢的虞子期和铁英等皆离席替主子挡酒，慎行和路知遥见那芝兰玉树般的人摇晃而来，便起身相迎，新郎官腮晕酡红，脚步也微微蹒跚，两个眸子却熠熠生辉，瞳仁漆黑如曜石，带着股子说不出的深邃和妖娆，抬眼看他们时，两人俱一怔，随后只能悻悻然叹他果然好相貌，输在他手里仿佛也是情理之中的了。

那裴臻举杯道，“多谢二位赏脸参加裴某的婚宴，今儿人多恐招呼不周，改日另设家宴邀二位来聚，春君定是极欢喜的。”

慎行道，“我那妹妹就托付先生了，既是她自己选的人，想来也不会错，我祝你们白头偕老，永结同心。”说着先干为尽。

路知遥勉强笑了笑，顺着话头道，“琴瑟和鸣，早生贵子。”

裴臻笑得愈发灿烂，拱手道，“多谢多谢。”言毕举樽一饮而尽，又说了几句客套话，便施施然朝另一桌去了。

雅阁里的夫人们也酒劲正酣，边喝边说，大抵是些婆媳姑嫂间的段子，渐渐又发展到夫妻翁媳，几人说到动情处便声情并茂，引出哄堂大笑，见新郎官来了纷纷起身，笑道，“和咱们每人喝两杯才算完呢。”

裴臻作揖告饶，“好嫂子们，且饶了我吧，才刚喝了几大海，这会子真不成了。”

朱能夫人道，“和爷们儿喝就成，喝咱们喝就不成了？偏不饶你，也莫说多，叫丫头拿个海子来，你喝了一海才放你出门去。”

裴臻一听连连摆手，“嫂子们是要瞧我笑话呢，我便是大肚弥勒佛也喝不了这许多去，嫂子们菩萨心肠，”又腼腆一笑，“春君还在等我呢。”

席面上嘘声大作，张玉夫人道，“可不，闹得人家洞不成房就是罪过了，换个大盅来，喝上一盅便罢了。不过听闻明月先生通晓音律，当年一曲名动天下，今儿也让咱们一饱耳福吧。”

裴臻面上笑意渐深，回头让助儿取琴来，自己接了盅仰头喝尽，道，“多谢诸位嫂子了，兰杜许久未弹琴了，恐手生，要是弹得不好，请嫂子们多担待。”

说话间丫头搬了琴案来，又取金炉燃一支檀香，小厮抱了琴放在案上，但见那琴黑漆面，具细密流水断，玉徽、玉轸、玉足，琴底颈部刻行草书填绿，竟是唐朝的名琴“春雷”。

他撩袍席地而坐，如玉的手指覆上琴弦，轻拨慢捻，铮淙有声，那春雷音色极佳，加之抚琴之人琴技高超，琴声忽而激昂，四弦一声如裂帛，忽而低迷悠扬，辗转缥缈，众人听得入神尚尤不足，便吵着要他高歌一曲，裴臻浅笑着曲风一转，启唇唱道，“有美人兮，见之不忘。一日不见兮，思之如狂。凤飞翱翔兮，四海求凰，无奈佳人兮，不在东墙……”

琴声缠绵，歌声悠扬，隐隐飘进蓬壶阆苑，陪房的丫头喜娘笑道，“又在折腾姑爷了。”

淡月微推了窗，回身道，“是什么曲子，真好听？”

毋望已由十全妇人揭了障面，凤冠也暂时卸了摆在一边，倚榻细听了，手指打着拍节道，“是凤求凰。”

婆子恭维道，“新姑爷色艺双馨，明月君果然名不虚传，和我们姑娘真是天造地设的。”

毋望只淡然一笑，问微云道，“大爷喝得可多吗？”

微云道，“才刚助儿打发人来回，说喝得还不少呢，到廊坊下吐过一回，重吃了解酒药，这会子还好，琴照弹，歌照唱，想是没什么。”

毋望听说吐了，心里不由揪了揪，眉头也皱了起来，淡月忙道，“奶奶快别心疼，哪个新郎官不是这样过来的？新娘子乐呵呵的，可不敢蹙眉。”

微云也宽慰道，“奶奶只管放宽心，咱们大爷什么样的人物，岂会吃亏。”

毋望暗想也是，他滑得都快成精了，天底下哪里有人难为得了他？于是安心在软垫上歪着，看见一个喜娘拿描金漆盘托了一方雪缎来，到床前掀了被角塞进被窝里，她不解，问淡月道，“这是做什么？”

淡月是大姑娘，也没见过这阵仗，便茫然摇头，旁边的婆子道，“这是落红布，是爷和奶奶圆房时用的，一是怕脏了褥子，二来，第二日要给婆婆瞧的。”

毋望大窘，淡月道，“咱们太太没在，明儿给谁瞧？”

那婆子暧昧地笑，“那就留着吧，好歹是女孩儿的第一次，过了今晚再不是姑娘了。”

洞房花烛就是那件事，先头燕王妃拿画册来教她，如今又有这落红布，她隐约有些害怕起来，渐渐白了脸，众人见她惶恐，喜娘俯身在她耳边道，“别怕，只要姑爷不急，小心些就没事儿，世人都打这儿过的。”

另两个婆子点头道，“忍一忍，明儿就好了。”

毋望低着头不说话，那人是裴臻，似乎也不是那么难以接受，毕竟自己并不排斥和他有亲密的举动，咬牙挺过去就好了。

脑子里正混乱着，喜娘看了时辰道，“快四更了，外头宴席该散了，快扮上吧，姑爷该进洞房揭盖头了。”

丫头们七手八脚重给她戴上凤冠，盖了锦袱，刚扶到喜床上坐定，园子里传来鼎沸的人声，毋望咯噔一下，暗道闹洞房的来了，岂不是又要折腾吗？

新郎官被那些武官推进新房，众人大喊着要看新娘子，让新郎官挑盖头，裴臻哭笑不得地接过称杆，拱手道，“夫人胆子小，诸位瞧过就请回吧，裴某款待不周，下回定当赔罪，这洞房便别闹了成吗？”

丘福和顾成嘿嘿地笑，“看来明月先生英雄一世，却是个怕老婆的！别啰唆，揭了盖头要紧。”

裴臻无奈拿称杆子挑了锦袱下来，众人借着烛光一看，新娘子华服宝冠，素肤如凝脂，绰约多逸态，唇上一簇艳红，端的是雍容不可方物，垂眼起身，朝众宾客盈盈一福，弄得原本还想大闹取乐的武将们讪讪的，人家新娘子都行了礼，再不依不饶便是不识趣儿，只好说了些祝贺的话，意犹未尽地退出新房，各回各家去了。

喜娘伺候新人喝了合卺酒，又在两人头上各剪了一缕头发，拿红绳编了打成结放到锦盒里，婆子端了一盘饺子来，拨了两个到碗里，示意两人一同吃，毋望正觉饿，便一口咬了下去——

婆子笑吟吟问道，“生吗？”

两人苦着脸点头，“生。”忙转头吐在痰盒里。

“生就好。”众人大乐，复齐齐福身道，“祝大爷大奶奶百年好合，早生贵子。”

婆子扫了床上干果，退到门口道，“春宵一刻值千金，主子们早些安置吧，奴才们告退了。”

助儿招呼道，“妈妈们辛苦，咱们大爷备了喜钱犒劳各位，请随我来吧。”

众人道是，躬身放下纻红洒金帷幔，阖门纷纷退出了蓬壶阆苑。

一〇五　红烛玉堂春

红烛高燃，两人抵膝而坐，相视莞尔。

裴臻探身将她头上凤冠摘下放到一边，绕到她身后替她捏起了肩颈，低声道，“累吗？”

毋望应了声，他从那巨大的穿衣镜里看过去，新娘子闭着眼，神情餍足如只优雅的猫，脖颈纤细修长，白嫩的皮肤比最精致的瓷器还要金贵。

他恍惚想起初见她时的情景，她坐在梧桐树下，在绣绷上描花样子，低着头，浅绿色的短衫衬得眉目如画，听见他舅母的介绍，一时眼中神采千变万化，似乎不满，脸上却带着疏离而矜持的笑。他的心怦怦跳得山响，觉得都快喘不上气儿来了似的，她缓缓转身，连看都不曾仔细看他一眼，那时他甚至怀疑自己的容貌是否褪色了，回去还照了好半天的镜子，后来才知道她是个那样淡漠的人，心无杂念，平静得像一口枯井，任他手段用尽她自岿然不动，就算被逼无奈来求他，面上还是淡淡的，不卑不亢。他那沉沉心机瞬间就化作了绕指柔，第一次竟为个女孩夜不能寐，只为等不到她来找他，便在家里坐卧不宁，对虞子期的办事效率横挑鼻子竖挑眼，现在想想真是一物降一物，凭你恁的能耐，左不过难逃情关，他的劫原来是应在她身上的，这个差点就成了他小妾的女人身上。

他不禁勾起了唇角，指腹在她耳垂上摩挲，今后她就是他的了，谁敢多瞧一眼，他都有充分的理由干涉，多么的好。

毋望扬起脸看他，面上笑靥如花，“你在想什么？”

他回了回神，有些不好意思，负手踱了几步，慢吞吞道，“我在算今儿收了多少礼金。”

她坐到梳妆台前拿篦子篦头，只道，“嗯，可算清了？”

他看见她脸上的促狭，知道她在取笑他，便抚额退坐到床沿上，呻吟道，“了不得才刚喝多了，这会子上头。”

她心里一紧，忙扔了篦子来看他，却见他摘了翼善冠，斜倚在绣枕上，长发披散如墨，红唇微张，媚眼如丝，秋波涤荡间春色泛滥，已然风流入骨的模样。

她面上一红，嗫嚅道，“我倒水给你喝吧。”

他的手指勾上了她喜服上的霞帔，将她勾了回来，笑得颠倒众生，“早灌了一肚子的水，你还叫我喝，莫非要撑死为夫吗？”说着栖身靠上来，头枕着她单薄的肩，一手攀上她领上的盘扣，边解边道，“睡一觉就好了……你穿这么多做什么？脱了干净……为夫帮你脱，还是早些就寝吧，今晚可是咱们的洞房花烛夜。”

毋望心头狂跳，捂住脖子结结巴巴道，“我……我自己来。”

裴臻也不勉强，直起身子自顾自解起了常服上的绑带，又躬身摘了脚上皂靴，三两下脱得只剩雪白的中衣，闲适靠在床头托腮看她。

毋望本就局促，磨磨蹭蹭才卸了翟文背子，正要解腰带，却见他眯眼看着她，霎时觉得自己像砧板上的肉，僵僵立在那里，手足无措地憋红了脸。

裴臻叹道，“我说给你脱，你还臊，如今怎么样呢？”一面说，一面踩着波斯毯下地，烟视媚行款款而来。

那双弹琴的手十指灵动，她稍愣了愣神便被他一层层剥掉，等皮肤接触到冰冷的空气时，赫然发现中衣上的带子也被他解开了，衣襟大敞着，露出里面朱红色的抹胸来，她慌乱去拢，却让他捉住了手，炽热的吻印上她的锁骨，脚下虚晃两步，双双倒在了鸳鸯被中。

毋望心跳如鼓，他的唇在她颈间流连，一点点往下，她完全不能自主，只能由得他肆意妄为。

他带着微喘抬头看她，她蹙着眉，脸侧向一边，他轻轻笑起来，“怎么上刑似的？这是人间至乐，为夫教会你……”

说着除去她薄薄的中衣，只剩抹胸和亵裤，她抬手护着，羞愧得无以复加，想哀求，却又想起了燕王妃的话，终究还是忍住了。

他推开她的手，轻而易举就脱去了她最后的遮蔽，稍一打量她，眼里生出华彩来，复又俯身吻她，将她的喘息吞没。

毋望耳中嗡嗡作响，他灵巧的舌头在她小巧的耳垂上舔含，濡湿一片，冰凉凉的，室内的温度似乎越来越高，她呼出的气也越来越燥热。

他撩起她微颤的手臂，拇指划过她颈间的轮廓，一路往下，落在那饱满美好的弧度上，嘴唇膜拜似的擦过一寸寸肌肤，最后贴上嫣红的峰尖，一圈一圈，流连忘返……

她就像他手里的琴，铮然嗡鸣，发出破碎的低吟，胸膛剧烈起伏着，整个身子酥软下来，神思昏瞶，就似泡在了温泉里，随着他的一举一动载浮载沉，不能自已。

修长如玉的手指往下挪移，停留在她的腰臀之间，他的呼吸愈发粗重，模糊嘟囔道，“……丰乳，肥臀，小蛮腰……”

侧身脱去自己的衣服，再无阻隔地覆在她身上，引她的手环上他的腰。月光透过窗纸打在鎏金帷幔上，俩人淹没在他们的世界里。

红烛“啪”地爆出一个大大的灯花，映照着雕花门上的红帷，满室旖旎。

夜沉如水。他平了平呼吸侧头看她，她的眉微皱着，身上还带着方才情事留下的粉红，伸了手指去触她卷翘的睫毛，她动了动眼皮，背过身继续装睡，他笑着把她扳过来，在她耳根处轻轻呵气，她的脸渐渐红起来，扯过被子蒙头盖住，又发现那只手滑进被褥里，缓缓游弋到了她胸前，她骤然一惊，微嗔着掀了被角作势瞪他，一双眼却盈盈含春，竟是毫无半点怒色。

他心驰神荡，将她的长发拢到脑后，探过臂膀搂她在怀里，低声调笑到，“不睡了？”

她在他肩窝处找了个位置枕好，想起两人皆裸着，便有些羞赧，下意识地把身子往后挪了挪，他发现了，不依不饶的黏上来，肌肉紧致结实，她大窘，推了推他，他不管，只顾和她纠缠，一面凑近她耳边柔声问道，“还痛吗？”

她面红耳赤，闭眼点了点头。

“下回就好了！”裴臻喃喃，躬身端详她的脸，“春君，你欢不欢喜？咱们是夫妻了，这辈子都分不开了，你欢喜吗？”

他笑吟吟的，眼神温暖而满含爱慕，她只觉甜蜜，心里起了阵阵涟漪，点头道，“自然欢喜。”

如今方尘埃落定，日后他便是最亲的人，可以相信，可以依靠，没有人再会背地里叫她孤女了。毋望微哽着想，如果高阳郡王就此消失，靖难之役裴臻可以凯旋，那她的人生就更圆满了。犹豫着伸手去圈他颈项，手指不经意间触到了他胸口的疤，圆圆的不甚大，心道那定是害他常发作的那个箭伤吧，于是愈发仔细地去摸。

裴臻呼吸不稳，闷哼道，“仔细摸出火来，届时可要你负责的。”

毋望吓了一跳，忙讪讪地缩回手，复想起燕王府置办的嫁妆来，“那六十八抬东西怎么处置才好？”

裴臻略思忖了道，“横竖是送来了，总不好退回去。大战在即，军中总需饷银粮草，我另拿十万两贴补燕军，一来还了燕王的人情，二来也算军功一件，他日大业得成少不得分派好处。”说着收紧手臂把她揽紧了些，“我想同你说说孩子的事。”

毋望失笑，才成亲便想孩子，也忒猴急了些，不好意思地扭了扭道，“你说吧。”

裴臻挑了她的一缕发丝绕在手上，沉吟道，“我是巴不得快些得个小子的，可我算了时候，大军开拔也就这几个月，万一你有了身子，临盆我又不在跟前，那可怎么好，索性等攻进了应天再说，到时候有我守着你，家里人也都在，这才放心。”

毋望早就羞不可抑，这便是未雨绸缪吗？才圆房就说什么临盆？她转过身背对着他，把脸埋进枕头里，自己没有主张，凡事都听他安排罢了，旋即又觉不妥，她知道夫妻做了那种事就会怀孩子，他现在才说岂不是晚了吗?

朱红的褥子衬着雪白的肩背尤其迷人，他恶意地轻挑起锦被，借着烛光看见那曲线细柔得不可思议，心头的火早已烧得嘭嘭作响，倾前了身将她紧贴在胸前，嘴里暧昧地呢喃道，“夫人别忘了我祖上世代行医，这点小事难不住为夫，再说这大好光景，岂能因噎废食？”

又托了那曼妙腰肢向后移，就着先前的湿润尝试着挤入，她支吾低唤着，回过头来看他，满眼的困惑羞涩，亦嗔亦怒，他邪肆地勾着唇角，长臂一挥，床檐的软烟罗摇摇晃晃地放了下来，缠缠绵绵，无休无止。

一〇六 永乐裴太傅

建文元年七月初四，北平布政使张昺，都指挥使谢贵带兵包围燕王府，燕王假意将官属捆缚，请二人进府查验，后摔瓜为号，着帐后埋伏刀斧手一举将二人诛杀。当日夜里攻北平九门，七月初六，通州归附，七月初八攻破蓟州，遵化，密云归附，七月十一攻破居庸关，七月十六攻破怀来，擒杀宋忠等。其后击败耿炳文，大胜李景隆，又经郑村坝之战，白河沟之战，济南之战，灵璧之战，渡江直取京师。建文四年六月十三攻占应天，燕王登基称帝，改年号“永乐”。

太子东宫中，一男子着忠静冠服，两手相负，在偌大的广亭中央踱步，昂首高吟，“道，人法地，地法天，天法道，道法自然。为国为民，道之大者，术为道生，方为大术，大术之首，韬光养晦，十年砺剑，出剑，一剑封喉……”

对面御桌旁的几个孩子昏昏欲睡，他看了大摇其头，无奈地叹口气，伸脚在桌腿上重重一踢，那御桌轰然作响，穿袍束冠的小爷们吓得直蹿起来，慌忙敛神坐正了，眼睛不住地往那男子精致的脸上瞄。

“皇太孙，我才刚说的什么，重给我复述一遍。”他踱回案前坐下，一手托腮，一手提笔蘸饱了浓墨，在石狮镇纸压着的宣纸上画起美人图来。

皇太孙朱瞻基磕磕巴巴地重背了一通，唯恐他一时兴起，叫他把志、谋、术、决、学通通背来，自吓得大气不敢出。偷眼看座上的人，嘴角微扬，心情很不错的样子，才要松口气，那人悠然道，“志立而后谋，何为谋者？”

朱瞻基绞着手指，哼哼似的应道，“谋之一，术也；谋之二，忍也；谋之三……”

旁边的书翻得沙沙有声，他嗤之以鼻，从小就懂得暗度陈仓了？头也未抬，温吞道，“长安候，临江王，你两个有这闲情，不如将前头落下的课业补齐吧，孔孟之道，八股文章，可都参详透了？”

那两个吓得魂飞魄散，低头再不敢多语，他冲朱瞻基扬了扬下巴，“臣下请问皇太孙，何为为君之道？”

朱瞻基吞了吞口水，词不达意道，“回太傅，为君之道，始于立志，志不立，人不成，所谓志也……上及天，下通地……”

太傅大人抡起了诫尺，在桌沿上敲得噼啪乱响，不悦斥道，“错了为君之道，必须先存百姓，若损百姓以奉其身，犹割股以啖腹，腹饱而身毙。若安天下，必须先正其身，未有身正而影曲，上理而下乱者。臣同你说过很多遍了，百姓疾苦放在心上才能做个好皇帝，你竟未能悟，今日骑射不去也罢，把《十诫》抄上二十遍，明日巳时拿来我瞧，若好便好，若不好……”他阴恻恻地磨牙，“可仔细你的皮，臣不管你是不是皇太孙，一时犯在我手里，照打不误。”

朱瞻基白着脸诺诺道是，想了想，尤不死心，谨慎道，“太傅大人，昨儿我二叔说，小时了了，大未必佳……”

太傅挑起一眉，嗯了一声，那上扬的音调吓得几个小爷哆嗦了两下，努力挺了腰板想坐正些，小腿肚上的肉却呼呼直抖起来。

“汉王是这么说的？小时昏眊，大了能成栋梁吗？”太傅咬牙切齿地冷笑，“我只听说过三天不打，上房揭瓦。”

几个孩子面面相觑，细咂滋味后大惊，那太傅活阎王似的，虽不至于真的开打，却总有法子整得你死去活来，最小的越靖郡王朱瞻墉两眼噙泪，几乎要哭出来。这时恰见湖畔堤柳下，一位淡妆美人以手托腰缓缓而来，众孩子如蒙大赦，叫道，“太傅大人，皇姑来了。”

太傅的脸色瞬间变得色彩斑斓，分明欢喜得发出光来，还装作漫不经心的样子，一边斜眼看，一边继续边踱边吟，“大象无形，大奸似忠。物极必反，黑厚，清白，缺一不可……”

那美人越走越近，明眸皓齿，妩媚多姿，因身子渐沉，近来走路愈发的摇曳生彩，太傅大人神魂俱被吸引，晕陶陶颂道，“独旷世之秀群，表倾城之艳色，佩鸣玉以比洁，齐幽兰以争芬。”

这是服软来了，太傅得意地想道，自己三日没回家，她果然沉不住气了，这回该重振夫纲扬眉吐气了吧。好好的太傅府不住，偏吵着要搬到太仆府去，虽说体谅她追思父母的心，可日日睹物伤怀总不好，伤身不说，如今她还怀着孩子，到时候孩子落地长成了个倭瓜，那怎么了得还有，他堂堂当朝一品，住丈人家府第，那不是倒插门了吗？可丢不起那个人，万万不成。

美人提裙上台阶，左右内侍躬身而扶，太傅忍住凑上前的冲动，颇豪迈地昂首而立。

小爷们纷纷作揖，“给皇姑请安。”

美人巧笑嫣然，“我同太傅有话要说，你们且歇会子吧。”

皇太孙和一干郡王侯爷们作鸟兽散，美人拣了张圈椅坐下，气定神闲地看着装腔作势的太傅大人，淡淡道，“你住在户部衙门诸事都不便，吃不好睡不好，何苦难为自己？我看你低个气儿，跟我回府吧。”

太傅想起这几日的痛苦和满身被蚊子咬的包，有种深深的无力感，很想点头，突然大男人的气节又冒了出来，心道劝降来了？战场上生死一线都未叫他动容，这次岂能轻易归顺，遂不以为然道，“行军时条件艰苦得多，眼下算不得什么。这阵子公务繁忙，住在衙门里方便。”

美人低头略一沉吟，道，“后儿是老太爷的七十大寿，大舅舅操办的，咱们也随份礼，礼单都备妥了，你可要瞧瞧？”

太傅大人摆了摆手，“家里的事你拿主意就是了，我哪里有空管这些个，这满朝文武谁像我似的一人兼三职？这会子喘气儿的空都腾不出来。”

美人侧头想，官衔是多了些，太子太傅、户部尚书、驸马都尉，当年参加靖难的功臣，不论活下来的还是阵亡的，大抵都封公封侯，挂个虚职吃俸禄，谁像他，一连封了三个官，还都是实打实的辛苦活，看来报应到了，皇帝陛下的千两黄金岂是好坑的？不榨干你才怪。

太傅大人讪讪地笑，其实说忙，还真不是那么忙，下头当差的一大堆，他只需大事拿主意罢了，在她面前喊忙，她心一软，这事就过去了，夫妻俩，何必为这些小事闹别扭呢？太傅大人痛快地臆想起美人捧心的娇态来，谁知等来的不是她的嘘寒问暖，只听她笃悠悠道，“既然你不回家，我给你备了换洗衣裳，回头打发人送到户部去。”

太傅大人语诘，心头涌起从未有过的失落，都怪那该死的李景隆，本来他的小娇妻娇俏可人，那厮却趁他们往大宁借兵时，五十万大军兵临北平城下，逼得她同武将的家眷们入军督战。当他回城时看见她着海水江牙紫蟒袍，身披山纹铠甲，威风凛凛站在城头时，惊得差点没背过去，这下好，她练就了水火不侵的功夫，如今他想使点伎俩占点便宜也不能够了。

美人拿水眸瞥他，哀戚道，“你以国事为重，我一人在家也无趣，孩子一日大似一日，身边没人也不成，我还是回谢府去待些时日吧，那里舅母嫂子都有，万一有什么事也好照应。”

这下太傅如临大敌，暗忖这是要回娘家啊，走了容易，要请回来可不好办啊！他开始无比纠结，不做倒插门，媳妇就要跑了，选哪头都很难。

美人估摸火候差不多了，看似松动了，再加把劲下帖猛药，不愁他不肯回家。过了会子秀眉一蹙，捂着肚子“哎哟”了一声。

太傅慌了神，手里的书一扔就扑过来，扒了手来号脉，边号边咕哝，“还未足月，要生了吗？”

美人眼中华光大盛，面上却堪忧，小声道，“近来胎动得厉害，你倒好，躲在衙门里，也不管我们娘俩的死活。”

太傅霎时羞愧难当，对上娇妻韵味十足的脸，心跳还是一如既往的加快。罢了罢了，孩子都快生了，还计较那些脸面问题做什么？他很快给自己找了个冠冕堂皇的理由让自己下台阶，“夫人说得是，那些御医再仔细，总不如自己方便，何必麻烦别人呢？”

美人笑得如梦似幻，太傅的心就像和风细雨里的柳条，柔情万千地打着拍子。伸过手去摸摸粉嫩的脸颊，捋捋乌黑客油亮的秀发，偷偷叹了叹，三天没见，真是想得很呐！看左右无人便搂她入怀里，一手抚上那圆鼓鼓的肚皮，隔着薄薄的锦缎，感觉他的掌下鼓起了一个包，小小的，半天下不去，他惊喜得直抽气儿，笑道，“好小子，和他爹作揖呢。”

美人嗔道，“又混说，这是踹你呢。”

太傅大乐，“这才是做爷的料。”顿了顿又道，“今儿殿试，我那小舅子状元及第，派了官，到吏部任侍郎去了。”

“那敢情好。”美人点了点头，“我叔叔婶子已经从北地回来了，如今在太仆府，回头公公婆婆和小叔一家子也要到应天来，我细琢磨了，还是不搬了，没得给婆婆说嘴。”

婆媳关系，真是永恒的难题，美人娇娇怯怯，断不是婆婆的对手。

太傅笑得花枝乱颤，“我母亲对你何等的中意，我病着的那会子还亲自同你求亲来着，你怕什么？再说你是皇上亲封的汝南公主，无人敢动半分，且把心放在肚子里吧。”

美人抿嘴而笑，携了他的手道，“今儿的课业也授完了，陪我到谢府瞧太爷和老太太去吧。”

太傅颔首，欣然前往。

一〇七　谁更事王侯

夫妇二人出东宫，绕过莫愁湖往太华门去，裴太傅一手圈一手扶，将娇妻仔细护住，因早上下过一场雨，路面湿滑，因此更是关爱备至，唯恐摔着了有个闪失。

迎面走来两个穿飞鱼服佩绣春刀的锦衣卫，一看之下是指挥使纪纲，和被收编了的明月影卫统领虞子期。那两个人对汝南公主正冠行礼，复与太傅大人抱拳攀谈起来，话题大抵是朝上的风云局势，公主殿下不感兴趣，转到广场上的日晷下靠着。

他们稍聊了几句，纪纲看看晷面上的时辰，对虞子期道，“时候不早了，你往金吉大人那里去吧，我进宫面圣去。”

虞子期道是，待纪纲走远了方拉了裴太傅袖口道，“主上，你可听说汉王拒往云南封地？这小子倒硬气，他老子让他出京师，他嫌云南荒凉，说往那里形同流放，圣驾前高呼‘我何罪，斥千里’，看这架势陛下也拿他没法，云南是去不成了。”

裴太傅笑吟吟，“虞大人，如今你是锦衣卫同知，是朝廷命官了，和在下的影卫毫无瓜葛，这‘主上’的称呼再不能叫了，免得让人听见了生事端。”他负手又踱两步，半抬了头看天，慢吞吞呓道，“不去？不去便不去吧，留在京师好对付。”

裴太傅抚着下巴想，不是他记仇啊，是那朱高煦不依不饶，灵璧之战中几次三番欲夺他性命，若不将他打发了必留后患。不过那厮作战当真勇猛，全军皆敬他战功彪炳，肖似乃父，因此当时的燕王殿下一时脑子发热，许诺将来要将皇位传予他，可真到了眼巴前，这事又黄了，毕竟世子朱高炽以一万兵卒抗李景隆五十万大军，守住北平城建奇功，又寻不到错处好废黜，天下大定则需仁君当政，文臣们一致拥戴世子，弄得当今圣上在立太子一事上大为头疼，裴太傅看永乐帝极爱长孙朱瞻基，便授意解缙以“好圣孙”来说服圣上，结果导致给高阳郡王的承诺打了水漂，只马马虎虎封了个汉王，现在又要让他到云南就藩，想来他也是不答应的。

本来他要是肯走，那这段恩怨就算完了，可照眼下的形势看，这斗争还要继续下去，储君之位断不能落在他手里，否则一旦让他坐拥了江山，那自己的下场绝对好不了，还有他那如花似玉的小娇妻，怕是要充掖庭去了。

虞子期看他半晌不说话，便探道，“依着主上的意思呢？”

裴太傅一哂，“他迟迟不愿就藩，留在京城必有所动，风闻他私养了很多武士，莫非是要图谋不轨吗？你使了人，把话传到杨士奇耳朵里去，我和他不对付，由他出面和皇上禀告，我乐得坐享其成。”

虞子期拱手道是，偷眼看汝南公主，低声道，“你两个和好了？今儿晚上不住户部了吧？”

裴太傅干笑两声，指鹿为马道，“夫妻哪有隔夜仇啊，凭她多厉害，到底是女人，还能反了天不成？瞧见没有，今儿赔罪请我回家来了。”

虞同知看了看那位宫装佳人，戴着金丝髻，穿着柳绿花缎短衫，杏黄绸缎马面襕裙，这四五年下来出落得愈发标致，不过自打怀了孩子，据说脾气比以前更倔强了三分，要她来赔不是，只怕难，再斜眼看他家旧主，洋洋自得，明显沉浸在自己编织的美梦里。虞同知难掩感慨地长叹一声，想那明月君当年何等的英雄气概，如今被个妇人捆住了手脚，除了攸关生死的大事还上些心，旁的东西于他都是浮云，满脑子只剩老婆孩子了，也许不久的将来还塞满了尿布和屁帘。

汝南公主招呼开了，“兰杜，我的鞋里进沙子了。”

裴太傅应了声，乐颠颠地跑过去，虞子期吓出一头冷汗来，忙作揖道，“卑职尚有公务在身，就此别过。”

汝南公主和煦道，“虞大人得闲和夫人来府里坐，皇后前日赏了几个小戏儿，会唱河南梆子戏，夫人一定爱听的。”

虞子期看见裴太傅撩起忠静服的广袖，提了拧丝纱罗的衣摆单膝跪下，一阵天旋地转险些栽倒，这是要给女人脱鞋吗？忙不迭拱手道谢，一手按住绣春刀急急而去，走了二十来步忍不住回头，那英明神武的裴太傅正倒提着鞋口抖沙子，丝毫不介意太华门前的侍卫侧目，虞子期只觉气血突突的上涌，他和糟糠结发六七载，连眉都没替她画过，他两个恩爱至此，真真叫人汗颜啊！

太华门外停着辆雕花围子的马车，助儿已在车旁等了许久，看见两人相携出来，一时愣了愣神，迎上来道，“奶奶多早晚来的？大爷这会子是往衙门里还是回府？”

裴臻在他头上打了一记，“不开眼的，你道我去哪里？”

毋望道，“先回去把官服换了再说。”

助儿嗳了声，到马车后搬了红漆矮凳来，放在车下供他家奶奶踩踏上车，裴臻小心相扶，待两人上车坐定了，方策马前行。

到家已近午时，毋望让人备了水伺候他沐浴，又叫丹霞到厨房传饭，自己卸了髻到窗前卷起了窗纱，这时六儿和翠屏抱了两堆小衣裳进来，一面嬉笑道，“奶奶可把姑爷请回来了？”

毋望点点头，朝后园子里指了指，又凑过来看，这些东西都是半旧不新的，有襦衣，有裤子，还有围脖肚兜什么的，便问道，“这是哪里来的？”

翠屏道，“是老太太打发人送来的，都是舅老爷家里的哥儿穿剩下的，老太太说了，孩子穿百家衣好养活，另置了金锁子和细纱褥子给咱们小主子的，收在大柜里了。”

六儿绞了帕子给她擦脸，扶她在榻上歪着，脱了她的鞋袜看，拿手一捏就凹下去一片，叹道，“这会子发作的越发厉害了，竟肿得这样，头里的鞋都穿不了了，回头叫夏儿加紧着再做两双。”

毋望并不在意，只道，“没什么，只有些胀，又不疼，歇会儿就好了。”

六儿往门外瞥了眼，小声道，“这姑爷也是，好好的闹什么别扭，还叫奶奶进宫去请，不知道奶奶眼下身子沉吗？”

翠屏敲了她道，“别混说，仔细叫姑爷听见揭了你的皮。”

毋望知道她心疼自己，也不说她，单侧倚着软垫笑，又想起微云来，遂道，“咱们胡大奶奶可来过？”

原来那微云上年由裴臻做主嫁了詹事府右春坊从八品的右清纪郎胡子昭，她家里婆婆小姑甚厉害，姑爷是个银样镴枪头，虽心疼媳妇，又惧怕母亲，才成亲时还知道护着，到后来也耐不住了，索性一头扎进衙门里，连家也鲜少回了，微云的日子过得很是不舒心。裴臻看她那样心里有愧，便叫毋望给她些贴补，谁知被她家的恶婆婆发现了，嘴里不干不净念叨起来，说什么先头就是伺候主子的，如今嫁到了胡家来主子心疼。裴臻得知后勃然大怒，却又无可奈何，后来就撂手不管了，这事毋望看不下去，从刘家的产业里拨了个二进的四合院给他们两口子单过，所幸那胡子昭还有些气性，带着媳妇安顿了下来，照目前来看，如果胡家太太不去闹，微云就还算舒坦，若一去闹，微云只剩以泪洗面的份了。

六儿和翠屏皱眉叹息，“今儿一早又出事了，奶奶进宫去没多久，微云婆婆带着她小姑子叫人赶着车把行礼运过去了，说要和儿子同住，这可怎么好？”

毋望道，“这微云真个儿可怜见的，摊着这么个婆婆。那房子是我刘家的，她婆婆住进去是什么道理？打量微云没有娘家就这么欺负，要住总要先问了我答不答应。”

六儿道，“到刑部找行二爷去吧，告那胡婆子私闯民宅，把他们关押起来才好。”

“这种事值什么，告到刑部给她们长脸？”裴臻披散着如缎的长发缓缓从廊子下过来，迈进屋子坐到桌旁接了茶，边喝边道，“依着我，打发府里的侍卫去瞧瞧，若看准了都在，直接连人带行李扔到大街上，岂不痛快？”

毋望想了想道，“恐怕她们知道是太傅府里的人动手，回头又编排你。”

裴臻咬着后槽牙，一扔茶盏道，“刁妇可恨！惹爷不痛快便吩咐人把胡家收拾干净，胆子也忒大，敢坏我名声，上赶着找死！”

六儿和翠屏见他发怒自不敢多言，都退到外间收拾百家衣去了。毋望揉了揉小腿肚，究竟该不该管也拿不定主意，总归是人家的家务事，过多干涉怕惹人非议，要是不管，那微云好端端的一朵花就生生掉进泥沼里了。

裴臻挨过来给她捏腿，别人的事于他无关痛痒，看着他媳妇轻蹙娥眉的样儿，怜得心里一抽一抽的，抚着那双玉足，渐渐心猿意马起来。

算算日子，做和尚整整七个月了，这七个月真是病都要作出来了，美人在侧，却什么都干不了，何等的煎熬啊！

裴太傅幽怨无比，卷起她的裤腿替她揉捏，小腿有些僵硬，耐着性子搓了会儿，只觉手上的触感奇好，美人周身有淡淡的香气散发出来，直钻天灵而去，手就有些不听使唤，沿着光滑的腿弯往上探去，抚上了粉嫩嫩的大腿内侧。

毋望气息不稳，只听见他在她耳边微微低喘，她睁开眼，裴太傅眉梢眼角春色泛滥，嘴唇半启，眼睛半阖，全然是一副迷离而动情的神态，小心地避开她的肚子，一手撑着榻头的围栏，渐渐逼近她，才刚触到那两片红唇，外头人禀报，“微云姑娘求见奶奶。”

裴臻定住，无限败兴的模样。

毋望窃笑不已，整了整衣裳道，“请她进来吧。”

一〇八 乐山山如画

微云边哭边把事情缘由说了一遍，左不过就是婆婆何等霸道，小姑何等刁蛮，如今住进了上房里，把她赶到厢房里去住云云。

裴臻听得直皱眉头，“你府里的家丁侍从呢？怎么两个女人都对付不了？你只管到这里来哭，你们奶奶大着肚子，还要问这些破事？我瞧你也是个不中用的，闹得这样了还怕什么？有气就撒，出了事我自然给你担待。”

微云被他说得羞愧，只低头不敢言语，毋望看她近来又清减几分，别人怀了孩子，婆婆丈夫如珠如宝地捧着，她婆婆倒好，不说给媳妇好生调养，偏偏日日里寻不自在，天底下竟有这样做长辈的！微云性子好，心里又顾念着她爷们儿的面子，凡事种种都让她婆婆三分，如此一来反倒助长了胡婆子的气焰，人善被人欺，真真一点不错，裴臻还怪她，她除了抹眼泪也没别的法子了。

毋望极心疼她，好歹她尽心伺候了自己四年多，裴臻行军的日子里，她们姐妹似的相处，她一向都是周到体贴的，可惜命不好，遇着这样的人家，这里再不管就没人给她主持公道了。遂拿手绢给她擦了泪道，“这样的婆婆怕是天下少见的，她竟不顾念你肚子里的孩子吗？都五六个月了，腰身还显不出来，孩子那么小怎么成？”

微云一听哭得更凶，哽咽道，“我原不想来麻烦爷和奶奶的，只是真没了主意，她说话愈发的不堪，我但凡有那分志气，早就一头碰死了。”

“混说，”毋望斥道，“活她的寿命不成？什么死啊活的？她又说什么胡话了？”

微云怯生生地看她们大爷，见他面上似有不耐，便踌躇着不敢说出来，毋望再三催促了，她才掩面哭道，“胡婆子不认这个孩子……说这孩子不是她儿子的种，还要叫胡子昭休了我。”

裴臻冷哼道，“红口白牙的，这是什么混账话？不是她儿子的还能是谁的？凭她怎么样，我裴府出去的岂是她说休就休的？除非她儿子的前程不要了！”想了想，转过弯来，怒道，“那老货莫不是说孩子是我的？”

微云几乎号啕大哭，裴臻气白了脸，这叫什么事？屎盆子不挑人，竟扣到他头上来了，他素来洁身自好得很，对女色向来也不贪恋，自打在北地见过他媳妇儿之后，对旁的女人几乎丧失了兴趣，怎么就给这刁妇惦记上了，拿他作话柄来说事越想越气，便对微云道，“既这么，我回头到詹事府找胡子昭去，这事不明不白的也没意思，他要是和她串通一气儿，这样的人家待着也是腌在咸菜瓮子里，趁着身子还不沉，叫他拿休书来，你吃上两剂药把孩子打了，我托人再给你寻摸好人家。”

微云怔在那里，毋望恼火，这裴臻真不是个会劝人的，现在是婆媳战争，小夫妻还是有情有义的，怎么叫人家和离呢？还让她打掉孩子，这不是造孽吗，便道，“先打发她婆婆是正经，胡姑爷虽懦弱却不糊涂，这事他心里自然有数，亲家太太叫我不受用得很，咱们陪嫁也不少，她哪里不称心？你也别哭了，横竖我们替你做主，你一味的忍让愈发纵得她没了边，她只当咱们是什么人家，由得她胡乱嚼舌头？你带我的仪卫去，你们爷出不得面，我这里好说话，先擒了她往衙门去，我再叫长史来料理。”

毋望憋了一口气要严办，岂料微云这当口犹豫起来，嗫嚅道，“她好歹是昭大爷的妈，真要收了监怕不好……”

裴臻横她一眼，哼道，“真真可怜之人必有可恨知处，你是个软柿子，你那姑爷是个锯嘴的葫芦，两下里凑得倒妙！要办她你又不让，那今儿来做什么？哭给咱们瞧瞧的？”

毋望也不知说什么好，只得安慰道，“左不过唬唬她，把她打发回老宅子里去，哪里真的把她怎么样，你放心吧。”转眼看裴臻，他懒得过问，自坐到书桌前看书去了，毋望悄声对微云道，“你下个狠心吧，难道真要等她休你？你这么不争气，难怪大爷要恼。”

微云咬了咬唇点头道，“也罢，不好连累大爷，坏了大爷的名声，那我这就去了。”

毋望让人传了仪卫正来，吩咐道，“你着典仗带四人跟微云姑娘跑一趟，将胡婆子和她女儿押到府衙去，亲交给县令，我后头就派右长史来。”

仪卫正领命道是，微云千恩万谢福了身出门去了。

裴臻在窗下冷声道，“往后她的事你别理，烂泥似的性子，瞻前顾后，难成大事，你只管养着自己才最要紧，家里无事，尽操心旁人，有那闲空不如到园子里逛逛，将来临盆顺遂些。”

毋望白他一眼，歪在榻上嘀咕，“你这人不念旧情的吗？她打小伺候你，如今嫁了人过不好，你却不担心，反说我多事。”

裴太傅怨愤难平，“我还要怎么担心？各人有各人的命，她出了阁便是别人家的人，我这里没怎么都把孩子算到我头上，若是再亲近些，还不知怎么编派呢，何苦趟这浑水？我如今英雄无用武之地，管起家长里短来了？”

毋望被他一通抢白，心里莫名委屈就红了眼眶子，闷在软垫里只顾生气，裴臻一看惹了祸，忙来赔笑安慰，柔声道，“我是心疼你，你怀着身子不宜过于忧心，咱们再帮她也有度，做到这个份上总算也够了，往后全看她的造化罢了。当初人是她自己瞧准的，我不过是点个头，竟像犯了大罪过，早知如此，不如放她和淡月一同出府，婚嫁都不与咱们相干，还干净些。”

毋望恹恹的，裴臻扶她在肩头靠着，耳鬓厮磨着咕咕说起私房话来，歇了会子六儿打了门帘进来，说外间饭备得了，请主子们移驾，毋望懒得动弹，裴臻只好命人另支了月牙桌摆到榻前，连哄带骗地吃了半碗，便撂了碗倒在榻里打盹，裴臻草草吃了几口叫人收拾了，才擦了嘴，门上报刘家大爷来了。

话音刚落，德沛一摇三摆地进来，规矩地拱手行礼，毋望睁眼瞧他，穿着石青色福寿纹的团领通袖袍衫，胸口挂了一串璎珞领坠子，腰上别着根金鞭，样貌虽生得好，打扮却有些不伦不类。

裴臻调侃道，“大忙人今儿得闲，怎的想起来光临寒舍了？”

德沛坐到圈椅里不满地嘟囔，“这官怎么派到吏部去了？整日里同那些堂官们打交道，劳心劳力不说还招怨恨。”

裴臻笑道，“那你想去哪里？刑部？都察院？还是钦天监？皇上信得过你，让你督办各级官吏，这可是肥缺，少不得你的好处。”

德沛睨他一眼道，“论肥缺是你户部，何时轮到吏部了？再说谁在乎他肥不肥，与其派我做文官，不如打发我到神机营去，路六叔那里不是缺个提督内臣吗？”

裴臻回头看毋望，她抬起脖子道，“好好的京官不做，倒要武枪弄炮，仔细叫婶子知道了骂你！”

一提她，德沛讪讪不敢说话了，裴臻笑道，“太岁也有克星啊！你今儿来做什么？”

德沛正色对毋望道，“你总惦记两个姨娘，昨儿我使了小子去寻，王爷巷那个建文二年就病死了，剩下那个一直无所出，屠户早嫌得什么似的，出几个子儿就肯卖的，我妈把她从前住的院子归置出来了，今儿一早封了五十两银子去赎，这会子九成到家了，我来同你说一声，好叫你放心。”

毋望听说一个死了，不免难过了一阵子，幸而还留下一个，接回来奉养，好代父亲弥补这十几年来的对她的亏欠。想着就紮挣起来叫翠屏梳头，裴臻呆滞道，“这就过去吗？急什么，还是歇了觉再去吧，大日头底下晒出痧来怎么好？”

毋望一嗔，道，“敢情不是你家里的人？你歇着就是了，我去。”

裴臻愣住，德沛摸着鼻子尴尬地笑笑，心道女人出嫁怀了孕就变成这样了？从前说话糯软温柔，如今怎么恶声恶气的？难为太傅大人还甘之如饴，一个愿打一个愿挨，配得倒好。

裴太傅碰了一鼻子灰也不在意，自己束了发，戴上玉冠，又叫丫头取了直缀来换，收拾停当摇着折扇倚在窗下喝茶等她，德沛噤声瞧着，对裴臻佩服得五体投地——宠辱不惊，这是一种什么样的气度啊？突然想起两句话来：颜色如常心不改，此人乃是真栋梁！

凑过去恭维道，“姐夫宽宏大量，难得难得！”

裴臻浅浅一笑，不紧不慢道，“和自己媳妇有什么可计较的？想想她过几日要忍痛给我生孩子，我挨两句骂算得什么？好兄弟，等你将来娶了亲就知道了。”

德沛挠了挠头，天底下男人都像他这样，就没有怨妇了吧。斜眼看自家姐姐，肚子大得像面鼓，一下子长出几十斤来，也怪不容易的。又问道，“什么时候生？”

裴臻道，“估摸还有两个月，你外甥时候挑得好，天不冷不热，自己受用，他坐月子也不遭罪。”

德沛道，“你算过了？是个小子？这个拿飞盘怎么算？”

裴臻眼角抽了抽，总不能告诉他，是照他们同房受孕的时辰来算的吧，便蹙眉道，“学艺不精，师父怎么答应让你下山的？”

德沛低头长叹，“师父说我资质不够，这世上只能有一个明月君啊……”

一〇九　乐水水无涯

姨娘姓谷，貌姝丽，性谦恭，善弹奏，伶人出生，及笄时曾以一曲《艳阳天》名噪江南。毋望尤记得她坐在园里假山上弹琵琶的样子，云髻高挽，左手扶持琵琶，广袖垂落，露出一截雪白丰腴的手臂，弹到激昂处力沉小臂，挥舞之间英姿飒爽，那美态叫人过目难忘。

再看如今，坐在杌子上又小又瘦，穿着粗布衣，形容憔悴，头发也花白了，和婶子说话时身子卑微地前倾着，再不复往日的孤绝清高，稍有响动便如惊弓之鸟一般。听说那屠户脾气暴躁，动辄对她拳脚相加，家里大老婆又厉害，皮肉之苦就是家常便饭，真不知她这十几年是怎么熬过来的，毋望叫了声姨娘，早已泪流满面。

谷氏转脸来看，许是眼力不济了，眯眼打量了好久，半晌才犹豫道，“可是春姐儿吗？”

一旁张氏道，“谷嫂子，是春君回来了。”

谷氏迎上来，颤抖着握住她的手，视线落在她高高隆起的肚子上，点头道，“甚好，咱们姐儿都要做母亲了，日子过得真是快……十二年了。”

“可不，整十二年了。”张氏应道，三人唏嘘不已，忍不住簌簌落泪，待哭了会子张氏方醒过神来，忙道，“这是欢喜的事，都别哭了，姐儿有了身子，哭不得，叫姑爷看了心疼。”

谷氏往外看没见有人，便道，“姑爷没来吗？”

毋望道，“他和叔叔说话儿去了，过会子就来拜见姨娘姨娘，我眼下身子沉，没法子给你磕头，请姨娘别怪罪。”

谷氏忙不迭摆手，诚惶诚恐道，“不敢不敢，是我该给姐儿磕头才是，亏得你惦记我，把我从那屠户手里救出来，再晚几日我怕是没命见你们了。”

说着竟要跪，被毋望托住了，跪不成就一个劲地道福，毋望喉中一哽，哭道，“姨娘这是要折煞我吗？哪里有长辈对晚辈行礼的道理，我怎么受得起？”

张氏也来拦阻，见毋望面上难堪得很，便开解道，“你如今身份不同，就是她拜你也没什么受不起的。”转而笑着对谷氏道，“嫂子才回来不知道，咱们姐儿如今是皇上的干闺女，御封的汝南公主，可算给刘家长脸子了！”

谷氏大惊，万没想到当初家破人亡，转了个圈回来竟大不相同了，原来只当春姐儿嫁了个好人家，却不知怎么就成了皇亲国戚了。追问缘故，张氏笑道，“多亏找个好姑爷，咱们一家子都是得了他的帮称……瞧瞧，说曹操曹操就到了。”

伸手往甬道那头一指，只见一个颀长身影缓缓而来，眉含远山，目藏千秋，生得龙章凤质，那昂昂之势端的是无可比拟。渐渐走到跟前，也不需人引荐，朝谷氏拱手深深一揖道，“兰杜给姨娘请安了。”又对张氏作揖，“给婶婶请安。”

张氏应了，笑着对谷氏道，“这就是咱们姑爷，姓裴，小字唤兰杜，裴姑爷是当朝一品，太子太傅加户部尚书的衔儿。”

谷氏怔愣了一下，突然想起看见这么大的官当叩拜，于是一慌，又提了裙摆要磕头，直把裴臻惊出一身汗来，忙扶了一迭声道，“使不得，使不得，姨娘这是臊我呢？”

从前傲骨铮铮的人，现在磨得毫无棱角，腿弯子也软了，见了谁都要跪，毋望心里五味杂盛，忍泪引了她到罗汉床上坐下，温声道，“姨娘真是，凭他多大的官，在家也是你女婿，只有他跪你，没有你跪他的礼，往后可不能这样。”

谷氏哀戚摇头，“我只是个妾，还是被你父亲休了的，蒙你不弃，把我从屠户家里接出来，我若是倚老卖老，不是不识趣儿吗？若说女婿，那是万不敢当的，我一个奴才哪里来这样的命，就是正经的妾也不能如此自居的。”

这番话说得极合情理，叫人生出悲凉来，裴臻唯恐毋望又要落泪，便岔了话题道，“怕府里下人不够，咱们带了几个丫头来给姨娘使，姨娘只管安心住着，好好的将养些时候，若短什么就打发人来说一声，得了闲儿上太傅府住一段也成，春君快生了，我也不懂伺候月子，到时就麻烦姨娘和婶婶费心，诸事多替我担待。”

张氏和谷氏自然欣然相允，张氏道，“姑爷放心，这是应当的。想想咱们家人口比旁人家少，宅子这样大，空落落的，你们加紧着多生几个，日后常走动家里才热闹，等沛哥儿娶了媳妇，再生了儿女，这么一来就齐全了。”

毋望有些羞涩，扭捏道，“这一个都折腾得白天晚上睡不好，哪里还敢多生。”

张氏看了裴臻一眼，笑道，“这可由不得你，多儿多福气，我和你叔叔只德沛一个儿，那是因为在北地时常吃了上顿没下顿，生了小的怕养不活，眼下不同了，这样的富贵荣华，不多生几个，姑爷怕是也不答应。”

裴臻是明白人，一听这话头儿就知道是怕他纳妾讨姨娘，也不戳破，只道，“全看老天爷的吧，命里有就有，若没有也不强求，只这一个也没什么，多了还怕疼不过来呢。”又对毋望道，“府里打立柜呢，我陪叔叔瞧那些木工做活去，可巧我给孩子画了个床样子，叫他们一并打了，你陪姨娘婶子说话，我去了。”

毋望嗯了声，裴臻和张氏谷氏作了揖便撩袍出门去了。

谷氏拉了毋望的手道，“瞧这样儿春姐儿过得挺好的，你爹妈在那边也该高兴了，姑爷人品样貌都没得挑，对你又好，真是极难得的。”

张氏剥了葡萄喂在毋望嘴里，一面道，“旁的不说，最难得的是裴姑爷一心一意。如今你去瞧，但凡有点子能耐的，哪个不是三妻四妾，家里外头养了一堆？只咱们姑爷，人家是一品大员，半点歪心也没有，干干净净单娶了姐儿一个，两口子好得一个人似的，知道的都说咱们姐儿福气好。”

毋望道，“快别夸他，倒叫他愈发得意起来。如今虽好，将来还不知怎么样呢，这会子夸了口，日后万一他出个妖蛾子，那不是自打了嘴巴？”转身对门外道，“来个人。”

丫鬟进来一福，垂手道，“听姑奶奶的吩咐。”

毋望对谷氏道，“我带来的丫头都在二门上候着，姨娘先去换身衣裳，收拾好了我叫她们进来给姨娘磕头请安。”

谷氏点头，站起来跟着丫头去了。

张氏连连叹息，“你不知道，她卷了袖子给我瞧的，那胳膊上没一块儿好皮肉，不是烫伤的就是割伤的，那屠户简直就不是个人，往死里的整治她，吃醉了要打，不痛快了也要打，打完了还要糟蹋她，当真活受罪。”

毋望心道那些个杀猪宰羊的本来就粗鄙，父亲是谦谦君子，那时虽然不垂爱她们，好歹也和颜悦色，没有一丝亏待，姨娘们养在后园子里，日子过得富足平稳，冷不防到了那种人家，没给作践死已经是造化了。遂道，“我不在这府里住，平常照应不到，劳婶子替操心，叫她有人伺候，不愁吃喝。她没有一儿半女，若是我不管她，那她晚景也太凄凉了些。”

张氏颔首，复说起后日谢府老太爷的生辰来，张氏道，“礼都备妥当了，糯米和白面的寿桃各蒸了十笼，红都点了，在后厨箧箩里晾着，另备了八坛子陈年的女儿红，六斤荔枝干，六斤桂圆干，封了五十两礼金，你瞧还缺些什么，我再添上，可不能失了礼数，没的叫人笑话。”

毋望打着团扇道，“婶子也忒仔细了，都是自己家里人，还计较这些个？”一面拿手绢擦汗，不耐道，“都什么时候了，怎的还这么热？”

张氏也凑过来给她打扇子，看她热得一头汗，忙招呼在外头候着的丫头们进来，给她脱衣净脸盥手，服侍她喝了盏银耳枸杞子，抱了锦垫扶她在榻围子上靠着，待一切安排妥帖了，张氏道，“你怀着身子火气盛，这样怕热定是个小子。上回说你公婆小叔从外省进京师了，多早晚到？到了住你们府上吗？”

毋望拈了颗腌梅子含在嘴里，慢慢道，“这会子在路上，估摸还有半个多月才到，先写了信来，信上说和裴阑一家子住，我们爷正差人寻宅子呢，前门东街有座府邸要卖，明儿他去掌掌眼，要是好就买下来。”

张氏笑得志得意满，“我就说你是个有福的，爷们儿顾念得这样！哪里有父母千里迢迢来了不住家里，往别处置办房子的道理？可见裴姑爷何等的心疼你，单怕你和婆婆妯娌处不惯。”

毋望眼珠儿一转又不痛快了，“他这不是害我吗，倒像我容不下公婆似的，府里园子有四五个，小院少说也有十七八个，又不是住不下，若怕麻烦，园门下了钥各过各的，何苦外头寻去叫人说嘴，亏得婶子提醒，我真是糊涂了，由得他瞎闹竟没过问。”

张氏道，“他定是看你没留他们的意思，不好说什么，只有自己张罗。”

毋望联想起他绞着手指，满脸委屈的样子就大笑起来，张氏戳了她的脑门子，无奈道，“看你平常主意大，一到要紧的时候没心没肺的。”

这时谷氏换了水纹的交领短襦来，外面罩了云丝比甲，头上戴了棕纱帽，一打扮果然精神了不少。毋望抚掌道妙，传门上的丫头来认了主子，娘三个围坐到一起，复又东家长西家短的笑谈开来。

一一〇 爱海浪滔滔

刘府与太傅府相距并不远，约摸一里多地，吃了团圆饭，两人未乘车，慢悠悠步行回家。

月色很好，照得四野明如白昼，毋望托腰而行，裴臻悠闲背着手陪在一旁，在这陌上花开的时节走上一走，竟有种归于田园的感觉。

两人缓步前行，裴臻道，“我这两日要忙了，今儿早朝时上头说了，要‘纂集四库之说，凡书契以来经史子集，百家之书，天文，地志，阴阳，医卜，技艺之言，各辑为一本，毋厌浩繁’，瞧这架势是要编大典，这一纂便要动用三千文臣，初算也要耗费三年五载的，文渊阁都腾出来放书了，我这太傅是首当其冲的，若忙起来顾不上你，你自己便万事小心吧。”

毋望微有不满地蹙了眉，编书是好事不假，可自己眼下这样，他又不在身边，心里总不安得很，便停下步子道，“可是忙得不回来了？”

裴臻看她嘟着嘴，知道她不乐意，却也没办法，圣命难违，吃着朝廷的俸禄，莫说是时间，连命都是人家的，你就是有意见也万万不能发表，否则就叫你尝尝锦衣卫大营里的“压沙袋”“弹琵琶”，保准你后悔自己为什么生出来。

啧啧，如今形势不由人了，朝廷命官岂是好当的？皇上天威不可触犯，不过以太傅大人的聪明才智，时常告个假偷个懒，这个问题还是不大的，大家都是熟人，风风雨雨一起过来的，家里老婆怀了孩子尽人皆知，狠辣的那一帮是兄弟，建文帝留下的那帮降臣也怵他，毕竟他这人官场上名声不太好，人都说他是佞臣，敢和他对着干的想来也不多，他要回家看媳妇，应该没人会拦阻的。

这么想着便开怀许多，陪着笑安抚道，“哪能呢？最不济在家的时候短些，晚上横竖是要回来的，你若是实在想我就进宫来，到奉天门传太监进文渊阁寻我，我得着信儿就出来。”

毋望嗔道，“那我成什么人了，还不叫人笑死？爷们儿修书，想得没法子了，巴巴的跑了来，往后也没脸见人了。”

裴臻嗤道，“咱们夫妻恩爱，看谁敢置喙。”

复又携手前行，毋望低声道，“这官不做也罢，竟不如从前在北地，开个铺子做些小买卖来得自在。”

裴臻抬头看天上，缓缓道，“如今由不得自己了，若是无缘无故的请辞，只怕今儿摘了乌纱，明儿就有人来杀你。”

“日日在朝堂上就好吗？”毋望紧了紧握他的手，“你也知道高祖时候的李善长、常遇春，哪个得着善终了？伴君如伴虎，我心里有些怕。”

裴臻转脸看她，浅笑道，“你放心，他和他老子不一样，至少他更有耐心，也更懂得物尽其用。天下才定，正是用人的时候，建文帝余下的那批遗老们都在观望，若他效法高祖，那他即刻便会无人可用，他是个聪明人，绝不会步高祖的后尘。即便他真想杀功臣，我也不会坐以待毙，他只当明月二卫都收归朝廷了，那也太小看我裴某人了。”

毋望稍平了些心思，裴臻这人是极缜密的，平日看着云淡风轻，私底下做些什么谁也不知道。她不由叹了叹，自己自从怀孕后便疑神疑鬼，其实大可不必，凭他那种稳妥的性格，要护得家人周全总是没问题的，只是回过头想想，庙堂风云瞬息万变，又唯恐有闪失，心里总归七上八下不安宁。

裴臻抿嘴而笑，“你且放宽心吧，我自然知道明哲保身，为官之道也习学了大半年，这半年受益颇多，若非必要便不开口，少说少错，这样便无事了。”

渐渐行至一座拱桥前，街上再无行人，只有对岸一个更夫，在青石板铺就的湖畔长廊下一路走一路敲着梆子。

裴臻半仰着头，玉白的脸上覆了薄薄一层月色，黝黑的眸子含着笑，蒙眬间生出一抹华彩来，他吐纳一口，吃道，“岁月静好，如今只盼着孩子平安落地，我这一生足矣。”

毋望失笑，“明月先生斗志全无，莫不是老了？”

裴臻摇头道，“我这人生来无甚大志，是一桩桩事逼出来的。说实在的，我后悔参加了靖难，若非此，我也不会折了铁英和穆大正两员大将。”

他上前搀扶她，面上不豫，神情落寞。真定之战中，当时的燕王被盛庸率领的南军围困于东昌，铁英和穆大正随张玉救驾，奋战之中皆被斩杀，燕王功成之后追封三人，张玉还有子女披麻戴孝，可怜铁英和穆大正暗卫出生，无父无母，无儿无女，身后事凄凄恻恻，逢年过节唯有裴臻夫妇祭拜，便是成了王侯也无子孙可荫蔽，白送性命，得个空衔罢了。

两人无话，过了桥再往前十几丈便是太傅府，回到园子里丫头伺候着洗漱，毋望才想起来今儿说好要到谢府去的，事一多，转脚就忘了，如今这记性真是不成了。

脱了背子在榻上坐定，却见裴臻端了铜盆进屋，将盆放在榻前，蹲下脱了她的绣鞋，便待要解她的罗袜，她缩了缩，道，“叫丫头来就是了，怎敢劳动太傅大人大驾。”

他拽过那纤细的脚踝，边解袜带边道，“夫人辛苦，日后还要仰仗夫人替我开枝散叶，这点小小贿赂值什么。”

毋望心里暖暖的，便不挣了，由他脱了袜子把脚泡进温水里，他的手掌绵软，撩了水在她穴位上揉捏，喃喃道，“今儿可乏了？回来走了这些路，早知道该坐车才好。”

毋望半阖着眼，舒服地逸出一声缠绵悱恻的鼻音，裴太傅手上顿了顿，只觉喉头一紧，心头突突的跳，缓了半天才平复下来。天晓得啊，如今他就是一捆干柴，碰着她一点半点火星子就要着起来的，她还发出着样暧昧的声音，存心考验他的耐力。

无比哀怨地接了丫头手里的帕子给她擦干，弯身抱她起来放到床上，退后一步道，“你先睡吧，我去书房把公文批了。”

她探身勾住他的颈子，故意在他耳边呵气，糯声道，“不许去。”

这下太傅如坠云雾里，满脑子不良思想乱窜，嘴唇寻着那声音来源就贴上去，一时吻得情难自禁，禄山之爪伸到她胸前，隔着丝绸的亵衣小心地抚触，满手的圆润饱满，他听见脑子里的弦一根根铮然断裂，最后除了“尤物”二字，再也不剩别的了。

三两下剥了她的中衣，藕荷色下的丰盈呼之欲出，他微喘，抬眼看她，倚垫勾唇，秋水迷离，颊上嫣红一片，分明也正动情。裴太傅修长的手指伸过去，挑开了她锁骨边的鸳鸯结，肚兜悄然滑落——

拥雪成峰，挼香作露，玉山高处，小缀珊瑚，立背银红喘未苏……裴太傅情难自已，俯身相就，两人皆一声喟叹。

她解开他头上玉带，十指插进他浓密顺滑的黑发里，脖颈拉伸出一个美好的弧度，目眩神迷。

他慢慢向她身下探，轻拢慢捻，极尽逗弄之能事，口中喻哝有声，“春君……心肝……”

毋望粉面含春，侧躺在裴臻怀里曳曳生姿，在混沌的意识中哽道：“仔细孩子……”

平静下来的裴太傅如临大敌，直勾勾盯着他媳妇，试图从她脸上发现哪怕一丝异样。唉，他真是禽兽不如，她大着肚子，自己竟然把持不住了，这么大的动静不会伤着孩子吧，若有个闪失可怎么好?

毋望又羞又急，嗔道，“你傻瞧什么，明儿点卯不去了？”

裴臻小心翼翼道，“没什么不妥吧？可有哪里不适？”

毋望面红过耳，细感觉了也没什么，便摇头道，“尚好……”又扭捏道，“下次不许了，可记住了？”

裴臻松懈下来，在她外侧躺下，搂她在怀里，一面促狭道，“不是你不叫我走的吗，如今又说我？其实你也想的，对不对？”

毋望听的眼前一黑，慌忙拉了被子蒙头盖住，羞愤道，“不许说！”

裴臻大乐，捧着她的脸亲了又亲，寅时起身上朝还是乐呵呵的，平日朝堂上沉寂似水的脸笑得百花齐放，引得皇帝和朝臣们纳罕不已。永乐帝道，“朕欲削周、齐、代、岷诸王，裴大人以为如何？”

裴太傅执玉笏躬身道，“为治之道在宽猛适中，亲者割之不断，疏者续之不坚，皇上决断，臣以为然。”

永乐帝点头道，“着，迁宁王于南昌，徙古王于长沙，并削辽王护卫，削代王护卫及官属，贬为庶人。”又看准了他今儿高兴，趁热打铁道，“都察院右佥都御史谢观克己奉公，升三品右副都御史……裴大人加文渊阁内阁大学士，代朕修纂永乐大典。”

卖他的面子又给谢观这千年四品进了官，看来这差使横竖是推不掉的，裴臻也不抗辩，只道，“臣遵旨。只是臣的夫人临盆在即，臣唯恐为私事所累，一心二用，辜负了皇上重托。”

永乐帝也知道见好就收的道理，遂允道，“汝南公主临盆之际准爱卿的假就是了。”

裴太傅也不客气，磕头谢恩，大剌剌道，“微臣告假一月，要随侍公主左右。”

这分明是要伺候月子啊！？众朝臣纷纷惊得目瞪口呆。

一一一 大寿逢汉王

今日是老太爷七十整寿的好日子，毋望一早起来盛装打扮，过了晌午便带上翠屏六儿往谢府去，马车行至衡阳街牌楼下，打了帘子看，谢府门口宾客络绎不绝，许是因谢观昨日才升了一级，各府衙院司都有官员来贺。

吩咐仪卫将车停至西角门处，早有丫鬟婆子在廊下等着了，周婆子道，“姑娘怎么才来？三位老姑奶奶上半晌就到了，才刚还念你呢。”上来搀扶了，笑道，“这半个来月没见，小主子又见长了。”

毋望笑了笑，边走边道，“前儿听说芳龄和姑爷要来，这会子可到了？”

几个托着果盘的小厮匆匆而来，因走得急，没头没脑地险些和毋望撞上，周婆子一把隔开了，啐道，“不长眼的杀才，往哪里撞？碰着了姑娘，仔细老太太活剐了你们！”

小厮们吓得扑通跪下，打着摆子告饶道，“大姑娘饶命，是奴才们作死，惊了大姑娘的驾，咱们自己掌嘴给大姑娘解气儿。”说着左右开弓，大耳刮子扇得噼啪乱响。

毋望听着都替他们疼，忙道，“算了算了，这大好日子不兴这个，快些起来好好当差，忙你们的去吧。”

三个小厮如获大赦，含胸躬腰地快步去了。

周婆子摇头道，“这些猴崽子们就是缺管教，一个个毛躁得没见过大场面似的。”转而回毋望前头问的话，道，“小姑奶奶和张姑爷昨儿傍晚就到了，把哥儿姐儿也带来了，这会子在头里她住的园子里呢。”

自从她被路知遥带到北平后就再也没有见过芳龄了，便问道，“姑爷怎么样？芳龄过得可好？”

周婆子笑道，“什么好不好的，就是过日子罢了，姑爷福厚，天儿一热哧哧的喘，论相貌断不能和裴姑爷比的。”

绕过太华亭往沁芳园去，远远就听见园里欢声笑语，想是家里女眷和来贺的命妇们都聚在了一处。进了垂花门再往前，小丫头报道，“大姑奶奶回来了。”

打了门帘进去，一屋子的人都站起来，敛裙福身道，“给公主请安。”

毋望笑道，“都是自己人，还要这些虚的做什么快些免礼吧。”说着到老太太跟前行礼，又和三位姨母一一见礼。

谢老太太往门外瞧，问到，“臻哥儿怎么没来？”

毋望道，“衙门里忙，等手头上公务办完了就来给太爷贺寿的。”

谢老太太点点头，谢淑芳笑道，“瞧瞧老太太，这个外甥女婿倒是时时放在心上的，咱们的哥儿姐儿只管排后头去了。”

谢老太太得意道，“那是自然，若你们的哥儿也同裴姑爷似的有出息，我也照样的疼。”

毋望抿嘴笑，其实裴臻才来家时，老太太没给他什么好脸子，恨他不声不响带走了她，又无媒无聘的成了亲，见了他只差咬下他一块肉来，裴臻那时候没少吃苦头。头回上门便被太爷训斥，要把她留下，打发他自回去，他一急就在园子里跪着，大热的天，戴着七梁冠，穿着赤萝青缘的朝服在毒日头底下暴晒了两个时辰，汗顺着鬓角往下直淌，领子后背湿了个遍，好似把他这一辈子的苦都吃透了，她心疼得大哭，老太太却板着脸不为所动，直到日头西沉方命人叫他起来说话，又是夹枪带棒地一通数落教训，才答应让他把人领回去。后来一段时日每每来谢府，太爷和老太太也不待见，亏得裴臻脸皮厚，打不走骂不走，又识时务会讨好，到如今博得家里长辈的交口称赞，总算是功德圆满了。

谢淑珍拉了她看，低声道，“这段日子可勤走动？这孩子瞧着大，若是懒了整日窝在房里，回头临盆怕要吃苦。”

毋望尚未说话，大奶奶茗玉掩嘴笑道，“姑太太只管放心吧，裴姑爷祖上是太医，自己又精通医理，春妹妹才怀上就请了四五个产婆在家候着，一切自有道理。我们大爷听人说，昨儿在早朝上裴姑爷提前告了假，要在家伺候老婆月子呢。”

满室里哄堂大笑，几个来贺寿的命妇也道，“可不是，我们家老爷回来就说了，这裴太傅真是出人意表，还没见过朝堂上为这个告假的，公主和太傅当真是鹣鲽情深，叫人羡慕啊。”

毋望臊红了脸，挨着老太太身边坐下，嘟囔道，“这人真是的，要说怎么不私下和皇上说，偏要在早朝时候提，弄得众所周知，丢死人了。”

谢老太太伸了手把她揽在怀里，柔声道，“这有什么，姑爷心疼你，他一个爷们儿都不嫌臊，你臊什么？你这样的福气，天底下只怕也难寻，别人眼热都眼热不过来，谁会笑你？！”

三房的吕氏道，“姐儿，姑爷人脉广，且叫他留意着，你二妹妹及了笄，也该说人家了，前头看了几家都不合意，上月南平郡王打发人来给他幺儿说亲，也不知道怎么样，若有知根知底的总好些。”

毋望不由叹息，这三舅母怪可怜的，自己没生一儿半女，尽是替别人做嫁衣裳，操心完慎笃又操心芳瑕，原先她并不太喜欢她，可后来替她想想，真觉得她不容易。便道，“舅母放心吧，自己的妹妹，好歹会放在心上的。”

武安侯郑亨的夫人道，“顺昌伯的长子才弱冠，往后是世袭指挥使的，我曾见过，人品样貌一等一的好，你要是乐意，我给你保媒去，叫太傅一个爷们儿家给你姑娘说媒，亏你想得出来。”

众女眷们又谈起儿女的婚配来，谁家讨了个悍妇，谁家闺女嫁了个败家子，一时热闹非常。毋望靠着外祖母道，“怎么没见太爷？”

“一早上侯老爷子带了个铁头将军来，说是蛐蛐里的极品，太爷不服气，拿了上回臻哥儿送他的霸下上后头琅琊亭里斗去了。旁人为他做寿，他倒好，万事不问，越老越回去了。”谢老太太发了通牢骚，又压低了声道，“我眼下愁你二哥哥，二十五可不小了，整日在衙门里忙，给他说亲也不愿意，笃哥儿的大小子都会背三字经了，他这么耽搁着，多早晚是个头？这孩子，没想到是个死心眼子，你二舅母都急出病来了，我想着解铃还须系铃人，你要是见了他就劝劝他吧。”

毋望颇有些为难，自己如今这样哪里有立场去说什么，原当她嫁了人所有恩怨都该了了，谁知慎行这五年来一时都没走出来过，若真去说，岂不叫他恼吗。犹豫道，“只怕我说也不中用，反叫他愈发抵触。”

老太太道，“你便勉为其难吧，当是看着你二舅舅的面上，他身后就留了这么一个哥儿，总不能叫他绝了后。”语毕无奈叹了口气，二房是不愿意讨，大房的慎言却是个要不足的，这两年明里暗里纳了多少个也说不清了，把他老子气得半死，恰巧通政史司缺个经历司经历，便给他捐个官，远远打发到北直隶去了。

这时后园子里哐哐的开了锣，丫头打了门帘进来禀报，说戏班子都备好了，叫老太太点戏，众女眷都出门听戏去，老太太也招了婆子来抬竹榻，毋望听得伶官已经咿咿呀呀地唱上了，时时夹杂着爷们儿们的叫好声，她这两日觉得烦躁，也不想凑这个热闹，就回了老太太，要回银钩院去歇会子，老太太体谅她，便允了。

看天色已近申时，翠屏和六儿早让她准了假各处逛去了，耳房里只留下个十一二岁的半大丫头，正支着脑袋打盹儿，她也未惊动她，自己撑着伞往银钩院去，走到聚丰园的滴水檐下习惯的往里瞧瞧，如今见玉华也不易，自打她闺女夭折后她就开始一心向佛，成日待在佛堂里也不出来，凭你是谁，要是打搅了她的清修，便拉着个脸子对人，竟是半点人情世故也不知了。她讨过一次没趣儿，后来就再不去了，到底各人有各人的打算，她愿意常伴青灯古佛，或者有她的道理也未可知。

复往前去，走到燕脂湖畔，猛然见堤柳之下，一个戴八梁白玉定发冠，穿素地云纹织金龙補的男子昂首而立。她心里一突，暗道朱高煦怎么来了，自她出阁之日起两人便再未照面，这会子又无其他人，见了终归尴尬，忙转回身想绕道而行，不想才迈出一步，那人幽幽道，“我在这里等了这半日，好容易等着了，妹妹怎的一见我就要走？”

她只觉头皮隐隐发麻，再想遁走已经不可能了，只好干干地笑了笑，“汉王今日得闲吗？”

朱高煦乜斜她，落在她腹部的目光冷冽如冰，眉眼间似有阴霾，紧抿了唇不应她，慢慢踱过来，围着她打了个转，切切道，“你只当我无事来一个三品官的府上做什么？还不是听闻妹妹要来，妹妹这两年躲着我，叫我一直不得见，我心头口头一日不忘，妹妹倒把我忘到脖子后头去了。”

毋望太阳穴上突突地跳，这朱高煦四年征战历练后比起当年更显霸气，一靠近她便叫她喘不上气来，她垂眼低眉道，“汉王殿下说笑了，春君已作他人妇，自当深居闺中不敢逾矩。”

一一二 此处情长深

“是么？”他仰唇一笑，复又拧眉看她，“你要替他生孩子？”

毋望下意识拿手护在腹前，他的目光让人不寒而栗，以至于他问了这么句啼笑皆非的话，她都没来得及暗自嘲讽一下。

他转身看着燕脂湖上的景致愣神，半晌方喃喃道，“你要替他生孩子了，我还傻等什么？你可知道，我父皇逼我去云南，我为什么一直不愿去？”

毋望低着头，心想千万不要说是因为她，自己和他从未开始过，没理由让他一往情深得那样吧？

他见她不答也不追问，自顾自道，“我原没打算来这里凑趣儿，只因昨儿听裴太傅早朝上提起你，竟说你要临盆了，我放心不下，只好借着你外祖父的生辰来看看你。”他忽然怔怔盯着她道，“我母后今早和杨士奇上奏皇上，欲改封我至青州，命我速去就藩，我若不从就要削我护卫，你知道，这幕后之人是谁？”

毋望大感不妙，不用说，肯定是裴臻无疑。心下计较再三，缓缓道，“殿下，春君是妇道人家，朝廷的事不敢过问，殿下也用不着和我说，园子里正唱戏呢，殿下何不去看戏？我叫人来引你过去吧。”

他冷笑，“你跟着裴臻，这装傻充愣的本事倒学了个十成十。你道我闲得这样，跑到谢府里来听戏？还是打量我汉王府里没有戏班子？我是惦记你罢了，你竟和我打起太极来？”

毋望微躬了身惶恐道，“多谢汉王抬爱，春君愧不敢当，汉王念兄妹情义来探望我，我心里着实感激，只是这里并非说话的好地方，咱们往抱厦里去吧，我叫丫头奉茶，咱们再聊不迟。”

朱高煦像吃了黄连似的，一缕苦涩从舌根处一直蔓延到心底，再往周身每个角落扩散开去。

她就那么怕和他单独相处，千方百计地要引他到众目睽睽之下，然后让他不得不像个丑角一般假意周旋，面上含着威严，眼睛却不受控制地绕着她转，这样她很得意吗？这个女人可恶透顶，他但凡能狠得下心，将她一把掐死也是易如反掌的事。可是他不能，从见到她的那天起，她就是他所有的憧憬和幻想，他就像八百年没见过女人一样的渴望她，即便是给他一个微笑也是好的，这些年来他试图忽略她，娶了王妃，还纳了一堆的妾，他以为自己可以暂时忘记，可那个该死的裴臻昨日又把他的伤口揭开了，血肉模糊的一片，连他自己都不忍看。

怀了孩子？快生了？他听后耳边似有风车呜呜作响，脚下虚了，几乎连手里的笏板都举不动，于是堂堂的亲王一反常态，巴巴地跑到个新封的三品副都御史家里，给他老子贺什么寿，真是笑掉人的大牙。而她呢？佯装不知，推诿闪躲，怎么伤人怎么来。好得很他咬牙切齿地笑起来，“我绝不去青州，我就在京师待着，看看裴臻能奈我何？”

毋望叹道，“汉王，我们爷并没有要害你的意思，你何苦执意留在京师？你迟迟不肯就藩，朝中大臣定然多有猜测，太子殿下也不能安心，难道你情愿削护卫，再贬庶吗？还是听我劝去封地吧。”

朱高煦转头深深地看她，“你可愿跟我去青州？我带你一道去好不好？只要有你，就是即刻去云南，给朱高炽守一辈子边疆我也绝无二话。”

他的眼里有殷殷的期盼，冷酷的脸也因柔情变得生动起来，毋望张口结舌，心下嘀咕，你替你们朱家守门户，却要来牺牲我，这是什么道理？随即道，“殿下莫要开玩笑，我已经嫁了裴臻，还怀了孩子，殿下说这样的话未免不合情理。”

他踏前一步执起她的手，急道，“只要你愿意跟我走，我一定当这孩子是亲生的，将来让他袭我的爵位也使得，你道好不好？”

她有些被吓着了，使劲抽回了手，拉下脸道，“殿下请自重，这种话往后别再说了，叫人听见像什么？皇后视我如亲生的一般，诸位哥哥就是我的亲哥哥，殿下这样有悖伦常。”

他渐次面沉似水，重重一哼道，“我从没有承认过，便是你名字进了玉牒也不能说明什么，咱们原是八竿子打不到的，就是做了夫妻也没什么。”

毋望生出了惧意，肚子里的孩子好像感受到了母亲的不安，一拱一拱躁动起来，她慌了神，忙捂着肚子在堤边的石凳上坐下，定了定神方道，“殿下若再唐突，我就去回禀皇后，叫她替我做主。”

朱高煦嘲讽一笑，“我母后知道我是什么样的人，你便是去告状又待如何，横竖我名声不好，满朝文武口诛笔伐，恨不得将我流放到天边去，我恶形恶状，多这一条罪责算得什么？妹妹……春君，我这一生从未和谁下过气儿，如今就算我求你，你跟我走吧，我定然善待你，善待你的孩子，绝不叫他受半点委屈，好不好？”

毋望白着脸道，“我瞧你是疯了，别人的老婆你也要，便宜爹你也肯做，你竟这么没出息吗？”

他一愣，低头看左手掌心那个小小的疤，缓缓抚摩，苦笑道，“你才知道？我早疯了，只是世上人人都可以瞧不起我，独你不能，别忘了始作俑者是谁？”说着伸手抓了她的腕子，狠戾道，“跟我走。”

毋望狼狈地被他拖起来，正待要挣，一道银光朝他的膀子袭来，逼他不得不放开手，抽出腰间金扇来挡，那银光一击未中，旋即挽了个剑花直往他面门而去，伴着飒飒风声，执剑之人怒不可遏，喝道，“朱高煦，你简直该死！”

毋望抚胸微喘，细看是裴臻来了，一袭钩金描翠的长衫，广袖在缠斗中猎猎作响。

朱高煦恼怒，顺势金扇一圈，解开他剑上所发出的沾黏之劲，一覆一按，剑扇相交，“当”的一声，溅起一簇火星来。

裴臻盘开金扇，一记劈空掌打去，剑锋斜斜划过，竟将他衣裳划破，朱高煦一惊之下慌忙倒跃几步，复折扇一张，向裴臻握剑的右腕划去，哪知裴臻身形极快，横掌如刀，一个旋身，五指对准金扇，力贯指尖猛插过去，只听喀嚓一声，竟然洞穿了乌金锻造的扇面，余劲未减，指锋在朱高煦肋下一戳，登时戳得他皮开肉绽，鲜血淋漓。

似乎只是眨眼之间，胜负便已分晓，朱高煦身形歪歪斜斜倒窜几步，勉强支持，被后面赶来的侍卫扶住。

汉王仪卫正几欲拔刀，叱道，“裴太傅，你好大的胆伤了王爷，以下犯上该当何罪？”

裴臻横眼过去，冷冷道，“狗东西，这里哪有你说话的份？本官有罪自去皇上面前领罪，何尝轮到你一个奴才来教训？”

朱高煦面色甚难看，拦了仪卫正，对裴臻道，“本王和太傅切磋武艺，太傅身手了得，本王技不如人，输了便是输了。”

毋望松了口气，想来他也不愿事态扩大，朝臣械斗是犯大忌的，若闹到皇上面前大家都得不着好处，亏得他还清醒。

裴臻脸色不善，口中却道，“汉王善骑射，下官近身肉搏是讨了巧，侥幸得胜，承让了。”

此事动静极大，传到了谢观耳朵里，谢观让护院将燕脂湖一带隔开，自己慌忙来请罪，磕头道，“王爷在下官府里受了伤，臣死罪，王爷息怒，下官传了医正来给王爷治伤，请王爷稍候。”

朱高煦又羞又愤，断然不肯再留下受辱，捂着伤口踉跄走了两步，目光晦涩的驻足看她一眼，她却垂眼侧身避开，他的心蓦地凉到了后背，自嘲地咧嘴笑，笑着笑着有热热的液体从眼眶里涌出来，他急忙扭过头去，披了披风将身体遮住，疾步往园外而去。

裴臻看着他的背影，心底恨出了血，用力握住了拳，暗道如今看来，不拼个你死我活是过不了安生日子了，定要叫他削仪卫，贬庶人，死无全尸，还有他那一家子，一个也不能留。

旁边的谢观看得不明所以，自言自语道，“究竟是怎么回事……”再瞧自家外甥女失魂落魄的样子，联系起汉王临走时的眼神，霎时便明白了七八分。长叹一声，怎么会出这样的事？怪道平常万事深思熟虑的太傅会出手重伤了皇亲，那厮做事也忒出格了些！

裴臻回身扶她，轻声道，“我来得晚了些，他可伤着你？”

毋望木然摇头，也不管还有别人在场，虚弱地靠在他肩头，忍不住抽噎两声，心里堵得难受，说不清到底是为自己还是为朱高煦。

裴臻对谢观拱手道，“今儿的事是兰杜孟浪，劳舅舅在太爷和老太太跟前代为解释，兰杜带春儿先回府去了。”

谢观道，“我心里有数，不过你要仔细了，那位汉王可不是善茬子，日后朝上必定难为你，你多多留心吧。”

裴臻点头道，“我省得。”

招了公主仪卫来，半扶半抱地带她往角门去，安置上车后，对她道，“这阵子在家里安心坐胎吧，若闷得慌就接谭嫂子来府里陪你，自从谭渊死后她便一直闷闷不乐，接她来，你两个好作伴。府里我再加派人手，不论什么事都别出府，记着前车之鉴，若再落到他手里……”

毋望转身揽他的脖颈，齉声道，“我要是又落到他手里，你还救我吗？可会由得我去了？”

裴臻失笑，刮了她的鼻子道，“傻话，你是我媳妇儿，若由得你去，我还是爷们儿吗？只是到时要连累你同我浪迹天涯了，我若不手刃那厮，便枉为人夫。”

一一三　云中传喜信

近九月中旬，裴阑一家子连同父母进京师。

毋望懂礼，辟了上园给公婆，因裴阑房里人口多，便将两个园子打通了，好让他们住得宽绰些，自己喜静，搬到东北角的烟波苑去了。裴夫人在北地时就极看重她，如今果真成了婆媳自然高兴，又因毋望怀了身孕，更觉称心如意，一应事宜仔细张罗，竟比裴臻还体贴周到。裴阑媳妇也是个好性儿的，因此妯娌关系也融洽，婆媳日日聚在一起谈笑解闷，亲得如同母女一般，裴臻见状甚欢喜，便放了心在文渊阁编书修典。

转眼已将至重阳，毋望的身子愈发笨重起来，这日恹恹歪在榻上歇觉，裴阑媳妇带着大闺女进来，容姐儿已经十来岁了，出落出了女孩儿的玲珑细致来，见了毋望敛裙一福道，“给大伯母请安。”

毋望笑了笑，指了旁边的绣杌道，“坐吧，今儿学里放得早，怎么这会子来了？”

容姐儿道，“明儿是重阳，师傅叫我们早些回来给长辈们尽孝道，祖父祖母那里我已经去过了。”说着提了漆篮上来放到几上，“这是重阳糕，给大伯母吃的。”

毋望点头，“咱们大姐儿真是孝顺。”

二奶奶看了她的神色，道，“大嫂子这两日精神头不济，算算日子快生了吧？还是早些打发人把大哥哥请回来吧，有他在才稳妥。”

毋望搭了毡子在肚子上，缓缓道，“等要生了再说吧，他现下忙，先紧着他修书那边吧。”又道，“明儿的礼可都备得了？我如今这样问不了事了，都靠二奶奶替我置办，难为你了。”

阑二奶奶笑道，“你还同我客气什么，咱们姐妹似的，我自然事事给你周全。谢府和刘府的节礼都差人送去了，给刘府的姨娘另单备了一份，也送去了。我是来和你说，微云这丫头懂事儿，才刚使了小厮抬了金丝枣儿和两大笼重阳糕来，想是感念太太和你的好呢！”

毋望朝窗外看，两只鸟停在窗屉子下的树枝上啾啾地叫，底下是盛放的大片菊花，衬得这秋日景致赏心悦目。

微云的婆婆小姑经上次的一番整治几乎吓破了胆，布政使大人戏做得足，把她们五花大绑推到了南门菜市口，办她们个栽赃诬蔑朝廷命官的罪，磨刀霍霍要砍她们的头，连刽子手都准备好了，把那对母女吓得魂飞魄散，倒在地上直吐白沫子。后来布政使大人假意听了太傅府长史说情，才赦免了她们的罪，令她们即刻回老家，不得在京师逗留，那胡婆子母女白捡了一条命，自然没有不从的，慌里慌张雇了车便走了，再没敢来闹过。微云过上了安生日子，两口子也日渐恩爱，家里下人恭敬伺候着，好生将养之下人便丰腴起来，如今也有了怀孕的样子了。

两人又说起明儿登高的事来，说是阖家要往鸡鸣山上去，毋望正可惜自己去不了，突觉身下一热，似乎什么流了出来，她一惊，掀了腥腥毡儿看，襦裙尽已湿了，褥子也湿了一大片。

阑二奶奶一看了不得，道，“羊水破了，快些准备起来。”

出门招呼，府里顿时大乱，裴夫人和裴阑的生母胡姨娘十万火急地跑了来，毋望一见她们便似哭似笑地咧着嘴，隐隐觉得肚子有些痛，心里害怕，惨白着脸叫声太太，拉了裴夫人的手几乎要哭出来。

裴夫人在她肚子上摸了摸，坐在榻沿上把她搂进怀里，笑着安慰道，“好孩子，别怕，还有一会子呢！咱们这小祖宗来得倒巧，看来明儿咱们家就添丁了。”

胡姨娘接了丫鬟送来的参汤喂她，温声道，“吃些提提气儿，回头有把子气力要使呢。”转身吩咐把床铺上，在拔步床的床架子上系了两根红绸子，准备让她借力用。又道，“可打发人去叫大爷了？大奶奶要生了，还不快找他去！”

这时裴阑在廊子下应，“你们快顾着大嫂子，我到文渊阁寻他去。”说着快步往园子外头去了。

毋望皱眉感觉了一下，游丝似的疼一会儿，时候也不长，倒还忍得住，便对翠屏道，“去刘府找我婶子和姨娘去，叫她们快来，耽搁不得。”

翠屏嗳了声慌忙跑了出去，几个稳婆准备起了接生要用的家伙什，请她上床躺着去，她往那红漆托盘里一看，登时吓得腿都软了，盘里放着一把崭新的剪刀还有穿好的针线，她暗暗纳闷，若是生不出来就要动剪子吗？那可怎么好？

裴夫人知道她怕，就编了胡话稳住她，只道，“你想岔了，那剪子是拿来吓唬床婆的，这样她就不敢扣着孩子了，生起来顺遂。”

毋望似懂非懂地点点头，换了中衣，按着婆子的指示半躺在床上，原本是害怕，后来想想怀了九个多月，就快和孩子见面了，不知他长得像自己还是像裴臻，性子也不知随谁，心里生出憧憬来，便又不怕了，只觉欢喜甜蜜，那点子疼就算不得什么了。

“过会子疼得厉害了就使劲儿，不疼的时候就歇着，万事都不用怕，咱们家是御医出生，臻哥儿和你公爹都在外头候着，保你万无一失。女人都是打这儿过的，这一胎顺了，下一胎就好生了，旁的都别想，只想着你那大小子落了地多可人疼就是了。”裴夫人在她手上重重一捏，道，“好孩子，这可是咱们裴家的嫡孙，臻哥儿二十八了，得的头个孩子，你就顾念你们夫妻情义，好歹要争气。”

窗外裴老爷道，“别絮叨了，让大奶奶好好歇会子，你又不会接生，杵在哪里碍手碍脚的做什么。”

裴夫人回神笑道，“我自然担心，你们爷们儿懂什么，只知道抱儿子，抱孙子，苦都叫女人吃。”拍了拍她的肩道，“你歇着吧，我就在外头，有什么便叫我。”说着招呼了胡姨娘退出了后身屋，只剩几个产婆在房里候着。

那厢裴太傅拢着袖子在文渊阁的一隅踱步，正给《龟山集》写佚文，指着旁边做笔录的校书道，“记下来，前书云云，初无胜虑，而长者以为然，某复何言哉谨当承教耳。知道之说，考绎前言，竟未能谕。道之不明久矣，是非不同，殆非笔舌所能尽也。吾徒各当勉进所学以要其成，庶乎异日其必有合矣。何由展奉，一尽所怀。”

才作完，负责医理卷的学士来问，“伤寒论有一页缺失了，太傅可知‘太阳中风’这段全言是何？”

裴臻想了想，道，“太阳中风，阳浮而阴弱，阳浮者热自发，阴弱者汗自出，啬啬恶寒，淅淅恶风，翕翕发热，鼻鸣干呕者，桂枝汤主之。”

“受教受教。”大学士含笑拱手而去。

众人聚精会神作学问时，文渊阁的大门大开了，戴着乌纱描金曲脚帽的内侍监尖声道，“太傅大人快别忙了，汝南主子要生了，大人快些回去吧。”

裴臻一时愣神，怔怔道，“生了？”

文渊阁里的大学士们都来作揖道喜，内侍监颇有些秀才遇到兵的无力感，摆了摆手里的拂尘道，“没生呢，快生了！大人快回去吧，二爷在宫门外等着呢。”

裴臻如梦方醒，拿了翼善冠戴上，撩袍便走，内侍监在后头跟着要送他出宫，谁知他越走越快，先是走，后是跑，最后竟展开身形纵跃开去，几个起落已然到了文华殿外，直往奉天门狂奔而去。

内侍监追得气喘吁吁，从偏殿出来的汉王和赵王侧目，赵王朱高燧喃喃道，“这是怎么了？”

汉王哼道，“愈发放肆了，皇宫大内如此失仪，他哪里还将规矩法度放在眼里，定要参他一本才好。”

朱高燧斜他一眼，心道男人家，大事上扳不倒他，倒学会在这种小事上做文章了。遂扬声唤内侍监。

内侍监忙小跑过去，躬身行了礼道，“二位王爷唤奴才有何吩咐吗？”

朱高燧往裴臻的方向扬了扬下巴，“太傅怎么了？跑得比兔子还快。”

内侍监掩口笑道，“王爷有所不知，太傅家的汝南公主着了床，羊水都破了，要生啦。”

朱高燧哦了声，正想问是否禀报了皇后，眼尾一团绛红一转，循迹看，汉王殿下也已上拔了身形，跃向奉天门外。

朱高燧摸摸鼻子，苦笑道，“才刚还说人家目无法度的，如今自己又怎么样呢唉，情这东西折腾人啊。”说着摇摇头，快步跟了上去。

兄弟俩找了家离太傅府最近的茶馆坐下，汉王殿下心不在焉，茶盏在指尖来回的推动，弄得赵王烦躁不堪，“春君说的没错，你竟是没一点出息，人家老婆生孩子，你瞎起什么劲儿？当初二嫂子生瞻壑也没见你那么上心，这会子她给别人生孩子，你倒不比人家正经爷们儿跑得慢。”

朱高煦拧眉道，“你给我闭嘴，恶心了我半天还不够，追到这里来了？我就爱操这份闲心，你不爱看就给我走，别戳在我眼里讨骂。”

朱高燧讪讪的，忍了半天又凑过去问，“她一点没松动？好容易熬到她生完孩子，我看等她坐完月子，咱们故技重施，把她弄到青州去再说。”

朱高煦摇头长叹，“不中用的，如今有了孩子更是牵肠挂肚，除非一气儿弄死姓裴的，否则她的心终归在他身上。”

往那红砖高瓦处看，肠子揪得打了好几个结，闷声道，“只是要弄死裴臻谈何容易，他是朝中重臣，兼着皇太孙的太傅，越往后越是他的天下，除非取大哥哥而代之。”

二一四 大化得方等

尚未进烟波苑便在二门上遇着了张氏和谷氏，裴臻忙拱手作了揖，急道，“婶子和姨娘多早晚到的？她怎么样了？”

张氏边走边道，“咱们是前后脚，还没见着人呢，快些进去吧。”

他也不守什么虚礼了，撂了她们快步往园子里赶，打了门帘进屋，见裴夫人和胡姨娘在月牙桌边喝茶，心里便觉不痛快，裴夫人道，“臻哥儿回来了？去瞧你媳妇儿吧。”他连话茬子都没接，冷着脸就往后身屋里去了，胡姨娘愣愣道，“看着脸色不好，是急的？”

裴夫人笑了笑，“你还不知道他？把他媳妇疼进骨头里去，八成是觉着咱们没在里头陪春君，拉个脸子给咱们看呢！”

胡姨娘感慨道，“他们哥俩一个爹生的，性子竟大不一样，还是臻哥儿长情，不像咱们阑哥儿，你瞧瞧他房里，都快放不下了，我真是愁。”

裴夫人道，“我原也指望他能往房里多收几个，到底香火是大事，可后来知道了素姐儿的事，咱们臻哥儿竟受了那些委屈。这孩子要强，也不同我说，我如今知道了，心里疼得什么似的，眼下好容易得个知冷热的，只要他们夫妻和睦，再给我多添两个孙子孙女，不纳妾便不纳妾吧，我也知足了。”

外头进来的张氏和谷氏恰巧听见这话，大感欢喜，福道，“亲家太太果然是极明白的，咱们姐儿得了这样的婆婆，真是前世里的造化。”

谷氏忧心往里面探看，“可要先瞧瞧姐儿去？”

裴夫人摆手道，“兰杜在里头呢，若论谁能给她吃定心丸，除了兰杜也没旁人了，咱们先等会子，等他们说完了再进去不迟。”

床上的毋望见了裴臻抿嘴而笑，轻声道，“你回来了？可告了假？”

裴臻挨到床头，颇不以为然道，“十万火急的事儿，还告什么假，文渊阁里谁不知道我媳妇要生孩子了。”说着细打量她，抓了她的手道，“现在疼吗？可撑得住？”毋望喘了口气道，“并不十分疼，一阵阵的，稳婆说了，要过阵子才发作，你放心吧，我能挺得住。”

他低声应了，握了她的手反复摩挲，竟好像比她还紧张，顿了顿道，“我一直在这里陪你，你只管大胆些。”

毋望忍笑嗔道，“又混说，你在这里做什么？爷们儿家待在血房里不吉利，你到堂屋里等着就是了，这里有婆子们伺候，她们自会好生料理的。”

裴臻凝眉，复又转头对接生婆道，“你们瞧奶奶胎位可正吗？生起来不会太疼吧？”那几个接生婆停下手里的活，互看了两眼笑起来，“大人放一百二十个心，咱们手里接来的孩子不下一百个了，才刚摸了奶奶的肚子，胎位正得很，只孩子大些，生起来恐有些费劲，别的没什么，您就安心在外头候着，保管给您抱个齐全孩子出来。”

裴臻听了连连点头，“那就好，全赖你们了，只要保得母子平安，我回头必定有重金酬谢。”接生婆们谢恩，叫毋望歇着，几人都退到外间去了。毋望自言自语，“这孩子赶得巧，怎么偏这时候来。”又抚着肚子道，“好孩子，妈妈真是等不及要见你呢。”

从前吃了那么多的苦，现在也有了自己的孩子了，她心头五味杂陈，日后一定要好好守着孩子，叫他无忧无虑地长大，不受半点委屈才好。抬头看裴臻，他目光似水，几乎将她溺毙在其间，俯身来拥她，“好春儿，你要好好的，日后我加倍地疼你，咱们一家子都平平安安的好不好？”

毋望道好，两人腻了会子才问，“名字可想好了？”裴臻道，“佛于第三时，广说藏通别圆四教，均益利钝之机。叫方等如何？方正而平等，裴方等。”

毋望反复吟了几遍，也觉中意，这裴臻果然不辜负他太傅的衔儿，意境取得矜持大气，竟是百里挑一的好名字。

夫妇两个又窃窃说了半晌话，裴臻换了朝服才坐下，只听她哎哟一声，吓得他直蹦起来，只见她面上有了苦痛之色，汗也涔涔地流下来，他慌张大呼，“快来人，发作了。”

裴夫人和张氏携了稳婆进屋，房里旋即忙碌起来，他呆呆站着，看丫头们端着热水，纱巾之类的东西进来，愣得杵在那里也不知道闪躲了。裴夫人回头看，斥道，“你还在这里做什么？这里有我和你婶子，我们自会照应，没你什么事了，还不快出去。”

他糊里糊涂被赶了出来，房门砰地关上了，他开始在门口团团转，扒着雕花的屉子试图往里看见点儿什么，门突地又开了，六儿端了盆出来，两人让来让去竟越让越挡，六儿急道，“我的姑爷，才发作呢，这会子还没生，你远远站着吧，别挡道。”

他悻悻地往后退，两个姨娘招呼道，“来坐下，最快也要一两个时辰，估摸着天擦黑就差不多了，你急也没用，你妈在里头，你就放心吧。”

他颓然坐在帽椅里，脑子里乱哄哄不知怎么才好，胡乱端了茶盏来喝，房里传出的痛呼让他浑身一战，杯子落在地上打了个稀烂。

裴阑和阑二奶奶撩了洒花帘进来，看着屋里人道，“怎么样了？”胡姨娘道，“早着呢，才开始疼。”裴阑搡了二奶奶道，“你进去帮忙吧，给大嫂子鼓鼓劲儿也好。”

“二奶奶，”裴臻叫住裴阑媳妇，颤声道，“你去给我看着，隔一刻就出来告诉我里头的情况，我盼着的。”阑二奶奶无奈应了，裴阑对哥哥笑道，“放宽心吧，女人生孩子就跟下蛋似的，使两回劲就出来了。”

胡姨娘白眼乱翻，裴臻道，“你浑说什么，那么容易你生个来看看，可见你以往是怎么对你房里人的。”裴阑坐下嘟囔道，“我不是在安慰你吗。”

万分煎熬地又等了一盏茶工夫，她的叫声愈发惨烈，裴臻如坐针毡，问助儿道，“老爷呢？”

那裴老爷早年给太祖的后妃接生过孩子，他一急就想起他来，若有个好歹，他总归是御医，再不济也比那些稳婆强吧。

旁人听了哭笑不得，媳妇生孩子，公爹怎么好插手，没见裴老爷避开了吗。

助儿道，“老爷在祖宗牌位前上香呢，大爷别急，奶奶在里头拼命，咱们可不能乱了方寸，再等会子小主子就出来了。”

裴臻瘫坐着只顾喘气，额头上浸出了汗，裴阑反正是事不关己，竟和助儿聊起了坊间传闻，一唱一和煞是热闹，他心里烦躁，喝道，“你两个要说出去说，也不瞧瞧这是什么时候，存心给我添堵吗？”

那两人忙闭了嘴，才消停，德沛和谢家的三位太太又到了。过来安抚了裴臻，便找了椅子坐下，一时屋里像等着开锣的戏园子，坐得满满当当。

毋望的叫声锥子似的直捅他心窝子，二奶奶出来只一句话“早着呢”，他起身来回地踱，喃喃道，“一个多时辰了，怎么还不生……”

大太太白氏道，“姑爷莫急，已经是顺利的了，有的人要拖上两三天呢，她这会子就着了床，听这劲儿快了。”

他哦了声坐下，一会儿又立起来，来回折腾了好几趟。正失魂落魄时，二门上的小厮垂手来报，说户部员外郎来了，带了要紧的公文让尚书大人批示，裴臻一听火冒三丈，大脚踹过去，喝道，“没眼色的，我这会子批个屁公文，叫他等着。”

小厮一迭声道是，缩着脖子连滚带爬地跑了。里面的喊声越加大，血水一盆盆地端出来，间或听见她哽咽着叫兰杜，他便筛糠般的抖起来，闷着头就要往里面冲，吓得众人忙拦住他，他挣扎道，“她在叫我，你们没听见吗？”

阑二奶奶探出身来说，“大哥哥，快了，看得见头了。你少安毋躁，大嫂子一切都好，你快别闹，免得她还要操心你。”

他喜得诺诺点头，握着拳勉强平静下来，弯下高高的身子，顾不得身后有多少双眼睛盯着，耳朵贴在门上细听里面的动静，只听得一串加油鼓劲之声，毋望反倒没有声息了。他额角的汗淋漓而下，突然一声啼哭传来，如石破天惊，他只觉心头被狠狠撞了一下，腿里酥软下来，虚脱地瘫倒在了地上。

产婆抱了襁褓出来贺喜，看见太傅大人坐在门前不由愣了愣，旋即把孩子往他手里一放，笑道，“大人大喜了，奶奶无恙，生了个小公子，带把儿的！”

众人都围上来，裴臻看着怀里皱巴巴的那张小脸，红红的，眼睛还没张开，像个小老头，那五官和他母亲一个模子刻出来一样，微弱的哼唧着，让他浑身的寒毛都竖了起来，这是他们生命的延续啊！他伸了一根手指轻轻碰他的脸，哽道，“方等……儿子！”

三太太吕氏招呼门外的丫头道，“快快，回去报喜去，告诉老太太，姑奶奶生了个小子，母子均安。”

屋里鸡飞狗跳，裴臻将孩子交给奶妈子，踏进后身屋，空气里一股化不开的血腥味，打了帷子到她床前。她闭着眼，头发被汗浸透了，脸色微有些发黄，嘴唇半点血色皆无，气若游丝的样子。他的心抽痛起来，上前小心搂她，她动了动，哑道，“孩子呢？方等……”

裴臻拢起她的长发，俯身在她唇上一吻，道，“奶妈子给他喂奶去了，咱们哥儿长得真像你……”

毋望长出一口气，筋疲力尽，紧紧抓了他修长的手指，道，“我睡会子，你别走，在这里陪我。”

裴臻道好，鼻子微微有些发酸。

放眼窗外，夕阳西下，因着要过节，秦淮河畔已有冉冉华灯升起，他心下感慨，这一路的甜酸苦辣都融到了一处，如今有高官，有厚禄，有贤妻，还有了个大胖小子……颇满足地笑，这样的人生，便是百样齐全了。

汉王高煦，十五年就藩乐安州，然存谋逆之心久矣。太子高炽体胖，有脚疾，成祖有废嫡立庶之意，高煦谋夺嫡，陷害太子数次，皆未果。成祖察其心怀叵测，会高煦有过，革其爵位，命思过。成祖崩，仁宗立，高煦蠢蠢欲动。未及仁宗崩，太子瞻基由应天回北平奔丧，高煦谋于途中劫杀，未果，阴谋泄露，高煦废，禁锢应天。瞻基即位，是为宣宗，念叔侄情，往高煦禁锢之所探望，高煦使腿将其绊倒。宣宗恼怒，命人用三百斤铜缸盖住高煦，朱高煦在缸内运力，欲举缸砸向宣宗。宣宗大惊，急命取来木炭，堆积成山，点燃木炭，将高煦活活炙死在铜缸内。高煦即死，宣宗准太傅奏，其妃韦氏及九子俱被处死。

（全书完）

图书在版编目（CIP）数据

旧春归 / 尤四姐著. -- 北京 : 现代出版社，2015.9

ISBN 978-7-5143-3929-1

Ⅰ. ①旧… Ⅱ. ①尤… Ⅲ. ①长篇小说－中国－当代 Ⅳ. ①I247.5

中国版本图书馆 CIP 数据核字（2015）第 169796 号

作　　者　尤四姐
责任编辑　杨学庆
出版发行　现代出版社
通讯地址　北京市安定门外安华里 504 号
邮政编码　100011
电　　话　010-64267325 64245264（传真）
网　　址　www.1980xd.com
电子邮箱　xiandai@vip.sina.com
印　　刷　北京建泰印刷有限责任公司
开　　本　690mm×980mm 1/16
印　　张　37
版次印次　2015 年 9 月第 1 版 2015 年 9 月第 1 次印刷
标准书号　ISBN 978-7-5143-3929-1
定　　价　55.00 元